LE NŒUD DE LA SORCIÈRE

Deborah Harkness est professeure à l'université de Californie du Sud. Spécialiste de l'histoire des sciences et de la magie en Europe du XVIe au XVIIIe siècle, elle a publié deux essais très remarqués avant de se lancer dans l'écriture de romans. Elle tient également un blog sur le vin qui a été plusieurs fois primé. Sa trilogie *Le Livre perdu des sortilèges*, best-seller international salué par la critique, s'est vendue dans une quarantaine de pays et a été adaptée pour la télévision en 2018.

Paru au Livre de Poche :

L'École de la nuit
La Force du temps
Le Livre perdu des sortilèges

DEBORAH HARKNESS

Le Nœud de la sorcière

ROMAN TRADUIT DE L'ANGLAIS (ÉTATS-UNIS) PAR PASCAL LOUBET

CALMANN-LÉVY

Titre original :

THE BOOK OF LIFE

Publié avec l'accord de Viking, Penguin Group (États-Unis), LLC, Penguin Random House.

© Deborah Harkness, 2012.
© Calmann-Lévy, 2014, pour la traduction française.
ISBN : 978-2-253-18386-0 – 1re publication LGF

Pour Karen, qui sait pourquoi.

Ce n'est pas le plus fort de l'espèce qui survit, ni le plus intelligent. C'est celui qui sait le mieux s'adapter au changement.

Philippe de Clermont,
souvent attribué à Charles Darwin.

Soleil en Cancer

Le Signe du Crabe préside aux demeures, terres, trésors et toutes choses celées. Il est la quatrième maison du Zodiaque. Il symbolise mort et fin des choses.

Diaire anglais, anonyme, env. 1590
Gonçalves MS. 4890, f. 8^r.

1

Les spectres n'avaient guère de substance. Ils n'étaient constitués que de souvenirs et d'émotions. Tout en haut de l'une des tours de Sept-Tours, Emily Mather posa une main diaphane au centre de sa poitrine, à cet endroit en cet instant chargé d'angoisse.

Est-ce que cela finit par devenir plus facile ? demanda-t-elle d'une voix presque aussi imperceptible que sa personne. *Guetter ? Attendre ? Savoir ?*

En tout cas, je n'ai rien remarqué, répondit sèchement Philippe de Clermont.

Lui-même juché non loin, il examinait ses doigts transparents. Parmi tout ce qu'il détestait dans le fait d'être mort – l'impossibilité de toucher son épouse, Ysabeau ; la disparition des saveurs et des odeurs ; l'absence de muscles pour se livrer à une bonne joute –, l'invisibilité tenait la première place. Elle lui rappelait constamment à quel point il était devenu immatériel.

Emily se décomposa et Philippe se maudit silencieusement. Depuis qu'elle était morte, la sorcière avait été sa compagne de tous les instants et divisait sa solitude de moitié. Où avait-il la tête, à aboyer sur elle comme sur une servante ?

Peut-être que ce sera plus facile quand ils n'auront plus besoin de nous, ajouta-t-il plus aimablement.

Il avait beau être le fantôme le plus expérimenté, c'était Emily qui comprenait la métaphysique de leur situation. Et ce qu'elle lui avait dit allait à l'encontre de tout ce que Philippe pensait sur l'au-delà. Il croyait que les vivants voyaient les morts *parce qu'*ils avaient besoin d'eux pour quelque chose : assistance, pardon, vengeance. Emily soutenait que ce n'étaient là rien de plus que des mythes humains, et que c'était seulement quand les vivants lâchaient prise et passaient à autre chose que les morts pouvaient leur apparaître.

Une fois qu'il eut appris cela, il supporta tout juste un peu mieux qu'Ysabeau ne remarque pas sa présence.

— J'ai hâte de voir la réaction d'Em. Elle va être tellement surprise.

L'alto chaleureux de Diana flotta jusqu'aux créneaux. *Diana et Matthew*, dirent Emily et Philippe en chœur en scrutant la cour pavée qui entourait le château.

Là, dit Philippe en désignant l'allée. Même mort, il avait encore l'œil aiguisé du vampire. Il était également plus bel homme qu'il n'était permis, avec ses larges épaules et son sourire diabolique. Emily ne put s'empêcher de sourire à son tour. *Ils font un joli couple, ne trouvez-vous pas ? Voyez comme mon fils a changé.*

Les vampires n'étaient pas censés subir le passage du temps et Emily s'attendait en conséquence à voir les mêmes cheveux d'un noir si profond qu'ils viraient au bleu ; les mêmes yeux changeants gris-vert, froids et distants comme la mer en hiver ; la même peau pâle et la large bouche. Mais il y avait quelques subtiles différences, comme l'avait déclaré Philippe. Les cheveux de Matthew étaient plus courts, et il portait une barbe qui lui donnait un air encore plus redoutable, comme un pirate. Elle étouffa un cri.

Matthew aurait-il... grossi ?

En effet. Je l'ai remplumé quand Diana et lui ont séjourné ici en 1590. Les livres l'amollissaient. Matthew avait besoin de se battre davantage et de moins lire. Philippe avait toujours soutenu qu'il est possible d'étudier trop. Matthew en était la preuve vivante.

Diana a l'air changé aussi. Elle ressemble plus à sa mère, avec ces longs cheveux cuivrés, dit Em en constatant le changement le plus évident chez sa nièce.

Diana trébucha sur les pavés et Matthew la rattrapa d'un geste vif. Naguère, Em considérait les prévenances incessantes de Matthew comme une manifestation du caractère exagérément jaloux du vampire. À présent, avec la perspicacité du spectre, elle se rendait compte que cette tendance était due à sa perception surnaturelle de la moindre altération dans l'expression ou l'humeur de Diana ou du plus infime signe de fatigue ou de faim. Cependant, aujourd'hui, la sollicitude de Matthew semblait plus vive et due à une raison bien précise.

Il n'y a pas que les cheveux de Diana qui ont changé, s'émerveilla Philippe. *Diana est grosse d'enfant – l'enfant de Matthew.*

Em scruta sa nièce avec attention, se servant de la perception plus aiguë de la vérité que lui permettait la mort. Philippe avait raison – en partie. *Vous voulez dire* les enfants. *Diana attend des jumeaux.*

Des jumeaux, répéta Philippe d'un ton plein de révérence. Il se détourna, distrait par l'apparition de son épouse. *Regardez, voici Ysabeau et Sarah avec Sophie et Margaret.*

Que va-t-il se passer à présent, Philippe ? demanda Em, le cœur gros d'impatience.

La fin. Le commencement, répondit Philippe, volontairement vague. *Le changement.*

Diana n'a jamais aimé cela, dit Emily.

C'est parce que Diana a peur de ce qu'elle doit devenir.

Marcus Whitmore avait affronté des horreurs en abondance depuis la nuit de 1781 où Matthew de Clermont avait fait de lui un vampire. Aucune ne l'avait préparé pour l'épreuve d'aujourd'hui : annoncer à Diana Bishop que sa tante bien-aimée, Emily Mather, était morte.

Ysabeau avait téléphoné à Marcus alors que Nathaniel Wilson et lui regardaient le journal télévisé dans la bibliothèque familiale. Sophie, l'épouse de Nathaniel, et Margaret, leur bébé, étaient assoupies dans un canapé à côté d'eux.

— Le temple, avait précipitamment dit Ysabeau dans un souffle. Venez. Tout de suite.

Marcus avait obéi à sa grand-mère sans poser de question en prenant juste le temps d'appeler en sortant son cousin Gallowglass et sa tante Verin.

Alors qu'il approchait de la clairière au sommet de la montagne, il avait aperçu entre les arbres dans la pénombre estivale du soir l'éclatante lumière d'un pouvoir surnaturel. La magie qui crépitait dans l'air lui avait hérissé les poils.

Puis il avait senti la présence d'un vampire, Gerbert d'Aurillac. Et de quelqu'un d'autre – une sorcière.

Un pas léger et décidé résonnant sur les dalles du couloir tira Marcus de sa rêverie éveillée et le ramena dans le présent. La lourde porte s'ouvrit en grinçant comme toujours.

— Bonjour, chéri. (Marcus se détourna du panorama campagnard de l'Auvergne et prit une longue inspiration. L'odeur de Phoebe Taylor lui rappelait le bosquet de lilas de son enfance qui poussait devant la porte rouge de la ferme familiale. Délicat et affirmé, ce parfum symbolisait toujours l'espoir du printemps après le long hiver du Massachusetts et lui rappelait immanquablement le sourire de sa mère morte depuis longtemps. Mais en cet instant, il ne lui faisait penser qu'à la femme menue et à la volonté de fer qui était devant lui.) Tout se passera bien.

Phoebe rajusta son col de chemise en posant sur lui ses yeux verts pleins de sollicitude. Marcus s'était mis à porter des vêtements plus formels que ses habituels tee-shirts de groupes de rock à l'époque où il avait commencé à signer ses lettres Marcus de Clermont au lieu de Marcus Whitmore – le nom sous lequel elle l'avait connu, avant qu'il lui dise tout des vampires, des pères âgés de quinze siècles, de châteaux français remplis d'austères parents, et d'une sorcière nommée Diana Bishop. Pour Marcus, que Phoebe soit restée avec lui avait tout du miracle.

— Non, je ne pense pas, dit-il en lui prenant une main et en déposant un baiser au creux de la paume.

(Phoebe ne connaissait pas Matthew.) Reste là avec Nathaniel et les autres. Je t'en prie.

— Pour la énième et dernière fois, Marcus Whitmore, je serai à tes côtés quand tu accueilleras ton père et son épouse. Pour moi, il est inutile d'en discuter, dit-elle en tendant la main. Nous y allons ?

Marcus lui prit la main, mais au lieu de la suivre comme elle s'y attendait, il l'attira contre lui. Phoebe se retrouva plaquée sur sa poitrine, une main dans la sienne et l'autre sur son cœur. Elle leva vers lui un regard surpris.

— Très bien. Mais si tu descends avec moi, Phoebe, il y a des conditions. Premièrement, tu dois rester constamment avec Ysabeau ou avec moi. (Phoebe s'apprêta à protester, mais le regard grave de Marcus la réduisit au silence.) Deuxièmement, si je te dis de quitter la pièce, tu le feras. Sans attendre. Sans poser de questions. Tu iras retrouver directement Fernando. Il sera dans la chapelle ou la cuisine. Troisièmement, en aucun cas, absolument aucun, tu ne t'approcheras de mon père. C'est d'accord ?

Phoebe hocha la tête. Comme toute bonne diplomate, elle était disposée à suivre les règles de Marcus – pour l'instant. Mais si son père était un monstre comme certains dans la maison semblaient l'estimer, Phoebe obéirait.

Fernando Gonçalves versa dans la poêle chaude les œufs battus sur les pommes de terre dorées. Sa tortilla espagnole était l'un des rares plats que

Sarah Bishop acceptait de manger et en ce jour plus qu'aucun autre, la veuve avait besoin de se sustenter.

Gallowglass, assis à la vieille table de la cuisine, grattait les gouttes de cire logées dans une fente du bois. Avec ses cheveux blonds tombant sur ses épaules et sa carrure musculeuse, on aurait dit un ours morose. Des tatouages multicolores s'enroulaient autour de ses avant-bras et biceps. Les dessins représentaient ce qui préoccupait Gallowglass sur le moment, car un tatouage ne dure que quelques mois sur un vampire. Pour l'heure, il semblait songer à ses racines, car ses bras étaient couverts de nœuds celtiques, de runes et de créatures fabuleuses tirées des mythes et légendes nordiques et gaéliques.

— Cesse de te faire du souci, lui dit Fernando d'une voix aussi chaleureuse et raffinée qu'un sherry vieilli en fût de chêne. (Gallowglass leva brièvement le nez, puis il recommença à gratter la cire.) Personne n'empêchera Matthew de faire ce qu'il doit faire, Gallowglass. Venger la mort d'Emily est une question d'honneur.

Fernando éteignit le feu et alla rejoindre Gallowglass à la table. Tout en marchant d'un pas silencieux, pieds nus sur les dalles, il retroussa les manches de sa chemise blanche impeccable malgré les heures qu'il avait passées aujourd'hui dans la cuisine. Il en fourra les pans dans son jean et se passa une main dans ses cheveux noirs et bouclés.

— Marcus va essayer d'endosser la responsabilité, tu sais, dit Gallowglass. Mais ce n'est pas sa faute si Emily est morte.

La scène sur la montagne avait été étrangement paisible, étant donné les circonstances. Gallowglass était arrivé au temple quelques moments après Marcus. Le silence régnait et Emily Mather était agenouillée au milieu d'un cercle de pierres pâles. Le sorcier Peter Knox était avec elle, les mains sur sa tête, avec une expression impatiente – pour ne pas dire avide. Gerbert d'Aurillac, le vampire qui habitait non loin des Clermont, considérait le spectacle avec intérêt.

— Emily !

Le cri torturé de Sarah avait déchiré le silence avec une telle violence que même Gerbert avait reculé.

Surpris, Knox avait lâché Emily. Elle s'était écroulée à terre, inconsciente. Sarah avait terrassé le sorcier avec un unique et puissant sortilège qui avait envoyé Knox voler de l'autre côté de la clairière.

— Non, Marcus ne l'a pas tuée, dit Fernando. Mais sa négligence…

— Son inexpérience, corrigea Gallowglass.

— Sa négligence, répéta Fernando, a joué un rôle dans la tragédie. Marcus le sait et il accepte d'en prendre la responsabilité.

— Marcus n'avait pas demandé à être le chef, grommela Gallowglass.

— Non, c'est moi qui l'ai nommé et Matthew a convenu que c'était la bonne décision.

Fernando posa un instant la main sur l'épaule de Gallowglass et retourna aux fourneaux.

— C'est pour cela que tu es venu ? Parce que tu te sentais coupable d'avoir refusé de diriger la confrérie quand Matthew t'a demandé ton aide ?

Personne n'avait été plus surpris que Gallowglass quand Fernando était apparu à Sept-Tours. Fernando évitait l'endroit depuis la mort du père de Gallowglass, Hugh de Clermont, au XIVe siècle.

— Je suis là parce que Matthew m'a soutenu quand le roi de France a fait exécuter Hugh de Clermont. J'étais seul au monde à l'époque, je n'avais que mon chagrin pour me tenir compagnie, dit durement Fernando. Et j'ai refusé de diriger les chevaliers de l'ordre de Saint-Lazare parce que je ne suis pas un Clermont.

— Tu étais l'ami de père ! protesta Gallowglass. Tu es autant un Clermont qu'Ysabeau ou ses enfants !

Fernando referma précautionneusement la porte du four.

— Je *suis* l'ami de Hugh, dit-il, le dos toujours tourné. Ton père ne sera jamais conjugué au passé avec moi.

— Pardonne-moi, Fernando, dit Gallowglass, navré.

Hugh était mort depuis presque sept siècles, mais Fernando ne s'en était jamais remis. Gallowglass doutait qu'il fasse jamais son deuil.

— Quant à décider si je suis un Clermont, continua Fernando en continuant de fixer le mur au-dessus des fourneaux, Philippe n'était pas d'accord. (Gallowglass recommença à gratter nerveusement la cire. Fernando servit deux verres de vin et les apporta à la table.) Tiens, dit-il en tendant l'un à Gallowglass. Toi aussi, tu vas avoir besoin de forces, aujourd'hui.

Marthe fit irruption dans la cuisine. La gouvernante d'Ysabeau régnait sur cette partie du château et elle n'appréciait pas la présence d'intrus. Après avoir jeté un regard aigre aux deux hommes, elle flaira l'air et alla ouvrir la porte du four.

— C'est ma meilleure poêle ! accusa-t-elle.

— Je sais. C'est pour cela que je m'en sers, répondit Fernando avant de boire une gorgée de vin.

— Votre place n'est pas dans la cuisine, Dom Fernando. Montez. Et emmenez Gallowglass avec vous.

Marthe prit un paquet de thé et une théière dans le placard près de l'évier. Puis elle remarqua la théière enveloppée d'un torchon posée sur un plateau avec des tasses et des soucoupes, du lait et du sucre. Elle se rembrunit encore.

— En quoi est-ce mal que je sois ici ? demanda Fernando.

— Vous n'êtes pas un serviteur, dit Marthe en soulevant le couvercle de la théière et en flairant le contenu avec suspicion.

— C'est le préféré de Diana. Vous m'avez dit ce qu'elle aimait, vous vous souvenez ? (Fernando sourit tristement.) Et dans cette maison, tout le monde sert les Clermont, Marthe. La seule différence, c'est que vous, Alain et Victoire êtes généreusement payés pour le faire. Et le reste d'entre nous sommes censés être reconnaissants d'avoir ce privilège.

— Et avec raison. D'autres *manjasang* rêvent de faire partie de cette famille. Veillez à vous en souvenir à l'avenir – et à ne pas oublier le citron, *Dom* Fernando, dit Marthe en appuyant sur le titre nobiliaire et en s'emparant du plateau. Et au fait, vos œufs sont en train de brûler.

Fernando se leva d'un bond pour voler à leur secours.

— Quant à vous, dit Marthe en posant ses yeux noirs sur Gallowglass, vous ne nous avez pas dit tout ce que vous auriez dû concernant Matthew et son épouse. (Gallowglass baissa le nez sur son verre de vin avec un air coupable.) *Madame** votre grand-mère s'occupera de vous plus tard.

— Qu'avez-vous encore fait ? demanda Fernando en sortant sa tortilla – qui n'était pas brûlée, *Alhamdulillah* – du fourneau.

Sa longue expérience lui soufflait que, si grave fût la situation, Gallowglass avait agi avec de bonnes intentions sans se soucier le moins du monde de provoquer une éventuelle catastrophe.

— Eeeh bien, dit Gallowglass en traînant sur la voyelle comme seul un Écossais pouvait le faire. J'ai peut-être omis un ou deux détails.

— De quel genre ? demanda Fernando, flairant la catastrophe au milieu des odeurs de cuisine.

— Le fait que ma tante soit enceinte – et de rien moins que Matthew. Et le fait que grand-père en ait fait sa fille adoptive. Seigneur, son serment de sang était assourdissant, dit pensivement Gallowglass. Pensez-vous que nous pourrons encore l'entendre ?

---

* Les mots et expressions en italique suivis d'un astérisque sont en français dans le texte original.

(Fernando resta bouche bée sans rien dire.) Ne me regardez pas comme cela. Cela ne m'a pas paru bien de parler du bébé. Les femmes se conduisent parfois drôlement à cet égard. Et Philippe a parlé du serment de sang à tante Verin avant de mourir en 1945, et elle n'en a jamais pipé mot non plus ! se défendit-il.

Une détonation déchira l'air comme si une bombe silencieuse avait explosé. Un éclair vert passa devant la fenêtre.

— Qu'est-ce que c'était que ça ? demanda Fernando en ouvrant tout grand la porte et en mettant sa main en visière dans le vif soleil.

— Une sorcière énervée, j'imagine, dit Gallowglass d'un ton lugubre. Sarah a dû annoncer à Diana et à Matthew ce qui est arrivé à Emily.

— Pas l'explosion. Ça !

Fernando désigna le clocher de Saint-Lucien, dont une créature ailée à deux pattes faisait le tour en soufflant du feu. Gallowglass se leva pour mieux voir.

— C'est Corra. Elle suit ma tante partout, dit-il sans s'émouvoir.

— Mais c'est un *dragon* ! s'indigna Fernando en regardant son beau-fils.

— Mais non, ce n'est pas un dragon. Vous ne voyez pas qu'elle n'a que deux pattes ? Corra est une vouivre. (Gallowglass tourna son bras pour montrer le tatouage d'une créature ailée fort semblable à la bête volante.) Comme celle-ci. J'ai peut-être omis un ou deux détails, mais je n'ai pas oublié d'avertir tout le monde que tante Diana n'allait pas être la même qu'avant.

— C'est vrai, ma chérie. Em est morte.

Annoncer la nouvelle à Diana et à Matthew était clairement au-dessus de ses forces : Sarah aurait juré avoir vu un dragon. Fernando avait raison. Il fallait qu'elle diminue un peu le whiskey.

— Je ne te crois pas, dit Diana d'une voix rendue stridente par la panique.

Elle scruta le grand salon d'Ysabeau comme si elle s'attendait à trouver Emily tapie derrière l'un des divans.

— Emily n'est pas là, Diana, souffla Matthew d'une voix remplie de regret et de tendresse en s'interposant devant elle. Elle est partie.

— Non, dit Diana en tentant de passer outre et de continuer ses recherches, mais Matthew la retint dans ses bras.

— Je suis vraiment désolé, Sarah, dit Matthew.

— Ne dis pas que tu es désolé ! s'écria Diana en essayant de se libérer de l'étreinte irrésistible du vampire et en lui criblant la poitrine de coups de poings. Em n'est pas morte ! C'est un cauchemar. Réveille-moi, Matthew, je t'en prie ! Je veux me réveiller et m'apercevoir que nous sommes toujours en 1591.

— Ce n'est pas un cauchemar, dit Sarah, convaincue par ces longues semaines que la mort d'Em était horriblement réelle.

— Alors je me suis trompée de chemin, ou bien j'ai fait une erreur dans les nœuds du sortilège de voyage dans le temps. Ce n'est pas là où nous étions censés arriver ! s'écria Diana, tremblant de la tête aux pieds de chagrin et de surprise. Em m'a promis de ne jamais partir sans dire au revoir.

— Em n'a pas eu le temps de dire au revoir, à personne. Mais cela ne veut pas dire qu'elle ne t'aimait pas, dit Sarah, qui se le répétait elle-même cent fois par jour.

— Diana devrait s'asseoir, dit Marcus en approchant une chaise de Sarah.

À bien des égards, le fils de Matthew ressemblait toujours au surfeur de vingt ans et quelques arrivé chez les Bishop en octobre. Son lacet en cuir, avec son étrange assortiment d'objets rassemblés au cours des siècles, était toujours emmêlé dans ses cheveux blonds sur sa nuque. Il portait toujours les Converse qu'il adorait tant. En revanche, l'expression prudente et triste de son regard était nouvelle.

Sarah était heureuse de la présence de Marcus et d'Ysabeau, mais la personne qu'elle avait vraiment envie d'avoir auprès d'elle en cet instant était Fernando. Il avait été son roc durant toute cette épreuve.

— Merci, Marcus, dit Matthew en faisant asseoir Diana.

Phoebe essaya de lui glisser un verre d'eau dans la main. Voyant que Diana regardait le verre fixement sans réagir, Matthew le prit et le posa sur la table voisine.

Tous les regards se tournèrent vers Sarah.

Elle n'était pas douée pour ce genre de choses. C'était Diana l'historienne de la famille. Elle aurait su par où commencer et comment enchaîner les événements déroutants en une histoire cohérente avec un début, un milieu et une fin, et peut-être même une explication plausible des raisons de la mort d'Emily.

— C'est impossible à annoncer facilement, commença la tante de Diana.

— Vous n'êtes pas obligée de nous raconter quoi que ce soit, dit Matthew avec un regard compatissant. Les explications peuvent attendre.

— Non. Il faut que vous sachiez, tous les deux, dit Sarah.

Elle tendit la main pour saisir le verre de whiskey qui se trouvait habituellement à côté d'elle, mais il n'y avait rien. Elle jeta un regard suppliant à Marcus.

— Emily est morte au temple antique, entreprit de raconter Marcus.

— Le temple consacré à la déesse ? chuchota Diana en plissant le front dans un effort pour se concentrer.

— Oui, dit Sarah, la gorge serrée. Emily y passait de plus en plus de temps.

— Était-elle seule ?

L'expression de Matthew n'était plus chaleureuse et compréhensive et son intonation était glaciale.

Le silence s'abattit de nouveau, pesant et gênant.

— Emily refusait qu'on l'accompagne, dit Sarah en se forçant à être honnête. (Diana étant elle aussi une sorcière, elle saurait si elle s'écartait de la vérité.) Marcus a essayé de la convaincre d'emmener quelqu'un avec elle, mais elle a refusé.

— Pourquoi voulait-elle être seule ? demanda Diana, sentant le malaise de Sarah. Qu'est-ce qui se passait, Sarah ?

— Depuis janvier, elle cherchait des explications dans les hauts sortilèges, répondit Sarah en se détournant du visage bouleversé de Diana. Elle avait d'affreuses prémonitions de mort et de catastrophes et elle pensait qu'ils l'aideraient à les comprendre.

— Mais Em disait toujours que les hauts sortilèges étaient trop noirs pour que des sorcières puissent les utiliser sans danger, dit Diana d'une voix plaintive. Elle disait que n'importe quelle sorcière qui se croyait invulnérable découvrirait à ses dépens à quel point ils sont puissants.

— Elle parlait d'expérience, dit Sarah. Ils sont parfois addictifs. Emily ne voulait pas que tu saches qu'ils l'attiraient, ma chérie. Cela faisait des dizaines d'années qu'elle n'avait pas touché une pierre de prophétie ni essayé d'invoquer un esprit.

— Invoquer un esprit ? répéta Matthew en plissant les paupières dans une expression qui le rendait vraiment terrifiant avec sa barbe noire.

— Je crois qu'elle essayait de contacter Rebecca. Si j'avais compris jusqu'où elle était parvenue dans ses tentatives, je me serais donné plus de mal pour la retenir, dit Sarah, les yeux brillants de larmes. Peter Knox a dû sentir le pouvoir avec lequel Emily travaillait et les hauts sortilèges l'ont toujours fasciné. Une fois qu'il l'a découverte…

— Knox ? répéta Matthew à mi-voix, et son ton fit dresser les poils sur la nuque de Sarah.

— Quand nous avons retrouvé Em, Knox et Gerbert étaient sur les lieux, expliqua Marcus, accablé par son aveu. Elle avait fait une crise cardiaque. Emily a dû subir un énorme stress en essayant de résister à ce que faisait Knox. Elle était à peine consciente. J'ai essayé de la ranimer. Sarah aussi. Mais nous n'avons rien pu faire ni l'un ni l'autre.

— Pourquoi Gerbert et Knox étaient-ils là ? Et qu'est-ce que Knox espérait gagner en tuant Em, enfin ? s'exclama Diana.

— Je ne crois pas que Knox ait essayé de la tuer, ma chérie, répondit Sarah. Knox lisait les pensées d'Emily, ou du moins il s'y efforçait. Les dernières paroles qu'elle a prononcées ont été : « Je connais le secret de l'Ashmole 782, et vous ne le posséderez jamais. »

— L'Ashmole 782 ? demanda Diana, l'air abasourdi. Tu en es sûre ?

— Tout à fait.

Sarah aurait préféré que sa nièce ne découvre jamais ce satané manuscrit dans la Bibliothèque bodléienne. C'était la cause de la plupart de leurs problèmes actuels.

— Knox soutenait que les Clermont possédaient des pages manquantes du manuscrit de Diana et en connaissaient les secrets, intervint Ysabeau. Verin et moi avons dit à Knox qu'il se trompait, mais la seule chose qui lui a fait oublier le sujet a été le bébé. Margaret.

— Nathaniel et Sophie nous ont suivis au temple. Margaret était avec eux, expliqua Marcus en réponse au regard étonné de Matthew. Avant qu'Emily perde conscience, Knox a vu Margaret et a demandé comment deux démons avaient donné naissance à une petite sorcière. Il a invoqué le pacte. Il a menacé de présenter Margaret devant la Congrégation dans le cadre d'une enquête portant sur ce qu'il a qualifié de « graves entorses » à la loi. Pendant que nous tentions de ranimer Emily et de mettre le bébé à l'abri, Gerbert et Knox ont filé.

Jusqu'à récemment, Sarah avait toujours considéré la Congrégation et le pacte comme des maux nécessaires. Ce n'était pas facile pour les trois espèces surnaturelles – démons, vampires et sorciers – de vivre parmi les êtres humains. Tous avaient été l'objet de la peur et de la violence des êtres humains à un moment ou à un autre de l'histoire, et les créatures avaient conclu autrefois un pacte visant à diminuer les risques que leur univers attire l'attention de l'humanité. Il limitait la fraternisation entre espèces ainsi que toute participation à la politique ou à la religion. Les neuf membres de la Congrégation veillaient à ce que les créatures respectent les termes du pacte. Maintenant que Matthew et Diana étaient rentrés, pour Sarah, la Congrégation pouvait aller au diable en emportant son pacte.

Diana tourna brusquement la tête et une expression incrédule se peignit sur son visage.

— Gallowglass ? souffla-t-elle alors que l'odeur de la mer déferlait dans le salon.

— Bienvenue, ma tante, dit Gallowglass en s'avançant, sa barbe dorée étincelant dans le soleil. (Diana le fixa avec stupéfaction, puis un sanglot lui échappa.) Allons, allons, dit-il en la soulevant pour l'étreindre. Cela faisait longtemps qu'une femme avait fondu en larmes en me voyant. Et d'ailleurs, c'est moi qui devrais pleurer à nos retrouvailles. Pour vous, nous

nous sommes parlé il y a seulement quelques jours. Pour moi, cela fait des siècles.

Une aura se mit à chatoyer autour de Diana, telle une bougie s'allumant lentement. Sarah cligna des paupières. Il allait vraiment falloir qu'elle arrête de boire.

Matthew et son neveu échangèrent un regard. Matthew prit un air de plus en plus inquiet alors que les larmes de Diana redoublaient et que l'aura se faisait de plus en plus lumineuse.

— Laissez Matthew vous faire monter dans votre chambre.

Gallowglass tira de sa poche un bandana jaune chiffonné qu'il présenta à Diana en s'interposant entre elle et les autres.

— Elle se sent bien ? demanda Sarah.

— Elle est juste un petit peu fatiguée, dit Gallowglass tandis que Matthew et lui entraînaient Diana vers la chambre de la tour.

Une fois qu'ils furent partis, le fragile équilibre qu'avait maintenu Sarah se rompit et elle fondit en larmes. Elle revivait la mort d'Emily chaque jour, mais devoir le faire avec Diana était encore plus douloureux. Fernando fit son apparition, l'air inquiet.

— Cela ne fait rien, Sarah. Laissez-vous aller, murmura-t-il en l'attirant contre lui.

— Où étiez-vous donc ? demanda Sarah en sanglotant.

— Je suis là, à présent, dit-il en la berçant doucement. Et Diana et Matthew sont rentrés sains et saufs.

— Je n'arrive pas à arrêter de trembler.

Diana claquait des dents et était agitée de soubresauts comme une marionnette secouée au bout de ses fils. Gallowglass, pinçant les lèvres, recula pendant que Matthew serrait son épouse dans une couverture.

— C'est le choc, *mon cœur**, murmura-t-il en lui embrassant la joue. (Ce n'était pas seulement la mort d'Emily, mais le souvenir de la perte traumatisante de ses parents qui provoquait cette détresse. Il lui massa les bras à travers la couverture.) Peux-tu nous apporter un peu de vin, Gallowglass ?

— Je ne devrais pas. Les bébés…, commença Diana. (Elle prit un air affolé et ses larmes redoublèrent.) Jamais ils ne connaîtront Em. Nos enfants vont grandir sans connaître Em.

— Tiens, dit Gallowglass en tendant une fiasque d'argent à Matthew, qui la prit avec reconnaissance.

— Cela fera encore mieux l'affaire, dit Matthew en débouchant la fiasque. Prends simplement une gorgée, Diana. Cela ne fera pas de mal aux jumeaux et cela te calmera un peu. Je vais demander à Marthe de monter du thé noir bien sucré.

— Je vais tuer Peter Knox, dit farouchement Diana après avoir bu une gorgée de whiskey qui raviva encore l'éclat de son aura.

— Sûrement pas aujourd'hui, dit fermement Matthew en rendant la fiasque à Gallowglass.

— La *luur* de ma tante est-elle aussi vive depuis votre retour ?

Gallowglass n'avait pas vu Diana Bishop depuis 1591, mais il ne se rappelait pas qu'elle ait été aussi visible.

— Oui. Elle portait un sortilège de dissimulation. Le choc a dû le déplacer, dit Matthew en la déposant sur le canapé. Diana voulait qu'Emily et Sarah aient le temps de savourer leur joie d'être bientôt grands-mères avant de commencer à poser des questions sur l'augmentation de son pouvoir. (Gallowglass réprima un juron.) Tu te sens mieux ? demanda Matthew à Diana en portant ses doigts à ses lèvres. (Diana hocha la tête. Elle continuait de claquer des dents, remarqua Gallowglass. Il avait de la peine en songeant à l'effort qu'elle devait faire pour se maîtriser.) Je suis tellement navré pour Emily, continua Matthew en prenant son visage entre ses mains.

— Est-ce notre faute ? Sommes-nous restés trop longtemps dans le passé, comme disait papa ? demanda Diana d'une voix si faible que même Gallowglass eut du mal à l'entendre.

— Bien sûr que non, répondit-il avec brusquerie. C'est Peter Knox le coupable. Personne d'autre n'est responsable.

— Ne cherchons pas qui nous devons blâmer, dit Matthew avec un regard laissant transparaître sa colère.

Gallowglass opina. Matthew aurait largement de quoi dire sur Knox et Gerbert – mais plus tard. Pour le moment, c'est de son épouse qu'il se souciait.

— Emily aurait voulu que tu te préoccupes de ton bien-être et de celui de Sarah. C'est suffisant pour le moment, dit Matthew en écartant les mèches cuivrées collées aux joues de Diana par les larmes.

— Il faudrait que je redescende, dit Diana en portant le bandana jaune de Gallowglass à ses yeux. Sarah a besoin de moi.

— Restons encore un peu ici. Attends que Marthe apporte le thé, dit Matthew en s'asseyant auprès d'elle.

Diana s'appuya lourdement sur lui, hoquetant en essayant de réprimer ses sanglots.

— Je vais vous laisser tous les deux, dit Gallowglass d'un ton bourru.

Matthew le remercia d'un signe de tête.

— Merci, Gallowglass, dit Diana en lui rendant le bandana.

— Gardez-le, dit-il en se tournant vers l'escalier.

— Nous sommes seuls. Tu n'as plus besoin de te montrer forte, maintenant, murmura Matthew à Diana tandis que Gallowglass descendait l'escalier en colimaçon.

Matthew et Diana restèrent enlacés dans une étreinte impossible à briser, le visage déchiré par le chagrin, chacun donnant à l'autre le réconfort qu'ils ne pouvaient trouver seuls.

Jamais je n'aurais dû t'invoquer. J'aurais dû trouver un autre moyen d'obtenir mes réponses. Emily se tourna vers sa plus proche amie. *Tu devrais être avec Stephen.*

Je préfère être ici avec ma fille plutôt que n'importe où, dit Rebecca Bishop. *Stephen comprend.* Elle se retourna vers Diana et Matthew, toujours enlacés dans leur douleur.

Ne craignez rien. Matthew va veiller sur elle, dit Philippe. Il essayait encore de cerner Rebecca Bishop – c'était un être particulièrement intrigant, et elle était aussi douée pour garder les secrets que n'importe quel vampire.

Ils veilleront l'un sur l'autre, dit Rebecca en posant la main sur son cœur. *Comme je l'ai toujours su.*

2

Matthew dévala l'escalier de pierre reliant ses appartements dans la tour et l'étage principal du château. Il évita l'endroit glissant de la treizième marche et l'arête de la dix-septième que Baldwin avait ébréchée d'un coup d'épée durant l'une de leurs disputes.

Matthew avait édifié la tour pour en faire son refuge privé, à l'écart de l'agitation permanente qui entourait Philippe et Ysabeau. Les familles vampires étaient nombreuses et bruyantes, avec au moins deux lignées maladroitement réunies qui essayaient de vivre comme une seule et heureuse meute. Cela arrivait rarement chez les prédateurs, même quand ils marchent sur deux jambes et habitent de belles demeures. La tour n'avait aucune porte qui puisse étouffer l'arrivée furtive d'un vampire ni d'autre issue que celle par laquelle on entrait. Cette organisation en disait long sur les relations de Matthew avec ses frères et sœurs.

Ce soir, l'isolement de la tour semblait étouffant, bien loin de l'existence mouvementée que Diana et lui s'étaient façonnée dans le Londres élisabéthain, entourés de parents et d'amis. Le travail de Matthew comme espion pour la reine avait été difficile, mais gratifiant. Depuis le siège qu'il occupait naguère à la Congrégation, il avait réussi à sauver quelques sorcières de la pendaison. Diana avait commencé le processus de toute une vie consistant à se familiariser avec ses pouvoirs de sorcière. Ils avaient pris sous leur aile deux orphelins et leur avaient offert un avenir meilleur. Leur existence au XVIe siècle n'avait pas toujours été facile, mais leurs journées avaient été remplies d'amour et de ce sentiment d'espoir qui accompagnait Diana partout où elle allait. Ici, à Sept-Tours, ils étaient comme entourés de toutes parts par la mort et les Clermont.

À cause de cela, Matthew ne tenait pas en place et la colère qu'il réprimait si soigneusement quand Diana était auprès de lui affleurait un peu trop dangereusement à la surface. La fureur sanguinaire – ce mal que Matthew avait hérité d'Ysabeau quand elle l'avait créé – pouvait s'emparer rapidement de l'esprit et du corps d'un vampire, le laissant incapable de se raisonner ou de se maîtriser. Afin de tenir cette fureur sanguinaire à distance, Matthew avait accepté à contrecœur de laisser Diana aux bons soins d'Ysabeau et partait se promener autour du château avec ses deux chiens, Fallon et Hector, pour essayer de reprendre ses esprits.

Gallowglass beuglait une chanson de marin dans la grande salle. Pour des raisons qui échappaient à Matthew, il ponctuait un couplet sur deux d'exigences et de jurons. Après un moment d'hésitation, la curiosité l'emporta chez Matthew.

— Satanée vouivre. (Gallowglass faisait lentement tournoyer au-dessus de sa tête une hallebarde qu'il avait prise dans l'armurerie près de l'entrée.) *Bon vent et adieu à vous, dames d'Espagne.* Ramène ton cul ici, sinon mère-grand va te pocher dans du vin blanc et te jeter aux chiens. *Car nous avons reçu l'ordre de faire voile pour la vieille Angleterre.* Qu'est-ce que tu t'imagines faire, à voler ainsi dans la maison comme quelque perruche démente ? *Et peut-être belles dames, ne vous reverrons-nous jamais.*

— Mais que fais-tu donc ? demanda Matthew.

Gallowglass posa son regard bleu sur Matthew. Le jeune homme portait un tee-shirt noir décoré d'un crâne et de deux tibias croisés. L'arrière était déchiré de l'épaule gauche à la hanche droite. Les trous de son jean semblaient être dus davantage à l'usure qu'à la bataille, et ses cheveux étaient encore plus hirsutes que d'habitude. Ysabeau s'était mise à l'appeler « messire Vagabond », mais son état ne s'était pas arrangé.

— J'essaie d'attraper la bestiole de ton épouse.

Gallowglass donna un coup de hallebarde en l'air. Il y eut un piaillement surpris, suivi d'une pluie d'écailles vertes qui volèrent en éclats en touchant le sol. Les poils blonds de ses avant-bras scintillèrent sous la poussière d'un vert irisé. Il éternua.

Corra, le familier de Diana, les serres agrippées à la balustrade de la galerie, babillait et claquait de la langue comme une folle. Elle salua Matthew d'un coup de sa queue épineuse qui déchira une tapisserie sans prix représentant une licorne dans un jardin. Matthew frémit.

— Je l'avais acculée dans la chapelle près de l'autel, mais Corra est une petite finaude, dit Gallowglass avec un rien de fierté. Elle se cachait au-dessus du tombeau de grand-père, les ailes déployées. Je l'ai prise pour une statue. Regarde-la à présent. Là-haut dans les solives, vaniteuse comme le diable et deux fois plus agaçante encore. Allons bon, voilà qu'elle a déchiré l'une des tentures préférées d'Ysabeau. Mère-grand va avoir une attaque.

— Si Corra ressemble un tant soit peu à sa maîtresse, l'acculer dans un coin va mal finir, dit aimablement Matthew. Essaie plutôt de la raisonner.

— Oh, mais oui. Cela marche bien avec ma tante Diana, renifla Gallowglass. Qu'est-ce qui t'a pris de laisser Corra filer ?

— Plus elle s'agite, plus Diana paraît se calmer, dit Matthew.

— Peut-être, mais c'est une catastrophe pour le mobilier. Elle a cassé l'un des vases de Sèvres de mère-grand cet après-midi.

— Du moment que ce n'est pas l'un des bleus décorés de têtes de lions que Philippe lui a offerts, je ne m'inquiéterais pas. (Matthew gémit en voyant l'expression de Gallowglass.) *Merde**.

— C'est ce qu'Alain a dit aussi, fit Gallowglass en s'appuyant sur sa hallebarde.

— Ysabeau devra s'habituer à avoir une poterie en moins, dit Matthew. Corra est peut-être une nuisance, mais Diana dort normalement pour la première fois depuis que nous sommes rentrés.

— Oh, eh bien, c'est parfait, alors. Il suffira de dire à Ysabeau que la maladresse de Corra est bonne pour les bébés. Mère-grand lui donnera ses vases en guise d'offrande sacrificielle. Et pendant ce temps, je m'arrangerai pour distraire la mégère volante afin que ma tante puisse dormir.

— Comment comptes-tu t'y prendre ? demanda Matthew, sceptique.

— En lui chantant la sérénade, évidèmment. (Il leva la tête. Corra gazouilla devant ce regain d'attention et étendit encore un peu ses ailes, qui prirent feu sur les torches accrochées aux murs. Considérant cela comme un signe d'encouragement, Gallowglass prit une profonde inspiration et entonna une autre ballade tonitruante.) *Ma tête tourne, je suis en feu / J'aime tel un dragon / Voudrais-tu connaître le nom de ma maîtresse ?* (Corra claqua des mandibules avec approbation. En souriant, Gallowglass commença à battre la mesure avec sa hallebarde, puis il haussa les sourcils à l'adresse de Matthew avant de continuer avec le couplet suivant.) *Je lui envoie à foison présents / Pierres et perles pour la rendre aimable / Puis n'ayant plus un sou vaillant / C'est elle que j'envoie – au diable.*

— Bonne chance, murmura Matthew en espérant sincèrement que Corra ne comprenait pas les paroles.

Il tendit l'oreille vers les pièces voisines pour faire l'inventaire de leurs occupants. Hamish était dans la bibliothèque à s'occuper de formalités administratives, d'après le raclement d'une plume sur du papier et la légère odeur de lavande et de menthe poivrée qu'il perçut. Matthew hésita un instant, puis il poussa la porte.

— Tu as du temps à accorder à un vieil ami ? demanda-t-il.

— Je commençais à croire que tu m'évitais.

Hamish Osborne posa son stylo et desserra sa cravate, imprimée d'un motif floral que la plupart des hommes n'auraient jamais eu le courage de porter. Même au cœur de la campagne française, Hamish était vêtu comme pour un rendez-vous avec des députés, d'un costume bleu marine à rayures et d'une chemise mauve qui lui donnait l'air d'un coquet nostalgique de l'époque édouardienne.

Matthew était conscient que le démon cherchait à provoquer une dispute. Hamish et lui étaient amis depuis des dizaines d'années, depuis leurs études à Oxford. Leur amitié reposait sur un respect mutuel et était restée forte grâce à leurs intellects aiguisés comme des rasoirs et complices. Entre Hamish et Matthew, même les échanges les plus simples pouvaient devenir compliqués et stratégiques comme une partie d'échecs entre deux maîtres. Mais il était trop tôt dans la conversation pour qu'il laisse Hamish le mettre en difficulté.

— Comment se porte Diana ? demanda Hamish, qui avait remarqué que Matthew refusait délibérément de mordre à l'hameçon.

— Aussi bien qu'on pourrait s'y attendre.

— Je lui aurais bien demandé moi-même, mais ton neveu m'a dit de partir. Du vin ? proposa-t-il en prenant un verre et en buvant une gorgée.

— Il vient de ma cave ou de celle de Baldwin ?

La question apparemment innocente de Matthew visait à rappeler subtilement que maintenant que

Diana et lui étaient de retour, Hamish allait devoir choisir entre Matthew et les autres Clermont.

— C'est du bordeaux, dit Hamish en faisant tourner le contenu de son verre et en attendant la réaction de Matthew. Il est coûteux. Vieux. Excellent.

— Non, merci, dit Matthew avec une grimace. Je n'ai jamais été autant porté là-dessus que le reste de la famille.

Il aurait préféré remplir les fontaines du jardin avec le stock de précieux bordeaux de Baldwin plutôt que le boire.

— Qu'est-ce que c'est que cette histoire de dragon ? (La mâchoire de Hamish tressaillit, mais Matthew ne sut si c'était d'amusement ou de colère.) Gallowglass dit que Diana l'a ramené en guise de souvenir, mais personne ne le croit.

— L'animal appartient à Diana, dit Matthew. C'est à elle que tu devras poser la question.

— Tout le monde est terrorisé à Sept-Tours, tu sais, dit Hamish en changeant brusquement de sujet et en avançant d'un pas vers lui. Mais personne ne s'est encore aperçu que le plus terrifié de tous ici, c'est *toi*.

— Et comment se porte William ?

Matthew était capable de faire des coq-à-l'âne aussi étourdissants que n'importe quel démon.

— Le charmant William est allé porter ses affections ailleurs.

Hamish se détourna avec une moue et l'évidence de son chagrin mit inopinément fin à leur petit jeu.

— Je suis tout à fait désolé, Hamish, dit Matthew qui avait toujours pensé que cette relation durerait. William t'aimait.

— Pas assez. (Hamish haussa les épaules, mais ne parvint pas à dissimuler la peine dans son regard.) Il va falloir que tu reportes tes espoirs romantiques sur Marcus et Phoebe, je le crains.

— J'ai à peine parlé à cette fille, dit Matthew.

Il se servit en soupirant un verre du bordeaux de Baldwin.

— Que peux-tu me dire d'elle ?

— La jeune Miss Taylor travaille chez l'un des commissaires-priseurs de Londres, Sotheby's ou Christie's, je n'ai jamais réussi à les distinguer, dit Hamish en se laissant tomber dans un fauteuil en cuir devant l'âtre éteint. Marcus a fait sa connaissance en venant chercher quelque chose pour Ysabeau. Je crois que c'est sérieux.

— Ça l'est, dit Matthew en longeant comme un fauve les rayonnages de livres le long des murs. Elle porte l'odeur de Marcus. Ils se sont unis.

— C'est ce que je soupçonnais. (Hamish but une petite gorgée et considéra l'agitation de son ami.) Personne n'a rien dit, évidemment. Ta famille pourrait donner une bonne leçon au MI6 en matière de secrets.

— Ysabeau aurait dû l'empêcher. Phoebe est trop jeune pour avoir une relation avec un vampire. Elle ne peut pas avoir plus de vingt-deux ans et Marcus l'a enchaînée par un lien irrévocable.

— Oh, oui, interdire à Marcus de tomber amoureux, cela aurait marché comme sur des roulettes, s'amusa Hamish. Il se trouve que Marcus est tout aussi entêté que toi question amour.

— Peut-être que s'il avait réfléchi à sa fonction de chef des chevaliers de l'ordre de Saint-Lazare…

— Ne va pas plus loin, Matt, tu pourrais dire quelque chose de si injuste que je pourrais bien ne jamais te le pardonner, dit Hamish d'un ton cinglant. Tu sais combien c'est difficile d'être le grand-maître de la confrérie. Marcus devait chausser des bottes bien grandes pour lui et vampire ou pas, il n'est pas tellement plus âgé que Phoebe.

La confrérie était un ordre de chevalerie fondé à l'époque des croisades pour protéger les intérêts des vampires dans un monde de plus en plus dominé par les humains. Philippe de Clermont, le compagnon d'Ysabeau, en avait été le premier grand-maître. Mais c'était un personnage légendaire, pas seulement chez les vampires, mais aussi pour d'autres créatures. C'était une tâche presque impossible pour quiconque de vouloir l'égaler.

— Je sais, mais tomber amoureux…, protesta Matthew dont la colère montait.

— Marcus a admirablement travaillé, le coupa Hamish. Il a recruté de nouveaux membres et supervisé chaque question financière. Il a exigé que la Congrégation punisse Knox pour ses actes commis ici en mai et a officiellement demandé que le pacte soit révoqué. Personne n'aurait pu faire davantage. Pas même toi.

— Punir Knox, c'est bien maigre par rapport à ce qui s'est passé. Gerbert et lui ont profané ma maison.

Knox a tué une femme qui était comme une mère pour mon épouse.

Matthew vida d'un trait son verre comme pour s'efforcer de noyer sa fureur.

— Emily a fait une crise cardiaque, corrigea Hamish. Selon Marcus, il n'y a aucun moyen d'en connaître la cause.

— J'en sais assez, s'emporta brusquement Matthew en jetant son verre vide à l'autre bout de la pièce. (Il se fracassa sur l'une des étagères, projetant des éclats sur l'épais tapis. Hamish ouvrit de grands yeux.) Nos enfants ne pourront jamais connaître Emily, à présent. Et Gerbert, un intime de notre famille depuis des siècles, a regardé faire Knox, tout en sachant que Diana est ma compagne.

— Toute la maison dit que tu ne voulais pas que la justice de la Congrégation suive son cours. Je ne les ai pas crus.

Hamish n'aimait guère les changements qu'il constatait chez son ami. C'était comme si le XVIe siècle avait rouvert une vieille blessure oubliée.

— J'aurais dû m'occuper de Gerbert et de Knox quand ils ont aidé Satu Järvinen à enlever Diana et l'emprisonner à La Pierre. Si je l'avais fait, Emily serait encore en vie. (Matthew crispa les épaules de remords.) Mais Baldwin me l'a interdit en disant que la Congrégation avait déjà assez de problèmes sur les bras.

— Tu veux parler des meurtres perpétrés par des vampires ? demanda Hamish.

— Oui. D'après lui, en défiant Gerbert et Knox, je n'aurais fait qu'aggraver la situation.

Ces meurtres — artères sectionnées, absence de traces de sang, sauvagerie presque animale des agressions — avaient fait la une des journaux de Londres à Moscou. Chaque article avait souligné l'étrange mode opératoire du meurtrier et menacé de dévoiler l'existence des vampires aux êtres humains.

— Je ne commettrai pas l'erreur de me taire, cette fois, continua Matthew. Les chevaliers de l'ordre de Saint-Lazare et les Clermont ne sont peut-être pas capables de protéger ma femme et ma famille, mais moi, je le suis.

— Tu n'es pas un assassin, Matt, insista Hamish. Ne te laisse pas aveugler par la colère.

Il blêmit en voyant les yeux noirs que Matthew tourna vers lui. Bien que sachant que Matthew était un peu plus proche du règne animal que la plupart des autres créatures, Hamish ne l'avait jamais vu ressembler aussi dangereusement à un loup.

— Tu en es sûr, Hamish ?

Les yeux couleur d'obsidienne clignèrent, puis Matthew tourna les talons et quitta la pièce.

En suivant l'odeur de réglisse caractéristique de Marcus Whitmore, mélangée ce soir avec le parfum capiteux du lilas, Matthew parvint sans peine à retrouver son fils dans les appartements familiaux au deuxième étage du château. Il redoutait que Marcus ait pu surprendre une partie de cette conversation échauffée, étant donné l'ouïe de vampire particulièrement fine de son fils. Matthew pinça les lèvres en arrivant devant une porte donnant sur l'escalier et il réprima sa colère en se rendant compte que Marcus était installé dans le bureau de Philippe.

Il frappa et poussa l'énorme battant de bois sans attendre de réponse. En dehors de l'ordinateur portable argenté posé sur le bureau à la place du sous-main, la pièce était exactement telle que Philippe de Clermont l'avait laissée à sa mort en 1945. Le même téléphone en bakélite noire sur sa table près de la fenêtre. Des piles d'enveloppes minces et de papier jauni et fané étaient à la disposition de Philippe pour écrire à ses nombreux correspondants. Au mur était punaisée une vieille carte de l'Europe sur laquelle Philippe marquait les positions de l'armée allemande.

Matthew ferma les yeux pour chasser le brusque et vif chagrin. Ce que Philippe n'avait *pas* prévu, c'était qu'il tomberait dans les mains des nazis. L'un des cadeaux inattendus de leur voyage dans le temps avait été la possibilité de revoir Philippe et de se réconcilier avec lui. Le prix que Matthew devait payer, c'était ce regain de chagrin maintenant qu'il se retrouvait dans un monde dont Philippe de Clermont était absent.

Quand il rouvrit les yeux, Matthew se trouva nez à nez avec le visage furibard de Phoebe Taylor. Il ne fallut qu'une fraction de seconde à Marcus pour venir s'interposer entre Matthew et la sang-chaud. Matthew fut heureux de voir que son fils n'avait pas perdu toutes ses capacités en se choisissant une compagne. Cela dit, si Matthew avait voulu faire du mal à Phoebe, la jeune fille aurait déjà été morte.

— Marcus, salua laconiquement Matthew avant de regarder derrière lui. (Phoebe n'était pas du tout le genre habituel de son fils, qui avait toujours préféré les rousses.) Nous n'avons pas eu le temps d'être convenablement présentés lorsque nous nous sommes rencontrés la première fois. Je suis Matthew Clairmont. Le père de Marcus.

— Je sais qui vous êtes, répondit Phoebe.

Elle avait l'accent caractéristique des écoles privées, manoirs et familles aristocratiques décrépites. Marcus, l'idéaliste démocrate de la famille, s'était laissé séduire par le sang bleu.

— Bienvenue dans la famille, Miss Taylor, dit Matthew en s'inclinant pour dissimuler son sourire.

— Phoebe, je vous en prie. (Phoebe dépassa Marcus en un clin d'œil et tendit la main. Matthew l'ignora.) Dans la plupart des milieux les plus urbains, professeur Clairmont, c'est le moment où vous prendriez ma main pour la serrer, dit-elle d'un air pour le moins agacé, la main toujours tendue.

— Vous êtes entourée de vampires. Qu'est-ce qui vous fait croire que vous allez trouver de la civilisation ici ? (Matthew la dévisagea sans ciller. Mal à l'aise, elle détourna le regard.) Vous trouvez peut-être mon comportement inutilement guindé, Phoebe, mais aucun vampire ne touche la compagne d'un autre – moins encore sa fiancée – sans sa permission.

Il jeta un coup d'œil à la grosse émeraude de la chevalière de son fils qu'elle portait à l'annulaire de la main gauche. Marcus l'avait gagnée à une partie de cartes à Paris des siècles plus tôt. À l'époque comme aujourd'hui, elle valait une petite fortune.

— Oh. Marcus ne me l'avait pas dit, se rembrunit Phoebe.

— Non, mais je t'ai donné quelques règles simples. Peut-être qu'il est temps de les réviser, murmura Marcus à sa fiancée. Nous en profiterons pour répéter nos vœux de mariage.

— Pourquoi ? Tu ne trouveras toujours pas le verbe « obéir » dans les miens, répliqua Phoebe.

Avant que la dispute puisse prendre de l'ampleur, Matthew toussota.

— Je suis venu m'excuser de mon éclat dans la bibliothèque, dit-il. Je me mets un peu trop facilement en colère en ce moment. Pardonnez-moi mon emportement.

C'était plus que de l'emportement, mais Marcus, tout comme Hamish, l'ignorait.

— Quel éclat ? demanda Phoebe.

— Ce n'était rien, répondit Marcus avec une expression qui disait tout le contraire.

— Je me demandais aussi si tu voudrais bien venir examiner Diana ? Comme tu le sais sans doute, elle attend des jumeaux. Je crois qu'elle est à son deuxième trimestre, mais comme nous ne pouvions pas consulter de médecins dignes de ce nom, j'aimerais en être sûr.

Le rameau d'olivier que tendait Matthew resta suspendu dans le vide comme la main de Phoebe avant d'être enfin accepté.

— B... bien sûr, bafouilla Marcus. Merci de me faire confiance pour Diana. Je ne te décevrai pas. Et

Hamish a raison, ajouta-t-il. Même si j'avais procédé à une autopsie sur Emily, ce que Sarah a refusé, il n'y avait aucun moyen de déterminer si elle était morte de cause naturelle ou magique. Nous ne le saurons peut-être jamais.

Matthew ne prit pas la peine d'en discuter. Il avait bien l'intention de découvrir le rôle que Knox avait joué dans la mort d'Emily, car la réponse allait déterminer la vitesse à laquelle Matthew le tuerait et jusqu'à quel point il le ferait souffrir avant.

— Phoebe, j'ai été ravi de faire votre connaissance, se contenta-t-il de dire.

— De même, mentit poliment la jeune fille.

Elle était très convaincante. Elle serait utile dans la meute des Clermont.

— Viens voir Diana demain matin, Marcus. Nous t'attendrons.

Et avec un dernier sourire en s'inclinant légèrement devant la fascinante Phoebe Taylor, Matthew quitta la pièce.

La ronde nocturne qu'avait faite Matthew autour de Sept-Tours n'avait pas diminué son agitation ni sa colère. Au contraire, il avait encore plus de mal à rester maître de lui-même. Dépité, il retourna vers ses appartements en passant par le donjon et la chapelle. C'est là que se trouvaient les souvenirs de la plupart des défunts Clermont – Philippe, Louisa, son frère jumeau Louis, Godfrey, Hugh – ainsi que certains de leurs enfants, amis chers et serviteurs bien-aimés.

— Bonjour, Matthew. (L'odeur de safran et d'orange amère emplissait l'air. *Fernando*. Après une longue

pause, Matthew se força à se retourner. Généralement, la vieille porte de bois de la chapelle était close, étant donné que Matthew était le seul à y passer du temps. Ce soir, elle était ouverte comme en guise de bienvenue, et la silhouette d'un homme se découpait sur la chaleureuse clarté des cierges.)
J'espérais te voir, continua Fernando en l'invitant à entrer d'un geste.

Il regarda son beau-frère avancer vers lui et le scruta, cherchant à déceler des signes avant-coureurs de problèmes : dilatation des pupilles, frémissement des épaules rappelant l'échine hérissée du loup, grondement guttural.

— J'ai satisfait à l'inspection ? demanda Matthew, incapable de dissimuler son intonation défensive.

— Oui, dit Fernando en refermant soigneusement la porte derrière eux. Tout juste. (Matthew caressa du bout des doigts l'énorme sarcophage de Philippe au centre de la chapelle et erra avec nervosité dans la salle sous le regard brun de Fernando.) Félicitations pour ton mariage, Matthew, continua-t-il. Je n'ai pas encore fait la connaissance de Diana, mais Sarah m'a tellement parlé d'elle que j'ai l'impression que nous sommes des amis de longue date.

— Pardonne-moi, Fernando, c'est juste…, commença Matthew d'un air coupable.

Fernando l'arrêta d'un geste.

— Tu n'as nul lieu de t'excuser.

— Merci de t'être occupé de la tante de Diana, dit Matthew. Je sais combien c'est difficile pour toi d'être ici.

— La veuve avait besoin que quelqu'un soigne ses peines. Tout comme tu l'as fait pour moi quand Hugh est mort, répondit simplement Fernando.

À Sept-Tours, tout le monde, Gallowglass, Ysabeau et Victoire comme le jardinier, évoquait en son absence Sarah par son statut vis-à-vis d'Emily plutôt que par son prénom. C'était un titre de respect autant qu'un rappel permanent du deuil de Sarah.

— Je dois te poser la question, Matthew : Diana est-elle au courant de ta fureur sanguinaire ?

Fernando avait parlé à voix basse. Les murs de la chapelle étaient épais, mais il était sage de prendre des précautions.

— Bien sûr qu'elle le sait, dit Matthew.

Il s'agenouilla devant un petit ensemble de pièces d'armures et d'armes disposées dans une des niches sculptées de la chapelle. Il y avait la place d'y mettre un cercueil, mais Hugh de Clermont ayant été condamné au bûcher, il n'en subsistait rien. Matthew avait façonné à la place ce mémorial de métal et de bois peint en l'honneur de son frère préféré : son écu, ses gants, son haubert et sa cotte de mailles, son épée et son heaume.

— Pardonne-moi de t'avoir insulté en imaginant que tu puisses dissimuler quelque chose d'aussi important à celle que tu aimes, lui chuchota Fernando à l'oreille. Je suis heureux que tu en aies parlé à ton épouse, mais tu mériterais le fouet pour ne rien avoir dit à Marcus, Hamish, ou Sarah.

— Je te laisse tout loisir d'essayer, répondit Matthew d'un ton menaçant qui aurait fait battre en retraite n'importe quel membre de la famille, mais pas Fernando.

— Tu préférerais un châtiment franc, n'est-ce pas ? Mais tu ne t'en tireras pas à si bon compte. Pas cette fois, dit Fernando en s'agenouillant à côté de lui.

Il y eut un long silence pendant lequel Fernando attendit que Matthew baisse sa garde.

— La fureur sanguinaire. Elle s'est aggravée.

Matthew baissa la tête sur ses mains jointes.

— Bien entendu. Tu as une compagne, à présent. Qu'imaginais-tu ?

Les réactions chimiques et émotionnelles qui accompagnaient l'union étaient intenses et même les vampires en parfaite santé avaient du mal à quitter leur conjoint du regard. Lorsqu'il était impossible d'être ensemble, cela conduisait à l'irascibilité, l'agressivité, l'angoisse et, dans de rares cas, à la démence. Chez un vampire atteint de fureur sanguinaire, la pulsion d'union et les effets de la séparation étaient encore plus intenses.

— Je pensais que je maîtriserais la situation, dit Matthew en baissant le front jusqu'à ce qu'il repose sur ses doigts. Je croyais que l'amour que j'éprouvais pour Diana était plus fort que la maladie.

— Oh, Matthew. Tu réussis à être encore plus idéaliste que Hugh dans ses moments les plus optimistes, soupira Fernando en posant une main réconfortante sur son épaule.

Fernando offrait toujours consolation et assistance à ceux qui en avaient besoin – même ceux qui ne le méritaient pas. Il avait envoyé Matthew étudier auprès du chirurgien Aboulcassis à l'époque où il essayait de vaincre les crises de violence qui avaient marqué ses premiers siècles de vampire. Il protégeait Hugh – le frère que Matthew adorait – quand il allait et venait entre champ de bataille et livres. Sans la sollicitude de Fernando, Hugh serait arrivé au combat avec rien d'autre qu'un recueil de poésie, une épée émoussée et un seul gant. Et c'était Fernando qui avait dit à Philippe que renvoyer Matthew à Jérusalem serait une affreuse erreur. Malheureusement, ni Matthew ni Philippe ne l'avaient écouté.

— J'ai dû me forcer pour la laisser ce soir, dit Matthew en jetant des regards furtifs tout autour de lui. Je suis incapable de rester en place, j'ai envie de tuer — une envie énorme – et malgré cela, j'ai failli ne pas réussir à m'éloigner d'elle. (Fernando écouta sans mot dire, compatissant, tout en se demandant pourquoi Matthew paraissait aussi surpris. Fernando dut se rappeler que les vampires récemment unis sous-estimaient souvent la force avec laquelle ce lien les affecterait.) Pour le moment, Diana veut être auprès de moi et de Sarah. Mais quand le chagrin provoqué par la mort d'Emily aura diminué, elle voudra reprendre le cours de son existence, dit Matthew, manifestement soucieux.

— Eh bien, elle ne peut pas. Si tu es à ses côtés. (Fernando ne mâchait jamais ses mots avec Matthew. Les idéalistes comme lui avaient besoin qu'on leur parle sans détours, sinon ils ne savaient plus où ils en étaient.) Si Diana t'aime, elle s'adaptera.

— Elle n'aura pas à s'adapter, dit Matthew, les dents serrées. Je ne prendrai pas sa liberté, quoi qu'il m'en coûte. Je n'étais pas avec elle à chaque instant au XVIe siècle. Il n'y a pas de raison pour que ce soit différent au XXIe.

— Tu as réussi à maîtriser tes sentiments dans le passé parce que lorsque tu n'étais pas avec elle, Gallowglass l'accompagnait. Oh, il m'a raconté votre petite existence à Londres et à Prague, ajouta Fernando en voyant Matthew lever vers lui un visage stupéfait. Et si ce n'était pas Gallowglass, il y avait quelqu'un d'autre : Philippe, Davy, une autre sorcière, Mary, Henry. Penses-tu honnêtement que les téléphones portables vont te permettre d'établir une relation de contrôle comparable ? (Matthew avait toujours l'air fâché et la fureur sanguinaire couvait encore, mais il paraissait également malheureux. Fernando jugea que c'était un pas dans la bonne direction.) Ysabeau aurait dû t'empêcher de t'unir avec Diana Bishop dès qu'il a été évident que tu éprouvais un lien d'union, dit sévèrement Fernando.

Si Matthew avait été son enfant, Fernando l'aurait enfermé dans une tour d'acier pour le retenir.

— Elle m'en a empêché, dit Matthew d'un air encore plus accablé. Je n'ai été totalement uni à Diana que lorsque nous sommes venus à Sept-Tours en 1590. Philippe nous a accordé sa bénédiction.

— L'arrogance de cet homme ne connaissait aucune limite, dit Fernando avec aigreur. Nul doute qu'il avait prévu de tout arranger une fois que vous seriez de retour dans le présent.

— Philippe savait qu'il ne serait plus là, avoua Matthew. (Fernando ouvrit de grands yeux.) Je ne lui ai pas parlé de sa mort. Il l'a devinée lui-même.

Fernando laissa échapper un juron cuisant. Il était sûr que le dieu de Matthew lui pardonnerait le blasphème, étant donné qu'il était particulièrement mérité en l'occurrence.

— Et l'union avec Diana a-t-elle eu lieu avant ou après que Philippe l'a marquée de son serment de sang ?

Même après le voyage dans le temps, le serment de sang de Philippe était encore audible et, selon Verin de Clermont et Gallowglass, encore assourdissant. Heureusement, Fernando n'était pas totalement un Clermont et le chant du sang de Philippe n'était pour lui qu'un bourdonnement insistant.

— Après.

— Évidemment. Le serment de sang de Philippe assurait sa sécurité. *Noli me tangere*, dit Fernando en secouant la tête. Gallowglass perdait son temps à surveiller aussi étroitement Diana.

— *Ne me touche point, car j'appartiens à César*, répondit Matthew à mi-voix. C'est vrai. Aucun vampire ne lui a cherché noise après cela. En dehors de Louisa.

— Louisa était aussi folle qu'un lièvre de mars de ne pas prêter attention aux volontés de ton père, commenta Fernando. J'imagine que c'est pour cela que Philippe l'a envoyée à l'autre bout du monde connu en 1591.

La décision avait toujours semblé brutale, et Philippe n'avait pas levé ensuite le petit doigt pour venger la mort de sa fille.

Fernando mit de côté cette information en vue d'y réfléchir plus tard.

La porte s'ouvrit soudain et la chatte de Sarah, Tabitha, s'engouffra dans la chapelle dans un éclair de fourrure grise et d'indignation féline. Gallowglass la suivait, un paquet de cigarettes dans une main et une fiasque en argent dans l'autre. Tabitha alla se réfugier dans les jambes de Matthew en quémandant son attention.

— Le matou de Sarah est presque aussi agaçant que la vouivre de ma tante. (Gallowglass tendit sa fiasque à Matthew.) Prends-en un peu. Ce n'est pas du sang, mais ce n'est pas non plus du truc français de mère-grand. Ce qu'elle sert fait une bonne eau de Cologne, mais c'est à peu près tout.

Matthew refusa d'un signe de tête. Le vin de Baldwin lui donnait déjà des aigreurs d'estomac.

— Et tu te qualifies de vampire, lança Fernando à Gallowglass. Acculé à la boisson par *um pequeno dragão*.

— Essaie de dompter Corra, toi, si tu crois que c'est si facile, répliqua Gallowglass en glissant une cigarette entre ses lèvres. Sinon, nous pouvons voter pour décider de son sort.

— Voter ? répéta Matthew, incrédule. Depuis quand votons-nous, dans cette famille ?

— Depuis que Marcus dirige les chevaliers de l'ordre de Saint-Lazare, répondit Gallowglass en sortant son briquet en argent. Nous suffoquons sous la démocratie depuis que tu es parti. (Fernando lui jeta un regard appuyé.) Quoi ? fit Gallowglass en ouvrant le briquet.

— Nous sommes dans un lieu saint, Gallowglass. Et tu sais ce que pense Marcus de fumer quand il y a des sang-chauds dans la maison, dit Fernando d'un ton réprobateur.

— Et tu imagines ce que j'en pense, moi, avec mon épouse enceinte qui dort à l'étage, dit Matthew en arrachant la cigarette des lèvres de Gallowglass.

— La famille était plus marrante quand vous étiez moins diplômés en médecine, dit sombrement Gallowglass. Je me rappelle la belle époque où nous nous recousions tout seuls quand nous étions blessés au combat et que nous nous fichions bien d'être carencés ou pas en fer et en vitamine D.

— Oh, oui, dit Fernando en levant la main pour montrer une cicatrice irrégulière. Quelle glorieuse époque, en effet. Et tes exploits avec l'aiguille étaient légendaires, *Bife*.

— Je me suis amélioré, se défendit Gallowglass. Je n'ai jamais été aussi doué que Matthew ou Marcus, évidemment. Mais tout le monde ne peut pas aller à l'université.

— Sûrement pas quand Philippe était le chef de famille, murmura Fernando. Il préférait que ses enfants et petits-enfants manient l'épée plutôt que les idées. Cela vous rendait tous bien plus malléables.

Il y avait un soupçon de vérité dans cette remarque, et un océan de douleur au-delà.

— Il faut que je remonte auprès de Diana, dit Matthew en se levant, puis en posant brièvement la main sur l'épaule de Fernando avant de tourner les talons pour sortir.

— Ce n'est pas en attendant que ce sera plus facile de parler à Marcus et à Hamish de la fureur sanguinaire, l'avertit Fernando en le retenant.

— Je pensais que mon secret était à l'abri, après toutes ces années, dit Matthew.

— Les secrets, comme les morts, ne restent pas toujours ensevelis, dit tristement Fernando. Dis-leur. Vite.

Matthew revint à la tour plus agité qu'il ne l'avait quittée.

Ysabeau fronça les sourcils en le voyant.

— Merci d'avoir veillé sur Diana, *mère**, dit-il en l'embrassant.

— Et toi, mon fils ? demanda-t-elle en posant la main sur sa joue et en cherchant des signes de fureur sanguinaire. Est-ce sur toi que je devrais veiller, à présent ?

— Je vais bien. Vraiment.

— Bien sûr, répondit Ysabeau. (L'expression signifiait bien des choses dans le vocabulaire personnel d'Ysabeau. Mais jamais qu'elle était d'accord.) Je serai dans ma chambre si tu as besoin de moi.

Une fois que les pas discrets de sa mère se furent évanouis, Matthew ouvrit tout grand les fenêtres et tira sa chaise devant l'embrasure. Il inspira une profonde goulée du puissant parfum estival des silènes et des dernières giroflées. Le souffle calme de Diana se mêlait aux autres chants nocturnes que seuls les vampires pouvaient entendre – le claquement des pinces des lucanes combattant pour une femelle, la respiration sifflante des loirs courant sur les fortifications, les piaillements stridents des sphinx à tête de mort, le bruit des griffes sur l'écorce des martres des pins. D'après les grognements et reniflements que Matthew entendit depuis le jardin, Gallowglass n'avait pas plus réussi à attraper le sanglier qui saccageait le potager de Marthe qu'il n'avait pu capturer Corra.

D'habitude, Matthew savourait cette heure paisible à mi-chemin entre minuit et l'aube quand les chouettes cessaient de ululer et que même les lève-tôt les plus volontaires n'étaient pas encore sortis de leur lit. Ce soir, même les odeurs et bruits familiers de la maison ne parvenaient pas à exercer leur magie.

Une seule chose le pouvait.

Matthew monta l'escalier jusqu'au dernier étage de la tour. Une fois là-haut, il regarda la forme endormie de Diana. Il caressa ses cheveux, souriant en voyant sa femme presser son crâne contre sa paume. Si impossible que cela fût, ils se correspondaient : vampire et sorcière, homme et femme, mari et épouse. Le poing qui enserrait son cœur dans son étau se desserra imperceptiblement.

Sans un bruit, Matthew se déshabilla et se glissa dans le lit. Il libéra les draps entortillés autour des jambes de Diana et en recouvrit leurs corps. Puis il glissa ses genoux derrière ceux de Diana et plaqua ses hanches contre ses reins. Il inspira longuement sa délicate odeur de miel, de camomille et de sève de saule et déposa un baiser léger dans ses cheveux.

Après seulement quelques respirations, le cœur de Matthew se calma et son agitation décrut à mesure que Diana lui apportait la paix qui lui échappait. Là, dans ses bras, se trouvait tout ce qu'il avait jamais désiré. Une épouse. Des enfants. Une famille à lui. Il laissa le sentiment de justice qu'il éprouvait toujours avec Diana imprégner son âme.

— Matthew ? demanda Diana d'une voix ensommeillée.

— Je suis là, murmura-t-il à son oreille en la serrant contre lui. Rendors-toi. Le soleil n'est pas encore levé. (Diana se retourna et enfouit son visage dans son cou.) Qu'y a-t-il, *mon cœur** ? (Matthew fronça les sourcils et recula pour la dévisager. Elle avait les yeux bouffis et rouges d'avoir pleuré et ses petites rides étaient creusées par le chagrin et l'inquiétude. Il fut anéanti de la voir ainsi.) Réponds-moi, dit-il doucement.

— Ce n'est pas la peine. Personne n'y peut rien, dit-elle tristement.

— Laisse-moi essayer, au moins, sourit-il.

— Tu peux arrêter le temps ? chuchota-t-elle après une brève hésitation. Ne serait-ce qu'un instant ?

Matthew était un vampire très âgé, pas un sorcier voyageur du temps. Mais c'était aussi un homme, et il connaissait une manière d'accomplir un tel prodige. Son esprit lui disait que c'était encore trop tôt après la mort d'Emily, mais son corps lui soufflait un message autrement plus persuasif.

Il baissa lentement sa bouche pour donner à Diana le temps de le repousser. Mais elle plongea ses doigts dans ses cheveux courts et lui rendit son baiser avec une passion qui lui coupa le souffle.

Elle avait rapporté du passé sa fine chemise de nuit et, bien qu'elle fût presque transparente, c'était encore une barrière entre leurs corps. Il souleva l'étoffe, dévoilant le ventre gonflé où grandissaient ses enfants, la courbe de ses seins qui mûrissaient chaque jour d'une promesse fertile. Ils n'avaient pas fait l'amour depuis Londres et Matthew remarqua que son ventre était encore plus tendu – signe que les bébés continuaient de se développer – et que le sang affluait encore plus dans ses seins et son sexe.

Il put se repaître d'elle avec ses yeux, ses doigts et sa bouche. Mais au lieu de la rassasier, cela ne fit qu'accroître sa faim. Matthew reposa Diana sur le lit et déposa le long de son corps des baisers jusqu'à l'endroit caché qu'il était le seul à connaître. Des mains, elle tenta de plaquer sa bouche contre elle, et il lui mordilla la cuisse dans un reproche muet.

Une fois que Diana eut commencé à lutter contre son emprise en le suppliant doucement de la prendre, il la retourna dans ses bras et fit glisser une main glacée le long de son dos.

— Tu voulais que le temps s'arrête, lui rappela-t-il.

— Et il s'est arrêté, insista-t-elle en se collant contre lui.

— Alors pourquoi me presses-tu ?

Du bout du doigt, il suivit la cicatrice en forme d'étoile entre ses omoplates et le croissant de lune qui allait d'un flanc à l'autre. Il fronça les sourcils. Il y avait une ombre sur ses reins. Elle était profondément enfoncée sous la peau, forme gris perle un peu semblable à une vouivre aux ailes déployées mordant le croissant de lune et ceignant ses hanches de sa queue.

— Pourquoi t'arrêtes-tu ? demanda Diana en repoussant une mèche de cheveux de ses yeux et en se dévissant le cou. Je veux que ce soit le temps qui s'arrête, pas toi.

— Tu as quelque chose dans le dos, dit Matthew en suivant le contour de la vouivre du bout du doigt.

— Tu veux dire qu'il y a autre chose ? demanda-t-elle avec un petit rire gêné, toujours inquiète que les traces de ses blessures soient disgracieuses.

— Avec les autres cicatrices, cela me rappelle une peinture dans le laboratoire de Mary Sidney, celle qui représentait une vouivre capturant la lune dans sa gueule. (Il se demanda si elle serait visible pour d'autres ou si seuls des yeux de vampires pouvaient la percevoir.) C'est magnifique. Un autre signe de ton courage.

— Tu m'as dit que j'étais imprudente, soufflat-elle alors que ses lèvres descendaient sur la tête de la bête.

— Tu l'es. (Il suivit du bout de la langue le tracé tourbillonnant de la queue.) Cela me rend fou.

Sa bouche se referma sur elle, la poussant au bord du désir, interrompant son manège attentif pour chuchoter un mot doux ou une promesse avant de le reprendre, sans jamais la laisser s'emporter. Elle voulait la satisfaction et la paix qui accompagnent l'oubli, mais il voulait que ce moment de sécurité et d'intimité dure éternellement. Il la retourna face à lui. Ses lèvres étaient douces et pleines, ses yeux égarés, et il se glissa lentement en elle. Il continua ses mouvements délicats jusqu'à ce que l'accélération des battements du cœur de son épouse lui annoncent que l'orgasme approchait.

Diana cria son nom, lançant un sortilège qui les plaça au centre du monde.

Après quoi, ils restèrent enlacés tous les deux dans les derniers moments de nuit teintés de rose qui précèdent l'aube. Diana attira la tête de Matthew contre sa poitrine. Il lui jeta un regard interrogateur, et elle hocha la tête. Matthew baissa les lèvres vers la lune argentée qui surmontait une veine gonflée.

C'était la manière antique qu'avaient les vampires de connaître leur compagne, le moment sacré de communion quand pensées et émotions étaient échangées honnêtement et sans jugement. Les vampires étaient des créatures secrètes, mais quand l'un d'eux buvait le sang de sa compagne à la veine du cœur, il y avait un moment de paix et de compréhension parfaite qui atténuait le besoin morne et constant de chasser et de posséder.

La peau de Diana s'ouvrit sous ses dents et Matthew but quelques précieuses gouttes de son sang. Avec elles vint un flot d'impressions et d'émotions : joie mêlée de peine, délice d'être de retour parmi les amis et la famille dilué par le chagrin, colère devant la mort d'Emily retenue par sa sollicitude pour lui et leurs futurs enfants.

— Je t'aurais épargné ce deuil si j'avais pu, murmura Matthew en embrassant la marque de sa bouche sur sa peau.

Il roula sur le dos et l'amena sur lui. Elle plongea son regard dans le sien.

— Je sais. Ne t'en va jamais sans me dire au revoir, Matthew, c'est tout.

— Je ne te quitterai jamais, promit-il.

Diana posa les lèvres sur le front de Matthew entre ses yeux. La plupart des sang-chauds ne pouvaient prendre part au rituel d'union des vampires, mais son épouse avait trouvé un moyen de contourner cette limite, ainsi qu'elle le faisait avec les autres obstacles qu'elle rencontrait. Diana avait découvert qu'en l'embrassant à cet endroit précis, elle aussi pouvait entrevoir ses pensées les plus intimes ainsi que les tréfonds obscurs où se dissimulaient ses peurs et ses secrets.

Matthew ne ressentit rien de plus qu'une légère démangeaison quand elle déposa son baiser de sorcière et il s'efforça de rester immobile, voulant que Diana puisse absorber le plus possible de lui, se détendant pour que ses sentiments et ses pensées s'écoulent librement.

— Bienvenue à la maison, *ma sœur**.

Une odeur inattendue de feu de bois et de cuir de selle submergea la chambre alors que Baldwin arrachait le drap du lit.

Diana laissa échapper un cri de surprise. Matthew essaya de dissimuler son corps nu derrière le sien, mais il était trop tard. Son épouse était déjà sous l'emprise d'un autre.

— J'ai entendu le serment de sang de mon père à mi-chemin de l'allée. Et vous êtes enceinte, aussi. (Baldwin de Clermont, les cheveux en bataille, l'air furieux, baissa le regard sur le ventre rebondi de Diana. Il lui retourna le bras pour flairer son poignet.) Et il n'y a que l'odeur de Matthew sur vous. Eh bien, eh bien. (Il la lâcha et Matthew la rattrapa.) Debout, tous les deux, ordonna-t-il, manifestement en colère.

— Vous n'avez aucune autorité sur moi, Baldwin ! s'écria Diana avec un regard aigu.

Elle n'aurait pu avoir une réaction qui irrite davantage le frère de Matthew. Sans crier gare, Baldwin fondit sur elle et colla presque son visage au sien. Seule la main de Matthew sur sa gorge empêcha le vampire de s'approcher encore.

— Le sang de mon père dit que si, sorcière, répondit Baldwin en plongeant son regard dans celui de Diana, voulant la soumettre à sa volonté et la forcer à se détourner. Ton épouse n'a pas de manières, Matthew, dit-il en voyant qu'il n'y parviendrait pas. Éduque-la, ou je le ferai moi-même.

— M'éduquer, moi ?

Diana ouvrit de grands yeux. Elle agita les doigts et le vent dans la chambre tourbillonna autour de ses pieds, prêt à répondre à son appel. Au-dessus d'elle, Corra poussa un cri pour indiquer à sa maîtresse qu'elle arrivait.

— Pas de magie ni de vouivre, lui murmura Matthew à l'oreille, priant que son épouse lui obéisse pour cette fois.

Il n'était pas question que Baldwin ou quiconque de la famille sache à quel point les capacités de Diana s'étaient accrues durant leur séjour à Londres. Miraculeusement, Diana hocha la tête.

— Qu'est-ce que tout cela signifie ? demanda Ysabeau d'un ton glacial depuis l'autre bout de la pièce. La seule excuse que tu pourrais avoir pour ta présence ici, Baldwin, c'est d'avoir perdu l'esprit.

— Attention, Ysabeau. Vos griffes se voient, dit Baldwin en marchant vers l'escalier. Et vous oubliez que c'est moi le chef de la famille Clermont. Je n'ai besoin d'aucune excuse. Retrouve-moi dans la bibliothèque, Matthew. Et vous aussi, Diana. (Il posa de nouveau ses étranges yeux brun doré sur Matthew.) Et ne me faites pas attendre.

3

La bibliothèque de la famille Clermont baignait dans les délicates lueurs de l'aube qui rendent tout flou : les arêtes des livres, l'alignement net des rayonnages recouvrant les murs, les nuances d'or et de bleu du tapis d'Aubusson.

Ce qu'elles ne parvenaient pas à adoucir, c'était ma colère.

Pendant trois jours, j'avais cru que rien ne pourrait supplanter mon chagrin pour la mort d'Emily, mais trois minutes en compagnie de Baldwin me prouvèrent le contraire.

— Entrez, Diana.

Baldwin était assis près des hautes fenêtres sur une chaise curule qui évoquait un trône. Le roux doré de ses cheveux flamboyaient à la lumière de la lampe et me rappela les plumes d'Augusta, l'aigle avec lequel l'empereur Rodolphe chassait à Prague. Chaque pouce de la musculeuse silhouette de Baldwin était tendu par la colère.

Je balayai la pièce du regard. Nous n'étions pas les seuls que Baldwin avait convoqués pour cette réunion improvisée. Près de la cheminée attendait une frêle jeune femme à la peau laiteuse et aux cheveux noirs et hérissés. Elle avait d'immenses yeux d'un gris profond et des cils épais. Elle flaira l'air comme si elle sentait un orage.

— Verin, dit Matthew.

Il m'avait mise en garde contre les filles de Philippe, qui étaient si terrifiantes que la famille lui avait demandé de cesser d'en créer. Mais elle n'avait pas l'air très effrayant. Son visage était lisse et serein, sa posture détendue, et ses yeux brillaient d'énergie et d'intelligence. Si elle n'avait pas été vêtue de noir de la tête aux pieds, on aurait pu la prendre pour un elfe.

C'est alors que je remarquai le manche d'un poignard qui dépassait de ses bottines à hauts talons.

— *Wölfling*, répliqua-t-elle. (C'était un salut bien glacial entre une sœur et son frère, mais le regard qu'elle me jeta l'était plus encore.) Sorcière.

— Je m'appelle Diana, dis-je, irritée.

— Je t'avais dit que personne ne pouvait s'y tromper, dit Verin en se tournant vers Baldwin sans relever ma réponse.

— Pourquoi es-tu venu ici, Baldwin ? demanda Matthew.

— Je ne savais pas qu'il me fallait une invitation pour venir dans la demeure de mon père, répondit-il. Mais il se trouve que j'ai quitté Venise pour venir voir Marcus. (Les deux hommes se fixèrent.) Imagine ma surprise en te trouvant ici, continua-t-il. Je ne m'attendais pas non plus à découvrir que ta *compagne* est à présent ma sœur. Philippe est mort en 1945. Comment se fait-il alors que je puisse percevoir le serment de sang de mon père ? Que je le sente et que je l'entende ?

— Tu trouveras bien quelqu'un pour te donner les dernières nouvelles, dit Matthew en me prenant par la main et en m'entraînant vers l'escalier.

— Personne ne quitte cette pièce tant que je n'ai pas découvert comment cette sorcière a extorqué un serment de sang à un vampire mort, menaça Baldwin d'une voix sourde.

— Je ne lui ai rien extorqué, m'indignai-je.

— C'était de la nécromancie, alors ? Quelque ignoble sortilège de résurrection ? demanda Baldwin. Ou bien avez-vous invoqué son esprit pour le forcer à vous offrir son vœu ?

— Ce qui s'est passé entre Philippe et moi ne doit rien à mes pouvoirs magiques et tout à sa générosité, dis-je, de plus en plus irritée.

— À vous entendre, on croirait que vous l'avez connu, dit Baldwin. C'est impossible.

— Pas pour une voyageuse du temps, répondis-je.

— Une voyageuse du temps ? répéta Baldwin, stupéfait.

— Diana et moi sommes allés dans le passé, expliqua Matthew. En 1590, pour être précis. Nous étions ici à Sept-Tours juste avant Noël.

— Tu as vu Philippe ? demanda Baldwin.

— En effet. Il était seul cet hiver-là. Il m'a envoyé une pièce et ordonné de venir ici.

Les Clermont présents comprirent le code secret de leur père : quand un ordre était envoyé accompagné d'une des antiques pièces d'argent de Philippe, celui qui le recevait devait y obéir sans poser de question.

— En décembre ? Cela veut dire que nous allons devoir supporter encore cinq mois le chant du sang de Philippe, murmura Verin en se pinçant l'arête du nez comme si elle avait la migraine.

Je fronçai les sourcils.

— Pourquoi cinq mois ? demandai-je.

— Selon nos légendes, le serment de sang d'un vampire chante pendant un an et un jour, dit Baldwin. Tous les vampires peuvent l'entendre, mais le chant est particulièrement fort et clair pour ceux dans les veines desquels coule le sang de Philippe.

— Philippe a déclaré qu'il voulait qu'il ne fasse aucun doute que j'étais une Clermont, dis-je en levant les yeux vers Matthew.

Tous les vampires qui m'avaient croisée au XVIe siècle avaient dû entendre le chant du sang de Philippe et savoir que je n'étais pas seulement la compagne de Matthew, mais aussi la fille de Philippe de Clermont. Celui-ci m'avait protégée à chaque instant de notre voyage dans le passé.

— Aucune sorcière ne sera jamais reconnue comme une Clermont, dit Baldwin d'un ton sans réplique.

— Je le suis déjà, dis-je en levant la main pour qu'il puisse voir mon anneau de mariage. Matthew et moi sommes mariés autant qu'unis. Votre père a présidé à la cérémonie. Si les registres de la paroisse de Saint-Lucien ont survécu jusqu'à ce jour, vous y lirez que notre mariage a eu lieu le 7 décembre 1590.

— Ce que nous découvrirons probablement, si jamais nous allons au village, c'est qu'une page a été déchirée dans le registre du prêtre, souffla Verin. *Atta* a toujours effacé ses traces.

— Que Matthew et vous soyez mariés n'a aucune portée, car Matthew n'est pas non plus un véritable Clermont, dit froidement Baldwin. C'est tout au plus l'enfant de la compagne de mon père.

— C'est ridicule, protestai-je. Philippe considérait Matthew comme son fils. Matthew vous appelle son frère et Verin sa sœur.

— Je ne suis pas la sœur de ce chiot morveux. Nous ne partageons pas le sang, mais juste un nom, dit Verin. Grâce à Dieu, d'ailleurs.

— Vous découvrirez, Diana, que le mariage et l'union ne comptent pas beaucoup chez la plupart des Clermont, dit une voix calme teintée d'un accent espagnol ou portugais.

Elle provenait d'un inconnu qui se tenait sur le seuil. Ses cheveux noirs et ses yeux brun foncé contrastaient avec sa peau dorée et sa chemise claire.

— Ta présence n'était pas requise, Fernando, dit Baldwin avec colère.

— Comme tu le sais, je viens quand on a besoin de moi, pas quand on m'appelle, dit Fernando en s'inclinant légèrement à mon intention. Fernando Gonçalves. Je vous présente toutes mes condoléances.

Le nom de l'homme me titilla la mémoire. Je l'avais déjà entendu.

— Vous êtes l'homme à qui Matthew a demandé de diriger les chevaliers de l'ordre de Saint-Lazare quand il a renoncé à son rang de grand-maître, dis-je, me rappelant brusquement.

Fernando Gonçalves était réputé comme l'un des plus redoutables guerriers de la confrérie. D'après sa carrure et son allure générale, je n'en doutai pas une seconde.

— En effet. (Comme celle de tous les vampires, la voix de Fernando était chaude et profonde, et elle remplissait la pièce de l'écho d'un autre monde.) Mais c'est Hugh de Clermont, mon compagnon. Depuis qu'il est mort en même temps que les Templiers, je n'ai guère eu de rapports avec les ordres de la chevalerie, car même les plus braves chevaliers manquent de courage pour tenir leurs promesses. (Fernando posa son regard sombre sur le frère de Matthew.) N'est-ce pas vrai, Baldwin ?

— Me défies-tu ? demanda Baldwin en se levant.

— En ai-je besoin ? sourit Fernando. (Il était plus petit que Baldwin, mais quelque chose me souffla qu'il ne serait pas facile d'avoir le dessus sur lui.) Jamais je n'aurais pensé que tu passerais outre le serment de sang de ton père, Baldwin.

— Nous ignorons tout de ce que Philippe voulait de la sorcière. Peut-être essayait-il d'en apprendre davantage sur ses pouvoirs. Ou bien elle a pu se servir de sa magie pour le contraindre, contra Baldwin en haussant un menton volontaire.

— Ne sois pas idiot. Ma tante ne s'est pas servie de magie sur grand-père.

Gallowglass entra nonchalamment dans la pièce, détendu, comme si les Clermont avaient l'habitude de se retrouver à 4 heures et demie du matin pour discuter de questions importantes.

— Maintenant que Gallowglass est là, je vais laisser les Clermont se débrouiller entre eux, dit Fernando. Appelle-moi si tu as besoin de moi, Matthew.

— Tout ira bien. Nous sommes en famille, après tout, dit Gallowglass avec un clin d'œil innocent à Verin et Baldwin alors que Fernando s'en allait. Quant à Philippe, c'est très simple, mon oncle : il voulait que vous reconnaissiez officiellement Diana comme sa fille. Demandez à Verin.

— Qu'est-ce qu'il raconte ? demanda Baldwin à sa sœur.

— *Atta* m'a convoquée quelques jours avant de mourir, dit Verin d'une voix sourde et l'air accablé. (Le mot « *Atta* » m'était inconnu, mais c'était d'évidence un terme affectueux.) Philippe avait peur que tu ignores son serment de sang. Il m'a fait jurer de le reconnaître, quoi qu'il arrive.

— Le serment de Philippe était d'ordre privé, entre lui et moi. Il n'a pas besoin d'être reconnu. Ni par vous ni par quiconque, dis-je, ne voulant pas que mes souvenirs de Philippe ou de ce moment soient meurtris par Baldwin et Verin.

— Rien n'est plus public qu'adopter une sang-chaud dans un clan de vampires, me répondit Verin. Et toi, Matthew, tu n'as pas pris le temps d'enseigner nos coutumes de vampires à ta sorcière avant de te précipiter dans cette liaison interdite ?

— Le temps est un luxe que nous n'avions pas, répondis-je à sa place.

Depuis le début de notre relation, Ysabeau m'avait prévenue que j'avais beaucoup à apprendre sur les vampires. Après cette conversation, le sujet des vœux de sang allait passer en haut de ma liste de recherches.

— Alors permettez-moi de vous expliquer, dit Verin sur le ton acerbe d'une institutrice. Avant que le chant du sang de Philippe décroisse, l'un de ses enfants de plein droit doit le reconnaître. Faute de quoi, vous n'êtes pas véritablement une Clermont et aucun autre vampire n'est obligé de vous honorer comme telle.

— C'est tout ? Peu m'importe l'honneur des vampires. Être l'épouse de Matthew me suffit.

Plus on me parlait de devenir une Clermont, moins cela me plaisait.

— Si c'était exact, mon père ne vous aurait pas adoptée, observa Verin.

— Nous ferons un compromis, dit Baldwin. Je suis sûr que Philippe serait satisfait si, quand les enfants de la sorcière seront nés, leurs noms sont inscrits parmi ceux de ma famille dans l'arbre généalogique des Clermont.

Ses paroles semblaient magnanimes, mais j'étais sûre que cela cachait de sombres intentions.

— Mes enfants ne sont pas de ta famille ! tonna Matthew.

— Ils en sont, si Diana est une Clermont comme elle le prétend, sourit Baldwin.

— Attendez. Quel arbre généalogique ? demandai-je, ayant besoin de revenir à l'étape précédente.

— La Congrégation conserve les arbres généalogiques officiels de toutes les familles de vampires, expliqua Baldwin. Certaines n'observent plus la tradition. Mais les Clermont continuent. Les arbres généalogiques contiennent des informations sur les renaissances, décès, noms des compagnons et de leur progéniture.

Ma main se porta machinalement sur mon ventre. Je voulais que la Congrégation ne connaisse l'existence de mes enfants que le plus tard possible. D'après le regard inquiet de Matthew, il devait penser comme moi.

— Peut-être que votre voyage dans le temps suffira à répondre aux interrogations concernant le serment de sang, mais seule la plus noire des magies, ou l'infidélité, peut expliquer cette grossesse, dit Baldwin, savourant le malaise de son frère. Ces enfants ne peuvent pas être de toi, Matthew.

— Diana porte *mes* enfants, dit Matthew, les yeux dangereusement noirs.

— Impossible, répliqua Baldwin sans émotion.

— C'est la vérité, rétorqua Matthew.

— Dans ce cas, ce seront les enfants les plus haïs, et les plus traqués, que le monde ait jamais connus. Des créatures vont réclamer leur sang. Et le tien, dit Baldwin.

Je me rendis compte que Matthew s'éloignait brusquement de moi au moment même où j'entendis le siège de Baldwin se briser. Quand le tourbillon de mouvements confus cessa, je vis Matthew debout derrière son frère, un bras le serrant à la gorge et un poignard brandi au-dessus de son cœur.

Abasourdie, Verin baissa les yeux vers sa bottine et ne vit qu'un fourreau vide. Elle étouffa un juron.

— Tu es peut-être le chef de famille, Baldwin, mais n'oublie jamais que c'est moi l'assassin, gronda Matthew.

— L'assassin ? répétai-je, essayant de dissimuler ma stupéfaction en découvrant une nouvelle facette cachée de Matthew.

Scientifique. Vampire. Guerrier. Espion. Prince. Assassin.

Matthew m'avait dit qu'il était un tueur – maintes fois – mais j'avais toujours considéré que c'était une caractéristique de tout vampire. Je savais qu'il avait tué pour se défendre au combat, et pour survivre. Jamais je n'aurais imaginé que Matthew commettait des meurtres pour le compte de sa famille.

— Vous le saviez, tout de même ? demanda malicieusement Verin en me scrutant de son regard glacial. Si Matthew n'était pas aussi doué pour cela, nous l'aurions mis à mort depuis longtemps.

— Nous avons tous un rôle dans la famille, Verin, dit Matthew d'une voix aigre. Ernst connaît-il le tien ? Sait-il comment cela commence entre des draps délicats et les cuisses d'un homme ?

Verin se précipita sur Matthew toutes griffes dehors. Les vampires étaient rapides, mais la magie plus encore.

Je projetai Verin contre un mur avec une rafale de vent sorcier pour la tenir à l'écart de Baldwin et de Matthew assez longtemps pour que celui-ci puisse extorquer à son frère une promesse avant de le relâcher.

— Merci, *ma lionne**. (C'était le terme affectueux qu'utilisait Matthew quand j'avais fait quelque chose de courageux – ou d'incroyablement stupide. Il me tendit le poignard de Verin.) Garde-moi cela.

Il releva Verin pendant que Gallowglass se plaçait à côté de moi.

— Eh bien, eh bien, murmura Verin une fois debout. Je vois pourquoi *Atta* était attiré par ton épouse, mais je n'aurais pas imaginé que tu aurais les tripes pour affronter une telle femme, Matthew.

— Les choses changent, répliqua-t-il sèchement.

— Apparemment, fit Verin en me mesurant du regard.

— Tu vas tenir la promesse faite à grand-père, alors ? lui demanda Gallowglass.

— Nous verrons, répondit-elle prudemment. J'ai des mois pour décider.

— Le temps passera, mais cela ne changera rien, dit Baldwin qui me regardait en dissimulant à peine sa haine. Reconnaître l'épouse de Matthew aura des conséquences catastrophiques, Verin.

— J'ai honoré les vœux d'*Atta* de son vivant, dit Verin. Je ne peux pas les ignorer maintenant qu'il est mort.

— Nous devons nous réconforter en sachant que la Congrégation recherche déjà Matthew et sa compagne, dit Baldwin. Qui sait ? Peut-être qu'ils seront tous les deux morts avant décembre.

Et après nous avoir jeté un dernier regard méprisant, Baldwin sortit à grands pas de la salle. Verin jeta à la dérobée un regard désolé à Gallowglass et lui emboîta le pas.

— Eh bien… Voilà qui s'est bien passé, murmura Gallowglass. Vous vous sentez bien, ma tante ? Je vous trouve un peu scintillante.

— Le vent sorcier a déplacé mon sortilège de déguisement, dis-je en essayant de le remettre.

— Étant donné ce qui s'est passé ici ce matin, je crois que vous ferez mieux de le garder le temps que Baldwin sera là, dit Gallowglass.

— Il ne faut pas que Baldwin soit au courant des pouvoirs de Diana. J'apprécierais que tu m'aides, Gallowglass, et Fernando aussi, dit Matthew, sans préciser quelle forme prendrait cette aide.

— Bien sûr. Je surveille ma tante depuis toujours, dit Gallowglass sans s'émouvoir. Ce n'est pas maintenant que je vais arrêter.

En l'entendant dire cela, des fragments de mon passé se mirent en place comme les pièces d'un puzzle. Enfant, j'avais souvent eu l'impression que d'autres créatures m'observaient, je sentais leur regard qui me tapotait, me chatouillait ou me glaçait. L'une d'elles avait été Peter Knox, l'ennemi de mon père, le sorcier qui était venu à Sept-Tours à notre recherche et qui n'avait réussi qu'à tuer Em. Une autre aurait-elle pu être ce grand gaillard que j'adorais aujourd'hui comme un frère mais dont je n'avais fait la connaissance que lorsque nous avions remonté le temps jusqu'au XVIe siècle ?

— Vous me surveilliez ? demandai-je, alors que des larmes me montaient aux yeux.

— J'ai promis à grand-père que je vous protégerais. Pour le bien de Matthew, dit tendrement Gallowglass. Et heureusement, d'ailleurs. Vous étiez intenable : vous grimpiez aux arbres, vous couriez après les bicyclettes dans la rue, et vous filiez dans la forêt sans qu'on sache où. Comment vos parents faisaient, cela me dépasse.

— Papa était au courant ? ne pus-je m'empêcher de demander.

Mon père avait fait la connaissance du grand Celte dans le Londres élisabéthain, quand il était inopinément tombé sur Matthew et moi lors de l'un de ses voyages dans le temps. Même dans le Massachusetts moderne, mon père aurait reconnu Gallowglass. Il était impossible à manquer.

— Je m'efforçais de ne pas me faire voir.

— Ce n'est pas ce que j'ai demandé, Gallowglass. (J'étais de plus en plus douée pour repérer les demi-vérités des vampires.) Mon père savait-il que vous me surveilliez ?

— Je me suis assuré que Stephen me voie juste avant qu'il parte pour la dernière fois avec votre mère en Afrique, avoua Gallowglass à voix basse. J'ai pensé que cela lui ferait du bien, au dernier moment, de savoir que j'étais à vos côtés. Vous étiez une toute petite fille si frêle. Stephen devait en être malade chaque fois qu'il pensait au temps qui s'écoulerait avant que vous rencontriez Matthew.

À notre insu à Matthew et moi, les Bishop et les Clermont intriguaient depuis des années, voire des siècles, pour nous réunir : Philippe, Gallowglass, mon père, Emily, ma mère.

— Merci, Gallowglass, dit Matthew d'une voix rauque.

Comme moi, il était surpris par les révélations de cette matinée.

— Ce n'est pas la peine, mon oncle. Je l'ai fait avec plaisir.

Ému, Gallowglass se racla la gorge et nous laissa. Un silence gêné s'installa.

— Bon Dieu, dit Matthew en se passant une main dans les cheveux, ce qui indiquait habituellement que sa patience était à bout.

— Qu'allons-nous faire ? demandai-je, essayant toujours de me ressaisir après la brusque arrivée de Baldwin.

Un toussotement qui annonçait une autre présence dans la pièce empêcha Matthew de répondre.

— Pardonnez-moi de vous interrompre, *milord**.

Alain Le Merle, ancien écuyer de Philippe de Clermont, était sur le seuil de la bibliothèque. Il portait une antique caissette ornée des initiales PC en clous d'argent et un petit registre relié de bougran vert. Il avait toujours les cheveux poivre et sel et l'expression affable que je lui avais vue en 1590. Comme Matthew et Gallowglass, c'était une étoile fixe dans mon univers en constant changement.

— Qu'y a-t-il, Alain ? demanda Matthew.

— J'ai des affaires à examiner avec Mme de Clermont, répondit Alain.

— Des affaires ? se rembrunit Matthew. Cela peut-il attendre ?

— Je crains que non, se désola Alain. Je sais que c'est un moment difficile, *milord**, mais Sire Philippe tenait à ce que Mme de Clermont reçoive au plus vite ce qui lui revient.

Il nous raccompagna jusqu'à notre tour. Ce que je vis sur le bureau de Matthew chassa totalement de mon esprit les événements qui venaient de se produire et me laissa le souffle coupé.

> *Un petit carnet relié de cuir.*
> *Une manche brodée élimée par le temps.*
> *Des bijoux sans prix – perles, diamants et saphirs.*
> *Une pointe de flèche en or accrochée à une longue chaîne.*
> *Deux miniatures à la surface vernie aussi éclatante que le jour où elles avaient été peintes.*
> *Des lettres réunies par un ruban rose fané.*
> *Un piège à rats en argent terni et finement ciselé.*
> *Un instrument astronomique doré fait pour un empereur.*
> *Un coffret de bois taillé par un sorcier dans une branche de sorbier.*

Ces objets n'avaient l'air de rien, mais ils avaient une énorme signification, car ils représentaient les huit derniers mois de notre vie.

Je pris le petit carnet d'une main tremblante et l'ouvris. Matthew me l'avait offert peu après notre arrivée dans sa demeure de Woodstock. À l'automne 1590, la reliure du livre était toute neuve et les pages couleur crème. Aujourd'hui, le cuir était taché de mouchetures et le papier jauni par le temps. Dans le passé, j'avais rangé le carnet tout en haut d'une étagère à Old Lodge, mais une étiquette à l'intérieur m'indiqua qu'il était à présent la propriété d'une bibliothèque de Séville. La référence – *Manuscrito*

Gonçalves 4890 – était inscrite sur la page de garde. Quelqu'un – Gallowglass, sans doute – avait déchiré la première page. Celle où j'avais plusieurs fois essayé de calligraphier mon nom. Les taches d'encre de mes tentatives avaient transpercé jusqu'à la page suivante, mais la liste des pièces élisabéthaines en circulation en 1590 était encore lisible.

Je feuilletai le reste des pages, me rappelant le remède contre les migraines que j'avais voulu maîtriser dans une vaine tentative pour passer pour une maîtresse de maison exemplaire. Ce journal intime raviva quelques souvenirs doux-amers de notre temps passé avec l'École de la Nuit. J'avais consacré quelques pages à un exposé sur les douze signes du zodiaque, consigné quelques recettes et griffonné au dos la liste du nécessaire à emporter pour notre voyage à Sept-Tours. J'entendis le délicat carillon du passé et du présent qui s'entrechoquaient et je vis d'imperceptibles filaments bleus et ambre dans les coins de la cheminée.

— Comment avez-vous déniché cela ? demandai-je en me concentrant sur l'instant présent.

— Maître Gallowglass l'a donné à Dom Fernando il y a longtemps. Quand il est arrivé à Sept-Tours en mai, Dom Fernando m'a demandé de vous les rendre, expliqua Alain.

— C'est un miracle qu'il en soit resté quelque chose. Comment as-tu réussi à me dissimuler tout cela pendant tant d'années ? dit Matthew en s'emparant du piège à rats.

Il s'était moqué de moi quand j'avais chargé l'un des horlogers les plus chers de Londres de fabriquer le mécanisme destiné à capturer les rats qui rôdaient dans notre grenier à Blackfriars. M. Vallin l'avait conçu en forme de chat, avec les oreilles fixées sur la charnière et une petite souris juchée sur le museau du féroce félin. Matthew déclencha le mécanisme et les dents aiguisées de l'animal s'enfoncèrent dans son doigt.

— Nous avons fait ainsi que nous le devions, *milord**. Nous avons attendu. Nous nous sommes tus. Nous n'avons jamais désespéré que le temps nous ramène Mme de Clermont. (Un triste sourire se peignit au coin des lèvres d'Alain.) Si seulement Sire Philippe avait vécu assez longtemps pour voir ce jour.

À la pensée de Philippe, mon cœur se serra. Il avait dû se douter que ses enfants n'apprécieraient pas du tout de m'avoir comme sœur. Pourquoi m'avoir mise dans une situation aussi impossible ?

— Tu te sens bien, Diana ? demanda Matthew en posant doucement sa main sur la mienne.

— Oui. Je suis juste un peu bouleversée.

Je soulevai les portraits de Matthew et moi vêtus de riches tenues élisabéthaines. Nicholas Hilliard les avait peints à la demande de la comtesse de Pembroke. Le comte de Northumberland et elle nous avaient offert ces miniatures comme cadeau de mariage. Tous les deux étaient au départ des amis de Matthew, tout comme les autres membres de l'École de la Nuit – Walter Raleigh, George Chapman, Thomas Harriot et Christopher Marlowe – qui allaient devenir également les miens.

— C'est Mme Ysabeau qui a découvert les miniatures, expliqua Alain. Elle épluchait quotidiennement les journaux pour trouver des traces de vous – des anomalies qui se distinguent du reste des événements. Quand elle les a vus dans une annonce de vente aux enchères, elle a envoyé maître Marcus à Londres. C'est comme cela qu'il a connu Mlle Phoebe.

— Cette manche provient de ta robe de mariée, dit Matthew en suivant du bout du doigt sur la fragile étoffe le motif de corne d'abondance. Jamais je n'oublierai ce spectacle, toi descendant la colline dans la neige vers le village, éclairée par des torches et précédée par les enfants.

Son sourire débordait d'amour et de fierté.

— Après le mariage, beaucoup de villageois se sont proposés de courtiser Mme de Clermont, si jamais vous vous lassiez d'elle, gloussa Alain.

— Merci d'avoir conservé tous ces souvenirs pour moi, dis-je en contemplant le bureau. C'est beaucoup trop facile de penser que j'ai en quelque sorte tout imaginé – que nous ne sommes jamais vraiment venus ici en 1590. Tout cela redonne toute sa réalité à cette époque.

— C'est ce que s'est dit Sire Philippe. Hélas, il y a deux autres objets qui requièrent votre attention, madame, dit Alain en me tendant le registre, qui était fermé par un ruban cacheté de cire.

— Qu'est-ce que c'est ? demandai-je en le prenant.

Il était beaucoup plus mince que ceux du bureau de Matthew où étaient consignées les annales financières des chevaliers de l'ordre de Saint-Lazare.

— Vos comptes, madame.

— Je croyais que c'était Hamish qui s'occupait de mes finances.

Il avait laissé quantité de documents qui attendaient tous que je les signe.

— M. Osborne s'est occupé des finances provenant de *milord**. Ce sont les fonds que vous avez reçus de Sire Philippe.

Le regard d'Alain s'attarda un instant sur mon front, où Philippe avait déposé son sang pour me marquer comme sa fille.

Curieuse, je brisai le cachet et ouvris le registre. La reliure du petit livre de comptes avait été régulièrement refaite pour y rajouter des pages. Les premières annotations étaient écrites sur un épais papier du XVIe siècle et datées de l'année 1591. L'une concernait le dépôt de la dot que Philippe m'avait offerte pour mon mariage avec Matthew : vingt mille *zecchini* vénitiens et trente mille *reichsthaler*. Chaque investissement de ces sommes – par exemple le produit des intérêts versés sur les fonds et biens fonciers achetés – était méticuleusement consigné de la main d'Alain. Je passai aux dernières pages. L'ultime ajout, sur un papier d'un blanc éclatant, était datée du 4 juillet 2010, date de notre retour à Sept-Tours. En voyant le montant indiqué, les yeux me sortirent de la tête.

— Je suis désolé que ce ne soit pas davantage, se hâta de dire Alain, se méprenant sur ma réaction. J'ai investi votre argent comme s'il s'agissait du mien, mais les occasions les plus lucratives et donc les plus risquées auraient exigé l'approbation de Sire

Baldwin, qui ne pouvait évidemment pas connaître votre existence.

— C'est plus que j'aurais jamais pu imaginer posséder, Alain.

Matthew m'avait offert des biens considérables quand il avait rédigé notre contrat de mariage, mais là, c'était une somme énorme. Philippe désirait que je jouisse d'une indépendance financière comme les autres femmes de la famille Clermont. Et ainsi que je l'avais appris ce matin, mon beau-père, mort ou vif, obtenait ce qu'il désirait. Je reposai le registre en remerciant Alain.

— Je vous en prie, répondit-il en s'inclinant avant de sortir quelque chose de sa poche. Sire Philippe m'a demandé de vous donner ceci.

Il me tendit une enveloppe de papier bon marché portant mon nom. La colle avait séché depuis longtemps, mais l'enveloppe était scellée de cire noire et rouge et l'un des cachets portait une pièce antique : le signal particulier de Philippe.

— Sire Philippe a pris plus d'une heure pour rédiger cette lettre. Il me l'a fait relire quand il a eu terminé, afin d'être sûr qu'elle exprimait bien sa pensée.

— Quand ? demanda Matthew d'une voix étranglée.

— Le jour de sa mort, dit Alain avec un regard douloureux.

L'écriture tremblotante était celle de quelqu'un qui était trop âgé ou infirme pour pouvoir tenir correctement un stylo. Elle rappelait cruellement combien Philippe avait souffert. Je suivis mon nom du bout du doigt. Quand j'atteignis la dernière, je tirai les lettres sur la surface de l'enveloppe afin de les dérouler. D'abord, il y eut une flaque noire sur le papier, puis dans l'encre apparut le visage d'un homme. Il était encore beau, bien que ravagé par la douleur et défiguré par une orbite vide où un œil brun avait naguère pétillé d'intelligence et d'humour.

— Vous ne m'aviez pas dit que les nazis l'avaient éborgné.

Je savais que mon beau-père avait été torturé, mais j'ignorais que ses ravisseurs lui avaient infligé de tels sévices. J'examinai les autres blessures sur son visage. Par chance, mon nom ne comportait pas assez de lettres pour permettre de dessiner un portrait détaillé. J'effleurai délicatement la joue de mon beau-père et l'image se mit à se dissoudre en ne laissant qu'une tache d'encre. D'une chiquenaude, je la transformai en une petite tornade noire. Quand elle cessa de tourbillonner, les lettres avaient repris leur place originelle.

— Sire Philippe parlait souvent avec vous de ses difficultés, madame, continua doucement Alain. Quand il souffrait le plus.

— Il parlait avec elle ? répéta Matthew, effondré.

— Presque chaque jour, acquiesça Alain. Il m'ordonnait de faire partir tout le monde de cette partie du château, de peur que quelqu'un surprenne la conversation. Madame apportait à Sire Philippe du réconfort lorsque personne d'autre n'y parvenait.

Je retournai l'enveloppe et suivis du doigt les traces rouges sur la pièce d'argent.

— Philippe demandait à ce que ses pièces lui soient rendues. En personne. Comment le puis-je, s'il est mort ?

— Peut-être que la réponse est à l'intérieur, suggéra Matthew.

Je glissai le doigt sous le cachet, libérant la pièce de la cire. Puis je sortis précautionneusement la fragile feuille qui craqua dangereusement quand je la dépliai.

Le faible parfum de laurier, figue et romarin de Philippe me chatouilla les narines.

En baissant les yeux sur la feuille, je fus heureuse d'être une experte en matière de déchiffrage d'écriture. Après l'avoir examinée de près, je commençai à la lire à haute voix.

Diana,
Que les fantômes du passé ne vous volent pas les joies de l'avenir.
Merci de m'avoir tenu la main.
Vous pouvez la lâcher à présent.
Votre père, selon son sang et son vœu,

Philippe.

P.-S. : La pièce est pour le nocher. Dites à Matthew que je vous retrouverai saine et sauve sur l'autre rive.

(Ma voix s'étrangla sur les derniers mots qui résonnèrent dans la pièce silencieuse.)

— Alors Philippe attend vraiment que je lui rapporte sa pièce.

Il serait assis au bord du Styx en attendant que la barque de Charon me fasse traverser. Peut-être qu'Emily attendrait avec lui, et mes parents aussi. Je fermai les yeux, espérant chasser ces douloureuses images.

— Qu'est-ce qu'il a voulu dire en te remerciant de lui tenir la main ? demanda Matthew.

— Je lui ai promis qu'il ne serait pas seul dans les moments les plus sombres, dis-je, les yeux remplis de larmes. Comment se fait-il que je n'en aie aucun souvenir ?

— Je ne sais pas, mon amour. Mais d'une manière ou d'une autre, tu as réussi à tenir ta promesse. (Matthew se pencha et m'embrassa. Puis il regarda par-dessus mon épaule.) Et Philippe a veillé à avoir le dernier mot, comme d'habitude.

— Que veux-tu dire ? demandai-je en m'essuyant les joues.

— Il a laissé une preuve écrite qu'il te voulait librement comme sa fille et qu'il en était heureux, dit Matthew en touchant la feuille du bout de son long et blanc index.

— C'est pour cela que Sire Philippe voulait que Mme de Clermont ait tout cela en sa possession au plus vite, déclara Alain.

— Je ne comprends pas, dis-je en regardant Matthew.

— Entre les bijoux, ta dot et cette lettre, il sera impossible à aucun des enfants de Philippe, ou même à la Congrégation, de prétendre qu'il a été contraint de t'offrir son serment de sang, expliqua Matthew.

— Sire Philippe connaissait bien ses enfants. Il entrevoyait souvent leur avenir aussi clairement qu'un sorcier, opina Alain. Je vais vous laisser à vos souvenirs.

— Merci, Alain. (Matthew attendit que les pas du serviteur décroissent avant de baisser sur moi un regard plein d'inquiétude.) Tout va bien, *mon cœur** ?

— Bien sûr, murmurai-je en fixant le bureau où s'étalait le passé, mais où un avenir clair n'était visible nulle part.

— Je vais monter me changer. Cela ne prendra pas longtemps, dit Matthew avec un baiser. On pourra ensuite prendre notre petit déjeuner.

— Prends ton temps, répondis-je en lui faisant ce que j'espérai être un sourire sincère.

Une fois Matthew parti, je pris la pointe de flèche en or que Philippe m'avait offerte afin que je la porte à mon mariage. Son poids était réconfortant et le métal se réchauffa rapidement entre mes doigts. Je passai la chaîne à mon cou. La pointe se nicha entre mes seins. Les arêtes étaient trop usées pour m'entamer la peau.

Je sentis quelque chose tressaillir dans la poche de mon jean et j'en sortis une poignée de rubans de soie. Mes cordelettes de tisseuse étaient venues à moi depuis le passé, et contrairement à la manche de ma robe de mariée ou à la soie fanée du ruban qui enserrait mes lettres, ces cordelettes étaient neuves et brillantes. Elles s'enroulèrent et dansèrent autour de mes poignets et entre elles comme une poignée de serpents éclatants, formant brièvement de nouvelles nuances avant de reprendre leur couleur d'origine. Elles remontèrent le long de mon bras et jusqu'à mes cheveux comme si elles cherchaient quelque chose. Je les enlevai et les rangeai.

J'étais censée être la tisseuse. Mais allais-je jamais comprendre la toile enchevêtrée que Philippe de Clermont avait élaborée quand il avait fait de moi sa fille par le sang ?

4

— Comptais-tu me dire que tu étais le tueur à gages de la famille Clermont ? demandai-je en prenant le jus de pamplemousse. (Matthew me regarda en silence depuis l'autre côté de la table de la cuisine où Marthe avait préparé mon petit déjeuner. Il avait fait entrer discrètement Hector et Fallon, qui suivaient avec le plus grand intérêt notre conversation – et les plats que j'avais choisis.) Et la relation de Fernando avec ton frère Hugh ? demandai-je. J'ai été élevée par deux femmes. Tu ne pouvais pas m'avoir caché cette information parce que tu pensais que je verrais cela d'un mauvais œil. (Hector et Fallon regardèrent Matthew. Comme il ne répondait toujours pas, ils se retournèrent vers moi.) Verin a l'air charmante, repris-je, cherchant à le provoquer.

— Charmante ? répéta Matthew en haussant les sourcils.

— Eh bien, hormis le fait qu'elle soit armée d'un poignard, avouai-je aimablement, ravie que ma stratégie ait porté ses fruits.

— De plusieurs, corrigea Matthew. Elle en avait un dans sa botte, un autre dans sa ceinture et le troisième dans son soutien-gorge.

— Verin aurait-elle fait partie des jeannettes ? demandai-je.

Avant que Matthew ait pu répondre, Gallowglass surgit dans la cuisine dans une traînée bleue et noire, suivi de Fernando. Matthew se leva précipitamment. Les chiens voulurent en faire autant, mais il désigna le sol et ils se rassirent immédiatement.

— Termine ton petit déjeuner et remonte dans la tour, m'ordonna Matthew juste avant de disparaître. Emmène les chiens. Et attends que je vienne te chercher.

— Que se passe-t-il ? demandai-je à Marthe en clignant des paupières devant la pièce brusquement déserte.

— Baldwin est là, dit-elle comme si cela expliquait tout.

— Marcus ! dis-je en me rappelant que Baldwin était revenu pour voir le fils de Matthew. (Je me levai d'un bond et les chiens m'imitèrent.) Où est-il ?

— Dans le bureau de Philippe. (Marthe fronça les sourcils.) Je ne crois pas que Matthew ait envie que vous y alliez. Il pourrait y avoir effusion de sang.

— J'ai l'habitude, répondis-je en me retournant. (Du coup, je me cognai à Verin qui arrivait, accompagnée d'un très digne vieux monsieur grand et maigre au regard bienveillant. J'essayai de les contourner.) Excusez-moi.

— Où croyez-vous aller ? demanda Verin en me barrant le chemin.

— Au bureau de Philippe.

— Matthew vous a dit de remonter dans la tour, dit-elle avec un regard aigu. C'est votre compagnon et vous êtes censée lui obéir comme toute épouse de vampire qui se respecte.

Elle avait un accent germanique – pas tout à fait allemand, autrichien ou suisse, mais comme un mélange des trois.

— Quel dommage pour vous tous que je sois une sorcière. (Je tendis la main au gentleman, qui considérait notre échange avec un amusement à peine déguisé.) Diana Bishop.

— Ernst Neumann. Je suis le mari de Verin, répondit-il avec un accent qui indiquait clairement qu'il était de la région de Berlin. Pourquoi ne pas laisser Diana le rejoindre, *Schatz* ? Comme cela, tu pourras la suivre. Je sais combien tu détestes manquer une belle dispute. J'attendrai les autres dans le salon.

— Bonne idée, mon amour. Ils ne peuvent guère me faire des reproches si la sorcière s'échappe de la cuisine.

Elle lui jeta un regard admiratif et le gratifia d'un long baiser. Elle paraissait assez jeune pour être sa petite-fille, mais il était évident qu'Ernst et elle étaient très amoureux.

— Il m'arrive d'en avoir, répondit-il avec un regard pétillant. Maintenant, avant que Diana s'enfuie et que tu la poursuives, dis-moi : dois-je prendre une arme blanche ou une arme à feu au cas où l'un de tes frères serait pris d'un accès de violence ?

Verin réfléchit à la question.

— Je pense que le hachoir de Marthe devrait convenir. Il a suffi à ralentir Gerbert, qui a la peau pourtant bien plus dure que Baldwin ou Matthew.

— Vous avez attaqué Gerbert à coups de hachoir ? demandai-je à Ernst, que je trouvais de plus en plus sympathique.

— Ce serait exagéré de dire cela, répondit Ernst avec embarras en rosissant légèrement.

— Je crains que Phoebe use de diplomatie, coupa Verin en me retournant et en me poussant dans la direction de l'échauffourée. Cela ne marche jamais avec Baldwin. Il faut que nous y allions.

— Si Ernst prend un couteau, je prends les chiens.

Je claquai des doigts à l'adresse d'Hector et de Fallon puis je me mis en chemin d'un pas vif, les chiens sur mes talons, aboyant et frétillant comme si tout cela était un jeu.

Plusieurs personnes avaient accouru sur le palier du deuxième étage donnant sur les appartements de la famille : Nathaniel, Sophie qui ouvrait de grands yeux, Margaret dans les bras, Hamish dans un splendide peignoir de soie à motifs cachemire, un seul côté du visage rasé, et Sarah, qui avait apparemment été réveillée par le tumulte. Ysabeau arborait une expression d'ennui, comme si ce genre de chose se produisait constamment.

— Tout le monde est dans le salon, dis-je en entraînant Sarah vers les escaliers. Ernst va t'y rejoindre.

— Je ne sais pas ce qui a pris Marcus, dit Hamish en essuyant la mousse à raser de son menton avec une serviette. Baldwin l'a convoqué et tout semblait bien se passer, puis ils se sont mis à crier.

La petite pièce où Philippe gérait autrefois ses affaires était remplie de vampires et de testostérone tandis que Matthew, Fernando et Gallowglass rivalisaient pour occuper la meilleure position. Baldwin était assis sur un Windsor renversé en arrière afin de pouvoir croiser les pieds sur le bureau. Marcus lui faisait face de l'autre côté, écarlate. Sa compagne – car je me souvenais de la jeune femme menue à côté de lui entraperçue les premiers jours suivant notre retour, Phoebe Taylor – essayait d'arbitrer la dispute entre le chef de la famille Clermont et le grand-maître des chevaliers de l'ordre de Saint-Lazare.

— Cette étrange communauté de sorcières et de démons que tu as réunie doit se disperser immédiatement, dit Baldwin qui tentait vainement de maîtriser sa fureur.

Son fauteuil retomba brusquement avec un grand fracas.

— Sept-Tours appartient aux chevaliers de l'ordre de Saint-Lazare ! C'est moi le grand-maître, pas toi. C'est moi qui décide de ce qui se fait ici ! rétorqua Marcus sur le même ton.

— Cède, Marcus, dit Matthew qui était à côté de son fils.

— Si tu ne fais pas exactement ce que je dis, il n'y aura *pas* de chevaliers de l'ordre de Saint-Lazare ! déclara Baldwin en se levant.

Les deux vampires se retrouvèrent nez à nez.

— Cesse de me menacer, Baldwin, dit Marcus. Tu n'es ni mon père ni mon maître.

— Non, mais je suis le chef de cette famille, répondit Baldwin en assenant un coup de poing sur le bureau. Tu vas m'écouter, Marcus, ou accepter les conséquences de ta désobéissance.

— Pourquoi ne vous asseyez-vous pas pour discuter raisonnablement de tout cela ? intervint Phoebe en essayant courageusement de séparer les deux vampires.

Baldwin répondit par un grondement menaçant et Marcus se jeta à la gorge de son oncle.

Matthew empoigna Phoebe et la tira à l'écart. Elle tremblait, mais plus de colère que de peur. Fernando retourna Marcus et le maîtrisa, tandis que Gallowglass posait la main sur l'épaule de Baldwin.

— Ne le défie pas, dit vivement Fernando à Marcus qui se débattait. Sauf si tu as l'intention de quitter cette maison et de ne jamais y revenir.

— Ces menaces sont absurdes, dit Marcus d'un ton un peu plus mesuré. Les chevaliers de l'ordre de Saint-Lazare et la Congrégation sont liés depuis des années. Nous supervisons leurs finances et nous les aidons à faire respecter l'ordre parmi les vampires. Il est évident…

— Évident que la Congrégation ne prendrait pas le risque de représailles de la famille Clermont ? Ne violerait pas le sanctuaire qu'elle a toujours accordé à Sept-Tours ? (Baldwin secoua la tête.) Elle l'a déjà fait, Marcus. La Congrégation ne joue plus, cette fois. Elle cherche depuis des années un prétexte pour disperser les chevaliers de l'ordre de Saint-Lazare.

— Ils font cela maintenant parce que j'ai officiellement accusé Knox de la mort d'Emily ? demanda Marcus.

— En partie seulement. La Congrégation a surtout mal digéré que tu tiennes à abroger le pacte, dit Baldwin en lui jetant un rouleau de parchemin dont le bas portait trois cachets de cire qui tremblaient un peu à force d'avoir été manipulés. Nous avons examiné ta requête, une fois de plus. Elle a été déboutée. Une fois de plus. (Ce simple mot – « nous » – résolvait une énigm bien ancienne. Depuis que le pacte avait été signé et la Congrégation constituée au XIIe siècle, il y avait toujours eu un Clermont parmi les trois vampires qui y siégeaient. Jusqu'à présent, je ne connaissais pas l'identité de cette personne : Baldwin.) C'était déjà assez grave qu'un vampire se soit mêlé d'une dispute entre un sorcier et une sorcière, continua-t-il. Demander réparation pour la mort d'Emily Mather était pure folie, Marcus. Mais continuer de défier la Congrégation était d'une impardonnable naïveté.

— Qu'est-ce qui s'est passé ? demanda Matthew.

Il me confia Phoebe avec un regard indiquant qu'il n'était pas du tout content de ma présence ici.

— Marcus et les autres partisans de cette petite rébellion ont appelé à mettre fin au pacte en avril. Marcus a déclaré que la famille Bishop était sous la protection directe des chevaliers de l'ordre de Saint-Lazare, impliquant dès lors la confrérie.

Matthew jeta un regard aigu à Marcus. Je ne savais si je devais embrasser le fils de Matthew pour le récompenser de ses efforts pour protéger les miens ou le gronder pour avoir fait preuve de tant d'optimisme.

— En mai... Eh bien, tu sais ce qui s'est passé en mai, dit Baldwin. Marcus a qualifié la mort d'Emily d'acte hostile perpétré par des membres de la Congrégation dans l'intention de provoquer un conflit ouvert entre créatures. Il a estimé que la

Congrégation souhaiterait peut-être réexaminer sa requête concernant l'abandon du pacte en échange d'une trêve avec les chevaliers de l'ordre de Saint-Lazare.

— C'était une requête tout à fait raisonnable, répondit Marcus en déroulant le parchemin et en le parcourant.

— Raisonnable ou pas, le vote a été de deux pour et sept contre, rapporta Baldwin. Il ne faut jamais autoriser un vote dont on ne peut prévoir l'issue, Marcus. Depuis le temps, tu devrais connaître cette désagréable vérité concernant la démocratie.

— Ce n'est pas possible. Cela veut dire qu'il n'y a que toi et la mère de Nathaniel qui ont voté en faveur de ma proposition, répondit Marcus, abasourdi.

Agatha Wilson, la mère de l'ami de Marcus, Nathaniel, était l'un des trois démons membres de la Congrégation.

— Un autre démon a pris le parti d'Agatha, répondit Baldwin froidement.

— Tu as voté contre ?

Manifestement, Marcus avait compté sur le soutien de sa famille. Malgré mes rares échanges avec Baldwin, j'aurais pu lui dire que c'était un vain espoir.

— Laisse-moi voir cela, dit Matthew en prenant le parchemin des mains de Marcus, avec un regard qui exigeait des explications de Baldwin.

— Je n'avais pas le choix, lui déclara celui-ci. Sais-tu quels dégâts ton fils a provoqués ? À partir de maintenant, on chuchotera partout qu'un jeune rejeton d'une branche inférieure de l'arbre de la famille Clermont a tenté de lancer une insurrection contre une tradition millénaire.

— Inférieure ?

J'étais consternée par cette insulte à Ysabeau. Ma belle-mère ne parut cependant pas surprise. Elle se contenta d'étudier ses longs ongles parfaitement manucurés avec l'air de s'ennuyer encore plus.

— Tu vas trop loin, Baldwin, gronda Gallowglass. Tu n'étais pas là. Les renégats de la Congrégation qui sont venus ici en mai et ont tué Emily...

— Gerbert et Knox ne sont pas des renégats ! s'emporta de nouveau Baldwin. Ils font partie d'une majorité des deux tiers.

— Je m'en fiche. Dire aux sorciers, vampires et démons de rester à l'écart ne tient plus debout – si cela a jamais eu un sens, insista Marcus, inébranlable. Abandonner le pacte est la bonne chose à faire.

— Depuis quand cela a-t-il de l'importance ? demanda Baldwin, l'air las.

— Il est dit ici que Peter Knox a été victime d'une motion de censure, dit Matthew en levant le nez du parchemin.

— Plus encore, il a été contraint de démissionner. Gerbert et Satu ont soutenu qu'il avait agi contre Emily en réaction à une provocation, mais la Congrégation n'a pas pu nier qu'il avait joué un certain rôle dans la mort de la sorcière.

Baldwin reprit son siège derrière le bureau de son père. Bien qu'imposant, il n'avait pas l'air d'avoir la stature suffisante pour occuper la place de Philippe.

— Donc c'est Knox qui a tué ma tante.

Ma colère – et mon pouvoir – montait en moi.

— Il prétend qu'il se contentait simplement de l'interroger pour savoir où se trouvaient Matthew et le manuscrit de la Bibliothèque bodléienne, qui avait diablement l'air d'être le texte sacré que les vampires appellent le Livre de la Vie, dit Baldwin. Selon Knox, Emily a commencé à s'agiter quand il a découvert que la fille des Wilson était une sorcière alors que ses deux parents sont des démons. Il attribue sa crise cardiaque au stress.

— Emily avait une santé de cheval, rétorquai-je.

— Et quel prix va payer Knox pour avoir tué un membre de la famille de ma compagne ? demanda tranquillement Matthew, une main sur mon épaule.

— Knox a été privé de son siège et il lui est interdit à jamais de servir la Congrégation, dit Baldwin. Marcus a obtenu ce qu'il voulait de ce côté, mais je ne suis pas sûr qu'il ne le regrette pas au final.

Matthew et lui échangèrent un long regard. Je sentis que quelque chose de capital m'échappait.

— Qui prendra sa place ? demanda Matthew.

— Il est trop tôt pour le dire. Les sorciers tiennent à un remplaçant écossais, au prétexte que Knox n'avait pas terminé son mandat. Comme Janet Gowdie est manifestement trop âgée pour servir à nouveau, je miserais sur l'une des McNiven – Kate, peut-être. Ou éventuellement Jenny Horne, répondit Baldwin.

— Les Écossais produisent des sorcières puissantes, dit Gallowglass d'un ton sombre, et les Gowdie, Horne et McNiven sont les familles les plus respectées dans le nord.

— Elles ne seront peut-être pas aussi faciles à gérer que Knox. Et une chose est claire : les sorciers sont déterminés à mettre la main sur le Livre de la Vie, dit Baldwin.

— Ils l'ont toujours voulu, dit Matthew.

— Pas à ce point. Knox a trouvé une lettre à Prague. Il dit qu'elle prouve que tu détiens ou as eu en ta possession le livre des origines, ou le livre des sortilèges originaux des sorciers, si tu préfères sa version de l'affaire, expliqua Baldwin. J'ai dit à la Congrégation que ce n'était rien de plus que le fantasme d'un sorcier assoiffé de pouvoir, mais on ne m'a pas cru. Une enquête fouillée a été ordonnée.

Bien des légendes couraient sur la teneur de l'antique livre désormais caché dans la Bibliothèque bodléienne d'Oxford sous la référence Manuscrit Ashmole 782. Pour les sorciers, il contenait les premiers sortilèges jamais jetés, pour les vampires il racontait comment ils avaient été créés. Et les démons croyaient eux aussi qu'il recelait des secrets sur leur espèce. J'avais eu le livre entre les mains trop peu de temps pour savoir laquelle de ces versions était vraie – si tant est que l'une l'était – mais Matthew, Gallowglass et moi savions que ces questions n'étaient rien en comparaison des informations génétiques que contenaient les pages du Livre de la Vie. Car il avait été fabriqué avec les restes de créatures autrefois vivantes : le parchemin était fait avec leur peau, les encres contenaient leur sang, les pages étaient cousues avec leurs cheveux et la colle à relier avait été extraite de leur moelle osseuse.

— Selon Knox, le Livre de la Vie a été endommagé par un démon du nom d'Edward Kelley, qui en a enlevé trois pages au XVIe siècle à Prague. Il prétend que tu sais où se trouvent ces pages, Matthew, dit Baldwin sans dissimuler sa curiosité. Est-ce vrai ?

— Non, répondit sincèrement Matthew en soutenant son regard.

Comme beaucoup des réponses de Matthew, celle-ci n'était qu'en partie vraie. Il ignorait où se trouvaient deux des pages manquantes du Livre de la Vie. Mais la troisième était bien à l'abri dans un tiroir fermé à clé de son bureau.

— Dieu merci, dit Baldwin, satisfait de la réponse. J'ai juré sur l'âme de Philippe qu'une telle accusation était infondée.

Gallowglass regarda Fernando d'un œil vide. Matthew contempla le paysage par la fenêtre. Ysabeau, qui sentait les mensonges aussi facilement qu'une sorcière, me jeta un regard aigu.

— Et la Congrégation t'a cru sur parole ? demanda Matthew.

— Pas entièrement, dit Baldwin avec réticence.

— Quelles autres assurances as-tu données, petite vipère ? demanda Ysabeau d'un ton paresseux. Tu siffles joliment, Baldwin, mais il y a bien une piqûre quelque part.

— J'ai promis à la Congrégation que Marcus et les chevaliers de l'ordre de Saint-Lazare continueraient de respecter le pacte. (Il marqua une pause.) Ensuite, la Congrégation a nommé une délégation impartiale, une sorcière et un vampire, qu'elle a chargée d'inspecter Sept-Tours de fond en comble.

Ils s'assureront qu'il n'y a pas de sorciers ni de démons ni le moindre fragment du Livre de la Vie entre ses murs. Gerbert et Satu Järvinen seront là dans une semaine. (Le silence fut assourdissant.) Comment pouvais-je savoir que Matthew et Diana étaient là ? dit Baldwin. Mais ce n'est pas important. La délégation ne trouvera pas la moindre irrégularité durant sa visite. Ce qui signifie que Diana doit partir aussi.

— Quoi d'autre ? demanda Matthew.

— Abandonner nos amis et notre famille n'est pas suffisant ? demanda Marcus.

Phoebe le prit par la taille pour le réconforter.

— Ton oncle annonce toujours les bonnes nouvelles d'abord, Marcus, expliqua Fernando. Et si la perspective d'une visite de Gerbert est la bonne nouvelle, la mauvaise doit l'être énormément.

— La Congrégation veut des assurances ! s'exclama Matthew. Quelque chose qui garantira que les Clermont et les chevaliers de l'ordre de Saint-Lazare se conduisent au mieux.

— Pas quelque chose. Quelqu'un, corrigea Baldwin sans émotion.

— Qui ? demandai-je.

— Moi, évidemment, dit Ysabeau avec insouciance.

— Il n'en est absolument pas question ! s'indigna Matthew en regardant Baldwin avec horreur.

— J'en ai bien peur. Je leur ai proposé Verin, mais ils ont refusé, dit Baldwin.

Verin parut un peu vexée.

— La Congrégation a peut-être l'esprit étroit, murmura Ysabeau, mais ils ne sont pas totalement imbéciles. Personne ne pourrait retenir Verin en otage plus de vingt-quatre heures.

— Pour les sorciers, il fallait que ce soit quelqu'un qui force Matthew à sortir du bois. Il a été considéré que Verin ne le motiverait pas suffisamment, expliqua Baldwin.

— La dernière fois que j'ai été détenue contre mon gré, c'était toi mon geôlier, Baldwin, dit Ysabeau d'une voix sirupeuse. Me referas-tu cet honneur ?

— Pas cette fois, répondit Baldwin. Knox et Järvinen ont voulu que vous soyez détenue à Venise, où la Congrégation peut avoir l'œil sur vous, mais j'ai refusé.

— Pourquoi Venise ?

Je savais que Baldwin en venait, mais je ne voyais pas pourquoi la Congrégation préférerait cette ville à un autre endroit.

— Venise est le siège de la Congrégation depuis le xve siècle, époque où elle a été chassée de Constantinople, expliqua rapidement Matthew. Rien ne se passe dans la ville sans que la Congrégation soit au courant. Et Venise abrite des dizaines de créatures qui ont des relations de longue date avec le conseil, notamment la lignée de Domenico.

— Un répugnant assortiment d'ingrats et de sycophantes, murmura Ysabeau avec un délicat frisson. Je suis bien heureuse de ne pas aller là-bas. Même sans le clan de Domenico, Venise est insupportable à cette époque de l'année. Trop de touristes. Et les moustiques sont impossibles.

La perspective de ce que le sang d'un vampire pourrait provoquer dans la population des moustiques était profondément dérangeante.

— Votre confort n'était pas le principal souci de la Congrégation, Ysabeau, répondit Baldwin avec un regard glacial.

— Où dois-je aller, alors ? demanda-t-elle.

— Après avoir exprimé une réticence attendue étant donné la longue amitié qui le lie à notre famille, Gerbert a généreusement accepté de vous garder chez lui. La Congrégation ne pouvait guère refuser, répondit Baldwin. Cela ne posera pas de problème, n'est-ce pas ?

— Pas à moi, répondit Ysabeau avec un haussement d'épaules d'une éloquence toute française.

— On ne peut pas faire confiance à Gerbert, protesta Matthew avec autant de colère que Marcus. Bon Dieu, Baldwin, il a regardé sans rien faire Knox exercer sa magie sur Emily !

— J'espère sincèrement que Gerbert a toujours le même boucher, dit distraitement Ysabeau comme si son fils n'avait rien dit. Marthe devra venir avec moi, bien entendu. Tu y veilleras, Baldwin.

— Vous n'irez pas, dit Matthew. Je me rendrai avant.

— Non, mon fils, répondit Ysabeau avant que j'aie pu protester. Ce n'est pas la première fois que Gerbert et moi faisons cela, comme tu le sais. Je serai revenue en un rien de temps – quelques mois tout au plus.

— Pourquoi est-ce nécessaire ? demanda Marcus. Une fois que la Congrégation aura inspecté Sept-Tours et n'y aura rien trouvé à redire, elle devrait nous laisser en paix.

— La Congrégation doit avoir un otage pour démontrer qu'elle est plus puissante que les Clermont, expliqua Phoebe, faisant preuve d'une remarquable compréhension de la situation.

— Mais, *grand-mère**, commença Marcus, effondré. Ce devrait être moi, pas vous. C'est ma faute.

— Je suis peut-être ta grand-mère, mais je ne suis pas aussi vieille et fragile que tu le penses, répondit Ysabeau avec une certaine froideur. Mon sang, si inférieur soit-il, ne recule pas devant le devoir.

— Il y a sûrement une autre possibilité, protestai-je.

— Non, Diana, répondit Ysabeau. Nous avons tous nos rôles dans la famille. Baldwin nous houspillera. Marcus s'occupera de la confrérie. Matthew veillera sur vous et vous sur mes petits-enfants. Quant à moi, je me trouve ragaillardie à la perspective d'être une fois de plus détenue contre rançon.

En voyant son sourire féroce, je fus forcée de croire ma belle-mère.

Ayant aidé Baldwin et Marcus à observer une fragile trêve, Matthew et moi retournâmes à nos appartements de l'autre côté du château. Matthew alluma la chaîne dès que nous fûmes entrés, inondant la pièce des mélodies complexes de Bach. Comme la musique empêchait les autres vampires de la maison d'épier nos conversations, Matthew en mettait constamment en fond sonore.

— C'est une bonne chose que nous en sachions plus sur l'Ashmole 782 que Knox, dis-je à mi-voix.

Une fois que j'aurai sorti le livre de la Bodléienne, la Congrégation devra cesser de lancer des ultimatums depuis Venise et commencer à traiter directement avec nous. Alors, nous pourrons tenir Knox pour responsable de la mort d'Emily.

Matthew me considéra sans rien dire un moment, puis il se servit du vin et vida le verre d'un trait. Il me proposa de l'eau, mais je secouai la tête. La seule chose dont je mourais d'envie à cette heure, c'était de thé. Cependant, Marcus m'avait recommandé d'éviter les excitants durant ma grossesse et les tisanes étaient un piètre substitut.

— Que sais-tu des arbres généalogiques des vampires que conserve la Congrégation ? demandai-je en m'installant sur le canapé.

— Pas grand-chose, répondit-il en se resservant.

Je fronçai les sourcils. Il n'y avait pas de risque qu'un vampire s'enivre en buvant du vin tiré d'une bouteille – la seule possibilité était de consommer le sang de quelqu'un qui était ivre – mais c'était inhabituel qu'il boive autant.

— La Congrégation conserve les généalogies des démons et des sorciers aussi ? demandai-je, espérant le distraire.

— Je ne sais pas. Les affaires des sorciers et des démons ne m'ont jamais concerné, dit-il en allant se poster devant la cheminée.

— Eh bien, cela n'a aucune importance, dis-je, seulement préoccupée de nos affaires. Notre priorité doit être l'Ashmole 782. Il faut que j'aille à Oxford le plus vite possible.

— Et que feras-tu ensuite, *ma lionne** ?

— Je trouverai un moyen de l'appeler à nouveau. (Je songeai un moment aux conditions que mon père avait tissées dans le sortilège qui attachait le livre à la bibliothèque.) Mon père a veillé à ce que le Livre de la Vie vienne à moi si j'en avais besoin. La situation actuelle remplit incontestablement ces conditions.

— Alors la sécurité de l'Ashmole 782 est ton principal souci, dit Matthew d'un ton dangereusement aimable.

— Bien sûr. Et aussi retrouver les pages manquantes, dis-je. Sans elles, le Livre de la Vie ne révélera jamais ses secrets. (Quand le démon alchimiste Edward Kelley avait ôté trois de ses pages au XVIe siècle à Prague, il avait endommagé la magie utilisée dans la fabrication du livre. Par protection, le texte avait été enseveli dans le parchemin pour former un palimpseste magique et les mots défilaient de pages en pages comme s'ils cherchaient les lettres manquantes. Il était impossible de lire ce qui avait survécu.) Une fois que je l'aurai récupéré, tu seras peut-être en mesure de déterminer quelles créatures le composent et peut-être même de le dater en analysant l'information génétique dans ton laboratoire, continuai-je. (Les travaux scientifiques de Matthew traitaient de l'origine et de l'extinction des espèces.) Quand j'aurai retrouvé les deux pages manquantes...

Matthew se retourna, impassible.

— Tu veux dire quand *nous* aurons récupéré l'Ashmole 782 et que *nous* aurons retrouvé les autres pages.

— Matthew, sois raisonnable. Rien n'irritera plus la Congrégation que d'apprendre qu'on nous a vus ensemble à la Bodléienne.

Il baissa la voix et son expression se radoucit.

— Tu es enceinte de plus de trois mois, Diana. Des membres de la Congrégation se sont déjà introduits chez moi et ont tué ta tante. Peter Knox cherche désespérément à mettre la main sur l'Ashmole 782 et il sait que tu as le pouvoir de le retrouver. Il connaît d'une manière ou d'une autre l'existence des pages manquantes du Livre de la Vie, aussi. Tu ne vas pas aller sans moi ni à la Bibliothèque bodléienne ni ailleurs.

— Il faut que je reconstitue le Livre de la Vie, dis-je en haussant le ton.

— Dans ce cas, *nous* le ferons, Diana. Pour le moment, l'Ashmole 782 est bien à l'abri à la bibliothèque. Laisse-le là-bas et attends que les histoires avec la Congrégation se calment.

Matthew se reposait – un peu trop, peut-être – sur l'idée que j'étais la seule sorcière capable de lever le sortilège que mon père avait jeté sur le livre.

— Combien de temps faudra-t-il ?

— Peut-être jusqu'à la naissance des enfants.

— Cela pourrait faire jusqu'à six mois, dis-je, rongeant mon frein. Alors je suis censée attendre et poursuivre ma grossesse. Et toi te tourner les pouces et compter les jours avec moi ?

— Je ferai ce qu'ordonnera Baldwin, dit Matthew en finissant son vin.

— Tu n'es pas sérieux ! m'exclamai-je. Pourquoi supportes-tu ces absurdités tyranniques ?

— Parce qu'un chef de famille autoritaire empêche le chaos, les effusions de sang inutiles et pire encore, expliqua Matthew. Tu oublies que ma renaissance a eu lieu à une époque très différente, Diana, où la plupart des individus étaient censés obéir à quelqu'un sans poser de question, seigneur, prêtre, père, époux. Obéir aux ordres de Baldwin n'est pas aussi difficile pour moi que ce le sera pour toi.

— Pour moi ? Je ne suis pas une vampiresse, rétorquai-je. Je n'ai pas à l'écouter.

— Si tu es une Clermont, tu y es obligée, dit Matthew en me saisissant par les coudes. La Congrégation et la tradition vampire ne nous laissent que très peu de possibilités. Avant la mi-décembre, tu seras pleinement membre de la famille de Baldwin. Je connais Verin : jamais elle ne trahirait une promesse faite à Philippe.

— Je n'ai pas besoin de l'aide de Baldwin, dis-je. Je suis une tisseuse et j'ai mes propres pouvoirs.

— Baldwin ne doit pas être au courant, dit Matthew en me serrant de plus belle. Pas encore. Et personne ne peut vous offrir, à toi ou à nos enfants, la sécurité que Baldwin et le reste des Clermont peuvent.

— Tu es un Clermont, *toi*, dis-je en lui martelant la poitrine de l'index. Philippe l'a très clairement stipulé.

— Pas aux yeux des autres vampires, dit Matthew en prenant ma main. Je suis peut-être de la famille de Philippe, mais je ne suis pas de son sang. Toi, si. Rien que pour cette seule raison, je ferai ce que Baldwin me demandera.

— Même tuer Knox ? (Il parut surpris.) Tu es le tueur à gages de Baldwin. Knox a pénétré sur les terres des Clermont, ce qui est un défi direct à l'honneur de la famille. J'en déduis que cela fait de Knox ton problème.

J'avais dit cela d'un ton nonchalant, mais j'avais eu du mal. Je savais que Matthew avait déjà tué des hommes, mais le mot « tueur à gages » rendait ces morts plus dérangeantes encore.

— Comme je l'ai dit, je suivrai les ordres de Baldwin, dit Matthew dont les yeux gris avaient pris une teinte verte et étaient devenus froids et sans vie.

— Je me moque de ce qu'ordonne Baldwin. Tu ne peux pas t'en prendre à un sorcier, Matthew, certainement pas un qui a été membre de la Congrégation, dis-je. Cela ne fera qu'aggraver la situation.

— Après ce qu'il a fait à Emily, Knox est déjà un homme mort, dit Matthew.

Il me lâcha et alla à la fenêtre. Autour de lui les filaments brillèrent en noir et rouge. La texture de l'univers n'était pas visible à tous les sorciers, mais étant une tisseuse – une façonneuse de sortilèges, comme mon père –, je la voyais distinctement.

Je le rejoignis à la fenêtre. Le soleil à présent levé soulignait d'or les collines vertes. Le paysage était tout à fait bucolique et serein, mais je savais que des rochers étaient tapis sous la surface, aussi durs et redoutables que l'homme que j'aimais. Je pris Matthew par la taille et posai ma tête contre lui. C'était ainsi qu'il m'enlaçait quand j'avais besoin de me sentir protégée.

— Tu n'es pas obligé de t'en prendre à Knox pour moi, lui dis-je, ou pour Baldwin.

— Non, dit-il à mi-voix. C'est pour Emily que je dois le faire.

Emily avait été ensevelie dans les ruines de l'antique temple voisin consacré à la déesse. J'y étais déjà allée avec Philippe et Matthew avait insisté pour que j'aille sur la tombe peu après mon retour afin que je voie en face que ma tante était partie – pour toujours. Depuis, je m'y étais rendue plusieurs fois quand j'avais besoin de calme et d'un peu de temps pour réfléchir. Matthew m'avait demandé de ne pas y aller seule. Aujourd'hui, c'était Ysabeau qui m'accompagnait, car j'avais besoin de prendre mes distances vis-à-vis de mon époux, de Baldwin et des problèmes qui avaient alourdi l'atmosphère de Sept-Tours.

L'endroit était aussi beau que dans mon souvenir, avec les cyprès qui se dressaient comme des sentinelles autour des colonnes brisées désormais à peine visibles. Aujourd'hui, le sol n'était pas couvert de neige comme en décembre 1590, mais resplendissant de verdure – en dehors du rectangle brun de terre retournée qui indiquait le dernier repos d'Emily. Il y avait des traces de sabots dans la terre meuble légèrement tassée.

— Un chevreuil blanc a pris l'habitude de dormir sur la sépulture, expliqua Ysabeau en suivant mon regard. Ils sont très rares.

— Un cerf blanc est apparu quand Philippe et moi sommes venus ici avant mon mariage pour faire une offrande à la déesse.

J'avais senti son pouvoir sous mes pieds ce jour-là et je le sentais de nouveau aujourd'hui, mais je n'en pipai mot, Matthew tenant fermement à ce que personne ne soit au courant de ma magie.

— Philippe m'a dit qu'il avait fait votre connaissance, dit Ysabeau. Il a laissé un mot pour moi dans la reliure de l'un des livres alchimiques de Godfrey.

Avec ces billets, Philippe et Ysabeau avaient partagé les infimes détails du quotidien qui auraient sans quoi été facilement oubliés.

— Comme il doit vous manquer, dis-je, la gorge serrée. Il était extraordinaire, Ysabeau.

— Oui, dit-elle à mi-voix. Nous n'en reverrons jamais un comme lui. (Nous restâmes un moment sans rien dire devant la tombe, pensives.) Ce qui s'est passé ce matin va tout changer, reprit Ysabeau. L'enquête de la Congrégation va rendre difficile la protection de nos secrets. Et Matthew en a plus à dissimuler que la plupart d'entre nous.

— Comme le fait qu'il soit le tueur à gages de la famille ? demandai-je.

— Oui. Beaucoup de familles de vampires paieraient cher pour savoir quel membre du clan des Clermont est responsable de la mort de leurs bien-aimés.

— Quand nous étions ici avec Philippe, j'ai cru que j'avais découvert la plupart des secrets de Matthew. Je suis au courant de sa tentative de suicide. Et de ce qu'il a fait pour son père.

C'est le secret qui avait été le plus difficile à révéler pour mon mari : me confier qu'il avait aidé son père à mourir.

— Avec les vampires, c'est sans fin, dit Ysabeau. Mais les secrets sont des alliés peu fiables. Ils nous permettent de croire que nous sommes à l'abri, alors qu'ils nous détruisent.

Je me demandai si j'étais l'un de ces secrets destructeurs dissimulé au cœur de la famille Clermont. Je tirai une enveloppe de ma poche et la tendis à Ysabeau. Elle vit l'écriture vacillante et son visage se figea.

— Alain m'a donné ce mot. Philippe l'a écrit le jour de sa mort, expliquai-je. J'aimerais que vous le lisiez. Je crois que le message était pour nous tous.

Ysabeau déplia la feuille d'une main tremblante. Elle l'ouvrit précautionneusement et la lut à haute voix. L'une des phrases me frappa encore plus que la première fois : *Que les fantômes du passé ne vous volent pas les joies de l'avenir.*

— Oh, Philippe, dit-elle tristement.

Elle me rendit la lettre et porta la main à mon front. L'espace d'un instant, la façade disparut et je vis la femme qu'elle avait été autrefois : formidable mais capable de joie. Elle retint son geste.

Je lui saisis la main. Elle était encore plus froide que celle de son fils. Je posai délicatement les doigts glacés sur la peau entre mes deux sourcils, l'autorisant tacitement à examiner l'endroit où Philippe de Clermont m'avait marquée. La pression des doigts d'Ysabeau changea imperceptiblement tandis qu'elle explorait mon front. Quand elle recula, je la vis déglutir.

— Je sens en effet... quelque chose. Une présence, comme un écho de Philippe, dit-elle, les yeux brillants.

— J'aimerais qu'il soit avec nous, avouai-je. Il saurait quoi faire dans cette situation difficile : Baldwin, le serment de sang, la Congrégation, Knox, et même l'Ashmole 782.

— Mon mari ne faisait jamais rien qui ne fût absolument nécessaire, répondit Ysabeau.

— Mais il faisait toujours quelque chose.

Je songeai à la manière dont il avait orchestré notre voyage à Sept-Tours en 1590, malgré le climat et la réticence de Matthew.

— Pas tout à fait. Il observait. Il attendait. Philippe laissait les autres prendre les risques pendant qu'il recueillait leurs secrets et les emmagasinait pour s'en servir plus tard. C'est pour cela qu'il a survécu aussi longtemps, dit-elle. (Ses paroles me rappelèrent la tâche que Philippe m'avait confiée en 1590 après avoir fait de moi sa fille par le sang : *réfléchissez et restez en vie*.) Souvenez-vous-en, avant de vous précipiter à Oxford pour chercher votre livre, continua Ysabeau en baissant la voix jusqu'au chuchotement. Souvenez-vous-en dans les jours difficiles à venir, alors que les plus sombres secrets des Clermont seront exposés à la lumière. Souvenez-vous-en et vous leur montrerez à tous que vous êtes la fille de Philippe de Clermont par bien plus que le nom.

5

Au bout de deux jours avec Baldwin à demeure à Sept-Tours, non seulement je comprenais pourquoi Matthew avait édifié ce donjon au-dessus de la bâtisse, mais je regrettais qu'il ne l'ait pas construit dans une autre province – voire un autre pays.

Baldwin fit clairement comprendre qu'il était chez lui à Sept-Tours, quel qu'en fût le propriétaire légal. Il présidait à chaque repas. Alain allait le voir à la première heure chaque matin pour recevoir ses ordres et plusieurs fois par jour pour le tenir au courant de l'avancée de ses tâches. Le maire de Saint-Lucien répondit à sa convocation et discuta avec lui au salon des affaires locales. Baldwin examina les comptes de la maison tenus par Marthe et reconnut bon gré, mal gré, qu'ils étaient impeccables. Il entrait dans les pièces sans frapper, punissait Marcus et Matthew pour des fautes réelles ou imaginaires et harcelait Ysabeau pour tout, depuis la décoration du salon jusqu'à la poussière dans le grand hall.

Nathaniel, Sophie et Margaret furent les premiers à avoir la chance de quitter le château. Ils firent des adieux larmoyants à Marcus et à Phoebe et promirent de donner de leurs nouvelles une fois installés en Australie. Baldwin les avait poussés à s'y rendre et à faire montre de solidarité avec la mère de Nathaniel, qui était non seulement une démone, mais aussi un membre de la Congrégation. Nathaniel avait d'abord protesté, arguant qu'ils seraient très bien en Caroline du Nord, mais d'autres qui avaient la tête froide – Phoebe, notamment – avaient fini par le convaincre.

Quand on lui demanda plus tard pourquoi elle avait soutenu Baldwin sur ce sujet, Phoebe expliqua que Marcus s'était inquiété de la sécurité de Margaret et qu'elle avait refusé qu'il prenne la responsabilité du bien-être de l'enfant. En conséquence, Nathaniel devait faire ce qui était le mieux selon Baldwin. L'expression de Phoebe me fit comprendre que, si j'avais une opinion différente sur la question, je pouvais la garder pour moi.

Même après cette première vague de départs, Sept-Tours paraissait déborder avec la présence de Baldwin, de Matthew et de Marcus – sans parler de Verin, Ysabeau et Gallowglass. Fernando était moins importun, puisqu'il passait principalement son temps avec Sarah ou Hamish. Nous trouvâmes tous des retraites où nous pouvions nous réfugier et trouver un calme plus que bienvenu. Ce fut donc un peu une surprise lorsque Ysabeau fit irruption dans le bureau de Matthew pour nous annoncer où se trouvait Marcus en cet instant.

— Marcus est dans la Tour Ronde avec Sarah, dit-elle ses joues pâles inhabituellement rosies. Phoebe et Hamish sont avec eux. Ils ont trouvé les anciens arbres généalogiques de la famille.

Je ne compris pas pourquoi cette nouvelle fit bondir Matthew de son fauteuil en jetant son stylo. Ysabeau surprit mon regard étonné et me sourit tristement.

— Marcus est sur le point de connaître l'un des secrets de son père, expliqua-t-elle.

Ce qui me donna encore plus envie d'y aller moi aussi.

Je n'avais jamais mis les pieds dans la Tour Ronde, qui se dressait en face de la tour de Matthew et en était séparée par le bâtiment principal. À peine y fus-je arrivée que je compris pourquoi personne ne me l'avait jamais fait visiter.

Une grille métallique ronde était enchâssée au centre du sol. Une familière odeur d'humidité, de mort et de désespoir s'échappait du trou qu'elle recouvrait.

— Une oubliette, dis-je, momentanément paralysée à cette vue.

Matthew m'entendit et redescendit précipitamment l'escalier.

— Philippe l'avait construite pour en faire une prison. Il s'en servait rarement, dit-il, le front barré d'un pli soucieux.

— Va, dis-je en le chassant d'un geste avec les mauvais souvenirs. Nous te suivons.

Le cachot du rez-de-chaussée de la Tour Ronde était un lieu d'oubli, mais l'étage était un lieu de souvenir. Il était rempli de caisses, de papiers, de documents, d'objets. Ce devaient être les archives familiales des Clermont.

— Pas étonnant qu'Emily ait passé autant de temps ici. (Sarah était penchée sur un long parchemin partiellement déroulé sur une table usée, Phoebe à côté d'elle. Une demi-douzaine d'autres documents attendaient d'être examinés.) C'était une folle de généalogie.

— Salut ! nous héla joyeusement Marcus. (Il était juché sur une haute galerie qui faisait le tour de la pièce et recelait d'autres caisses et piles de documents. Apparemment, il n'avait pas encore fait les sinistres découvertes qu'Ysabeau redoutait.) Hamish s'apprêtait à aller vous chercher.

Il sauta par-dessus la balustrade et atterrit souplement à côté de Phoebe. En l'absence d'échelle ou d'escalier visible, le seul moyen d'atteindre cette section des archives était de grimper le long du mur et de sauter pour en redescendre. Ce qui se faisait de mieux en matière de sécurité façon vampire.

— Qu'est-ce que tu cherches ? demanda Matthew avec juste ce qu'il fallait de curiosité pour que Marcus ne se doute jamais qu'il avait été prévenu.

— Un moyen pour que Baldwin nous lâche un peu, évidemment. Tiens, dit-il en tendant un carnet usé à Hamish. Les notes de Godfrey sur la loi vampire.

Hamish le feuilleta, cherchant manifestement un élément légal qui leur serait utile. Godfrey était le benjamin des trois fils de Philippe, connu pour son redoutable esprit retors. Une sensation de menace s'installa.

— Et tu as trouvé ? demanda Matthew en jetant un coup d'œil au rouleau de parchemin.

— Viens voir, dit Marcus en nous entraînant vers la table.

— Tu vas adorer, Diana, dit Sarah en ajustant ses lunettes de lecture. Marcus dit que c'est un arbre généalogique de la famille Clermont. Il a l'air vraiment ancien.

— Il l'est, dis-je.

Le document était de style médiéval, avec des portraits de Philippe et d'Ysabeau chacun dans leur cadre carré en haut de la page, les mains réunies entre les deux. Des rubans de couleur les reliaient aux cases arrondies figurant au-dessous et contenant chacune un nom. Certains m'étaient familiers – Hugh, Baldwin, Godfrey, Matthew, Verin, Freyja, Stasia. Beaucoup m'étaient inconnus.

— XIIe siècle. Français. Dans le style de l'atelier de Saint-Sever, dit Phoebe, confirmant ma datation.

— Tout a commencé quand je me suis plaint à Gallowglass d'avoir constamment Baldwin sur le dos. Il m'a dit que Philippe était presque aussi pénible et que lorsque Hugh en avait assez, il partait de son côté avec Fernando, expliqua Marcus. Gallowglass a qualifié leur famille de scion et dit que parfois les scions sont le seul moyen de maintenir la paix.

À voir la colère que réprimait Matthew, la paix serait la dernière chose que Gallowglass allait savourer quand son oncle l'aurait retrouvé.

— Je me rappelle avoir lu quelque chose sur les scions à l'époque où grand-père espérait que je ferais du droit et que je reprendrais le flambeau de Godfrey, dit Marcus.

— J'ai trouvé, dit Hamish en tapotant la page de l'index. *Tout mâle ayant des enfants entièrement de son sang peut fonder un scion, à condition qu'il ait l'approbation de son créateur ou du chef de son clan. Le nouveau scion sera considéré comme une branche de la famille originale, mais à tous autres égards, le père du nouveau scion exercera sa volonté et son pouvoir en toute liberté.* Cela paraît assez clair, mais comme Godfrey était impliqué, cela ne doit pas s'arrêter là.

— Fonder un scion, une branche distincte de la famille Clermont sous ton autorité, voilà qui va résoudre tous nos problèmes ! dit Marcus.

— Les chefs de clans ne voient pas tous les scions d'un bon œil, Marcus, l'avertit Matthew.

— Rebelle un jour, rebelle toujours, répondit Marcus avec désinvolture. Tu le savais quand tu m'as créé.

— Et Phoebe ? interrogea Matthew. Ta fiancée partage-t-elle tes sentiments révolutionnaires ? Elle n'appréciera peut-être pas l'idée d'être chassée de Sept-Tours sans un sou après que ton oncle aura saisi tous tes biens.

— Comment cela ? demanda Marcus, mal à l'aise.

— Hamish pourra me corriger si je me trompe, mais je crois que le chapitre suivant du livre de Godfrey expose les peines encourues quand on fonde un scion sans la permission de son père.

— C'est toi mon créateur, dit Marcus en haussant le menton.

— Uniquement au sens biologique : je t'ai donné de mon sang pour que tu renaisses en tant que vampire. (Matthew passa la main dans ses cheveux, signe de sa frustration croissante.) Et tu sais combien je déteste le terme de « créateur » utilisé dans ce contexte. Je me considère comme ton père, pas comme un donneur de sang.

— Je te demande d'être plus que cela, dit Marcus. Baldwin a tort concernant le pacte et la Congrégation. Si tu fondes un scion, nous pourrons suivre le chemin que nous voulons et décider par nous-mêmes.

— Fonder ton propre scion pose-t-il un problème, Matt ? demanda Hamish. Maintenant que Diana est enceinte, je te voyais pressé de te débarrasser de la tutelle de Baldwin.

— Ce n'est pas aussi simple que tu le penses, répondit Matthew. Et Baldwin pourrait avoir des réserves.

— Qu'est-ce que c'est que ça, Phoebe ? demanda Sarah en désignant une tache sur le parchemin sous le nom de Matthew.

Elle s'intéressait davantage à la généalogie qu'aux subtilités juridiques. Phoebe examina le parchemin.

— Une partie effacée ou grattée. Il devait y avoir une autre case, ici. Je distingue presque le nom. Beia – oh, ce doit être Benjamin. Ils ont utilisé les abréviations courantes au Moyen Âge et le *i* à la place du *j*.

— Le cercle a été gratté, mais pas la petite ligne rouge qui le relie à Matthew, dit Sarah. On peut en déduire que Benjamin est l'un des enfants de Matthew.

La mention de ce prénom me glaça le sang. Matthew avait effectivement un fils de ce nom. C'était une créature terrifiante.

Phoebe déroula un autre parchemin. La généalogie paraissait ancienne également, mais pas autant que celle que nous venions d'examiner. Elle plissa le front.

— Celui-là a l'air de dater du siècle suivant, dit-elle en le posant sur la table. Il ne comporte aucune partie effacée et ne mentionne aucun Benjamin non plus. Il a disparu sans laisser de trace.

— Qui est Benjamin ? questionna Marcus.

Je me demandai bien pourquoi : il devait certainement connaître l'identité des autres enfants de Matthew.

— Benjamin n'existe pas, dit Ysabeau.

Elle arborait une expression prudente et avait soigneusement choisi ses mots. Je tentai d'analyser ce qu'impliquaient la question de Marcus et l'étrange réponse d'Ysabeau. Si le fils de Matthew n'était pas au courant de l'existence de Benjamin...

— Est-ce pour cela que son nom a été gratté ? demanda Phoebe. C'est une erreur de quelqu'un ?

— Oui, c'était une erreur, dit Matthew d'une voix sans timbre.

— Mais Benjamin existe vraiment, dis-je en croisant le regard lointain et fermé de Matthew. Je l'ai croisé à Prague au XVIe siècle.

— Il est encore vivant ? demanda Hamish.

— Je ne sais pas. J'ai cru qu'il était mort peu après que je l'ai créé au XIIe siècle, répondit Matthew. Des siècles plus tard, Philippe a entendu parler de quelqu'un qui correspondait au signalement de Benjamin, mais il a de nouveau disparu avant que nous puissions être sûrs. Nous avons entendu parler de

Benjamin au XIXe siècle aussi, mais je n'ai jamais vu aucune preuve.

— Je ne comprends pas, dit Marcus. Même s'il est mort, Benjamin devrait tout de même figurer sur l'arbre généalogique.

— Je l'ai renié. Philippe également. (Matthew préféra fermer les yeux plutôt que de croiser nos regards curieux.) Tout comme une créature peut être accueillie dans ta famille par un serment de sang, elle peut en être chassée officiellement et être livrée à elle-même sans la protection d'une famille ou de la loi vampire. Tu sais l'importance de la généalogie chez les vampires, Marcus. Ne pas avoir une lignée reconnue est autant une disgrâce chez les vampires qu'être envoûté par un sortilège chez les sorciers.

Je commençais à mieux comprendre pourquoi Baldwin ne voulait peut-être pas que je figure sur l'arbre généalogique de la famille Clermont comme l'un des enfants de Philippe.

— Alors Benjamin *est* mort, dit Hamish. Légalement, du moins.

— Et les morts reviennent parfois nous hanter, murmura Ysabeau, ce qui lui valut un regard noir de son fils.

— Je me demande bien ce qu'a pu faire Benjamin pour que tu te détournes de ton propre sang, Matthew, dit Marcus, décontenancé. J'étais épouvantable dans mes premières années et tu ne m'as pas abandonné pour autant.

— Benjamin était l'un des croisés allemands qui sont partis avec l'armée du comte Emicho vers la Terre sainte. Quand ils ont été battus en Hongrie, il a rejoint les troupes de mon frère Godfrey, commença Matthew. La mère de Benjamin était la fille d'un marchand très en vue du Levant et il avait appris un peu l'hébreu et même l'arabe à cause des affaires familiales. C'était un allié précieux, au début.

— Alors Benjamin était le fils de Godfrey ? demanda Sarah.

— Non, c'était le mien. Benjamin a commencé à faire commerce des secrets de famille des Clermont. À Jérusalem, il a juré qu'il allait dévoiler aux êtres humains l'existence des créatures – non seulement les vampires, mais aussi les sorcières et les démons. Quand j'ai découvert sa trahison, j'ai perdu la tête. Philippe rêvait de créer un refuge pour nous tous en Terre sainte, un endroit où nous aurions pu vivre sans avoir peur. Benjamin avait le pouvoir d'anéantir les espoirs de Philippe, et c'est moi qui le lui avais donné.

Je connaissais assez bien mon mari pour imaginer à quel point il se sentait coupable et quelle était l'ampleur de son remords.

— Pourquoi ne l'as-tu pas tué ? demanda Marcus.

— La mort, c'était trop rapide. Je voulais punir Benjamin pour avoir joué la comédie de l'amitié. Je voulais qu'il souffre comme nous autres nous souffrions. J'ai fait de lui un vampire afin qu'il soit obligé de se dévoiler lui-même si jamais il dénonçait les Clermont. (Matthew marqua une pause.) Après quoi, je l'ai abandonné à son sort.

— Qui lui a appris à survivre ? demanda Marcus dans un souffle.

— Il l'a appris tout seul. Cela faisait partie de son châtiment, répondit Matthew en regardant son fils droit dans les yeux. Cela a fini par faire partie du mien aussi : c'est ainsi que Dieu m'a contraint à expier mes péchés. Comme j'avais abandonné Benjamin, je ne savais pas que je lui avais transmis cette même fureur sanguinaire qui coulait dans mes veines. Des années se sont écoulées avant que je découvre quel monstre Benjamin était devenu.

— La fureur sanguinaire ? demanda Marcus en le regardant, incrédule. C'est impossible. Cela fait du malade un tueur insensible, sans raison ni compassion. Il n'y a pas eu de cas depuis presque deux millénaires. Tu me l'as dit toi-même.

— J'ai menti, dit Matthew d'une voix étranglée.

— Tu ne peux pas souffrir de la fureur sanguinaire, Matt, dit Hamish. Il en est question dans les documents de famille. Parmi les symptômes, il y a une rage aveugle, l'incapacité de raisonner, un instinct irrépressible de tuer. Tu n'as jamais montré aucun signe de la maladie.

— J'ai appris à la maîtriser, dit Matthew. La majeure partie du temps.

— Si la Congrégation le découvrait, ta tête serait mise à prix. D'après ce que j'ai lu ici, d'autres créatures auraient carte blanche pour te tuer, observa Hamish, inquiet.

— Pas seulement moi, dit Matthew en jetant un bref coup d'œil à mon ventre arrondi. Mes enfants aussi.

— Les bébés…, dit Sarah, désemparée.

— Et Marcus ? demanda Phoebe en se cramponnant à la table, même si elle avait parlé calmement.

— Marcus est seulement porteur, tenta de la rassurer Matthew. Les symptômes se manifestent immédiatement.

Phoebe eut l'air soulagée. Matthew regarda son fils droit dans les yeux.

— Quand je t'ai créé, je croyais sincèrement que j'étais guéri. Cela faisait presque un siècle que je n'avais pas eu de crise. C'était le siècle des Lumières. Dans notre orgueil, nous pensions que toutes sortes de maux passés avaient été éradiqués, depuis la variole jusqu'à la superstition. Puis tu es parti à La Nouvelle-Orléans.

— Mes propres enfants. (Marcus eut l'air hagard, puis la lumière se fit.) Juliette Durand et toi êtes venus en ville et ils ont commencé à mourir. Je croyais que Juliette les avait tués, mais c'était toi. Tu les as tués à cause de la fureur sanguinaire dont ils étaient atteints.

— Ton père n'avait pas le choix, dit Ysabeau. La Congrégation savait qu'il y avait des problèmes à La Nouvelle-Orléans. Philippe a ordonné à Matthew de les régler avant que les vampires en découvrent la cause. Si Matthew avait refusé, vous seriez tous morts.

— Les autres vampires de la Congrégation étaient convaincus que le fléau de la fureur sanguinaire était de retour, dit Matthew. Ils voulaient raser la ville et l'anéantir, mais j'ai soutenu que cette folie était due à la jeunesse et à l'inexpérience, pas à la fureur sanguinaire. J'étais censé tuer tout le monde. J'étais même censé te tuer, Marcus. (Son fils eut l'air surpris. Pas Ysabeau.) Philippe a été très fâché contre moi, mais je n'ai tué que ceux qui avaient des symptômes. Je les ai tués rapidement, en leur épargnant peur et souffrance, dit Matthew d'une voix blanche. (Je détestais les secrets qu'il avait et les mensonges qu'il disait pour les dissimuler, mais j'avais tout de même de la peine pour lui.) J'ai expliqué les excès de mes petits-enfants comme j'ai pu : pauvreté, ivrognerie, cupidité. Puis j'ai endossé la responsabilité de ce qui s'était passé à La Nouvelle-Orléans, démissionné de mon siège à la Congrégation et juré que tu ne ferais plus d'enfants tant que tu n'aurais pas vieilli et mûri.

— Tu m'as dit que j'étais un raté, une honte pour la famille, dit Marcus d'une voix rendue rauque par l'émotion.

— Il fallait que je te retienne. Je n'ai pas su comment faire autrement, dit Matthew, avouant ses péchés sans demander à en être pardonné.

— Qui d'autre connaît vos secrets, Matthew ? demanda Sarah.

— Verin, Baldwin, Stasia et Freyja. Fernando et Gallowglass. Miriam. Marthe. Alain, énuméra Matthew. Ainsi que Hugh, Godfrey, Hancock, Louisa et Louis.

— Je veux tout savoir, dit Marcus en lui jetant un regard aigre. Depuis le début.

— Matthew ne peut pas te raconter le commencement de cette histoire, dit Ysabeau à mi-voix. Je suis la seule à le pouvoir.

— Non, *mère**, dit Matthew en secouant la tête. Ce n'est pas nécessaire.

— Bien sûr que si, dit Ysabeau. C'est moi qui ai introduit la maladie dans la famille. Je suis porteuse, comme Marcus.

— Vous ? demanda Sarah, abasourdie.

— La maladie était dans le sang de mon créateur. Il estimait que c'était un immense bénéfice pour une lamie de porter son sang, car cela vous rendait vraiment terrifiante et presque impossible à tuer. (Le mépris et la haine avec lesquels elle prononça « créateur » me fit comprendre pourquoi Matthew détestait le mot.) Il y avait des guerres continuelles entre vampires à l'époque, et on saisissait le moindre avantage qui se présentait. Mais j'ai été une déception. Le sang de mon créateur n'a pas œuvré en moi comme il l'espérait, alors que la fureur sanguinaire se déchaînait chez ses autres enfants. En châtiment… (Elle se tut et prit une profonde inspiration, tremblante.) En châtiment, répéta-t-elle lentement, j'ai été enfermée dans une cage pour fournir à mes frères et sœurs une source de divertissement, et matière à s'entraîner à tuer. Mon créateur ne pensait pas que je survivrais. (Elle porta les doigts à ses lèvres, un moment incapable de poursuivre.) J'ai vécu pendant très longtemps dans cette prison, crasseuse, affamée, blessée dans mon corps comme dans mon âme, incapable de mourir alors que je ne demandais que cela. Mais plus je luttais et plus longtemps j'ai survécu, plus je suis devenue intéressante. Mon créateur (mon père) m'a prise contre ma volonté, tout comme mes frères. Tout ce que l'on m'a fait subir était dû à une curiosité morbide, le désir de savoir ce qui pourrait enfin me dompter. Mais j'étais rapide, et intelligente. Mon créateur a commencé à se dire que je pourrais finalement lui servir.

— Ce n'est pas l'histoire que racontait Philippe, dit Marcus, bouleversé. Grand-père disait qu'il vous avait fait évader d'une forteresse – que votre créateur vous avait enlevée et avait fait de vous une vampiresse contre votre volonté parce que vous étiez si belle qu'il ne pouvait supporter que quiconque d'autre vous possède. Selon Philippe, votre créateur vous avait créée afin que vous soyez son épouse.

— Tout cela était la vérité, mais pas toute la vérité, dit Ysabeau en le regardant droit dans les yeux. Il est vrai que Philippe m'a trouvée dans une forteresse et m'a fait évader de cet épouvantable endroit. Mais je n'étais pas une beauté, à l'époque, quelque romantique que soient les histoires que raconta plus tard ton grand-père. Je m'étais rasé le crâne avec un coquillage brisé qu'un oiseau avait laissé tomber sur le rebord de ma fenêtre, afin qu'ils ne puissent pas me tenir par les cheveux. J'ai encore les cicatrices, bien qu'elles soient cachées désormais. L'une de mes jambes était cassée. Et un bras aussi, je crois, dit-elle d'un ton vague. Marthe saura. (Pas étonnant qu'Ysabeau et Marthe m'eussent traitée avec autant de tendresse après La Pierre. L'une avait été torturée et l'autre l'avait remise sur pied après cette épreuve. Mais Ysabeau n'avait pas terminé son récit.) Quand Philippe et ses soldats sont arrivés, ils ont exaucé mes prières. Ils ont immédiatement tué mon créateur. Philippe a ordonné que tous les enfants de mon créateur soient mis à mort afin que le malfaisant poison qui courait dans nos veines ne se répande pas. Un matin, ils sont venus chercher mes frères et sœurs. Philippe m'a gardée. Il ne voulait pas qu'on me touche. Il a menti et prétendu que je n'étais pas infectée par le mal de mon créateur – que j'avais été créée par quelqu'un d'autre et que je n'avais tué que pour survivre. Il ne restait personne pour le contredire. (Elle regarda son petit-fils.) C'est pour cela que Philippe a pardonné à Matthew de ne pas t'avoir tué, Marcus, alors qu'il le lui avait ordonné. Philippe savait ce que c'était de trop aimer quelqu'un pour le voir périr d'une mort injuste. (Mais les paroles d'Ysabeau ne suffirent pas à dissiper l'ombre dans le regard de Marcus.) Nous avons gardé mon secret, Philippe, Marthe et moi, pendant des siècles. J'ai fait beaucoup d'enfants avant que nous venions en France et j'ai cru que la fureur sanguinaire était une horreur qui appartenait à notre passé. Mes enfants ont tous vécu très longtemps sans jamais montrer de signe de maladie. Puis il y a eu Matthew... (Sa voix traîna. Une goutte rouge perla dans son œil. Elle fit disparaître la larme de sang d'un clignement de paupière.) Lorsque j'ai créé Matthew, mon créateur n'était plus qu'une sombre légende chez les vampires. On le donnait en exemple de ce qui nous arriverait si nous cédions à nos envies de sang et de pouvoir. Le moindre vampire que l'on soupçonnait de fureur sanguinaire était immédiatement abattu, tout comme son créateur et ses rejetons, dit-elle sans émotion. Mais je ne pouvais pas tuer mon enfant et je refusais que quiconque y touche. Ce n'était pas la faute de Matthew s'il était malade.

— Ce n'était la faute de personne, *mère**, dit Matthew. C'est une maladie génétique que nous ne comprenons toujours pas. Grâce à l'absence de scrupules de Philippe et à tout ce que la famille a fait pour dissimuler la vérité, la Congrégation ne sait pas que j'ai la maladie en moi.

— Ils n'en sont peut-être pas certains, le mit en garde Ysabeau. Mais quelques membres de la Congrégation le soupçonnent. Il y avait des vampires qui estimaient que la maladie de ta sœur n'était pas la folie, comme nous le prétendions, mais la fureur sanguinaire.

— Gerbert, chuchotai-je.

— Domenico aussi, opina Ysabeau.

— Ne vous tracassez pas inutilement, dit Matthew, essayant de la réconforter. J'étais à la réunion où il a été discuté de la maladie et personne ne se doutait que j'en étais affligé. Du moment qu'ils croient que la fureur sanguinaire a disparu, notre secret est bien à l'abri.

— Dans ce cas, j'ai bien peur d'avoir de mauvaises nouvelles, dit Marcus. La Congrégation craint que la fureur sanguinaire ait réapparu.

— Comment cela ? demanda Matthew.

— Les meurtres de vampires, expliqua Marcus.

J'avais vu l'an dernier dans son laboratoire d'Oxford les coupures de presse que Matthew conservait. Les mystérieux meurtres s'étaient produits un peu partout sur une période de plusieurs mois. Les enquêteurs étaient dans une impasse et les meurtres avaient attiré l'attention des êtres humains.

— Les meurtres ont apparemment cessé cet hiver, mais la Congrégation doit toujours s'occuper des gros titres dans les médias, continua Marcus. Le coupable n'ayant jamais été capturé, la Congrégation s'attend à ce que les crimes reprennent à tout moment. Gerbert me l'a appris en avril, la première fois que j'ai demandé que le pacte soit révoqué.

— Pas étonnant que Baldwin tienne si peu à me reconnaître comme sa sœur, dis-je. Avec toute l'attention que le serment de sang de Philippe attirerait sur la famille Clermont, quelqu'un risquerait de commencer à poser des questions. Vous pourriez tous devenir suspects de meurtre.

— L'arbre généalogique officiel de la Congrégation ne contient aucune mention de Benjamin. Ce que Phoebe et Marcus ont découvert ne sont que des exemplaires familiaux, dit Ysabeau. Selon Philippe, il n'était pas nécessaire de faire part de… l'indiscrétion de Matthew. Quand Benjamin a été créé, les arbres généalogiques de la Congrégation étaient à Constantinople. Nous étions loin outre-mer, nous nous efforcions de maintenir notre domination sur la Terre sainte. Qui pouvait être au courant si nous l'effacions ?

— Mais d'autres vampires des colonies de croisés étaient forcément au courant de l'existence de Benjamin, non ? demanda Hamish.

— Très peu d'entre eux sont encore en vie. Et plus rares encore sont ceux qui oseraient remettre en question la version officielle de Philippe, dit Matthew.

Hamish eut l'air sceptique.

— Hamish a raison de s'inquiéter. Quand le mariage de Matthew et de Diana sera publiquement connu, sans parler du serment de sang de Philippe et de l'existence des jumeaux, certains de ceux qui n'ont rien dit de mon passé pourraient ne plus vouloir continuer à se taire, dit Ysabeau.

Cette fois, ce fut Sarah qui répéta le nom auquel nous pensions tous.

— Gerbert.

Ysabeau hocha la tête.

— Quelqu'un se rappellera forcément les escapades de Louisa. Et un autre vampire pourrait se souvenir de ce qui s'est passé avec les enfants de Marcus à La Nouvelle-Orléans. Gerbert pourrait rappeler à la Congrégation qu'autrefois, il y a longtemps, Matthew a montré des signes de démence, même si cela semble lui avoir passé. Les Clermont seront plus vulnérables qu'ils ne l'ont jamais été.

— Et l'un des jumeaux ou les deux pourrait avoir la maladie, dit Hamish. Un tueur âgé de six mois est une perspective terrifiante. Aucune créature n'en voudrait à la Congrégation d'avoir pris des mesures.

— Peut-être que le sang d'une sorcière peut empêcher la maladie de s'installer, dit Ysabeau.

— Attendez, se figea Marcus. Quand Benjamin a-t-il été créé exactement ?

— Au début du XIIe siècle, répondit Matthew en plissant le front. Après la première croisade.

— Et quand la sorcière de Jérusalem a-t-elle donné naissance à un bébé vampire ?

— Quel bébé vampire ? demanda vivement Matthew.

— Celui dont Ysabeau nous a parlé en janvier, dit Sarah. Il se trouve que Diana et vous n'êtes pas les seules créatures spéciales au monde. Tout cela est déjà arrivé.

— J'ai toujours cru que ce n'était rien de plus qu'une rumeur que l'on répandait pour dresser les créatures les unes contre les autres, dit Ysabeau d'une voix tremblante. Mais Philippe croyait à cette histoire. Et maintenant, voilà que Diana revient enceinte…

— Racontez-moi, *mère**, dit Matthew. Racontez-moi tout.

— Un vampire a violé une sorcière à Jérusalem. Elle a donné naissance à son enfant, débita Ysabeau d'un trait. Nous n'avons jamais su qui était le vampire. La sorcière a refusé de le dire.

Seule une tisseuse pouvait porter l'enfant d'un vampire, pas une sorcière ordinaire. C'est ce que m'avait dit Goody Alsop à Londres.

— Quand ? demanda Matthew à mi-voix.

— Juste avant la formation de la Congrégation et la signature du pacte, dit pensivement Ysabeau.

— Juste après que j'ai créé Benjamin, dit Matthew.

— Peut-être que Benjamin a hérité de toi plus que la fureur sanguinaire, dit Hamish.

— Et l'enfant ? demanda Matthew.

— Il est mort de faim, chuchota Ysabeau. Le bébé refusait le sein de sa mère. (Matthew se leva d'un bond.) Beaucoup de nouveau-nés ne veulent pas du lait de leur mère, protesta Ysabeau.

— Le bébé a bu du sang ? demanda Matthew.

— La mère a prétendu que oui. (Ysabeau frémit quand Matthew donna un coup de poing sur la table.) Mais Philippe n'était pas sûr. Le temps qu'il récupère l'enfant, elle agonisait et refusait toute nourriture.

— Philippe aurait dû me dire tout cela quand il a fait la connaissance de Diana. (Matthew pointa un index accusateur sur Ysabeau.) Et faute de quoi, c'est *vous* qui auriez dû me le raconter quand je l'ai amenée à la maison.

— Et si nous faisions tous notre devoir, nous nous retrouverions au paradis, déclara Ysabeau, excédée.

— Cessez. Tous les deux. Vous ne pouvez pas haïr votre père ou Ysabeau pour quelque chose que vous avez fait tout seul, Matthew, observa calmement Sarah. Par ailleurs, nous avons assez de problèmes au présent sans nous inquiéter de ce qui est arrivé dans le passé.

Ces paroles firent décroître la tension dans la pièce.

— Qu'est-ce que nous allons faire ? demanda Marcus à son père, qui sembla surpris par la question. Nous sommes une famille, que la Congrégation nous reconnaisse ou pas, tout comme Diana et toi êtes mari et femme, quoi qu'en pensent ces imbéciles à Venise.

— Nous allons céder à Baldwin pour le moment, répondit Matthew après avoir réfléchi. Je vais emmener Sarah et Diana à Oxford. Si ce que tu dis est vrai, et qu'un autre vampire, peut-être Benjamin, a fait un enfant à une sorcière, nous devons savoir comment et pourquoi certaines sorcières et certains vampires peuvent se reproduire.

— Je vais en informer Miriam, dit Marcus. Elle sera ravie de te revoir au laboratoire. Pendant que tu seras là-bas, nous pourrons essayer de déterminer comment fonctionne la fureur sanguinaire.

— Qu'est-ce que tu imagines que je fais depuis toutes ces années ? demanda Matthew à mi-voix.

— Tes recherches, dis-je en songeant aux études que menait Matthew sur l'évolution et la génétique des créatures. Tu ne t'es pas seulement intéressé aux origines des créatures. Tu essayais de comprendre comment on contracte la fureur sanguinaire et comment on peut la soigner.

— Quoi que nous fassions au labo, Miriam et moi, nous espérons toujours que l'une de nos découvertes débouchera sur un remède, avoua Matthew.

— Qu'est-ce que je peux faire ? demanda Hamish.

— Il faut que tu quittes Sept-Tours toi aussi. J'ai besoin que tu examines le pacte – tout ce que tu trouveras sur les premiers débats de la Congrégation, tout ce qui peut jeter de la lumière sur ce qui s'est passé à Jérusalem entre la fin de la première croisade et la date où le pacte a eu force de loi. (Matthew jeta un regard circulaire aux archives.) Dommage que tu ne puisses pas travailler ici.

— Je vais vous aider dans ces recherches si vous voulez, dit Phoebe.

— Vous allez sûrement retourner à Londres, dit Hamish.

— Je vais rester ici avec Marcus, répondit Phoebe d'un ton ferme. Je ne suis ni une sorcière ni une démone. Il n'y a pas de règle de la Congrégation qui m'empêche de rester à Sept-Tours.

— Ces restrictions sont seulement temporaires, dit Matthew. Une fois que les membres de la Congrégation auront estimé que tout est comme il convient à Sept-Tours, Gerbert emmènera Ysabeau chez lui dans le Cantal. Après ce petit épisode, Baldwin s'ennuiera et retournera à New York. À ce moment-là, nous pourrons tous nous retrouver ici. Espérons qu'entre-temps nous en aurons appris davantage et que nous pourrons échafauder un meilleur plan.

Marcus acquiesça, mais cela n'avait pas l'air de le ravir.

— Évidemment, si tu formais un scion...

— Impossible, répliqua Matthew.

— « *Impossible* » *n'est pas français**, dit Ysabeau d'un ton acerbe. Et ce mot ne faisait sûrement pas partie du vocabulaire de ton père.

— La seule chose qui semble hors de question pour moi, c'est de rester au sein du clan de Baldwin et sous son contrôle direct, opina Marcus.

— Après tous les secrets qui ont été dévoilés aujourd'hui, tu continues de croire que mon nom et mon sang sont quelque chose que tu devrais être fier de posséder ? lui demanda Matthew.

— Plutôt toi que Baldwin, dit Marcus en le regardant droit dans les yeux.

— Je ne sais pas comment tu peux supporter que je sois en ta présence, dit Matthew en se détournant. Et encore moins me pardonner.

— Je ne t'ai pas pardonné, dit calmement Marcus. Trouve le remède à la fureur sanguinaire. Lutte pour faire abroger le pacte et refuse de soutenir une Congrégation qui veut faire observer des lois aussi injustes.

Forme un scion pour que nous puissions tous vivre sans avoir Baldwin sur le dos.

— Et ensuite ? demanda Matthew en haussant les sourcils d'un air sardonique.

— Ensuite, non seulement je te pardonnerai, mais je serai le premier à t'offrir mon allégeance, dit Marcus. Non seulement comme mon père, mais comme mon créateur.

6

La plupart du temps à Sept-Tours, le dîner était pris à la va-vite. Nous mangions tous ce qui nous plaisait quand cela nous chantait. Mais ce soir, c'était notre dernier dîner au château, et Baldwin avait exigé la présence de toute la famille pour remercier toutes les autres créatures d'être parties et pour faire ses adieux à Matthew, Sarah et moi.

C'est à moi qu'était échu le douteux honneur de tout organiser. Si Baldwin espérait me démoraliser, il allait être déçu. Ayant offert à dîner aux habitants de Sept-Tours en 1590, je pouvais certainement m'en sortir aujourd'hui. J'avais envoyé des invitations à tous les vampires, sorciers et sang-chauds encore présents et j'espérais que tout irait bien.

Pour le moment, je regrettais d'avoir demandé à tout le monde de s'habiller pour le dîner. Je passai les perles de Philippe à mon cou pour accompagner la pointe de flèche dorée que j'avais pris l'habitude de porter, mais elles me descendaient jusqu'aux cuisses et étaient trop longues pour aller avec un pantalon. Je les rangeai donc dans le coffret capitonné de velours que m'avait envoyé Ysabeau avec une éblouissante paire de boucles d'oreilles qui descendait jusqu'à ma mâchoire et étincelait.

— Jamais je ne t'ai vue faire autant d'histoires pour tes bijoux, dit Matthew.

Il sortait de la salle de bains et contemplait mon reflet dans le miroir tout en ajustant ses boutons de manchettes en or. Ils portaient le blason de New College, en témoignage de fidélité envers moi et l'un des nombreux établissements qu'il avait fréquentés.

— Matthew ! Tu t'es rasé !

Cela faisait longtemps que je ne l'avais pas vu sans sa barbe et sa moustache élisabéthaines. Même si son allure était éblouissante quelles que fussent l'époque et la mode, je retrouvais là l'homme élégant et soigné dont j'étais tombée amoureuse l'année précédente.

— Étant donné que nous retournons à Oxford, je me suis dit qu'il valait mieux que j'aie l'air d'un professeur, dit-il en effleurant son menton glabre. C'est un soulagement, en fait. La barbe démange vraiment énormément.

— Je suis ravie de retrouver mon beau professeur à la place de mon dangereux prince, dis-je à mi-voix.

Matthew endossa une veste anthracite en laine et tira sur ses manchettes gris perle, l'air délicieusement préoccupé de sa personne. Son sourire était timide, mais il se fit plus appréciateur quand je me levai.

— Tu es splendide, dit-il avec un sifflement admiratif. Avec ou sans les perles.

— Victoire sait faire des miracles, dis-je.

Victoire, ma couturière vampire, épouse d'Alain, m'avait confectionné un pantalon bleu nuit et un chemisier en soie assorti avec un col dégagé frôlant mes épaules qui tombait en plis délicats sur mes hanches. Sa coupe ample dissimulait mon ventre rebondi sans donner l'impression que je portais une robe de grossesse.

— Tu es particulièrement irrésistible en bleu, dit-il.

— Quel beau parleur.

Je lissai ses revers et ajustai son col. C'était totalement inutile – la veste lui allait parfaitement, mais ces gestes satisfaisaient mon sentiment de propriété. Je me haussai sur la pointe des pieds pour l'embrasser.

Il me rendit mon baiser avec passion en noyant ses doigts dans les mèches cuivrées qui me tombaient dans le dos. Je répondis par un petit soupir de contentement.

— Oh, comme j'aime entendre cela. (Matthew m'embrassa avec une ardeur renouvelée, et en entendant mon ronronnement rauque, il sourit.) Et cela encore plus.

— Après un tel baiser, on peut pardonner à une femme d'être en retard à un dîner, dis-je en glissant la main entre la ceinture de son pantalon et les pans de sa chemise.

— Tentatrice, dit-il en me mordillant la lèvre avant de se dérober.

Je me regardai une dernière fois dans le miroir. Étant donné les récentes attentions de Matthew, c'était une bonne chose que Victoire ne m'ait pas bouclée et fait une coiffure plus compliquée, car je n'aurais jamais pu me rajuster. Heureusement, je n'eus aucune peine à resserrer la queue-de-cheval et à remettre quelques mèches en place.

Cela fait, je tissai un sortilège de déguisement autour de moi. L'effet produit était comme tirer des voilages devant une fenêtre inondée de soleil. Le sortilège adoucissait mon teint et mes traits. Je m'étais résolue à le porter à Londres et j'avais continué quand nous étions revenus dans le présent. Personne ne me dévisageait plus – sauf Matthew, qui détestait cette transformation.

— Quand nous serons à Oxford, je veux que tu arrêtes de porter ce sortilège de déguisement, dit-il en croisant les bras. Je n'aime pas cela.

— Je ne peux pas me promener dans l'université en scintillant.

— Et je ne peux pas passer mon temps à massacrer des gens, même si je souffre de fureur sanguinaire, répondit-il. Chacun sa croix.

— Je croyais que tu ne voulais pas que quiconque connaisse la puissance de mon pouvoir.

Au stade où j'en étais, je craignais que cela attire à moi le moindre passant. À une autre époque où les tisseurs étaient plus courants, je serais peut-être passée plus facilement inaperçue.

— Je ne veux toujours pas que Baldwin soit au courant, ni quiconque dans la famille. Mais dis-le à Sarah le plus vite possible, répondit-il. Tu ne devrais pas être obligée de cacher ta magie chez toi.

— C'est agaçant de tisser un sortilège de déguisement le matin et de l'enlever le soir pour recommencer le lendemain. C'est plus facile de le garder.

Comme cela, je ne serais jamais prise de court par des visiteurs inattendus ou un sursaut de pouvoir indiscipliné.

— Nos enfants sauront qui est vraiment leur mère. Ils ne vont pas être élevés dans l'ignorance comme tu l'as été, déclara Matthew d'un ton sans réplique.

— Et ce qui vaut pour l'un vaut-il pour l'autre ? rétorquai-je. Les enfants sauront-ils que tu souffres de fureur sanguinaire ou bien les maintiendras-tu dans l'ignorance comme Marcus ?

— Ce n'est pas pareil. Ta magie est un don. La fureur sanguinaire est une malédiction.

— C'est exactement pareil et tu le sais très bien, dis-je en lui prenant les mains. Nous avons pris l'habitude de cacher ce dont nous avions honte, toi et moi. Il faut que cela cesse, avant que les enfants soient nés. Une fois que cette dernière crise avec la Congrégation sera réglée, nous prendrons le temps, en tant que famille, de discuter de cette histoire de scion.

Marcus avait raison : si former un scion signifiait que nous n'aurions plus à obéir à Baldwin, cela valait la peine d'être envisagé.

— Former un scion implique des responsabilités et des obligations. Il faudrait que tu te comportes comme une vampiresse et que tu sois à mes côtés pour régner sur le reste de la famille. (Il secoua la tête.) Tu n'es pas faite pour cette vie-là, je ne vais pas te le demander.

— Tu ne demandes rien, répondis-je. C'est moi qui propose. Et Ysabeau m'apprendra ce que j'ai besoin de savoir.

— Ysabeau sera la première à essayer de t'en dissuader. La pression qu'elle subissait comme compagne de Philippe était inconcevable, dit Matthew. Quand mon père appelait Ysabeau son général, il n'y a que les êtres humains que cela faisait rire. Tous les vampires savaient qu'il disait vrai. Ysabeau nous a fait exécuter les quatre volontés de Philippe, que ce soit par la contrainte, la flatterie ou les cajoleries. Il pouvait diriger le monde entier parce que Ysabeau tenait sa famille d'une main de fer. Ses décisions étaient sans appel et elle avait la main leste. Personne ne la contredisait.

— Cela paraît difficile, mais pas impossible, répondis-je.

— C'est un boulot à plein temps, Diana, rétorqua Matthew, de plus en plus irrité. Es-tu prête à renoncer à être le professeur Bishop afin de devenir Mrs Clairmont ?

— Peut-être que cela t'a échappé, mais *c'est déjà le cas*. (Matthew cligna des paupières.) Je n'ai pas reçu un étudiant, donné un seul cours, lu une seule publication universitaire ou publié un article depuis plus d'un an, continuai-je.

— C'est temporaire, coupa Matthew.

— Vraiment ? Tu es prêt à sacrifier ton statut de *fellow* d'All Souls pour devenir Monsieur Papa ? Ou bien allons-nous engager une nounou qui s'occupera de nos enfants sans aucun doute difficiles à gérer pendant que nous retournerons travailler ?

Le silence de Matthew fut éloquent. Il n'avait manifestement pas songé à ce problème. Il s'était simplement dit que je jonglerais entre l'enseignement et l'éducation des enfants sans aucune difficulté. *Classique*, me dis-je avant d'enfoncer le clou.

— À part un bref moment quand tu es rentré à Oxford l'an dernier en pensant que tu pouvais jouer les chevaliers blancs et la crise actuelle, pour laquelle je te pardonne, nous avons affronté ensemble les problèmes. Qu'est-ce qui te fait croire que cela changerait ? demandai-je.

— Ces problèmes-là ne te concernent pas, dit-il.

— Quand je t'ai épousé, ce sont devenus les miens. Nous partageons déjà la responsabilité de nos propres enfants – pourquoi pas tes problèmes aussi ?

Matthew me fixa en silence pendant si longtemps que je me demandai s'il n'était pas devenu muet.

— Plus jamais, murmura-t-il finalement en secouant la tête. Après aujourd'hui, plus jamais je ne commettrai cette erreur.

— Le mot « jamais » ne fait pas partie du vocabulaire de notre famille, Matthew. Ysabeau dit qu'« impossible » n'est pas français ? Eh bien, « jamais » n'est pas Bishop-Clairmont. Ne prononce plus ce mot. Quant aux fautes, comment oses-tu ?...

Matthew me cloua le bec d'un baiser. Je lui criblai les épaules de coups de poings jusqu'à ce que je n'aie plus ni la force ni l'envie de le réduire en bouillie. Il se dégagea avec un sourire narquois.

— Il faut que tu me laisses aller au bout de mes pensées. Plus jamais... (Il me saisit le bras au vol avant que j'aie pu le frapper à nouveau.) Plus jamais je ne commettrai l'erreur de te sous-estimer. (Il profita de mon étonnement pour m'embrasser encore plus passionnément.) Pas étonnant que Philippe ait toujours eu l'air aussi épuisé, dit-il à regret quand il eut terminé. C'est très fatigant de faire semblant d'être le chef quand c'est votre épouse qui règne en réalité.

— Mmm, fis-je, trouvant quelque peu suspecte son analyse de la dynamique de notre relation.

— Puisque j'ai ton attention, permets-moi de clarifier : je veux que tu dises à Sarah que tu es une tisseuse et que tu lui racontes ce qui s'est passé à Londres, dit-il avec sévérité. Après cela, c'en sera terminé des sorts de déguisement à la maison. D'accord ?

— D'accord, dis-je en espérant qu'il n'avait pas vu que je croisais les doigts.

Alain nous attendait en bas des escaliers, arborant son habituel air circonspect et un costume noir.

— Tout est prêt ? lui demandai-je.

— Bien sûr, murmura-t-il en me tendant le menu final.

— Parfait, dis-je après l'avoir rapidement parcouru. Les cartons de placement sont bien mis ? Le vin a été mis à décanter ? Et vous avez trouvé les coupes en argent ?

— Toutes vos instructions ont été exécutées à la lettre, madame de Clermont, répondit-il.

— Vous voilà. Je commençais à me dire que vous alliez m'abandonner aux lions.

Les efforts de Gallowglass pour s'habiller pour le dîner n'avaient abouti qu'à des cheveux peignés et un pantalon en cuir au lieu de son jean usé, même si je supposai que les santiags pouvaient être considérées comme un élément de tenue plus ou moins formel. Malheureusement, il portait encore un tee-shirt. Celui-ci proclamait RESTE CALME ET ROULE

TOUJOURS. Il révélait également une étourdissante quantité de tatouages.

— Désolé pour le tee-shirt, ma tante. Il est noir, s'excusa Gallowglass en suivant mon regard. Matthew m'a fait porter une de ses chemises, mais elle a craqué dans le dos quand je l'ai boutonnée.

— Vous êtes éblouissant.

Je balayai le hall du regard, cherchant les autres convives. Je ne trouvai que Corra, perchée sur la statue d'une nymphe comme un chapeau tordu. Ayant promis d'être sage durant notre voyage, elle avait eu le droit de passer toute la journée à voleter dans Sept-Tours et Saint-Lucien.

— Qu'est-ce que vous faisiez tous les deux, là-haut ? demanda Sarah en sortant du salon et en toisant Matthew d'un air soupçonneux. (Comme Gallowglass, Sarah avait une conception limitée de la tenue de soirée. Elle portait une chemise mauve qui descendait jusqu'aux cuisses et un pantalon beige s'arrêtant aux chevilles.) Nous avons failli envoyer une patrouille à votre recherche.

— Diana ne retrouvait plus ses chaussures, dit aimablement Matthew.

Il jeta un regard d'excuse à Victoire qui attendait avec un plateau chargé de verres. Elle avait évidemment laissé mes chaussures auprès du lit.

— Ce n'est pas le genre de Victoire, dit Sarah en plissant les paupières. (Corra piailla et claqua des dents avec approbation tout en soufflant un nuage d'étincelles qui tomba en pluie sur les dalles. Heureusement qu'il n'y avait pas de tapis.) Franchement, Diana, tu n'aurais pas pu rapporter en souvenir quelque chose de l'Angleterre élisabéthaine qui soit un peu moins encombrant ? demanda Sarah en jetant un regard aigre à Corra.

— Quoi, par exemple ? Une boule à neige ?

— D'abord, j'ai subi de l'eau sorcière qui tombait du haut d'une tour. Maintenant, il y a un dragon dans mon entrée. Voilà ce qui arrive quand on a des sorcières dans la famille. (Ysabeau apparut dans un tailleur en soie claire parfaitement assorti à la couleur du champagne qu'elle prit sur le plateau de Victoire.) Il y a des jours où je ne peux pas m'empêcher de me dire que la Congrégation a raison de vouloir que nous ne nous mélangions pas.

— Un rafraîchissement, madame ? demanda Victoire pour m'épargner la nécessité de répondre.

— Merci, répondis-je.

Elle proposait non seulement du champagne, mais aussi des verres d'eau gazeuse et de glaçons contenant des fleurs de bourrache bleues et des feuilles de menthe.

— Bonjour, ma sœur.

Verin sortit d'un pas guilleret du salon derrière Ysabeau, portant des bottes noires et une robe assortie excessivement courte et sans manches qui dévoilaient ses jambes d'un blanc nacré et le haut de l'étui du poignard attaché à sa cuisse.

Me demandant pourquoi Verin éprouvait le besoin de dîner armée, je portai nerveusement la main à la pointe de flèche d'or qui avait glissé à l'intérieur du col de mon chemisier. C'était pour moi comme un talisman, et elle me rappelait Philippe. Le regard glacé d'Ysabeau se posa immédiatement dessus.

— Je croyais que cette pointe de flèche était perdue à jamais, dit-elle tranquillement.

— Philippe me l'a offerte le jour de mon mariage, dis-je en m'apprêtant à l'enlever, pensant qu'elle lui appartenait.

— Non. Philippe vous l'a donnée, elle était à lui, dit Ysabeau en refermant mes doigts sur le bijou usé. Vous devez y faire très attention, mon enfant. Elle est très ancienne et ne se remplacera pas facilement.

— Le dîner est prêt ? tonna Baldwin en arrivant auprès de moi avec la soudaineté d'un tremblement de terre et son habituel mépris pour les nerfs des sang-chauds.

— Il l'est, me chuchota Alain à l'oreille.

— Il l'est, répondis-je avec entrain en me forçant à sourire.

Baldwin me proposa son bras.

— Allons, *Matthieu**, murmura Ysabeau en prenant son fils par la main.

— Diana ? demanda Baldwin, le bras toujours en l'air.

Je lui jetai un regard haineux, ignorai son bras et emboîtai le pas à Matthew et Ysabeau.

— C'est un ordre et non une demande. Défiez-moi et je vous livre à la Congrégation, Matthew et vous, sans réfléchir une seconde de plus, menaça Baldwin.

Un bref instant, j'envisageai de résister sans me soucier des conséquences. Si je faisais cela, Baldwin gagnerait. *Réfléchis*, me rappelai-je. *Et reste en vie*. Je posai donc la main sur son poing plutôt que de l'accompagner bras dessus, bras dessous, comme une femme moderne. Il écarquilla les yeux.

— Pourquoi êtes-vous si surpris, *mon cher frère* ? demandai-je. Vous êtes si féodal depuis que vous êtes arrivé. Si vous tenez à jouer les rois, autant le faire comme il convient.

— Très bien, *ma chère sœur*.

Je sentis sa main se crisper sous mes doigts pour me rappeler son autorité et son pouvoir.

Nous entrâmes dans la salle à manger comme s'il s'agissait de la salle d'audience de Greenwich et que nous étions le roi et la reine d'Angleterre. Les lèvres de Fernando tressaillirent en nous voyant et Baldwin lui jeta un regard noir.

— Cette petite coupe contient-elle du sang ? demanda Sarah en se penchant pour renifler l'assiette de Gallowglass, ne remarquant apparemment pas la tension.

— Je ne savais pas que nous les avions encore, dit Ysabeau en soulevant l'une des coupes en argent.

Elle me sourit alors que Marcus la plaçait à sa gauche pendant que Matthew faisait le tour de la table pour installer Phoebe en face.

— J'ai demandé à Alain et à Marthe de les chercher. Philippe s'en est servi à notre banquet de mariage. (Je tripotai la pointe de flèche. Courtoisement, Ernst tira ma chaise.) Je vous en prie. Asseyez-vous tous.

— Tout est magnifiquement arrangé, Diana, me complimenta Phoebe.

Elle ne parlait pas des cristaux, de la porcelaine ou de l'argenterie. Elle faisait allusion à la disposition des créatures autour de la table en bois de rose luisant.

Mary Sidney m'avait expliqué que le placement à une table de banquet n'était pas moins complexe que l'organisation des soldats avant une bataille. C'est au plus près que j'avais observé les règles apprises dans l'Angleterre élisabéthaine tout en essayant d'éviter les risques de conflit.

— Merci, Phoebe, mais tout a été fait par Marthe et Victoire. Ce sont elles qui ont choisi la porcelaine, fis-je exprès de répondre.

Verin et Fernando fixèrent les assiettes devant eux et échangèrent un regard. Marthe adorait le motif Bleu Céleste qu'Ysabeau avait fait faire au XVIIIe et le premier choix de Victoire avait été un très ostentatoire service doré décoré de cygnes. Ne me voyant pas dîner dans l'un ou l'autre, j'avais choisi des cartons de placement néoclassiques noirs et blancs avec l'ouroboros des Clermont entourant un C couronné.

— Je crois que nous sommes en danger d'être civilisés, murmura Verin. Et par des sang-chauds, par-dessus le marché.

— Ce n'est pas trop tôt, dit Fernando en dépliant sa serviette et en l'étalant sur ses genoux.

— Je porte un toast, dit Matthew en levant son verre. Aux bien-aimés disparus. Que leurs esprits soient avec nous ce soir et pour toujours.

Des murmures d'approbation résonnèrent et certains répétèrent la première partie en levant leurs verres. Sarah essuya une larme et Gallowglass lui prit la main pour y déposer délicatement un baiser. Je repoussai ma propre tristesse et adressai un sourire reconnaissant à Gallowglass.

— Un autre toast à la santé de ma sœur Diana et de la fiancée de Marcus, les nouveaux membres de la famille, dit Baldwin en levant de nouveau son verre.

— À Diana et Phoebe, renchérit Marcus.

Tout le monde leva son verre, même si j'eus un instant l'impression que Matthew allait jeter le contenu du sien sur Baldwin. Sarah but en hésitant une gorgée de champagne et fit la grimace.

— Mangeons, dit-elle en reposant précipitamment le verre. Emily détestait que les plats refroidissent et j'imagine que Marthe ne sera pas plus indulgente.

Le dîner se déroula sans heurts. Il y avait une soupe froide pour les sang-chauds et de petites coupes de sang pour les vampires. La truite servie en plat principal nageait encore avec insouciance dans la rivière voisine quelques heures auparavant. Elle fut suivie d'un poulet rôti par égard pour Sarah, qui ne supportait pas le goût du gibier, auxquels eurent droit certains convives, mais je m'en abstins. À la fin du repas, Marthe et Alain apportèrent des compotiers remplis de fruits, accompagnés de coupes de fruits secs et de plateaux de fromages.

— Quel délicieux dîner, dit Ernst en se radossant et en tapotant son ventre plat.

Des murmures approbateurs s'élevèrent de nouveau. Malgré le début difficile, nous avions passé une agréable soirée en famille. Je me détendis.

— Puisque nous sommes tous là, nous avons quelques nouvelles à partager, dit Marcus en souriant à Phoebe en face de lui. Comme vous le savez, Phoebe a accepté de m'épouser.

— Avez-vous fixé une date ? demanda Ysabeau.

— Pas encore. Nous avons décidé de faire les choses à l'ancienne, voyez-vous, répondit Marcus.

Tous les Clermont se tournèrent vers Matthew, le visage figé.

— Je ne suis pas sûre qu'à l'ancienne soit envisageable, ironisa Sarah, étant donné que vous partagez déjà la même chambre.

— Les vampires ont des traditions différentes, Sarah, expliqua Phoebe. Marcus m'a demandé si je voulais être avec lui jusqu'à la fin de ses jours. J'ai dit oui.

— Oh, fit Sarah d'un air perplexe.

— Vous ne voulez pas dire…

Je regardai Matthew sans achever.

— J'ai décidé de devenir une vampiresse. (Phoebe regarda son futur et éternel époux d'un air rayonnant.) Marcus tenant à ce que j'y sois habituée avant que nous nous mariions, nos fiançailles risquent effectivement de durer un peu plus longtemps que nous ne le voudrions.

À entendre Phoebe, c'était à croire qu'elle envisageait une opération de chirurgie esthétique bénigne ou de changer de coiffure plutôt qu'une transformation biologique radicale.

— Je ne veux pas qu'elle ait de regrets, dit Marcus à mi-voix avec un grand sourire.

— Phoebe ne deviendra pas une vampiresse, dit Matthew.

Il n'avait pas haussé la voix, mais elle résonna dans la pièce.

— Tu n'as pas voix au chapitre. C'est à Phoebe et moi de décider, dit Marcus avant de lancer le gant. Et bien sûr à Baldwin. C'est le chef de famille.

Baldwin joignit les mains devant son visage comme s'il réfléchissait à la question pendant que Matthew dévisageait son fils avec incrédulité. Marcus soutint le regard de son père d'un air de défi.

— Je ne voulais rien de plus qu'un mariage traditionnel, comme celui auquel ont eu droit grand-père et Ysabeau, dit-il. Question amour, c'est toi le révolutionnaire de la famille, Matthew, pas moi.

— Même si Phoebe devait devenir une vampiresse, cela ne pourrait jamais être traditionnel. À cause de la fureur sanguinaire, elle ne doit pas boire ton sang à la veine du cœur, dit Matthew.

— Je suis sûr que grand-père a bu le sang d'Ysabeau, dit Marcus en regardant sa grand-mère. C'est bien le cas ?

— Tu veux prendre ce risque avec tout ce que nous savons sur les maladies transmises par le sang ? demanda Matthew. Si tu l'aimes vraiment, Marcus, ne la change pas. (Son portable sonna et il regarda l'écran à contrecœur.) C'est Miriam, se rembrunit-il.

— Elle n'appellerait pas aussi tard sauf s'il n'était pas arrivé quelque chose d'important au labo, dit Marcus.

Matthew alluma le haut-parleur pour que les sang-chauds puissent également entendre et décrocha.

— Miriam ?

— Non, père. C'est ton fils. Benjamin.

La voix à l'autre bout du fil était à la fois étrangère et familière, comme le sont souvent les voix dans les cauchemars.

Ysabeau se leva d'un bond, blanche comme un linge.

— Où est Miriam ? demanda Matthew.
— Je ne sais pas, répondit nonchalamment Benjamin. Peut-être avec un certain Jason. Il a appelé à plusieurs reprises. Ou une certaine Amira. Elle a téléphoné deux fois. Miriam est ta servante, père. Peut-être qu'elle accourra si tu claques des doigts. (Marcus ouvrit la bouche, mais Baldwin lui cloua le bec d'un sifflement.) Il paraît qu'il y a des problèmes à Sept-Tours, continua Benjamin. À propos d'une sorcière. (Matthew refusa de mordre à l'hameçon.) La sorcière avait découvert un secret des Clermont, d'après ce que je comprends, mais elle est morte avant de pouvoir le divulguer. Quel dommage, se moqua Benjamin. Ressemblait-elle à celle que tu maintenais en esclavage à Prague ? Une fascinante créature. (Matthew tourna machinalement la tête comme pour vérifier que je n'avais rien.) Tu as toujours dit que j'étais le mouton noir de la famille, mais nous nous ressemblons plus que tu ne veux l'admettre. J'en suis venu à apprécier comme toi la compagnie des sorcières.

Je sentis un changement dans l'atmosphère alors que la fureur se répandait dans les veines de Matthew. J'eus la chair de poule et une pulsation commença à parcourir mon pouce gauche.

— Rien de ce que tu fais ne m'intéresse, dit Matthew d'un ton glacial.
— Même si cela a trait au Livre de la Vie ? (Benjamin attendit un peu.) Je sais que tu cours après. A-t-il un rapport avec tes recherches ? C'est un sujet difficile, la génétique.
— Qu'est-ce que tu veux ? demanda Matthew.

— Ton attention, s'esclaffa Benjamin. (Là encore, Matthew ne répondit pas.) Ce n'est pas souvent que tu ne trouves rien à répondre, Matthew. Heureusement que c'est ton tour d'écouter. J'ai enfin découvert le moyen de vous anéantir, toi et le reste des Clermont. Ni le Livre de la Vie ni ta piètre vision de la science ne te seront d'aucun secours à présent.

— Je vais me faire un plaisir de te faire mentir, promit Matthew.

— Oh, je ne crois pas. (Benjamin baissa la voix comme s'il lui confiait un grand secret.) Vois-tu, je sais ce que les sorciers ont découvert il y a des années. Tu le sais, toi ? (Matthew me regarda droit dans les yeux.) Je te rappellerai plus tard, dit Benjamin en raccrochant.

— Téléphone au labo, pressai-je Matthew, ne pensant qu'à Miriam.

Matthew se hâta d'appeler.

— Il était temps que tu me contactes, Matthew. Qu'est-ce que je suis censée chercher au juste dans ton ADN ? Marcus m'a parlé de marqueurs génétiques reproductifs. Qu'est-ce que ça signifie ? demanda Miriam de son habituel ton vif et agacé. Ta boîte mail déborde et je suis censée prendre des congés, au fait.

— Tu es en sécurité ? demanda Matthew d'une voix rauque.

— Oui, pourquoi ?

— Sais-tu où est ton téléphone ? demanda Matthew.

— Non. Je l'ai oublié quelque part aujourd'hui. Dans une boutique, je pense. Je suis sûre que celui qui le trouvera m'appellera.

— C'est moi qu'il a appelé, dit Matthew. C'est Benjamin qui a ton téléphone, Miriam.

Il y eut un long silence.

— *Ton* Benjamin ? demanda Miriam, horrifiée. Je croyais qu'il était mort.

— Hélas, non, dit Fernando avec un sincère regret.

— Fernando ? demanda Miriam d'un ton soulagé.

— *Sim, Miriam. Tudo bem contigo* ? demanda aimablement Fernando.

— Dieu soit loué, tu es là-bas. Oui, oui, je vais bien. (Miriam s'efforça de maîtriser le tremblement dans sa voix.) Quand avez-vous eu des nouvelles de Benjamin pour la dernière fois ?

— Il y a des siècles, dit Baldwin. Et pourtant, Matthew n'est là que depuis quelques semaines, mais Benjamin a déjà trouvé le moyen d'entrer en contact avec lui.

— Ce qui veut dire que Benjamin le surveillait et le guettait, chuchota Miriam. Oh, mon Dieu.

— Ton téléphone contenait-il quoi que ce soit sur nos recherches, Miriam ? demanda Matthew. Des e-mails archivés ? Des données ?

— Non. Tu sais bien que j'efface mes e-mails après les avoir lus. (Elle marqua une pause.) Mon carnet d'adresses. Benjamin a tes numéros de téléphone, à présent.

— Nous en changerons, dit Matthew. Ne rentre pas chez toi. Reste avec Amira à Old Lodge. Je ne veux pas que vous soyez seules l'une ou l'autre. Benjamin a mentionné le prénom d'Amira. (Matthew hésita.) Et de Jason, aussi.

— Le fils de Bertrand ? s'inquiéta Miriam.

— Ce n'est rien, Miriam, tenta de l'apaiser Matthew. (Je fus heureuse qu'elle ne puisse pas voir son expression.) Benjamin a remarqué qu'il t'avait appelée plusieurs fois, c'est tout.

— Jason figure dans mes photos. Maintenant, Benjamin va pouvoir le reconnaître, dit Miriam, clairement ébranlée. Jason est tout ce qui me reste de mon compagnon, Matthew. S'il lui arrive quoi que ce soit...

— Je vais m'assurer que Jason est conscient du danger, dit Matthew en jetant un regard à Gallowglass, qui sortit aussitôt son téléphone.

— Jace ? murmura-t-il en sortant de la pièce et en refermant discrètement la porte derrière lui.

— Pourquoi Benjamin refait-il son apparition maintenant ? demanda Miriam.

— Je ne sais pas. (Matthew me regarda.) Il est au courant de la mort d'Emily, il a parlé de nos recherches en génétique et du Livre de la Vie.

Je sentis une pièce capitale d'un puzzle plus vaste se mettre en place.

— Benjamin était à Prague en 1591, dis-je lentement. Ce doit être là-bas qu'il a entendu parler du Livre de la Vie. L'empereur Rodolphe l'avait en sa possession.

Matthew me mit en garde d'un regard.

— Ne t'inquiète pas, Miriam, reprit-il d'un ton vif. Nous déterminerons ce que cherche Benjamin, je te le promets.

Il lui enjoignit d'être prudente et lui assura qu'il l'appellerait dès que nous serions arrivés à Oxford. Il raccrocha dans un silence sépulcral.

Gallowglass revint discrètement dans la pièce.

— Jace n'a rien remarqué qui sorte de l'ordinaire, mais il a promis de faire attention. Bon. Alors, qu'est-ce que nous faisons, maintenant ?

— *Nous* ? répéta Baldwin en haussant les sourcils.

— Benjamin est ma responsabilité, dit Matthew d'un ton lugubre.

— Oui, certainement, convint Baldwin. Il est grand temps que tu le reconnaisses et que tu t'occupes des dégâts que tu as provoqués, au lieu de te cacher derrière les jupes d'Ysabeau et de te complaire dans ces fantaisies intellectuelles en imaginant que tu vas trouver un remède contre la fureur sanguinaire et découvrir le secret de la vie.

— Tu as peut-être attendu trop longtemps, Matthew, ajouta Verin. Il aurait été facile d'anéantir Benjamin à Jérusalem quand il a été créé, mais plus maintenant. Benjamin n'aurait pas pu rester caché pendant aussi longtemps sans être entouré d'enfants et d'alliés.

— Matthew se débrouillera. C'est le tueur à gages de la famille, n'est-ce pas ? se moqua Baldwin.

— Je t'aiderai, dit Marcus à son père.

— Tu n'iras nulle part, Marcus, dit Baldwin. Tu resteras ici, avec moi, et tu accueilleras la délégation de la Congrégation. Tout comme Gallowglass et Verin. Nous devons montrer que la famille est solidaire. (Il dévisagea longuement Phoebe, qui le gratifia d'un regard indigné.) J'ai réfléchi à votre désir de devenir une vampiresse, Phoebe, déclara-t-il une fois son inspection terminée. Et je suis prêt à vous soutenir, malgré ce qu'estime Matthew. Le désir de Marcus pour une compagne traditionnelle démontrera que les Clermont respectent les anciennes coutumes. Vous resterez ici aussi.

— Si Marcus le désire, je serai ravie de rester ici dans la demeure d'Ysabeau. Cela ne vous ennuiera pas, Ysabeau ? demanda Phoebe en se servant de la courtoisie comme d'une arme autant que d'une béquille, comme seuls les Anglais savent le faire.

— Pas du tout, répondit Ysabeau en se rasseyant enfin et, une fois ressaisie, en souriant faiblement à la fiancée de son petit-fils. Vous êtes toujours la bienvenue, Phoebe.

— Merci, Ysabeau, répondit celle-ci en lançant un regard appuyé à Baldwin.

Lequel se tourna vers moi.

— Il ne reste plus qu'à décider ce qui sera fait de Diana.

— Mon épouse, comme mon fils, est mon affaire, dit Matthew.

— Vous ne pouvez pas retourner tout de suite à Oxford, continua Baldwin sans prêter attention à son frère. Benjamin y est peut-être toujours.

— Nous irons à Amsterdam, se hâta de dire Matthew.

— C'est également hors de question, dit Baldwin. La maison est impossible à défendre. Si tu ne peux pas assurer sa sécurité, Matthew, Diana séjournera chez ma fille Miyako.

— Diana détestera Hachiôji, affirma Gallowglass.

— Sans parler de Miyako, murmura Verin.

— Alors Matthew a intérêt à faire son devoir, dit Baldwin en se levant. Et vite.

Il quitta si vite la pièce qu'il parut se volatiliser. Verin et Ernst prirent rapidement congé et lui emboîtèrent le pas. Une fois qu'ils furent partis, Ysabeau proposa que nous passions au salon. Il y avait une vieille chaîne hi-fi et assez de Brahms pour couvrir la plus longue des conversations.

— Que vas-tu faire, Matthew ? demanda-t-elle, l'air toujours aussi effondrée. Tu ne peux pas laisser Diana partir au Japon. Miyako la mangerait toute crue.

— Nous allons partir à la maison Bishop de Madison, dis-je.

Ce fut difficile de déterminer qui fut le plus surpris par cette révélation entre Ysabeau, Matthew ou Sarah.

— Je ne suis pas certain que ce soit une bonne idée, dit prudemment Matthew.

— Em a découvert quelque chose d'important ici à Sept-Tours, et elle a préféré mourir plutôt que le divulguer, dis-je avec un calme qui m'émerveilla moi-même.

— Qu'est-ce qui te fait penser cela ? demanda Matthew.

— Sarah a dit qu'Em avait fouiné dans la Tour Ronde, où sont rangées toutes les archives familiales des Clermont. Si elle était au courant de l'existence de l'enfant de la sorcière à Jérusalem, elle aurait voulu en savoir davantage, répondis-je.

— Ysabeau nous a parlé à toutes les deux du bébé, dit Sarah en cherchant confirmation du regard auprès d'Ysabeau. Ensuite, nous en avons parlé à Marcus. Je ne vois toujours pas pourquoi cela signifie que nous devrions aller à Madison.

— Parce que ce qu'Emily a découvert l'a amenée à invoquer des esprits, dis-je. Sarah pense qu'Emily a essayé d'invoquer maman. Peut-être que maman savait quelque chose elle aussi. Si c'est vrai, nous devrions pouvoir en apprendre davantage à Madison.

— Cela fait beaucoup de si et de peut-être, ma tante, dit Gallowglass.

Je regardai mon mari, qui n'avait pas répondu à ma suggestion et contemplait son verre de vin d'un air absent.

— Qu'en penses-tu Matthew ?

— Nous pouvons aller à Madison, dit-il. Pour le moment.

— Je vais venir avec vous, murmura Fernando. Pour tenir compagnie à Sarah.

Elle lui sourit avec reconnaissance.

— Il n'y a pas que cela. Gerbert et Knox sont mêlés à cette affaire. Knox est venu à Sept-Tours à cause d'une lettre qu'il a découverte à Prague mentionnant l'Ashmole 782, dit Matthew d'un air sombre. Ce ne peut être une coïncidence que la découverte de cette lettre par Knox coïncide avec la mort d'Emily et la réapparition de Benjamin.

— Tu étais à Prague. Le Livre de la Vie était à Prague. Benjamin était à Prague. Knox a découvert quelque chose à Prague, énonça lentement Fernando. Tu as raison, Matthew. Ce n'est pas qu'une coïncidence. C'est une constante.

— Ce n'est pas tout. Il y a quelque chose que nous ne vous avons pas dit sur le Livre de la Vie, continua Matthew. Il est rédigé sur du parchemin fait des peaux de démons, de vampires et de sorciers.

Marcus ouvrit de grands yeux.

— Cela veut dire qu'il contient des données génétiques.

— Exactement, dit Matthew. Nous ne pouvons pas le laisser tomber entre les mains de Knox et, Dieu nous en garde, dans celles de Benjamin.

— Trouver le Livre de la Vie et ses pages manquantes doit toujours rester notre priorité, opinai-je.

— Non seulement il pourrait nous dévoiler les origines des créatures et leur évolution, mais il pourrait nous aider à comprendre la fureur sanguinaire, dit Marcus. Mais peut-être ne pourrons-nous pas recueillir d'informations génétiques utiles.

— La maison Bishop a rendu à Diana la page portant les noces chymiques peu après notre retour, dit Matthew. (La maison était connue parmi les sorciers de la région pour ses petits tours magiques. Elle s'emparait souvent d'objets précieux pour les garder en lieu sûr et les rendait plus tard à leurs propriétaires.) Si nous pouvons trouver un labo, nous pourrons l'analyser.

— Malheureusement, ce n'est pas facile de pénétrer dans des laboratoires de pointe en génie génétique, déplora Marcus. Et Baldwin a raison. Vous ne pouvez pas aller à Oxford.

— Peut-être que Chris pourrait te trouver quelque chose à Yale. Il est biochimiste aussi. Son labo posséderait-il l'équipement nécessaire ? demandai-je, mes connaissances en matière de laboratoires s'arrêtant à l'année 1715.

— Je ne vais pas analyser une page du Livre de la Vie dans un laboratoire universitaire, dit Matthew. Je vais chercher un laboratoire privé. Il doit bien y en avoir un dont je puisse louer les services.

— L'ADN ancien est fragile. Et il nous faudra plus qu'une simple page si nous voulons des résultats fiables, l'avertit Marcus.

— Raison de plus pour sortir l'Ashmole 782 de la Bodléienne, dis-je.

— Il est en sûreté là où il est, Diana, réitéra Matthew.

— Pour l'instant, répondis-je.

— N'y a-t-il pas deux autres pages arrachées quelque part dans le monde ? demanda Marcus. Nous pourrions commencer par les rechercher.

— Je peux peut-être vous y aider, proposa Phoebe.

Je la remerciai : je l'avais vue en mode enquêtrice dans la Tour Ronde et je serais ravie d'avoir ses compétences à mon service.

— Et Benjamin ? demanda Ysabeau. Savez-vous ce qu'il a voulu dire quand il a déclaré qu'il avait fini par apprécier les sorcières comme toi, Matthew ?

Il secoua la tête.

Mon sixième sens de sorcière me souffla que découvrir la réponse à la question d'Ysabeau pourrait bien être la clé de tout.

Soleil en Lion

*Icelle née quand le soleil est en Lion sera de nature subtile
et pleine d'esprit et désireuse d'apprendre.
Ce qu'elle ouït ou voit, si cela semble présenter
quelque difficulté, elle le voudra connoître.
Les sciences magiques lui seront de grand usage.
Elle sera familière et très aimée des princes. Son premier enfant
sera mâle et le second femelle. Durant sa vie,
elle connoîtra maints troubles et périls.*

Diaire anglais, anonyme, env. 1590
Gonçalves MS. 4890, f. 8ᵛ.

7

Dans la distillerie de Sarah, je fixai la poussière qui couvrait la vitre inégale. Toute la maison avait bien besoin d'être aérée. Le loquet de bronze résista d'abord à mes efforts, mais le chambranle gonflé finit par céder et la fenêtre à guillotine remonta en tremblant d'indignation devant tant de brutalité.

— Il faudra t'y faire, dis-je avec humeur avant de me détourner et de contempler la pièce.

Il m'était familièrement étranger, cet endroit où mes tantes avaient passé tant de leur temps et moi si peu. Sarah laissait sur le seuil sa tendance au désordre : ici, tout était net et ordonné, les bocaux étaient bien rangés sur les étagères et les tiroirs de bois bien étiquetés.

ÉCHINACÉE, MATRICAIRE, CHARDON-MARIE, SCUTELLAIRE, EUPATOIRE, ACHILLÉE, LUNAIRE.

Même si les ingrédients de Sarah n'étaient pas rangés par ordre alphabétique, j'étais certaine que leur ordonnancement obéissait à quelque principe sorcier, étant donné qu'elle était toujours en mesure d'atteindre les simples ou la graine dont elle avait besoin.

Sarah avait emporté le grimoire des Bishop à Sept-Tours, mais il était désormais revenu à sa place : sur ce qui restait d'un vieux pupitre qu'Em avait acheté chez l'un des antiquaires de Bouckville. Sarah et elle avaient scié le pied et le pupitre trônait depuis sur la vieille table de cuisine qui était venue ici avec les premiers Bishop à la fin du XVIIIe siècle. L'un des pieds de la table était nettement plus court que l'autre – personne ne savait pourquoi – mais grâce à l'inégalité des lames du plancher, sa surface était étonnamment plane et droite. Enfant, je croyais que c'était de la magie. Adulte, je savais que c'était un simple coup de chance.

Plusieurs vieux appareils électriques étaient posés sur la table ainsi qu'une multiprise. Il y avait un cuiseur vapeur vert avocat, une vénérable machine à café, deux moulins à café et un mixeur. C'était l'équipement de la sorcière moderne, même si Sarah possédait toujours un grand chaudron noirci qui trônait dans la cheminée en hommage au bon vieux temps. Mes tantes utilisaient le cuiseur pour fabriquer des huiles et des potions, les moulins pour préparer de l'encens et réduire les simples en poudre, et la machine à café pour les infusions. Dans le coin trônait un resplendissant frigo médical blanc avec une croix rouge sur la porte, débranché et inutilisé.

— Peut-être que Matthew pourra trouver quelque chose de plus high-tech pour Sarah, dis-je pensivement.

Un bec Bunsen. Quelques alambics, peut-être. Soudain, le laboratoire bien équipé de Mary Sidney au XVIe siècle me manqua. Je levai les yeux, espérant à moitié voir les magnifiques fresques des procédés alchimiques qui en décoraient les murs à Baynard's Castle.

Au lieu de quoi, je vis des herbes et des fleurs séchées accrochées à des cordes tendues entre les poutres nues. Je pouvais en identifier quelques-unes : les gousses de la nigelle, gonflées de minuscules graines ; le chardon-marie hérissé de piquants ; les longues tiges de la molène surmontées des éclatantes fleurs jaunes qui leur valaient leur surnom de cierge de Notre-Dame ; les tiges de fenouil. Sarah connaissait l'aspect de toutes, leur goût, leur odeur et leur consistance. Avec elles, elle jetait des sorts et fabriquait des charmes. Les plantes sèches étaient grises de poussière, mais je n'étais pas assez sotte pour y toucher. Sarah ne me pardonnerait jamais si elle entrait dans sa distillerie et ne trouvait plus que des tiges.

La pièce était l'ancienne cuisine de la ferme. L'un des murs était occupé par un immense âtre accompagné de ses deux fours. Au-dessus se trouvait un grenier où l'on accédait par une échelle de bois branlante. J'avais passé bien des après-midi pluvieux là-haut, pelotonnée avec un livre à écouter la pluie crépiter sur le toit. C'est là qu'était à présent Corra, ouvrant paresseusement un œil vaguement intéressé.

Je poussai un soupir qui fit tournoyer des grains de poussière. Il allait falloir de l'eau – et beaucoup d'huile de coude – pour que cette pièce soit de nouveau accueillante. Et si ma mère savait quelque chose qui pouvait nous aider à trouver le Livre de la Vie, c'était ici que je le découvrirais.

Un léger tintement retentit, suivi d'un autre.

Goody Alsop m'avait appris à distinguer les fils qui enserraient le monde et à les tirer pour tisser des sortilèges ne figurant dans aucun grimoire. Les fils étaient autour de moi constamment, et quand ils se frôlaient, ils faisaient une sorte de musique. Je tendis la main et en saisis quelques-uns. Bleu et ambre – les couleurs reliant le passé au présent et à l'avenir. Je les avais déjà vus, mais seulement dans des recoins où des créatures qui ne se doutaient de rien ne pouvaient être prises au piège dans la trame et la chaîne du temps.

Comme de bien entendu, le temps ne se comportait pas normalement dans la maison Bishop. Je fis un nœud avec les fils bleus et ambre et essayai de les repousser à leur place, mais ils rejaillirent en alourdissant l'air de souvenirs et de regrets. Un nœud de tisseuse ne pouvait réparer ce qui n'allait pas ici.

J'étais toute moite de transpiration, alors que je n'avais fait que déplacer de la poussière d'un endroit à un autre. J'avais oublié combien il pouvait faire chaud à Madison à cette époque de l'année. Je pris un seau rempli d'eau sale et poussai le battant de la porte. Elle resta bloquée.

— Bouge de là, Tabitha, dis-je en poussant un peu contre la porte dans l'espoir de déloger la chatte.

Tabitha miaula. Elle refusait de m'accompagner dans la distillerie. C'était le domaine de Sarah et d'Em et elle me considérait comme une envahisseuse.

— Je vais lâcher Corra sur toi, la menaçai-je.

Tabitha s'écarta. Une patte passa devant la fente, puis l'autre. Elle n'avait aucune envie de combattre mon familier, mais sa dignité lui interdisait de battre trop vite en retraite.

Je poussai la porte. Dehors, le bourdonnement des insectes et des coups incessants remplissaient l'air. Je jetai l'eau sale dans le jardin et Tabitha jaillit dehors pour rejoindre Fernando. Un pied sur une souche qui nous servait de support pour fendre des bûches, il regardait Matthew planter des pieux dans le sol.

— Il y est encore ? demandai-je en balançant le seau vide.

Les coups sourds duraient depuis des jours : d'abord, il avait fallu remplacer des tuiles, puis remettre en place les treillages du jardin, et à présent, on réparait les clôtures.

— L'esprit de Matthew est plus calme quand il travaille de ses mains, dit Fernando. Tailler des pierres, se battre à l'épée, naviguer à la voile, écrire un poème, procéder à une expérience, la tâche importe peu.

— Il pense à Benjamin.

Si c'était bien cela, rien d'étonnant à ce que Matthew cherche à se changer les idées.

La froide attention de Fernando se tourna vers moi.

— Plus Matthew pense à son fils, plus il est ramené à une époque où il ne s'aimait pas lui-même ni les choix qu'il faisait.

— Matthew ne parle pas souvent de Jérusalem. Il m'a montré son insigne de pèlerin et il m'a parlé d'Eleanor.

Cela ne faisait pas grand-chose, étant donné tout le temps que Matthew avait passé là-bas. Et des souvenirs aussi anciens ne se révélaient pas souvent à mon baiser sorcier.

— Ah, la belle Eleanor. Sa mort était aussi une erreur que l'on aurait pu prévenir, dit amèrement Fernando. Matthew n'aurait jamais dû aller en Terre sainte la première fois et encore moins la deuxième. La politique et le sang répandu, c'était trop pour n'importe quel jeune vampire, surtout un qui souffrait de fureur sanguinaire. Mais Philippe avait besoin de toutes les armes à sa disposition s'il espérait réussir outre-mer.

L'histoire médiévale n'était pas ma spécialité, mais les colonies des croisés me rappelèrent de brumeux souvenirs de conflits sanglants et du siège mortel de Jérusalem.

— Philippe rêvait de fonder un royaume *manjasang* là-bas, mais cela ne devait pas être. Pour une fois dans sa vie, il a sous-estimé l'avarice des sang-chauds, sans parler de leur fanatisme religieux. Philippe aurait dû laisser Matthew à Cordoue avec Hugh et moi, car il ne lui servait à rien à Jérusalem, Saint-Jean-d'Acre ou tout autre endroit où son père l'a envoyé. (Fernando donna un coup de pied rageur dans la souche qui fit sauter un peu de mousse.) La fureur sanguinaire peut être un atout, apparemment, quand ce que l'on désire, c'est un tueur.

— Je ne crois pas que vous aimiez Philippe, dis-je à mi-voix.

— J'ai fini par le respecter. Mais l'aimer ? Non.

Ces derniers temps, il m'était arrivé à moi aussi de détester Philippe. Il avait donné à Matthew le rôle de tueur de la famille, après tout. Parfois, je regardais mon mari, debout seul dans les ombres allongées de l'été ou se découpant dans la lumière d'une fenêtre, et je voyais le poids de cette responsabilité qui faisait ployer ses épaules.

Matthew enfonça un pieu dans le sol et leva les yeux.

— Il te faut quelque chose ? cria-t-il.

— Non, je prenais de l'eau ! répondis-je sur le même ton.

— Demande à Fernando de t'aider.

Matthew désigna le seau vide. Il n'aimait pas qu'une femme enceinte porte de lourdes charges.

— Bien sûr, dis-je sans aucune conviction pendant que Matthew reprenait sa tâche.

— Vous n'avez aucune intention de me laisser porter votre seau, fit mine de s'offusquer Fernando, une main sur le cœur. Vous m'avez blessé. Comment vais-je garder la tête haute dans la famille Clermont si vous ne me permettez pas de vous mettre sur un piédestal comme le ferait un chevalier digne de ce nom ?

— Si vous dissuadez Matthew de louer ce rouleau dont il parle pour damer l'allée, je vous laisse porter votre armure étincelante jusqu'à la fin de l'été.

Je déposai un petit baiser sur la joue de Fernando et repartis.

Énervée et fatiguée par la chaleur, j'abandonnai le seau vide dans l'évier de la cuisine et allai à la recherche de ma tante. Je n'eus aucune peine à la trouver. Sarah avait pris l'habitude de s'installer, dans le petit salon, dans le fauteuil à bascule de ma grand-mère pour contempler l'arbre couleur d'ébène qui poussait dans la cheminée. En revenant à Madison, elle était forcée d'affronter la mort d'Emily d'une manière totalement nouvelle. Elle était lointaine et déprimée.

— Il fait trop chaud pour nettoyer. Je vais aller en ville faire des courses. Tu veux venir ?

— Non, je suis bien ici, dit Sarah en se balançant.

— Hannah O'Neil a encore appelé. Elle nous a invités à son potluck pour Lugnasad.

Depuis notre retour, nous avions reçu une série de coups de fil des membres du coven de Madison. Sarah avait dit à la grande prêtresse, Vivian Harrison, qu'elle allait parfaitement bien et que la famille s'occupait d'elle. Après cela, elle avait refusé de parler à quiconque.

Sarah ne prêta pas attention à mon allusion à l'invitation et continua de contempler l'arbre.

— Les fantômes vont finir par revenir, tu ne crois pas ?

La maison était étonnamment désertée par les spectres en visite depuis notre retour. Matthew en tenait Corra responsable, mais Sarah et moi savions ce qu'il en était. Em étant morte depuis très peu de temps, les autres fantômes gardaient leurs distances afin que nous ne les harcelions pas en leur demandant de ses nouvelles.

— Sûrement, dis-je. Mais il faudra probablement attendre un certain temps.

— La maison est tellement calme sans eux. Je ne les voyais pas comme toi, mais je sentais leur présence.

Sarah se balança avec un regain d'énergie, comme si cela allait faire revenir les fantômes.

— Vous avez décidé de ce que vous alliez faire de l'Arbre Foudroyé ?

Il nous attendait Matthew et moi quand nous étions revenus de 1591, le tronc noirci et tordu occupant presque toute la cheminée tandis que les branches et les racines s'étendaient dans la pièce. Bien que paraissant sans vie, l'arbre donnait de temps en temps d'étranges fruits : des clés de voiture, ou encore l'image des noces chymiques arrachée de l'Ashmole 782. Plus récemment, il avait fait ressurgir une recette de compote de rhubarbe datant des alentours de 1875 et une paire de faux cils des environs de 1973. Fernando et moi pensions qu'il fallait abattre l'arbre, réparer la cheminée puis restaurer et repeindre les lambris. Sarah et Matthew étaient moins convaincus.

— Je ne sais pas trop, soupira Sarah. Je m'y habitue. On peut toujours le décorer à Noël.

— Le vent va souffler de la neige directement dans la maison par les fentes une fois l'hiver venu, dis-je en prenant mon sac à main.

— Qu'est-ce que je t'ai enseigné concernant les objets magiques ? demanda Sarah d'une voix où perça un soupçon de sa vivacité habituelle.

— De ne pas y toucher tant qu'on ne les comprend pas, répondis-je d'une voix de petite fille.

— Abattre un arbre qui a poussé par magie entre dans la catégorie « toucher », tu en conviens ? (Sarah chassa Tabitha de l'âtre, où elle était assise et contemplait l'arbre.) Il nous faut du lait. Et des œufs. Et Fernando veut je ne sais trop quelle espèce de riz spécial. Il a promis de préparer de la paella.

— Œufs. Lait. Riz. C'est noté. Dis à Matthew que je ne serai pas partie longtemps, ajoutai-je après un dernier regard inquiet à Sarah.

Le parquet de l'entrée grinça brièvement alors que je franchissais le seuil. Je m'immobilisais, le pied collé au sol. La maison Bishop n'était pas une demeure ordinaire et elle était connue pour faire état de ses sentiments sur divers sujets, depuis les personnes qui avaient le droit de l'occuper jusqu'à la nouvelle peinture de ses volets.

Mais il n'y eut pas d'autre réaction de la maison. Comme les fantômes, elle attendait.

La nouvelle voiture de Sarah était garée devant la porte. Sa vieille Honda Civic avait connu une mésaventure durant son retour de Montréal, où Matthew et moi l'avions laissée. Un employé des Clermont avait reçu consigne de la reconduire à Madison, mais le moteur avait rendu l'âme entre Bouckville et Watertown. Pour consoler Sarah, Matthew lui avait offert une Mini Cooper violet métallisé, avec bandes blanches à bordures noires et argent façon voiture de course et une plaque personnalisée clamant BALAI BIS. Matthew espérait que ce message sorcier retiendrait Sarah de couvrir l'arrière de la voiture d'autocollants, mais je redoutais que ce ne soit qu'une question de temps avant que cette voiture ressemble à l'ancienne.

Au cas où quiconque aurait pu penser que la nouvelle voiture de Sarah et son absence de slogans annonçaient un fléchissement du paganisme,

Matthew avait acheté un protège-antenne en forme de sorcière, avec cheveux roux, chapeau pointu et lunettes de soleil. Où que Sarah se gare, on la lui volait. Matthew en avait un plein carton dans le garage pour la remplacer.

J'attendis que Matthew commence à s'acharner sur le prochain pieu avant de sauter dans la Mini et de quitter la maison en fonçant en marche arrière. Matthew n'était pas allé jusqu'à m'interdire de quitter la ferme seule, et Sarah savait où j'allais. Heureuse de m'éloigner, je fis glisser le toit ouvrant pour prendre un peu de la brise de juillet sur le chemin de la ville.

Je m'arrêtai d'abord à la poste. Mrs Hutchinson lorgna avec intérêt mon ventre qui tendait le tee-shirt, mais elle ne fit pas de commentaire. Les seules autres personnes dans le bureau de poste étaient deux antiquaires et Smitty, le nouveau meilleur ami de Matthew à la quincaillerie.

— Qu'est-ce que Mr Clairmont pense de sa masse ? demanda Smitty en touchant sa casquette d'une main pleine de prospectus. Ça fait des lustres que j'en avais pas vendu une. La plupart des gens veulent des machines, de nos jours.

— Matthew en a l'air très satisfait.

La plupart des gens ne sont pas des vampires d'un mètre quatre-vingt-onze, songeai-je en jetant les bons de réduction de l'épicerie du coin et la réclame pour des pneus dans la corbeille à papier.

— Vous avez un gars bien, là, dit Smitty en lorgnant mon anneau de mariage. Et il a l'air de bien s'entendre avec Ms. Bishop aussi, ajouta-t-il, un rien admiratif.

Mes lèvres tressaillirent. Je ramassai le tas de catalogues et de factures qui restaient et les fourrai dans mon sac.

— À bientôt, Smitty.

— Au revoir, Mrs Clairmont. Dites à Mr Clairmont que j'attends sa décision concernant le rouleau pour l'allée.

— Je ne m'appelle pas Mrs Clairmont. J'utilise encore... Oh, ce n'est pas grave, dis-je en voyant l'expression déroutée de Smitty.

J'ouvris la porte et m'effaçai pour laisser entrer deux enfants. C'est après les sucettes qu'ils en avaient, ce qui retint Mrs Hutchinson au comptoir. J'étais presque sortie quand j'entendis Smitty chuchoter à la postière :

— Vous avez fait la connaissance de Mr Clairmont, Annie ? Un type bien. Je commençais à me dire que Diana allait finir vieille fille comme Ms. Bishop, si vous voyez ce que je veux dire, fit-il avec un clin d'œil entendu.

Je pris à l'ouest vers la Route 20, longeant de vertes prairies et de vieilles fermes qui produisaient naguère de quoi alimenter la région. La plupart avaient été divisées et reconverties : il y avait des écoles, des bureaux, une marbrerie et une mercerie dans une ancienne grange.

Je me garai sur le parking du supermarché quasi désert de Hamilton. Il n'était jamais occupé à plus de la moitié, même pendant les périodes scolaires.

Je laissai la voiture sur l'une des nombreuses places près de l'entrée, à côté du genre de véhicule que les gens achètent quand ils ont des enfants, avec des portes coulissantes pour installer facilement les sièges bébés, quantité de porte-gobelets et une moquette beige pour dissimuler les taches de céréales tombées par terre. Mon avenir passa brièvement devant mes yeux.

La vive petite voiture de Sarah me rappela bienheureusement qu'il existait d'autres possibilités, même s'il était probable que Matthew tienne à acheter un tank une fois les jumeaux nés. Je murmurai quelques mots et les fils de l'antenne s'enroulèrent autour de la boule en mousse et du chapeau de sorcière. Avec moi, il ne serait pas question de voler la mascotte de Sarah.

— Joli nœud sorcier, ironisa une voix derrière moi. Je ne crois pas que je le connaissais.

Je fis volte-face. La femme qui était derrière moi avait la cinquantaine, des cheveux prématurément argentés tombant sur ses épaules et des yeux verts. Un sourd bourdonnement de pouvoir l'environnait – pas ostentatoire, mais solide. C'était la grande-prêtresse du coven de Madison.

— Bonjour, Mrs Harrison.

Les Harrison étaient une vieille famille de Hamilton. Ils venaient du Connecticut, et, comme les Bishop, les femmes conservaient leur nom de jeune fille même une fois mariées. Le mari de Vivian, Roger, avait pris la décision radicale d'abandonner son propre nom de famille, Barker, pour prendre celui de Harrison quand ils s'étaient mariés, ce qui lui valait une place de choix dans les annales du coven pour sa volonté d'honorer les traditions et bien des taquineries de la part des autres hommes.

— Je crois que vous êtes assez grande pour m'appeler Vivian, non ? dit-elle en baissant les yeux sur mon ventre. Vous êtes en courses ?

— Mmm-mmm.

Aucune sorcière ne pouvait mentir à une autre. Dans les circonstances actuelles, mieux valait que mes réponses soient brèves.

— Quelle coïncidence. Moi aussi.

Derrière Vivian, deux chariots se détachèrent de leur rangée et roulèrent vers nous.

— Alors, c'est pour janvier ? demanda-t-elle une fois que nous fûmes à l'intérieur.

Je manquai de faire tomber le sac de pommes de production locale.

— Uniquement si je vais jusqu'à terme. J'attends des jumeaux.

— Les jumeaux, c'est une corvée, dit Vivian en faisant la grimace. Demandez à Abby.

Elle fit signe à une femme qui avait deux boîtes d'œufs à la main.

— Bonjour, Diana. Nous ne nous connaissons pas, dit Abby en posant l'une des deux boîtes sur le siège bébé du chariot en l'arrimant avec la petite ceinture de sécurité. Une fois que les enfants seront nés, vous devrez trouver une autre manière de protéger vos œufs. J'ai des courgettes pour vous dans la voiture, inutile d'en acheter.

— Tout le comté sait que je suis enceinte ? demandai-je.

Et aussi que je faisais des courses.

— Uniquement les sorcières, répondit Abby. Et les gens qui parlent à Smitty. (Un garçonnet en chemise à rayures avec un masque de Spiderman passa en trombe.) John Pratt ! Cesse de courir après ta sœur !

— Ne vous inquiétez pas, j'ai trouvé Grace au rayon biscuits, dit un bel homme en short avec un tee-shirt gris et bordeaux de la Colgate University. (Il avait dans les bras un bébé qui se tortillait, le visage couvert de chocolat et de miettes.) Bonjour, Diana. Je suis le mari d'Abby, Caleb Pratt. J'enseigne ici.

Il parlait d'un air détendu, mais je sentis un crépitement d'énergie autour de lui. Se pouvait-il qu'il ait en lui un soupçon de magie élémentaire ?

Ma question fit briller les minces fils qui l'entouraient, mais je fus distraite par Vivian avant que de pouvoir être sûre.

— Caleb est professeur d'anthropologie, dit-elle fièrement. Abby et lui enrichissent agréablement notre communauté.

— Ravie de faire votre connaissance, murmurai-je.

Tout le coven devait faire ses courses chez Cost Cutter le jeudi.

— Seulement quand nous avons besoin de parler boutique, dit Abby, lisant sans peine dans mes pensées. (D'après ce que je constatais, elle avait nettement moins de talents magiques que Vivian ou Caleb, mais un incontestable pouvoir courait dans ses veines.) Nous pensions voir Sarah aujourd'hui, mais elle nous évite. Elle va bien ?

— Pas vraiment.

J'hésitai. Naguère, le coven de Madison avait représenté tout ce que je cherchais à nier en moi et dans le fait que j'étais une Bishop. Mais les sorcières de Londres m'avaient enseigné qu'il y avait un prix à payer pour vivre coupée des autres sorcières. Et la simple vérité était que Matthew et moi ne pouvions nous débrouiller tout seuls. Pas après tout ce qui s'était passé à Sept-Tours.

— Il y a quelque chose que vous avez envie de nous dire, Diana ? demanda Vivian en me dévisageant d'un regard aigu.

— Je crois que nous avons besoin de votre aide.

Les paroles me vinrent facilement. Mon étonnement dut se voir, car tous les trois éclatèrent de rire.

— Très bien. C'est pour cela que nous sommes là, dit Vivian avec un sourire approbateur. Quel est le problème ?

— Sarah est bloquée, dis-je. Et Matthew et moi avons des ennuis.

— Je sais. Mes pouces me donnent du souci depuis des jours, dit Caleb en calant Grace sur sa hanche. Au début, j'ai cru que c'étaient seulement les vampires.

— C'est plus que cela, dis-je, d'un ton lugubre. Des sorciers sont impliqués aussi. Et la Congrégation. Ma mère avait peut-être eu une prémonition là-dessus, mais je ne sais pas par où commencer à chercher.

— Que dit Sarah ? demanda Vivian.

— Pas grand-chose. Elle recommence à faire son deuil d'Emily. Elle reste assise devant la cheminée, regarde l'arbre qui pousse dans l'âtre et attend que les fantômes reviennent.

— Et votre mari ? demanda Caleb.

— Matthew remplace les pieux de la clôture.

Je repoussai les mèches de cheveux collées dans mon cou. Si la chaleur continuait d'augmenter, on allait pouvoir cuire des œufs sur le capot de la Mini.

— Exemple classique de déplacement d'agression, dit pensivement Caleb, alliée à un besoin d'établir des frontières claires.

— De quel genre de magie s'agit-il ? demandai-je, étonnée qu'il en sache autant sur Matthew d'après le peu que j'avais dit.

— De l'anthropologie, sourit Caleb.

— Peut-être que nous devrions aller ailleurs pour parler de tout cela, dit Vivian en souriant chaleureusement à la masse grandissante de gens qui nous regardaient.

Les rares humains du magasin ne pouvaient s'empêcher de remarquer ce rassemblement de quatre créatures surnaturelles, et plusieurs écoutaient ouvertement notre conversation tout en faisant mine de tâter melons et pastèques.

— Je vous retrouve chez Sarah dans vingt minutes, dis-je, pressée de partir.

— Le riz arborio est dans la cinquième allée, dit Caleb fort à propos en rendant Grace à Abby. C'est ce qu'on trouve de plus proche pour la paella, à Hamilton. Si cela ne vous convient pas, vous pouvez passer chez Maureen à la boutique bio. Elle commandera exprès du riz espagnol pour vous. Sinon, vous allez devoir aller jusqu'à Syracuse.

— Merci, dis-je faiblement. (Pas question de m'arrêter à la boutique bio, qui était le quartier général des sorcières quand elles n'étaient pas chez Cost Cutter. Je poussai mon chariot vers l'allée numéro cinq.) Bonne idée.

— N'oubliez pas le lait ! me cria Abby.

En rentrant, je trouvai Matthew et Fernando dans le champ en grande conversation. Je rangeai les courses et trouvai le seau dans l'évier comme je l'avais laissé. Machinalement, je tendis les doigts vers le robinet pour le tourner et faire couler l'eau.

— Mais qu'est-ce qui me prend ? murmurai-je en prenant le seau vide.

Je l'emportai dans la distillerie et laissai la porte se refermer. Cette pièce avait été témoin de l'une de mes plus grandes humiliations de sorcière. Même si je comprenais que mes anciennes difficultés avec la magie étaient dues au fait que j'étais une tisseuse et que j'étais en plus ensorcelée, j'avais encore des difficultés à passer outre les souvenirs de cet échec.

Mais le moment était venu d'essayer.

Je plaçai le seau dans le foyer et je guettai la marée qui coulait toujours en moi. Grâce à mon père, non seulement j'étais une tisseuse, mais j'avais l'eau dans le sang. Je m'accroupis à côté du seau, imitai de la main la forme d'un robinet et me concentrai sur mon désir.

Propre. Fraîche. Neuve.

En quelques instants, ma main eut l'air faite de métal plutôt que de chair et de l'eau se mit à couler dans le seau en plastique avec un bruit sourd. Une fois le seau rempli, ma main reprit son allure normale. Je souris et m'assis sur mes talons, ravie d'avoir réussi à faire de la magie dans la maison Bishop. Tout autour de moi, l'air étincelait de filaments colorés. Une brise fraîche souffla par la fenêtre ouverte. Peut-être que je ne pouvais pas résoudre tous nos problèmes avec un seul nœud, mais si je voulais découvrir ce que ma mère et Emily savaient, il fallait que je commence quelque part.

— Par le nœud premier, le sort est commencé, chuchotai-je en m'emparant d'un filament argent et en le nouant solidement.

Du coin de l'œil, j'aperçus les jupons et le corset brodé qui appartenait à mon aïeule Bridget Bishop.

Bienvenue à la maison, ma petite-fille, dit sa voix spectrale.

8

Matthew souleva la masse et l'abattit sur le dessus du pieu. Elle atterrit avec un bruit sourd qui résonna dans ses bras, ses épaules et son dos. Il souleva de nouveau la masse.

— Je ne pense pas que tu aies besoin de frapper une troisième fois, annonça Fernando derrière lui. Il devrait être encore debout et bien droit quand viendra le prochain âge glaciaire.

Matthew posa la masse et s'appuya sur le manche. Il n'était ni essoufflé ni en sueur. En revanche, cela l'agaçait d'être interrompu.

— Qu'est-ce qu'il y a, Fernando ? demanda-t-il.

— Je t'ai entendu parler à Baldwin hier soir. (Sans répondre, Matthew ramassa la tarière.) J'imagine qu'il t'a dit de rester ici et de ne pas faire de vagues pour l'instant, continua-t-il. (Matthew enfonça les deux lames dans le sol. Elles s'enfoncèrent un peu plus que si un être humain avait manœuvré l'outil. Il lui donna un tour, le ressortit et ramassa un autre pieu.) Allons, Mateus. Réparer la clôture de Sarah n'est pas la manière la plus utile de passer ton temps.

— La plus *utile* serait de trouver Benjamin et de débarrasser la famille de ce monstre une bonne fois pour toutes. (Matthew brandit le pieu de deux mètres d'une main comme s'il n'avait pas pesé plus qu'un crayon et enfonça la pointe dans la terre meuble.) Au lieu de quoi, j'attends que Baldwin me donne la permission de faire ce que j'aurais dû faire il y a très longtemps.

— Hum, fit Fernando en examinant le pieu. Pourquoi n'y vas-tu pas, alors ? Ne te soucie pas de Baldwin et de ses manières de dictateur. Occupe-toi de Benjamin. Je n'aurai aucun mal à veiller sur Diana et Sarah.

Matthew le fusilla du regard.

— Pas question que je laisse ma compagne enceinte au milieu de nulle part, même avec toi.

— Alors tu as l'intention de rester ici, à réparer tout ce que tu trouves cassé, jusqu'à l'heureux moment où Baldwin t'appellera pour te donner la permission de tuer ton propre fils. Et là, tu trimballeras Diana dans Dieu sait quel trou perdu où se terre Benjamin et tu l'éventreras devant ton épouse ? Ne sois pas stupide ! s'exclama Fernando en levant les bras au ciel d'un air dégoûté.

— Baldwin ne tolérera rien d'autre que l'obéissance, Fernando. Il l'a très clairement fait comprendre à Sept-Tours.

Baldwin avait entraîné les hommes de la famille et Fernando dehors en pleine nuit et avait brutalement expliqué en détail ce qui arriverait à chacun d'entre eux s'il décelait le moindre murmure de protestation ou quelque soupçon d'insurrection. Après quoi, même Gallowglass avait eu l'air ébranlé.

— Il fut un temps où tu adorais déborder Baldwin. Mais depuis la mort de ton père, tu as laissé ton frère te traiter d'une manière abominable.

Fernando s'empara de la masse avant que Matthew ait le temps de la reprendre.

— Je ne pouvais pas perdre Sept-Tours. *Mère** n'y aurait pas survécu, pas après la mort de Philippe. (À l'époque, la mère de Matthew était loin d'être invincible. Elle était aussi fragile que du verre soufflé.) Le château appartenait peut-être en théorie aux chevaliers de l'ordre de Saint-Lazare, mais tout le monde sait que la confrérie appartient aux Clermont. Si Baldwin avait envie de contester le testament de Philippe et de revendiquer Sept-Tours, il aurait réussi et Ysabeau se serait retrouvée sans toit.

— Ysabeau a l'air de s'être remise de la mort de Philippe. Quelle est ton excuse, à présent ?

— À présent, mon épouse est une Clermont, dit Matthew en le regardant droit dans les yeux.

— Je vois, ricana Fernando. Le mariage t'a ramolli l'esprit et fait plier l'échine comme une branche de saule, mon ami.

— Je ne ferai rien qui compromette sa situation. Elle ne comprend peut-être pas encore ce que cela signifie, mais toi et moi nous savons combien il est important qu'elle soit comptée parmi les enfants de Philippe, dit Matthew. Le nom des Clermont la protégera de toutes sortes de menaces.

— Et pour qu'elle puisse avoir le bout de l'orteil dans la famille, tu vendrais ton âme à ce diable ? demanda Fernando, sincèrement surpris.

— Pour le bien de Diana ? dit Matthew en se détournant. Je ferais n'importe quoi. Je paierais le prix qu'il faut.

— Ton amour pour elle frise l'obsession. (Fernando ne cilla pas quand Matthew fit volte-face, les yeux devenus noirs.) Ce n'est pas sain, Mateus. Ni pour toi ni pour elle.

— Sarah t'a donc farci le crâne de mes défauts, n'est-ce pas ? Les tantes de Diana ne m'ont jamais vraiment apprécié.

Matthew jeta un regard noir à la maison. Ce fut peut-être une illusion d'optique, mais elle parut être secouée sur ses fondations par un fou rire.

— Maintenant que je te vois avec leur nièce, je comprends pourquoi, répondit Fernando. La fureur sanguinaire t'a toujours rendu prompt aux excès. T'unir a aggravé la situation.

— Je bénéficie de trente ans avec elle, Fernando. Quarante ou cinquante si j'ai de la chance. Combien de siècles as-tu partagés avec Hugh ?

— Six, répondit Fernando.

— Et c'était suffisant ? explosa Matthew. Avant de me juger parce que je suis obsédé par le bien-être de ma compagne, mets-toi à ma place et imagine comment tu te serais comporté si tu avais su que le temps qui t'était imparti avec Hugh serait aussi bref.

— Perdre quelqu'un, c'est la même chose pour tout le monde, Matthew, et l'âme d'un vampire est aussi fragile que celle de n'importe quel sang-chaud. Six cents ans, soixante ou six, cela importe peu. Quand ton compagnon ou ta compagne meurt, une partie de ton âme meurt avec lui. Ou elle, dit-il doucement. Et tu auras tes enfants, Marcus et les jumeaux, pour te réconforter.

— Comment tout cela peut-il compter si Diana n'est pas là pour le partager ? demanda Matthew, l'air désespéré.

— Pas étonnant que tu aies été si dur envers Marcus et Phoebe, dit Fernando qui commençait à comprendre. Changer Diana en vampiresse est ton plus cher désir…

— Jamais, coupa Matthew avec véhémence.

— Et ta plus grande horreur, acheva Fernando.

— Si elle devenait une vampiresse, elle ne serait plus ma Diana, dit Matthew. Elle serait quelque chose, quelqu'un d'autre.

— Peut-être l'aimerais-tu tout autant, dit Fernando.

— Comment le pourrais-je, alors que j'aime Diana pour tout ce qu'elle est ? répliqua Matthew.

Fernando n'avait rien à répondre à cela. Il n'imaginait pas Hugh autrement qu'en vampire. C'est ce qui l'avait défini, qui lui avait donné ce mélange unique de féroce courage et d'idéalisme rêveur qui en avait rendu Fernando amoureux.

— Tes enfants changeront Diana. Qu'est-ce que ton amour deviendra quand ils seront nés ?

— Rien, grogna Matthew en essayant de lui prendre la masse.

Fernando la fit passer sans peine d'une main à l'autre pour qu'elle reste hors d'atteinte.

— C'est la fureur sanguinaire qui parle, dit-il. Je l'entends dans ta voix. (La masse s'envola dans les airs en sifflant et atterrit dans le jardin des O'Neil.

Fernando empoigna Matthew à la gorge.) J'ai peur pour tes enfants. Cela me fait de la peine de le dire, et même d'y penser, mais je t'ai vu tuer quelqu'un que tu aimais.

— Diana. N'est. Pas. Eleanor, articula lentement Matthew.

— Non. Ce que tu éprouvais pour Eleanor n'était rien en comparaison de ce que tu ressens pour Diana. Pourtant, il a suffi d'un frôlement de Baldwin, la simple suggestion qu'elle puisse être d'accord avec lui plutôt qu'avec toi, et tu étais prêt à les déchiqueter tous les deux. (Fernando le scruta.) Que feras-tu si Diana veille aux besoins des enfants avant de se soucier des tiens ?

— Je me contrôle, désormais, Fernando.

— La fureur sanguinaire aiguise tous les instincts que possède un vampire jusqu'à ce qu'ils soient plus tranchants que l'acier. Ton tempérament possessif est déjà dangereux. Comment peux-tu être sûr de le maîtriser ?

— Bon Dieu, Fernando. Je ne peux pas en être sûr. C'est ce que tu veux m'entendre dire ?

— Je veux que tu écoutes Marcus au lieu de construire des clôtures et de nettoyer des gouttières, répondit Fernando.

— Ne t'y mets pas aussi. C'est de la folie ne serait-ce que de penser à prendre mon indépendance avec Benjamin en liberté et la Congrégation en plein branle-bas de combat, répondit sèchement Matthew.

— Je ne parlais pas de fonder un scion.

Fernando trouvait excellente l'idée de Marcus, mais il savait quand il valait mieux garder ses opinions pour soi.

— De quoi, alors ? demanda Matthew, interloqué.

— Ton travail. Si tu devais te concentrer sur la fureur sanguinaire, tu pourrais être en mesure de tuer dans l'œuf tous les plans qu'échafaude Benjamin sans avoir à porter le moindre coup. (Fernando le laissa digérer l'idée avant de continuer.) Même Gallowglass, qui ne connaît rien à la science, pense que tu devrais être dans un laboratoire à analyser la page du Livre de la Vie que tu possèdes.

— Aucune des universités des environs n'a de laboratoire suffisant, dit Matthew. Je ne me suis pas contenté d'acheter des gouttières neuves, figure-toi. Je me suis renseigné, aussi. Et tu as raison. Gallowglass n'a pas la moindre idée de ce qu'impliquent mes recherches.

Fernando non plus. Pas vraiment. Mais il savait qui les comprenait.

— Miriam a forcément fait *quelque chose* pendant votre absence. Ce n'est pas vraiment le genre à attendre en se tournant les pouces. Ne peux-tu pas passer en revue ses dernières découvertes ?

— Je lui ai dit qu'elles pouvaient attendre, ronchonna Matthew.

— Même les données précédentes pourraient se révéler utiles, maintenant que tu as Diana et les jumeaux à prendre en compte. (Fernando était prêt à utiliser n'importe quel argument – même Diana – pour le faire mordre à l'hameçon et le forcer à agir au lieu de seulement réagir.) Peut-être que la fureur sanguinaire seule n'explique pas sa grossesse. Peut-être qu'elle et la sorcière de Jérusalem ont toutes les deux hérité de la capacité de concevoir un enfant vampire.

— C'est possible, dit lentement Matthew. (Puis son attention fut attirée par la Mini Cooper violette de Sarah qui dérapait sur le gravier de l'allée. Il se détendit et ses yeux s'éclaircirent un peu.) Il faut vraiment que je dame cette allée, dit-il distraitement en suivant la voiture du regard.

Diana descendit de la voiture et leur fit signe. Matthew sourit et en fit autant.

— Il faut que tu recommences à réfléchir, corrigea Fernando.

Le téléphone de Matthew sonna.

— Qu'y a-t-il, Miriam ? demanda Matthew.

— J'ai réfléchi, dit Miriam.

Elle ne perdait jamais son temps en politesses. Même la dernière alerte avec Benjamin n'avait rien pu y changer.

— Quelle coïncidence, ironisa Matthew. Fernando était justement en train de m'exhorter à en faire autant.

— Tu te souviens quand quelqu'un s'était introduit par effraction dans l'appartement de Diana en octobre dernier ? À l'époque, nous avons craint que ce soit quelqu'un qui cherchait des informations génétiques sur elle, cheveux, rognures d'ongles, fragments de peau...

— Bien sûr que je m'en souviens, dit Matthew en s'essuyant le front.

— Tu étais sûr que c'étaient Knox et cette sorcière américaine, Gillian Chamberlain. Et si *Benjamin* avait été mêlé à cette histoire ? (Elle marqua une pause.) J'ai vraiment un mauvais pressentiment là-dessus, Matthew, comme si je venais de me réveiller d'un mauvais rêve simplement pour découvrir qu'une araignée m'a prise dans sa toile.

— Il n'est pas entré chez elle. J'aurais surpris l'odeur.

Matthew avait l'air certain, mais un rien d'inquiétude transparaissait dans sa voix.

— Benjamin est bien trop malin pour y être allé lui-même. Il aura envoyé un larbin. Ou l'un de ses enfants. Étant son créateur, tu peux le flairer, mais tu sais que la signature olfactive est pratiquement indécelable chez les petits-enfants. (Miriam poussa un soupir exaspéré.) Benjamin a parlé de sorcières et de tes recherches en génétique. Tu ne crois pas aux coïncidences, n'oublie pas.

Matthew se rappelait avoir dit quelque chose de ce genre un jour – bien avant d'avoir fait la connaissance de Diana. Il jeta un coup d'œil à la maison. C'était un mélange d'instinct et de réflexe, à présent, ce besoin de protéger son épouse. Il balaya la réflexion de Fernando sur son côté obsessionnel.

— As-tu eu le temps de t'occuper un peu plus de l'ADN de Diana ?

Il avait prélevé des échantillons de sang et un frottis buccal l'an dernier.

— Qu'est-ce que tu crois que je fais depuis tout ce temps ? Des couvertures au crochet en pleurnichant sur ton absence et en attendant que tu rentres avec les enfants ? Oui, je suis au courant des jumeaux comme du reste, c'est-à-dire de pas grand-chose.

— Tu m'as manqué, Miriam, dit Matthew.

— Tais-toi. Parce que la prochaine fois que je te vois, je vais te mordre tellement violemment qu'il te restera une cicatrice pendant des années, dit Miriam d'une voix tremblante. Tu aurais dû tuer Benjamin depuis longtemps. Tu savais que c'était un monstre.

— Même les monstres peuvent changer, dit doucement Matthew. Regarde-moi.

— Jamais tu n'as été un monstre, dit-elle. C'était un mensonge que tu nous racontais pour nous tenir à l'écart.

Matthew n'était pas d'accord, mais il n'insista pas.

— Alors qu'est-ce que tu as appris sur Diana ?

— Que ce que nous pensions savoir sur ton épouse n'est rien du tout en comparaison de ce que nous ignorons. Son ADN nucléaire est comme un labyrinthe. Une fois qu'on y entre, on a toutes les chances de s'y perdre, dit Miriam, faisant allusion à l'empreinte génétique unique en son genre de Diana. Et son ADN mitochondrial est tout aussi intrigant.

— Laissons l'ADN mitochondrial de côté pour l'instant. Tout ce que cela nous dira, c'est ce que Diana a en commun avec ses ancêtres de sexe féminin. (Matthew comptait s'y intéresser plus tard.) Je veux comprendre ce qui la rend unique.

— Qu'est-ce qui t'inquiète ? demanda Miriam, qui connaissait assez bien Matthew pour entendre ce qu'il ne disait pas.

— Sa capacité à concevoir mes enfants, pour commencer. (Matthew prit une profonde inspiration.)

Et Diana a attrapé une sorte de dragon pendant que nous étions au XVIe siècle. Corra est une vouivre. Et c'est son familier.

— Son familier ? Je croyais que cette histoire de sorcières et de familiers était un mythe inventé par les êtres humains. Pas étonnant que son gène de transformation soit aussi étrange, murmura-t-elle. Une vouivre. Il ne manquait plus que ça. Attends un instant. Elle la tient en laisse ou quelque chose de ce genre ? On peut prélever un échantillon de sang ?

— Peut-être, répondit Matthew, dubitatif. Mais je ne pense pas que Corra se laissera faire un frottis buccal.

— Je me demande si Diana et elle sont génétiquement reliées, marmonna Miriam, intriguée par ces nouvelles possibilités.

— As-tu découvert quoi que ce soit dans le chromosome sorcier de Diana qui t'amène à penser qu'il contrôle la fertilité ?

— C'est une question tout à fait nouvelle et tu sais que les scientifiques ne découvrent généralement que ce qu'ils cherchent, répondit Miriam d'un ton acerbe. Laisse-moi quelques jours et je verrai ce que je trouve. Il y a tellement de gènes non identifiés dans le chromosome sorcier de Diana que certains jours, je me demande si c'est *vraiment* une sorcière, dit-elle en riant. (Matthew ne répondit pas. Il ne pouvait guère lui dire que Diana était une tisseuse alors que même Sarah l'ignorait.) Tu me caches quelque chose, accusa Miriam.

— Envoie-moi un rapport sur ce que tu auras pu identifier, dit-il. Nous en discuterons davantage dans quelques jours. Et jette un coup d'œil à mon profil ADN aussi. Concentre-toi sur les gènes que nous n'avons pas encore identifiés, surtout ceux qui sont voisins du gène de la fureur sanguinaire. Vois si quoi que ce soit te frappe.

— D'aaaccord, répondit Miriam. Tu as une connexion Internet sécurisée, n'est-ce pas ?

— Aussi sécurisée qu'il est possible quand c'est Baldwin qui paie.

— Alors c'est très sûr, souffla-t-elle. On se reparle plus tard. Et puis…

— Oui ? se rembrunit-il.

— Je te mordrai quand même pour te punir de ne pas avoir tué Benjamin quand tu en avais l'occasion.

— Il faudra d'abord que tu m'attrapes.

— C'est facile. Il suffira que j'attrape Diana. Et là, tu te jetteras dans mes bras, dit-elle avant de raccrocher.

— Miriam est de nouveau au mieux de sa forme, observa Fernando.

— Elle a toujours su se remettre des crises avec une stupéfiante rapidité, s'attendrit Matthew. Tu te souviens quand Bertrand…

Une voiture inconnue apparut dans l'allée. Matthew se précipita au-devant, suivi de Fernando. La femme aux cheveux gris au volant de la Volvo cabossée bleu marine ne sembla pas du tout surprise de se retrouver nez à nez avec deux vampires, dont un exceptionnellement grand. Elle baissa sa vitre.

— Vous devez être Matthew, dit-elle. Je m'appelle Vivian Harrison. Diana m'a demandé de passer voir Sarah. Elle s'inquiète de l'arbre qui pousse dans le petit salon.

— Qu'est-ce que c'est que cette odeur ? demanda Fernando à Matthew.

— De la bergamote, répondit Matthew en plissant les paupières.

— C'est une odeur courante ! D'ailleurs, je suis comptable, s'indigna Vivian, pas seulement la grande-prêtresse du coven. Qu'est-ce que vous imaginiez que j'allais sentir ? Le soufre ?

— Vivian ? (Sarah était apparue sur le seuil, éblouie par le soleil.) Quelqu'un est malade ?

— Personne, dit Vivian en descendant. J'ai croisé Diana au magasin.

— Je vois que tu as fait la connaissance de Matthew et de Fernando, dit Sarah.

— En effet, dit Vivian en regardant les deux hommes. La déesse nous préserve des vampires beaux garçons. (Elle rejoignit la maison.) Diana m'a dit que vous aviez quelques petits problèmes.

— Rien que nous ne puissions gérer nous-mêmes, grommela Matthew.

— Il dit toujours cela. Parfois, il a même raison. Entre, dit Sarah à Vivian. Diana a fait du thé glacé.

— Tout va bien, Ms. Harrison, dit Matthew en suivant la sorcière.

Diana fit son apparition derrière Sarah. Elle jeta un regard furibond à Matthew, les mains sur les hanches.

— Bien ? répéta-t-elle. Peter Knox a tué Em. Il y a un arbre qui pousse dans l'âtre. Je suis enceinte de toi. Nous avons été chassés de Sept-Tours. Et la

Congrégation peut débarquer d'un instant à l'autre et nous forcer à nous séparer. Vous trouvez cela bien, Vivian ?

— Le Peter Knox qui était amoureux de la mère de Diana ? demanda Vivian. Il n'est pas membre de la Congrégation ?

— Plus maintenant, répondit Matthew.

Vivian agita l'index devant Sarah.

— Tu m'avais dit qu'Em avait eu une crise cardiaque.

— C'est le cas, se défendit Sarah. (Vivian fit une moue scandalisée.) C'est la vérité ! Le fils de Matthew a déclaré que c'était la cause du décès.

— Tu es incroyablement douée pour dire la vérité et mentir en même temps, Sarah. Emily comptait beaucoup pour notre communauté, se radoucit Vivian. Tout comme toi. Nous avons vraiment besoin de savoir ce qui s'est passé en France.

— Savoir si c'est la faute de Knox ou pas ne changera rien. Emily sera toujours morte, dit Sarah, les yeux brillants de larmes. Et je ne veux pas que le coven soit mêlé à cela. C'est trop dangereux.

— Nous sommes tes amies. Nous y sommes déjà mêlées. (Vivian se frotta les mains.) Dimanche, c'est Lugnasad.

— Lugnasad ? répéta Sarah d'un air soupçonneux. Cela fait des dizaines d'années que le coven n'a pas fêté Lugnasad.

— C'est vrai que nous ne faisons pas une grande fête, d'ordinaire, mais cette année, Hannah O'Neil se met en quatre pour fêter votre retour. Et nous permettre de faire nos adieux à Em.

— Mais, Matthew... Fernando..., dit Sarah en baissant la voix. Le pacte.

Vivian éclata de rire.

— Diana est enceinte. Il est un peu tard pour s'inquiéter d'enfreindre les règles. Et puis tout le coven est au courant pour Matthew. Et pour Fernando aussi.

— Ah bon ? s'alarma Sarah.

— Mais oui, répondit Vivian. Smitty s'est lié avec Matthew à force de parler outillage, et tu sais combien il est bavard, dit-elle avec un sourire aimable à Matthew. Nous sommes connus pour être un coven progressiste. Avec un peu de chance, peut-être que Diana nous fera assez confiance pour nous dévoiler ce qui est dissimulé sous son sortilège de déguisement. À dimanche.

Et avec un dernier sourire à Matthew et un petit signe à Fernando, Vivian remonta dans sa voiture et s'en alla.

— Cette Vivian Harrison est un vrai bulldozer, grommela Sarah.

— Et observatrice, aussi, dit pensivement Matthew.

— Effectivement. (Sarah dévisagea Diana.) Vivian a raison. Tu portes un sortilège de déguisement. Et un bon. Qui te l'a jeté ?

— Personne. Je...

Incapable de mentir et refusant toujours de dire la vérité à sa tante, Diana se tut précipitamment. Matthew se renfrogna.

— Très bien. Ne me le dis pas, reprit Sarah en repartant dans le petit salon d'un pas décidé. Et je n'irai pas à cette fête. Tout le coven est branché végétarien. Il ne va rien y avoir d'autre que des courgettes et la légendaire et immangeable tarte au citron vert de Hannah.

— La veuve est de plus en plus elle-même, chuchota Fernando avec un signe triomphal en suivant Sarah dans la maison. Revenir à Madison était une bonne idée.

— Tu avais promis de dire à Sarah que tu es une tisseuse une fois que nous serions installés à la maison Bishop, dit Matthew une fois seul avec Diana. Pourquoi tu ne l'as pas fait ?

— Je ne suis pas la seule à avoir des secrets. Et je ne parle pas seulement de ces histoires de serment de sang ou même du fait que les vampires tuent les autres vampires qui ont la fureur sanguinaire. Tu aurais dû me dire que Hugh et Fernando étaient un couple. Et tu aurais certainement dû me dire que Philippe avait utilisé ta maladie comme une arme pendant des années.

— Sarah sait-elle que Corra est ton familier et pas un souvenir ? Et la rencontre avec ton père à Londres ? demanda Matthew en croisant les bras.

— Ce n'était pas le bon moment, renifla Diana.

— Ah oui, le fameux bon moment, ricana Matthew. Il n'arrive jamais, Diana. Parfois, il faut oublier toute prudence et faire confiance à ceux que l'on aime.

— Je fais confiance à Sarah.

Diana se mordit la lèvre. Elle n'avait pas besoin d'achever. Matthew savait que le vrai problème, c'est qu'elle n'avait pas confiance en elle ni dans sa magie. Pas entièrement.

— Viens faire un tour avec moi, dit-il en lui tendant la main. Nous en reparlerons plus tard.

— Il fait trop chaud, protesta Diana en la prenant tout de même.

— Je vais te rafraîchir, promit-il avec un sourire.

Elle le regarda avec intérêt. Il sourit de plus belle.

Son épouse – son cœur, sa compagne, sa vie – sauta du porche dans ses bras. Les yeux de Diana étaient du bleu et de l'or d'un ciel d'été et Matthew ne voulait rien de plus que plonger dans ces profondeurs, pas pour s'y perdre, mais pour qu'on l'y trouve.

9

— Pas étonnant qu'on ne fête pas Lugnasad, murmura Sarah en poussant la porte d'entrée. Toutes ces horribles chansons sur la fin de l'été et la venue de l'hiver, sans oublier l'accompagnement au tambourin par Mary Bassett.

— La musique n'était pas épouvantable à ce point, protestai-je.

La grimace de Matthew indiqua que Sarah avait le droit de se plaindre.

— Il vous reste de votre vin de tempérament, Fernando ? demanda Sarah en allumant. J'ai besoin d'un verre. J'ai mal au crâne.

— Du *tempranillo*, dit Fernando en jetant les couvertures de pique-nique sur le banc de l'entrée. *Tempranillo*. N'oubliez pas : c'est espagnol.

— Français, espagnol, peu importe, j'en veux, dit-elle d'un ton désespéré.

Je m'écartai pour qu'Abby et Caleb puissent entrer. John était endormi dans les bras de son père, mais Grace était bien éveillée et se débattait pour qu'on la pose.

— Laissez-la, Abby, dit Sarah en allant dans la cuisine. Elle ne peut pas faire de dégâts.

Abby posa sa fille qui trottina immédiatement vers l'escalier. Matthew éclata de rire.

— Elle a un instinct stupéfiant pour tout ce qui est dangereux. Pas l'escalier, Grace.

Abby récupéra l'enfant et la fit voler avant de la reposer par terre dans la direction du grand salon.

— Pourquoi ne mettez-vous pas John dans le petit salon ?

John avait abandonné son masque de Spiderman et portait un tee-shirt sur lequel figurait le super-héros.

— Merci, Diana, dit Caleb. Je vois ce que vous vouliez dire pour l'arbre, Matthew. Alors il a surgi de l'âtre, comme ça ?

— Nous pensons qu'il a fallu un peu de feu et de sang, expliqua Matthew en secouant l'une des couvertures et en suivant Caleb. Tous les deux avaient passé la soirée à bavarder de tout, depuis l'ambiance des milieux universitaires jusqu'aux travaux de Matthew au John Radcliffe Hospital en passant par le sort des ours polaires. Matthew étala une couverture par terre pour John, pendant que Caleb caressait du bout des doigts l'écorce de l'Arbre Foudroyé.

C'est ce dont Matthew a besoin, me rendis-je compte. *Un foyer. Une famille. Une meute.* Quand il n'avait personne dont s'occuper, il se repliait sur lui-même et ruminait son sombre passé. Et il était particulièrement porté là-dessus ces derniers temps, étant donné que Benjamin avait refait son apparition.

Moi aussi, j'en avais besoin. En vivant au XVIe siècle, dans des maisonnées plutôt que de simples maisons, j'avais pris l'habitude d'être entourée d'autres gens.

Ma peur d'être découverte avait diminué, laissant la place à l'envie de faire partie d'un groupe.

Du coup, j'avais trouvé la petite fête du coven étonnamment agréable. Dans mon imaginaire, les sorcières de Madison avaient toujours été menaçantes, mais ce soir, elles avaient été agréables, et à part mes ennemies du lycée Cassie et Lydia, accueillantes. Elles étaient également étonnamment peu puissantes en comparaison de celles que j'avais connues à Londres. Une ou deux avaient à leur disposition un peu de magie élémentaire, mais aucune n'était aussi puissante que les sorcières d'eau ou de feu du passé. Et les sorcières de Madison qui *savaient* opérer n'arrivaient pas à la cheville de Sarah.

— Du vin, Abby ? proposa Fernando.

— Certainement. Je suis surprise que vous ayez réussi à sortir vivant de la fête, Fernando, gloussa-t-elle. J'étais sûre que quelqu'un allait essayer un petit philtre d'amour sur vous.

— Fernando n'aurait pas dû les encourager, fis-je mine de le gronder. Ce n'était pas nécessaire de s'incliner *et* de faire un baisemain à Betty Eastey.

— Son pauvre mari ne va entendre que Fernando par-ci et Fernando par-là pendant des jours, dit Abby en gloussant de plus belle.

— Ces dames seront fort déçues quand elles découvriront que je ne joue pas dans leur équipe, répondit Fernando. Vos amies m'ont raconté des histoires tout à fait charmantes, Diana. Vous saviez que nous autres vampires sommes vraiment très câlins, une fois que nous avons trouvé le vrai amour ?

— On ne peut pas dire que Matthew se soit transformé en nounours, ironisai-je.

— Ah, mais vous ne le connaissiez pas avant, dit Fernando avec un sourire espiègle.

— Fernando ! l'appela Sarah depuis la cuisine. Venez m'aider à allumer cet imbécile de feu. Pas moyen qu'il prenne.

J'étais bien en peine de comprendre pourquoi elle tenait à allumer un feu par une chaleur pareille, mais Sarah déclara qu'Em l'avait toujours fait à Lugnasad, point final.

— Le devoir m'appelle, murmura Fernando en s'inclinant devant Abby, qui rosit comme Betty Eastey.

— Nous venons avec vous, dit Caleb en prenant Grace par la main. Viens, ma puce.

Matthew regarda les Pratt filer dans la cuisine, un petit sourire sur les lèvres.

— Nous serons pareils bientôt, dis-je en l'enlaçant.

— C'est exactement ce que je me disais, répondit-il en m'embrassant. Tu es prête à dire à ta tante que tu es une tisseuse ?

— Dès que les Pratt seront partis.

Chaque matin, je promettais de dire à Sarah tout ce que j'avais appris au coven de Londres, mais avec chaque jour qui passait, c'était de plus en plus difficile d'en parler.

— Tu n'es pas obligée de tout lui raconter d'un seul coup, dit Matthew en me prenant par les épaules. Dis-lui simplement que tu es une tisseuse, afin de pouvoir arrêter de te draper dans ce linceul.

Nous rejoignîmes les autres dans la cuisine. Le feu de Sarah crépitait dans la distillerie malgré la chaleur de la nuit. Nous nous installâmes à la table pour échanger nos impressions sur la soirée et les derniers ragots sur le coven. Puis la conversation passa au base-ball. Caleb était un fan des Red Sox, tout comme mon père.

— Qu'est-ce que vous avez avec les Red Sox, vous les hommes de Harvard ? demandai-je en me levant pour aller préparer du thé.

Une étincelle blanche attira mon regard. Je souris et posai la bouilloire sur le feu en me disant que c'était l'un des fantômes enfuis de la maison. Sarah serait ravie si l'un d'eux était disposé à revenir.

Ce n'était pas un fantôme.

Grace trottina devant l'âtre de la distillerie sur ses petites jambes de deux ans.

— Joli ! gazouilla-t-elle.
— Grace !

Surprise par mon cri, la petite tourna la tête. Cela suffit à la déséquilibrer et elle piqua du nez vers le feu.

Jamais je n'allais pouvoir l'atteindre à temps, bloquée comme je l'étais derrière l'îlot central à six mètres de là. Je plongeai la main dans la poche de mon short et en sortis mes cordelettes de tisseuse. Elles s'enroulèrent autour de mes doigts et de mon poignet alors que Grace poussait un cri perçant.

Je n'avais pas non plus le temps de lancer une incantation. J'agis uniquement mue par l'instinct et me campai fermement sur le sol. L'eau était tout autour de nous, coulant dans les profondes artères qui sillonnaient la terre des Bishop. Elle était en moi aussi et, m'efforçant de me concentrer sur sa puissance élémentaire brute, j'isolai les filaments bleus, verts et argent soulignant tout ce qui dans la cuisine et la distillerie était lié à l'eau.

En une fraction de seconde, je dirigeai un éclair d'eau vers la cheminée. Un jet de vapeur jaillit, les braises sifflèrent, et c'est dans une bouillie de cendres et d'eau que Grace s'affala lourdement.

— Grace ! s'exclama Abby en se précipitant sur elle, suivie de Caleb.

Matthew m'attira dans ses bras. J'étais trempée jusqu'aux os et je grelottais de froid. Il me frictionna le dos pour me réchauffer.

— Heureusement que vous avez tout ce pouvoir sur l'eau, Diana, dit Abby en prenant Grace dans ses bras.

— Elle n'a rien ? demandai-je. Elle a tendu le bras pour se rattraper, mais elle était affreusement proche des flammes.

— Elle a la main un peu rouge, dit Caleb en examinant les doigts menus. Qu'en pensez-vous, Matthew ?

Matthew prit la main de l'enfant.

— Joli, fit-elle.

— Je sais, murmura Matthew. Le feu, c'est très joli. Mais c'est très chaud, aussi.

Il souffla sur ses doigts et elle éclata de rire. Fernando lui tendit un linge humide et un glaçon.

— 'Core ! ordonna-t-elle en brandissant sa main sous le nez de Matthew.

— Tout a l'air d'aller et il n'y a pas de cloques, dit Matthew après avoir obéi à l'ordre du petit tyran et soufflé sur ses doigts. (Il lui enveloppa délicatement la main dans le linge humide et y pressa le glaçon.) Elle devrait s'en remettre.

— Je ne savais pas que tu étais capable de lancer des éclairs d'eau, dit Sarah en me jetant un regard aigu. Tu vas bien ? Tu as l'air différente... Tu brilles.

— Je vais bien.

Je me dégageai de Matthew en essayant de ramener sur moi les lambeaux de mon sortilège de déguisement. Je scrutai le sol autour de l'îlot central, cherchant les cordelettes de tisseuse que j'avais laissées tomber, au cas où il faudrait que je bricole discrètement mon camouflage.

— Qu'est-ce que tu t'es mise partout sur toi ? demanda Sarah.

Elle me saisit la main et la retourna paume en l'air. J'étouffai un cri. Chaque doigt portait une ligne colorée au centre. L'auriculaire était rayé de brun, l'annulaire de jaune. Un bleu vif marquait mon majeur et le rouge flamboyait impérieusement sur mon index. Les lignes colorées se rejoignaient sur ma paume et continuaient jusqu'à la partie charnue pour former une corde tressée multicolore. Elle y rejoignait la ligne verte qui provenait de mon pouce – une ironie, étant donné le destin que connaissaient la plupart des plantes que j'avais chez moi. La tresse à cinq couleurs rejoignait mon poignet pour former un nœud à cinq traverses – le pentacle.

— Mes cordelettes de tisseuse. Elles sont... en moi, dis-je en jetant un regard incrédule à Matthew.

Mais la plupart des tisseuses utilisaient neuf cordelettes et non pas cinq. Je retournai mon autre main et découvris les autres : la noire sur mon pouce, la blanche sur l'auriculaire, la dorée sur l'annulaire et l'argentée sur le majeur. L'index n'avait aucune couleur. Et une fois réunies, elles se rejoignaient sur mon poignet, formant un ouroboros, un cercle sans commencement ni fin qui ressemblait à un serpent se mordant la queue. L'emblème de la famille Clermont.

— Est-ce que Diana est en train de... scintiller ? demanda Abby.

Sans quitter mes mains des yeux, je pliai les doigts. Une explosion de fils multicolores illumina l'air.

— Qu'est-ce que c'était que ça ? demanda Sarah en ouvrant des yeux ronds.

— Des filaments. Ils enserrent le monde et gouvernent la magie, expliquai-je.

C'est le moment que choisit Corra pour revenir de sa chasse en glissant par la cheminée pour atterrir sur le tas de bois trempé. En toussant et en sifflant, elle se remit sur ses pattes.

— C'est un... dragon ? demanda Caleb.

— Non, c'est un souvenir que Diana a rapporté de l'Angleterre élisabéthaine, dit Sarah.

— Corra n'est pas un souvenir. C'est mon familier, chuchotai-je.

— Les sorcières n'ont pas de familiers, ricana Sarah.

— Les tisseuses, si, répondis-je, sentant sur mes reins la main de Matthew qui me soutenait. Tu ferais bien d'appeler Vivian. Il faut que je vous confie quelque chose.

— Alors, le dragon..., commença Vivian, un mug de café brûlant entre les mains.
— Vouivre, corrigeai-je.
— Donc il...
— Elle. Corra est une femelle.
— ... est votre familier ? acheva-t-elle.
— Oui. Corra est apparue quand j'ai tissé mon premier sortilège à Londres.
— Tous les familiers sont-ils des dra... euh, des vouivres ?

Abby se redressa sur le canapé du grand salon. Nous étions tous installés autour de la télévision, sauf John, qui s'était tranquillement endormi malgré toute cette agitation.

— Non. Mon professeur, Goody Alsop, avait une empuse, une ombre réplique d'elle-même. Elle était du signe de l'air, voyez-vous, et le familier d'une tisseuse est façonné d'après la prédisposition élémentaire de la sorcière. (C'était probablement la déclaration la plus longue que j'aie jamais faite sur le sujet de la magie. C'était également en grande partie inintelligible pour tous les sorciers et sorcières présents, qui ne savaient rien du tout des tisseuses.) J'ai une affinité pour l'eau ainsi que le feu, poursuivis-je. Contrairement aux dragons, les vouivres sont aussi à l'aise dans la mer que dans les flammes.

— Elles sont aussi capables de voler, dit Vivian. Les vouivres représentent en fait la triplicité du pouvoir élémentaire. (Sarah la dévisagea avec étonnement. Vivian haussa les épaules.) J'ai une maîtrise en littérature médiévale. Les wyvern, ou vouivres, si vous préférez, étaient autrefois courantes dans les légendes et la mythologie européennes.

— Mais vous... vous êtes ma comptable, bafouilla Sarah.

— Vous savez combien de diplômés en littérature finissent comptables ? demanda Vivian. (Elle se retourna vers moi.) Vous savez voler, Diana ?

— Oui, avouai-je à contrecœur.

Le vol n'était pas un talent courant chez les sorcières. C'était voyant, et donc encombrant si l'on voulait vivre discrètement parmi les humains.

— D'autres tisseuses brillent-elles comme vous ? demanda Abby.

— Je ne sais pas s'il y a d'autres tisseuses. Il n'en restait plus beaucoup, même au XVIe siècle. Goody Alsop était la seule des îles Britanniques après l'exécution de la tisseuse écossaise. Il y en avait une à Prague. Et mon père était un tisseur aussi. C'est un trait familial.

— Stephen Proctor n'était pas un tisseur, dit aigrement Sarah. Il ne brillait pas et il n'avait pas de familier. Ton père était un sorcier tout ce qu'il y a de plus ordinaire.

— Les Proctor n'ont pas produit de sorcier de premier ordre depuis des générations, déplora Vivian.

— La plupart des tisseurs ne sont de premier ordre en rien, du moins pas selon les critères traditionnels. (C'était même vrai au niveau génétique, où les analyses de Matthew avaient révélé toutes sortes de marqueurs contradictoires dans mon sang.) C'est pour cela que je n'ai jamais été douée pour les sorts. Sarah peut enseigner à n'importe qui la formule d'une incantation, sauf à moi. J'étais complètement nulle, dis-je avec un rire gêné. Papa m'a expliqué que j'aurais dû laisser les paroles entrer par une oreille et ressortir par l'autre et inventer les miennes.

— Quand est-ce que Stephen t'a dit ça ? demanda Sarah d'une voix étranglée.

— À Londres. Il y était en 1591 aussi. C'est de lui que j'ai hérité mon pouvoir de voyager dans le temps, après tout.

Même si Matthew m'avait assuré que je n'étais pas obligée de tout dire à Sarah en une seule fois, toute l'histoire sortait.

— Tu as vu Rebecca ? demanda-t-elle en ouvrant de grands yeux.

— Non. Juste papa.

Comme ma rencontre avec Philippe de Clermont, revoir mon père avait été un cadeau inattendu durant ce voyage.

— Eh bien, dis-moi, murmura Sarah.

— Il n'est pas resté longtemps, mais pendant juste quelques jours, il y a eu trois tisseurs à Londres. On ne parlait que de nous en ville.

Et pas seulement parce que mon père ne cessait de souffler des répliques et des idées d'intrigue à William Shakespeare.

Sarah ouvrit la bouche pour poser une autre question, mais Vivian la retint d'un geste.

— Si tisser est un don de famille, pourquoi êtes-vous si peu nombreux ? demanda-t-elle.

— Parce qu'il y a longtemps de cela, d'autres sorciers ont entrepris de nous éliminer, dis-je, crispant mes doigts sur la serviette que Matthew avait drapée sur mes épaules. Goody Alsop nous a raconté que des familles entières avaient été assassinées afin que les enfants ne puissent pas transmettre ce patrimoine. (Matthew me massa la nuque.) Ceux qui en ont réchappé se sont cachés. La guerre, les maladies et la mortalité infantile ont considérablement éprouvé les lignées qui restaient.

— Pourquoi éliminer les tisseurs ? De nouveaux sortilèges auraient été très appréciés dans les covens, dit Caleb.

— Je tuerais pour avoir un sort qui empêche mon ordinateur de planter quand John tripote le clavier, ajouta Abby. J'ai tout essayé : le sort contre les roues bloquées, celui des serrures cassées, la bénédiction des nouvelles entreprises. Aucun n'a l'air de marcher sur l'électronique moderne.

— Peut-être que les tisseurs étaient trop puissants et que les autres sorciers étaient jaloux. Peut-être que c'était juste de la peur. Au fond, je ne crois pas que les créatures soient plus tolérantes que les êtres humains…

Mes paroles résonnèrent dans le silence.

— Les nouveaux sortilèges, dit Caleb. Comment vous y prenez-vous ?

— Tout dépend du tisseur. Avec moi c'est une question ou un désir. Je me concentre là-dessus et les cordelettes font le reste. (Je levai les mains.) Je suppose que ce sont mes doigts qui vont le faire, à présent.

— Fais-moi voir tes mains, Diana, dit Sarah.

Je me levai et allai me planter devant elle, les paumes ouvertes.

Sarah étudia méticuleusement les couleurs. Ses doigts suivirent le contour du nœud en forme de pentacle avec ses cinq traverses sur mon poignet droit.

— C'est le cinquième nœud, expliquai-je tandis que Sarah poursuivait son examen. Les tisseurs l'utilisent pour jeter un sort afin de surmonter une difficulté ou de renforcer une expérience.

— Le pentacle représente les éléments, dit Sarah en tapotant ma paume où s'enlaçaient les filaments brun, jaune, bleu et rouge. Là, nous avons les quatre couleurs qui représentent traditionnellement la terre, l'air, l'eau et le feu. Et le vert sur ton pouce est associé à la déesse, la déesse dans son incarnation de mère en particulier.

— Votre main est un concentré de magie, Diana, observa Vivian. Avec les quatre éléments, le pentacle et la déesse gravés dessus. C'est tout ce dont une sorcière a besoin pour opérer son art.

— Et ceci doit être le dixième nœud. (Sarah lâcha ma main droite pour prendre la gauche. Elle examina la boucle sur mon poignet.) On dirait le symbole de l'étendard qui flotte sur Sept-Tours.

— C'est lui. Les tisseurs ne sont pas tous capables de faire le dixième nœud, même s'il a l'air simple. (Je pris une profonde inspiration.) C'est le nœud de la création. Et de la destruction.

Sarah me referma la main, formant un poing, et l'enveloppa de la sienne. Vivian et elle échangèrent un regard soucieux.

— Pourquoi l'un de mes doigts n'a pas de couleur ? demandai-je, soudain mal à l'aise.

— Nous en reparlerons demain, dit Sarah. Il est tard. Et la soirée a été longue.

— Il faut coucher les enfants, dit Abby en se levant et en prenant bien garde de ne pas réveiller sa fille. Attendez que le reste du coven apprenne que Diana peut créer de nouveaux sortilèges. Cassie et Lydia vont en faire une jaunisse.

— Nous ne pouvons pas le dire au coven, dit Sarah d'un ton ferme. Pas tant que nous n'aurons pas compris ce que cela signifie.

— Diana est horriblement scintillante, fit remarquer Abby. Je n'avais pas remarqué jusque-là, mais même les êtres humains vont le voir.

— Je portais un sortilège de déguisement. Je peux en lancer un autre. (Un coup d'œil à l'expression menaçante de Matthew me fit ajouter précipitamment :) Je ne le porterai pas à la maison, évidemment.

— Sortilège de déguisement ou pas, les O'Neil vont forcément savoir qu'il se passe quelque chose, dit Vivian.

— Nous ne sommes pas obligés d'informer tout le coven, Sarah, dit Caleb d'un air sombre, mais nous ne pouvons pas non plus le cacher à tout le monde. Nous devons choisir à qui nous allons parler et ce que nous allons dire.

— Ce sera beaucoup plus difficile d'expliquer la grossesse de Diana que de trouver une justification à son scintillement, dit Sarah. Cela commence à peine à se voir, mais avec des jumeaux, une grossesse est rapidement évidente.

— Et c'est exactement pour cela que nous devons être totalement honnêtes, contra Abby. Les sorcières sentent une demi-vérité aussi facilement qu'un mensonge.

— Cela va mettre à l'épreuve la loyauté et l'ouverture d'esprit du coven, dit pensivement Caleb.

— Et si nous ne réussissons pas cette épreuve ? demanda Sarah.

— Cela nous divisera pour toujours, répondit-il.

— Peut-être que nous devrions partir.

J'avais vécu directement les conséquences de la discorde et j'avais encore des cauchemars sur ce qui s'était passé en Écosse quand des sorcières s'en étaient prises à d'autres et que les procès de Berwick avaient commencé. Je ne voulais pas que ce soit à cause de moi que le coven de Madison soit détruit, que des gens soient forcés de quitter les maisons et les fermes que leurs familles possédaient depuis des générations.

— Vivian ? demanda Caleb.

— La décision devrait revenir à Sarah, répondit-elle.

— À une autre époque, j'aurais estimé que toutes ces histoires de tissage devaient être partagées. Mais j'ai vu des sorcières se faire des choses horribles et je ne parle pas seulement de ce qui est arrivé à Emily.

Elle jeta un regard dans ma direction, mais elle ne développa pas.

— Je peux garder Corra à l'intérieur, la plupart du temps. Je peux même éviter d'aller en ville. Mais je ne vais pas pouvoir dissimuler mes différences éternellement, si bon soit mon sortilège de déguisement, les prévins-je.

— J'en suis bien consciente, dit calmement Vivian. Mais ce n'est pas seulement une mise à l'épreuve. C'est une chance. Quand des sorciers se sont mis en devoir d'anéantir les tisseurs il y a tout ce temps, nous avons perdu plus que des vies. Nous avons perdu des lignées, une expertise, un savoir, tout cela parce que nous craignions un pouvoir que nous ne comprenions pas. C'est une occasion de recommencer.

— *Orages rugiront et océans feront rage*, chuchotai-je. *Quand Gabriel apparaîtra sur le rivage / Et dans sa corne merveilleuse soufflera / Le monde ancien mourra et nouveau renaîtra.*

Étions-nous au beau milieu d'un tel changement ?

— Où as-tu appris cela ? demanda vivement Sarah.

— C'est Goody Alsop qui me l'a enseigné. C'était la prophétie de sa maîtresse, Mère Ursula.

— Je sais de qui est la prophétie, Diana, dit Sarah. Mère Ursula était une mège célèbre et une puissante prophétesse.

— Ah bon ? demandai-je, surprise que Goody Alsop ne m'en ait rien dit.

— Oui. Pour une historienne, tu es vraiment d'une consternante ignorance du folklore des sorcières, répondit Sarah. Eh bien, dis-moi. Tu as appris à tisser des sortilèges auprès de l'une des apprenties d'Ursula Shipton, dit-elle avec un respect sincère.

— Alors nous n'avons pas tout perdu, dit doucement Vivian, du moment que nous ne vous perdons pas.

Abby et Caleb chargèrent fauteuils bébés, restes et enfants dans leur voiture. J'étais dans l'allée en train de leur dire au revoir quand Vivian s'approcha avec un bol de salade de pommes de terre dans la main.

— Si vous voulez que Sarah arrête de fixer cet arbre en broyant du noir, parlez-lui du tissage. Montrez-lui comment faire, si vous y arrivez.

— Je ne suis pas encore très douée, Vivian.

— Raison de plus pour recourir à l'aide de Sarah. Ce n'est peut-être pas une tisseuse, mais elle en sait plus sur l'architecture des sortilèges que toute autre sorcière de ma connaissance. Cela lui donnera un but, maintenant qu'Emily n'est plus, ajouta-t-elle en pressant ma main dans la sienne.

— Et le coven ?

— Caleb a dit que c'était une mise à l'épreuve, répondit-elle. Voyons si nous allons nous en sortir.

Elle descendit l'allée, les phares de sa voiture balayant la vieille clôture. Je rentrai, éteignis les lumières et montai retrouver mon mari.

— Tu as verrouillé la porte d'entrée ? demanda Matthew en posant son livre.

Il était étalé sur le lit, qui était tout juste assez long pour lui.

— Je n'ai pas pu. C'est une serrure qu'on claque et Sarah a perdu la clé.

Mon regard erra sur la clé de notre porte de chambre, que la maison nous avait aimablement fournie naguère. Le souvenir de cette nuit-là me fit sourire.

— Docteur Bishop, vous sentiriez-vous lascive ? demanda Matthew d'un ton caressant.

— Nous sommes mariés. (J'enlevai mes chaussures d'un coup de pied et déboutonnai mon chemisier en seersucker.) C'est mon devoir d'épouse d'avoir des désirs charnels à ton égard.

— Et il est de mon devoir d'époux de les satisfaire.

Matthew quitta le lit et gagna la commode à la vitesse de l'éclair. Il repoussa délicatement ma main et défit le premier bouton, puis le suivant, et le suivant. Chaque pouce de chair découverte reçut un baiser et un léger mordillement. Cinq boutons plus tard, je frissonnais légèrement dans l'air moite de l'été.

— Comme c'est étrange que tu frissonnes, murmura-t-il en dégrafant mon soutien-gorge et en frôlant des lèvres la cicatrice en forme de croissant de lune près de mon cœur. Tu es si chaude.

— Tout est relatif, vampire, répondis-je en noyant mes mains dans ses cheveux et en lui arrachant un petit rire. Bon, tu comptes me faire l'amour ou tu voulais juste vérifier si j'avais de la fièvre ?

Plus tard, je levai la main au-dessus de moi et la tournai de-ci, de-là dans la lumière argentée. Le majeur et l'annulaire de ma main gauche portaient tous les deux une ligne colorée, l'une couleur de rayon de lune et l'autre dorée comme le soleil. Les vestiges des autres cordelettes avaient légèrement pâli, même si un nœud nacré était encore visible sur la chair de chaque poignet.

— Qu'est-ce que tu crois que cela veut dire ? demanda Matthew en baisant mes cheveux et en me caressant les épaules.

— Que tu es marié à une tatouée... ou à une femme qui est possédée par des extraterrestres.

Entre les deux vies nouvelles qui grandissaient en moi, Corra et maintenant mes cordelettes de tisseuse, je commençais à me sentir à l'étroit dans ma propre chair.

— J'ai été fier de toi ce soir. Tu as trouvé le moyen de sauver Grace tellement vite.

— Je n'ai pas du tout réfléchi. Quand Grace a crié, cela a déclenché quelque chose en moi. Je n'étais plus qu'instinct. (Je me retournai entre ses bras.) J'ai toujours ce dragon dans le dos ?

— Oui. Et il est encore plus foncé qu'avant. (Il fit glisser ses mains sur ma taille et me retourna face à lui.) Tu as une idée de la raison ?

— Pas encore. La réponse était tout simplement hors d'atteinte. Je la sentais qui m'attendait.

— Peut-être que cela a un rapport avec ton pouvoir. Il est plus fort que jamais, maintenant. (Matthew porta mon poignet à ses lèvres. Il but mon odeur, puis il posa les lèvres sur mes veines.) Tu as toujours cette odeur d'orage d'été, mais maintenant il y a aussi une note qui évoque le moment où la mèche allume la dynamite.

— J'ai assez de pouvoir. Je n'en veux pas plus, dis-je en me blottissant contre lui.

Mais depuis que nous étions revenus à Madison, un sombre désir s'agitait dans mon sang.

Menteuse, chuchota une voix familière.

Ma peau se hérissa comme si mille sorcières me regardaient. Mais il n'y avait qu'une seule créature qui me regardait, à présent : *la déesse*.

Je jetai un regard à la dérobée dans la pièce, mais je ne la vis pas. Si Matthew décelait sa présence, il commencerait à poser des questions auxquelles je ne voulais pas répondre. Et il pourrait bien découvrir l'unique secret que je dissimulais encore.

— Dieu merci, soufflai-je.

— Tu as dit quelque chose ? demanda-t-il.

— Non, mentis-je de nouveau. Tu entends des voix.

10

Le lendemain matin, je descendis péniblement l'escalier, épuisée par l'épisode de l'eau sorcière et les rêves agités qui l'avaient suivi.

— La maison était horriblement silencieuse, cette nuit, dit Sarah.

Elle était assise devant le vieux pupitre, ses lunettes de lecture posées au bout de son nez, ses cheveux roux hérissés et le grimoire des Bishop ouvert devant elle. Le spectacle aurait causé une attaque à l'ancêtre puritain d'Emily, Cotton Mather.

— Vraiment ? Je n'ai rien remarqué. (Je bâillai et caressai du bout des doigts le vieux pétrin en bois qui contenait de la lavande fraîchement cueillie. Bientôt les herbes seraient suspendues tête en bas à sécher sur le fil accroché entre les solives. Une araignée était en train d'y ajouter son propre fil.) En tout cas, toi, tu es très occupée ce matin, dis-je, changeant de sujet.

Les têtes de chardon-marie étaient dans le tamis, attendant d'être secouées pour extraire les graines de leur nid duveteux. Des bouquets de rue et de matricaire étaient noués par des ficelles, prêts à être accrochés. Sarah avait sorti sa lourde presse à fleurs et un plateau de longues feuilles aromatiques attendait d'y passer. Des bouquets de fleurs et d'herbes fraîches étaient posés sur le comptoir pour une utilisation future encore obscure.

— Il y a beaucoup de travail à faire, dit Sarah. Des gens se sont occupés du jardin pendant notre absence, mais ils avaient le leur à surveiller et les semis d'hiver et de printemps n'ont pas été faits.

Ces anonymes devaient être nombreux, étant donné la taille du jardin de simples de la maison Bishop. Pensant aider, je pris un bouquet de rue. L'odeur devait me rappeler éternellement Satu et les horreurs que j'avais subies quand elle m'avait enlevée dans le jardin de Sept-Tours et emmenée à La Pierre. La main de Sarah jaillit et m'arrêta.

— Les femmes enceintes ne doivent pas toucher de la rue, Diana. Si tu veux m'aider, va dans le jardin me cueillir un peu de lunaire. Sers-toi de cela.

Elle me tendit un couteau à manche blanc. La dernière fois que je l'avais utilisé, je m'étais ouvert une veine pour sauver la vie de Matthew. Ni lui ni moi ne l'avions oublié. Ni lui ni moi n'en avions reparlé non plus.

— La lunaire, c'est la plante qui a des gousses, n'est-ce pas ?

— Fleurs violettes. Longues tiges. Disques plats qui ont l'air en parchemin, d'où le surnom de monnaie du pape. Coupe les tiges à la base de la plante. Nous séparerons les fleurs du reste avant de les faire sécher.

Le jardin de Sarah était blotti tout au fond du verger où les pommiers étaient les plus clairsemés et où les cyprès et chênes de la forêt ne faisaient pas encore d'ombre. Il était entouré de palissades faites de pieux métalliques, grillages, piquets, palettes : tout ce qui pouvait empêcher les lapins, sconses et campagnols d'entrer, Sarah s'en était servi. Pour plus de sûreté, tous les alentours étaient badigeonnés deux fois l'an et un sort de protection avait été jeté.

À l'intérieur de l'enclos, Sarah avait recréé un petit morceau de paradis. Certaines des larges allées du jardin menaient à des glens ombragés où fougères et autres plantes délicates étaient abritées à l'ombre de plus grands arbres. D'autres séparaient les plates-bandes de légumes surélevées les plus proches de la maison avec leurs treillis et leurs tuteurs. Normalement, ils étaient couverts de végétation – pois de senteur, mange-tout et autres haricots de toutes sortes – mais il n'y avait presque rien cette année.

Je contournai le petit jardin éducatif où Sarah enseignait aux enfants du coven – et parfois à leurs parents – les associations élémentaires de diverses fleurs, plantes et herbes. Ses jeunes élèves avaient élevé leur propre clôture avec des bâtons, des brindilles de saule et des tiges de sucettes pour démarquer leur espace sacré du reste du jardin. Des plantes faciles à cultiver comme l'achillée ou les asters permettaient aux enfants de comprendre le cycle saisonnier des végétaux qui naissent, poussent, se fanent et meurent, et dont s'inspirent toutes les sorcières pour leur art. Une souche creuse contenait la menthe et d'autres plantes envahissantes.

Deux pommiers marquaient le centre du jardin et servaient de support à un hamac. Il était assez large pour accueillir Sarah et Em, et il avait été leur endroit préféré où elles venaient rêvasser et bavarder jusqu'à une heure tardive durant les chaudes nuits d'été.

Après les pommiers, je franchis une deuxième porte donnant sur le jardin d'une sorcière de métier. Le jardin de Sarah avait la même fonction que l'une de mes bibliothèques : il fournissait une source d'inspiration, un refuge, ainsi que des informations et du matériel pour faire son travail.

Je trouvai les tiges de un mètre surmontées de fleurs violettes que voulait Sarah. Prenant bien garde d'en laisser assez pour qu'elles se ressèment pour l'année suivante, je remplis ma corbeille d'osier et rentrai.

Ma tante et moi travaillâmes dans un silence bienveillant. Elle hacha les feuilles de lunaire, avec lesquelles elle allait fabriquer une huile parfumée, et me rendit les tiges pour que je les attache avec un peu de ficelle – sans faire un bouquet, pour ne pas endommager les gousses – et les accrocher afin de les faire sécher.

— À quoi vas-tu utiliser les gousses ? demandai-je en nouant la ficelle.

— Des charmes de protection. Quand l'école commencera dans quelques semaines, on m'en demandera. Les gousses de lunaire sont particulièrement bonnes pour les enfants, car elles éloignent les monstres et les cauchemars.

Corra, qui sommeillait dans le grenier de la distillerie, ouvrit un œil et regarda Sarah avant de souffler de la fumée dans un soupir de vouivre.

— J'ai autre chose en tête pour *toi*, dit Sarah en pointant son couteau dans sa direction.

Sans se laisser impressionner, Corra lui tourna le dos. Sa queue glissa par-dessus le bord du grenier et oscilla comme un pendule à la pointe en forme de flèche. Je me baissai pour passer dessous et allai attacher une autre tige de lunaire aux solives en prenant bien garde de ne pas casser les ovales translucides.

— Combien de temps doivent-ils rester accrochés avant d'être secs ? demandai-je en revenant à la table.

— Une semaine, répondit Sarah en jetant un bref coup d'œil. Là, nous pourrons enlever la peau des gousses. Dessous, il y a un disque argenté.

— Comme la lune. Comme un miroir, acquiesçai-je en comprenant. Qui reflète le cauchemar sur lui-même afin qu'il ne dérange pas l'enfant.

Sarah hocha la tête à son tour, ravie de mon interprétation.

— Certaines sorcières lisent l'avenir dans les gousses de lunaire, continua-t-elle après un moment. Celle de Hamilton, qui était professeur de chimie, m'a raconté que les alchimistes recueillaient dessus la rosée de mai pour former la base de l'élixir de vie.

— Il faudrait beaucoup de lunaire, dis-je en riant, songeant à toute l'eau que Mary Sidney et moi avions utilisée dans nos expériences. Je crois que nous devrions nous en tenir aux charmes de protection.

— D'accord, sourit Sarah. Pour les enfants, je mets le charme dans des oreillers de rêve. Ils ne font pas aussi peur qu'une poupée de chiffons ou un pentacle en tiges de ronce. Si tu devais en faire un, que prendrais-tu pour le rembourrer ?

Je pris une profonde inspiration et me concentrai sur la question. Les oreillers de rêve n'avaient pas besoin d'être gros, après tout : de la taille de ma paume, cela devait suffire.

Ma paume. D'ordinaire, j'aurais passé les doigts sur mes cordelettes de tisseuse en attendant que l'inspiration et le conseil me viennent. Mais les cordelettes étaient en moi, désormais. Quand je retournai mes mains et étalai les doigts, des nœuds scintillants apparurent sur le réseau des veines de mon poignet, et le pouce et l'auriculaire de ma main droite brillèrent du brun et du vert des couleurs de l'art.

Les bocaux de Sarah luisaient dans la lumière des fenêtres. Je m'en approchai et passai le petit doigt sur les étiquettes jusqu'à sentir une résistance.

— Aigremoine. (Je continuai de longer l'étagère.) Armoise. (Utilisant mon auriculaire comme le palet d'une planche ouija, je l'inclinai en arrière.) Graine d'anis. (Il se baissa.) Houblon. (Puis il remonta en diagonale vers le côté opposé.) Valériane. (Comment serait l'odeur ? Trop âcre ? Mon pouce me démangea.) Une feuille de laurier, quelques pincées de romarin et un peu de thym, dis-je. (Et si l'enfant se réveillait tout de même et s'emparait de l'oreiller ?) Et cinq haricots secs.

C'était un rajout bizarre, mais mon instinct de tisseuse me soufflait que cela changerait tout.

— Eh bien, dis-moi, fit Sarah en remontant ses lunettes sur son front. (Elle me regarda avec étonnement, puis elle sourit.) C'est comme un ancien charme que ton arrière-grand-mère avait recueilli, sauf que le sien contenait de la molène et de la verveine aussi, et pas de haricots.

— C'est eux que je mettrais dedans en premier, dis-je. Ils feraient du bruit en s'entrechoquant si on secoue l'oreiller. On peut dire aux enfants que cela éloigne les monstres.

— Joli, concéda Sarah. Et les gousses de lunaire, tu les pulvériserais ou tu les laisserais entières ?

— Entières, répondis-je. Cousues sur le devant de l'oreiller.

Mais les herbes ne composaient que la moitié d'un charme de protection. Des mots étaient nécessaires pour les accompagner. Et si une autre sorcière devait être en mesure de l'utiliser, ces paroles devaient être remplies de puissance. Les sorcières de Londres m'avaient appris beaucoup de choses, mais les sortilèges que j'écrivais avaient tendance à rester plats sur la page, inertes sur toute autre langue que la mienne. La plupart des sortilèges rimaient, ce qui les rendait plus faciles à se rappeler et plus vivants. Mais je n'étais pas une poétesse, comme Matthew et ses amis. J'hésitai.

— Quelque chose ne va pas ? demanda Sarah.

— Ma grammatique est nulle, avouai-je en baissant la voix.

— Si j'avais la moindre idée de ce que c'est, j'aurais de la peine pour toi, ironisa Sarah.

— La grammatique, c'est la manière dont une tisseuse insuffle de la magie aux mots. Je peux concevoir des sortilèges et les mettre en œuvre moi-même, mais sans grammatique, ils ne marcheront pas pour les autres sorciers. (Je désignai le grimoire des Bishop.) Des centaines et des centaines de tisseurs ont trouvé les mots de ces sortilèges, et d'autres sorcières les ont transmis à travers le temps. Encore aujourd'hui, les sortilèges ont conservé leur pouvoir. J'ai de la chance si les *miens* conservent le leur pendant une heure.

— Quel est le problème ? demanda Sarah.

— Pour moi, les sortilèges n'apparaissent pas comme des mots, mais comme des formes et des couleurs. (Le dessous de mon pouce et de mon auriculaire était encore légèrement décoloré. L'encre rouge renforçait mon sortilège de feu.) Tout comme disposer les mots sur la page de manière à former une sorte d'image.

— Montre-moi, dit Sarah en faisant glisser vers moi un bout de papier et un bout de bois calciné. Du bois d'hamamélis, expliqua-t-elle en voyant mon expression. Je m'en sers comme crayon la première fois que j'essaie de copier un sortilège. Si quelque chose se passe mal, les conséquences sont moins... euh, durables qu'avec de l'encre.

Elle rosit. L'un de ses sortilèges récalcitrants avait provoqué un cyclone dans la salle de bains. Pendant des semaines, nous avions trouvé des taches de lotion solaire et de shampooing dans les endroits les plus inattendus.

J'écrivis le sortilège que j'avais conçu pour mettre le feu, prenant bien garde de ne pas prononcer moi-même les paroles, ce qui l'aurait mis en œuvre. Quand j'eus terminé, mon index droit luisait en rouge.

— C'était ma première tentative de grammatique, dis-je en le regardant d'un œil critique avant de le donner à Sarah. Une écolière aurait probablement fait mieux.

Feu
Éclaire
Universellement

— Ce n'est pas si mal que ça, dit Sarah. (Me voyant effondrée, elle s'empressa d'ajouter :) J'ai vu pire. C'est astucieux d'avoir fait un acrostiche du mot feu. Mais pourquoi un triangle ?

— C'est la structure du sortilège. C'est assez simple, en fait. C'est juste un nœud trois fois bouclé. (J'examinai mon œuvre à mon tour.) Ce qui est amusant, c'est que le triangle était un symbole que beaucoup d'alchimistes utilisaient pour le feu.

— Un nœud trois fois bouclé ? demanda Sarah en me regardant par-dessus ses lunettes. C'est bien énigmatique.

— J'essaie d'être aussi claire que je peux, Sarah. Ce serait facile de te montrer ce que je veux dire si mes cordelettes n'étaient pas à l'intérieur de mes mains, dis-je en les levant et en agitant les doigts.

Sarah murmura et la pelote de ficelle roula sur la table.

— Tu pourras te contenter de ficelle ordinaire ?

J'arrêtai la pelote en murmurant un sortilège de mon cru. Il était chargé de pouvoir de terre et entouré d'un buisson de nœuds trois fois bouclés. Sarah tressaillit de surprise.

— Évidemment, dis-je en voyant la réaction de ma tante. (Avec son couteau, je coupai un morceau d'une vingtaine de centimètres.) Chaque nœud a un nombre de boucles différent. Tu en utilises deux dans ton art : le nœud coulant et le double nœud coulant.

Cependant, je n'étais pas très sûre que de la ficelle de cuisine permette de montrer de quoi je parlais. Les nœuds faits avec mes cordelettes de tisseuse étaient en trois dimensions, mais étant donné que je n'avais que de la ficelle ordinaire, je décidai de travailler à plat. Une extrémité dans la main gauche, je fis une boucle sur la droite, passai la ficelle sous l'un des côtés de la boucle et par-dessus l'autre, puis je réunis les extrémités. Le résultat formait un nœud en forme de trèfle qui évoquait un triangle.

— Tu vois, trois boucles, dis-je. Essaie. (Quand je lâchai la ficelle, elle se raidit et forma une pyramide, les extrémités fusionnant pour former un nœud impossible à défaire. Sarah étouffa un cri.) Génial, dis-je. La ficelle ordinaire marche tout aussi bien.

— On croirait entendre ton père, dit Sarah en touchant le nœud du bout du doigt. Il y en a un comme ça caché dans chaque sortilège ?

— Au moins un. Les sortilèges vraiment compliqués peuvent contenir deux ou trois nœuds, chacun tenant les fils que tu as vus hier soir dans le petit salon, ceux qui enserrent le monde. (Je souris.) Je suppose que la grammaire est une sorte de sortilège de déguisement, un sortilège qui dissimule le fonctionnement interne de la magie.

— Et quand tu prononces les mots, cela le révèle, dit pensivement Sarah. Essayons avec le tien.

Avant que j'aie pu la mettre en garde, Sarah lut les paroles de mon sortilège à haute voix. Le papier s'enflamma brusquement entre ses doigts. Elle le laissa retomber sur la table, où je l'aspergeai en invoquant mon eau sorcière.

— Je croyais que c'était un sortilège pour allumer une bougie, pas pour mettre le feu à une maison ! s'exclama-t-elle en contemplant les débris calcinés et trempés.

— Désolée. Le sortilège est encore assez nouveau. Il finira par se stabiliser. Comme la grammaire ne peut pas maintenir éternellement un sortilège, sa magie s'affaiblit avec le temps. C'est pourquoi certains sorts cessent de fonctionner, expliquai-je.

— C'est vrai ? Alors cela devrait permettre de déterminer leur âge relatif, dit Sarah, les yeux brillants.

Elle avait une grande foi dans la tradition et plus un élément magique était ancien, plus elle l'appréciait.

— Peut-être, dis-je, dubitative. Mais les sortilèges échouent aussi pour d'autres raisons. Les tisseurs ont des capacités différentes, pour commencer. Et si des mots sont oubliés ou changés quand des sorciers recopient les sortilèges, cela compromet leur puissance magique.

Mais Sarah s'était déjà jetée sur son grimoire et le feuilletait.

— Tiens, regarde celui-là, dit-elle en me faisant signe de la rejoindre. J'ai toujours pensé que c'était le plus ancien du recueil.

— *Ce charme fort puissant pour appeler un air pur*, lus-je à haute voix, *nous fut légué par la vieille Maude Bishop et éprouvé par moi, Charity Bishop, en l'an mil sept cent cinq*. Dans la marge figuraient des notes d'autres sorcières, notamment ma grand-mère, qui avait maîtrisé le sortilège à son tour. Une annotation caustique de Sarah déclarait : *totalement inefficace*.

— Alors ? demanda-t-elle.

— Il est daté de 1705, lui fis-je remarquer.

— Oui, mais sa généalogie remonte bien plus loin. Em n'a jamais réussi à découvrir qui était Maude Bishop — une parente de Bridget en Angleterre, peut-être ?

Ces recherches généalogiques inachevées permirent à Sarah de prononcer le nom d'Emily sans éprouver de chagrin. Vivian avait vu juste. Sarah avait besoin de moi dans sa distillerie autant que j'avais besoin d'y être.

— Peut-être, répétai-je, essayant de ne pas susciter de vains espoirs.

— Fais comme avec les bocaux. Lis-le avec les doigts, dit Sarah en poussant le pupitre vers moi.

Je passai légèrement le bout des doigts sur les mots du sortilège. Un chatouillement m'indiqua que je reconnaissais les ingrédients qui y étaient tissés : l'air soufflant autour de mon annulaire, la sensation d'un liquide parcourant la chair sous l'ongle de mon majeur, et la débauche de senteurs qui s'attachait à mon petit doigt.

— Hysope, marjolaine et beaucoup de sel, dis-je pensivement. C'étaient des ingrédients courants que l'on trouvait dans toute maison de sorcière et son jardin.

— Alors pourquoi il ne marche pas ? demanda Sarah en fixant ma main droite levée comme s'il s'agissait d'un oracle.

— Je ne sais pas trop, avouai-je. Et tu sais que je pourrais le répéter mille fois qu'il ne marcherait jamais avec moi.

Sarah et ses amis du coven allaient devoir découvrir tout seuls ce qui n'allait pas dans le charme de Maude Bishop. Ou s'acheter une bombe de désodorisant.

— Peut-être que tu peux le raccommoder, ou bien y tisser une pièce, enfin, faire ce que font les sorcières comme toi.

Les sorcières comme toi. Ce n'était pas l'intention de Sarah, mais ses paroles me mettaient mal à l'aise et me donnèrent l'impression que j'étais à part. Les yeux fixés sur la page du grimoire, je me demandai si c'était parce qu'ils étaient incapables de faire de la magie sur commande que les tisseurs avaient été persécutés dans leurs communautés.

— Cela ne marche pas comme cela.

Je croisai les mains sur le dessus du livre ouvert et pinçai les lèvres, comme un bernard-l'ermite qui bat en retraite dans sa coquille.

— Tu disais que tisser commençait par une question. Demande au sortilège ce qui ne va pas, proposa Sarah.

Je regrettai d'avoir vu le sortilège de purification de Maude Bishop. Plus encore, je regrettai que Sarah soit jamais tombée dessus.

— Qu'est-ce que tu fais ? demanda Sarah, horrifiée, en désignant le grimoire des Bishop.

Sous mes mains, les pleins et les déliés de l'écriture s'étaient enroulés. Il n'apparaissait plus sur la plage que des taches d'encre. Et quelques instants plus tard, il ne resta plus une trace du sortilège de Maude Bishop en dehors d'un petit nœud jaune et bleu. Je le fixai, fascinée, et j'eus brusquement envie de…

— N'y touche pas ! me retint Sarah d'un cri qui tira Corra de sa torpeur.

Je reculai d'un bond et Sarah se jeta sur le grimoire avec un bocal retourné qui prit le nœud au piège.

Nous scrutâmes toutes les deux cet OMNI – objet magique non identifié.

— Et maintenant, qu'allons-nous faire ? demandai-je.

J'avais toujours considéré les sortilèges comme des créatures vivantes. Cela me faisait de la peine de le garder enfermé.

— Je ne crois pas qu'il y ait grand-chose que nous *puissions* faire, dit Sarah en prenant ma main gauche et en la retournant pour révéler mon pouce taché de noir.

— Je me suis mis de l'encre dessus, dis-je.

— Non, ce n'est pas de l'encre, dit Sarah. C'est la couleur de la mort. Tu as tué le sortilège.

— Comment ça, « tué » ? dis-je en retirant vivement ma main et en la cachant derrière moi comme une gamine prise la main dans le pot de confiture.

— Ne panique pas. Rebecca avait appris à le contrôler. Tu le peux aussi.

— Ma mère ? (Je songeai au long regard qu'avaient échangé la veille Vivian et Sarah.) Tu savais que quelque chose de ce genre pouvait arriver.

— Seulement après avoir vu ta main gauche. Elle porte toutes les couleurs de la haute magie, comme l'exorcisme et les augures, tout comme ta main droite porte celles de la magie ordinaire. (Elle marqua une pause.) Et celles de la magie noire, aussi.

— Heureusement que je suis droitière.

C'était une tentative d'humour, mais le tremblement de ma voix me trahit.

— Tu n'es pas droitière, tu es ambidextre. Tu ne privilégies ta main droite que parce que cette méchante institutrice disait que les gauchers étaient diaboliques.

Sarah avait veillé à ce que la femme soit fermement réprimandée. Et après avoir vécu son premier Halloween à Madison, Mrs Somerton avait donné sa démission.

Je voulais dire que la haute magie ne m'intéressait pas non plus, mais rien ne sortit.

— Tu ne peux pas mentir à une autre sorcière, Diana, me dit tristement Sarah. Surtout en disant une énormité pareille.

— Pas la magie noire.

Emily était morte en essayant d'invoquer et de s'attacher un esprit – probablement ma mère. Peter Knox s'intéressait aux aspects les plus sombres de l'art, lui aussi. Et la magie noire parcourait tout l'Ashmole 782, et la mort également.

— Noire ne veut pas nécessairement dire mauvaise, affirma Sarah. La nouvelle lune est-elle maléfique ?

— Non, dis-je. La lune noire est le moment des nouveaux commencements.

— Et les chouettes ? Les araignées ? Les chauves-souris ? Les dragons ? fit Sarah de son ton de maîtresse d'école.

— Non, concédai-je.

— Non, en effet. Les êtres humains ont échafaudé ces histoires sur la lune et les créatures nocturnes parce qu'elles représentent l'inconnu. Ce n'est pas une coïncidence qu'elles représentent aussi la sagesse. Il n'y a rien de plus puissant que la connaissance. C'est pour cela que nous prenons tant de précautions quand nous enseignons la magie noire à quelqu'un, dit-elle en prenant ma main. Le noir est la couleur de la déesse en vieille femme, la couleur de la dissimulation, des mauvais présages et de la mort.

— Et ceux-là ? demandai-je en agitant les trois autres doigts.

— Là, nous avons la couleur de la déesse comme vierge chasseresse, dit-elle en pliant mon majeur argenté. (À présent je comprenais pourquoi la déesse avait cette voix.) Et là, c'est la couleur du pouvoir terrestre. (Elle plia mon annulaire doré.) Quant à ton petit doigt, le blanc est la couleur de la divination et de la prophétie. Il sert aussi à briser les malédictions et à bannir les esprits indésirables.

— À part la mort, cela n'a pas l'air bien terrifiant.

— Comme je te le disais, ce qui est obscur n'est pas forcément maléfique, dit Sarah. Songe au pouvoir terrestre. Dans des mains bienveillantes, c'est une force du bien. Mais si quelqu'un en abuse pour son gain personnel ou pour faire du mal à autrui, il peut être terriblement destructeur. Le degré d'obscurité dépend du sorcier.

— Tu disais qu'Emily n'était pas très douée pour la haute magie. Et maman ?

— Rebecca était excellente. Elle est passée des comptines à l'invocation de la lune du jour au lendemain, dit Sarah avec nostalgie. (Certaines des choses que j'avais vu ma mère faire dans mon enfance devenaient compréhensibles, à présent, comme la nuit où elle avait fait surgir des esprits d'un bol rempli d'eau. Je comprenais également pourquoi Peter Knox se souciait autant d'elle.) Mais elle a semblé perdre tout intérêt pour la haute magie quand elle a rencontré ton père. Les seuls sujets qui l'ont intéressée ensuite ont été l'anthropologie et Stephen. Et toi, évidemment. Je ne crois pas qu'elle ait beaucoup fait de haute magie après ta naissance.

Sauf lorsque papa et moi étions les seuls à pouvoir la voir faire.

— Pourquoi tu ne m'as rien dit ? demandai-je.

— Tu ne voulais rien avoir à faire avec la magie, n'oublie pas, répondit Sarah. J'ai gardé quelques affaires de Rebecca, pour le cas où tu montrerais un jour des capacités. La maison a pris le reste.

Sarah murmura un sort – un sort d'ouverture, basé sur les fils qui illuminèrent soudain la pièce de nuances de rouge, de jaune et de vert. Un placard et des tiroirs apparurent à gauche de la vieille cheminée, encastrés dans l'ancienne maçonnerie. La pièce se remplit d'une odeur de muguet et d'autre chose d'entêtant et d'exotique qui éveilla une vive sensation d'inconfort en moi : vide et désir, familiarité et crainte. Sarah ouvrit un tiroir et en sortit un morceau de quelque chose de rouge et résineux.

— Du sang de dragon. Je ne peux pas le sentir sans penser à Rebecca, dit-elle en le flairant. Ce qu'on trouve de nos jours n'est pas aussi bon que celui-ci, et cela coûte une fortune. Je voulais le vendre et utiliser l'argent pour réparer le toit quand il s'est effondré pendant le blizzard de 93, mais Em ne m'a pas laissée faire.

— À quoi maman s'en servait-elle ? demandai-je, une boule dans la gorge.

— Elle en faisait de l'encre. Quand elle utilisait cette encre pour copier un charme, sa force pouvait aspirer toute l'énergie de la moitié de la ville. Il y a eu des tas de coupures de courant à Madison durant l'adolescence de ta mère, gloussa Sarah. Son livre de sortilèges devrait être quelque part par ici, sauf si la maison l'a englouti pendant que j'étais partie. Tu y apprendras davantage.

— Son livre de sortilèges ? demandai-je, intriguée. Qu'est-ce qu'elle reprochait au grimoire des Bishop ?

— La plupart des sorcières qui pratiquent la haute magie noire ont leur propre grimoire. C'est la tradition, dit Sarah en fouinant dans le placard. Non. Il n'a pas l'air d'être là.

Malgré la déception qui accompagna la déclaration de Sarah, je fus soulagée. J'avais déjà un livre mystérieux dans ma vie. Je n'étais pas sûre d'en vouloir un autre – même s'il pouvait expliquer pourquoi

Emily avait essayé d'invoquer l'esprit de ma mère à Sept-Tours.

— Oh, non ! s'exclama Sarah en reculant du placard avec un air horrifié.

— Il y a un rat ?

Mes expériences londoniennes m'avaient conditionnée à croire qu'ils étaient tapis dans le moindre recoin. Je scrutai les tréfonds du placard, mais je ne vis qu'un ensemble de bocaux poussiéreux contenant des herbes et des racines et un vieux radioréveil. Son cordon d'alimentation marron pendait de l'étagère comme la queue de Corra et oscillait dans la brise. J'éternuai.

Comme s'il s'était agi d'un signal, un étrange cliquetis métallique se fit entendre dans les murs, comme des pièces qui roulent dans la fente d'un juke-box. Le grésillement qui suivit, rappelant un vieux tourne-disque sur trente-trois tours au lieu de quarante-cinq, laissa rapidement la place à une chanson reconnaissable. J'inclinai la tête sur le côté.

— Est-ce que c'est… Fleetwood Mac ?

— Non, ça ne va pas recommencer ! (Sarah avait l'air d'avoir vu un fantôme. Je regardai autour de moi, mais la seule présence invisible dans la pièce était Stevie Nicks et une sorcière galloise du nom de Rhiannon. Dans les années soixante-dix, la chanson avait été l'hymne du coming out de dizaines de sorciers et sorcières.) Je crois que la maison se réveille.

Peut-être était-ce ce qui bouleversait Sarah. Elle fonça à la porte et souleva le loquet, mais il resta bloqué. Elle tambourina sur le chambranle. La musique enfla.

— Ce n'est pas ma chanson préférée de Stevie Nicks non plus, dis-je, essayant de la calmer. Mais elle ne va pas durer éternellement. Peut-être que tu préféreras la suivante.

— La suivante, c'est *Over My Head*. Je connais tout ce satané album par cœur. Ta mère l'a écouté durant toute sa grossesse. Ça a duré des mois. Et au moment où elle a eu l'air de se remettre de son obsession, Fleetwood Mac a sorti son album suivant. C'était l'enfer, dit Sarah en s'arrachant les cheveux.

— C'est vrai ? demandai-je, toujours avide de détails sur mes parents. Fleetwood Mac a plutôt l'air d'être le genre de papa.

— Il faut qu'on arrête cette musique, dit Sarah en allant à la fenêtre, qui refusa de s'ouvrir.

Elle cogna sur l'embrasure de dépit.

— Laisse-moi essayer.

Plus je poussai, plus la musique enfla. Il y eut une brève pause quand Stevie Nicks cessa de gazouiller à propos de Rhiannon. Quelques secondes plus tard, Christine McVie nous expliqua combien c'était agréable d'être dépassé. La fenêtre resta close.

— C'est un cauchemar ! explosa Sarah. (Elle se boucha les oreilles, puis elle fonça sur le grimoire et le feuilleta.) Remède contre les morsures de chien de Prudence Willard. Méthode de Patience Severance pour rattraper le lait tourné. Sortilège de Clara Bishop pour déboucher une cheminée qui tire mal ! Ça pourrait marcher.

— Mais c'est de la musique, pas de la fumée, dis-je en regardant le texte par-dessus son épaule.

— Les deux sont portées par l'air, dit-elle en remontant ses manches. Si ça ne fait pas l'affaire, nous essaierons autre chose. Peut-être le tonnerre. Je me débrouille bien avec le tonnerre. Cela pourrait couper l'énergie et éloigner le son.

Je commençai à fredonner la chanson. Elle était prenante, dans le genre années soixante-dix.

— Ne t'y mets pas ! s'indigna Sarah. Va me chercher un peu d'euphraise. Et branche la machine à café.

J'obéis docilement et branchai l'appareil. De l'électricité jaillit de la prise en décrivant un arc bleu et orange. Je reculai d'un bond.

— Il te faudrait une prise protégée contre les surtensions, et si possible fabriquée depuis moins de dix ans, sinon tu vas mettre le feu à la maison, dis-je à Sarah.

Elle continua de marmonner tout en glissant un filtre dans la machine et en le remplissant de tout un choix d'herbes.

Comme nous étions prisonnières de la distillerie et que Sarah n'avait pas l'air de vouloir de mon aide, autant travailler sur les paroles qui devaient accompagner mon charme contre les cauchemars pour les enfants. J'allai au placard de ma mère, trouvai un peu d'encre noire, une plume et du papier.

Matthew frappa à la vitre.

— Tout va bien, vous deux ? J'ai senti quelque chose qui brûlait.

— Un petit problème électrique, répondis-je en agitant ma plume en l'air. (Je me rappelai que Matthew, étant un vampire, pouvait parfaitement m'entendre à travers les pierres, les briques, le bois et, oui, une simple vitre. Je baissai la voix.) Aucune raison de t'inquiéter.

Over My Head se tut et *You Make Loving Fun* commença. *Bien trouvé*, songeai-je en souriant à Matthew. Pourquoi s'encombrer d'un DJ quand on avait une radio magique ?

— Oh, mon Dieu. La maison est passée à l'album suivant, dit Sarah. Je déteste *Rumours*.

— D'où vient cette musique ? demanda Matthew en fronçant les sourcils.

— C'est l'ancien radioréveil de ma mère, dis-je en le désignant du bout de ma plume. Elle aimait bien Fleetwood Mac. (Je jetai un coup d'œil à ma tante, qui récitait le texte du sortilège de Clara Bishop en se bouchant les oreilles.) Sarah, non.

— Ah, se radoucit Matthew. Je vais vous laisser, alors, dit-il en posant la main sur la vitre pour me dire silencieusement au revoir.

Mon cœur gonfla. Aimer Matthew n'était pas *tout* ce que je voulais faire, mais c'était clairement le seul être pour moi. Je regrettai qu'il y ait une vitre entre nous et de ne pas pouvoir lui dire.

Le verre n'est fait que de sable et de feu. Il y eut un bref nuage de fumée et il ne resta plus qu'un petit tas de sable sur le rebord de la fenêtre. Je passai le bras par l'embrasure vide et lui pris la main.

— Merci de venir voir où nous en sommes. L'après-midi a été intéressante. J'ai beaucoup de choses à te raconter. (Matthew regarda nos deux mains sans comprendre.)

— Tu me rends très heureux aussi, tu sais.

— J'essaie, répondis-je avec un timide sourire.

— Tu y réussis. Tu crois que Fernando pourrait sauver Sarah ? (Je baissai la voix.) La maison a bloqué les portes et les fenêtres de la distillerie et Sarah est au bord de la crise de nerfs. Il va lui falloir une cigarette quand elle sortira, et un verre de quelque chose de costaud.

— Cela fait un moment que Fernando n'a pas sauvé une dame en détresse, mais je suis sûr qu'il se rappelle comment faire, m'assura Matthew. La maison va le laisser entrer ?

— Patiente cinq minutes ou jusqu'à la fin de la musique si elle s'arrête avant.

Je me dégageai et lui soufflai un baiser. Il contenait plus de feu et d'eau que d'habitude, et assez d'air le poussait pour qu'il atterrisse avec un petit claquement net sur sa joue.

Je retournai à la table et plongeai la plume de ma mère dans l'encre. Elle sentait la mûre et les noix. Grâce à mon expérience du matériel d'écriture élisabéthain, je pus rédiger le charme destiné aux oreillers de rêve de Sarah sans faire une seule tache.

Miroir

Scintille

Monstres tremblez

Reculez Cauchemars

Jusqu'au

Réveil

Je soufflai délicatement pour faire sécher l'encre. Très respectable, décidai-je. C'était beaucoup mieux que mon sort pour faire apparaître le feu, et assez facile à mémoriser pour des enfants. Quand les gousses seraient sèches et auraient perdu leur enveloppe parcheminée, j'écrirais le charme en toutes petites lettres sur leur surface argentée.

Pressée de montrer mon œuvre à Sarah, je me laissai glisser du tabouret. Un regard sur son visage me convainquit d'attendre qu'elle ait eu sa cigarette et son whiskey. Elle espérait depuis des dizaines d'années que je ferais montre d'intérêt pour la magie. Je pouvais attendre vingt minutes de plus pour qu'elle note mes premiers travaux pratiques.

Un petit chatouillis dans mon dos m'avertit d'une présence spectrale juste avant qu'une étreinte légère comme du duvet m'enserre les épaules.

Joli travail, ma puce, chuchota une voix familière. *Excellent goût en matière de musique, aussi.*

Je tournai la tête et je ne vis rien d'autre qu'un vague brouillard vert, mais je n'avais pas besoin de le voir pour savoir que mon père était là.

— Merci, papa, dis-je à mi-voix.

11

Matthew réagit mieux que je n'aurais pensé en apprenant le talent de ma mère en matière de haute magie. Cela faisait longtemps qu'il soupçonnait l'existence de quelque chose entre le modeste art quotidien et les éclatantes manifestations de la magie élémentaire. Il n'était pas du tout surpris que moi-même, autre marque de cet entre-deux, je sois en mesure de pratiquer une telle magie. Ce qui le surprit fut que ce talent me vienne du sang de ma mère.

— Je vais examiner d'un peu plus près les analyses de ton ADN mitochondrial, finalement, dit-il en flairant brièvement l'encre de ma mère.

— Bonne idée.

C'était la première fois que Matthew montrait le désir de revenir à ses recherches génétiques. Des jours avaient passé sans qu'il soit question d'Oxford, de Baldwin, du Livre de la Vie, ou de la fureur sanguinaire. Et s'il avait oublié que des informations génétiques étaient enfermées dans l'Ashmole 782, moi pas. Une fois que nous aurions remis la main sur ce manuscrit, nous allions avoir besoin de ses compétences scientifiques pour le déchiffrer.

— Tu as raison. Il y a incontestablement du sang dedans, ainsi que de la résine d'acacia, dit Matthew en remuant l'encre.

L'acacia, je l'avais appris le matin même, était une source de gomme arabique, qui rendait l'encre plus visqueuse.

— Je m'en doutais. Les encres utilisées dans l'Ashmole 782 contenaient aussi du sang. Ce devait être une pratique plus courante que je ne pensais, dis-je.

— Il y a aussi un peu d'oliban dedans, continua Matthew, ignorant mon allusion au Livre de la Vie.

— Ah. C'est ce qui apporte ce parfum exotique.

Je fouinai parmi les autres flacons, espérant trouver autre chose qui éveille sa curiosité de biochimiste.

— Oui, cela et le sang, ironisa Matthew.

— Si c'est celui de ma mère, cela pourrait éclairer encore plus mon ADN, fis-je remarquer. Et mon talent pour la haute magie, aussi.

— Mmm, fit-il sans s'engager.

— Que dis-tu de celle-là ? demandai-je en dévissant le bouchon d'un flacon de liquide bleu-vert qui répandit une odeur de jardin estival dans l'air.

— C'est à base d'iris, dit Matthew. Tu te rappelles quand tu as cherché de l'encre verte à Londres ?

— Alors c'est à cela que ressemblait l'encre fabuleusement hors de prix de Maître Platt ! dis-je en riant.

— Fabriquée à partir de racines importées de Florence. C'est ce qu'il prétendait, du moins. (Matthew contempla la table et ses flacons d'encre bleue, rouge, noire, verte, violette et magenta.) On dirait que tu as assez d'encre pour tenir un bon moment.

Il avait raison : j'en avais assez pour les prochaines semaines. Et je ne voulais pas me projeter plus loin, même si mon auriculaire gauche, *lui*, palpitait d'impatience.

— Ce devrait être amplement suffisant, même avec tout le travail que me réserve Sarah, opinai-je. (Chacun des bocaux ouverts sur la table était posé sur un petit morceau de papier où elle avait griffonné de son ample écriture. *Piqûres de moustiques*, disait l'un. *Amélioration de la réception des mobiles*, indiquait une autre. Ses demandes me donnaient l'impression d'être une employée de fast-food.) Merci de ton aide.

— Quand tu veux, dit-il en m'embrassant.

Au cours des jours suivants, les petites habitudes du quotidien commencèrent à nous attacher à la maison Bishop et les uns aux autres, même sans la présence stabilisatrice d'Em, qui avait toujours été le centre de gravité de la maison.

Fernando était un tyran domestique – bien pire que l'avait jamais été Em – et les changements qu'il apporta au régime et aux pratiques sportives de Sarah furent aussi radicaux qu'inflexibles. Il inscrivit ma tante à une association de développement de l'agriculture de proximité qui livrait chaque semaine des cageots de légumes exotiques comme du chou kalé ou des blettes, et il l'accompagnait dans ses promenades le long du jardin chaque fois qu'elle essayait de fumer une cigarette en douce. Fernando cuisinait, faisait le ménage et allait jusqu'à retaper les coussins – et du coup, je m'interrogeai sur la vie qu'il avait menée avec Hugh.

— Quand nous n'avions pas de serviteurs, et c'était souvent le cas, je tenais la maison, expliqua-t-il tout en étendant le linge. S'il avait fallu que j'attende que Hugh le fasse, nous aurions vécu dans la crasse. Il ne prêtait aucune attention à des questions aussi peu importantes que des draps propres ou l'approvisionnement en vin. Hugh écrivait des vers ou préparait un siège de trois mois. Il n'avait pas de temps à consacrer à des questions domestiques.

— Et Gallowglass ? demandai-je en lui tendant une pince à linge.

— Il était pire. Il se fiche même du mobilier, ou de son absence. En rentrant une nuit, nous avons trouvé la maison dévalisée et lui endormi sur la table comme un viking prêt à être envoyé en mer. (Il secoua la tête.) De toute façon, j'aime bien faire cela. Entretenir une maison, c'est comme préparer les armes pour la bataille.

Après avoir entendu cet aveu, je me sentis moins coupable de le laisser faire la cuisine.

En dehors de la cuisine, l'autre domaine de Fernando était la cabane à outils. Il l'avait débarrassée de tout ce qui était cassé, avait nettoyé et affûté tout le reste et acheté les outils qui manquaient, comme une faux. Les lames des sécateurs étaient à présent tellement tranchantes qu'on aurait pu débiter une tomate avec. Cela me rappela toutes les guerres qui avaient été menées avec des outils courants et je me demandai si Fernando n'était pas en train de nous armer discrètement en vue d'un combat.

Sarah, de son côté, grommelait devant ce nouveau mode de vie, mais elle suivait. Quand elle était de mauvaise humeur – c'est-à-dire souvent –, elle s'en prenait à la maison. Celle-ci n'était pas encore totalement réveillée, mais des grondements réguliers d'activité nous rappelaient que l'hibernation qu'elle s'était elle-même imposée touchait à sa fin. La majeure partie de son énergie était dirigée sur Sarah. Un matin, en nous réveillant, nous nous aperçûmes que tous les alcools de la maison avaient été vidés dans l'évier et qu'un mobile improvisé fabriqué avec les bouteilles vides et les couverts était accroché au lustre de la cuisine. Matthew et moi éclatâmes de rire, mais pour Sarah, ce fut une déclaration de guerre. Dès ce moment, ma tante et la maison furent à couteaux tirés pour avoir le pouvoir.

La maison gagnait, étant donné son arme maîtresse : Fleetwood Mac. Sarah avait fracassé le vieux radioréveil de ma mère deux jours après que nous l'avions découvert et que nous avions eu droit à un interminable récital. La maison avait riposté en enlevant tous les rouleaux de papier des toilettes et en les remplaçant par tout un assortiment de gadgets électroniques pouvant jouer de la musique. Nous avions droit à des réveils en fanfare.

Sarah eut beau défenestrer trois platines, un magnétophone à cartouches huit-pistes et un antique dictaphone, rien ne retint la maison de jouer des extraits des deux premiers albums du groupe. La maison fit simplement passer la musique par la chaudière, les basses résonnant dans la tuyauterie pendant que les aigus filtraient par les grilles de chauffage.

Avec tout son courroux dirigé sur la maison, Sarah se montra étonnamment patiente et douce avec moi. Nous avions fouillé la pièce de fond en comble pour trouver le livre de sorts de ma mère, allant jusqu'à enlever tous les tiroirs et étagères du placard. Nous avions trouvé d'étonnantes lettres d'amour obscènes datant des années 1820 cachées dans le double-fond d'un tiroir et une macabre collection de crânes de rongeurs bien rangés à l'abri d'un panneau coulissant derrière les étagères, mais pas de grimoire. La maison le ferait surgir quand elle y serait disposée.

Quand la musique et les souvenirs d'Emily et de mes parents devenaient trop envahissants, Sarah et moi nous évadions dans le jardin ou les bois. Aujourd'hui, ma tante m'avait proposé de me montrer où l'on pouvait trouver des plantes vénéneuses. La lune allait être noire cette nuit, marquant le début d'un nouveau cycle de croissance. Ce serait un moment propice pour recueillir le nécessaire pour la haute magie. Matthew nous suivait comme une ombre alors que nous serpentions entre le potager et le jardin éducatif. Une fois que nous fûmes arrivées à son jardin de sorcière, Sarah continua son chemin. Une gigantesque ipomée envahissant la clôture et la grille marquait la limite entre le jardin et la forêt.

— Permettez-moi, Sarah, dit Matthew en passant devant et en soulevant le loquet.

Jusque-là, il était resté derrière nous en faisant semblant de s'intéresser aux fleurs. Mais je savais que sa place à l'arrière-garde lui donnait une position défensive idéale. Il passa le portail, vérifia que rien de dangereux ne nous guettait de l'autre côté, et écarta la plante grimpante pour que Sarah et moi puissions pénétrer dans un autre monde.

Il y avait de nombreux endroits magiques sur les terres des Bishop — des bosquets de chênes consacrés à la déesse, de longues avenues bordées d'ifs qui étaient autrefois des routes et où l'on voyait encore les profondes ornières creusées par les chariots chargés de bois et de produits à destination des marchés, et même l'ancien cimetière des Bishop. Mais ce petit bosquet entre le jardin et la forêt était mon préféré.

Le soleil passait entre les branches des cyprès qui l'entouraient. Autrefois, on l'aurait qualifié de cercle de fées car le sol était couvert de champignons. Quand j'étais enfant, il m'était interdit d'y cueillir quoi que ce fût. À présent, je comprenais pourquoi : toutes les plantes qui poussaient là étaient soit vénéneuses soit associées aux aspects les plus sombres de la sorcellerie. Deux sentiers se croisaient au centre.

— Un carrefour, dis-je, me figeant.

— Les carrefours sont là depuis bien avant la maison. Certains disent qu'ils ont été tracés par les Oneida avant l'arrivée des Anglais, dit Sarah en me faisant signe de la suivre. Viens voir cette plante. C'est de la belladone ou de la morelle noire ?

Au lieu de l'écouter, je fixais, hypnotisée, la croix au milieu du bosquet.

Il y avait de l'énergie, ici. De la connaissance, aussi. Je sentis la poussée et l'attraction familières du désir et de la peur alors que je voyais la clairière par les yeux de ceux qui étaient passés avant nous sur ces chemins.

— Qu'est-ce qu'il y a ? demanda Matthew, sentant instinctivement que quelque chose clochait.

Mais d'autres voix, bien que faibles, avaient attiré mon attention : ma mère et Emily, mon père et ma grand-mère, et d'autres qui m'étaient inconnues. *Aconit*, chuchotaient-elles. *Scutellaire. Mors du diable. Ophioglosse. Balai de sorcière.* Leur psalmodie était ponctuée de mises en garde et de suggestions, et leur litanie de charmes comprenait des plantes qui peuplaient les contes de fées.

Cueille la potentille quand la lune est pleine pour atteindre la plénitude de ton pouvoir.
L'hellébore rend plus efficace n'importe quel sortilège de déguisement.
Le gui t'apportera l'amour et de nombreux enfants.
Pour voir l'avenir plus clairement, emploie de la jusquiame noire.

— Diana ? demanda Sarah en se redressant les mains sur les hanches.

— J'arrive, murmurai-je en m'arrachant aux voix pour rejoindre docilement ma tante.

Sarah me donna toutes sortes d'instructions sur les plantes qui poussaient dans le bosquet. Ses paroles entraient par une oreille et ressortaient par l'autre d'une manière dont mon père aurait été très fier. Ma tante pouvait réciter les noms vulgaires et savants de toutes les plantes sauvages, qu'il s'agisse de fleurs, de racines ou d'herbes, ainsi que leurs usages, bénéfiques comme toxiques. Mais sa maîtrise était due à l'étude et à la lecture. J'avais appris les limites du savoir livresque dans le laboratoire alchimique de Mary Sidney, quand j'avais été confrontée pour la première fois à ce défi : accomplir moi-même ce que j'avais passé des années à lire et à étudier en tant qu'universitaire. Là-bas, j'avais découvert qu'être en mesure de citer les textes alchimiques n'était rien à côté de l'expérience. Mais ma mère et Emily n'étaient plus là pour m'aider. Si je devais prendre les sentiers obscurs de la haute magie, j'allais devoir le faire seule.

Et cette perspective me terrifiait.

Juste avant le lever de la lune, Sarah m'invita à retourner avec elle cueillir les plantes dont elle aurait besoin pour son mois de travail.

Je me défilai, prétendant que j'étais trop fatiguée pour l'accompagner. Mais c'était l'insistant appel des voix au carrefour qui me faisait refuser.

— Ta réticence à venir dans les bois ce soir a-t-elle un rapport avec notre promenade là-bas dans l'après-midi ? demanda Matthew.

— Peut-être, dis-je en regardant par la fenêtre. Sarah et Fernando sont de retour.

Ma tante portait un panier rempli de verdure. La moustiquaire de la cuisine claqua derrière elle, puis la porte de la distillerie s'ouvrit en grinçant. Quelques minutes plus tard, Fernando et elle montaient l'escalier. Sarah avait la respiration moins sifflante que la semaine précédente. Le régime de Fernando marchait.

— Viens te coucher, dit Matthew en écartant les couvertures.

La nuit était sombre, seulement éclairée par les étoiles. Bientôt arriverait minuit, ce moment entre la nuit et le jour. Les voix du carrefour enflèrent.

— Il faut que je sorte, dis-je en le plantant là pour filer dans l'escalier.

— Il faut que *nous* sortions, dit-il en me suivant. Je ne t'empêcherai pas d'y aller et je ne te dérangerai pas. Mais pas question que tu ailles dans les bois toute seule.

— Il y a de l'énergie, là-bas, Matthew. Une énergie obscure. Et elle m'appelle depuis le coucher du soleil !

Il me prit par le bras et m'entraîna dehors afin que personne ne puisse entendre la suite de notre conversation.

— Alors réponds à cet appel, dit-il sèchement. Dis oui ou non, mais je refuse de rester assis ici sans rien faire en attendant que tu rentres.

— Et si je dis oui ? demandai-je.

— Nous y ferons face. Ensemble.

— Je ne te crois pas. Tu m'as déjà dit que tu ne voulais pas que je joue avec la vie et la mort. C'est le genre de pouvoir qui m'attend à la croisée des chemins dans le bois. Et j'en ai envie ! (Je dégageai mon bras et lui martelai la poitrine de l'index.) Je m'en veux d'avoir envie de cela, mais je n'y peux rien !

Je me détournai pour ne pas voir la répugnance qui allait paraître dans son regard. Il me força à le regarder en face.

— Je sais que l'obscurité est en toi depuis que je t'ai rencontrée à la Bodléienne quand tu te cachais des autres sorcières le jour de Mabon. J'ai senti sa force d'attraction et l'obscurité qui est en moi y a réagi. Devrais-je m'en vouloir, alors ? Le devrais-tu ? ajouta-t-il en baissant la voix.

— Mais tu as dit...

— J'ai dit que je ne voulais pas que tu joues avec la vie et la mort, pas que tu ne pouvais pas, dit-il en me prenant les mains. J'ai été couvert de sang, j'ai tenu l'avenir d'un homme entre mes mains, décidé si le cœur d'une femme pouvait battre à nouveau. Quelque chose dans ton âme meurt chaque fois que tu fais ce choix pour un autre. J'ai vu ce que la mort de Juliette t'a fait, et aussi celle de Champier.

— Je n'ai pas eu le choix dans les deux cas. Pas vraiment.

Champier m'aurait volé tous mes souvenirs et fait du mal à ceux qui voulaient m'aider. Juliette avait essayé de tuer Matthew — et elle aurait réussi si je n'avais pas invoqué la déesse.

— Mais si, dit Matthew en me baisant les doigts. Tu as choisi la mort pour eux, tout comme tu as choisi la vie pour moi, la vie pour Louisa et Kit alors même qu'ils avaient essayé de te faire du mal, la vie pour Jack quand tu l'as ramené à la maison de Blackfriars au lieu de le laisser mourir de faim dans la rue, la vie pour la petite Grace quand tu l'as sauvée des flammes. Que tu t'en rendes compte ou non, tu as payé le prix à chaque fois.

Je savais quel prix j'avais payé pour la vie de Matthew, même s'il l'ignorait : ma vie appartenait à la déesse aussi longtemps qu'il lui plairait.

— Philippe était la seule autre créature que j'aie connue qui décide entre la vie et la mort aussi rapidement et instinctivement que toi. Le prix que Philippe a payé a été une terrible solitude qui croissait avec le temps. Même Ysabeau n'a pas pu la dissiper, dit Matthew en posant son front sur le mien. Je ne veux pas que ce soit ton destin.

Mais mon destin ne m'appartenait pas. Le moment était venu de le dire à Matthew.

— La nuit où je t'ai sauvé, t'en souviens-tu ? demandai-je.

Il hocha la tête. Il n'aimait pas parler de cette nuit où nous avions failli mourir l'un et l'autre.

— La jeune vierge et la vieille femme étaient là, les deux aspects de la déesse, dis-je, le cœur battant la chamade. Nous avons appelé Ysabeau après que tu m'as soignée et je lui ai dit que je les avais vues. (Je le scrutai pour voir s'il comprenait, mais il avait l'air toujours aussi décontenancé.) Je ne t'ai pas sauvé, Matthew. C'est la déesse qui l'a fait. Je le lui ai demandé.

Ses doigts s'enfoncèrent dans mon bras.

— Dis-moi que tu n'as pas conclu un marché avec elle en échange.

— Tu étais mourant et je n'avais pas assez d'énergie pour te soigner. (Je me cramponnai à sa chemise.) Mon sang n'aurait pas suffi. Mais la déesse a tiré la vie du vieux chêne afin que je puisse te la transmettre par mes veines.

— Et en échange ? (Les mains de Matthew m'agrippèrent et me soulevèrent presque du sol.) Vos dieux et déesses n'accordent pas des faveurs sans demander quelque chose en retour. Philippe me l'a enseigné.

— Je lui ai dit de prendre ce qu'elle voulait, qui elle voulait, du moment qu'elle te sauvait.

Matthew me lâcha brusquement.

— Emily ?

— Non. La déesse voulait une vie pour une vie, pas une mort en échange d'une vie. Elle a choisi la mienne. (Mes yeux se remplirent de larmes quand je vis sur son visage qu'il se sentait trahi.) Je n'ai su sa décision qu'une fois que j'ai tissé mon premier sortilège. Je l'ai vue à ce moment-là. Elle m'a dit qu'elle avait encore du travail à me demander.

— Nous allons remédier à cela, dit Matthew en me traînant pratiquement jusqu'à la grille du jardin.

Sous le ciel noir, les ipomées qui la couvraient étaient la seule lueur qui nous guidait. Nous parvînmes rapidement au carrefour. Matthew me poussa au milieu.

— Ce n'est pas possible, protestai-je.

— Si tu peux tisser le dixième nœud, tu peux dissoudre toutes les promesses que tu as faites à la déesse, dit-il d'un ton brusque.

— Non, dis-je le ventre serré et la poitrine brûlante. Je ne peux pas balayer notre accord d'un simple geste de la main.

Les branches mortes d'un vieux chêne, celui que la déesse avait sacrifié afin que Matthew puisse vivre, étaient à peine visibles. Sous mes pieds, la terre sembla bouger. Je baissai les yeux et je vis que j'enjambais le centre du carrefour. La sensation brûlante dans mon cœur descendit dans mes bras jusqu'à mes doigts.

— Tu ne vas pas lier notre avenir à une divinité capricieuse. Pas question, s'emporta Matthew.

— Ne dis pas de mal de la déesse ici, l'avertis-je. Je ne suis pas allée dans ton église me moquer de ton dieu.

— Si tu ne romps pas ta promesse à la déesse, alors utilise ton pouvoir pour l'invoquer, dit Matthew en me rejoignant à l'intersection des deux sentiers.

— Sors du carrefour, Matthew.

Le vent tourbillonnait autour de mes pieds dans un orage magique. Corra piailla dans le ciel nocturne en laissant derrière elle une traînée de feu comme une comète. Elle décrivit un cercle au-dessus de nous en poussant un cri perçant pour nous mettre en garde.

— Pas avant que tu l'aies appelée, dit Matthew sans bouger de sa place. Tu ne vas pas payer ma vie avec la tienne.

— C'était mon choix. (Mes cheveux crépitaient autour de mon visage et des mèches s'enroulaient autour de mon cou.) Je t'ai choisi.

— Je ne te laisserai pas faire.

— C'est déjà fait. (Mon cœur battait à se rompre et le sien résonnait en écho.) Si la déesse veut que je fasse quelque chose pour elle, j'obéirai de bonne grâce. Et parce que tu es à moi, je n'en ai pas fini avec toi.

Mes dernières paroles étaient presque identiques à celles que m'avait dites la déesse. Vibrantes d'énergie, elles apaisèrent le vent et les cris de Corra. Le feu dans mes veines décrut, puis la sensation de brûlure devint comme une braise rougeoyante alors que le lien entre Matthew et moi se resserrait, se renforçait et resplendissait.

— Tu ne peux pas me faire regretter ce que j'ai demandé à la déesse, ou le prix que j'ai payé pour cela, dis-je. Et je ne briserai pas la promesse que je lui ai faite. As-tu réfléchi à ce qui se passerait si je le faisais ? (Il ne répondit pas.) Sans toi, je n'aurais jamais connu Philippe ni reçu son serment de sang. Je ne porterais pas tes enfants. Je n'aurais pas vu mon père ni su que j'étais une tisseuse. Tu ne comprends pas ? demandai-je en prenant son visage entre mes mains. En sauvant ta vie, j'ai sauvé la mienne.

— Qu'est-ce qu'elle veut que tu fasses ? demanda Matthew d'une voix étranglée par l'émotion.

— Je ne sais pas. Mais il y a une chose dont je suis sûre : elle a besoin que je reste en vie pour le faire.

La main de Matthew se posa sur mon ventre où dormaient nos enfants. Je sentis une légère palpitation. Puis une autre. Je le regardai avec inquiétude. Sa main appuya légèrement sur ma peau et je sentis un autre mouvement dans mon ventre.

— Quelque chose ne va pas ? demandai-je.

— Pas du tout. Les bébés. Ils ont bougé, dit-il avec surprise et soulagement.

Nous attendîmes ensemble la manifestation d'activité suivante. Quand ils bougèrent à nouveau, Matthew et moi éclatâmes de rire, pris d'une joie inattendue. Je renversai la tête en arrière. Les étoiles me semblaient plus brillantes, comme si elles compensaient l'obscurité de la nouvelle lune.

Le carrefour était silencieux et le vif besoin que j'avais éprouvé de sortir sous la lune noire avait passé. Ce n'était pas la mort qui m'avait amenée ici, mais la vie. Main dans la main, Matthew et moi retournâmes à la maison. Quand j'allumai la lumière, je trouvai quelque chose d'inattendu.

— Il est un peu tôt pour qu'on me laisse un cadeau d'anniversaire, dis-je en lorgnant le paquet étrangement emballé. (Matthew s'avança et je retins sa main tendue.) N'y touche pas.

Il me regarda, désarçonné.

— Il y a assez de protections magiques dessus pour repousser une armée, expliquai-je.

Le paquet, rectangulaire et peu épais, était emballé dans un étrange assortiment : du papier rose à motif de cigognes, un autre couvert d'asticots de couleurs primaires formant un chiffre 4, du papier cadeau de Noël criard et du papier d'argent frappé d'un motif de cloches nuptiales. Un bouquet de rubans le couronnait.

— D'où vient-il ? demanda Matthew.

— De la maison, je pense, dis-je en le touchant du bout du doigt. Je reconnais certains papiers qui datent de mes anciens anniversaires.

— Tu es sûre que c'est pour toi ? demanda-t-il, dubitatif.

Je hochai la tête. Le paquet était incontestablement pour moi. Je m'en emparai timidement. Les nœuds de rubans, qui avaient déjà servi et avaient perdu leur adhésif, tombèrent sur le sol.

— Dois-je appeler Sarah ? demanda Matthew.

— Non, je me débrouille.

Un fourmillement parcourut mes mains et chaque ligne de couleur se mit à briller sur mes doigts alors que j'enlevais l'emballage.

À l'intérieur, je trouvai un cahier de composition – le modèle à couverture noire et blanche avec les pages cousues ensemble avec de la ficelle cirée. Quelqu'un avait collé une marguerite magenta sur le cadre blanc prévu pour inscrire le nom, et PAPIER RÉGLÉ avait été rayé pour devenir RÈGLES DES SORCIÈRES.

— *Livre des Ombres de Rebecca Bishop*, dis-je en lisant à voix haute le titre écrit à l'encre noire dans la marguerite. C'est le cahier de sortilèges disparu de ma mère, celui qu'elle utilisait pour la haute magie.

Je soulevai la couverture. Après tous nos problèmes avec l'Ashmole 782, je m'attendais à tout, depuis des illustrations mystérieuses jusqu'à un texte codé. Je trouvai simplement l'écriture ronde et enfantine de ma mère.

Pour invoquer un esprit mort récemment et l'interroger était le premier sortilège du cahier.

— Maman estimait sûrement qu'il fallait commencer en fanfare, dis-je en montrant le texte à Matthew.

Les notes sous le sortilège indiquaient les dates auxquelles Emily et elle avaient essayé de faire de la magie, ainsi que les résultats. Leurs trois premières tentatives avaient échoué. Elles avaient réussi à la quatrième.

Toutes les deux avaient treize ans à l'époque.

— Mon Dieu, dit Matthew. C'étaient des gamines. Qu'est-ce qu'elles cherchaient à faire avec des morts ?

— Apparemment, elles voulaient savoir si Bobby Woodruff aimait bien Mary Bassett, dis-je en déchiffrant l'écriture maladroite.

— Pourquoi ne pas demander directement à Bobby Woodruff ? s'étonna Matthew.

Je feuilletai les pages. Sortilèges de ligature, d'éloignement, de protection, charmes pour invoquer les puissances élémentaires, tout était là, avec les philtres d'amour et autres enchantements contraignants. Mes doigts s'immobilisèrent. Matthew renifla.

Quelque chose de mince et de transparent était coincé entre deux pages à la fin du cahier. Au-dessus étaient griffonnés ces mots dans une version plus mature de la même écriture ronde :

Diana,
Joyeux anniversaire !
J'ai mis ceci de côté pour toi. C'est à ce premier signe que nous avons su que tu serais une grande sorcière.
Peut-être que tu en auras besoin un jour.
Tous mes baisers,

Maman.

— Je suis née coiffée, dis-je en levant les yeux vers Matthew. C'est la membrane céphalique que j'avais sur la tête. Tu crois que c'est significatif que je la reçoive le jour même où les bébés ont bougé ?

— Non, dit Matthew. Il est bien plus probable que la maison te l'a rendue ce soir parce que tu as finalement cessé de fuir ce que ton père et ta mère savaient depuis le tout début.

— Quoi donc ?
— Que tu allais posséder une extraordinaire combinaison des très différentes capacités magiques de tes parents, répondit-il.

Le dixième nœud brûlait sur mon poignet. Je tournai la main pour regarder la forme qui se tordait sur la peau.

— C'est pour cela que je peux faire le dixième nœud, dis-je, comprenant pour la première fois d'où venait le pouvoir. Je peux créer parce que mon père était un tisseur, et je peux détruire, parce que ma mère avait le don de la haute magie et de la magie noire.

— Une union des opposés, dit Matthew. Tes parents étaient un mariage alchimique aussi. Une union qui a produit une enfant merveilleuse.

Je refermai précautionneusement le cahier. Il allait me falloir des mois – des années, peut-être – pour tirer les leçons des erreurs de ma mère et créer des sortilèges bien à moi qui accomplissent la même chose. Une main serrant le cahier de ma mère contre ma poitrine et l'autre posée sur mon ventre, je me laissai aller en arrière et écoutai le lent battement du cœur de Matthew.

— *Ne me refuse pas parce que je suis obscurité et ombre*, murmurai-je, me rappelant un passage d'un texte alchimique que j'avais étudié dans la bibliothèque de Matthew. Ce vers de l'*Aurora Consurgens* me faisait penser à toi, mais maintenant il me rappelle mes parents, ainsi que ma magie et combien j'y ai résisté.

Matthew me caressa le poignet du pouce, faisant briller et palpiter le dixième nœud.

— Cela me rappelle une autre partie de l'*Aurora Consurgens*, murmura-t-il. *Ainsi que je suis fin, mon amante est commencement. J'englobe toute l'œuvre de la création, et toute connaissance est celée en moi.*

— Qu'est-ce que cela veut dire, d'après toi ? demandai-je en me retournant pour voir son expression.

Il sourit et m'enlaça la taille, une main posée sur les enfants. Ils bougèrent en reconnaissant le contact de leur père.

— Que je suis un homme qui a beaucoup de chance, sourit-il.

12

Je me réveillai en sentant les mains fraîches de Matthew se glisser sous ma veste de pyjama et ses lèvres apaisantes sur mon cou moite.

— Joyeux anniversaire, murmura-t-il.

— Un climatiseur personnel, dis-je en me blottissant contre lui. (Un mari vampire était un soulagement bienvenu quand le climat avait des allures tropicales.) Quelle bonne idée de cadeau.

— Il y en a d'autres, dit-il en me donnant un lent et coquin baiser.

— Fernando et Sarah ?

Cela me gênait encore un peu que l'on nous entende faire l'amour.

— Dehors, dans le hamac du jardin. Avec le journal.

— Il va falloir faire vite, alors.

Dans les journaux locaux, les articles étaient courts et la publicité abondante. Il suffisait de dix minutes pour les lire – quinze si vous vouliez éplucher les soldes de la rentrée scolaire ou savoir laquelle des trois épiceries vendait l'eau de Javel la moins chère.

— Je suis allé chercher le *New York Times* ce matin, dit-il.

— Toujours prêt, hein ? dis-je en glissant ma main entre ses cuisses. (Il étouffa un juron. En français.) Tu es tout à fait comme Verin. Un vrai scout.

— Pas toujours, dit-il en fermant les yeux. Pas en ce moment, en tout cas.

— Et affreusement sûr de toi, en plus. (Ma bouche glissa le long de la sienne dans un baiser taquin.) Le *New York Times* ? Et si j'étais fatiguée ? De mauvaise humeur ? En pleine crise d'hormones ? Le journal d'Albany aurait été plus que suffisant pour les occuper.

— Je comptais sur mes cadeaux pour t'adoucir un peu.

— Eh bien, je ne sais pas. (Un petit geste de ma main lui arracha un autre juron en français.) Et si je finissais de déballer celui-ci ? Ensuite, tu pourras me montrer les autres.

Avant 11 heures en ce matin de mon anniversaire, le mercure avait déjà dépassé les trente-deux degrés. La chaleur d'août ne montrait aucune intention de diminuer.

Inquiète pour le jardin de Sarah, j'attachai quatre tuyaux d'arrosage avec un sort de ligature et un peu de chatterton pour pouvoir arriver jusqu'aux dernières plates-bandes. Mes écouteurs enfoncés dans mes oreilles, j'écoutais Fleetwood Mac. La maison s'était murée dans un silence surnaturel, comme si elle attendait que quelque chose arrive, et j'avais soudain eu la nostalgie du groupe préféré de mes parents.

Alors que je traînais le tuyau sur la pelouse, mon attention fut momentanément attirée par la grande girouette en fer qui surmontait la grange. Elle n'y était pas la veille. Je me demandai pourquoi la maison modifiait les autres bâtiments. Je réfléchissais à la question quand deux autres girouettes surgirent sur la poutre faîtière. Elles frémirent un moment comme des plantes qui viennent de pousser, puis elles se mirent à tourbillonner follement. Quand elles s'arrêtèrent, elles désignaient toutes le nord. J'espérai que leur position indiquait que la pluie arrivait. En attendant, il allait falloir se contenter des tuyaux d'arrosage.

J'étais en train de doucher généreusement les plantes quand quelqu'un m'enveloppa de son étreinte.

— Dieu merci ! Je me faisais tellement de souci pour toi.

La voix grave était étouffée par la guitare et la batterie, mais je la reconnus tout de même. J'arrachai mes écouteurs et me tournai vers mon meilleur ami. Ses profonds yeux bruns étaient remplis d'inquiétude.

— Chris ! m'exclamai-je en lui sautant au cou. Qu'est-ce que tu fais ici ?

Je le dévisageai, guettant vainement un changement. Toujours les mêmes cheveux crépus et ras, la même peau sombre, les mêmes hautes pommettes et les sourcils bien droits, toujours la même grande bouche.

— Je te cherche ! répondit-il. Qu'est-ce qui se passe ? Tu as disparu en novembre dernier. Tu ne réponds plus à tes e-mails ou à ton téléphone.

Ensuite, je vois l'emploi du temps de la rentrée et tu n'y figures pas ! J'ai dû saouler le directeur du département d'histoire avant qu'il avoue que tu étais en congé pour raisons médicales. J'ai cru que tu étais mourante, pas enceinte.

Eh bien, c'était toujours cela de moins que j'avais à lui annoncer.

— Excuse-moi, Chris. On ne captait pas là où j'étais. Et il n'y avait pas d'Internet non plus.

— Tu aurais pu m'appeler d'ici, dit-il, refusant de renoncer. J'ai laissé des messages à tes tantes, envoyé des lettres. Personne n'a répondu.

Je sentis le regard de Matthew, glacé et interrogateur. Je sentis aussi celui de Fernando.

— Qui est-ce, Diana ? demanda calmement Matthew en venant me rejoindre.

— Chris Roberts. Et *vous*, vous êtes qui ? demanda Chris.

— Je te présente Matthew Clairmont, professeur à l'All Souls College de l'Université d'Oxford. (J'hésitai.) Mon mari.

Chris resta bouche bée.

— Chris ! le héla Sarah depuis le porche de la cuisine. Viens ici m'embrasser !

— Salut, Sarah ! fit Chris en la saluant de la main. (Il se retourna et me jeta un regard accusateur.) Tu t'es mariée ?

— Tu es là pour le week-end, n'est-ce pas ? cria Sarah.

— Ça dépend, Sarah.

Chris nous regarda l'un après l'autre, Matthew et moi.

— De ? demanda Matthew en haussant un sourcil avec un mépris aristocratique.

— Du temps qu'il me faudra pour comprendre pourquoi Diana a épousé quelqu'un comme vous, Clairmont, et si vous la méritez. Et épargnez-moi le numéro de l'aristo. Je viens d'une longue lignée d'ouvriers agricoles. Ça ne m'impressionne *pas*, dit Chris avant de partir vers la maison à grandes enjambées.

— Où est Em ?

Sarah se figea, blême. Fernando bondit sur le porche pour la rejoindre.

— Et si nous rentrions ? murmura-t-il en essayant de l'écarter de Chris.

— Je peux vous dire un mot ? demanda Matthew, en posant la main sur le bras de Chris.

— Ce n'est rien, Matthew. J'ai dû le dire à Diana. Je peux le dire à Chris aussi, dit Sarah en déglutissant péniblement. Emily a eu une crise cardiaque. Elle est morte en mai.

— Mon Dieu, Sarah. Je suis vraiment désolé.

Chris l'enveloppa dans une version moins violente de l'étreinte dont il m'avait gratifiée. Il se balança lentement, les yeux fermés. Sarah suivit le mouvement, détendue et calme plutôt que remplie de chagrin. Ma tante ne s'était pas encore remise de la mort d'Emily – comme Fernando, elle ne se remettrait peut-être jamais de cette perte fondamentale – mais on sentait qu'elle commençait à réapprendre progressivement à vivre. Chris rouvrit ses yeux noirs et me scruta par-dessus l'épaule de Sarah. Je vis qu'il était fâché et vexé, et j'y lus aussi du chagrin et des questions sans réponse. *Pourquoi ne m'as-tu rien dit ? Où étais-tu ? Pourquoi ne m'as-tu pas laissé t'aider ?*

— J'aimerais parler avec Chris, dis-je à mi-voix. Seule.

— Vous serez plus à l'aise dans le petit salon, dit Sarah en se dégageant et en s'essuyant les yeux.

Elle me fit un signe de tête pour m'encourager à lui avouer notre secret de famille. À en juger par sa mâchoire crispée, Matthew n'était pas dans d'aussi bonnes dispositions.

— Appelle si tu as besoin de moi, dit-il en me baisant la main.

Il me mit en garde en serrant mes doigts dans les siens et j'eus droit à un petit mordillement pour me rappeler que nous étions mari et femme. Puis il me lâcha à contrecœur.

Chris et moi nous rendîmes dans le petit salon. Une fois à l'intérieur, je refermai les portes coulissantes.

— Tu es mariée à Matthew Clairmont ? explosa Chris. Depuis quand ?

— Environ dix mois. Tout est arrivé très vite, m'excusai-je.

— Eh bien ! (Il baissa la voix.) Je t'avais prévenue de sa réputation avec les femmes. Clairmont est peut-être un grand scientifique, mais c'est aussi un fameux salaud ! Sans compter qu'il est trop vieux pour toi.

— Il n'a que trente-sept ans, Chris. (À plus ou moins cinq siècles près.) Et je devrais te prévenir que Matthew et Fernando écoutent chacune de nos paroles.

Avec des vampires, une porte close ne garantissait aucunement l'intimité.

— Comment ? Ton petit ami... mari... a posé des micros dans la maison ? demanda Chris d'un ton acerbe.

— Non. C'est un vampire. Ils ont une ouïe exceptionnelle.

Parfois, l'honnêteté est la meilleure des politiques.

Une lourde casserole tomba bruyamment dans la cuisine.

— Un vampire, répéta Chris en me regardant comme si j'étais une folle. Comme à la télé ?

— Pas tout à fait, dis-je prudemment.

Raconter aux humains comment le monde fonctionnait vraiment avait tendance à les désarçonner. Je ne l'avais fait qu'une seule fois – et cela avait été une énorme erreur. Ma camarade de chambre en première année d'université, Melanie, s'était évanouie.

— Un vampire, répéta-t-il à nouveau, lentement, comme s'il réfléchissait.

— Tu ferais mieux de t'asseoir, dis-je en désignant le canapé.

S'il tombait, je ne voulais pas qu'il se blesse à la tête.

Ignorant ma suggestion, Chris se laissa tomber dans un fauteuil à oreillettes. Il était plus confortable, certainement, mais il était connu pour expulser les visiteurs qu'il n'appréciait pas. Je le lorgnai avec inquiétude.

— Tu es une vampire aussi ? demanda Chris.

— Non, dis-je en posant le bout des fesses sur le fauteuil à bascule de ma grand-mère.

— Tu es absolument sûre que Clairmont en est un ? C'est son enfant que tu portes, n'est-ce pas ?

Il se pencha en avant, comme si beaucoup de choses dépendaient de ma réponse.

— Enfants au pluriel, corrigeai-je en levant deux doigts. Des jumeaux.

— Eh bien, dit Chris, aucun vampire n'a jamais mis une fille en cloque dans *Buffy*. Pas même Spike. Et Dieu sait qu'il n'a jamais pratiqué le safe sex.

Ma Sorcière bien-aimée avait été la première émission à donner à la génération de ma mère un avant-goût du surnaturel. Pour moi, c'était *Buffy contre les vampires*. Les créatures qui avaient fait connaître notre monde à Joss Whedon portaient une lourde responsabilité. Je soupirai.

— Je suis absolument certaine que Matthew est le père. (Le regard de Chris se posa sur mon cou.) Ce n'est pas là qu'il me mord.

Il ouvrit de grands yeux.

— Où ça ? (Il secoua la tête.) Non, ne me le dis pas.

Je songeai qu'il fixait de curieuses limites à ne pas dépasser. Chris n'était normalement pas timoré ou prude. Cela dit, il ne s'était pas évanoui. C'était encourageant.

— Tu prends cela très bien, dis-je, reconnaissante qu'il soit aussi calme.

— Je suis un scientifique. Je suis formé à éviter l'incrédulité et à rester ouvert tant que quelque chose n'a pas été contredit. (Chris se mit à fixer l'Arbre Foudroyé.) Pourquoi y a-t-il un arbre dans la cheminée ?

— Bonne question. Nous ne le savons pas vraiment. Peut-être que tu as d'autres questions auxquelles je pourrai répondre, en revanche.

L'invitation n'était pas très adroite, mais j'avais toujours peur qu'il s'évanouisse.

— Quelques-unes. (Une fois de plus, il plongea ses yeux noirs dans les miens. Ce n'était pas un sorcier, mais depuis toujours j'avais beaucoup de mal à lui mentir.) Tu dis que Clairmont est un vampire, mais pas toi. Qu'est-ce que tu es, *toi* ? Je sais depuis longtemps que tu n'es pas comme tout le monde. (Je ne sus quoi dire. Comment explique-t-on à quelqu'un que l'on aime que l'on a oublié de mentionner une caractéristique essentielle de soi ?) Je suis ton meilleur ami. Du moins, je l'étais avant que Clairmont ne fasse son apparition. Tu dois quand même bien me faire assez confiance pour me dire la vérité. Peu importe ce que tu es, cela ne changera rien entre nous.

Derrière l'épaule de Chris, une traînée verte fila vers l'Arbre Foudroyé. La traînée prit la forme indistincte de Bridget Bishop, avec son corset brodé et ses jupes.

Sois rusée, ma fille. Le vent souffle du nord, c'est signe de bataille à venir. Qui sera à tes côtés et qui sera contre toi ?

J'avais quantité d'ennemis. Je ne pouvais me permettre de perdre un seul ami.

— Peut-être que tu ne me fais pas assez confiance, dit Chris, voyant que je ne répondais pas immédiatement.

— Je suis une sorcière, dis-je d'une voix presque inaudible.

— OK, dit Chris. Et ?

— Et quoi ?

— C'est tout ? C'est ça que tu avais peur de me dire ?

— Je ne parle pas de néopaganisme, Chris, même si je suis païenne, évidemment. Je te parle de sorcière ambiance abracadabra, qui jette des sorts et fabrique des potions.

Pour le coup, l'amour de Chris pour les séries télévisées se révélerait peut-être bien utile.

— Tu as une baguette ?

— Non. Mais j'ai une vouivre. C'est une sorte de dragon.

— Cool, sourit Chris. Super cool. C'est pour ça que tu ne venais pas à New Haven ? Parce que tu l'emmenais à des cours de dressage pour dragon ?

— Matthew et moi avons dû quitter précipitamment la ville, c'est tout. Je suis désolée de ne pas t'avoir prévenu.

— Où étiez-vous ?

— En 1590.

— Tu as fait des recherches quelconques ? demanda-t-il, pensif. Cela poserait toutes sortes de problèmes pour les citations. Qu'est-ce que tu écrirais dans les notes ? « Conversation personnelle avec William Shakespeare ? »

Il éclata de rire.

— Je n'ai pas rencontré Shakespeare. Les amis de Matthew ne l'appréciaient pas. J'ai rencontré la reine, ajoutai-je après une pause.

— Encore mieux, opina Chris. Et tout aussi impossible à citer, en revanche.

— Tu es censé être choqué ! (Ce n'était pas du tout la réaction que j'attendais.) Tu ne veux pas des preuves ?

— Je n'ai été choqué par rien depuis que la Fondation MacArthur m'a appelé. Si ça, ça peut arriver, tout est possible. (Il secoua la tête.) Des vampires et des sorcières. Waouh.

— Il y a des démons, aussi. Mais leurs yeux ne luisent pas et ils ne sont pas maléfiques. Enfin, pas plus que les autres espèces.

— Les autres espèces ? répéta-t-il, très intéressé. Il y a des loups-garous ?

— Absolument pas ! cria Matthew au loin.

— Sujet délicat. (Je fis un sourire hésitant à Chris.) Alors, rien de tout cela ne te gêne ?

— Pourquoi cela me gênerait ? Le gouvernement dépense des fortunes à chercher la vie extraterrestre alors que vous êtes là sous son nez. Imagine tout le financement de bourses que ça dégagerait.

Chris cherchait toujours à minimiser l'importance du département de physique.

— Tu ne peux en parler à personne, me hâtai-je de répondre. Peu d'humains sont au courant de notre existence, et cela ne doit pas changer.

— Nous finirons par le découvrir, dit Chris. Et puis la plupart des gens vont être ravis.

— Tu crois ça ? Le doyen de Yale va être ravi d'apprendre que l'université a titularisé une sorcière ? (Je haussai les sourcils.) Les parents de mes étudiants seraient heureux de découvrir que leurs chers enfants suivent un cours sur la révolution scientifique donné par une sorcière ?

— Bon, peut-être pas le doyen, concéda Chris. (Il baissa la voix.) Matthew ne va pas me mordre pour que je me taise ?

— Non, lui assurai-je.

Fernando glissa un pied entre les portes coulissantes du petit salon et les écarta imperceptiblement.

— Je serai enchanté de vous mordre à sa place, mais seulement si vous demandez très poliment, dit-il en posant un plateau sur la table. Sarah a pensé que vous voudriez du café. Ou quelque chose de plus fort. Appelez-moi si vous avez besoin de quoi que ce soit. Pas besoin de crier.

Il fit à Chris le genre de sourire éblouissant dont il avait gratifié les femmes du coven le soir de la fête de Lugnasad.

— Vous misez sur le mauvais cheval, Fernando, l'avertis-je alors qu'il s'en allait.

— C'est un vampire aussi ? chuchota Chris.

— Oui. Le beau-frère de Matthew. (Je soulevai la bouteille de whiskey et la cafetière.) Qu'est-ce que tu prendras ?

— Les deux, dit Chris en prenant un mug. (Il me jeta un regard alarmé.) Tu n'as pas dissimulé ces histoires de sorcière à ta tante, si ?

— Sarah est une sorcière aussi. Tout comme l'était Em. (Je versai une généreuse lampée de scotch dans son mug et rajoutai un peu de café.) C'est la troisième ou quatrième cafetière de la journée. On prépare surtout du décaféiné, sinon on serait obligé de décoller Sarah du plafond.

— Le café la fait voler ?

Chris goûta son café, réfléchit un instant, puis rajouta du whiskey.

— On peut dire ça, répondis-je en décapsulant la bouteille d'eau et en buvant une gorgée.

Les bébés s'agitèrent et je tapotai doucement mon ventre.

— Je n'en reviens pas que tu sois enceinte.

Pour la première fois, Chris avait l'air stupéfait.

— Tu viens d'apprendre que j'ai passé la majeure partie de l'année dernière au XVIe siècle, que j'ai un dragon apprivoisé et que tu es entouré de démons, de vampires et de sorcières, mais c'est ma grossesse qui te paraît le moins plausible ?

— Fais-moi confiance, ma chérie, répondit-il avec son plus bel accent traînant du sud. C'est largement le moins plausible.

13

Quand le téléphone sonna, il faisait nuit noire. Je sortis péniblement de mon sommeil et tendis le bras pour réveiller Matthew. Il n'était pas là.

Je roulai sur le côté et pris son mobile sur la table de chevet. Le nom MIRIAM y apparaissait à côté de l'heure. Trois heures du matin, lundi. Mon cœur se mit à battre. Seule une urgence l'aurait amenée à appeler à une heure pareille.

— Miriam ? dis-je en décrochant.

— Où est-il ? demanda-t-elle d'une voix tremblante. Il faut que je parle à Matthew.

— Je vais le trouver. Il doit être en bas ou sorti chasser, dis-je en repoussant les draps. Quelque chose ne va pas ?

— Oui, dit Miriam avec brusquerie.

Puis elle se mit à parler dans une langue que je ne comprenais pas, mais la cadence était reconnaissable. Miriam priait. Matthew fit brusquement irruption dans la chambre, suivi de Fernando.

— Voilà Matthew, dis-je.

Je lui passai le téléphone en appuyant sur le haut-parleur. Il n'était pas question que cette conversation reste privée.

— Qu'est-ce qu'il y a, Miriam ?

— Un mot, dans la boîte à lettres. Une adresse Web tapée à la machine.

Il y eut un juron, puis un sanglot, et Miriam reprit sa prière.

— Envoie-moi l'adresse par texto, Miriam, dit calmement Matthew.

— C'est lui, Matthew. C'est Benjamin, chuchota Miriam. Et l'enveloppe n'était pas timbrée. Il doit être ici à Oxford.

Je me levai d'un bond en frissonnant dans l'obscurité.

— Envoie-moi l'adresse par texto, répéta Matthew.

Une lumière s'alluma dans le couloir.

— Qu'est-ce qui se passe ? demanda Chris qui rejoignait Fernando sur le seuil en se frottant les yeux.

— C'est l'une des collègues de Matthew à Oxford, Miriam Shephard. Il est arrivé quelque chose au labo, dis-je.

— Oh, bâilla Chris. (Il secoua la tête pour s'éclaircir les idées, puis il fronça les sourcils.) Pas la Miriam Shephard qui a écrit l'article arguant que les accouplements chez les animaux des parcs zoologiques conduisaient à une perte d'hétérozygotie ?

J'avais passé beaucoup de temps avec des scientifiques, mais cela m'aidait rarement à comprendre de quoi ils parlaient.

— Celle-là même, murmura Matthew.

— Je croyais qu'elle était morte, dit Chris.

— Pas tout à fait, répondit Miriam d'une voix perçante. À qui ai-je l'honneur ?

— Chris... Christopher Roberts. Université de Yale, bégaya Chris comme un étudiant fraîchement diplômé qui se présente à sa première conférence.

— Oh. J'ai bien aimé votre article dans *Science*. Votre modèle de recherche est impressionnant, même si les conclusions sont toutes erronées.

Miriam semblait redevenue elle-même maintenant qu'elle critiquait un confrère. Matthew lui aussi remarqua ce changement positif.

— Continuez de la faire parler, dit-il à Chris après avoir donné un ordre muet à Fernando.

— C'est Miriam ? demanda Sarah qui arrivait en enfilant un peignoir. Les vampires n'ont pas de montre ? Il est 3 heures du matin !

— Qu'est-ce qui ne va pas dans mes conclusions ? demanda Chris d'un air mauvais.

Fernando revint et tendit son ordinateur portable à Matthew. Il était déjà allumé et l'écran éclairait la pièce. Sarah alluma, dissipant ce qui restait d'obscurité. Malgré cela, je sentis les ombres qui pesaient sur la maison. Matthew s'assit au bord du lit, portable sur les genoux. Fernando lui donna un autre mobile qu'il brancha à l'ordinateur.

— As-tu vu le message de Benjamin ? demanda Miriam, apparemment plus calme, mais la voix encore tendue.

— Je suis en train de consulter le site, dit Matthew.

— N'utilise pas la connexion Internet de Sarah ! s'alarma-t-elle. Il surveille le trafic sur le site. Il risque de pouvoir te localiser avec ton adresse IP.

— Rien à craindre, Miriam, l'apaisa Matthew. J'utilise le mobile de Fernando. Et le personnel informatique de Baldwin a veillé à ce que personne ne puisse me localiser avec.

À présent, je comprenais pourquoi Baldwin nous avait fourni des mobiles neufs quand nous avions quitté Sept-Tours, modifié tous nos abonnements et résilié l'abonnement Internet de Sarah.

L'image d'une pièce vide carrelée de blanc apparut sur l'écran. Elle était nue à l'exception d'un vieil évier à la plomberie apparente et d'une table d'examen. Il y avait une bonde d'évacuation dans le sol. Sur le coin inférieur gauche figuraient la date et l'heure, dont les secondes s'égrenaient.

— Qu'est-ce que c'est que ça ? demanda Chris en désignant par terre un tas de chiffons qui bougea faiblement.

— Une femme, répondit Miriam. Elle est allongée au même endroit depuis que je suis arrivée sur le site il y a dix minutes.

À peine eut-elle prononcé ces mots que je distinguai des bras et des jambes maigres, la courbe de ses seins et de son ventre. Le bout de tissu qui la couvrait n'était pas assez grand pour la protéger du froid. Elle frissonna en gémissant.

— Et Benjamin ? demanda Matthew, les yeux rivés à l'écran.

— Il est passé dans la pièce et lui a dit quelque chose. Puis il a regardé droit dans la caméra et il a souri.

— Il a dit autre chose ? demanda Matthew.

— Oui. « Bonjour, Miriam. »

Chris se pencha par-dessus l'épaule de Matthew et effleura le pavé tactile. L'image s'agrandit.

— Il y a du sang sur le sol. Et elle est enchaînée au mur. (Il me fixa.) Qui est Benjamin ?

— Mon fils.

Matthew regarda brièvement Chris, puis il se retourna vers l'écran. Chris croisa les bras et fixa l'image sans ciller.

Des accords de musique en sourdine s'élevèrent des haut-parleurs de l'ordinateur. La femme se recroquevilla contre le mur en ouvrant de grands yeux.

— Non, gémit-elle. Ne recommencez pas. S'il vous plaît. Non. Aidez-moi, dit-elle en regardant la caméra.

Des couleurs apparurent sur mes mains et les nœuds de mes poignets me brûlèrent. Je sentis un chatouillis, faible mais reconnaissable.

— C'est une sorcière. Cette femme est une sorcière.

Je touchai l'écran. Quand je retirai mon doigt, un mince filament vert resta attaché au bout. Puis il se cassa.

— Elle peut nous entendre ? demandai-je à Matthew.

— Non, répondit-il d'un ton lugubre. Je ne crois pas. Benjamin veut que je l'écoute.

— On ne parle pas à nos visiteurs. (Le fils de Matthew restait invisible, mais je connaissais cette voix glaciale. La femme se recroquevilla aussitôt en ramenant ses genoux contre elle. Benjamin s'approcha de la caméra jusqu'à ce que son visage remplisse presque tout l'écran. La femme était encore visible par-dessus son épaule. Il avait soigneusement mis en scène tout cela.) Un autre vient d'arriver, Matthew sans aucun doute. Comme c'est habile de ta part de dissimuler ta localisation. Et cette chère Miriam est encore avec nous, je vois. (Benjamin sourit de nouveau. Pas étonnant que Miriam fût ébranlée. C'était un spectacle affreux que ces lèvres incurvées et ces yeux morts que je me rappelais depuis Prague. Même après plus de quatre siècles, Benjamin était reconnaissable comme l'homme que Rabbi Loew avait appelé *Herr* Fuchs.) Que penses-tu de mon laboratoire ? demanda Benjamin en balayant l'espace d'un geste. Pas aussi bien équipé que le tien, Matthew, mais je n'ai pas besoin de grand-chose. L'expérience est vraiment le meilleur enseignement. Il me suffit d'avoir des sujets d'étude qui coopèrent. Et les sang-chauds en révèlent beaucoup plus que les animaux.

— Mon Dieu, murmura Matthew.

— J'espérais que la prochaine fois que nous bavarderions, ce serait pour discuter de ma dernière expérience réussie. Mais cela ne s'est pas passé tout à fait aussi bien que je l'escomptais. (Benjamin tourna la tête et sa voix se fit menaçante.) N'est-ce pas ? (La musique enfla et la femme gémit en essayant de se boucher les oreilles.) Elle adorait Bach, jusqu'ici, feignit de déplorer Benjamin. *La Passion selon saint Matthieu*, en particulier. Je prends bien soin de la passer chaque fois que je la prends. Maintenant, la sorcière est dans un état de détresse absolue dès qu'elle entend les premiers accords.

Il fredonna sur la musique.

— Est-ce qu'il est en train de parler de ce que je crois ? demanda Sarah, mal à l'aise.

— La femme a subi des viols répétés de la part de Benjamin, dit Fernando en peinant à maîtriser sa fureur.

C'était la première fois que je voyais le vampire sous sa façade aimable.

— Pourquoi ? demanda Chris.

Mais avant que quiconque ait pu répondre, Benjamin reprit :

— À peine elle présentera des signes de grossesse, la musique s'arrêtera. C'est la récompense de la sorcière pour avoir exécuté sa tâche et m'avoir fait plaisir. Mais parfois, la nature a d'autres idées en tête.

Je compris ce qu'insinuait Benjamin. Comme à Jérusalem autrefois, il fallait que cette sorcière soit une tisseuse. Je portai la main à mes lèvres en sentant monter une nausée.

L'étincelle dans l'œil de Benjamin brilla de plus belle. Il ajusta l'angle de la caméra et zooma sur le sang qui maculait les jambes de la femme et le sol.

— Malheureusement, la sorcière a fait une fausse couche, dit Benjamin avec le détachement d'un scientifique relatant ses découvertes. C'était au quatrième mois, c'est le laps de temps le plus long qu'elle a réussi à supporter sa grossesse. Jusqu'à maintenant. Mon fils l'a fécondée en décembre dernier, mais cette fois-là elle a avorté spontanément à la huitième semaine. (Matthew et moi avions nous aussi conçu notre premier enfant en décembre, à peu près au même moment que la sorcière de Benjamin. Je me mis à trembler devant ce nouveau lien entre la femme et moi. Matthew passa le bras autour de ma taille pour me retenir.) J'étais sûr que ma capacité à engendrer était liée à la fureur sanguinaire que tu m'as transmise, un cadeau que j'ai partagé avec nombre de mes propres enfants. Après la première fausse couche de la sorcière, mes fils et moi avons vainement essayé de féconder des démons et des humains. J'ai conclu qu'il devait y avoir une affinité reproductive particulière entre vampires souffrant de fureur sanguinaire et sorcières. Mais ces échecs signifient que je vais devoir revoir mon hypothèse. (Benjamin tira un tabouret et s'assit, sans prêter attention à l'agitation croissante de la femme derrière lui. Bach continuait de résonner.) Et il y a une autre information dont je dois tenir compte dans mes délibérations : ton mariage. Ta nouvelle épouse a-t-elle remplacé Eleanor dans ton cœur ? Cette folle de Juliette ? Cette pauvre Celia ? Cette fascinante sorcière que j'ai connue à Prague ? (Benjamin claqua des doigts comme s'il tentait de se rappeler quelque chose.) Quel était son prénom ? Diana ?

Fernando siffla. Chris eut la chair de poule. Il fixa Fernando et recula.

— Il paraît que ta nouvelle épouse est aussi une sorcière, poursuivit Benjamin. Pourquoi ne me fais-tu jamais part de tes idées ? Tu dois bien savoir que je comprendrais. (Benjamin se pencha en avant comme s'il faisait une confidence.) Nous sommes tous les deux mus par les mêmes choses, après tout : le désir de pouvoir, une irrépressible soif de sang, un désir de vengeance. (La musique atteignit un crescendo et la femme commença à se balancer d'avant en arrière comme pour tenter de se calmer.) Je ne peux pas m'empêcher de me demander depuis combien de temps tu as conscience du pouvoir dans ton sang. Les sorcières le savaient sûrement. Quel autre secret le Livre de la Vie pourrait-il bien contenir ? (Benjamin marqua une pause comme s'il attendait une réponse.) Tu ne vas pas me le dire, hein ? Eh bien, dans ce cas, je n'aurai pas d'autre choix que de retourner à ma propre expérience. Ne t'inquiète pas. Je finirai bien par découvrir comment faire porter un enfant à cette sorcière. Ou bien elle mourra à force d'essayer. Ensuite, j'en chercherai une autre. Peut-être que la tienne conviendra. (Benjamin sourit. Je m'écartai de Matthew, ne voulant pas qu'il perçoive ma peur. Mais je vis à son expression qu'il l'avait sentie.) Au revoir, fit Benjamin avec un petit signe moqueur de la main. Parfois, je laisse les gens me regarder travailler, mais je ne suis pas d'humeur pour avoir un public, aujourd'hui. Je veillerai à t'informer si quoi que ce soit d'intéressant se passe. En attendant, tu songeras peut-être à me faire part de ce que tu sais. Cela pourrait m'éviter de devoir le demander à ton épouse.

Sur ce, Benjamin coupa l'image et le son. Il ne resta plus qu'un écran noir où la pendule continuait d'égrener les secondes dans le coin inférieur gauche.

— Qu'est-ce que nous allons faire ? demanda Miriam.

— Sauver cette femme, dit Matthew, clairement furieux. Pour commencer.

— Benjamin veut que tu te précipites et que tu sois à découvert, l'avertit Fernando. Ton attaque devra être bien préparée et parfaitement exécutée.

— Fernando a raison, dit Miriam. Tu ne peux pas t'en prendre à Benjamin si tu n'es pas certain de l'anéantir. Sinon, tu mets Diana en danger.

— L'autre sorcière ne va pas tenir le coup bien longtemps ! s'exclama Matthew.

— Si tu te précipites et que tu n'arrives pas à soumettre Benjamin, il en prendra tout simplement une autre et le cauchemar recommencera pour une créature innocente, dit Fernando en lui prenant le bras.

— Tu as raison, dit Matthew en se détournant de l'écran. Peux-tu avertir Amira, Miriam ? Il faut qu'elle sache que Benjamin a déjà une sorcière et qu'il prévoit d'en capturer une autre.

— Amira n'est pas une tisseuse. Elle ne pourrait pas concevoir l'enfant de Benjamin, fis-je observer.

— Je ne crois pas que Benjamin soit au courant des tisseuses. Pas encore.

Matthew se frotta le menton.

— Qu'est-ce que c'est qu'une tisseuse ? demandèrent Miriam et Chris en chœur.

Je voulus répondre, mais je me ravisai en voyant le petit signe de tête de Matthew.

— Je t'expliquerai plus tard, Miriam. Tu vas faire ce que je t'ai demandé ?

— Bien sûr, Matthew.

— Rappelle-moi pour me tenir au courant, dit Matthew en posant un regard inquiet sur moi.

— Étouffe Diana de tes attentions excessives si tu y tiens, mais je n'ai pas besoin de baby-sitter. Sans compter que j'ai du travail, dit Miriam avant de raccrocher.

Une seconde plus tard, Chris balançait un uppercut à Matthew en pleine mâchoire, suivi d'un crochet du gauche que Matthew intercepta d'une main.

— J'ai accepté un coup, pour Diana, dit-il en refermant les doigts sur le poing de Chris. Mon épouse éveille après tout l'instinct de protection chez les gens. Mais ne tentez pas le diable non plus.

Chris ne bougea pas. Fernando soupira.

— Laissez tomber, Roberts. Vous n'aurez pas le dessus avec un vampire, dit-il en posant la main sur l'épaule de Chris, prêt à l'écarter si nécessaire.

— Si vous laissez ce salaud approcher à moins de cent kilomètres de Diana, vous ne verrez pas le jour suivant, vampire ou pas. C'est clair ? demanda Chris, le regard rivé sur Matthew.

— Comme de l'eau de roche, répliqua celui-ci.

Chris retira son bras et Matthew lui lâcha le poing.

— Personne ne va se rendormir ce soir après tout ça, dit Sarah. Il faut qu'on discute. Avec beaucoup de café, et pas question d'utiliser du déca, Diana. Mais avant, je vais sortir fumer une cigarette, quoi qu'en dise Fernando. On se retrouve dans la cuisine, lança-t-elle par-dessus son épaule en sortant d'un pas décidé.

— Reste connecté sur ce site. Quand Benjamin rallumera la caméra, il se peut qu'il dise ou fasse quelque chose qui trahira sa localisation.

Matthew tendit son portable toujours branché sur le mobile à Fernando. L'écran noir ne montrait rien de plus que l'horrible horloge qui égrenait les secondes. Matthew désigna la porte d'un signe de tête et Fernando sortit.

— Bon, que je comprenne bien. La mauvaise graine de Matthew est occupée à des recherches génétiques maison impliquant une maladie génétique, une sorcière kidnappée et des idées tordues sur l'eugénisme. (Chris croisa les bras. Il manquait quelques détails, mais il avait jaugé la situation en un temps record.) Tu as omis quelques précieux rebondissements dans le conte de fées que tu m'as raconté hier, Diana.

— Elle n'était pas au courant des préoccupations scientifiques de Benjamin. Personne ne savait, dit Matthew en se levant.

— Vous deviez bien savoir que Mauvaise Graine était cinglé. C'est votre fils. (Chris lui jeta un regard aigu.) D'après lui, vous avez tous les deux cette fureur sanguinaire. Ce qui veut dire que vous représentez l'un et l'autre un danger pour Diana.

— Je savais qu'il était instable, oui. Et il s'appelle Benjamin, dit Matthew, décidant de ne pas répondre à la deuxième partie des remarques de Chris.

— Instable ? Ce gars est un psychopathe. Il essaie de fabriquer une race supérieure de vampires-sorciers. Alors, comment se fait-il que Mauv… Benjamin ne soit pas en cabane ? Au moins, il n'entrerait pas à coups de kidnappings et de viols au panthéon des savants fous aux côtés de Sims, Verschuer, Mengele et Stanley.

— Allons à la cuisine, dis-je en les entraînant tous les deux vers l'escalier.

— Après toi, murmura Matthew, une main sur mes reins.

Soulagée qu'il accepte aussi facilement, je commençai à descendre.

J'entendis un bruit sourd accompagné d'un juron étouffé.

Chris était plaqué contre la porte, la main de Matthew lui enserrant la gorge.

— Compte tenu des grossièretés que j'ai entendues sortir de votre bouche ces dernières vingt-quatre heures, j'en conclus que vous considérez Diana comme vos potes. (Il m'avertit du regard en me voyant rebrousser chemin pour intervenir.) Ce n'est pas le cas. C'est mon épouse. J'apprécierais si vous limitiez vos vulgarités en sa présence. C'est bien clair ?

— Comme de l'eau de roche, souffla Chris avec un regard haineux.

— Je suis heureux de l'entendre. (Matthew me rejoignit en un éclair, de nouveau la main sur le creux de mes reins, là où l'ombre d'une vouivre était apparue.) Regarde où tu mets les pieds en descendant, *mon cœur**, murmura-t-il.

Quand nous arrivâmes au rez-de-chaussée, je glissai à la dérobée un regard à Chris. Il scrutait Matthew comme s'il était une étrange et nouvelle forme de vie – ce qu'il était sans doute. J'eus un pincement de cœur. Matthew avait peut-être remporté les premières batailles, mais la guerre entre mon meilleur ami et mon mari était loin d'être terminée.

Quand Sarah nous rejoignit dans la cuisine, ses cheveux exhalaient une odeur de tabac mêlée à celle du houblon qui poussait le long des balustrades du porche. J'agitai la main devant mon nez – l'odeur de fumée de cigarette était l'une des rares choses qui déclenchaient des nausées à ce stade avancé de ma grossesse – et je préparai du café. Quand il fut prêt, je servis le contenu fumant de la cafetière dans des mugs pour Sarah, Chris et Fernando. Matthew et moi nous contentâmes d'eau ordinaire. Chris fut le premier à briser le silence.

— Alors, Matthew, vous et le Dr Shephard, vous étudiez la génétique des vampires depuis des dizaines d'années dans le but de comprendre la fureur sanguinaire.

— Matthew connaissait Darwin. Cela fait plus que quelques dizaines d'années qu'il étudie les origines des créatures et l'évolution.

Je ne comptais pas dire à Chris depuis combien de temps, mais je ne voulais pas qu'il se laisse abuser par l'âge de Matthew, comme je l'avais été.

— En effet. Mon fils travaille avec nous, dit Matthew en m'arrêtant du regard.

— Oui, j'ai vu, dit Chris en serrant les mâchoires. Je ne m'en vanterais pas, moi.

— Pas Benjamin. Mon autre fils, Marcus Whitmore.

— Marcus Whitmore, s'amusa Chris. On ne laisse rien au hasard, je vois. Vous vous occupez de biologie évolutionniste et de neuroscience, Miriam Shephard est une experte en génétique démographique et Marcus Whitmore est connu pour ses recherches en morphologie fonctionnelle et ses efforts pour démentir la plasticité phénotypique. C'est une sacrée équipe que vous avez réunie, Clairmont.

— J'ai beaucoup de chance, dit modestement Matthew.

— Attendez une minute. (Chris regarda Matthew, ébahi.) Biologie évolutionniste. Physiologie évolutionniste. Génétique démographique. Découvrir comment la fureur sanguinaire se transmet n'est pas votre seul objectif. Vous essayez de dresser un schéma de l'évolution. Vous travaillez sur l'Arbre de Vie, et pas seulement sur les branches humaines.

— C'est comme cela que s'appelle l'arbre qui pousse dans la cheminée ? demanda Sarah.

— Je ne crois pas, dit Matthew en lui tapotant la main.

— L'évolution. Eh bien ! (Chris s'écarta de l'îlot central.) Alors vous avez découvert l'ancêtre commun entre les humains et vous autres ?

— Si par « vous autres », vous entendez les créatures... démons, vampires et sorciers... la réponse est non, dit Matthew.

— OK. Quelles sont les différences génétiques cruciales qui nous séparent ?

— Vampires et sorciers ont une paire de chromosomes en plus, expliqua Matthew. Les démons ont un unique chromosome supplémentaire.

— Vous avez la cartographie génétique de ces chromosomes spécifiques aux créatures ?

— Oui, dit Matthew.

— Alors vous travaillez probablement sur ce petit projet depuis au moins 1990, ne serait-ce que pour rester dans la course avec les êtres humains.

— En effet, dit Matthew. Et je travaille depuis 1968 sur la transmission de la fureur sanguinaire, si vous voulez savoir.

— Évidemment. Vous avez adapté l'utilisation des arbres généalogiques faite par Donahue pour déterminer la transmission des gènes entre générations, opina Chris. Bien vu. Où en êtes-vous du séquençage ? Avez-vous identifié le gène de la fureur sanguinaire ? (Matthew le regarda sans répondre.) Eh bien ? demanda Chris.

— J'ai eu un professeur comme vous, autrefois, dit froidement Matthew. Il me rendait fou.

— Et j'ai eu des étudiants comme vous. Ils font long feu dans mon labo, dit Chris en s'appuyant à la table. J'imagine que les vampires de la planète n'ont pas tous votre maladie. Avez-vous déterminé exactement comment elle se transmet et pourquoi certains en sont affectés et pas d'autres ?

— Pas entièrement, admit Matthew. C'est un peu plus compliqué avec les vampires, étant donné que nous avons trois parents.

— Il faut que vous accélériez un peu, mon vieux. Diana est enceinte. De jumeaux. (Il me jeta un regard appuyé.) J'imagine que vous avez dressé vos profils génétiques complets à tous les deux et fait des prévisions de transmission à votre descendance de toutes les maladies et pas seulement de la fureur sanguinaire ?

— J'étais au XVIe siècle pendant presque toute une année. (Matthew n'appréciait vraiment pas d'être interrogé.) L'occasion m'a manqué.

— Il serait grand temps de s'y mettre, alors, rétorqua Chris.

— Matthew travaillait sur quelque chose, dis-je en cherchant sa confirmation du regard. Tu te rappelles. J'ai trouvé ce papier couvert de X et de O.

— Des X et des O ? Dieu Tout-Puissant. (Cela semblait confirmer les pires craintes de Chris.) Vous me dites que vous avez trois parents, mais vous restez collé au modèle de transmission mendélien. C'est sans doute ce qui arrive quand on est vieux comme le monde et qu'on a connu Darwin.

— J'ai aussi rencontré Mendel, une fois, répondit Matthew d'un ton de professeur irrité. D'ailleurs, la fureur sanguinaire pourrait bien être un trait mendélien. Nous ne pouvons pas écarter cette hypothèse.

— Hautement improbable, dit Chris. Et pas seulement à cause de ce problème de triple parentalité, que je vais devoir examiner plus en détail. Cela doit engendrer des confusions dans les données.

— Expliquez-vous, dit Matthew en joignant les mains sous son menton.

— Il faudrait que ce soit moi qui explique la transmission non mendélienne à un professeur d'All Souls ? s'étonna Chris. Il va falloir revoir la politique de recrutement de l'Université d'Oxford.

— Tu comprends un mot de ce qu'ils racontent ? me chuchota Sarah.

— Un sur trois, dis-je.

— Je parle de conversion génique. D'infection héréditaire. De gènes soumis à empreinte. De mosaïcisme, énuméra Chris. Cela vous dit quelque chose, professeur Clairmont, ou bien vous désirez que je poursuive avec le cours magistral que je fais à mes élèves de première année ?

— Le mosaïcisme, ce n'est pas une forme de chimérisme ?

C'était le seul mot que j'avais reconnu. Chris opina.

— Je suis une chimère. Si cela peut t'être utile.

— Diana, gronda Matthew.

— Chris est mon meilleur ami, Matthew, dis-je. Et s'il doit t'aider à trouver comment les vampires et les sorcières peuvent se reproduire, sans parler de trouver un remède à la maladie, il a besoin de tout savoir. Cela inclut les résultats de mes analyses génétiques, au fait.

— Cette information peut être mortelle, si elle tombe dans de mauvaises mains, dit Matthew.

— Il a raison, opina Chris.

— Je suis tellement heureux que vous pensiez cela, dit Matthew d'un ton sarcastique.

— Ne soyez pas condescendant, Clairmont. Je connais les dangers de la recherche sur les sujets humains. Je suis un Noir d'Alabama et j'ai grandi dans l'ombre de Tuskegee. (Chris se tourna vers moi.) Ne confie tes informations génétiques à personne en dehors de cette pièce, même quelqu'un qui porte une blouse blanche. Surtout s'il porte une blouse blanche, d'ailleurs.

— Merci de m'avoir fait part de vos opinions, Chris, dit Matthew avec raideur. Je ne manquerai pas de les transmettre au reste de mon équipe.

— Alors, qu'est-ce que nous allons faire pour tout cela ? demanda Fernando. Il n'y avait peut-être pas d'urgence jusqu'ici, mais maintenant…

— Le programme de reproduction de Mauvaise Graine change tout, clama Chris avant que Matthew ait pu répondre. D'abord, nous devons comprendre si la fureur sanguinaire est vraiment ce qui rend possible la conception ou si c'est une combinaison de facteurs. Et nous devons connaître la probabilité que les enfants de Diana contractent la maladie. Nous avons besoin de la cartographie génétique du vampire et de la sorcière pour cela.

— Tu auras besoin de mon ADN aussi, dis-je calmement. Les sorcières ne peuvent pas toutes se reproduire.

— Il faut être une gentille sorcière ? Ou bien une méchante sorcière ?

Les blagues idiotes de Chris me faisaient habituellement sourire, mais pas ce soir.

— Il faut être tisseuse, répondis-je. Tu vas devoir séquencer mon génome en particulier et le comparer à celui d'autres sorcières. Et tu devras en faire autant avec Matthew et des vampires exempts de fureur sanguinaire. Nous devons suffisamment comprendre la maladie pour la soigner, sinon Benjamin et ses enfants continueront de constituer une menace.

— OK, dit Chris en se frappant les cuisses. Il nous faut un labo. Et du personnel. Plein de temps pour accumuler les données et des ordinateurs pour les traiter. Je peux mettre mes étudiants là-dessus.

— Absolument pas, dit Matthew en se levant d'un bond. J'ai un labo aussi. Miriam travaille sur les problèmes de la fureur sanguinaire et des génomes des créatures depuis un certain temps.

— Alors elle devrait venir ici au plus vite en apportant ses travaux. Mes étudiants sont bons, Matthew. Ce sont les meilleurs. Ils verront des choses que notre conditionnement nous empêche de voir, vous et moi.

— Oui. Des vampires, par exemple. Ou des sorcières. (Matthew se passa une main dans les cheveux. Chris eut l'air de s'inquiéter de le voir déranger sa coiffure.) Cela ne me plaît pas trop que d'autres humains soient au courant de notre existence.

Les paroles de Matthew me rappelèrent qui avait réellement besoin d'être informé du dernier message de Benjamin.

— Marcus, dis-je. Il faut lui en parler.

Matthew l'appela.

— Matthew ? Tout va bien ? demanda Marcus à peine il eut décroché.

— Pas vraiment. Nous avons un problème.

Matthew lui parla rapidement de Benjamin et de la sorcière qu'il gardait prisonnière. Puis il lui exposa pourquoi.

— Si je t'envoie l'adresse Web, tu peux demander à Nathaniel Wilson de trouver le moyen de surveiller la transmission vidéo de Benjamin vingt-quatre heures sur vingt-quatre et sept jours sur sept ? Et s'il pouvait trouver d'où provient le signal, cela nous ferait gagner énormément de temps, dit-il.

— C'est comme si c'était fait, répondit Marcus.

À peine Matthew eut-il raccroché que mon propre mobile sonna.

— Qui cela va être, à présent ? demandai-je en jetant un coup d'œil à la pendule. (Le soleil s'était à peine levé.) Allô ?

— Dieu merci, vous êtes réveillée, dit Vivian Harrison, soulagée.

— Qu'est-ce qui se passe ? demandai-je, sentant mon pouce noir me démanger.

— Nous avons des ennuis, dit-elle d'un ton lugubre.

— De quel genre ? demandai-je.

Sarah colla son oreille à mon téléphone. Je tentai de l'écarter.

— J'ai reçu un message de Sidonie von Borcke, dit Vivian.

— Qui est Sidonie von Borcke ? demandai-je.

C'était la première fois que j'entendais ce nom.

— L'une des sorcières de la Congrégation, répondirent Sarah et Vivian en même temps.

14

— Le coven a échoué à l'épreuve, dit Vivian en balançant sa besace sur l'îlot central et en se servant une tasse de café.

— C'est une sorcière aussi ? me chuchota Chris.

— Oui, répondit Vivian à ma place, en remarquant enfin Chris.

— Oh, fit-il d'un air appréciateur. Je peux vous faire un frottis buccal ? C'est indolore.

— Plus tard, peut-être, dit Vivian. (Puis, se ravisant :) Excusez-moi, mais vous êtes qui, vous ?

— C'est Chris Roberts, Vivian, mon collègue de Yale. C'est un biologiste moléculaire. (Je lui passai le sucre et pinçai le bras de Chris pour qu'il se taise.) Pouvons-nous aller discuter dans le grand salon ? J'ai un mal de crâne épouvantable et mes pieds commencent à gonfler.

— Quelqu'un s'est plaint à la Congrégation de violations du pacte dans le Comté de Madison, nous annonça Vivian une fois que nous fûmes confortablement pelotonnés sur les canapés et fauteuils devant la télévision.

— Vous savez qui ? demanda Sarah.

— Cassie et Lydia, dit Vivian en fixant son café d'un air morose.

— Les pom-pom girls nous ont balancés ? s'étonna Sarah.

— Tu penses, dis-je.

Elles étaient inséparables depuis l'enfance, insupportables depuis l'adolescence, et impossibles à distinguer depuis le lycée, avec leurs cheveux blonds bouclés et leurs yeux bleus. Ce n'étaient pas parce qu'elles descendaient de sorcières que Cassie et Lydia avaient été discrètes. Ensemble, elles avaient été capitaines de l'équipe des pom-pom girls et les sorcières leur attribuaient le mérite d'avoir donné à Madison la plus belle saison de football de tous les temps en glissant des sortilèges de victoire dans tous leurs slogans et chorégraphies.

— Et quelles sont les accusations, au juste ? demanda Matthew, endossant le costume de l'avocat.

— Diana et Sarah frayent avec des vampires, murmura Vivian.

— *Frayent*, répéta Sarah, indignée.

— Je sais, je sais, dit Vivian, les bras au ciel. C'est totalement obscène, mais je vous assure que ce sont les termes exacts de Sidonie. Heureusement, elle est à Las Vegas et ne peut pas venir enquêter en personne. Les covens du Comté de Clark sont trop lourdement investis dans l'immobilier et ils utilisent des sortilèges pour essayer de soutenir le marché.

— Quelle va être la suite ? demandai-je à Vivian.

— Je dois répondre. Par écrit.

— Louée soit la déesse. Ce qui veut dire que vous pouvez mentir, dis-je, soulagée.

— Pas moyen, Diana. Elle est trop futée. J'ai vu Sidonie interroger le coven de SoHo il y a deux ans quand ils ont ouvert une maison hantée sur Spring Street pile là où commence le défilé de Halloween. C'était fait de main de maître. (Elle frémit.) Elle les a même amenés à avouer comment ils avaient suspendu un chaudron bouillonnant au-dessus de leur char pendant six heures. Après la visite de Sidonie, le coven a été consigné pendant un an entier : interdiction de voler, d'invoquer, et absolument aucun exorcisme. Ils ne s'en sont toujours pas remis.

— Quel genre de sorcière est-ce ? demandai-je.

— Le genre puissant, ricana Vivian.

Mais ce n'est pas ce dont je voulais parler.

— Son pouvoir est élémentaire ou il repose sur l'art ordinaire ?

— Elle a une bonne maîtrise des sorts, d'après ce que j'ai entendu dire, répondit Sarah.

— Sidonie peut voler et c'est aussi une prophétesse respectée, ajouta Vivian.

Chris leva la main.

— Oui, Chris ? dit Sarah comme une institutrice.

— Intelligente, puissante, capable de voler, peu importe. Il ne faut pas qu'elle apprenne l'existence des enfants de Diana, surtout avec les dernières expériences de Mauvaise Graine et ce pacte qui vous inquiète tant.

— Mauvaise Graine ? répéta Vivian, interloquée.

— Le fils de Matthew a mis une sorcière en cloque. Apparemment, les capacités reproductrices, c'est de famille chez les Clairmont, dit Chris en fusillant Matthew du regard. Et d'après ce pacte que vous avez tous accepté, je suppose que les sorcières ne sont pas censées fréquenter les vampires ?

— Ou les démons. Cela met les humains mal à l'aise, dit Matthew.

— Mal à l'aise ? répéta Chris, dubitatif. Les Noirs qui s'asseyaient dans les bus à côté des Blancs aussi. La ségrégation n'est pas la solution.

— Les humains remarquent les créatures lorsqu'elles sont en groupes mixtes, dis-je, espérant apaiser Chris.

— Nous te remarquons, Diana, même quand tu descends Temple Street toute seule à 10 heures du matin, dit Chris, faisant voler en éclats mon ultime espoir d'apparaître comme tout le monde.

— La Congrégation a été instituée pour faire respecter le pacte, pour nous protéger de l'attention des humains, persistai-je. En contrepartie, nous ne nous occupons ni de politique ni de religion humaines.

— Pense ce que tu veux, mais la ségrégation forcée, ou le pacte, si tu as envie de faire snob, provient souvent d'un souci de pureté de la race. (Chris posa les pieds sur la table basse.) Votre pacte a sûrement vu le jour parce que des sorcières avaient des enfants avec des vampires. Ne pas mettre « mal à l'aise » les humains était simplement un prétexte commode.

Fernando et Matthew échangèrent un regard.

— Je pensais que la capacité de Diana à concevoir était unique en son genre, que c'était l'œuvre de la déesse, pas la manifestation d'un phénomène plus vaste, dit Vivian, consternée. Toute une population de créatures quasi immortelles et douées de pouvoirs surnaturels, ce serait terrifiant.

— Pas si vous cherchez à fabriquer une race supérieure. Auquel cas, une créature serait un véritable putsch génétique, observa Chris. Connaîtrions-nous des mégalomanes qui s'intéressent à la génétique des vampires ? Oh, attendez. Nous en connaissons deux.

— Je préfère laisser ce genre de choses à Dieu, Christopher. (Une veine sombre palpitait sur le front de Matthew.) Je ne m'intéresse aucunement à l'eugénisme.

— J'avais oublié. Vous êtes obsédé par l'évolution des espèces, en d'autres termes l'histoire et la chimie. Ce sont les objets d'étude de Diana. Quelle coïncidence. (Chris plissa les paupières.) D'après ce que j'ai entendu, j'ai deux questions, professeur Clairmont. Est-ce que ce sont seulement les vampires qui sont en voie d'extinction, ou bien les sorcières et les démons aussi ? Et laquelle de ces soi-disant espèces se préoccupe le plus de pureté raciale ?

Chris était *vraiment* un génie. À chacune de ses pénétrantes questions, il plongeait plus avant encore dans les arcanes du Livre de la Vie, dans les secrets de la famille Clermont et dans les mystères de mon sang et de celui de Matthew.

— Chris a raison, dit Matthew avec une précipitation suspecte. Nous ne pouvons pas risquer que la Congrégation découvre la grossesse de Diana. Si tu n'as pas d'objection, *mon cœur**, je crois que nous devrions partir à la maison de Fernando à Séville sans plus tarder. Sarah peut venir avec nous, bien sûr. Comme cela, la réputation du coven ne sera plus salie.

— Moi, je dis que vous ne pouvez pas laisser la Méchante Sorcière découvrir le pot aux roses, mais pas que Diana doit s'enfuir, s'indigna Chris. Vous avez oublié Benjamin ?

— Menons la bataille un front après l'autre, Christopher, dit Matthew.

Le ton avait dû être aussi ferme que son expression, car Chris se calma aussitôt.

— OK, je vais aller à Séville.

Je n'en avais pas envie, mais je ne voulais pas non plus que les sorcières de Madison pâtissent.

— Non, ce n'est pas OK, dit Sarah, haussant le ton. La Congrégation veut des réponses ? Eh bien, j'en veux aussi, moi. Dites à Sidonie von Borcke que je n'ai pas *frayé* avec des vampires depuis octobre dernier, depuis que Satu Järvinen a enlevé et torturé ma nièce pendant que Peter Knox la regardait faire sans broncher. Si cela veut dire que j'ai violé le pacte, c'est bien dommage. Sans les Clermont, Diana serait morte, ou pire.

— Ce sont de graves allégations, dit Vivian. Tu es sûre de vouloir les porter ?

— Oui, s'entêta Sarah. Knox a déjà été chassé de la Congrégation. Je veux que Satu soit virée aussi.

— Ils cherchent quelqu'un pour remplacer Knox, en ce moment, annonça Vivian. On raconte que Janet Gowdie va sortir de sa retraite pour occuper son siège.

— Janet Gowdie a au moins quatre-vingt-dix ans, dit Sarah. Elle n'est plus à la hauteur de la tâche.

— Knox soutient que ce doit être une sorcière connue pour ses capacités à jeter des sorts, comme lui. Personne, pas même Janet Gowdie, ne l'a jamais battu dans ce domaine, dit Vivian.

— Pas encore, rétorqua Sarah.

— Ce n'est pas tout, Sarah. Et tu vas peut-être y réfléchir à deux fois avant de t'en prendre aux sorcières de la Congrégation. (Vivian hésita.) Sidonie a demandé un rapport sur Diana. Selon elle, c'est la procédure standard avec les sorcières qui n'ont pas développé leur talent magique pour voir si quoi que ce soit s'est manifesté plus tard dans leur vie.

— Si c'est mon pouvoir qui intéresse la Congrégation, la demande de Sidonie n'a rien à voir avec le fait que Sarah et moi fréquentions des vampires, dis-je.

— Sidonie prétend qu'elle détient une évaluation de Diana enfant indiquant qu'elle n'était censée manifester aucun des pouvoirs normaux traditionnellement associés aux sorcières, continua Vivian, accablée. C'est Peter Knox qui a procédé à l'examen. Rebecca et Stephen ont accepté ses conclusions et l'ont signé.

— Dis à la Congrégation que l'évaluation qu'ont faite Rebecca et Stephen des capacités magiques de leur fille était absolument correcte, jusqu'au moindre détail, dit Sarah, les yeux flamboyants de colère. Ma nièce a des pouvoirs normaux.

— Bravo, Sarah, dit Matthew, qui admirait clairement cette prudente vérité. La réponse était digne de mon frère Godfrey.

— Merci, Matthew, acquiesça Sarah.

— Knox sait quelque chose, ou le soupçonne. Et cela depuis que je suis petite. (Je m'attendais à ce que Matthew ne soit pas d'accord. Il ne me contredit pas.) Je croyais que nous avions découvert ce que mes parents dissimulaient : le fait que je suis une tisseuse, comme papa. Mais maintenant que je connais l'intérêt de maman pour la haute magie, je me demande si cela n'a pas un rapport avec ce qui intéresse aussi Knox.

— C'est un grand pratiquant de la haute magie, dit pensivement Vivian. Et si vous étiez capable de concevoir de nouveaux sortilèges noirs ? J'imagine que Knox serait prêt à tout pour pouvoir mettre la main dessus.

La maison gémit, et le son d'une guitare remplit la pièce d'une mélodie bien reconnaissable. De toutes les chansons de l'album préféré de ma mère, *Landslide* était celle qui me pinçait le plus le cœur. Chaque fois que je l'entendais, je me revoyais sur ses genoux pendant qu'elle la fredonnait.

— Maman adorait cette chanson, dis-je. Elle savait que les changements approchaient, et elle en avait peur, tout comme la femme de la chanson. Mais nous ne pouvons plus nous permettre d'être effrayés.

— Qu'est-ce que vous racontez, Diana ? demanda Vivian.

— Le changement que ma mère attendait ? Il est là, dis-je simplement.

— Et d'autres encore sont en route, dit Chris. Vous n'allez plus pouvoir continuer à garder secrète l'existence des créatures vis-à-vis des humains. Il suffit d'une autopsie, d'une consultation génétique chez un médecin ou d'un kit de test génétique pour que l'on vous découvre.

— Foutaises, déclara Matthew.

— Croyez-moi sur parole. Vous avez deux choix. Voulez-vous maîtriser la situation quand elle arrivera, Matthew, ou voulez-vous la prendre en pleine face ? (Chris attendit.) D'après le peu que je vous connais, je dirais que vous préférerez la première option. (Matthew se passa une main dans les cheveux en le fusillant du regard.) Il me semblait bien, dit Chris en renversant son siège en arrière. Alors. Étant donné la crise, que peut faire l'Université de Yale pour vous, professeur Clairmont ?

— Non, dit Matthew. Pas question que vous utilisiez des étudiants et des doctorants pour analyser l'ADN des créatures.

— Je sais que ça fiche la trouille, continua aimablement Chris. Nous préférerions tous nous cacher bien à l'abri quelque part et en laisser d'autres prendre les décisions. Mais il va bien falloir que quelqu'un se lève et lutte pour la justice. Fernando m'a dit que vous étiez un guerrier tout à fait impressionnant. (Matthew le fixa sans ciller.) Je serai avec vous, si cela peut vous aider, ajouta Chris. À condition que vous fassiez un pas vers moi de votre côté.

Matthew était un guerrier non seulement impressionnant, mais aussi expérimenté. Il savait quand il était battu.

— Vous avez gagné, Chris, dit-il posément.

— Très bien. Mettons-nous au travail, alors. Je veux voir les cartographies génétiques des créatures. Ensuite, je veux séquencer et reconstituer les génomes des trois créatures pour pouvoir les comparer au génome humain, énuméra Chris. Je veux être sûr que vous avez correctement identifié le gène responsable de la fureur sanguinaire. Et je veux que soit isolé le gène qui permet à Diana de porter votre enfant. Je ne crois pas que vous ayez encore cherché de ce côté-là.

— Y a-t-il autre chose que je peux faire pour vous ? demanda Matthew en haussant les sourcils.

— À vrai dire, oui. (Le fauteuil retomba avec un bruit sourd.) Dites à Miriam Shephard que je veux qu'elle ramène ses fesses à la Kline Biology Tower lundi matin. C'est sur Science Hill. Impossible à manquer. Mon labo est au cinquième. J'aimerais qu'elle m'explique en quoi mes conclusions dans *Science* étaient fausses avant qu'elle se joigne à la réunion de notre équipe à 11 heures.

— Je lui transmettrai le message. (Matthew et Fernando échangèrent un regard et ce dernier haussa les épaules, comme pour dire : *Il signe son arrêt de mort.*) Je vous rappelle juste quelque chose, Chris. Les analyses que vous avez énumérées jusqu'ici vont prendre des années. Nous ne serons pas à Yale très longtemps. Diana et moi devons être rentrés en Europe avant octobre, si nous voulons que les jumeaux naissent là-bas. Diana ne doit pas voyager sur de longues distances après cette date.

— Raison de plus pour qu'il y ait le plus de monde possible qui travaille sur ce projet, dit Chris en se levant et en tendant la main. Affaire conclue ? (Après une longue pause, Matthew la prit.) Sage décision, commenta Chris en la serrant. J'espère que vous avez apporté votre chéquier, Clairmont. Le Centre d'analyses du génome de Yale et le Laboratoire d'analyses ADN facturent des honoraires costauds, mais ils sont rapides et infaillibles. (Il consulta sa montre.) Mon sac est déjà dans la voiture. Combien de temps vous faut-il pour vous mettre en route, tous les deux ?

— Nous vous suivrons d'ici à quelques heures, dit Matthew.

Chris fit un baiser à Sarah et me serra dans ses bras.

— À 11 heures lundi, Matthew, dit-il, l'index levé. Soyez à l'heure.

Et sur ces mots, il s'en alla.

— Qu'est-ce que j'ai fait ? murmura Matthew quand la porte d'entrée claqua.

Il avait l'air bouleversé.

— Tout ira bien, Matthew, dit Sarah avec un surprenant optimisme. J'ai un bon pressentiment.

Quelques heures plus tard, nous montâmes dans la voiture. Depuis le siège passager, je fis mes adieux à Sarah et à Fernando en ravalant mes larmes. Sarah souriait, mais elle était recroquevillée sur elle-même. Fernando échangea quelques mots avec Matthew et lui fit une brève accolade à la manière des Clermont. Matthew se glissa derrière le volant.

— Tout est prêt ?

J'acquiesçai. Il démarra. Le son d'un clavier et d'une batterie s'éleva des enceintes, accompagné de guitares perçantes. Matthew tripota les réglages, tentant de baisser la musique. N'y parvenant pas, il voulut la couper. Mais il eut beau essayer, Fleetwood Mac continuait de nous fredonner de ne pas cesser de songer au lendemain. Au bout du compte, il leva les bras au ciel, reconnaissant sa défaite.

— La maison nous a fait un adieu grand style, à ce que je vois, dit-il en secouant la tête et en passant une vitesse.

— Ne t'inquiète pas. Elle ne pourra pas continuer une fois que nous serons sortis de la propriété.

Nous descendîmes la longue allée jusqu'à la route, en sentant à peine les bosses et les ornières grâce aux amortisseurs de la Range Rover.

Je me tortillai sur mon siège quand Matthew mit son clignotant pour quitter la ferme des Bishop, mais les derniers mots de la chanson me forcèrent à regarder droit devant moi.

— Ne te retourne pas, murmurai-je.

Soleil en Vierge

Lorsque le soleil est en Vierge, qu'enfants soient envoyés à l'école.

Ce signe indique un changement de lieu.

> Diaire anglais, anonyme, env. 1590
> Gonçalves MS. 4890, f. 9^r.

15

— Une autre infusion, professeur Bishop ?
— Mmm ? (Je levai les yeux vers le jeune homme bon chic bon genre qui attendait, l'air interrogateur.) Oh. Oui, bien sûr. Merci.
— Tout de suite.

Il s'empara prestement de la tisanière en porcelaine blanche posée sur la table. Je regardai la porte, mais il n'y avait toujours aucun signe de Matthew, parti aux Ressources humaines récupérer son badge. Je l'attendais au New Haven Lawn Club voisin, dont l'atmosphère cotonneuse étouffait le bruit caractéristique des balles de tennis et les cris des enfants jouant dans la piscine pendant la dernière semaine des vacances d'été. Trois futures mariées et leurs mères venaient de visiter la salle où je me trouvais pour voir les avantages dont elles bénéficieraient si la cérémonie avait lieu ici.

C'était peut-être New Haven, mais ce n'était pas mon New Haven.

— Et voici, professeur, dit mon serveur plein de sollicitude en revenant, accompagné d'une odeur de feuilles de menthe fraîches. Votre infusion.

Vivre à New Haven avec Matthew allait demander quelques ajustements. Ma petite maison sur la portion piétonne bordée d'arbres de Court Street était beaucoup plus spartiate que toutes les résidences que nous avions occupées l'année précédente, dans le présent comme dans le passé. C'était plutôt du mobilier en pin datant de mes années d'étudiante, des trouvailles de brocantes et des quantités de livres. Je n'avais pas de tête ni de pied de lit et encore moins de baldaquin. Mais le matelas était large et accueillant, et après la longue route depuis Madison, nous nous y étions écroulés en gémissant de soulagement.

Nous avions passé la majeure partie du week-end à faire des courses comme n'importe quel couple normal de New Haven : du vin au magasin de Whitney Avenue pour Matthew, des provisions pour moi, et assez d'appareils électroniques pour remplir un laboratoire. Matthew était horrifié que j'aie seulement un portable. Nous quittâmes le magasin informatique de Broadway avec deux exemplaires de tout – un chacun. Après quoi, nous nous promenâmes dans les allées des résidences universitaires pendant que le carillon sonnait dans Harkness Tower. L'université comme la ville commençaient seulement à se remplir avec le retour des étudiants qui se saluaient à grands cris de part et d'autre du square et se plaignaient des listes de lecture et des emplois du temps.

— Cela fait plaisir de revenir ici, avais-je chuchoté, accrochée à son bras.

J'avais l'impression que nous nous embarquions dans une nouvelle aventure, tous les deux.

Mais aujourd'hui, c'était différent. Je ne me sentais ni dans mon élément ni dans mon assiette.

— Te voici, dit Matthew en apparaissant à côté de moi et en me donnant un long baiser. Tu m'as manqué.

— Nous n'avons été séparés qu'une heure et demie, dis-je en riant.

— C'est bien ce que je dis. Beaucoup trop longtemps. (Il balaya la table du regard, vit la tisanière pleine, mon bloc-notes jaune et l'exemplaire intact de l'*American Historical Review* que j'avais sauvé de mon casier de courrier plein à craquer en allant à Science Hill.) Comment s'est passée ta matinée ?

— On s'est très bien occupé de moi.

— Il y a intérêt.

Sur le chemin du grandiose bâtiment de briques, Matthew m'avait expliqué que Marcus était l'un des membres fondateur du club privé, qui avait été édifié sur un terrain qui lui avait appartenu autrefois.

— Puis-je vous servir quelque chose, professeur Clairmont ?

Je pinçai les lèvres. Une petite ride se creusa entre les yeux aiguisés de mon mari.

— Merci, Chip, mais je crois que nous allons partir. (Il était temps. Je me levai en ramassant mes affaires, que je fourrai dans la grosse besace qui attendait à mes pieds.) Vous pouvez tout mettre sur le compte du Dr Whitmore ? murmura Matthew en tirant ma chaise.

— Certainement, dit Chip. Sans problème. C'est toujours un plaisir d'accueillir un membre de la famille du Dr Whitmore.

Pour une fois, je fus plus rapide que Matthew pour sortir.

— Où est la voiture ? demandai-je en scrutant le parking.

— Garée à l'ombre, dit Matthew en me prenant mon sac. Nous allons gagner le labo à pied. Pas besoin de voiture. Les membres peuvent la laisser ici et c'est juste à côté. C'est bizarre pour nous deux, ajouta-t-il d'un air compatissant. Mais la sensation va passer.

Je respirai un bon coup et hochai la tête.

— Ça ira mieux une fois que je serai dans la bibliothèque, dis-je autant pour moi que pour lui. Nous allons travailler ?

Matthew me tendit la main. Je la pris et son expression se radoucit.

— Après toi, dit-il.

Nous traversâmes Whitney Avenue près du jardin rempli de statues de dinosaures, coupâmes derrière le Peabody et arrivâmes à la haute tour qui abritait le labo de Chris. Je ralentis. Matthew leva les yeux et regarda tout en haut.

— Oh, non, pas ici, par pitié. C'est pire que la Beinecke. (Il fixait la silhouette peu avenante de la Kline Biology Tower, la KBT, comme on l'appelait sur le campus. Il avait comparé la Beinecke, avec ses murs en marbre blanc percés d'ouvertures carrées, à un bac à glaçons géant.) Cela me rappelle…

— Ton labo d'Oxford n'était pas non plus d'une grande beauté, si je me souviens bien, le coupai-je avant qu'il puisse faire une autre comparaison saisissante qui resterait gravée dans ma mémoire. Allons-y.

Ce fut à Matthew de se montrer réticent. Il grommela alors que nous entrions dans le bâtiment, refusa comme lui demandait le vigile de passer à son cou le cordon bleu et blanc de Yale auquel était accrochée sa carte magnétique, continua de se plaindre jusqu'à l'ascenseur et fulmina alors que nous cherchions la porte du labo de Chris.

— Tout va bien se passer, Matthew. Les étudiants de Chris vont être enchantés de te rencontrer, lui assurai-je.

Matthew était un savant internationalement reconnu et un membre du corps enseignant de l'Université d'Oxford. Il y avait peu d'institutions qui impressionnaient Yale, mais Oxford était l'une d'elles.

— La dernière fois que je me suis retrouvé au milieu d'étudiants, c'est quand Hamish et moi étions professeurs à All Souls. (Matthew se détourna pour dissimuler sa gêne.) Je suis plus à mon aise dans un laboratoire de recherches.

Je tirai sur son bras pour le forcer à s'arrêter. Il finit par me regarder en face.

— Tu as enseigné à Jack tout un tas de choses. Et à Annie aussi, lui rappelai-je, me souvenant comment il s'était comporté avec les deux enfants qui habitaient avec nous dans le Londres élisabéthain.

— C'était différent. Ils étaient…

Il n'acheva pas, et une ombre passa dans ses yeux.

— De la famille ?

J'attendis sa réponse. Il hocha la tête à contre-cœur.

— Les étudiants veulent la même chose qu'Annie et Jack : ton attention, ton honnêteté et ta foi en eux. Tu vas t'en tirer brillamment. Je te le jure.

— Je me contenterais de m'en tirer tout court, murmura Matthew en scrutant le couloir. Voilà le labo de Christopher. Allons-y. Si je suis en retard, il va me confisquer mon badge.

Chris ouvrit la porte, visiblement épuisé. Matthew la saisit et la garda ouverte du bout du pied.

— Une minute de plus, Clairmont, et je commençais sans vous. Salut, Diana, ajouta-t-il en m'embrassant sur la joue. Je ne m'attendais pas à te voir ici. Pourquoi tu n'es pas à la Beinecke ?

— Livraison spéciale, dis-je. (Je tendis la main et Matthew me donna ma besace.) La page de l'Ashmole 782, tu te souviens ?

— Ah oui, c'est vrai.

Chris n'avait pas l'air passionné le moins du monde. Matthew et lui étaient clairement préoccupés par d'autres questions.

— Vous avez promis, tous les deux, dis-je.

— Oui. L'Ashmole 782. (Chris croisa les bras.) Où est Miriam ?

— Je lui ai transmis votre invitation et je vous épargnerai sa réponse. Elle sera là quand elle le décidera, et si elle en a envie. (Matthew brandit son badge. Même l'administration n'avait pas réussi à prendre une mauvaise photo de lui. Il avait l'air d'un mannequin.) Je fais officiellement partie du personnel ou du moins c'est ce qu'on m'a dit.

— Très bien. Allons-y.

Chris prit une blouse blanche à une patère et la passa avant d'en tendre une autre à Matthew, qui la regarda d'un air dubitatif.

— Je ne vais pas porter ce genre de truc.

— Comme vous voulez. Pas de blouse, pas de contact avec le matériel. À vous de voir, dit Chris en tournant les talons et en se mettant en route.

Une femme l'aborda avec une poignée de paperasses. Elle portait une blouse brodée du nom CONNELLY, au-dessus duquel était griffonné « Pipette » au feutre rouge.

— Merci, Pipette, dit Chris en examinant les papiers. Bien. Personne n'a refusé.

— Qu'est-ce que c'est ? demandai-je.

— Des contrats de confidentialité. Chris m'a dit que vous n'aviez pas besoin d'en signer. (Pipette regarda Matthew et inclina la tête.) Nous sommes honorés de vous avoir parmi nous, professeur Clairmont. Je suis Joy Connelly, le bras droit de Chris. Comme nous n'avons pas de directeur du labo en ce moment, je m'en occupe le temps que Chris trouve une Mère Teresa ou un Mussolini. Voulez-vous badger afin que nous enregistrions l'heure de votre arrivée ? Vous devrez en faire autant en repartant. C'est pour la bonne règle, dit-elle en désignant le lecteur de cartes près de la porte.

— Merci, docteur Connelly, dit Matthew en glissant docilement son badge dans la machine.

Il ne portait cependant toujours pas de blouse.

— Le professeur Bishop doit également badger. Protocole du labo. Et appelez-moi Pipette. Tout le monde le fait.

— Pourquoi ? demanda Matthew pendant que je cherchais mon badge qui avait sombré comme d'habitude tout au fond de mon sac.

— Chris trouve que les surnoms sont plus faciles à se rappeler, dit Pipette.

— Il avait dix-sept Amy et douze Jared lors de son premier cours en première année, ajoutai-je. Je ne crois pas qu'il s'en remettra jamais.

— Heureusement, ma mémoire est excellente, docteur Connelly. Tout comme votre travail sur l'ARN catalytique, d'ailleurs, sourit Matthew.

Le Dr Connelly eut l'air flatté.

— Pipette ! beugla Chris.

— J'arrive ! répondit-elle. J'espère vraiment que ce sera une Mère Teresa qu'il nous trouvera. Un Mussolini, c'est déjà bien assez, me murmura-t-elle.

— Mère Teresa est morte, répondis-je en badgeant.

— Je sais. Mais quand Chris a rédigé le profil de poste pour directeur de labo, il a noté « Mère Teresa ou Mussolini » dans la rubrique compétences. Nous l'avons réécrit, évidemment. Les Ressources humaines n'auraient pas approuvé, sans quoi.

— Comment Chris appelait-il le précédent directeur de labo ? demandai-je, redoutant d'avance la réponse.

— Caligula, soupira Pipette. Elle nous manque vraiment.

Matthew attendit que nous entrions pour lâcher la porte qui se referma avec un chuintement. Pipette ne parut pas impressionnée par cette courtoisie.

Une meute de chercheurs en blouses blanches de tous âges et de toute espèce nous attendait à l'intérieur, certains aguerris comme Pipette, des chercheurs postdoctoraux à l'air épuisé et toute une volée d'étudiants de deuxième cycle. La plupart étaient assis sur des tabourets devant des paillasses ; quelques-uns étaient appuyés aux éviers ou aux étagères. L'un des éviers était surmonté d'une inquiétante pancarte rédigée à la main annonçant SPÉCIAL TOXIQUE. Tina, l'assistante administrative perpétuellement épuisée de Chris, essayait de récupérer les formulaires de confidentialité remplis de sous une canette de soda sans déranger le portable que Chris démarrait. Le brouhaha des conversations cessa à notre entrée.

— Oh. Mon. Dieu. C'est...

Une femme venait de reconnaître Matthew.

— Hé, professeur Bishop ! (Un étudiant de deuxième cycle se leva en rajustant sa blouse. Il avait l'air plus mal à l'aise que Matthew.) Jonathan Garcia. Vous vous souvenez de moi ? Histoire de la chimie ? Il y a deux ans ?

— Bien sûr. Comment allez-vous, Jonathan ?

Je sentis plusieurs regards qui me tapotaient alors que les têtes se tournaient vers moi. Il y avait des démons dans le labo de Chris. Je regardai autour de moi pour essayer de les repérer. Puis je croisai le regard glacé d'un vampire qui se tenait près d'un placard avec Pipette et une autre femme. Matthew l'avait déjà remarqué.

— Richard, dit-il en hochant froidement la tête. Je ne savais pas que vous aviez quitté Berkeley.

— L'an dernier, répondit Richard, imperturbable.

Jamais je n'avais songé qu'il y aurait déjà des créatures dans le labo de Chris. Je n'étais venue le voir qu'une ou deux fois, quand il travaillait seul. Ma besace me parut soudain alourdie par les secrets et une éventuelle catastrophe.

— Tu auras le temps de fêter tes retrouvailles avec Clairmont plus tard, Carabine, dit Chris en branchant le portable à un projecteur dans les rires de l'assistance. Lumières, s'il te plaît, Pipette.

Les rires se turent et les lumières baissèrent. L'équipe de chercheurs de Chris se pencha en avant pour voir ce qui était projeté sur le tableau blanc. Des barres noires et blanches s'alignaient en haut de la page et étaient développées au-dessous. Chaque barre – ou idéogramme, comme me l'avait expliqué Matthew la veille – représentait un chromosome.

— Ce trimestre, nous avons un tout nouveau projet de recherches, dit Chris en s'appuyant au tableau, où sa peau noire et sa blouse blanche lui donnaient l'allure d'un autre idéogramme du schéma. Voici notre sujet. Qui veut me dire de quoi il s'agit ?

— C'est vivant ou mort ? demanda une voix de femme.

— Bonne question, Scully, sourit Chris.

— Pourquoi la posez-vous ? demanda Matthew en lui jetant un regard aigu qui la mit mal à l'aise.

— Parce que, expliqua-t-elle, s'il… ah oui, c'est un sujet mâle, au fait… s'il est décédé, la cause du décès peut avoir une composante génétique.

Les étudiants de deuxième cycle, avides de montrer leurs compétences, commencèrent à débiter toutes sortes de maladies génétiques rares et mortelles plus vite qu'ils ne pouvaient les noter sur leurs ordinateurs.

— D'accord, d'accord, les arrêta Chris en levant la main. Il n'y a plus de place pour les zèbres dans notre zoo. Revenez aux choses simples, s'il vous plaît.

Les yeux de Matthew pétillaient d'amusement.

— Les étudiants ont tendance à préférer les explications exotiques plutôt que les plus évidentes, m'expliqua-t-il en voyant ma perplexité. Comme penser qu'un patient est atteint du SRAS plutôt que d'un simple rhume. Nous les appelons des « zèbres » parce qu'ils entendent un bruit de sabots et concluent que ce sont des zèbres plutôt que des chevaux.

— Merci.

Entre les surnoms et la faune sauvage, on peut comprendre que j'étais désorientée.

— Arrêtez d'essayer de vous impressionner les uns les autres et regardez l'écran. Qu'est-ce que vous voyez ? demanda Chris en mettant un terme à la compétition.

— C'est un sujet mâle, dit un jeune homme maigrichon avec un nœud papillon, qui utilisait un bloc-notes traditionnel plutôt qu'un ordinateur.

Carabine et Pipette levèrent les yeux au ciel et secouèrent la tête.

— Scully l'a déjà déduit, s'impatienta Chris. (Il claqua des doigts.) Ne me faites pas honte devant l'Université d'Oxford, sinon vous allez tous aller soulever de la fonte avec moi pendant tout le mois de septembre.

Tout le monde gémit. La forme physique de Chris était légendaire, tout comme son habitude de porter son vieux maillot de football de Harvard chaque fois que Yale avait un match. C'était le seul professeur qui était régulièrement et publiquement hué en cours.

— En tout cas, ce n'est pas un être humain, dit Jonathan. Il a vingt-quatre paires de chromosomes.

Chris consulta sa montre.

— Quatre minutes et trente secondes. Deux minutes de plus que je pensais qu'il faudrait, mais infiniment moins que ne s'y attendait le professeur Clairmont.

— Bien vu, professeur Roberts, dit aimablement Matthew.

L'équipe de Chris le regarda, se demandant toujours ce qu'un professeur d'Oxford faisait dans un laboratoire de recherches de Yale.

— Attendez une minute. Le riz possède vingt-quatre paires de chromosomes. Nous étudions du *riz* ? demanda une jeune femme que j'avais vue dîner au Branford College.

— Évidemment que non, s'exaspéra Chris. Depuis quand le riz a-t-il un sexe, Toxique ?

Ce devait être la propriétaire de l'évier surmonté de la pancarte.

— Des chimpanzés ?

Le jeune homme qui fit cette suggestion était beau garçon, dans le genre studieux, avec sa chemise bleue en oxford et ses cheveux bruns ondulés.

Chris entoura au feutre rouge un des idéogrammes en haut de l'image.

— Est-ce que ça ressemble au chromosome 2A d'un singe ?

— Non, répondit le jeune homme, mortifié. Le bras supérieur est trop long. On dirait plutôt le chromosome 2 d'un être humain.

— C'est le chromosome 2 d'un être humain, répondit Chris. (Il effaça le cercle rouge et commença à numéroter les idéogrammes. Arrivé au vingt-quatrième, il l'entoura.) Voici sur quoi nous allons nous concentrer ce trimestre. Le chromosome 24, connu à partir de maintenant sous le nom de CC afin que l'équipe de recherche qui étudie le riz génétiquement modifié à Osborn n'ait pas les chocottes. Nous avons beaucoup de travail à faire. L'ADN a été séquencé, mais très peu des fonctions des gènes ont été identifiées.

— Combien y a-t-il de paires de bases ? demanda Carabine.

— Quelque part dans les quarante millions, répondit Chris.

— Dieu merci, murmura Carabine en fixant Matthew.

Je trouvai que cela faisait affreusement beaucoup, mais j'étais contente qu'il soit soulagé.

— Que représente CC ? demanda une Asiatique menue.

— Avant de répondre à cette question, je tiens à vous rappeler que chacun d'entre vous a donné à Tina son formulaire de confidentialité signé, dit Chris.

— Est-ce qu'on travaille sur quelque chose qui va déboucher sur un brevet ? demanda un étudiant en se frottant les mains. Excellent.

— Nous travaillons sur un projet de recherche hautement confidentiel et sensible très lourd de conséquences. Ce qui se passe dans ce labo ne doit pas en sortir. On n'en parle pas aux amis. Ni aux parents. Et on ne se vante pas à la bibliothèque. Ceux qui parlent seront virés. C'est pigé ? (Tout le monde hocha la tête.) Pas d'ordinateurs portables personnels, ni de mobiles, ni d'appareils photo. Un seul terminal informatique aura un accès Internet, mais seuls Pipette, Carabine et Sherlock auront le code, continua Chris en désignant les plus anciens. Nous prendrons des notes en mode *old school*, à la main, sur du papier, et vous remettrez tout à Pipette avant de filer. Pour ceux qui ont oublié comment se servir d'un crayon, Skelettor vous montrera.

Skelettor, le jeune homme maigrichon au bloc-notes, parut tout content de lui. Avec une certaine réticence, les étudiants se séparèrent de leurs mobiles qu'ils déposèrent dans un seau en plastique que Pipette fit passer. Pendant ce temps, Carabine prenait les ordinateurs portables et les mettait sous clé dans un placard. Une fois le laboratoire débarrassé de tout appareillage électronique indésirable, Chris reprit.

— Quand, le moment venu, nous déciderons de publier nos découvertes, et oui, professeur Clairmont, viendra un jour où elles le seront, car c'est ce que font les scientifiques, ajouta-t-il avec un regard appuyé, aucun de vous n'aura plus jamais à se faire de souci pour son avenir professionnel. (Des sourires se peignirent sur les lèvres.) CC signifie « Chromosome de Créature ».

Les sourires s'envolèrent.

— C… c… créature ? demanda Skelettor.

— Je vous avais dit que c'étaient des aliens, dit un type assis à côté de Toxique.

— Il ne vient pas d'une autre planète, Mulder, dit Chris.

— Bien vu, le surnom, dis-je à Matthew, qui avait l'air dépassé. Je t'expliquerai plus tard, ajoutai-je, me souvenant qu'il n'avait pas la télévision.

— Un loup-garou ? demanda Mulder, plein d'espoir.

Matthew se renfrogna.

— On arrête d'essayer de deviner, coupa précipitamment Chris. Allez, l'équipe. Levez la main ceux qui sont des démons.

Matthew resta bouche bée.

— Qu'est-ce que tu fais ? chuchotai-je à Chris.

— Des recherches, répondit-il en balayant la salle du regard. (Après quelques minutes de silence stupéfait, il claqua des doigts.) Allez. Ne faites pas les timides.

L'Asiatique leva la main. Tout comme un jeune homme qui ressemblait à une girafe avec ses cheveux roux et son long cou.

— J'aurais dû me douter que ce seraient Gameboy et Xbox, murmura Chris. Quelqu'un d'autre ?

— Daisy, dit la femme en désignant une créature rêveuse qui portait des vêtements jaune vif et blancs et fredonnait en regardant par la fenêtre.

— Tu es sûre, Gameboy ? demanda Chris, incrédule. Elle est tellement… euh… organisée. Et précise. Rien à voir avec toi et Xbox.

— Daisy ne le sait pas encore, chuchota Gameboy, le front plissé, alors allez-y doucement avec elle. Découvrir ce qu'on est, ça peut faire un choc énorme.

— C'est tout à fait compréhensible, répliqua Chris.

— Qu'est-ce que c'est qu'un démon ? demanda Scully.

— Un membre hautement apprécié de cette équipe de recherche qui ne suit pas forcément les lignes pour colorier, répondit promptement Chris.

Carabine eut une moue amusée.

— Oh, répondit timidement Scully.

— Je dois être un démon aussi, alors, déclara Skelettor.

— Tu voudrais bien, murmura Gameboy.

Les lèvres de Matthew tressaillirent.

— Waouh. Des démons. Je savais que Yale était un meilleur choix que John Hopkins, dit Mulder. C'est l'ADN de Xbox ?

Xbox regarda Matthew d'un air suppliant. Daisy avait arrêté de fredonner et prêtait maintenant attention à la conversation.

Matthew, Carabine et moi étions les adultes, dans cette situation. Ce n'était pas aux étudiants de parler aux humains des créatures. J'ouvris la bouche pour répondre, mais Matthew posa la main sur mon épaule.

— Ce n'est pas l'ADN de votre camarade, dit-il. C'est le mien.

— Vous êtes un démon aussi ? demanda Mulder en le regardant avec intérêt.

— Non, je suis un vampire. (Matthew s'avança et rejoignit Chris dans la lumière du projecteur.) Et avant que vous posiez la question, je peux sortir en pleine journée et mes cheveux ne prennent pas feu au soleil. Je suis catholique et je possède un crucifix. Quand je dors, ce qui n'arrive pas souvent, je préfère un lit à un cercueil. Si vous essayez de me transpercer le cœur avec un pieu, le bois a de grandes chances de se fendre avant d'entailler ma peau. (Il retroussa les lèvres.) Pas de crocs non plus. Et une dernière chose : je n'émets pas de lumière et cela ne m'est jamais arrivé.

Son visage s'assombrit comme pour souligner cette déclaration.

Jusque-là, j'avais été fière de Matthew en bien des occasions. Je l'avais vu tenir tête à une reine, à un empereur capricieux, et à son impressionnant père. Son courage – que ce soit à l'épée ou quand il luttait contre ses propres démons – était inébranlable. Mais ce n'était rien par rapport à ce que j'éprouvai en le voyant se présenter devant un groupe d'étudiants et de confrères scientifiques en avouant ce qu'il était.

— Quel âge avez-vous ? demanda Mulder dans un souffle.

Comme le personnage dont il tirait son surnom, Mulder croyait sincèrement à tout ce qui était merveilleux ou étrange.

— Trente-sept ans. (Des exclamations déçues fusèrent. Matthew les prit en pitié.) À plus ou moins quinze cents ans près.

— Putain ! bafouilla Scully, dont l'univers rationnel venait apparemment d'être chamboulé. C'est plus vieux que vieux. Je ne reviens carrément pas qu'il y ait un vampire à Yale.

— Tu n'es jamais allée au département d'astronomie, c'est clair, dit Gameboy. Il y a quatre vampires parmi les profs. Et la nouvelle prof d'économie, celle qu'ils ont débauchée du MIT, c'est manifestement une vamp. Il paraît qu'il y en a quelques-uns au département de chimie, mais ils restent entre eux.

— Il y a des sorcières à Yale, aussi, dis-je d'un ton calme en évitant de croiser le regard de Carabine. Nous vivons parmi les êtres humains depuis des millénaires. Vous allez sûrement vouloir étudier les chromosomes des trois créatures, professeur Roberts ?

— En effet, sourit chaleureusement Chris. Proposez-vous votre ADN, professeur Bishop ?

— Occupons-nous d'un chromosome de créature à la fois, dit Matthew.

Il mit en garde Chris d'un regard. Il était peut-être disposé à laisser des étudiants se pencher sur *son* information génétique, mais il n'était pas encore convaincu de les laisser sonder le mien.

Jonathan me jaugea.

— Alors, ce sont les sorcières qui scintillent ?

— Je dirais plutôt qu'on chatoie, corrigeai-je. Mais pas toutes les sorcières. Je fais partie des chanceuses, probablement.

Prononcer ces paroles me parut libérateur, et comme personne ne prenait ses jambes à son cou en hurlant, je fus submergée par une vague de soulagement et d'espoir. Et j'avais également une irrépressible envie de glousser.

— Lumière, s'il vous plaît, dit Chris.

Les lumières revinrent progressivement.

— Vous avez dit que nous travaillions sur plusieurs projets ? dit Pipette.

— Vous allez aussi analyser ceci.

Je sortis de ma besace une grande enveloppe en kraft renforcée par du carton pour protéger le contenu. Je l'ouvris et en sortis la page du Livre de la Vie. L'illustration aux vives couleurs de l'union mystique de Sol et Luna resplendit sous les néons du labo. Quelqu'un émit un sifflement. Carabine se redressa, le regard fixé sur la page.

— Hé, mais c'est les noces chymiques du mercure et du soufre, dit Jonathan. Je me rappelle qu'on a vu quelque chose comme ça en cours, professeur Bishop.

Je gratifiai mon ancien étudiant d'un hochement de tête approbateur.

— Ça ne devrait pas être à la Beinecke ? demanda Carabine à Matthew. Ou en lieu *sûr* quelque part ?

L'appui sur le mot « sûr » avait été si léger que je crus l'avoir imaginé. Mais l'expression de Matthew m'indiqua que non.

— Je ne doute pas qu'il soit en lieu sûr ici, Richard, n'est-ce pas ?

Le prince-assassin était réapparu dans le sourire de Matthew. Je me sentis mal à l'aise en voyant l'une des incarnations mortelles de Matthew parmi des éprouvettes et des ballons de verre.

— Qu'est-ce que nous sommes censés en faire ? demanda Mulder, sincèrement curieux.

— En analyser l'ADN, répondis-je. L'enluminure est sur parchemin. J'aimerais savoir de quand date la peau qui le constitue. Et de quelle créature elle provient.

— Je viens de lire un article sur ce genre de recherches, dit Jonathan. On fait des analyses d'ADN mitochondrial sur des livres médiévaux. On espère que cela permettra de les dater et de déterminer où ils ont été fabriqués.

L'ADN mitochondrial enregistrait ce qu'un organisme avait hérité de tous ses ancêtres maternels.

— Peut-être que vous pourriez ressortir ces publications pour vos collègues, au cas où ils ne seraient pas aussi informés que vous. (Matthew avait l'air satisfait que Jonathan soit aussi bien documenté.) Mais nous extrairons de l'ADN nucléaire comme de l'ADN mitochondrial.

— C'est impossible, protesta Carabine. Le parchemin a subi un processus chimique permettant à la peau de recevoir de l'encre. L'âge et le tannage durant la fabrication auront endommagé l'ADN, si tant est qu'on pourrait en extraire assez pour travailler avec.

— C'est difficile, mais pas impossible, corrigea Matthew. J'ai fréquemment travaillé avec de l'ADN ancien, fragile et endommagé. Mes méthodes devraient fonctionner aussi avec cet échantillon.

Des regards enthousiastes furent échangés dans la salle à mesure qu'ils entrevoyaient les implications de ces deux projets de recherches. Ils représentaient l'un comme l'autre le genre de travail que tous les scientifiques espèrent faire, quel que soit le stade de leur carrière.

— Vous ne pensez pas que ce soit de la peau de veau ou de chèvre qui ait servi pour cette page, docteur Bishop ? demanda Pipette d'une voix angoissée qui fit taire tout le monde.

— Non, je pense que c'est une peau de démon, d'être humain, de vampire ou de sorcière.

J'étais à peu près certaine que ce n'était pas de la peau humaine, mais je ne voulais pas écarter entièrement cette possibilité.

— D'être humain ? répéta Scully en ouvrant de grands yeux.

L'idée que d'autres créatures puissent être écorchées pour fabriquer un livre ne semblait pas l'inquiéter.

— Bibliopégie anthropodermique, chuchota Mulder. Je croyais que c'était un mythe.

— Dans la pratique, ce n'est pas de la bibliopégie anthropodermique, dis-je. Le livre dont provient cette page n'est pas seulement écrit sur de la peau, il est entièrement fabriqué avec des éléments provenant de créatures.

— Pourquoi ? demanda Skelettor.

— Pourquoi pas ? répondit Daisy, énigmatique. Aux grands maux les grands remèdes.

— N'allons pas plus vite que la musique, dit Matthew en prenant délicatement la page. Nous sommes des scientifiques. Les pourquoi viennent après les quoi.

— Je crois que cela suffira pour aujourd'hui, dit Chris. Vous avez tous l'air d'avoir besoin d'une pause.

— D'une bière, plutôt, murmura Jonathan.

— Il est un peu tôt pour ça, mais je comprends très bien. Mais n'oubliez pas : vous parlez, vous êtes virés, dit Chris d'un ton sévère. Ce qui signifie que vous ne devez pas non plus parler entre vous en dehors de ces murs. Je ne tiens pas à ce que quelqu'un surprenne vos conversations.

— Si quelqu'un nous entend parler de sorcières et de vampires, il pensera qu'on joue à Donjons & Dragons, dit Xbox.

Gameboy opina.

— Pas. Un. Mot, répéta Chris.

La porte s'ouvrit dans un chuintement sur une petite femme en minijupe violette, bottines rouges et tee-shirt noir proclamant : PLACE À LA SCIENCE.

Miriam Shephard était arrivée.

— Qui êtes-vous ? demanda Chris.

— Votre pire cauchemar, et votre nouvelle directrice de labo. Salut, Diana. C'est à qui ? demanda-t-elle en désignant une canette de soda.

— À moi, répondit Chris.

— Pas de bouffe ni de boisson dans le labo. Ça vaut deux fois pour vous, Roberts, dit Miriam en agitant l'index en direction de Chris.

— Les Ressources humaines ne m'ont pas dit qu'elles m'envoyaient une candidate, dit Pipette, décontenancée.

— Je ne suis pas une candidate. J'ai rempli les paperasses ce matin, j'ai été engagée et j'ai mon badge, dit Miriam en brandissant la carte magnétique qui était accrochée à son cordon, comme demandé.

— Mais je suis censé recevoir…, commença Chris. Qui vous avez dit que vous étiez ?

— Miriam Shephard. Et la DRH a annulé l'entretien une fois que je leur ai montré ça. (Elle sortit son mobile.) Je cite : « Ramenez vos fesses à mon labo à 9 heures du mat' et soyez prête à m'expliquer mes erreurs en deux heures. Aucune excuse acceptée. » (Elle sortit deux feuilles de papier de son sac débordant de documents et d'ordinateurs portables.) Qui c'est, Tina ?

— C'est moi, dit Tina en s'avançant en souriant. Bonjour, docteur Shephard.

— Bonjour. Je vous donne ma lettre d'embauche ou ma dispense d'assurance-santé ou je ne sais quoi. Et voici le blâme officiel de Mr Roberts pour avoir envoyé un texto déplacé. Classez tout ça, dit-elle en lui tendant les documents avant de balancer son sac à Matthew. J'ai apporté tout ce que vous m'avez demandé, Matthew.

Tout le labo regarda, médusé, le sac rempli de matériel informatique valser dans les airs. Matthew l'attrapa sans endommager un seul portable, et Chris regarda le bras de Miriam avec une admiration non déguisée.

— Merci, Miriam, murmura Matthew. J'imagine que vous avez voyagé sans encombre.

Son ton et le choix des termes étaient formels, mais son soulagement de la voir était bien visible.

— Je suis là, non ? dit-elle, caustique. (Elle tira un autre morceau de papier de la poche arrière de sa minijupe, l'examina, puis leva les yeux.) Lequel de vous est Pipette ?

— C'est moi, dit Pipette en s'approchant, la main tendue. Joy Connelly.

— Oh. Pardon. Tout ce que j'ai, c'est une liste de surnoms débiles tirés de ce qui se fait de pire dans la culture populaire, ainsi que quelques acronymes. (Miriam lui serra la main, sortit un stylo de sa bottine et barra quelque chose sur la feuille avant de griffonner à côté.) Ravie de faire votre connaissance. J'apprécie votre boulot sur l'ARN. Du solide. Très utile. Allons prendre un café et déterminer ce qui doit être fait pour que cet endroit soit conforme.

— Le café le plus convenable est un peu loin, s'excusa Pipette.

— Inacceptable, dit Miriam en griffonnant de nouveau sur son papier. Nous avons besoin d'un café au rez-de-chaussée dès que possible. J'ai fait le tour du bâtiment avant de monter et il y a plein d'espace gâché.

— Dois-je venir avec vous ? demanda Chris.

— Pas pour l'instant, répondit Miriam. Vous avez sûrement quelque chose de plus important à faire. Je serai revenue à 13 heures. C'est là que je voudrais voir... (Elle marqua une pause et consulta sa liste.) Sherlock, Gameboy et Scully.

— Et moi, Miriam ? demanda Carabine.

— On se verra plus tard, Richard. Contente de voir un visage familier. (Elle baissa les yeux vers sa liste.) Comment te surnomme Roberts ?

— Carabine, grimaça Richard.

— Je suppose que c'est parce que tu séquences rapidement, pas parce que tu t'es mis à chasser comme les humains. (Elle plissa les paupières.) Est-ce que ce que nous allons faire ici va te poser un problème, Richard ?

— Je ne vois pas pourquoi, répondit-il en haussant les épaules. La Congrégation et ses préoccupations me passent largement au-dessus de la tête.

— Tant mieux. (Miriam balaya du regard son personnel manifestement curieux.) Eh bien ? Qu'est-ce que vous attendez ? Si vous voulez quelque chose à faire, vous pouvez toujours préparer des gels. Ou déballer des cartons de matériel. Il y en a des tas empilés dans le couloir. (Tout le monde se dispersa.) C'est bien ce que je me disais. (Elle sourit à Chris, qui avait l'air mal à l'aise.) Quant à vous, Roberts, je vous verrai à 14 heures. Nous avons votre article à discuter. Et vos protocoles à passer en revue. Après cela, vous pourrez m'emmener dîner. Dans un endroit agréable, où on sert du steak et avec une bonne carte des vins.

Chris eut l'air ébahi, mais il hocha la tête.

— Pouvez-vous nous donner une minute ? demandai-je à Chris et à Pipette.

Ils s'écartèrent, Pipette souriant jusqu'aux oreilles et Chris se massant entre les sourcils. Matthew nous rejoignit.

— Vous avez l'air étonnamment en bonne forme pour quelqu'un qui rentre du XVIe siècle, Matthew. Et Diana est de toute évidence *enceinte**, dit Miriam.

— Merci. Vous séjournez chez Marcus ? demanda Matthew.

— Cette monstruosité sur Orange Street ? Pas de risque. C'est un endroit bien situé, mais il me flanque la trouille, frissonna-t-elle. Trop d'acajou.

— Vous êtes la bienvenue si vous voulez habiter chez nous à Court Street, proposai-je. Il y a une chambre d'amis au troisième. Vous ne serez pas dérangée.

— Merci, mais je suis juste à côté. À l'appartement de Gallowglass.

— Quel appartement ? demanda Matthew en fronçant les sourcils.

— Celui qu'il a acheté sur Wooster Square. Une église restaurée. C'est très joli. Un peu trop danois question décoration, mais largement préférable à la période sombre et lugubre de Marcus. Gallowglass vous a bien dit qu'il venait avec moi ?

— Non, pas du tout, dit Matthew en se passant une main dans les cheveux.

Je savais ce qu'éprouvait mon mari : les Clermont étaient passés en mode surprotecteur. Sauf qu'à présent, ils ne protégeaient pas que moi. Ils protégeaient également Matthew.

16

— Mauvaises nouvelles, j'en ai bien peur. (Une grimace compatissante tordit les lèvres de Lucy Meriweather. C'était l'une des bibliothécaires de la Beinecke, et elle m'aidait depuis des années, à la fois dans mes recherches personnelles et lorsque je venais avec mes étudiants consulter des livres rares.) Si vous voulez jeter un coup d'œil au Manuscrit 408, vous allez devoir aller dans un cabinet privé avec un conservateur. Et il y a une limite de trente minutes. On ne vous laissera pas l'emporter dans la salle de lecture.

— Trente minutes ? Avec un conservateur ? (J'étais abasourdie par cette restriction, ayant passé les dix derniers mois avec Matthew, qui n'accordait aucune attention aux règles et aux régulations.) Je suis professeur à Yale. Pourquoi faudrait-il qu'un conservateur me tienne la main ?

— Ce sont les règles pour tout le monde, même notre propre corps enseignant. Et tout est consultable en ligne, me rappela-t-elle.

Sauf qu'une image numérique, si élevée fût sa résolution, n'allait pas me donner l'information dont j'avais besoin. J'avais vu pour la dernière fois le Manuscrit Voynich – devenu la référence MS 408 de la bibliothèque Beinecke – en 1591, quand Matthew avait apporté le livre de la bibliothèque du Dr Dee à la cour de l'empereur Rodolphe à Prague, en espérant pouvoir l'échanger contre le Livre de la Vie.

Pour l'heure, j'espérais qu'il pourrait éclairer ce qu'Edward Kelley avait bien pu faire de ces pages manquantes.

Je cherchais des indices permettant de les localiser depuis que nous étions allés à Madison. L'une des pages manquantes représentait deux créatures écailleuses à longues queues répandant leur sang dans un récipient rond. L'autre était une magnifique peinture d'un arbre dont les branches portaient un impossible mélange de fleurs, de fruits et de feuilles et dont le tronc était fait de formes humaines entortillées. J'espérais que retrouver ces deux pages serait relativement simple à l'époque des moteurs de recherche et des images numérisées. Jusqu'à maintenant, ce n'était pas le cas.

— Peut-être que si vous pouviez expliquer pourquoi vous avez besoin de consulter l'exemplaire physique..., commença Lucy.

Mais comment pouvais-je lui dire que j'avais besoin du livre pour pouvoir utiliser la magie dessus ? Nous étions à la Beinecke, nom d'un chien. Si quelqu'un l'apprenait, ma carrière pourrait être fichue.

— Je consulterai le Voynich demain, répondis-je. (Je n'avais plus qu'à espérer que j'aurais trouvé un plan d'ici là, puisque je ne pouvais pas trop apporter le livre d'ombres de ma mère et fabriquer de nouveaux sortilèges devant un conservateur. Jongler entre sorcière et universitaire se révélait difficile.) Les autres livres que j'ai demandés sont-ils arrivés ?

— Ils sont là. (Lucy haussa les sourcils en faisant glisser la collection de textes magiques médiévaux sur le comptoir avec plusieurs livres datant des débuts de l'imprimerie.) Vous avez changé de sujet d'étude ?

Afin d'être prête à toute éventualité magique quand viendrait enfin le moment d'invoquer à nouveau l'Ashmole 782 et de lui rendre ses pages manquantes, j'avais demandé des livres qui pourraient m'inspirer dans mes tentatives de tissage de nouveaux sortilèges de haute magie. Bien que le recueil de ma mère fût une ressource précieuse, je savais d'expérience que les sorcières modernes étaient tombées bien bas par rapport à leurs congénères du passé.

— L'alchimie et la magie ne sont pas totalement séparées, me défendis-je.

Sarah et Em avaient essayé pendant des années de me le faire accepter. Enfin, je les croyais.

Une fois que je fus installée dans la salle de lecture, les manuscrits magiques m'apparurent aussi intrigants que je l'espérais, avec des sceaux précis et puissants qui me rappelèrent les nœuds de tisseuse et la grammatique. Les premiers livres modernes sur la sorcellerie, que je connaissais pour la plupart de nom et de réputation, étaient en revanche épouvantables. Ils débordaient tous de haine – pour les sorcières et quiconque était différent, rebelle, ou refusait de se conformer aux attentes de la société.

Des heures plus tard, fulminant encore après avoir lu les thèses au vitriol de Jean Bodin qui soutenait que toutes les opinions odieuses sur les sorcières et leurs méfaits étaient attestées, je rendis livres et manuscrits à Lucy et pris rendez-vous pour 9 heures le lendemain afin de consulter le manuscrit Voynich avec le conservateur en chef.

Je descendis d'un pas lourd jusqu'au niveau principal de la bibliothèque. C'est là que des livres enfermés dans des vitrines formaient l'épine dorsale de la Beinecke, le cœur de connaissances et d'idées autour duquel était construite la collection. Des rangées et des rangées de livres rares s'alignaient sur des étagères baignées de lumière. C'était un spectacle à couper le souffle, qui me rappela mon objectif en tant qu'historienne : redécouvrir les vérités oubliées que recelaient ces anciens livres poussiéreux.

Matthew m'attendait dehors. Il paressait contre le muret donnant sur l'austère jardin de sculptures de la Beinecke, chevilles croisées, en train de consulter les messages sur son téléphone. Sentant ma présence, il leva la tête et sourit.

Aucune créature vivante n'aurait pu résister à ce sourire ou au regard concentré de ces yeux gris-vert.

— Comment s'est passée ta journée ? demanda-t-il après m'avoir donné un baiser.

Je l'avais prié de ne pas m'envoyer constamment des textos et il s'y était conformé, ce qui ne lui ressemblait pas. Du coup, il n'en savait effectivement rien.

— Un peu frustrante. Je pense que mes compétences de chercheuse ne pouvaient qu'être un peu rouillées après tant de mois. En plus, ajoutai-je en baissant la voix, les livres me paraissent tous bizarres.

Ils sont tellement anciens et usés par rapport à l'allure qu'ils avaient au XVIe siècle.

Matthew éclata de rire.

— Je n'avais pas pensé à cela. Ton environnement a changé, aussi, depuis que tu travaillais sur l'alchimie à Baynard's Castle. (Il jeta un coup d'œil à la Beinecke par-dessus son épaule.) Je sais que la bibliothèque est un trésor architectural, mais je persiste à trouver qu'elle ressemble à un bac à glaçons.

— En effet, opinai-je en souriant. J'imagine que si tu l'avais construite, elle ressemblerait à une forteresse normande ou un cloître roman.

— Je pensais à quelque chose de gothique, nettement plus moderne, plaisanta-t-il. Prête à rentrer ?

— Plus que prête, dis-je, pressée de laisser Jean Bodin derrière moi.

— Puis-je ? demanda-t-il en désignant mon sac.

D'habitude, il ne me demandait pas. Il essayait de ne pas m'étouffer, tout comme il tentait de ne pas se montrer exagérément protecteur. Je le récompensai d'un sourire et le lui tendis sans un mot.

— Où est Roger ? demandai-je en consultant ma montre.

On m'avait accordé précisément trente minutes avec le Manuscrit Voynich et le conservateur n'était toujours pas là.

— Il a pris un congé maladie, comme il fait toujours le premier jour de cours. Il déteste l'hystérie et les première-année qui cherchent leur chemin. Vous n'aurez que moi, dit Lucy en prenant la boîte qui contenait le Beinecke MS 408.

— Cela me va.

J'essayai de ne pas dévoiler combien j'étais excitée. Peut-être allais-je avoir de la chance.

Lucy m'emmena dans un petit cabinet avec des fenêtres donnant sur la salle de lecture, un mauvais éclairage et un vieux coussinet en mousse. Des caméras de surveillance accrochées tout près du plafond dissuadaient tout lecteur de voler ou d'endommager l'un des précieux livres de la Beinecke.

— Je ne déclencherai le chronomètre qu'une fois que vous l'aurez déballé.

Lucy me tendit la boîte. Elle ne portait rien d'autre. Elle n'avait aucun papier, rien à lire ni le moindre mobile qui pût la distraire de sa mission de surveillance.

D'habitude, je feuilletais les manuscrits pour regarder les images, mais là, je voulais prendre mon temps avec le Voynich. Je fis glisser entre mes doigts la couverture molle en vélin – l'équivalent de l'époque des livres de poche. Des images me remplirent l'esprit, mon toucher de sorcière révélant que la couverture actuelle avait été mise sur le livre plusieurs siècles après sa rédaction et au moins cinquante ans après le jour où je l'avais eu entre les mains dans la bibliothèque de Dee. Je vis le visage du relieur et la perruque du XVIIe siècle quand je touchai le dos.

Avec précaution, je posai le Voynich sur le support en mousse et ouvris le livre. Je baissai le nez jusqu'à presque toucher la première page tachée.

— Qu'est-ce que vous faites, Diana ? Vous le sentez ? dit Lucy avec un petit rire.

— Pour le coup, c'est bien ça.

Si je voulais que Lucy coopère avec mes étranges requêtes de la matinée, mieux valait que je sois la plus honnête possible. Sans dissimuler sa curiosité, elle vint de mon côté de la table et renifla le Voynich à son tour.

— Pour moi, il sent le vieux manuscrit. Beaucoup de dégâts causés par les vers.

Elle baissa ses lunettes de lecture et regarda de plus près.

— Robert Hook a examiné les vers sous son microscope au XVIIe siècle. Il les appelait « les dents du temps ». (En regardant la première page du Voynich, je comprenais pourquoi. Il était criblé de trous dans le coin supérieur droit et dans la marge du bas, tous les deux tachés.) Je crois que les vers devaient être attirés par la graisse que les doigts des lecteurs laissait sur le parchemin.

— Qu'est-ce qui vous fait dire cela ? demanda Lucy, posant exactement la question que j'espérais.

— Les dégâts sont pires à l'endroit où un lecteur aurait touché la page pour la tourner.

Je posai le doigt sur le coin de la page, comme si je désignais quelque chose.

Ce bref contact déclencha une explosion de visages se fondant les uns dans les autres : l'expression avare de l'empereur Rodolphe ; une série d'inconnus vêtus dans le style de périodes différentes, dont deux membres du clergé ; une femme prenant méticuleusement des notes ; une autre emballant des livres ; et le démon Edward Kelley, glissant furtivement quelque chose dans la couverture du Voynich.

— Il y a beaucoup de dégâts sur le bord inférieur aussi, là où le manuscrit était en contact avec le corps si vous le portiez. (Inconsciente du défilé de visages devant mon troisième œil de sorcière, Lucy se pencha sur la page.) Les vêtements de l'époque étaient probablement assez gras. Les gens ne portaient-ils pas de la laine pour la plupart ?

— De la laine et de la soie. (J'hésitai, puis je décidai de risquer le tout pour le tout : ma carte de bibliothèque, ma réputation, peut-être même mon poste.) Je peux vous demander une faveur, Lucy ?

— Cela dépend, répondit-elle avec circonspection.

— Je voudrais poser ma main à plat sur la page. Juste un instant.

Je la scrutai pour voir si elle allait appeler en renfort des vigiles.

— Vous ne pouvez pas toucher les pages, Diana. Vous le savez. Si je vous laissais faire, je serais licenciée.

— Je sais. Je suis désolée de vous mettre dans une situation aussi délicate.

— Pourquoi avez-vous besoin de le toucher ? demanda-t-elle après un silence, sa curiosité éveillée.

— J'ai un sixième sens avec les vieux livres. Parfois, j'arrive à déceler des informations sur eux qui ne sont pas visibles à l'œil nu.

Cela sonnait encore plus bizarrement que je ne m'y attendais.

— Seriez-vous une espèce de sorcière des livres ? demanda Lucy en me jetant un regard aigu.

— C'est exactement ce que je suis, dis-je en riant.

— J'aimerais bien vous aider, Diana, mais nous sommes filmées, même s'il n'y a pas le son, Dieu merci. Tout ce qui se passe dans cette pièce est enregistré et quelqu'un est censé surveiller l'écran quand la pièce est occupée. C'est trop risqué.

— Et si personne ne pouvait voir ce que je fais ?

— Si vous coupez la caméra ou que vous collez un chewing-gum dessus... oui, oui, quelqu'un a essayé de faire ça..., la sécurité arrivera dans cinq secondes.

— Je ne comptais pas me servir de chewing-gum, mais de quelque chose de ce genre.

Je ramenai sur moi mon sortilège de déguisement. Il allait rendre invisible la magie que j'allais opérer. Ensuite, je retournai ma main droite et touchai le bout de mon annulaire avec mon pouce, pinçant les filaments verts et jaunes qui remplissaient la pièce en une minuscule pelote. Ensemble, les deux couleurs formèrent le jaune-vert non naturel idéal pour les sortilèges de désorientation et de tromperie. Je comptais les nouer dans le cinquième nœud – puisque les caméras de surveillance entraient incontestablement dans la catégorie des défis. Le cinquième nœud sur mon poignet se mit à brûler d'impatience.

— Jolis tatouages, commenta Lucy en regardant me mains. Pourquoi avez-vous choisi de l'encre grise ?

Grise ? Quand la magie était dans l'air, mes mains étaient de toutes les couleurs de l'arc-en-ciel. Mon sortilège de déguisement devait bien marcher.

— Parce que le gris va avec tout, répondis-je, sortant la première chose qui me vint à l'esprit.

— Oh, bien vu, dit-elle, l'air tout de même intrigué.

Je revins à mon sortilège. Il me fallait un peu de noir dedans, en plus du jaune et du vert. J'accrochai les minces filaments noirs qui m'entouraient sur mon pouce gauche, puis je les glissai par la boucle que j'avais faite avec mon pouce et mon annulaire. Le résultat évoquait une mudra pas très orthodoxe – l'une des positions de la main au yoga.

— Par le nœud de cinq, sa force croît et vainc, murmurai-je en visualisant de mon troisième œil le tissage achevé.

La tresse de jaune-vert et de noir forma un nœud impossible à briser avec cinq boucles.

— Avez-vous ensorcelé le Voynich ? chuchota Lucy, inquiète.

— Bien sûr que non. (Après ce que j'avais vécu avec les manuscrits ensorcelés, je n'aurais pas fait une telle chose à la légère.) J'ai ensorcelé l'air qui l'entoure.

Pour lui montrer ce que je voulais dire, je passai la main au-dessus de la première page, en restant à cinq centimètres de la surface. Le sortilège donna l'impression que mes doigts n'allaient pas plus loin que le bas du livre.

— Euh, Diana ? Ce que vous essayiez de faire n'a rien donné. Vous touchez simplement le bord de la page, comme vous êtes censée faire, dit Lucy.

— En réalité, ma main est là, dis-je en agitant les doigts pour qu'ils dépassent du bord supérieur du livre. (C'était un peu comme le vieux tour de la femme du magicien enfermée dans une caisse et sciée en deux.) Essayez. Ne touchez pas encore la page. Contentez-vous de déplacer votre main jusqu'à ce qu'elle couvre le texte.

J'enlevai la mienne pour laisser la place à Lucy. Elle suivit mes instructions et glissa la main entre le Voynich et le sortilège de tromperie. Sa main parut s'arrêter quand elle atteignit le bord du livre, mais si on y regardait bien, on voyait que son avant-bras devenait plus court. Elle retira vivement la main comme si elle avait touché une plaque brûlante. Elle se tourna vers moi et me regarda fixement.

— Vous êtes une sorcière. (Elle déglutit, puis elle sourit.) Quel soulagement. J'ai toujours soupçonné que vous cachiez quelque chose, et j'avais peur que ce soit désagréable, ou même illégal.

Comme Chris, elle ne semblait pas le moins du monde surprise d'apprendre que les sorcières *existaient* vraiment.

— Vous acceptez de me laisser enfreindre le règlement ? demandai-je avec un coup d'œil au Voynich.

— Uniquement si vous me dites ce que vous apprenez. Ce fichu manuscrit, c'est notre fléau. Nous recevons dix demandes de consultation chaque jour et nous les refusons presque toutes. (Lucy retourna à son siège pour me surveiller.) Mais faites attention. Si quelqu'un vous voit, vous perdrez vos privilèges à la bibliothèque. Et je ne crois pas que vous survivriez si vous n'aviez plus le droit d'entrer à la Beinecke.

Je respirai un bon coup et contemplai le livre ouvert. La clé pour éveiller ma magie était la curiosité. Mais si je voulais voir davantage qu'un étourdissant défilé de visages, il allait falloir que je formule soigneusement une question avant de poser la main sur le parchemin. J'étais plus certaine que jamais que le Voynich recelait des indices capitaux sur le Livre de la Vie et ses pages manquantes. Mais on n'allait m'offrir qu'une seule occasion de les découvrir.

— Qu'a placé Edward Kelley à l'intérieur du Voynich et qu'en est-il advenu ? chuchotai-je avant de baisser les yeux et de poser délicatement la main sur le premier feuillet.

L'une des pages manquantes du Livre de la Vie m'apparut : l'enluminure de l'arbre avec son tronc rempli de formes humaines entrelacées. Il était gris et spectral, assez transparent pour qu'à travers, je puisse voir ma main et le texte écrit sur le premier feuillet du Voynich.

Une deuxième ombre de page apparut par-dessus la première : deux dragons répandant leur sang dans un récipient au-dessous d'eux.

Une troisième page diaphane se superposa aux deux autres : l'enluminure des noces chymiques.

Pendant un moment, les couches de texte et d'images restèrent empilées en un palimpseste magique au-dessus du parchemin taché du Voynich. Puis les noces chymiques disparurent, suivies de l'image des deux dragons. Mais la page portant l'arbre demeura.

Espérant que cette image soit devenue réelle, je soulevai la main de la page et la retirai. Je rassemblai le nœud au cœur de mon sortilège et le passai au-dessus de ma gomme, le rendant temporairement invisible et révélant le Beinecke MS 408. J'eus un pincement de cœur. Il n'y avait là aucune page manquante du Livre de la Vie.

— Ce n'est pas ce que vous escomptiez voir ? demanda Lucy avec un regard compatissant.

— Non. Il y avait quelque chose autrefois, quelques pages provenant d'un autre manuscrit, mais elles n'y sont plus depuis longtemps.

Je me pinçai le haut du nez.

— Peut-être que les archives en parlent. Nous avons des cartons de paperasses concernant l'acquisition du Voynich. Voulez-vous les voir ? demanda-t-elle.

Les dates des ventes de livres et les noms des gens qui les achetaient et les vendaient pouvaient être présentés sous forme d'une généalogie qui relatait l'histoire d'un livre de son origine à nos jours. En l'occurrence, elles pourraient aussi me fournir des indices sur l'identité des anciens propriétaires des images de l'arbre et des dragons que Kelley avait enlevées du Livre de la Vie.

— Certainement ! répondis-je.

Lucy remballa le Voynich et le rapporta à la réserve sécurisée. Elle revint peu après avec un chariot débordant de dossiers, de cartons, de carnets variés, et d'un tube.

— Voici tout ce que nous avons sur le Voynich, dans toute sa déconcertante gloire. Des chercheurs ont épluché tout cela des milliers de fois, mais personne ne cherchait trois pages de manuscrit manquantes. Venez. Je vais vous aider à trier tout cela, dit-elle en se dirigeant vers notre cabinet.

Il fallut une demi-heure rien que pour disposer le tout sur la longue table. Certains documents n'allaient avoir aucune utilité : le tube et le carnet rempli de coupures de presse, les anciennes photocopies, conférences et articles rédigés sur le manuscrit après son achat par le collectionneur Wilfrid Voynich en 1912. Cela nous laissait encore des dossiers remplis de correspondance, de notes manuscrites, et un ensemble de carnets rédigés par l'épouse de Wilfrid, Ethel.

— Voici la copie de l'analyse chimique du manuscrit, une sortie imprimante de la fiche au catalogue, et une liste de toutes les personnes ayant eu accès au manuscrit durant les trois dernières années, dit Lucy en me tendant une liasse de documents. Vous pouvez les conserver. Mais ne dites à personne que je vous ai donné cette liste des lecteurs de la bibliothèque.

Il allait falloir que Matthew examine l'analyse chimique avec moi – elle visait les encres utilisées dans le manuscrit, sujet qui nous intéressait tous les deux. La liste des personnes ayant vu le manuscrit était étonnamment courte. Presque plus personne n'y était autorisé. Ceux qui en avaient eu le droit étaient principalement des universitaires – un historien des sciences de l'Université de Californie du sud et un autre de la Cal State Fullerton, un mathématicien-cryptographe de Princeton, un autre d'Australie. J'avais pris le café avec l'un des visiteurs avant de partir pour Oxford : un auteur de romans populaires qui s'intéressait à l'alchimie. Mais un nom sauta de la page.

Peter Knox avait vu le Voynich en mai dernier, avant la mort d'Emily.

— Ce salaud.

Mes doigts me démangèrent et les nœuds sur mes poignets commencèrent à me brûler.

— Quelque chose ne va pas ? demanda Lucy.

— Je viens de voir sur la liste un nom que je ne m'attendais pas à trouver.

— Ah. Un chercheur rival, dit-elle en hochant la tête d'un air entendu.

— Je crois qu'on peut dire cela.

Mais mes problèmes avec Knox allaient au-delà d'un désaccord d'interprétation de l'histoire. Nous étions en guerre. Et si je devais la gagner, je devais le devancer, pour changer.

Le problème est que j'avais peu d'expérience en matière de recherche et d'authentification des manuscrits. Les documents que je connaissais le mieux avaient appartenu au chimiste Robert Boyle. Leurs soixante-quatorze volumes avaient été offerts à la Royal Society en 1769 et, comme tout le reste dans les archives de la Royal Society, ils étaient méticuleusement catalogués, indexés et référencés.

— Si je veux remonter l'enchaînement de propriétaires du Voynich, où dois-je commencer ? demandai-je pensivement en contemplant les documents.

— Le plus rapide serait que l'une de nous deux commence aux origines du manuscrit et suive l'ordre chronologique pendant que l'autre commence à l'acquisition par la Beinecke et remonte vers le passé. Avec un peu de chance, nous nous rejoindrons à mi-chemin. (Lucy me tendit un dossier.) C'est vous l'historienne. Vous prendrez les vieux trucs.

J'ouvris le dossier, m'attendant à voir quelque chose qui aurait trait à Rodolphe II. Au lieu de cela, je trouvai une lettre d'un mathématicien de Prague, Johannes Marcus Marci. Elle était rédigée en latin, datée de 1665, et envoyée à Rome à quelqu'un qualifié de *Reverende et Eximie Domine in Christo Pater*. Le destinataire était donc un membre du clergé, peut-être l'un des hommes que j'avais vus quand j'avais touché le coin de la première page du Voynich.

Je parcourus rapidement le reste du texte, notant que le religieux était un certain Père Athanasius et que la lettre de Marci était accompagnée d'un mystérieux livre qui avait besoin d'être déchiffré. Le Livre de la Vie, peut-être ?

Marci déclarait que des tentatives avaient été faites pour contacter le Père Athanasius, mais que les lettres n'avaient pas reçu de réponse. Tout excitée, je continuai ma lecture. Cependant, quand le troisième paragraphe me révéla l'identité du Père Athanasius, mon enthousiasme laissa place à la consternation.

— Le manuscrit Voynich a appartenu autrefois à Athanasius Kircher ?

Si les pages manquantes étaient passées entre les mains de Kircher, elles pouvaient se trouver n'importe où.

— J'en ai bien peur, répondit Lucy. Je crois savoir qu'il avait... un éventail d'intérêts très vaste.

— Ce n'est rien de le dire, répondis-je.

Le modeste objectif d'Athanasius Kircher avait été rien moins que le savoir universel. Il avait publié quarante livres et avait connu renommée et succès internationaux tant comme auteur que comme inventeur. Le musée Kircher d'objets rares et anciens était une étape célèbre dans les premiers grands tours en Europe, le nombre de ses correspondants était impressionnant et sa bibliothèque immense. Je n'avais pas les compétences linguistiques pour me pencher sur l'œuvre de Kircher. Mais surtout, je manquais de temps.

Mon mobile, qui vibra dans ma poche, me fit sursauter.

— Excusez-moi, Lucy.

Je sortis le téléphone et regardai l'écran où apparaissait un texto de Matthew :

Où es-tu ? Gallowglass t'attend. Nous avons rendez-vous chez le médecin dans 90 minutes.

Je laissai échapper mentalement un juron et répondis :

Je quitte la Beinecke.

— Mon mari et moi avons rendez-vous, Lucy. Je vais devoir poursuivre cela demain, dis-je en refermant le dossier contenant la lettre de Marci à Kircher.

— Une source fiable m'a dit que vous étiez sur le campus en compagnie de quelqu'un de grand, brun et bel homme, sourit Lucy.

— C'est bien mon mari, souris-je. Je peux consulter tout cela demain ?

— Laissez-moi m'en occuper. Il n'y a pas grand-chose à faire ici en ce moment. Je vais voir ce que je peux trouver.

— Merci de votre aide, Lucy. Je suis soumise à des délais très courts, et non négociables.

Je ramassai crayon, ordinateur portable et bloc-notes et fonçai retrouver Gallowglass. Matthew avait dépêché son neveu pour qu'il me serve de garde du corps. Gallowglass était également chargé de surveiller ce que diffusait le site Internet de Benjamin, mais jusqu'ici, l'écran était resté noir.

— Bonjour, ma tante. Vous avez l'air bien girond, dit-il en m'embrassant sur la joue.

— Excusez-moi. Je suis en retard.

— Bien sûr. Vous étiez avec vos livres. Je ne m'attendais pas à vous voir avant une heure au moins, dit-il, balayant mes excuses.

Quand nous arrivâmes au laboratoire, Matthew était devant l'image des noces chymiques de l'Ashmole 782, tellement absorbé qu'il ne leva même pas les yeux quand la porte sonna. Chris et Sherlock étaient à ses côtés, tout aussi concentrés. Scully était assise non loin sur un tabouret à roulettes. Gameboy approchait un petit instrument dangereusement près de la page.

— Tu es de plus en plus hirsute à chaque fois, Gallowglass. Quand est-ce que tu t'es peigné pour la dernière fois ? demanda Miriam en passant un badge dans le lecteur.

Il portait le mot VISITEUR. Chris prenait la sécurité très au sérieux.

— Hier, répondit Gallowglass en se tapotant l'arrière et les côtés de la tête. Pourquoi ? Il y a un oiseau qui y a fait son nid ?

— Ça pourrait arriver, dit Miriam. Bonjour, Diana. Matthew va venir vous retrouver sous peu.

— Qu'est-ce qu'il fait ? demandai-je.

— Il essaie d'apprendre à une étudiante de deuxième cycle qui ignore tout de la biologie et des procédures de laboratoire comment prélever des échantillons d'ADN sur un parchemin. (Elle jeta un regard réprobateur au groupe qui entourait Matthew.) Je ne sais pas pourquoi Roberts finance des créatures qui ne savent même pas comment faire une électrophorèse en gel d'agarose, mais bon, je ne suis que la directrice du labo.

De l'autre côté de la salle, Gameboy laissa échapper un juron.

— Asseyez-vous, ça risque de durer, soupira Miriam.

— Ne vous inquiétez pas. Cela peut prendre un peu de temps, dit Matthew à Gameboy d'une voix apaisante. Moi, je suis nul à votre jeu vidéo. Essayez encore.

Encore ? Je déglutis péniblement. S'acharner avec un instrument pointu sur la page de l'Ashmole 782 pouvait endommager le palimpseste. Je m'avançai vers mon mari et Chris me repéra.

— Salut, Diana, dit-il en m'arrêtant pour me serrer dans ses bras. Je suis Chris Roberts, dit-il à Gallowglass. Un ami de Diana.

— Gallowglass. Le neveu de Matthew. (Gallowglass jeta un regard circulaire dans la pièce et fronça le nez.) Il y a quelque chose qui pue.

— Les étudiants ont joué un petit tour à Matthew, dit Chris en désignant le terminal informatique festonné d'une guirlande de gousses d'ail. (Un crucifix prévu pour décorer un tableau de bord était fixé au tapis de souris avec une ventouse. Chris considéra le cou de Gallowglass avec un intérêt quasi vampirique.) Vous faites de la lutte ?

— Eeeh bien, je suis connu pour pratiquer ce sport, oui, dit Gallowglass en baissant modestement les yeux.

— Pas gréco-romaine, par hasard ? demanda Chris. Mon partenaire s'est blessé le genou et va devoir être en rééducation pendant des mois. Je cherche un remplaçant temporaire.

— Ça doit être grec. Je ne suis pas très sûr pour le côté romain.

— Où avez-vous appris ? demanda Chris.

— Avec mon grand-père. (Il plissa le front, concentré sur ses souvenirs.) Je crois qu'il s'est battu contre un géant, autrefois. C'était un féroce guerrier.

— C'est un grand-père vampire ? demanda Chris. (Gallowglass acquiesça.) La lutte vampire, ça doit être passionnant à regarder, sourit Chris. Comme les combats d'alligators, mais sans la queue.

— Pas de lutte. Je ne plaisante pas, Chris.

Je ne voulais pas être responsable, même indirectement, de toute blessure physique dont serait victime un génie de MacArthur.

— Rabat-joie. (Chris siffla.) Hé, l'homme-loup ! Votre femme est là.

L'homme-loup ?

— J'en étais conscient, Christopher. (Le ton de Matthew était glacial, mais il me gratifia d'un chaleureux sourire qui me donna des frissons partout.) Bonjour, Diana. Je te rejoins dès que j'ai terminé avec Janette.

— Le prénom de Gameboy, c'est Janette ? murmura Chris. Qui savait ça ?

— Moi. Et Matthew aussi. Peut-être que vous pourriez me dire pourquoi elle est dans mon labo ? demanda Miriam. Le doctorat qu'elle prépare est en bio-informatique. Elle devrait être dans une salle remplie d'ordinateurs, pas d'éprouvettes.

— J'aime bien la manière dont elle raisonne, répondit Chris avec désinvolture. C'est une gameuse et elle voit dans les résultats d'analyses des caractéristiques qui échappent aux autres. Bon, elle n'a jamais pratiqué la biologie à un stade avancé. Et alors ? J'ai déjà des biologistes jusqu'aux yeux.

Chris regarda Matthew et Gameboy travailler ensemble et secoua la tête.

— Qu'est-ce qui ne va pas ? demandai-je.

— Matthew dans un laboratoire de recherches, c'est du gâchis. Ton mari est fait pour être dans un amphi. C'est un professeur-né. (Chris tapa sur le bras de Gallowglass.) Appelez-moi si vous voulez qu'on se retrouve à la salle. Diana a mon numéro.

Chris retourna à son travail et j'observai Matthew. Je n'avais vu que très rarement cette facette de mon mari, quand il était avec Annie ou Jack à Londres, mais Chris avait raison. Matthew utilisait tous les tours qu'un professeur a dans son sac : exemple, encouragement, patience, juste ce qu'il faut de compliments et un rien d'humour.

— Pourquoi ne pouvons-nous pas simplement frotter de nouveau la surface ? demanda Gameboy. Je sais que nous avons trouvé de l'ADN de souris, mais si nous choisissons un autre endroit, ce sera peut-être différent.

— Peut-être, dit Matthew, mais il y avait des tas de souris dans les bibliothèques médiévales. Mais vous pouvez faire un nouveau frottis une fois que vous aurez réussi à prélever cet échantillon. (Elle soupira et assura sa main.) Respirez un bon coup, Janette, l'encouragea Matthew. Prenez votre temps. (Avec le plus grand soin, Gameboy inséra dans l'épaisseur du parchemin une aiguille si fine qu'elle était presque invisible.) Voilà, dit doucement Matthew. Lentement, sans trembler.

— J'ai réussi ! s'écria Gameboy.

C'était à croire qu'elle venait de découvrir la fission nucléaire. Il y eut quelques acclamations et un « c'est pas trop tôt » murmuré par Miriam. Mais c'était la réaction de Matthew qui comptait. Gameboy l'interrogea du regard.

— Eurêka, dit Matthew. (Gameboy fit un grand sourire.) Bravo, Janette. Nous ferons de vous une généticienne sous peu.

— Pas question. Je préfère fabriquer un ordinateur à partir de pièces détachées plutôt que de recommencer ça, dit-elle en enlevant prestement ses gants en latex.

— Bonjour, ma chérie, comment s'est passée ta journée ?

Matthew se leva et m'embrassa sur la joue. Il haussa un sourcil à l'adresse de Gallowglass, qui lui fit muettement savoir que tout allait bien.

— Voyons voir... J'ai fait un peu de magie à la Beinecke.

— Dois-je m'inquiéter ? demanda Matthew, songeant manifestement aux catastrophes que pouvaient provoquer vent et feu sorciers.

— Du tout. Et j'ai une piste concernant l'une des pages manquantes de l'Ashmole 782.

— Tu as été rapide. Tu pourras tout me raconter sur le chemin du médecin, dit-il en passant son badge dans le lecteur.

— Surtout, prenez votre temps, tous les deux. Il n'y a rien qui presse, ici. Cent vingt-cinq gènes vampires identifiés, plus que quatre cents, lança Miriam. Chris va compter les minutes.

— Plus que cinq cents, plutôt ! beugla Chris.

— Votre prévision est totalement à côté, répliqua Miriam.

— Cent dollars que non, dit Chris en levant le nez de son rapport.

— C'est tout ce que vous avez ? fit Miriam, méprisante.

— Je viderai ma tirelire en rentrant et je vous dirai, Miriam, répondit-il.

Miriam fit la grimace.

— Allons-y, dit Matthew, avant qu'ils trouvent un autre sujet de dispute.

— Oh, ils ne se disputent pas, dit Gallowglass en nous tenant la porte. Ils flirtent.

— Qu'est-ce qui vous fait croire cela ? demandai-je, stupéfaite.

— Chris adore donner des surnoms aux gens. (Il se tourna vers Matthew.) Il vous appelle Wolfman. Comment il appelle Miriam ?

Matthew réfléchit un instant.

— Miriam.

— Et voilà ! fit Gallowglass en souriant jusqu'aux oreilles. (Matthew étouffa un juron.) Ne vous inquiétez pas, mon oncle. Miriam n'a pas fréquenté d'homme depuis que Bertrand a été tué.

— Miriam... et un humain ? s'étonna Matthew.

— Ça ne débouchera sur rien, le tranquillisa Gallowglass pendant que les portes de l'ascenseur s'ouvraient. Elle brisera le cœur de Chris, évidemment, mais nous ne pourrons rien y faire.

J'étais profondément reconnaissante à Miriam. À présent, Matthew et Gallowglass avaient quelqu'un d'autre dont s'inquiéter en dehors de moi.

— Le pauvre garçon, soupira Gallowglass en appuyant sur le bouton de fermeture. (Il fit craquer ses phalanges alors que nous descendions.) Peut-être que je vais faire un peu de lutte avec lui, en fin de compte. Une bonne dérouillée vous éclaircit toujours les idées.

Quelques jours plus tôt, je m'étais demandé avec angoisse si les vampires survivraient à Yale une fois au milieu des étudiants et des professeurs.

À présent, je me demandais si Yale survivrait aux vampires.

17

Debout devant le réfrigérateur, je fixais les images de nos enfants, les mains posées sur mon ventre rebondi. Le mois de septembre était passé et je ne m'en étais même pas rendu compte.

Les images en trois dimensions par ultrasons de Bébé A et Bébé B – Matthew et moi avions choisi de ne pas connaître le sexe de nos deux enfants – étaient surprenantes. Au lieu de la familière silhouette fantomatique que j'avais vue sur les IRM de mes amies, celles-ci révélaient des images détaillées de visages aux fronts plissés, pouces fourrés dans la bouche, lèvres parfaitement incurvées. Du bout du doigt, je touchai le nez de Bébé B.

Des mains froides m'étreignirent par-derrière et une grande silhouette musclée s'offrit pour me soutenir. Matthew appuya légèrement sur un point à quelques centimètres au-dessus de mon bassin.

— Le nez de Bébé B est exactement là sur cette image, dit-il à mi-voix. (Sa main remonta un peu plus haut sur mon ventre.) Bébé A était ici.

Nous restâmes sans dire un mot pendant que la chaîne qui m'avait toujours reliée à Matthew s'agrandissait pour accueillir ces deux fragiles et étincelants maillons. Depuis des mois, je *savais* que les enfants de Matthew – nos enfants – croissaient en moi. Mais je ne le *ressentais* pas. Tout avait changé maintenant que j'avais vu leurs visages, plissés de concentration pendant qu'ils s'acquittaient de la difficile tâche de grandir.

— À quoi tu penses ? demanda Matthew, curieux devant ce silence prolongé.

— Je ne pense pas. Je ressens.

Et ce que je ressentais était impossible à décrire.

Il rit discrètement, comme s'il ne voulait pas déranger le sommeil des enfants.

— Ils vont très bien tous les deux, me répétai-je. Ils sont normaux, parfaits.

— Ils sont en excellente santé. Mais aucun des deux ne sera normal. Dieu merci. (Il m'embrassa.) Qu'est-ce que tu as prévu de faire, aujourd'hui ?

— Retourner travailler à la bibliothèque.

La piste magique initiale qui avait promis de révéler le destin d'au moins une des pages manquantes du Livre de la Vie avait débouché sur des semaines de dur labeur universitaire. Lucy et moi avions travaillé d'arrache-pied pour découvrir simplement comment le manuscrit Voynich était arrivé entre les mains d'Athanasius Kircher puis de Yale. Nous espérions trouver une trace de la mystérieuse image de l'arbre qui était restée superposée au Voynich pendant quelques précieux instants. Nous avions établi notre camp dans le petit cabinet où j'avais lancé mon sortilège afin de pouvoir discuter sans déranger le nombre croissant d'étudiants et de professeurs utilisant la salle de lecture voisine. Nous

nous étions penchées sur des listes de bibliothèques et des recueils de correspondance de Kircher, et nous avions écrit des dizaines de lettres à différents experts aux États-Unis et à l'étranger – sans aucun résultat concret.

— Tu n'oublies pas ce qu'a dit le médecin ? Il faut faire des pauses, dit Matthew.

En dehors de l'IRM, notre visite chez le médecin m'avait calmée. Elle m'avait martelé les dangers d'un accouchement prématuré et de la toxémie gravidique, de la nécessité de rester bien hydratée, et du besoin de repos supplémentaire.

— Ma tension artérielle est bonne.

C'était, je l'avais compris, l'un des plus grands risques : qu'en raison d'un mélange de déshydratation, de fatigue et de stress, ma tension artérielle chute.

— Je sais. (La surveillance de ma tension était du ressort de mon vampire de mari, et Matthew prenait la tâche très au sérieux.) Mais elle ne le restera pas si tu ne te ménages pas.

— C'est ma vingt-cinquième semaine de grossesse, Matthew. Nous sommes presque en octobre.

— Je sais aussi.

Après le 1er octobre, le médecin m'interdisait de sortir. Si nous restions à New Haven où je pouvais continuer de travailler, la seule manière d'aller à la Bibliothèque bodléienne serait par bateau, avion et auto. Déjà, les vols de plus de trois heures m'étaient interdits.

— Nous pouvons encore t'emmener à Oxford en avion, dit Matthew, conscient de mes inquiétudes.

Il devra s'arrêter à Montréal, puis à Terre-Neuve, en Islande, en Irlande, mais si tu dois absolument aller à Londres, nous pourrons nous débrouiller. (Son expression me laissa entendre que lui et moi avions une conception différente des circonstances qui justifieraient une traversée de l'Atlantique en sauts de puce.) Évidemment, si tu préfères, nous pouvons aller en Europe maintenant.

— Ne cherchons pas les complications, dis-je en me dégageant. Raconte-moi ta journée.

— Chris et Miriam pensent avoir trouvé une nouvelle approche pour comprendre le gène de la fureur sanguinaire, dit-il. Ils ont l'intention de passer en revue mon génome en utilisant une des théories de Marcus sur l'ADN non codant. Leur hypothèse actuelle est qu'il pourrait contenir des facteurs déclencheurs qui contrôlent la manière dont la maladie se manifeste chez un individu donné, et dans quelle mesure.

— C'est l'ADN poubelle de Marcus, les quatre-vingt-dix-huit pour cent du génome qui ne codent pas les protéines, c'est cela ?

Je pris une bouteille d'eau dans le réfrigérateur et la décapsulai pour bien montrer que je pensais à m'hydrater.

— C'est cela. Je reste sceptique, mais les preuves qu'ils réunissent sont convaincantes, sourit-il. Je suis vraiment un vieux fossile mendélien, comme disait Chris.

— Oui, mais tu es *mon* fossile à moi, dis-je. (Matthew éclata de rire.) Et si l'hypothèse de Marcus est juste, qu'est-ce que cela implique en ce qui concerne la découverte d'un remède ?

Il cessa de sourire.

— Cela peut vouloir dire qu'il n'y en a pas, que la fureur sanguinaire est une maladie génétique héréditaire qui se développe en réaction à une multitude de facteurs. Il peut être beaucoup plus facile de soigner une maladie qui a une seule cause, comme un microbe ou une unique mutation génétique.

— Le contenu de mon génome peut-il être utile ?

Nous avions beaucoup parlé des enfants depuis que j'avais fait mon IRM, et beaucoup spéculé sur l'effet que le sang d'une sorcière, et notamment d'une tisseuse, pouvait avoir sur le gène de la fureur sanguinaire. Je ne voulais pas que mes enfants finissent en cobayes, surtout après avoir vu l'horrible laboratoire de Benjamin, mais je ne voyais aucune objection à contribuer au progrès scientifique.

— Je ne veux pas que ton ADN soit l'objet d'autres études scientifiques, dit Matthew en allant à la fenêtre. Jamais je n'aurais dû te prélever un échantillon à Oxford.

Je réprimai un soupir. Avec chaque liberté durement gagnée que m'accordait Matthew et chaque effort conscient qu'il faisait pour ne pas m'étouffer, son caractère autoritaire était forcé de trouver un autre débouché. C'était comme regarder quelqu'un essayer d'endiguer une rivière en crue. Et l'incapacité de Matthew à localiser Benjamin et à libérer sa sorcière captive ne faisait qu'aggraver la situation. Chaque piste sur Benjamin que Matthew recevait se révélait être une impasse, tout comme mes tentatives pour retrouver les pages manquantes de l'Ashmole 782. Avant que j'aie pu tenter de le raisonner, mon téléphone sonna. C'était une sonnerie particulière – les premières mesures de *Sympathy for the Devil* – que je n'avais pas encore réussi à changer. Quand le téléphone avait été programmé, quelqu'un l'avait irrévocablement attribuée à l'un de mes contacts.

— Ton frère appelle, dit Matthew d'un ton qui aurait pu congeler le plus gros geyser de Yellowstone.

— Qu'est-ce que vous voulez, Baldwin ? demandai-je sans m'encombrer de politesses inutiles.

— Votre manque de foi me blesse, ma sœur, dit Baldwin en riant. Je suis à New York. Je me suis dit que je pourrais venir à New Haven voir si votre logement est convenable.

Avec son ouïe de vampire, Matthew ne perdait pas une miette de ma conversation avec Baldwin. Le juron qu'il proféra en réponse à la suggestion de son frère fut cuisant.

— Matthew est avec moi. Gallowglass et Miriam sont à une rue de nous. Occupez-vous de vos affaires.

J'écartai le téléphone de mon oreille, m'apprêtant à couper.

— Diana.

J'entendis tout de même la voix de Baldwin et je portai de nouveau l'appareil à mon oreille.

— Il y a un autre vampire qui travaille dans le labo de Matthew, Richard Bellingham, c'est ainsi qu'il se fait appeler, à présent.

— Oui.

Je jetai un regard à Matthew, qui se tenait devant la fenêtre dans une posture trompeusement détendue

— jambes légèrement écartées, mains dans le dos. Il était prêt à bondir.

— Soyez prudents en sa présence, dit Baldwin. Il ne vaut mieux pas que je sois obligé d'ordonner à Matthew de s'en débarrasser. Mais je le ferai, sans hésitation, si je viens à penser qu'il détient des informations qui pourraient se révéler... difficiles... pour la famille.

— Il sait que je suis une sorcière. Et que je suis enceinte.

Il était évident que Baldwin en savait déjà long sur notre vie à New Haven. Il était inutile de dissimuler la vérité.

— Chaque vampire de cette ville provinciale est au courant. Et ils voyagent à New York. Souvent. (Baldwin marqua une pause.) Dans la famille, quand on cause du désordre, on fait le ménage. Ou Matthew s'en charge. Voilà le choix que vous avez.

— C'est toujours un tel plaisir d'avoir de vos nouvelles, mon cher *frère*. (Baldwin rit à peine.) Ce sera tout, *milord**?

— Appelez-moi messire. Dois-je vous rafraîchir la mémoire en matière de loi et d'étiquette des vampires ?

— Non, crachai-je.

— Très bien. Si vous dites à Matthew d'arrêter de bloquer mes appels, nous n'aurons pas à répéter cette conversation.

Il coupa.

— Quel sal..., commençai-je.

Matthew m'arracha le téléphone et le balança à l'autre bout de la pièce. Il se fracassa avec un agréable bruit de verre brisé sur le manteau de l'ancienne cheminée. Puis il prit mon visage entre ses mains comme si le moment de violence qui venait de se produire n'avait été qu'un mirage.

— À présent, il va falloir que je m'achète un autre téléphone.

Je plongeai mon regard dans les yeux orageux de Matthew. Ils étaient une indication assez fiable de son état d'esprit : gris clair quand il était détendu, verts quand ses pupilles se dilataient sous l'émotion et faisaient tout disparaître sauf le cercle brillant autour de l'iris. Pour l'instant, le vert et le gris rivalisaient.

— Baldwin en aura sans aucun doute fait apporter un ici avant la fin de la journée, dit Matthew en fixant le pouls qui battait sur ma gorge.

— Espérons que ton frère n'estimera pas devoir le livrer lui-même.

Le regard de Matthew glissa sur mes lèvres.

— Ce n'est pas mon frère, c'est *le tien*.

— Bonjour tout le monde ! retentit la voix joviale de Gallowglass depuis l'entrée au rez-de-chaussée.

Le baiser de Matthew fut dur et impérieux. Je lui donnai ce qu'il réclamait, me laissant aller pour qu'il puisse sentir, du moins en cet instant, que c'était lui qui commandait.

— Oh. Pardon. Je dois repasser ? demanda Gallowglass depuis l'escalier. (Puis ses narines se dilatèrent alors qu'il sentait l'entêtante odeur de clou de girofle de mon mari.) Quelque chose ne va pas, Matthew ?

— Rien que la mort brutale et apparemment accidentelle de Baldwin ne saurait arranger, répondit Matthew d'une voix sombre.

— Tout va comme d'habitude, alors. Je me suis dit que vous voudriez que j'accompagne ma tante jusqu'à la bibliothèque.

— Pourquoi ? demanda Matthew.

— Miriam a appelé. Elle est de mauvaise humeur et veut que vous « lâchiez les fesses de Diana et rappliquiez vite fait au labo ». (Il consulta sa paume qui était couverte de gribouillis.) Oui. C'est exactement ce qu'elle a dit.

— Je vais prendre mon sac, murmurai-je en laissant Matthew.

— Bonjour, Abricot et Bonbon, dit Gallowglass en regardant avec amour les photos sur le réfrigérateur. (Estimant que les appeler Bébé A et Bébé B était en dessous de leur dignité, il les avait gratifiés de surnoms.) Bonbon a les doigts de mère-grand. Vous aviez remarqué, Matthew ?

Gallowglass entretint ce climat enjoué et bavarda durant le trajet jusqu'au campus. Matthew nous accompagna à la Beinecke, comme s'il s'attendait à voir Baldwin surgir du trottoir devant nous avec un téléphone neuf et un blâme.

Une fois que j'eus laissé les Clermont, ce fut avec soulagement que j'ouvris la porte de notre cabinet d'études.

— Je n'ai jamais vu une provenance aussi enchevêtrée ! s'exclama Lucy dès que je fis mon apparition. Alors comme ça, John Dee a *vraiment* possédé le Voynich ?

— En effet. (Je posai mon bloc et mon crayon. En dehors de la magie, c'était tout ce que je transportais. Heureusement, mon pouvoir ne déclenchait pas l'alarme des détecteurs de métaux.) Dee a offert le Voynich à l'empereur Rodolphe en échange de l'Ashmole 782.

Dans la réalité, c'était un peu plus compliqué que cela, comme souvent lorsque Gallowglass et Matthew étaient mêlés à des transferts de biens.

— Il manquait trois pages au manuscrit de la Bibliothèque bodléienne ?

Lucy, la tête dans les mains, fixait les notes, coupures et lettres qui jonchaient la table.

— Edward Kelley a enlevé ces pages avant que l'Ashmole 782 soit renvoyé en Angleterre. Il les a glissées temporairement dans le Voynich pour les mettre à l'abri. À un moment, il a donné deux pages à quelqu'un. Mais il en a gardé une pour lui, celle portant l'enluminure représentant un arbre.

C'était effectivement un enchevêtrement impossible.

— Donc, ce doit être Kelley qui a donné le manuscrit Voynich, accompagné de l'image de l'arbre, au botaniste de l'empereur Rodolphe, le Jacobus de Tepenec dont la signature figure au dos du premier feuillet.

L'encre avait pâli avec le temps, mais Lucy m'avait montré des photos prises en lumière ultraviolette.

— Probablement, répondis-je.

— Et après le botaniste, c'est un alchimiste qui l'a possédé ?

Elle ajouta quelques notes à sa chronologie du Voynich. Elle avait l'air un peu confuse avec nos constants rajouts et ratures.

— Georg Baresch. Je n'ai pas pu trouver grand-chose sur lui. (J'examinai mes notes.) Baresch était ami avec Tepenec et c'est à lui que Marci a acheté le Voynich.

— Les illustrations d'une flore étrange dans le Voynich auraient sûrement intrigué un botaniste, sans parler de l'enluminure d'un arbre provenant de l'Ashmole 782. Mais pourquoi un alchimiste s'y serait intéressé ?

— Parce que certaines des illustrations du Voynich ressemblent à des procédés alchimiques. Les ingrédients et procédés nécessaires pour fabriquer la pierre philosophale étaient des secrets jalousement gardés, et les alchimistes les cachaient souvent dans des symboles : plantes, animaux, et même personnes.

Le Livre de la Vie contenait le même puissant mélange de réel et de symbolique.

— Et Athanasius Kircher s'intéressait aux mots et aux symboles aussi. C'est pour cela que vous pensez qu'il se serait intéressé à l'enluminure de l'arbre autant qu'au Voynich, dit-elle lentement.

— Oui. C'est pourquoi la lettre manquante que Georg Baresch prétend avoir envoyée à Kircher en 1637 est si importante, dis-je en faisant glisser une chemise vers elle. L'experte sur Kircher que je connais de Stanford est à Rome. Elle s'est proposée d'aller aux archives de l'Université Pontificale Grégorienne, où se trouve la majorité de la correspondance de Kircher, et de fouiner un peu. Elle m'a envoyé une transcription de la lettre postérieure de Baresch à Kircher écrite en 1639. Elle fait allusion à leurs échanges passés, mais les jésuites lui ont dit que l'original de la lettre est introuvable.

— Quand des bibliothécaires disent « il est perdu », je me demande toujours si c'est vrai, grommela-t-elle.

— Moi aussi.

Je songeai avec ironie à ce que j'avais vécu avec l'Ashmole 782.

Lucy ouvrit la chemise et gémit.

— C'est en latin, Diana. Vous allez devoir me dire ce que cela signifie.

— Baresch pensait que Kircher pourrait être capable de déchiffrer les secrets de Voynich. Kircher avait travaillé sur les hiéroglyphes égyptiens. Cela faisait de lui une célébrité internationale et on lui envoyait des textes mystérieux du monde entier, expliquai-je. Pour mieux appâter Kircher, Baresch lui a fait parvenir des transcriptions partielles du Voynich à Rome en 1637, puis en 1639.

— Mais il n'y a aucune mention spécifique d'une image d'arbre, dit Lucy.

— Non. Mais il est toujours possible que Baresch l'ait envoyée à Kircher pour lui mettre encore plus l'eau à la bouche. Elle est d'une bien meilleure qualité que les images du Voynich. (Je me radossai.) J'ai bien peur de ne pas avoir pu aller plus loin. Qu'avez-vous découvert sur la vente de livres où Wilfrid Voynich a acquis le manuscrit ?

Au moment où Lucy allait répondre, un bibliothécaire frappa à la porte et entra.

— Votre mari est au téléphone, professeur Bishop, dit-il d'un air réprobateur. Veuillez lui dire que nous ne sommes pas un standard d'hôtel et que nous ne prenons habituellement pas les appels pour le compte de nos lecteurs.

— Désolée, dis-je en me levant. J'ai eu un problème de téléphone ce matin. Mon mari est un peu... exagérément protecteur, dis-je avec un geste d'excuse en désignant mes rondeurs.

Le bibliothécaire parut un peu se radoucir et me désigna au mur un poste qui clignotait.

— Utilisez celui-ci.

— Comment Baldwin est-il arrivé aussi vite ici ? demandai-je à Matthew quand je l'eus en ligne. (C'était la seule raison pour laquelle j'imaginais que Matthew m'appellerait à la bibliothèque.) Il est venu en hélicoptère ?

— Ce n'est pas Baldwin. Nous avons découvert quelque chose d'étrange à propos de l'image des noces chymiques de l'Ashmole 782.

— Étrange à quel point de vue ?

— Viens voir. Je préfère ne pas en parler au téléphone.

— J'arrive tout de suite. (Je raccrochai et me tournai vers Lucy.) Je suis vraiment navrée, Lucy, mais il faut que je reparte. Mon mari veut que je lui donne un coup de main à son labo. Nous pouvons continuer plus tard ?

— Bien sûr, dit-elle.

J'hésitai.

— Voulez-vous venir avec moi ? demandai-je. Vous pourriez faire la connaissance de Matthew. Et voir une page de l'Ashmole 782.

— L'une des pages disparues ? (Elle se leva d'un bond.) Donnez-moi une minute et je vous retrouve en bas.

Alors que nous sortions précipitamment, nous emboutîmes mon garde du corps.

— Tout doux, ma tante. Vous ne voulez pas secouer les petits. (Gallowglass me tint le bras le temps que je recouvre mon équilibre, puis il jeta un regard à la femme menue qui m'accompagnait.) Tout va bien, mademoiselle ?

— M… moi ? bafouilla Lucy en se dévissant le cou pour regarder le grand Celte dans les yeux. Je vais bien.

— Je demandais juste, dit-il aimablement. Je suis costaud comme un galion toutes voiles dehors. Des hommes plus grands que vous y ont laissé des plumes en se cognant à moi.

— C'est le neveu de mon mari, Gallowglass. Gallowglass, Lucy Meriweather. Elle vient avec nous.

Après ces rapides présentations, je me précipitai dans la direction de la Kline Tower, mon sac cognant sur ma hanche. Me voyant peiner, Gallowglass prit le sac et le porta.

— Il porte vos livres ? chuchota Lucy.

— Et mes courses, répondis-je sur le même ton. Il me porterait aussi, si je le laissais faire.

Gallowglass ricana.

— Plus vite, dis-je, tandis que mes baskets usées grinçaient sur les dalles cirées du bâtiment où Matthew et Chris travaillaient.

À l'entrée du labo de Chris, je passai mon badge et les portes s'ouvrirent. Miriam nous attendait à l'intérieur, un œil sur sa montre.

— Ça y est ! s'écria-t-elle. J'ai gagné. Encore une fois. Ça fera dix dollars, Roberts.

— J'étais sûr que Gallowglass la ralentirait, gémit Chris.

Le labo était calme, ce jour-là, avec seulement une poignée de personnes présentes. Je fis signe à Pipette. Scully était là aussi, à côté de Mulder et d'une balance numérique.

— Désolé d'interrompre tes recherches, mais nous voulions que tu saches tout de suite ce que nous avons découvert.

Matthew jeta un coup d'œil à Lucy.

— Matthew, je te présente Lucy Meriweather. J'ai pensé qu'il fallait qu'elle voie la page de l'Ashmole 782, étant donné qu'elle passe beaucoup de temps à chercher ses sœurs manquantes, expliquai-je.

— Un plaisir, Lucy. Venez voir ce que vous aidez Diana à retrouver. (L'expression de Matthew passa de circonspecte à chaleureuse, et il désigna Mulder et Scully.) Miriam ? Pouvez-vous enregistrer Lucy comme visiteuse ?

— Déjà fait, dit Miriam. (Elle tapa sur l'épaule de Chris.) Contempler cette cartographie génétique ne vous mènera nulle part, Roberts. Faites une pause.

— Il nous faut davantage de données, dit-il.

— Nous sommes des scientifiques. Évidemment qu'il nous en faut davantage. (L'air entre Miriam et Chris bourdonnait de tension.) Venez quand même voir la jolie image.

— Oh, OK, grommela Chris en lui faisant un sourire penaud.

L'enluminure des noces chymiques était posée sur un support en bois. J'avais beau la voir souvent, l'image me fascinait – et pas seulement parce que la personnification du soufre et du mercure ressemblait à Matthew et à moi. D'innombrables détails entouraient le couple : le paysage rocheux, les invités des noces, les créatures mythiques et symboliques qui assistaient à la cérémonie, le phénix qui embrassait la scène de ses ailes flamboyantes. À côté de la page se trouvait quelque chose qui ressemblait à une balance postale en métal portant une feuille de parchemin vierge.

— Scully va nous dire ce qu'elle a découvert, dit Matthew avant de donner la parole à l'étudiante.

— Cette page enluminée est trop lourde, dit Scully en clignant des yeux derrière ses épaisses lunettes. Plus lourde que ne devrait l'être une page, je veux dire.

— Sarah et moi la trouvions lourde, dis-je en regardant Matthew. Tu te rappelles quand la maison nous a donné la page à Madison ? lui rappelai-je à voix basse.

— Peut-être que c'est quelque chose qu'un vampire ne peut pas percevoir, acquiesça-t-il. Même maintenant que j'ai vu les preuves de Scully, la page me paraît tout à fait normale.

— J'ai commandé du vélin en ligne auprès d'un fabricant traditionnel de parchemin, dit Scully. Elle est arrivée ce matin. J'ai coupé la feuille à la même taille – 228 millimètres par 292 – et je l'ai pesée. Vous pouvez prendre les morceaux qui restent, professeur Clairmont. Un peu d'entraînement avec la sonde que vous avez conçue ne fera de mal à personne.

— Merci, Scully, bonne idée. Et nous analyserons le vélin moderne à des fins de comparaison, sourit Matthew.

— Comme vous pouvez le voir, reprit Scully, le vélin neuf pesait un petit peu plus de 42 grammes. Quand j'ai pesé la page du professeur Bishop la première fois, elle pesait 368 grammes.

Elle ôta le morceau de vélin neuf et déposa la page de l'Ashmole 782 sur la balance.

— Le poids de l'encre ne peut pas expliquer cet écart, dit Lucy en chaussant ses lunettes et en se penchant pour regarder les chiffres. Et le parchemin utilisé dans l'Ashmole 782 a l'air plus mince, aussi.

— Il est moitié moins épais que le vélin moderne, je l'ai mesuré, dit Scully.

— Mais le Livre de la Vie comprend plus de cent pages, probablement près du double. (Je fis un rapide calcul.) Si une seule page pèse 368 grammes, le livre entier devrait peser près de 80 kilos.

— Ce n'est pas tout. La page ne pèse pas toujours le même poids, dit Mulder. (Il désigna le cadran numérique.) Regardez, professeur Clairmont. Le poids a de nouveau baissé. À présent, il n'est plus que de 198 grammes.

— Il fluctue de manière erratique depuis le début de la matinée, dit Matthew. Dieu merci, Scully a eu la bonne idée de laisser la page sur la balance. Si elle l'avait enlevée immédiatement, nous ne nous en serions pas aperçus.

— C'était involontaire, dit Scully en rougissant et en baissant la voix. Je devais aller aux toilettes. Quand je suis revenue, le poids était passé à 450 grammes.

— Quelles sont vos conclusions, Scully ? demanda Chris d'un ton doctoral.

— Je n'en ai aucune, dit-elle, visiblement dépitée. Le vélin ne peut pas perdre du poids et le reprendre. C'est une substance morte. Rien de ce que j'observe n'est possible !

— Bienvenue dans le monde de la science, mon amie, dit Chris en riant. Et vous, Mulder ? demanda-t-il au collègue de Scully.

— La page est manifestement une sorte de conteneur magique. Il y a d'autres pages à l'intérieur. Le poids change parce qu'elle est encore reliée d'une manière ou d'une autre au reste du manuscrit, dit Mulder en jetant un regard vers moi.

— Je pense que vous avez raison, Mulder, souris-je.

— Nous devrions la laisser sur la balance et enregistrer son poids toutes les quinze minutes. Peut-être que nous allons découvrir des constantes.

— Ça a l'air d'un bon plan, dit Chris en lui jetant un regard approbateur.

— Alors, professeur Bishop, dit prudemment Mulder. Pensez-vous qu'il y a vraiment d'autres pages à l'intérieur de celle-ci ?

— Si c'est le cas, cela ferait de l'Ashmole 782 un palimpseste, dit Lucy, dont l'imagination était lancée. Un palimpseste magique.

D'après les événements de la journée dans le labo, je conclus que les humains étaient beaucoup plus astucieux que nous autres créatures ne voulions bien le leur accorder.

— C'est *bien* un palimpseste, confirmai-je. Mais je n'ai jamais conçu l'Ashmole 782 comme un... comment avez-vous dit, Mulder ?

— Un conteneur magique, répéta-t-il, flatté.

Nous savions déjà que l'Ashmole 782 était précieux à cause de son texte et de son information génétique. Si Mulder avait vu juste, Dieu sait ce qu'il recelait d'autre.

— Les résultats d'analyse ADN de l'échantillon prélevé il y a quelques semaines sont-ils revenus, Matthew ?

Peut-être qu'en sachant de quelle créature provenait le vélin, cela éclairerait la situation.

— Attendez, vous avez prélevé un morceau de ce manuscrit et vous l'avez analysé ? demanda Lucy, horrifiée.

— Seulement un minuscule morceau en insérant une sonde microscopique dans le bord de la page. On ne voit pas le trou, même avec une loupe, lui assura Matthew.

— Je n'ai jamais entendu parler de ce genre de choses.

— C'est parce que le professeur Clairmont a développé la technologie et ne l'a pas partagée avec le reste de la classe, dit Chris avec un regard réprobateur à Matthew. Mais cela va changer, n'est-ce pas, Matthew ?

— Apparemment, dit Matthew.

— Cédez-le, Matthew, dit Miriam. Nous l'utilisons depuis des années pour extraire de l'ADN de toutes sortes d'échantillons de tissus mous. Il est temps que d'autres puissent s'amuser avec.

— Nous allons vous confier la page, Scully, dit Chris.

Il inclina la tête vers l'autre bout du labo, manifestant son désir de discuter d'autre chose.

— Je peux la toucher ? demanda Lucy, le regard rivé sur la page.

— Bien sûr. Elle a survécu pendant toutes ces années, après tout, dit Matthew. Mulder et Scully, pouvez-vous aider Ms. Meriweather ? Dites-nous quand vous serez prête à partir, Lucy, et nous vous ramènerons à votre bureau.

D'après l'expression de Lucy, nous avions tout le temps que nous voulions pour discuter.

— Qu'est-ce qu'il y a ? demandai-je à Chris.

Maintenant que nous étions à l'écart des étudiants, il avait l'air d'apporter de mauvaises nouvelles.

— Si nous devons apprendre quelque chose de plus sur la fureur sanguinaire, nous avons besoin de plus de données, dit-il. Et avant que vous disiez quoi que ce soit, Miriam, je ne critique pas la manière dont Matthew et vous avez travaillé jusqu'ici. C'est ce que l'on pouvait faire de mieux, étant donné que la plupart de vos échantillons proviennent de morts depuis longtemps, ou de non-morts. Mais l'ADN se détériore avec le temps. Et nous devons développer la cartographie génétique des démons et des sorcières et séquencer leurs génomes si nous voulons identifier correctement ce qui vous différencie.

— Eh bien, rassemblons d'autres données, dis-je, soulagée. Je croyais qu'il y avait quelque chose de grave.

— Ça l'est, dit Matthew d'un ton lugubre. L'une des raisons pour lesquelles les cartographies génétiques des sorcières et des démons sont moins complètes est que je n'ai aucune manière convenable de recueillir des échantillons d'ADN sur des donneurs vivants. Amira et Hamish ont été heureux de se proposer, évidemment, ainsi que plusieurs des habitués des cours de yoga d'Amira à Old Lodge.

— Mais si tu devais recueillir des échantillons sur un nombre plus grand de créatures, tu serais obligé de leur dire à quoi cela sert, dis-je, comprenant le problème.

— Et ce n'est pas tout, dit Chris. Nous n'avons simplement pas assez d'ADN de la lignée de Matthew pour établir un arbre généalogique qui peut nous indiquer comment la fureur sanguinaire se transmet. Nous avons des échantillons de Matthew, de sa mère et de Marcus Whitmore, c'est tout.

— Pourquoi ne pas envoyer Marcus à La Nouvelle-Orléans ? demanda Miriam à Matthew.

— Qu'est-ce qu'il y a à La Nouvelle-Orléans ? demanda vivement Chris.

— Des enfants de Marcus, dit Gallowglass.

— Whitmore a des enfants ? demanda Chris à Matthew, incrédule. Combien ?

— Un certain nombre, dit Gallowglass. Et des petits-enfants, aussi. Et Myra la Folle a plus que sa part de fureur sanguinaire, n'est-ce pas ? Vous allez vouloir son ADN, sûrement.

Chris donna sur une paillasse un tel coup de poing qu'une rangée de tubes à essais vides cliqueta comme des os.

— Bon sang, Matthew ! Vous m'avez dit que vous n'aviez aucune autre descendance vivante. J'ai perdu mon temps avec des résultats reposant sur les trois échantillons de votre famille alors que vous avez des petits-enfants et des arrière-petits-enfants qui gambadent dans Bourbon Street ?

— Je ne voulais pas déranger Marcus, dit sèchement Matthew. Il a d'autres soucis.

— Du genre ? Un autre frère psychotique ? Il n'y a rien sur le site de Mauvaise Graine depuis des semaines, mais ça ne va pas durer éternellement. Quand Benjamin refera son apparition, nous aurons besoin d'autre chose que d'une modélisation prédictive et de quelques intuitions pour le devancer ! s'exclama Chris.

— Calmez-vous, Chris, dit Miriam en posant la main sur son bras. Nous avons déjà de meilleures données pour le génome du vampire que pour ceux du démon ou de la sorcière.

— Mais c'est encore un peu branlant par endroits, contra Chris, surtout maintenant que nous nous intéressons à l'ADN poubelle. J'ai besoin de plus de statistiques sur l'ADN des sorcières, des démons et des vampires.

— Gameboy, Xbox et Daisy se sont tous proposés pour un prélèvement, dit Miriam. Cela va à l'encontre des protocoles d'études modernes, mais je ne pense pas que ce soit un problème insurmontable si vous ne le dissimulez pas par la suite, Chris.

— Xbox a parlé d'un club de Crown Street que fréquentent les démons, dit Chris en se frottant les yeux. Je vais y faire un tour pour recruter d'autres volontaires.

— Vous ne pouvez pas y aller. Vous vous ferez repérer comme être humain et comme prof, dit Miriam d'un ton ferme. Je vais y aller. Je fais nettement plus peur.

— Seulement après la tombée de la nuit, sourit Chris.

— Bonne idée, Miriam, m'empressai-je de dire, n'ayant aucune envie de savoir comment était Miriam après le coucher du soleil.

— Vous pouvez prélever mon ADN, dit Gallowglass. Je ne suis pas de la lignée de Matthew, mais ça peut aider. Et il y a des tas d'autres vampires à New Haven. Passez un coup de fil à Eva Jaëger.

— La Eva de Baldwin ? demanda Matthew, stupéfait. Je ne l'ai pas vue depuis qu'elle l'a quitté après avoir découvert quel rôle avait joué Baldwin dans la crise financière allemande de 1911.

— À mon avis, l'un comme l'autre n'apprécierait pas que vous soyez aussi indiscret, mon oncle, le gronda Gallowglass.

— Laissez-moi deviner, dis-je. C'est la nouvelle du département économie. Merveilleux. L'ex de Baldwin. C'est exactement ce qu'il nous fallait.

— Et as-tu croisé d'autres de ces vampires de New Haven ? demanda Matthew.

— Quelques-uns, répondit vaguement Gallowglass.

Matthew allait poursuivre ses questions quand Lucy nous interrompit.

— Le poids de la page de l'Ashmole 782 a changé trois fois depuis que je suis devant. (Elle secoua la tête, abasourdie.) Si je ne l'avais pas vu de mes yeux, je ne l'aurais pas cru. Je suis désolée, mais je dois retourner à la Beinecke.

— Je vais partir avec vous, Lucy, dis-je. Vous ne m'avez toujours pas dit ce que vous avez appris sur le Voynich.

— Après tous ces prodiges scientifiques, ce n'est pas très excitant, s'excusa-t-elle.

— Pour moi, si. (J'embrassai Matthew.) Je te retrouve à la maison.

— Je devrais être rentré en fin d'après-midi. (Il me prit dans ses bras et colla sa bouche contre mon oreille. Il parla si bas que les autres vampires auraient dû prêter attention pour l'entendre.) Ne reste pas trop longtemps à la bibliothèque. N'oublie pas ce qu'a dit le médecin.

— Je n'ai pas oublié, Matthew, promis-je. Au revoir, Chris.

— À plus tard. (Chris me serra dans ses bras et me lâcha aussitôt. Il jeta un regard réprobateur à mon ventre arrondi.) Un de tes gosses vient de me donner un coup de coude.

— Ou de genou, dis-je en riant et en posant une main apaisante sur la bosse. Ils sont tous les deux très agités, ces derniers temps.

Matthew posa son regard sur moi – fier, tendre et un rien inquiet. Ce fut comme tomber dans un tas de neige fraîche – âpre et doux tout à la fois. Si nous avions été à la maison, il m'aurait attirée contre lui pour pouvoir lui aussi sentir les coups de pied, ou bien il se serait agenouillé devant moi pour voir les bosses provoquées par les genoux, les pieds, les mains et les coudes. Je lui souris timidement. Miriam se racla la gorge.

— Sois prudent, Gallowglass, murmura Matthew.

Ce n'était pas une formule creuse, c'était un ordre.

— Comme si votre épouse était la mienne, acquiesça son neveu.

Nous retournâmes à la Beinecke sans nous presser, en discutant du Voynich et de l'Ashmole 782. Lucy était encore plus absorbée par ce mystère, à présent. Comme Gallowglass insistait pour que nous prenions quelque chose à manger, nous nous arrêtâmes dans une pizzeria de Wall Street. Je fis signe à une collègue historienne qui était assise dans l'une des alcôves avec des piles de fiches et un énorme soda, mais elle était si absorbée par son travail qu'elle remarqua à peine ma présence.

Après avoir laissé Gallowglass à son poste devant la Beinecke, nous montâmes avec notre déjeuner tardif dans la salle du personnel. Comme tout le monde avait déjà déjeuné, nous avions l'endroit à nous seules. Entre deux bouchées, Lucy me résuma ses découvertes.

— Wilfrid Voynich a acheté le mystérieux manuscrit de Yale aux jésuites en 1912, dit-elle en mâchonnant un morceau de concombre de sa salade diététique. Ils liquidaient discrètement leurs collections de la Villa Mondragone dans les environs de Rome.

— Mondragone ? répétai-je en secouant la tête et en songeant à Corra.

— Oui. Elle tire son nom des armoiries papales de Grégoire XIII, celui qui a réformé le calendrier. Mais vous en savez probablement plus long que moi là-dessus. (J'opinai. Sillonner l'Europe de la fin du XVIe siècle avait nécessité de me familiariser avec les réformes de Grégoire XIII pour savoir quel jour nous étions.) Plus de trois cents volumes du Collège jésuite de Rome ont été déménagés à la Villa Mondragone quelque part vers la fin du XIXe siècle. Les détails sont encore flous pour moi, mais il y a eu une sorte de confiscation des biens de l'Église durant l'unification de l'Italie, dit-elle en piquant une tomate cerise anémique au bout de sa fourchette. Les livres envoyés à la Villa Mondragone étaient paraît-il les plus précieux de la bibliothèque des jésuites.

— Mmm. Je me demande si je pourrais en avoir une liste.

Je serais encore plus obligée auprès de mon amie de Stanford, mais cela pouvait nous conduire à l'une des pages manquantes.

— Cela vaudrait le coup. Voynich n'était pas le seul collectionneur intéressé, évidemment. La vente de la Villa Mondragone a été l'une des enchères de livres privées les plus grandioses du XXe siècle. Voynich a failli se faire souffler le manuscrit par deux autres acquéreurs.

— Vous savez qui c'était ? demandai-je.

— Pas encore, mais j'y travaille. L'un était de Prague. C'est tout ce que j'ai réussi à découvrir.

— De Prague ?

Je me sentis mal.

— Vous n'avez pas l'air dans votre assiette, dit Lucy. Vous devriez rentrer chez vous et vous reposer. Je continuerai à travailler dessus et je vous verrai demain, ajouta-t-elle en refermant son saladier en plastique vide.

— Ma tante. Vous êtes en avance, dit Gallowglass en me voyant sortir du bâtiment.

— Nous sommes tombées sur un os, soupirai-je. Toute la journée n'a été faite que de petits bouts de progrès entre deux épaisses tranches de frustration. Espérons que Matthew et Chris feront d'autres découvertes au labo, parce que nous sommes pressés par le temps. Du moins devrais-je dire que *moi, je* suis pressée par le temps.

— Tout finira par s'arranger, dit Gallowglass en hochant sagement la tête. C'est toujours comme cela.

Nous passâmes par le parc entre le tribunal et la mairie. Sur Court Street, nous traversâmes les voies ferrées et nous dirigeâmes vers ma maison.

— Quand avez-vous acheté votre appartement sur Wooster Square, Gallowglass ? demandai-je en me résolvant à poser l'une de mes nombreuses questions sur les relations entre les Clermont et New Haven.

— Après votre arrivée ici comme professeur, dit Gallowglass. Je voulais être sûr que tout allait bien dans votre nouvelle fonction et Marcus racontait toujours des histoires de cambriolage ou de vandalisme sur sa voiture.

— Je suppose que Marcus n'habitait pas dans sa maison à l'époque, dis-je en haussant un sourcil.

— Seigneur, non. Il n'est pas venu à New Haven depuis des dizaines d'années.

— Eh bien, nous sommes parfaitement en sécurité ici.

Je contemplai la portion piétonne de Court Street, enclave résidentielle et arborée en plein cœur de la ville. Comme d'habitude, elle était déserte, à part un chat noir entre les pots de fleurs.

— Peut-être, dit Gallowglass, dubitatif.

Nous venions d'arriver aux marches menant à l'entrée quand une voiture noire s'arrêta à l'intersection de Court Street et de Olive Street où nous nous trouvions quelques instants plus tôt. Elle resta au point mort pendant qu'un svelte jeune homme aux cheveux blonds avec des lunettes de soleil dépliait sa haute silhouette pour descendre du côté passager. Il n'était que bras et jambes, avec des épaules étonnamment larges pour quelqu'un d'aussi mince. Je le pris pour un étudiant de premier cycle, car il portait l'un des uniformes habituels de Yale : un jean sombre et un tee-shirt noir. Il se pencha pour parler au conducteur.

— Bon Dieu, dit Gallowglass comme s'il avait vu un fantôme. C'est impossible.

Je scrutai l'étudiant sans réussir à le reconnaître.

— Vous le connaissez ?

Le regard du jeune homme croisa le mien. Les lunettes miroirs ne pouvaient faire écran au regard glacé d'un vampire. Il les enleva et grimaça un sourire bancal.

— Vous êtes une femme difficile à trouver, mistress Roydon.

18

Cette voix. La dernière fois que je l'avais entendue, elle était moins grave, sans ce sourd grondement guttural.

Ces yeux. Un brun doré moucheté d'or et de vert. Ils avaient toujours l'air plus vieux que lui.

Son sourire. Le coin gauche était toujours plus haut que le droit.

— Jack ? dis-je d'une voix étranglée, sentant mon cœur se serrer.

Cinquante kilos de chien blanc sautèrent par-dessus le siège avant et la portière ouverte, toute toison dehors et langue rose pendante. Jack l'empoigna par le collier.

— Au pied, Lobero. (Jack ébouriffa la tête hirsute de l'animal, révélant les deux yeux noirs et ronds. L'animal lui jeta un regard plein d'adoration en agitant la queue et s'assit en haletant.) Bonjour, Gallowglass, dit Jack en s'avançant lentement vers nous.

— Jackie, dit Gallowglass d'une voix nouée par l'émotion. Je te croyais mort.

— Je l'étais. Et puis je ne l'ai plus été.

Jack baissa les yeux vers moi, ne sachant pas trop s'il était le bienvenu. Pour ne lui laisser aucun doute, je le pris dans mes bras.

— Oh, Jack.

Il sentait le feu de charbon et le matin brumeux plutôt que le pain chaud, tout comme lorsqu'il était enfant. Après une brève hésitation, il me serra dans ses longs bras maigres. Il avait grandi et vieilli, mais il paraissait toujours fragile, comme si son apparence mature n'était rien de plus qu'une coquille.

— Vous m'avez manqué, murmura-t-il.

— Diana !

Matthew était encore à deux rues de là, mais il avait repéré la voiture bloquant l'entrée de Court Street, ainsi que l'inconnu qui m'étreignait. De l'endroit où il était, je devais avoir l'air prise au piège, même si Gallowglass était à côté de moi. L'instinct prit le dessus et Matthew s'élança en une traînée sombre et floue.

Lobero donna l'alarme avec un aboiement tonitruant. Les komondors étaient très semblables aux vampires : élevés pour protéger ceux qu'ils aimaient, loyaux envers la famille, assez énormes pour repousser loups et ours, et prêts à mourir plutôt qu'à céder devant une autre créature.

Jack sentit la menace sans en voir la provenance. Il se transforma sous mes yeux en un être de cauchemar, babines retroussées et yeux d'un noir vitreux. Il m'empoigna et me serra contre lui pour me protéger de toute menace, mais il commençait à m'étouffer.

— Non ! Ne t'y mets pas, toi aussi ! hoquetai-je en gaspillant le peu d'air qui me restait.

À présent, je ne pouvais plus avertir Matthew que quelqu'un avait transmis la fureur sanguinaire à notre brillant et vulnérable garçon.

Avant que Matthew ait pu sauter par-dessus le capot de la voiture, un homme descendit côté conducteur et l'empoigna. Ce devait être un vampire aussi, songeai-je, étourdie, s'il avait la force de retenir Matthew.

— Arrêtez, Matthew. C'est Jack.

La voix grave et rocailleuse et l'accent londonien caractéristique réveillèrent les souvenirs désagréables d'une unique goutte de sang tombant dans la bouche aux aguets d'un vampire.

Andrew Hubbard. Le roi des vampires de Londres était à New Haven. Des étoiles commencèrent à danser devant mes yeux.

Avec un grondement, Matthew se retourna. Le dos de Hubbard cogna la carrosserie de la voiture avec un bruit à fracasser les os.

— C'est Jack, répéta Hubbard en empoignant Matthew par le cou pour le forcer à écouter.

Cette fois, le message passa. Les yeux de Matthew s'agrandirent et il regarda dans notre direction.

— Jack ? demanda-t-il d'une voix rauque.

— Master Roydon ?

Sans se retourner, Jack pencha la tête de côté alors que la voix de Matthew pénétrait le brouillard obscur de la fureur sanguinaire. Il desserra son étreinte.

J'inspirai une longue goulée d'air en m'efforçant de reprendre mes esprits. Ma main se porta instinctivement à mon ventre, où je sentis un coup rassurant, suivi d'un autre. Lobero me flaira les pieds et les mains comme s'il essayait de comprendre quelle relation j'entretenais avec son maître, puis il s'assit devant moi et gronda à l'adresse de Matthew.

— C'est encore un rêve ?

Il restait dans sa voix grave une trace de l'enfant perdu qu'il avait été, et Jack préféra fermer les yeux plutôt que prendre le risque de se réveiller.

— Ce n'est pas un rêve, Jack, dit doucement Gallowglass. Écarte-toi de mistress Roydon, à présent. Matthew ne représente aucun danger pour sa compagne.

— Oh, mon Dieu. Je l'ai touchée.

Jack avait l'air horrifié. Lentement, il se retourna en levant les mains comme pour se rendre, prêt à subir n'importe quel châtiment que Matthew estimerait juste. Ses yeux, qui étaient redevenus normaux, s'assombrirent à nouveau. Mais il n'était pas en colère. Alors pourquoi la fureur sanguinaire refaisait-elle surface ?

— Chut, dis-je en baissant son bras. Tu m'as touchée des milliers de fois. Matthew s'en moque.

— Je n'étais pas... comme ça... avant, dit Jack d'une voix remplie de dégoût de lui-même.

Matthew s'approcha lentement pour ne pas l'alarmer. Andrew Hubbard claqua sa portière et le suivit. Les siècles n'avaient guère changé le vampire de Londres connu pour son allure de prêtre et son troupeau de créatures adoptées de toutes espèces et de tous âges. Il était resté le même : glabre, pâle, blond. Seuls ses yeux couleur d'ardoise et ses vêtements sombres contrastaient avec sa pâleur générale.

Et il était toujours aussi grand et maigre, légèrement voûté, avec de larges épaules.

Alors que les deux vampires approchaient, le grondement du chien se fit plus menaçant et il retroussa les babines.

— Ici, Lobero, ordonna Matthew.

Il s'accroupit et attendit patiemment que le chien réfléchisse.

L'animal posa sa truffe humide dans ma main, puis il flaira son maître. Après quoi, il leva le museau pour absorber les autres odeurs avant de s'avancer vers Matthew et Hubbard. Lobero reconnut le Père Hubbard, mais Matthew eut droit à un examen plus approfondi. Quand ce fut terminé, le chien agita la queue. Ce n'était pas exactement un frétillement, mais il avait instinctivement reconnu le dominant de la meute.

— Bon chien, dit Matthew en se levant et en désignant son pied.

Lobero fit docilement volte-face et le suivit alors qu'il venait nous rejoindre.

— Tout va bien, *mon cœur** ? demanda-t-il.

— Bien sûr, répondis-je, encore un peu hors d'haleine.

— Et toi, Jack ? reprit Matthew en posant la main sur l'épaule du jeune homme.

Ce n'était pas l'accolade classique des Clermont. C'était un père accueillant son fils après une longue séparation – un père qui redoutait que son enfant ait vécu l'enfer.

— Ça va mieux, à présent. (On pouvait toujours compter sur Jack pour répondre la vérité quand on lui posait une question sans détours.) Je réagis toujours un peu trop vivement quand je suis surpris.

— Moi aussi, dit Matthew. Pardonne-moi. Tu avais le dos tourné et je ne m'attendais pas à te revoir.

— Cela a été… difficile. De garder mes distances.

Le tremblement de sa voix laissait entendre que cela avait été plus que difficile.

— J'imagine. Pourquoi n'entres-tu pas pour nous raconter ce qui t'est arrivé ? (Ce n'était pas une invitation à la légère : Matthew demandait à Jack de mettre son âme à nu. La perspective parut effrayer le jeune homme.) C'est à toi de décider ce que tu nous raconteras, Jack, le rassura Matthew. Tu peux tout nous dire comme te taire, mais entrons. Ton dernier Lobero en date n'est pas plus calme que le premier. Les voisins vont appeler la police s'il continue d'aboyer.

Jack hocha la tête.

Matthew inclina la tête. Le geste le fit un peu ressembler à Jack. Il sourit.

— Qu'est devenu notre petit garçon ? Je n'ai plus besoin de m'accroupir pour te regarder dans les yeux.

Le reste de tension quitta Jack avec la taquinerie de Matthew. Il sourit timidement et gratta les oreilles de Lobero.

— Le Père Hubbard va venir avec nous. Peux-tu prendre la voiture, Gallowglass, et aller la garer à un endroit qui ne bloque pas la rue ? demanda Matthew.

Gallowglass tendit la main et Hubbard y laissa tomber les clés.

— Il y a une valise dans le coffre, dit Hubbard. Rapportez-la.

Gallowglass hocha la tête, les lèvres pincées, puis il jeta un regard furibard à Hubbard avant de se diriger vers la voiture.

— Il ne m'a jamais aimé. (Hubbard lissa les revers de son austère veste noire, qu'il portait par-dessus un tee-shirt de même couleur. Même six siècles plus tard, le vampire restait au fond de lui-même un religieux. Il inclina la tête, reconnaissant enfin ma présence.) Mistress Roydon.

— Je m'appelle Bishop.

Je voulais lui rappeler notre dernière entrevue et la promesse qu'il avait faite – sans la tenir, d'après la preuve que j'avais devant moi.

— Docteur Bishop, alors, dit Hubbard en fermant à demi ses étranges yeux multicolores.

— Quelle promesse ? demanda Jack derrière moi.

Bon sang. Jack avait toujours eu une ouïe excellente, mais j'avais oublié qu'il était désormais également doté de sens surnaturels.

— J'ai juré que je prendrais soin de toi et d'Annie pour mistress Roydon, dit Hubbard.

— Père Hubbard a tenu parole, maîtresse, dit Jack. Je ne serais pas là, sinon.

— Et nous lui en sommes reconnaissants, dit Matthew qui n'en avait pas du tout l'air.

Il me jeta les clés de la maison. Gallowglass portait toujours mon sac contenant les miennes.

Hubbard les attrapa au vol et ouvrit la porte.

— Fais monter Lobero et donne-lui de l'eau, Jack. La cuisine est au premier.

Matthew reprit les clés à Hubbard, passa devant lui et les déposa dans une coupe sur la table de l'entrée.

Jack appela Lobero et monta docilement les marches peintes et usées.

— Vous êtes un homme mort, Hubbard, tout comme celui qui a fait de Jack un vampire.

La voix de Matthew n'était qu'un murmure, mais Jack l'entendit tout de même.

— Vous ne pouvez pas le tuer, master Roydon, dit-il depuis le haut des marches, tenant fermement Lobero par le collier. Père Hubbard est votre petit-fils. Et c'est aussi mon créateur.

Jack tourna les talons, puis nous entendîmes un placard s'ouvrir et de l'eau couler. C'étaient des bruits étrangement ordinaires par rapport à la révélation qu'il venait de nous faire.

— Mon petit-fils ? demanda Matthew en regardant Hubbard, stupéfait. Mais cela veut dire...

— Que Benjamin Fox est mon créateur.

Les origines d'Andrew Hubbard avaient toujours été nimbées d'obscurité. Les légendes disaient qu'il était prêtre quand la Mort Noire avait fondu la première fois sur l'Angleterre en 1349. Après que tous les paroissiens de Hubbard eurent succombé à la maladie, le prêtre avait creusé lui-même sa tombe et s'y était couché. Un vampire mystérieux l'avait retenu au bord de la mort – mais personne ne semblait connaître son identité.

— Pour votre fils, je n'étais qu'un instrument, quelqu'un qu'il a créé pour parvenir à ses fins en Angleterre. Benjamin espérait que j'aurais la fureur sanguinaire, continua Hubbard. Il espérait aussi que je l'aiderais à lever une armée contre les Clermont et leurs alliés. Mais il a été déçu sur les deux tableaux, et j'ai réussi à l'éloigner de moi et de mes ouailles. Jusqu'à maintenant.

— Qu'est-il arrivé ? demanda vivement Matthew.

— Benjamin veut Jack. Je ne peux pas le laisser reprendre le garçon, répondit tout aussi vivement Hubbard.

— Reprendre ?

Ce dément avait été avec Jack. Je me tournai vers l'escalier, mais Matthew me saisit par les poignets et m'attira contre sa poitrine.

— Attends, ordonna-t-il.

Gallowglass entra avec un volumineux attaché-case noir et mon sac. Il contempla la scène et lâcha ce qu'il portait.

— Qu'est-ce qui se passe encore ? demanda-t-il en regardant tour à tour Matthew et Hubbard.

— C'est le Père Hubbard qui a fait de Jack un vampire, dis-je du ton le plus neutre que je pus, puisque Jack écoutait.

Gallowglass plaqua Hubbard contre le mur.

— Espèce de salaud. Je sentais ton odeur partout sur lui. Je croyais...

Ce fut au tour de Gallowglass de se retrouver plaqué contre quelque chose – en l'occurrence, le sol. Hubbard appuya l'une de ses chaussures noires cirées sur le sternum du grand Celte. Je fus étonnée que quelqu'un qui avait l'air aussi squelettique soit aussi fort.

— Tu croyais quoi, Gallowglass ? demanda Hubbard, menaçant. Que j'avais violé un enfant ?

À l'étage, l'agitation croissante de Jack alourdit l'air. Il avait appris à un très jeune âge à quel point les querelles ordinaires pouvaient devenir violentes. Enfant, même un soupçon de désaccord entre Matthew et moi le plongeait dans le désarroi.

— Corra ! criai-je, cherchant instinctivement son soutien.

Le temps que ma vouivre fonde des hauteurs de notre chambre pour se percher sur le pilastre de l'escalier, Matthew avait évité toute effusion de sang en empoignant Gallowglass et Hubbard par le collet et les avait séparés en les secouant sans ménagement.

Corra poussa un glapissement irrité et posa un regard malveillant sur le Père Hubbard, soupçonnant à juste raison que c'était à cause de lui que sa sieste avait été interrompue.

— Que je sois damné, dit Jack en passant la tête par-dessus la rambarde. Je ne vous avais pas dit que Corra survivrait au voyage dans le temps, Père H. ?

Il poussa un cri ravi et donna un coup de poing sur le bois. Son comportement me rappela tellement le garçon joyeux qu'il avait été que j'eus du mal à ne pas fondre en larmes.

Corra lui répondit par un cri de bienvenue, suivi d'un flot de feu et d'un chant qui remplit l'entrée d'allégresse. Elle s'envola et monta envelopper Jack de ses ailes. Puis elle posa sa tête sur la sienne et se mit à roucouler, lui entourant la poitrine de sa queue dont le bout alla tapoter gentiment son dos. Lobero se précipita sur son maître et flaira Corra avec suspicion. Elle devait sentir comme quelqu'un de la famille, et donc une créature à compter parmi ses nombreuses responsabilités. Il se coucha aux pieds de Jack et posa la tête sur ses pattes, l'œil toujours aux aguets.

— Tu as la langue encore plus longue que celle de Lobero, dit Jack en réprimant un gloussement tandis qu'elle lui chatouillait le cou. Je n'en reviens pas qu'elle se souvienne de moi.

— Évidemment qu'elle se souvient de toi ! Comment pourrait-elle oublier quelqu'un qui la gâtait de biscuits aux mûres ? dis-je avec un sourire.

Le temps que nous soyons installés dans le salon donnant sur Court Street, la fureur sanguinaire avait diminué dans les veines de Jack. Conscient de sa position inférieure dans la hiérarchie de la maison, il attendit que tout le monde se fût assis avant de choisir son siège. Il se serait presque assis avec le chien par terre si Matthew n'avait pas tapoté le canapé à côté de lui.

— Viens t'asseoir avec moi, Jack, l'invita-t-il d'un ton sans réplique. (Jack obéit en tirant sur son jean.) Tu parais la vingtaine, observa Matthew, espérant lier conversation.

— Vingt ans, peut-être vingt et un, dit Jack. Leonard et moi... Vous vous rappelez Leonard ? (Matthew hocha la tête.) On l'a déduit à cause de mes souvenirs de l'Armada. Rien de précis, comprenez bien, juste la peur de l'invasion des Espagnols dans les rues, l'allumage des fanaux, et les célébrations de la victoire. Je devais avoir au moins cinq ans en 1588 pour me rappeler cela.

Je fis quelques rapides calculs. Cela voulait dire que Jack avait été fait vampire en 1603.

— La peste.

La maladie avait impitoyablement fondu sur Londres cette année-là. Je remarquai une tache marbrée sur son cou, sous son oreille. On aurait dit une ecchymose, mais ce devait être une marque laissée par un bubon. Pour qu'elle soit restée visible même après que Jack fut devenu un vampire indiquait qu'il frôlait la mort lorsque Hubbard l'avait créé.

— Oui, dit Jack en regardant ses mains qu'il tourna et retourna. Annie en était morte dix ans avant, peu après que maître Marlowe eut été tué à Deptford.

Je me demandais ce qu'était devenue notre Annie. Je l'avais imaginée en prospère couturière à la tête de sa propre affaire. J'avais espéré qu'elle épouserait un homme de bien et aurait eu des enfants. Mais elle était morte encore adolescente, avant que sa vie ait vraiment commencé.

— Ce fut une année affreuse, 1593, mistress Roydon. Les morts étaient partout. Le temps que le Père Hubbard et moi ayons su qu'elle était malade, il était trop tard, dit Jack, accablé.

— Tu es assez âgé pour m'appeler Diana, dis-je doucement.

Jack tripota son jean sans répondre.

— Le Père Hubbard m'a pris avec lui quand vous… êtes partis, continua-t-il. Sir Walter avait des ennuis, et Lord Northumberland était trop occupé à la cour pour s'occuper de moi. (Jack sourit à Hubbard avec une évidente affection.) C'était le bon temps, quand nous arpentions Londres avec la bande.

— J'étais fort proche du bailli durant ton prétendu bon temps, ironisa Hubbard. Leonard et toi avez commis bien plus de méfaits qu'aucun autre.

— Non, sourit Jack. Le seul gros ennui que nous avons eu, c'est quand nous nous sommes faufilés dans la Tour pour prendre les livres de Sir Walter et qu'on est restés pour transmettre une lettre de lui à Lady Raleigh.

— Tu as… (Matthew frémit et secoua la tête.) Mon Dieu, Jack. Tu n'as jamais été capable de faire la différence entre un petit délit et un crime capital.

— Maintenant, je sais, répondit Jack avec entrain.

Puis il reprit son expression inquiète. Lobero leva la tête et posa son museau sur le genou du jeune homme.

— N'en veuillez pas au Père Hubbard. Il a seulement fait ce que je lui ai demandé, master Roydon. Comme Leonard m'avait expliqué les créatures bien avant que j'en devienne une, je savais ce que vous, Gallowglass et Davy étiez. Tout a été plus simple ensuite. (Il marqua une pause.) J'aurais dû affronter la mort et l'accepter, mais je ne pouvais pas mourir sans vous avoir revu. Ma vie était comme… inachevée.

— Et comment la trouves-tu à présent ? demanda Matthew.

— Longue. Solitaire. Et dure. Plus dure que je n'aurais jamais imaginé. (Jack tripota les poils de Lobero, les roulant ensemble pour former une tresse. Il s'éclaircit la voix.) Mais cela valait la peine pour voir ce jour, continua-t-il. La moindre seconde.

(Matthew posa brièvement la main sur l'épaule de Jack. Un bref instant, je vis le chagrin sur le visage de mon mari, le temps qu'il reprenne son masque impassible. C'était la version vampire du sortilège de déguisement.) Le Père Hubbard m'a dit que son sang pourrait me rendre malade, master Roydon, reprit Jack. Mais j'étais déjà malade. Qu'est-ce que cela changeait d'avoir une maladie plutôt qu'une autre ?

Rien du tout, me dis-je, hormis que l'une vous tuait et que l'autre pouvait faire de vous un tueur.

— Andrew a eu raison de te prévenir, répondit Matthew à la surprise du Père Hubbard. Je ne pense pas que ton arrière-créateur lui ait accordé autant de considération.

Matthew prit bien garde d'utiliser les termes que Hubbard et Jack employaient pour qualifier leur relation à Benjamin.

— Non, il ne l'aurait pas fait. Mon arrière-créateur n'estime pas devoir à quiconque aucune explication pour ses actes. (Jack se leva d'un bond et marcha au hasard dans la pièce, suivi de Lobero. Il examina les moulures de bois autour de la porte, et les effleura du bout des doigts.) Vous avez la maladie dans votre sang aussi, master Roydon. Je m'en souviens depuis Greenwich. Mais elle ne vous domine pas, comme elle domine mon arrière-créateur. Et moi-même.

— Elle m'a dominé autrefois, dit Matthew en jetant un regard à Gallowglass avec un léger hochement de tête.

— Je me rappelle quand Matthew était déchaîné comme un démon et totalement invincible avec une épée à la main. Même les plus braves s'enfuyaient de terreur.

Gallowglass se pencha en avant, les mains jointes, genoux écartés.

— Mon arrière-créateur m'a parlé du passé de master... Matthew, dit Jack en frissonnant. Il m'a dit que le talent de tueur de Matthew était en moi aussi, et que je devais l'honorer, sans quoi vous ne me reconnaîtriez jamais comme de votre sang.

J'avais vu l'indicible cruauté de Benjamin en vidéo, vu comment il pervertissait espoirs et craintes en une arme pour détruire l'identité d'un individu. Qu'il en ait fait autant avec les sentiments de Jack pour Matthew me remplit d'une fureur aveugle. Poings serrés, je tirai sur les cordonnets dans mes doigts jusqu'à ce que la magie menace de jaillir de ma peau.

— Benjamin ne me connaît pas aussi bien qu'il le croit. (La colère montait en Matthew aussi et son odeur épicée se faisait plus prenante.) Je te reconnaîtrais comme mien devant le monde entier, et avec fierté, même si tu n'étais pas de mon sang.

Hubbard avait l'air mal à l'aise. Il regardait tour à tour Matthew et Jack.

— Vous feriez de moi votre fils juré par le sang ? demanda Jack en se tournant lentement vers Matthew. Comme Philippe l'a fait avec mistress Roydon... je veux dire Diana ?

Matthew, un peu surpris, hocha lentement la tête : ainsi Philippe connaissait l'existence des petits-enfants de Matthew alors que lui-même l'ignorait ? Je vis à son expression qu'il se sentait trahi.

— Philippe venait me voir chaque fois qu'il venait à Londres, expliqua Jack, qui n'avait pas remarqué le changement chez Matthew. Il m'a dit de guetter son serment de sang, car il était sonore et que j'entendrais probablement mistress Roydon avant de la voir. Et vous aviez raison mist... Diana. Le père de Matthew était vraiment aussi énorme que l'ours de l'empereur.

— Si tu as rencontré mon père, je suis sûr que tu as entendu raconter bien des choses sur mes écarts de conduite.

Le muscle de la mâchoire de Matthew avait commencé à tressaillir alors que le sentiment de trahison laissait la place à l'amertume, et ses pupilles se dilataient à chaque seconde tandis que la fureur s'emparait de lui.

— Non, dit Jack, décontenancé. Philippe ne m'a fait part que de son admiration et il m'a dit que vous m'enseigneriez comment ne pas écouter ce que mon sang m'ordonnait de faire. (Matthew sursauta comme si on l'avait giflé.) Philippe me donnait toujours la sensation que j'étais plus proche de vous et de mistress Roydon. Et plus calme, aussi. (Jack eut l'air de nouveau mal à l'aise.) Mais je ne l'ai pas vu depuis longtemps.

— Il a été fait prisonnier durant la guerre, expliqua Matthew. Et il est mort des suites de ce qu'il a subi.

C'était une prudente demi-vérité.

— Le Père Hubbard me l'a dit. Je suis heureux que Philippe n'ait pas vécu assez longtemps pour voir...

Cette fois, le frisson parcourut entièrement Jack. Ses yeux virèrent brusquement au noir, remplis d'horreur et de terreur.

Les souffrances de Jack étaient bien pires que ce que Matthew devait endurer. Chez Matthew, ce n'était qu'une colère amère qui faisait surgir la fureur sanguinaire. Chez Jack, tout un éventail d'émotions la déclenchait.

— Tout va bien.

Matthew fut sur lui en un éclair, une main lui enserrant le cou et l'autre posée sur sa joue. Lobero lui grattait le pied de sa patte comme pour le supplier de faire quelque chose.

— Ne me touchez pas quand je suis ainsi, gronda Jack en repoussant Matthew. (Autant essayer de déplacer une montagne.) Vous ne ferez qu'aggraver les choses.

— Tu crois que tu peux me donner des ordres, jeune chiot ? demanda Matthew en haussant les sourcils. Dis ce que tu as à l'esprit, même si tu crois que c'est épouvantable. Tu te sentiras mieux une fois que ce sera fait.

Grâce à l'encouragement de Matthew, les aveux de Jack ressurgirent de ces tréfonds obscurs où il enfouissait tout ce qui était malsain et terrifiant.

— Benjamin m'a trouvé il y a quelques années. Il m'a dit qu'il m'attendait. Mon arrière-créateur m'a promis de m'amener à vous, mais seulement après que j'aurais fait la preuve que j'étais vraiment du sang de Matthew de Clermont.

Gallowglass jura. Jack le regarda et un grognement s'échappa de ses lèvres.

— C'est moi que tu dois regarder, Jack.

Le ton de Matthew indiquait clairement que toute résistance rencontrerait une vive et violente punition. Mon mari était en train de marcher sur un fil, en équilibre entre l'amour inconditionnel et l'affirmation de sa domination. La dynamique des meutes était toujours douloureuse. Avec la fureur sanguinaire, cela pouvait devenir mortel d'un instant à l'autre.

Jack se détourna de Gallowglass et ses épaules se détendirent un peu.

— Qu'est-ce qui s'est passé ensuite ? demanda Matthew.

— J'ai tué. Encore et encore. Plus je tuais, plus il voulait que je continue. Le sang ne nourrissait pas que moi : il alimentait la fureur sanguinaire aussi.

— Tu as eu l'intelligence de le comprendre rapidement, approuva Matthew.

— Parfois, je reprenais mes esprits assez longtemps pour me rendre compte que ce que je faisais était mal. Dans ces moments-là, j'essayais de sauver les sang-chauds, mais je ne pouvais pas me retenir de boire, avoua Jack. J'ai réussi à transformer deux de mes proies en vampires. Benjamin a été très content de moi.

— Deux seulement ?

Une ombre passa sur le visage de Matthew.

— Benjamin voulait que j'en sauve davantage, mais cela nécessitait trop de maîtrise de soi. Quoi que je fasse, la plupart mouraient.

Les yeux couleur d'encre de Jack se remplirent de larmes de sang.

— Où se sont produites ces morts ?

Matthew semblait à peine curieux, mais mon sixième sens me souffla que la question était essentielle pour comprendre ce qui était arrivé à Jack.

— Partout. Je devais me déplacer sans cesse. Il y avait tellement de sang. Je devais échapper à la police, aux journaux...

UN VAMPIRE EN LIBERTÉ À LONDRES. Je me rappelai le gros titre et toutes les coupures de presse traitant de « meurtres de vampire » que Matthew avait recueillies dans le monde entier. Je baissai la tête, ne voulant pas que Jack se rende compte qu'il était le meurtrier que toutes les autorités européennes recherchaient.

— Mais ce sont ceux qui ont souffert le plus, continua Jack d'une voix de plus en plus sourde. Mon arrière-créateur m'a pris mes enfants en disant qu'il ferait le nécessaire pour qu'ils soient convenablement éduqués.

— Benjamin s'est servi de toi.

Matthew plongea son regard dans le sien. Jack secoua la tête.

— Quand j'ai créé ces enfants, j'ai trahi le serment que j'avais fait au Père Hubbard. Il disait que le monde n'avait pas besoin d'autres vampires, qu'il y en avait déjà amplement assez, et que si je me sentais seul, je pouvais m'occuper de créatures dont les familles ne voulaient plus. Tout ce que le Père Hubbard me demandait, c'était de ne pas créer d'enfants, mais je n'ai cessé de désobéir. Après cela, je n'ai pas pu retourner à Londres avec tout le sang que j'avais sur les mains. Et je ne pouvais pas rester avec mon arrière-créateur. Quand j'ai dit à Benjamin que je voulais m'en aller, il est entré dans une affreuse colère et a tué l'un de mes enfants en représailles. Ses fils me retenaient et m'ont forcé à regarder. (Jack ravala un sanglot.) Et ma fille. Ma fille. Ils...

Il eut une nausée. Il porta une main à sa bouche, mais il était trop tard pour retenir le sang qu'il vomissait. Il coula sur son menton et trempa son tee-shirt sombre. Lobero se leva d'un bond en aboyant pour lui donner des coups de patte.

Incapable de rester impassible, je me précipitai vers lui.

— Diana ! s'écria Gallowglass. Vous ne devez pas...

— Ne me dites pas ce que je dois faire. Allez chercher une serviette ! répliquai-je.

Jack tomba à quatre pattes, retenu par les bras puissants de Matthew. Je m'agenouillai auprès de lui tandis qu'il continuait de vider son estomac. Gallowglass me tendit une serviette. J'essuyai le visage et les mains de Jack, qui étaient couverts de sang. Elle fut rapidement trempée et le contact avec le sang de vampire glacé m'engourdissait les doigts et me rendait maladroite.

— La violence des vomissements a dû déchirer des vaisseaux sanguins dans son ventre et sa gorge, dit Matthew. Andrew, pouvez-vous aller chercher une carafe d'eau ? Ajoutez-y beaucoup de glaçons.

Hubbard revint de la cuisine un instant plus tard en lui tendant la carafe.

— Lève-lui la tête, Diana, demanda Matthew. Maintenez-le, Andrew. Son corps réclame du sang, et il va résister à l'eau.

— Qu'est-ce que je peux faire ? demanda Gallowglass d'un ton bourru.

— Essuie les pattes de Lobero avant qu'il mette du sang partout dans la maison. Jack n'aura pas besoin qu'on lui rappelle davantage ce qui s'est passé. (Il empoigna le menton du jeune homme.) Jack ! (Le regard noir et vitreux se tourna vers lui.) Bois, ordonna Matthew en lui soulevant le menton.

Jack crachota et claqua des mâchoires en essayant de lui échapper. Mais Hubbard le maintint suffisamment longtemps pour que la carafe entière y passe.

Jack hoqueta et Hubbard le relâcha.

— Bravo, Jackie, approuva Gallowglass.

J'écartai les cheveux collés sur le front de Jack qui se plia de nouveau en deux en se cramponnant le ventre.

— J'ai mis du sang sur vous, chuchota-t-il en regardant mon chemisier taché.

— Oui, et alors ? dis-je. Ce n'est pas la première fois qu'un vampire saigne sur moi, Jack.

— Essaie de te reposer, à présent, dit Matthew. Tu es épuisé.

— Je ne veux pas dormir, dit Jack qui ravala une autre nausée.

— Allons, dis-je en lui massant la nuque. Je te promets que tu ne feras pas de cauchemars.

— Comment vous pouvez en être sûre ? demanda Jack.

— La magie. (Je dessinai la forme du cinquième nœud sur son front et baissai la voix pour murmurer :) *Miroir, scintille ; monstres, tremblez ; reculez cauchemars, jusqu'au réveil.*

Jack ferma lentement les yeux. Quelques minutes plus tard, il était roulé en boule sur le côté et dormait paisiblement.

Je tissai un autre sortilège, cette fois tout spécialement pour lui. Il ne nécessitait aucun mot, car personne n'allait l'utiliser en dehors de moi. Les filaments qui entouraient Jack étaient un furieux enchevêtrement de rouge, de noir et de jaune. Je tirai les fils verts guérisseurs qui m'entouraient, ainsi que les fils blancs qui permettaient de briser les malédictions et d'établir de nouveaux commencements. Je les entortillai ensemble et les enroulai autour du poignet de Jack avant de les maintenir par un solide nœud à six boucles.

— Il y a une chambre d'amis à l'étage, dis-je. Nous allons y coucher Jack. Corra et Lobero nous avertiront quand il se réveillera.

— Cela vous convient ? demanda Matthew à Hubbard.

— Pour ce qui concerne Jack, vous n'avez pas besoin de ma permission, répondit-il.

— Bien sûr que si. Vous êtes son père, dit Matthew.

— Je ne suis que son créateur, dit Hubbard à mi-voix. C'est vous son père, Matthew. Vous l'avez toujours été.

19

Matthew porta Jack au deuxième, le serrant dans ses bras comme s'il s'était agi d'un bébé. Lobero et Corra nous accompagnaient, conscients de la tâche qui leur incombait. Pendant que Matthew enlevait à Jack son tee-shirt trempé de sang, je cherchai dans le placard de notre chambre un vêtement de rechange. Jack mesurait facilement un mètre quatre-vingt-trois, mais il était beaucoup plus mince que Matthew. Je trouvai un maillot de footballeur de Yale trop grand que je mettais parfois pour dormir et revins lui enfiler. Il dodelinait de la tête : mon sortilège l'avait complètement assommé.

Nous l'installâmes dans le lit sans prononcer un mot en dehors de ce qui était nécessaire. Je remontai le drap sur les épaules de Jack tandis que Lobero suivait le moindre de mes gestes. Corra, perchée sur la lampe dont elle faisait dangereusement ployer l'abat-jour, m'observait tout aussi attentivement sans ciller.

Je touchai les cheveux blonds de Jack et la marque sombre sur son cou, puis je posai ma main sur son cœur. Bien qu'il fût endormi, je sentais ce qui luttait en lui pour dominer : esprit, corps, âme. Bien que Hubbard ait veillé à ce que Jack ait éternellement vingt et un ans, il y avait chez lui une lassitude qui le faisait paraître trois fois plus vieux.

Jack avait traversé tant de choses. Trop, à cause de Benjamin. Je voulais que ce dément soit balayé de la surface de la terre. Les doigts de ma main gauche s'ouvrirent en éventail et mon poignet me picota à l'endroit où le nœud encerclait mon pouls. La magie n'était rien de plus que le désir devenu réalité et le pouvoir dans mes veines répondait à mes vœux muets de vengeance.

— Nous étions responsables de Jack, et nous l'avons abandonné, dis-je avec véhémence. Et Annie...

— Nous sommes à ses côtés, à présent, dit Matthew, aussi fâché et peiné que je l'étais moi-même. Nous ne pouvons rien faire pour Annie hormis prier que son âme ait trouvé le repos. (Je hochai la tête, maîtrisant avec peine mes émotions.) Prends une douche, *ma lionne**. Le contact de Hubbard et le sang de Jack... (Matthew ne supportait pas que j'aie sur moi l'odeur d'une autre créature.) Je vais rester avec lui pendant ce temps-là. Ensuite, nous descendrons parler avec... mon *petit-fils*.

Il avait prononcé ce mot lentement, d'une manière appuyée, comme s'il voulait y habituer sa langue.

Je serrai sa main dans les miennes, déposai un petit baiser sur le front de Jack, et partis à contre-cœur dans la salle de bains pour tenter de me laver des événements de la soirée.

Une demi-heure plus tard, nous trouvâmes Gallowglass et Hubbard assis l'un en face de l'autre à la table en pin. Ils se regardaient en chiens de faïence. Se foudroyaient du regard. Grondaient. Je fus heureuse que Jack n'assiste pas à ce spectacle.

Matthew me lâcha la main et entra dans la cuisine. Il sortit une bouteille d'eau gazeuse pour moi et trois bouteilles de vin. Après les avoir distribuées, il retourna chercher un tire-bouchon et quatre verres.

— Vous êtes peut-être mon cousin, mais je ne vous aime pas, Hubbard.

Le grondement de Gallowglass se termina en un bruit inhumain qui était beaucoup plus dérangeant.

— C'est réciproque, répondit Hubbard en hissant son attaché-case sur la table à portée de main.

Matthew déboucha sa bouteille en regardant sans un mot son neveu et Hubbard chercher à avoir le dessus. Il se servit un verre qu'il vida en deux gorgées.

— Vous n'êtes pas capable d'être un père, dit Gallowglass.

— Il y en a qui le sont ? répliqua Hubbard.

— Assez. (Matthew ne haussa pas la voix, mais son intonation me hérissa les poils de la nuque et fit aussitôt taire Gallowglass et Hubbard.) La fureur sanguinaire a-t-elle toujours affecté Jack ainsi, Andrew, ou bien son état a-t-il empiré depuis qu'il a connu Benjamin ?

— C'est par là que vous voulez commencer, alors ? demanda Hubbard en se renversant en arrière avec un sourire sardonique.

— Et si *vous*, vous commenciez par expliquer pourquoi vous avez fait de Jack un vampire alors que vous saviez que cela pouvait lui donner la fureur sanguinaire !

Ma colère avait balayé toute la courtoisie dont j'avais jamais pu faire montre à son égard.

— Je lui ai donné le choix, Diana, rétorqua Hubbard. Pour ne pas dire une chance.

— Jack se mourait de la peste ! m'écriai-je. Il n'était pas en état de prendre une décision lucide. C'était vous l'adulte. Jack n'était qu'un enfant.

— Jack avait vingt ans révolus. C'était un homme, ce n'était plus l'enfant que vous aviez laissé à Lord Northumberland. Et il avait vécu un enfer à attendre vainement votre retour ! répondit Hubbard.

Craignant de réveiller Jack, je baissai la voix.

— Je vous avais laissé quantité d'argent pour veiller sur Jack et Annie. Ni l'un ni l'autre n'auraient jamais dû manquer de rien.

— Vous croyez qu'un lit douillet et un ventre plein pouvaient réparer le cœur brisé de Jack ? demanda Hubbard avec un regard glacial. Il vous a cherchée chaque jour pendant *douze ans*. Douze ans à aller sur le quai à l'arrivée des navires venant d'Europe en espérant que vous seriez à bord ; douze ans à interroger tous les étrangers qu'il pouvait trouver à Londres et leur demander si on vous avait vue à Amsterdam, à Lübeck ou à Prague. Douze ans à aborder quiconque il soupçonnait d'être un sorcier ou une sorcière pour lui montrer le portrait qu'il avait dessiné de la célèbre sorcière Diana Roydon.

C'est un miracle que la peste lui ait ravi sa vie et non pas les juges de la reine ! (Je blêmis.) Vous aussi, vous aviez le choix, me rappela Hubbard. Alors si vous voulez que quelqu'un soit responsable de ce que Jack est devenu, blâmez-vous ou blâmez Matthew. Il était sous votre responsabilité. Vous vous en êtes déchargée sur moi.

— Ce n'était pas ce dont nous étions convenus et vous le savez !

Ces paroles m'échappèrent avant que j'aie pu les retenir. Je me figeai, horrifiée. C'était un autre secret que j'avais dissimulé à Matthew, un secret que je pensais avoir laissé à l'abri derrière moi.

Gallowglass laissa échapper un sifflement de surprise. Le regard glacé de Matthew se fracassa sur moi. Puis un silence total s'abattit sur la pièce.

— Je dois parler à mon *épouse* et à mon *petit-fils*, Gallowglass. Seul.

Matthew avait subtilement, mais sans équivoque, appuyé sur « épouse » et « petit-fils ».

Gallowglass se leva avec une grimace réprobatrice.

— Je serai en haut avec Jack.

— Non, dit Matthew. Rentre et attends Miriam. Je t'appellerai quand Andrew et Jack seront prêts à vous rejoindre.

— Jack restera ici, dis-je en haussant de nouveau le ton. Avec nous. C'est sa place.

Le regard impérieux que me jeta Matthew me cloua le bec immédiatement, même si le XXIe siècle n'était pas le lieu où jouer les princes de la Renaissance et qu'un an plus tôt, je me serais insurgée devant son autoritarisme. À présent, je savais que la maîtrise de soi de mon mari ne tenait qu'à un très mince fil.

— Je ne séjournerai pas sous le même toit qu'un Clermont. Surtout lui, dit Hubbard en désignant Gallowglass.

— Vous oubliez, Andrew, répondit Matthew, que vous êtes un Clermont. Tout comme Jack.

— Je n'ai jamais été un Clermont, dit méchamment Hubbard.

— Une fois que vous avez bu le sang de Benjamin, vous n'étiez plus autre chose, répondit sèchement Matthew. Dans notre famille, vous faites ce que je dis.

— Famille ? ricana Hubbard, méprisant. Vous faisiez partie de la meute de Philippe et maintenant vous obéissez à Baldwin. Vous n'avez pas de famille à vous.

— Apparemment, si, dit Matthew avec une grimace de regret. C'est l'heure de partir, Gallowglass.

— Très bien, Matthew. Je vous laisse me congédier, cette fois, mais je n'irai pas bien loin. Si mon instinct me dit qu'il y a des ennuis, je reviendrai et au diable la coutume et la loi des vampires. (Il se leva et m'embrassa sur la joue.) Hurlez si vous avez besoin de moi, ma tante.

Matthew attendit que la porte se soit refermée pour se tourner vers Hubbard.

— Quel accord avez-vous conclu au juste avec ma compagne ? demanda-t-il.

— C'est ma faute, Matthew. Je suis allée trouver Hubbard…, commençai-je, préférant tout avouer une bonne fois pour toutes.

La table résonna sous la violence du coup de poing de Matthew.

— Répondez-moi, Andrew.

— J'ai accepté de protéger quiconque lui appartenait, même vous, répondit sèchement Hubbard.

À cet égard, en ne disant que le strict nécessaire, il était un Clermont jusqu'au bout des ongles.

— Et en échange ? demanda vivement Matthew. Vous n'auriez pas fait une telle promesse sans obtenir quelque chose de tout aussi précieux en retour.

— Votre *compagne* m'a donné une goutte de sang, une seule, répondit Hubbard.

Il m'en voulait encore de l'avoir dupé en obéissant à la lettre de sa demande plutôt qu'à son esprit. Apparemment, Andrew Hubbard avait la rancune tenace.

— À ce moment-là, saviez-vous déjà que j'étais votre grand-père ? demanda Matthew.

Je ne vis pas en quoi c'était important.

— Oui, dit Andrew, blêmissant.

Matthew le souleva par le collet par-dessus la table et colla son visage au sien.

— Et qu'avez-vous appris de cette unique goutte de sang ?

— Son véritable nom, Diana Bishop. Rien de plus, je le jure. La sorcière a usé de sa magie pour m'en empêcher.

Dans la bouche de Hubbard, le mot « sorcière » avait une consonance sale et obscène.

— Ne profitez plus jamais de l'instinct protecteur de mon épouse, Andrew. Si vous essayez, j'aurai votre tête, dit Matthew. Étant donné votre réputation de lubricité, aucun vampire vivant ne me blâmerait d'avoir agi ainsi.

— Je me moque de ce que vous faites dans l'intimité tous les deux, mais cela intéressera d'autres, étant donné que votre compagne est manifestement enceinte et qu'il n'y a pas le moindre soupçon de l'odeur d'un autre sur elle, répondit Hubbard avec une moue réprobatrice.

Je comprenais enfin la raison de la question de Matthew. Prendre mon sang et fouiller dans mes pensées et mes souvenirs avait été pour Andrew Hubbard, étant un vampire, comme regarder ses grands-parents faire l'amour. Si je n'avais pas trouvé le moyen de ne faire couler qu'une seule goutte pour qu'il obtienne ce qu'il avait demandé et pas davantage, Hubbard aurait vu notre vie privée et aurait pu connaître les secrets de Matthew aussi bien que les miens. Je fermai les yeux en songeant à la catastrophe que cela aurait provoquée.

Un murmure provenant de l'attaché-case d'Andrew attira mon attention. Il me rappela le bruit que j'entendais parfois durant un cours en amphi, lorsque le téléphone d'un étudiant se déclenchait sans crier gare.

— Vous avez laissé votre téléphone sur haut-parleur, dis-je, tendant l'oreille vers le murmure. Quelqu'un est en train de vous laisser un message.

Matthew et Andrew froncèrent les sourcils.

— Je n'entends rien, dit Matthew.

— Et je n'ai pas de mobile, ajouta Hubbard.

— D'où cela vient-il, alors ? demandai-je en regardant autour de moi. Quelqu'un a allumé la radio ?

— La seule chose que j'ai dans mon attaché-case, c'est ceci, dit Hubbard en soulevant les deux loquets et en sortant quelque chose.

Le murmure enfla tandis qu'une décharge d'énergie pénétrait en moi. Chacun de mes sens fut décuplé, et les fils qui enserraient le monde résonnèrent en s'agitant brusquement et en se tordant entre moi et la feuille de vélin qu'Andrew Hubbard tenait entre ses doigts.

Mon sang réagissait aux faibles vestiges de magie qui imprégnaient encore cette unique page du Livre de la Vie et mes poignets me brûlèrent alors qu'une odeur familière de moisissure et d'ancien remplissait la pièce.

Hubbard tourna la page vers moi, mais je savais déjà ce que j'allais y voir : deux dragons alchimiques entrelacés, le sang de leurs blessures coulant dans un bassin d'où s'élevaient de pâles silhouettes nues. L'image représentait les noces chymiques de la lune reine et du soleil roi : *conceptio*, quand une nouvelle et puissante substance jaillissait de l'union d'opposés – mâle et femelle, lumière et obscurité, soleil et lune.

Après avoir passé des semaines dans la Beinecke à chercher les pages manquantes de l'Ashmole 782, je venais de tomber à l'improviste sur l'une d'elles dans ma propre salle à manger.

— Edward Kelley me l'a envoyée à l'automne où vous êtes partis. Il m'a demandé de ne jamais la perdre de vue, dit Hubbard en la faisant glisser vers moi.

Nous n'avions qu'entraperçu cette enluminure dans le palais de Rodolphe. Plus tard, Matthew et moi nous étions demandé si ce que nous avions pris pour deux dragons n'auraient pas pu être une vouivre et un ouroboros. L'un des dragons alchimiques était en effet une vouivre, avec ses deux pattes et ses ailes, alors que l'autre était un serpent se mordant la queue. L'ouroboros sur mon poignet se tortilla comme s'il le reconnaissait et ses couleurs se mirent à scintiller de possibilités. L'image était fascinante, et maintenant que j'avais le temps de l'examiner convenablement, de petits détails me frappèrent : l'expression extatique des dragons qui se regardaient au fond des yeux, l'émerveillement de leur progéniture qui émergeait du bassin où ils étaient nés, l'équilibre frappant entre ces deux puissantes créatures.

— Jack a veillé à ce que l'image d'Edward soit à l'abri quoi qu'il arrive. Peste, incendies, guerres, il n'a jamais rien laissé l'atteindre. Il disait qu'elle était à vous, mistress Roydon, dit Hubbard, interrompant mes rêveries.

— À moi ? (Je touchai le coin du vélin et l'un des jumeaux donna un violent coup de pied.) Non. Il nous appartient à tous.

— Et cependant, vous entretenez une sorte de lien particulier avec lui. Vous êtes la seule qui l'ait jamais entendu parler, dit Andrew. Il y a longtemps, un sorcier qui faisait partie de mes ouailles a déclaré qu'il pensait qu'elle provenait du premier livre des sortilèges des sorcières. Mais un vieux vampire de passage à Londres m'a dit que c'était une page du Livre de la Vie. Je prie Dieu que ni l'un ni l'autre n'ait raison.

— Que savez-vous du Livre de la Vie ? demanda Matthew.

— Je sais que Benjamin le convoite, dit Hubbard. Il l'a dit à Jack. Mais ce n'était pas la première fois que mon créateur mentionnait le livre. Benjamin l'a cherché à Oxford il y a bien longtemps, bien avant qu'il fasse de moi un vampire. (Ce qui signifiait que Benjamin cherchait le Livre de la Vie depuis avant le milieu du XIVe siècle, bien avant que Matthew s'y intéresse.) Mon créateur pensait pouvoir le trouver dans la bibliothèque d'un sorcier d'Oxford. Benjamin a apporté au sorcier un cadeau en échange du livre : une tête de bronze qui était censée proférer des oracles, dit tristement Hubbard. C'est toujours malheureux de voir un homme aussi sage succomber à la superstition. *Vous ne vous tournerez point vers les idoles, et vous ne vous ferez point des dieux de fonte*, a dit le Seigneur. (On racontait que Gerbert d'Aurillac possédait un tel miraculeux objet. J'avais pensé que c'était Peter Knox, le membre de la Congrégation qui s'intéressait le plus à l'Ashmole 782. Se pouvait-il que Gerbert ait été de mèche avec Benjamin depuis toutes ces années et que ce fût lui qui avait demandé l'aide de Peter Knox ?) Le sorcier d'Oxford a accepté la tête de bronze, mais il n'a pas voulu céder le livre, continua Hubbard. Des décennies plus tard, mon créateur le maudissait toujours de sa duplicité. Jamais je n'ai découvert le nom de ce sorcier.

— Je pense que c'était Roger Bacon, alchimiste et philosophe autant que sorcier. (Matthew me regarda. Bacon avait autrefois possédé le Livre de la Vie, qu'il appelait « le véritable secret des secrets ».)

— L'alchimie est l'une des nombreuses vanités des sorciers, dit Hubbard avec dédain. Mes enfants m'ont dit que Benjamin était revenu en Angleterre, ajouta-t-il d'un air angoissé.

— En effet. Benjamin surveillait mon laboratoire à Oxford.

Matthew ne précisa pas que le Livre de la Vie était actuellement à quelques rues de ce laboratoire. Hubbard était peut-être son petit-fils, mais ce n'était pas pour autant que Matthew lui faisait confiance.

— Si Benjamin est en Angleterre, comment allons-nous l'éloigner de Jack ? demandai-je avec inquiétude à Matthew.

— Jack va retourner à Londres. Mon créateur n'est pas plus bienvenu là-bas que vous l'êtes, Matthew, dit Hubbard en se levant. Du moment qu'il est avec moi, Jack est en sécurité.

— Personne n'est à l'abri de Benjamin. Jack ne retournera pas à Londres, dit Matthew d'un ton sans réplique. Ni vous, Andrew. Pas encore.

— Nous nous en sommes très bien sortis sans que vous vous en mêliez, rétorqua Hubbard. Il est un peu tard pour vous de décider que vous voulez régner sur vos enfants comme quelque patriarche de l'Antiquité romaine.

— Le *pater familias*. Une fascinante tradition, dit Matthew en se renversant sur sa chaise, son verre de vin en main, l'air non plus d'un prince, mais d'un roi. Imaginez donner à un homme pouvoir de vie et de mort sur son épouse, ses enfants, ses serviteurs, quiconque il adoptait dans sa famille, et même ses parents proches qui n'avaient pas de père assez puissant. Cela me rappelle un peu ce que vous avez essayé de faire à Londres.

Il but une gorgée de vin. Hubbard avait l'air de plus en plus mal à l'aise.

— Mes enfants m'obéissent de plein gré, dit-il avec raideur. Ils m'honorent, ainsi que le doivent de pieux enfants.

— Quel idéaliste, se moqua Matthew. Vous savez qui a inventé le *pater familias*, évidemment.

— Les Romains, ainsi que je l'ai dit, répondit vivement Hubbard. Je suis instruit, Matthew, même si vous en doutez.

— Non, c'était Philippe, dit Matthew, le regard pétillant d'amusement. Philippe pensait que la société romaine pourrait tirer avantage d'une saine dose de discipline familiale vampire, et d'un rappel de l'importance de la famille.

— Philippe de Clermont était coupable du péché d'orgueil. Dieu est le seul véritable Père. Vous êtes chrétien, Matthew. Vous serez certainement d'accord, dit Hubbard avec la ferveur d'un croyant sincère.

— Peut-être, répondit Matthew, comme s'il réfléchissait sérieusement à l'argument de son petit-fils. Mais en attendant que Dieu nous rappelle à Lui, il faudra vous contenter de moi. Que cela vous plaise ou non, Andrew, aux yeux des autres vampires, je suis votre *pater familias*, le chef de votre clan, votre mâle dominant, le terme qui vous plaira. Et tous vos enfants, y compris Jack et toutes les autres créatures errantes que vous avez adoptées, soient-elles démons, vampires ou sorciers, sont les *miens* selon la loi vampire.

— Non. Jamais je n'ai voulu faire partie de la famille Clermont.

— Ce que vous voulez n'a aucune importance. Plus maintenant, dit Matthew en posant son verre et en prenant ma main.

— Pour obtenir ma loyauté, vous devrez reconnaître mon créateur, Benjamin, comme votre fils. Et vous ne le ferez *jamais*, s'emporta Hubbard. En tant que chef de la famille Clermont, Baldwin prend très au sérieux l'honneur et la situation de la famille. Jamais il ne vous permettrait de fonder une branche de votre côté étant donné le fléau qui court dans votre sang.

Avant que Matthew ait pu répondre au défi d'Andrew, Corra poussa un cri d'avertissement. Me rendant compte que Jack avait dû se réveiller, je me levai pour aller le retrouver. Les pièces qu'il ne connaissait pas lui faisaient peur quand il était enfant.

— Reste ici, dit Matthew en resserrant son emprise sur ma main.

— Il a besoin de moi ! protestai-je.

— Jack a besoin d'une main ferme et de limites cohérentes, dit doucement Matthew. Il sait que tu l'aimes. Mais il ne peut pas gérer des sentiments aussi puissants en ce moment.

— Je lui fais confiance, dis-je d'une voix tremblante, furieuse et vexée.

— Pas moi, répliqua Matthew. Ce n'est pas seulement la colère qui déclenche la fureur sanguinaire chez lui. L'amour et la loyauté aussi.

— Ne me demande pas de l'ignorer.

Je voulais que Matthew cesse de jouer le *pater familias* suffisamment longtemps pour se comporter comme un véritable père.

— Je suis désolé, Diana. (Les yeux de Matthew s'obscurcirent d'une ombre que je pensais disparue à jamais.) Je dois faire passer les besoins de Jack avant le reste.

— Quels besoins ? demanda Jack depuis le seuil.

Il bâilla, les cheveux hirsutes. Lobero bouscula son maître et se précipita sur Matthew, guettant une récompense pour la mission accomplie.

— Tu as besoin de chasser. La lune brille, hélas, mais même moi, je ne peux pas contrôler les cieux. (Le mensonge coulait des lèvres de Matthew comme du miel. Il ébouriffa les oreilles de Lobero.) Nous allons tous y aller. Toi, moi, ton père, Gallowglass. Lobero aussi peut venir.

— Je n'ai pas faim, dit Jack en fronçant le nez.

— Ne te nourris pas, dans ce cas. Mais tu vas tout de même chasser. Sois prêt à minuit. Je passerai te chercher.

— Me chercher ? (Jack nous regarda tour à tour, Hubbard et moi.) Je croyais que nous allions séjourner ici.

— Tu seras au coin de la rue avec Gallowglass et Miriam. Andrew sera avec toi, le rassura Matthew.

Cette maison n'est pas assez vaste pour une sorcière et trois vampires. Nous sommes des créatures de la nuit et Diana et les bébés ont besoin de sommeil.

— J'ai toujours voulu un petit frère, dit Jack en lorgnant mon ventre.

— Tu pourrais bien avoir deux sœurs, plutôt, gloussa Matthew.

Je posai instinctivement la main sur mon ventre alors que l'un des jumeaux donnait à nouveau un violent coup de pied. Ils manifestaient une agitation inhabituelle depuis l'arrivée de Jack.

— Ils bougent ? demanda-t-il avec empressement. Je peux les toucher ?

Je regardai Matthew. Jack en fit autant.

— Je vais te montrer comment faire, dit Matthew d'un ton détendu, mais le regard aux aguets.

Il prit la main de Jack et la posa sur le côté de mon ventre.

— Je ne sens rien, dit Jack, concentré.

Un coup de pied particulièrement violent, suivi d'un coup de coude, cogna la paroi de mon utérus.

— Waouh ! (Le visage de Jack était à quelques centimètres du mien, l'air émerveillé.) Ils donnent des coups comme cela toute la journée ?

— C'est l'impression qu'ils me donnent.

J'avais envie de recoiffer ses cheveux hérissés. De le prendre dans mes bras et de lui promettre que personne ne lui ferait plus jamais de mal. Mais je ne pouvais lui offrir aucun de ces réconforts.

Percevant la tournure maternelle de mon humeur, Matthew retira la main de Jack. Se sentant rejeté, le jeune homme se décomposa. Furieuse contre

Matthew, je voulus reprendre la main de Jack, mais avant que j'en aie le temps, Matthew me prit par la taille et m'attira contre lui dans un geste possessif.

Les yeux de Jack virèrent au noir.

Hubbard s'avança pour intervenir, mais Matthew le pétrifia sur place d'un seul regard.

Dans l'espace de cinq battements de cœur, les yeux de Jack redevinrent normaux. Quand ils furent de nouveau bruns et verts, Matthew lui fit un sourire approbateur.

— Ton instinct protecteur à l'égard de Diana est tout à fait convenable, dit Matthew. Penser que tu dois la protéger de moi ne l'est pas.

— Je suis désolé, Matthew, murmura Jack. Je ne recommencerai plus.

— J'accepte tes excuses. Malheureusement, cela se reproduira. Apprendre à contrôler ta maladie ne va pas être facile, ni rapide. Dis au revoir à Diana et va t'installer chez Gallowglass, continua-t-il d'un ton enjoué. C'est l'ancienne église qui se trouve juste au coin de la rue. Tu te sentiras comme chez toi.

— Vous entendez ça, Père H. ? sourit Jack. Je me demande si elle a des chauves-souris dans son clocher comme la vôtre.

— Je n'ai plus de problème de chauves-souris, répondit aigrement Hubbard.

— Le Père H. habite toujours dans une église de la ville, expliqua Jack, soudain plein d'entrain. Ce n'est pas celle que vous avez connue. Cette vieille bâtisse a été réduite en cendres. L'autre a failli aussi, maintenant que j'y pense.

J'éclatai de rire. Jack avait toujours adoré raconter des histoires et avait un talent pour cela.

— À présent, il ne reste plus que le clocher. Le Père H. l'a tellement bien retapé qu'on remarque à peine que c'est juste un tas de saletés. (Jack sourit à Hubbard et me fit un baiser sur la joue, passant de la fureur sanguinaire à la bonne humeur en un temps remarquablement court, puis il dévala les marches.) Viens, Lobero. Allons nous bagarrer avec Gallowglass.

— À minuit, lui lança Matthew. Sois prêt. Et sois gentil avec Miriam, Jack. Sinon, elle te fera regretter d'être revenu d'entre les morts.

— Ne vous inquiétez pas, j'ai l'habitude de traiter avec des femmes difficiles ! répondit Jack.

Lobero aboya, tout excité, en tournant autour des jambes de son maître pour qu'il sorte plus vite.

— Gardez l'enluminure, mistress Roydon. Si Matthew et Benjamin la convoitent tous les deux, je préfère en être le plus loin possible, dit Hubbard.

— Comme c'est généreux, Andrew, dit Matthew en le prenant à la gorge. Restez à New Haven jusqu'à ce que je vous autorise à en partir.

Leurs regards se croisèrent, ardoise et gris-vert. Hubbard fut le premier à se détourner.

— Allez, Père H. ! beugla Jack. Je veux voir l'église de Gallowglass et Lobero a envie de gambader.

— À minuit, Andrew, dit Matthew d'un ton parfaitement cordial, mais où planait une menace.

La porte se referma, et les aboiements de Lobero décrurent. Quand ils se furent éteints, je me tournai vers Matthew.

— Comment as-tu pu ?...

En voyant Matthew la tête dans les mains, je n'achevai pas. Ma colère se dissipa aussitôt. Il leva vers moi un visage ravagé par la culpabilité et le chagrin.

— Jack... Benjamin..., frémit-il. Dieu me vienne en aide, qu'ai-je fait ?

20

Matthew, assis dans le fauteuil cassé en face du lit où dormait Diana, était plongé dans une autre série de résultats d'analyses peu probants en prévision de la réunion du lendemain avec Chris pour revoir leur stratégie de recherche. Étant donné l'heure tardive, il fut surpris quand l'écran de son téléphone s'alluma.

Avec précaution pour ne pas réveiller sa femme, Matthew sortit à pas de loup de la chambre et descendit dans la cuisine, où il pouvait parler sans gêner personne.

— Il faut que vous veniez, dit Gallowglass d'une voix bourrue. Tout de suite.

Les poils se hérissèrent sur la nuque de Matthew et il leva les yeux au plafond comme s'il pouvait voir dans la chambre à travers le plâtre et le parquet. Son premier instinct était toujours de la protéger, même s'il était évident que le danger se trouvait ailleurs.

— Laissez ma tante à la maison, dit calmement Gallowglass comme s'il avait vu les gestes de Matthew. Miriam arrive.

Il raccrocha.

Matthew fixa un moment l'écran, dont les vives couleurs apportèrent une note trompeuse de bonne humeur à la grisaille de l'aube avant de s'éteindre.

La porte d'entrée grinça.

Matthew était déjà en haut de l'escalier au moment où Miriam entra. Il la scruta avec attention. Elle n'avait pas une goutte de sang sur elle, Dieu merci. Quand bien même, elle ouvrait de grands yeux affolés. Peu de choses effrayaient son amie et collègue de longue date, mais là, elle était clairement terrifiée. Matthew poussa un juron.

— Que se passe-t-il ? demanda Diana en descendant du deuxième, ses cheveux cuivrés semblant capter toute la lumière de la maison. C'est Jack ? (Matthew hocha la tête. Gallowglass n'aurait pas appelé, sans quoi.) J'en ai pour une minute, dit Diana en rebroussant chemin pour aller s'habiller.

— Non, Diana, dit calmement Miriam.

Diana se figea, la main sur la balustrade, puis elle se tourna et plongea son regard dans celui de Miriam.

— Il est... mort ? chuchota-t-elle, accablée.

Matthew se précipita auprès d'elle en un éclair.

— Non, *mon cœur**. Il n'est pas mort.

Matthew savait que c'était le pire cauchemar de Diana : que quelqu'un qu'elle aimait lui soit enlevé avant qu'ils aient pu se dire adieu. Mais ce qui était arrivé dans la maison de Wooster Square était peut-être pire.

— Reste avec Miriam, dit Matthew en déposant un baiser sur ses lèvres figées. Je serai rentré sous peu.

— Il se tenait si bien, dit Diana.

Jack était à New Haven depuis une semaine et sa fureur sanguinaire avait diminué à la fois en fréquence et en intensité. Les exigences et les consignes strictes de Matthew avaient déjà porté leurs fruits.

— Nous savions qu'il y aurait des difficultés, dit Matthew en repoussant une mèche de cheveux soyeux derrière l'oreille de Diana. Je sais que tu ne vas pas dormir, mais essaie au moins de te reposer.

Il était inquiet qu'elle reste à faire les cent pas et à guetter son retour par la fenêtre.

— Vous pouvez lire ceci en attendant. (Miriam tira une épaisse liasse d'articles de son sac. Elle faisait l'effort de paraître efficace et professionnelle et son odeur aigre-douce de grenade et de galbanum était plus forte, à présent.) C'est la totalité de ce que vous avez demandé, et j'en ai ajouté d'autres qui pourraient vous intéresser : toutes les études de Matthew sur les loups, ainsi que des textes classiques sur l'éducation chez les loups et le comportement des meutes. En gros, c'est l'éducation des vampires modernes pour les nuls.

Matthew se tourna vers Diana, stupéfait. Une fois de plus, son épouse le surprenait. Rougissante, elle prit les articles que lui donnait Miriam.

— J'ai besoin de comprendre comment fonctionnent ces histoires de familles vampires. Va. Dis à Jack que je l'aime. S'il écoute, ajouta-t-elle d'une voix étranglée.

Matthew lui prit la main sans répondre. Il préférait ne rien promettre de ce côté-là. Jack devait comprendre qu'il pouvait voir Diana s'il se tenait bien. Et si Matthew était d'accord.

— Préparez-vous, murmura Miriam quand il la rejoignit. Et je me fiche que Benjamin soit votre fils. Si vous ne le tuez pas après avoir vu cela, c'est moi qui le ferai.

Malgré l'heure tardive, la maison de Gallowglass n'était pas la seule du voisinage à être encore éclairée. Après tout, New Haven était une ville universitaire. La plupart des oiseaux de nuit de Wooster Square recherchaient la compagnie et travaillaient au vu de tous avec leurs rideaux et volets ouverts. Ce qui distinguait la demeure d'un vampire, c'était que les tentures étaient soigneusement tirées et seuls de minces rais de lumière dorée aux coins des fenêtres trahissaient le fait que quelqu'un était encore debout.

À l'intérieur, des flaques de lumière chaleureuse baignaient de rares affaires personnelles. La maison était sobrement décorée de meubles danois en bois blond soulignés çà et là d'antiquités et de touches de couleurs vives. L'une des possessions les plus précieuses de Gallowglass – un pavillon rouge dépenaillé de la marine royale datant du XVIIIe siècle que Davy Hancock et lui avaient arraché à leur navire marchand bien-aimé, le *Earl of Pembroke*, avant qu'il soit réarmé et rebaptisé *Endeavour* – était roulée en boule sur le sol.

Matthew flaira l'air. La maison était remplie de l'odeur amère et âcre que Diana avait comparée à celle d'un feu de charbon, tandis que de faibles accords de Bach flottaient dans l'air. *La Passion selon saint Matthieu* – la même musique que Benjamin passait dans son laboratoire pour torturer sa sorcière prisonnière. Matthew sentit son ventre se nouer.

Il pénétra dans le salon. Ce qu'il vit le figea immédiatement. D'austères fresques noires et grises couvraient les murs jusqu'au moindre pouce. Jack, juché en haut d'un échafaudage de fortune bricolé avec des meubles, avait un fusain à la main. Le sol était jonché de bouts de fusain et des lambeaux de papier qu'il avait arraché au fur et à mesure de leur usure.

Matthew balaya du regard les murs du sol au plafond. Des paysages détaillés, des études d'animaux et de plantes d'une précision presque microscopique et des portraits expressifs s'alignaient aux côtés de surprenants et vastes pans de lignes et de formes qui défiaient toute logique. L'effet général était magnifique, mais dérangeant, comme si Van Dyck avait peint *Guernica*.

— Mon Dieu, dit Matthew en se signant instinctivement.

— Jack s'est trouvé à cours de papier il y a deux heures, dit Gallowglass d'un ton lugubre en désignant les chevalets devant la fenêtre.

Chacun portait une seule feuille, mais les morceaux de papier qui jonchaient le sol indiquaient que ce n'étaient qu'un choix parmi d'innombrables dessins.

— Matthew.

Chris sortit de la cuisine en sirotant une tasse de café noir dont l'arôme de grains torréfiés se mêlait avec l'odeur âcre de Jack.

— Ce n'est pas un endroit pour un sang-chaud, Chris, dit Matthew en surveillant Jack du coin de l'œil.

— J'ai promis à Miriam que je resterais. (Chris s'installa dans un fauteuil colonial usé et posa son mug sur l'un des larges accoudoirs. À chaque mouvement, l'assise vannée craquait comme un navire à voile.) Alors, comme ça, Jack est un autre de vos petits-enfants ?

— Pas maintenant, Chris. Où est Andrew ? demanda Matthew en continuant d'observer Jack en plein travail.

— En haut en train de récupérer des crayons. (Chris but une gorgée de café, tout en scrutant ce que Jack était en train d'esquisser : une femme nue, tête renversée en arrière par la souffrance.) Je préférerais vraiment qu'il recommence à dessiner des narcisses.

Matthew s'essuya la bouche, espérant balayer l'aigreur qui lui montait dans la gorge. Heureusement que Diana n'était pas venue avec lui. Jack ne pourrait plus jamais la regarder en face s'il savait qu'elle avait vu cela.

Quelques instants plus tard, Hubbard revint dans le salon. Il posa une boîte de fusains neufs sur l'escabeau où Jack était en équilibre. Totalement absorbé dans sa tâche, Jack n'eut pas plus de réaction à la présence de Hubbard qu'il n'en avait eu à l'arrivée de Matthew.

— Vous auriez dû m'appeler plus tôt.

Matthew garda exprès un ton calme. Malgré ses efforts, Jack tourna des yeux vitreux et aveugles vers lui alors que sa fureur sanguinaire montait en réaction à la tension planant dans l'atmosphère.

— Ce n'est pas la première fois qu'il fait cela, dit Hubbard. Il a dessiné sur les murs de sa chambre dans la crypte de l'église. Mais il n'a jamais dessiné autant de choses aussi vite. Et jamais... lui, ajouta-t-il en levant les yeux.

Le nez, les yeux et la bouche de Benjamin occupaient la majeure partie d'un mur et contemplaient Jack avec une convoitise malsaine. Ses traits étaient bien reconnaissables dans leur cruauté, et encore plus menaçants de ne pas être enfermés dans les contours d'un visage.

Jack s'était un peu éloigné du portrait de Benjamin et travaillait à présent sur la dernière portion intacte de mur. Les images couvrant la pièce suivaient grossièrement une séquence d'événements allant de sa vie à Londres avant de devenir un vampire jusqu'à l'époque présente. Les chevalets devant la fenêtre étaient le point de départ du troublant cycle d'images.

Matthew les examina. Chacun présentait ce que les peintres appellent une étude – un élément isolé d'une scène plus vaste leur permettant de comprendre des problèmes particuliers de composition ou de perspective. La première était le dessin d'une main d'homme, à la peau fendillée et abîmée par le travail manuel. L'image d'une bouche cruelle où manquaient des dents occupait un autre chevalet. Le troisième montrait les lacets entrecroisés de culottes d'homme avec un doigt recourbé et prêt à les détacher. La dernière représentait un couteau dont la pointe s'enfonçait dans la peau sur l'os iliaque proéminent d'un garçon.

Matthew réunit mentalement ces images – main, bouche, culottes, couteau – pendant que *La Passion selon saint Matthieu* résonnait. Il poussa un juron devant la scène violente qui lui vint immédiatement à l'esprit.

— L'un des plus anciens souvenirs de Jack, dit Hubbard.

Matthew se rappela sa première rencontre avec Jack, dont il aurait coupé l'oreille si Diana n'était pas intervenue. Comme beaucoup d'autres, lui aussi avait offert à Jack violence au lieu de compassion.

— S'il n'avait pas eu ce don pour la peinture et la musique, Jack se serait suicidé. Nous avons souvent remercié Philippe de son cadeau, dit Andrew en désignant le violoncelle dressé dans un coin.

Matthew avait reconnu la volute caractéristique de l'instrument dès l'instant où il avait posé les yeux dessus. Lui et le Signor Montagnana, le luthier vénitien, avaient surnommé ce violoncelle « la duchesse de Marlborough » en raison de ses formes généreuses, mais cependant élégantes. Matthew avait appris à jouer sur Duchesse à l'époque où les luths tombaient en disgrâce et étaient remplacés par les violons, violes et violoncelles. Duchesse avait mystérieusement disparu pendant son séjour à La Nouvelle-Orléans pour châtier les enfants de Marcus. Quand il était revenu, il avait demandé à Philippe ce qu'était devenu l'instrument. Son père avait haussé les épaules et lui avait marmonné une histoire qui n'avait ni queue ni tête où il était question de Napoléon et des Anglais.

— Jack écoute toujours Bach quand il dessine ? demanda Matthew à voix basse.

— Il préfère Beethoven. Jack a commencé à écouter Bach après... vous savez, dit Hubbard avec une grimace.

— Peut-être que ses dessins peuvent nous aider à trouver Benjamin, avança Gallowglass. (Matthew parcourut du regard les innombrables visages et lieux qui pouvaient fournir des indices cruciaux.) Chris a déjà pris des photos, l'informa son neveu.

— Et une vidéo, ajouta Chris. Quand il s'est mis à dessiner... euh, lui.

Chris aussi évita de prononcer le nom de Benjamin et se contenta de désigner l'endroit que Jack continuait de dessiner en fredonnant à mi-voix.

Matthew leva la main pour demander le silence.

— *Ni les chevaux du Roi ni les soldats du Roi / N'ont pu soulever Jack pour le remettre droit.*

Il frissonna et laissa tomber ce qui restait de son fusain. Andrew lui en donna un neuf et Jack commença une autre étude détaillée d'une main d'homme, celle-ci tendue dans un geste suppliant.

— Dieu soit loué. Il approche de la fin de cette frénésie, dit Hubbard qui se détendit un peu. Il va bientôt reprendre ses esprits.

Voulant profiter de l'occasion, Matthew s'approcha sans un bruit du violoncelle. Il le saisit par le manche et ramassa l'archet que Jack avait négligemment laissé par terre.

Il s'assit au bord d'une chaise, l'oreille près de l'instrument, tout en passant l'archet sur les cordes en les pinçant, pour entendre les notes rondes du violoncelle par-dessus Bach qui hurlait toujours dans les haut-parleurs posés sur la bibliothèque voisine.

— Coupe-moi ce vacarme, dit-il à Gallowglass en réglant une dernière fois les chevilles avant de commencer à jouer. Pendant quelques mesures, ce fut une cacophonie entre le violoncelle et le chœur et l'orchestre. Puis la grandiose œuvre chorale de Bach se tut. Dans le silence, Matthew glissa quelques notes en guise d'étape intermédiaire entre les accords grandiloquents de la *Passion* et quelque chose qui, espérait-il, aiderait Jack a se ressaisir.

Matthew avait soigneusement choisi le morceau : c'était le *Lacrimosa* du requiem de Jean-Chrétien Bach. Malgré cela, Jack sursauta au changement d'accompagnement musical et se retint d'une main contre le mur. À mesure que la musique déferlait sur lui, sa respiration ralentit et se fit plus régulière. Quand il reprit sa tâche, ce fut pour dessiner la silhouette de l'abbaye de Westminster au lieu d'une autre créature souffrante.

Pendant qu'il jouait, Matthew baissa la tête d'un air suppliant. S'il y avait eu un chœur, ainsi que le compositeur l'avait prévu, celui-ci aurait chanté la messe en latin pour les morts. Comme il était seul, Matthew imitait les voix humaines absentes avec le son plaintif du violoncelle.

Lacrimosa dies illa, chantait l'instrument. *Ce jour sera plein de larmes / Où se lèvera des cendres / L'homme coupable afin d'être jugé.*

Épargne-le donc, Seigneur, pria Matthew alors qu'il jouait le vers suivant en mettant toute sa foi et son tourment dans chaque mouvement de l'archet.

Quand il arriva à la fin du *Lacrimosa*, Matthew enchaîna avec les accords de la Sonate pour violoncelle n° 1 en *fa* majeur de Beethoven. La pièce avait été écrite pour piano et violoncelle, mais Matthew espéra que Jack la connaissait assez bien pour rajouter mentalement les notes manquantes.

Les gestes de Jack ralentirent encore, se faisant de plus en plus doux à chaque mesure. Matthew reconnut la torche de la statue de la Liberté, le clocher de Center Church à New Haven.

La folie temporaire de Jack s'atténuait peut-être à mesure qu'il se rapprochait du présent, mais Matthew savait qu'il n'en était pas encore libéré.

Il manquait une image.

Pour aider Jack, Matthew recourut à l'une de ses œuvres favorites : le *Requiem* de Fauré, plein d'espoir et d'inspiration. Longtemps avant de rencontrer Diana, l'une de ses grandes joies était d'aller à New College écouter le chœur interpréter l'œuvre. C'est seulement quand il arriva à la dernière partie, *In Paradisum*, que l'image qu'attendait Matthew prit forme sous la main de Jack, qui dessinait en cadence avec la glorieuse musique, tout son corps suivant le chant paisible du violoncelle.

Que les Anges, en chœur, te reçoivent / Et que tu jouisses du repos éternel / Avec celui qui fut jadis le pauvre Lazare. Matthew connaissait ces vers par cœur, car ils accompagnaient la dépouille de l'église à la tombe – un lieu de repos qui était trop souvent refusé aux créatures comme lui. Matthew avait chanté ces mêmes paroles devant le corps de Philippe, pleuré avec elles quand Hugh était mort, s'était puni avec elles quand Eleanor et Celia étaient mortes, et les avait répétées quinze siècles durant pendant qu'il portait le deuil de Blanca et de Lucas, son épouse et son enfant sang-chauds.

Cependant, ce soir, ces paroles familières entraînèrent Jack – et Matthew avec lui – vers une deuxième chance. Matthew regarda, fasciné, Jack faire surgir de la surface laiteuse du mur le visage délicieux et familier de Diana. Ses grands yeux étaient remplis de joie, ses lèvres entrouvertes dans un commencement de sourire étonné. Matthew avait manqué l'instant précieux où Diana avait reconnu Jack. Il y assistait à présent.

Voir ce portrait confirma à Matthew ce qu'il soupçonnait déjà : avec lui, Jack se sentait peut-être en sécurité comme avec un père, mais c'était avec Diana qu'il se sentait aimé.

Matthew continua de faire glisser ses doigts et l'archet sur les cordes. Puis Jack s'arrêta enfin et ses doigts inertes lâchèrent le fusain qui tomba avec un bruit sec sur le sol.

— Tu es un sacré artiste, Jack, dit Chris en se penchant pour mieux voir le portrait de Diana.

Les épaules de Jack retombèrent et il se retourna vers Chris. Ses yeux étaient brumeux d'épuisement, mais il n'y avait nulle trace de fureur sanguinaire. Ils étaient redevenus bruns et verts.

— Matthew.

Jack sauta du haut de son échafaudage, s'éleva dans les airs et atterrit aussi silencieusement qu'un chat.

— Bonjour, Jack, dit Matthew en redressant le violoncelle.

— La musique... C'était vous ? demanda Jack, décontenancé.

— J'ai pensé que quelque chose de moins baroque te ferait du bien, dit Matthew en se levant. Le XVIIe siècle est parfois un peu trop luxuriant pour les vampires. Mieux vaut en prendre à petites doses.

Il jeta un bref regard au mur et Jack porta une main tremblante à son front en comprenant ce qu'il avait fait.

— Je suis désolé, dit-il, effondré. Je vais tout repeindre, Gallowglass. Aujourd'hui. Je vous le promets.

— Non ! s'exclamèrent Matthew, Gallowglass, Hubbard et Chris en chœur.

— Mais les murs, protesta Jack. Je les ai abîmés.

— Pas plus que Michel-Ange ou Vinci n'en ont abîmé, dit Gallowglass. Ou Matthew, tiens, avec ses gribouillis au palais de l'empereur à Prague.

La bonne humeur éclaira un instant les yeux de Jack et disparut.

— Un cerf au galop, c'est une chose. Mais personne ne peut vouloir voir ces images, pas même moi, dit-il en regardant un dessin particulièrement macabre d'un cadavre en décomposition flottant sur le dos dans une rivière.

— L'art et la musique doivent venir du cœur, dit Matthew en prenant son arrière-petit-fils par l'épaule. Même les pires ténèbres doivent être présentées à la lumière du jour, sinon elles grandissent et finissent par engloutir un homme tout entier.

— Et si c'est déjà fait ? demanda tristement Jack.

— Tu n'aurais pas tenté de sauver cette femme si tu étais entièrement fait de ténèbres, dit Matthew en désignant une silhouette accablée levant les yeux vers une main tendue, exacte réplique de celle de Jack, jusqu'à la cicatrice à la base du pouce.

— Mais je ne l'ai pas sauvée. Elle était trop effrayée pour me laisser l'aider. Elle avait peur de moi !

Jack essaya de se dégager, mais Matthew refusa de le lâcher.

— C'étaient *ses* ténèbres qui l'en ont empêchée, *sa* peur, pas la tienne, insista Matthew.

— Je ne te crois pas, s'entêta Jack, convaincu que sa fureur sanguinaire le rendait coupable de toute façon.

Matthew eut là un aperçu de ce que Philippe et Ysabeau avaient enduré quand lui-même refusait obstinément d'accepter l'absolution.

— C'est parce que tu as deux loups qui se battent en toi. C'est notre cas à tous, dit Chris en rejoignant Matthew.

— Qu'est-ce que cela veut dire ? demanda Jack avec circonspection.

— C'est une vieille légende cherokee que ma grand-mère, Nana Bets, a appris de la sienne.

— Vous n'avez pas l'air d'un Cherokee, dit Jack, soupçonneux.

— Tu serais surpris de ce que j'ai dans le sang. Je suis principalement français et africain, avec un peu d'anglais, d'écossais, d'espagnol et d'amérindien.

Je te ressemble beaucoup, en fait. Le phénotype est parfois trompeur, dit Chris avec un sourire.

Jack eut l'air perplexe, et Matthew se promit de lui acheter un manuel de vulgarisation de biologie.

— Mmm-mmm, fit Jack, sceptique. (Chris éclata de rire.) Et les loups ?

— Selon le peuple de ma grand-mère, deux loups vivent à l'intérieur de chaque être : un bon et un méchant. Ils passent leur temps à essayer de s'anéantir l'un l'autre.

C'était, songea Matthew, la plus juste description de la fureur sanguinaire que pouvait faire quelqu'un qui ne souffrait pas de la maladie.

— C'est mon méchant loup qui gagne, dit tristement Jack.

— Ce n'est pas obligé, lui assura Chris. Nana Bets disait que le loup qui gagne est celui que l'on nourrit. Le méchant loup se nourrit de la colère, de la culpabilité, du chagrin, des mensonges et des regrets. Le bon loup a besoin d'amour et d'honnêteté, rehaussés de bonnes doses de compassion et de foi. Alors si tu veux que le bon loup gagne, il va falloir que tu affames l'autre.

— Et si je ne peux pas arrêter de nourrir le méchant loup ? demanda Jack avec inquiétude. Et si j'échoue ?

— Tu n'échoueras pas, dit Matthew d'un ton ferme.

— On t'empêchera, opina Chris. Nous sommes cinq dans cette pièce. Ton grand méchant loup n'a aucune chance.

— Cinq ? chuchota Jack en regardant Matthew, Gallowglass, Hubbard et Chris. Vous allez tous m'aider ?

— Tous jusqu'au dernier, promit Chris en lui prenant la main.

Il fit un signe de tête à Matthew qui posa la sienne dessus.

— Tous pour un et tout le toutim, dit Chris en se tournant vers Gallowglass. Qu'est-ce que tu attends ? Viens te joindre à nous.

— Bah... Les mousquetaires étaient tous des ringards, grommela Gallowglass en les rejoignant et en posant malgré tout sa grosse main sur les autres. Ne raconte pas ça à Baldwin, mon petit Jack, sinon je refile à ton méchant loup une double dose au dîner.

— Et vous, Andrew ? demanda Chris.

— Je crois que la phrase est *Un pour tous et tous pour un**, pas « Tous pour un et tout le toutim ».

Matthew tressaillit. C'étaient bien ces mots, mais l'accent cockney de Hubbard les rendirent pratiquement inintelligibles. Philippe aurait dû fournir un professeur de français en plus du violoncelle.

La main maigre de Hubbard fut la dernière. Matthew vit son pouce bouger de bas en haut puis de droite à gauche, tandis que le prêtre apportait sa bénédiction à leur étrange pacte. Ils faisaient un groupe bien improbable, songea Matthew : trois êtres liés par le sang, un quatrième par la loyauté, et un cinquième qui n'était apparemment là que parce que c'était un homme de bien.

Il espéra qu'ensemble, ils suffiraient pour aider Jack à guérir.

Dans le calme qui suivit sa frénésie d'activité, Jack voulut parler. Il s'installa avec Matthew et Hubbard dans le salon, environné par son passé, et se déchargea du fardeau de certaines de ses expériences les plus douloureuses sur les épaules de Matthew. Sur la question de Benjamin, cependant, il resta coi. Matthew n'était pas surpris. Comment des mots pouvaient-ils exprimer ce que Jack avait subi entre les mains de Benjamin ?

— Allez, Jackie, coupa Gallowglass en brandissant la laisse de Lobero. Serpillière a besoin de sortir.

— Un peu d'air frais me ferait du bien, dit Andrew en dépliant sa carcasse d'un étrange fauteuil rouge qui ressemblait à une sculpture moderne, mais qui, Matthew l'avait découvert, était étonnamment confortable.

Quand la porte d'entrée se fut refermée, Chris entra nonchalamment dans le salon avec une nouvelle tasse de café. Matthew se demanda comment ce type était encore vivant avec toute cette caféine dans le sang.

— J'ai parlé à votre fils, ce soir... l'autre, Marcus, dit Chris en s'installant comme d'habitude dans le fauteuil colonial. Sympa. Et intelligent, aussi. Vous devez être fier de lui.

— Je le suis, dit Matthew avec circonspection. Pourquoi a-t-il appelé ?

— C'est nous qui lui avons téléphoné, dit Chris en buvant une gorgée de café. Miriam a estimé qu'il devait voir la vidéo. Une fois qu'il l'a vue, Marcus a jugé que nous devions prélever encore du sang à Jack. Nous avons pris deux échantillons.

— *Quoi ?* demanda Matthew, consterné.

— Hubbard m'a donné la permission. C'est le parent le plus proche de Jack, répondit calmement Chris.

— Vous croyez que c'est la question du consentement qui me préoccupe ? dit Matthew, tout juste en mesure de garder son calme. Prélever du sang sur un vampire en pleine crise de fureur sanguinaire. Vous auriez pu vous faire tuer.

— C'était une occasion parfaite de surveiller les changements qui se produisent dans la chimie d'un vampire au début d'une crise de fureur sanguinaire, dit Chris. Nous aurons besoin de cette information si nous voulons trouver un médicament qui réduise les symptômes.

— Réduire les symptômes ? se rembrunit Matthew. C'est un remède, que nous cherchons.

Chris se baissa pour prendre un dossier qu'il tendit à Matthew.

— Nos dernières découvertes.

Hubbard et Jack avaient subi un frottis et donné des échantillons de leur sang. Tout avait été envoyé d'urgence aux analyses et le rapport était attendu d'un jour à l'autre. Matthew prit calmement le dossier, redoutant ce qu'il allait peut-être y lire.

— Je suis désolé, Matthew, dit Chris avec un regret sincère. (Matthew parcourut rapidement les résultats de page en page.) Marcus les a identifiés. Personne d'autre ne l'aurait pu. Nous ne cherchions pas au bon endroit. (Matthew n'en revenait pas de ce qu'il voyait. Cela changeait… tout.) Jack possède plus de déclencheurs dans son ADN non codant que vous. (Chris marqua une pause.) Il faut que je vous pose la question, Matthew. Vous êtes sûr qu'il n'y a pas de risque à laisser Jack en présence de Diana ?

Avant que Matthew ait pu répondre, la porte d'entrée s'ouvrit. Il n'y eut pas les bavardages habituels qui accompagnaient l'arrivée de Jack, ni les sifflements joyeux de Gallowglass ou les pieux sermons de Hubbard. Ils entendirent seulement le geignement sourd de Lobero.

Les narines de Matthew se dilatèrent et il se leva d'un bond en éparpillant les feuilles autour de lui, puis il disparut par la porte.

— Nom de Dieu…, fit Chris.

— On a croisé quelqu'un pendant notre promenade, dit Gallowglass en traînant un Lobero réticent dans la maison.

21

— Avance, ordonna Baldwin qui tenait Jack par la nuque.

Matthew avait vu cette main arracher d'un seul coup la tête d'un autre vampire.

Jack n'avait pas assisté à cette scène cruelle, mais il savait tout de même qu'il était à la merci de Baldwin. Le jeune homme, blême, ouvrait de grands yeux aux pupilles dilatées. Pas étonnant qu'il obéisse à Baldwin sans la moindre hésitation.

Lobero le savait aussi. Gallowglass tenait encore la laisse, mais le chien tournait autour des jambes du Celte, les yeux fixés sur son maître.

— C'est bon, Serpillière, chuchota Jack au chien, qui n'en fut pas plus rassuré.

— Des problèmes, Matthew ? demanda Chris en le rejoignant.

— Il y a toujours des problèmes, répondit Matthew d'un ton lugubre.

— Rentrez, les pressa Jack. Emmenez Serpillière aussi…

Jack se tut en grimaçant. Les doigts de Baldwin laissaient sur son coup une marque violacée.

— Ils restent, siffla Baldwin. (Jack avait commis une erreur stratégique. Baldwin prenait plaisir à détruire ce que les autres aimaient. Quelque événement dans son passé avait dû façonner cette tendance, mais Matthew n'avait jamais découvert ce que c'était. En tout cas, Baldwin n'allait certainement pas lâcher Chris ou Serpillière tant qu'il n'obtenait pas ce pour quoi il était venu.) Et tu ne donnes pas d'ordres. Tu y obéis. (Baldwin eut la prudence de garder le jeune homme entre lui et Matthew tout en le poussant dans le salon. C'était une tactique simple et efficace qui raviva de douloureux souvenirs. *Jack n'est pas Eleanor*, se répéta Matthew. Jack était aussi un vampire. Mais il était du sang de Matthew, et Baldwin pouvait s'en servir pour faire plier Matthew.) Ce petit numéro que tu m'as joué dans le square sera la dernière fois où tu m'auras tenu tête, bâtard.

La chemise de Baldwin portait des traces de dents sur l'épaule et des gouttes de sang perlaient dans l'étoffe.

Seigneur. Jack avait mordu Baldwin.

— Mais je ne suis pas à vous, répondit Jack, désespéré. Dites-lui que je suis à vous, Matthew !

— Et à qui crois-tu que Matthew appartient ? lui chuchota Baldwin à l'oreille, menaçant.

— À Diana, gronda Jack à son ravisseur.

— À Diana ? (Baldwin éclata d'un rire moqueur et donna à Jack un coup qui aurait aplati un sang-chaud deux fois plus costaud. Jack tomba à genoux sur le parquet.) Viens ici, Matthew. Et dis à ce chien de la fermer.

— Désavouez Jack devant le chef des Clermont et je vous expédie personnellement en enfer, siffla Hubbard en agrippant la manche de Matthew au passage.

Matthew lui jeta un regard glacial et Hubbard le lâcha.

— Lâche-le. Il est de mon sang, dit Matthew en entrant dans la pièce d'un pas décidé. Ensuite, retourne à Manhattan, là où est ta place, Baldwin.

— Oh, fit Chris d'un ton qui suggérait qu'il venait enfin de voir la lumière. Évidemment. Vous habitez sur Central Park, c'est ça ? (Baldwin ne répondit pas. À vrai dire, il possédait la majeure partie de cette portion de la Cinquième Avenue, et aimait ne pas perdre de vue ses investissements. Récemment, il avait développé son terrain de chasse dans le Meatpacking District, le remplissant de clubs pour faire pendant aux boucheries, mais en règle générale, il n'aimait pas habiter là où il s'alimentait.) Pas étonnant que vous soyez un enfoiré qui se la joue, dit Chris. Eh bien, mon pote, maintenant, vous êtes à New Haven. Et les règles sont différentes, ici.

— Des règles ? répéta Baldwin. À New Haven ?

— Ouais. Tous pour un et tout le toutim.

C'était l'appel aux armes de Chris. Matthew était si proche qu'il sentit les muscles de Chris se bander et qu'il était prêt quand le petit couteau passa près de son oreille. La mince lame était si insignifiante qu'elle aurait à peine entaillé une peau humaine et encore moins le cuir endurci de Baldwin. Matthew leva la main et la saisit entre ses doigts avant qu'elle ait pu atteindre sa cible. Chris se renfrogna avec un regard de reproche, et Matthew secoua la tête.

— Non. (Matthew aurait pu laisser Chris essayer de se bagarrer avec lui, mais Baldwin avait des vues plus étroites quant aux privilèges que l'on peut accorder aux sang-chauds. Il se tourna vers Baldwin.) Pars. Jack est de mon sang et c'est mon problème.

— Et manquer toutes les réjouissances ? (Baldwin inclina de côté la tête de Jack qui lui jeta un regard noir et mortel.) Belle ressemblance, Matthew.

— Je me plais à le croire, répondit Matthew d'un ton glacial en faisant un sourire pincé à Jack. (Il prit la laisse de Lobero des mains de Gallowglass. L'animal se tut aussitôt.) Baldwin doit avoir soif. Offre-lui à boire, Gallowglass.

Peut-être que cela allait adoucir Baldwin assez longtemps pour que Jack puisse être libéré sans encombre. Matthew pouvait l'envoyer chez Marcus avec Hubbard. C'était un meilleur choix que la maison de Diana sur Court Street. Si son épouse avait vent de la présence de Baldwin, elle accourrait à Wooster Square avec sa vouivre et la foudre à la main.

— J'ai tout ce qu'il faut, dit Gallowglass. Café, vin, eau, sang. Je suis sûr que je pourrais dénicher de la ciguë et du miel si vous préférez, mon oncle.

— Ce que je désire, il n'y a que le garçon qui peut me le procurer.

Et sans prévenir, Baldwin enfonça ses dents dans le cou de Jack. La morsure fut sauvage, délibérément. C'était la justice vampire – prompte, inflexible, sans remords. Pour les infractions mineures, le châtiment du chef de famille consistait simplement en une démonstration de soumission. Par ce sang, il faisait couler en lui un mince filet des pensées et souvenirs les plus intimes de sa progéniture. Le geste rituel mettait à nu l'âme d'un vampire, le rendant scandaleusement vulnérable. S'approprier les secrets d'une autre créature, par quelque moyen que ce fût, comblait un vampire de la même manière que la chasse, nourrissant cette partie de son âme qui cherchait éternellement à posséder toujours davantage.

Si les crimes étaient plus graves, le rituel de soumission serait suivi de la mort. Tuer un autre vampire était physiquement éprouvant, émotionnellement épuisant et spirituellement dévastateur. C'est pour cela que la plupart des seigneurs vampires ordonnaient à un parent de le faire à leur place. Même si Philippe et Hugh avaient lustré la façade des Clermont au cours des siècles, c'était Matthew qui avait exécuté les basses besognes de la maison.

Il y avait des centaines de manières de tuer un vampire et Matthew les connaissait toutes. On pouvait le saigner à blanc comme il l'avait fait avec Philippe. On pouvait l'affaiblir physiquement en faisant lentement couler son sang et en le plaçant dans cet état tant redouté de suspension appelé servitude. On pouvait torturer le vampire incapable de riposter afin qu'il avoue, ou lui permettre miséricordieusement de mourir. Il y avait la décapitation et l'éviscération, même si certains préféraient la méthode plus désuète consistant à fracasser la cage thoracique et à arracher le cœur. Vous pouviez trancher la carotide et l'aorte, méthode que la délicieuse tueuse de Gerbert, Juliette, avait vainement tentée sur lui.

Matthew pria que prendre le sang et les souvenirs de Jack suffise à Baldwin pour ce soir.

C'est trop tard qu'il se rappela qu'il y avait parmi les souvenirs de Jack des histoires qu'il valait mieux garder secrètes.

Trop tard qu'il perçut l'odeur de chèvrefeuille et d'orage d'été.

Et trop tard qu'il vit Diana lâcher Corra.

La vouivre de Diana s'échappa des épaules de sa maîtresse et s'éleva dans les airs. Corra fondit sur Baldwin avec un cri perçant, toutes serres dehors et les ailes flamboyantes. Baldwin empoigna de sa main libre la bête par une patte et l'écarta violemment. Corra se fracassa contre le mur, se froissant une aile. Diana se plia en deux en se cramponnant le bras, mais la violente douleur n'ébranla pas sa résolution.

— Ôtez vos mains. De. Mon. Fils.

La peau de Diana luisait et l'aura subtile qui était toujours visible sans son sortilège de déguisement apparaissait désormais comme la lumière caractéristique d'un prisme. Des arcs-en-ciel de couleur jaillirent sous sa peau – pas seulement dans ses mains, mais le long de ses bras, des tendons de son cou, s'entortillant et s'enroulant comme si les cordelettes dans ses doigts s'étaient répandues tout le long de son corps.

Quand Lobero tira sur sa laisse pour essayer d'atteindre Corra, Matthew le lâcha. Lobero se précipita sur la vouivre, lui léchant le museau et la poussant de sa truffe pour l'aider à se relever et à voler au secours de Diana.

Mais Diana n'avait pas besoin d'aide – ni de Matthew, ni de Lobero ni même de Corra. Elle se redressa, écarta la main gauche, paume vers le bas, les doigts vers le sol. Les lames du parquet s'arrachèrent et se fendirent pour former d'épais rameaux qui se dressèrent, s'enroulèrent autour des pieds de Baldwin et l'immobilisèrent. Puis de longues épines mortellement acérées en jaillirent et s'enfoncèrent dans sa chair.

Diana fixa son regard sur Baldwin, tendit la main droite et tira. Le poignet de Jack se tendit comme s'il était attaché à Diana. Le reste de sa personne suivit et un instant plus tard, il gisait sur le sol, loin de Baldwin.

Matthew imita Lobero et se précipita sur lui pour le protéger.

— Assez Baldwin, dit-il en levant la main.

— Pardon, Matthew, chuchota Jack qui gisait toujours sur le sol. Il a surgi de nulle part et s'est jeté sur Gallowglass. Quand je suis surpris… (Il se tut et frémit, ramenant ses genoux contre sa poitrine.) Je ne savais pas qui c'était.

Miriam fit irruption dans la pièce. Après avoir balayé la scène du regard, elle prit les choses en main. D'un geste, elle dirigea Gallowglass et Hubbard vers Jack et jeta un regard inquiet à Diana, qui était immobile, le regard fixe, comme si elle avait pris racine dans le salon.

— Jack n'a rien ? demanda Chris d'une voix tendue.

— Il s'en sortira. Tout vampire vivant a été mordu par son chef de clan au moins une fois, dit Miriam.

Elle essayait de le tranquilliser, mais Chris ne parut pas rassuré par cette révélation sur la vie de famille des créatures surnaturelles.

Matthew aida Jack à se relever. La morsure à son cou était superficielle et guérirait rapidement, mais pour le moment, elle était affreuse. Matthew l'effleura brièvement, espérant que Jack comprenne qu'il s'en sortirait, comme le promettait Miriam.

— Pouvez-vous vous occuper de Corra ? demanda Matthew à Miriam en confiant Jack à Gallowglass et Hubbard.

Miriam acquiesça.

Matthew traversait déjà la pièce et refermait les mains sur la gorge de Baldwin.

— Je veux ta parole que si Diana te libère, tu ne la toucheras pas pour ce qui s'est passé ici ce soir, dit-il en serrant les doigts. Sinon, je te tuerai, Baldwin. Ne te méprends pas.

— Nous n'en avons pas terminé, Matthew, l'avertit Baldwin.

— Je sais.

Matthew plongea son regard dans celui de son frère jusqu'à ce qu'il hoche la tête.

Puis il se tourna vers Diana. Les couleurs qui palpitaient sous sa peau lui rappelèrent la boule scintillante d'énergie qu'elle lui avait offerte à Madison alors qu'ils ignoraient encore l'un et l'autre qu'elle était une tisseuse. Les couleurs étaient plus vives au bout de ses doigts, comme si c'était là qu'attendait sa magie, prête à être libérée. Sachant à quel point sa fureur sanguinaire était imprévisible quand elle affleurait, Matthew traita sa femme avec précaution.

— Diana ? (Il écarta les cheveux de son visage, cherchant à voir dans les yeux bleus pailletés d'or si elle le reconnaissait. Il ne vit que l'infini, ses yeux fixés sur un paysage invisible. Il changea de tactique et essaya de la ramener dans le présent.) Jack est avec Gallowglass et Hubbard, *ma lionne**. Baldwin ne lui fera aucun mal ce soir, dit-il en pesant soigneusement ses mots. Tu devrais le ramener à la maison. (Chris se redressa, prêt à protester.) Peut-être que Chris peut t'accompagner, poursuivit doucement Matthew. Corra et Lobero aussi.

— Corra, dit Diana d'une voix rauque.

Elle cilla, mais même l'inquiétude pour sa vouivre ne parvint pas à briser son regard fixe. Matthew se demanda ce qu'elle voyait et qui leur échappait, et pourquoi elle était ainsi captivée. Il éprouva un troublant pincement de jalousie.

— Miriam est avec Corra.

Matthew avait du mal à se détourner des profondeurs bleu sombre de ses yeux.

— Baldwin… lui a fait mal.

Diana paraissait déroutée, comme si elle avait oublié que les vampires n'étaient pas comme les autres créatures. Elle frotta son bras d'un air absent.

Au moment précis où Matthew pensait qu'elle pouvait entendre raison, la colère de Diana reprit. Il en sentit l'odeur – la saveur.

— Il a fait mal à Jack.

Diana ouvrit les doigts dans un brusque spasme. Sans plus se demander s'il était prudent de s'interposer entre une tisseuse et son pouvoir, Matthew les saisit avant qu'ils aient pu opérer leur magie.

— Baldwin va te laisser emmener Jack à la maison. En échange, il faut que tu libères Baldwin. Vous ne pouvez pas être en guerre tous les deux. La famille n'y survivrait pas. (D'après ce qu'il avait vu ce soir, Diana était tout aussi obstinée que Baldwin quand il s'agissait de détruire les obstacles sur son chemin. Matthew porta ses doigts à ses lèvres.) Tu te rappelles quand nous parlions de nos enfants à Londres ? Nous nous demandions ce dont ils auraient besoin.

Cela attira l'attention de Diana. *Enfin*. Ses yeux se braquèrent sur lui.

— D'amour, chuchota-t-elle. D'un adulte qui soit responsable d'eux. D'un abri douillet.

— C'est cela, sourit Matthew. Jack a besoin de toi. Libère Baldwin de ton sortilège.

La magie de Diana céda dans un frisson qui la secoua de la tête aux pieds. Elle claqua des doigts dans la direction de Baldwin. Les épines se rétractèrent et les rameaux s'écartèrent avant de rentrer dans les lames fendues du parquet autour du vampire. En peu de temps, il fut libéré et la maison de Gallowglass retrouva son aspect normal.

Pendant que son sortilège se défaisait lentement, Diana alla auprès de Jack et prit son visage dans ses mains. La plaie à son cou commençait déjà à se refermer, mais il lui faudrait plusieurs jours pour guérir entièrement. Sa bouche généreuse devint une mince ligne.

— Ne vous inquiétez pas, dit Jack en couvrant la blessure, gêné.

— Allons, Jackie. Diana et moi allons t'emmener à Court Street. Tu dois mourir de faim, dit Gallowglass en posant la main sur son épaule.

Jack était épuisé, mais il essaya de paraître moins faible pour Diana.

— Corra, appela Diana en faisant signe à sa vouivre.

Corra boitilla jusqu'à elle, reprenant des forces à mesure qu'elle s'approchait de sa maîtresse. Quand la tisseuse et la vouivre se touchèrent presque, Corra devint invisible alors que Diana et elle ne faisaient plus qu'une.

— Laisse Chris te raccompagner, dit Matthew en s'interposant entre son épouse et les troublants dessins sur les murs.

Par bonheur, elle était trop épuisée pour y prêter attention.

Matthew fut heureux de voir que Miriam avait rassemblé tout le monde dans la maison sauf Baldwin. Tous réfugiés dans l'entrée – Chris, Andrew, Lobero et Miriam –, ils attendaient Diana, Gallowglass et Jack. Plus il y avait de monde pour soutenir le jeune homme, mieux c'était.

Matthew dut se maîtriser pour les regarder partir. Il se força à faire un signe encourageant à Diana quand elle se tourna pour le regarder encore. Puis une fois qu'ils eurent disparu entre les maisons de Court Street, il retourna trouver Baldwin.

Son frère contemplait la dernière portion des fresques, sa chemise mouchetée de taches sombres là où les dents de Jack et les ronces de Diana avaient percé la peau.

— Jack est le vampire tueur. Je l'ai vu dans ses pensées et maintenant je le vois sur ces murs. Nous le recherchons depuis plus d'un an. Comment a-t-il échappé à la Congrégation pendant tout ce temps ? demanda Baldwin.

— Il était avec Benjamin. Et ensuite, il était en fuite.

Matthew évita délibérément de regarder les images horribles qui entouraient les traits désincarnés de Benjamin. Elles n'étaient, songea-t-il, sans doute pas plus hideuses que d'autres violences que des vampires avaient perpétrées au cours des siècles. Ce qui les rendait insoutenables, c'est que c'était Jack qui en était l'auteur.

— Jack doit être arrêté, lâcha Baldwin.

— Dieu me pardonne, dit Matthew en baissant la tête.

— Philippe avait raison. Ta foi chrétienne fait vraiment de toi l'homme idéal pour ta tâche, ricana Baldwin. Quelle autre religion promet-elle de te laver de tes péchés pourvu que tu les confesses ? (Malheureusement, Baldwin n'avait jamais saisi le concept de l'expiation. Sa vision de la foi de Matthew était purement transactionnelle : vous alliez à l'église, vous vous confessiez et vous ressortiez lavé. Mais le salut était plus compliqué que cela. Philippe l'avait compris sur la fin, même s'il avait pendant longtemps estimé que la perpétuelle quête de pardon de Matthew était aussi irritante qu'irrationnelle.) Tu sais très bien qu'il n'y a pas de place pour lui parmi les

Clermont, si sa maladie est aussi grave que le laissent entrevoir ces dessins. (Baldwin voyait en Jack ce que Benjamin avait vu : une arme dangereuse, que l'on pouvait façonner et pervertir pour la rendre la plus mortelle possible. Contrairement à Benjamin, Baldwin avait une conscience. Il n'utiliserait pas l'arme qui était tombée d'une manière aussi inattendue entre ses mains, mais il ne permettrait pas non plus qu'elle soit utilisée par un autre. Matthew resta la tête baissée, alourdie par les souvenirs et les regrets. Les paroles que prononça ensuite Baldwin étaient prévisibles, mais Matthew les perçut néanmoins comme un coup.) Tue-le, ordonna le chef de la famille Clermont.

Quand Matthew revint chez eux, la porte rouge à moulures blanches et à fronteau noir s'ouvrit toute grande.

Diana l'attendait. Elle s'était changée pour se protéger du froid et portait un des vieux cardigans de Matthew, ce qui diminuait l'odeur des autres personnes avec qui elle avait été en contact ce soir-là. Malgré tout, le baiser de Matthew fut brutal et possessif, et c'est seulement à contrecœur qu'il relâcha son étreinte.

— Qu'est-ce qui ne va pas ? demanda Diana en portant la main à la pointe de flèche de Philippe.

Le geste était devenu le signal que son angoisse montait. Les taches de couleur au bout de ses doigts disaient la même chose et étaient de plus en plus visibles à chaque instant qui passait.

Matthew leva la tête en espérant trouver l'inspiration. Ce qu'il vit, ce fut un ciel absolument sans étoiles. La partie humaine et raisonnable de sa personne savait que c'était dû aux lumières de la ville et à la pleine lune. Mais le vampire fut instinctivement alarmé. Il n'y avait rien qui pouvait lui permettre de s'orienter ici, pas un seul repère qui lui indique le chemin.

— Viens.

Matthew ramassa le manteau de Diana sur la chaise de l'entrée, prit la main de sa femme et l'entraîna dans la rue.

— Où allons-nous ? demanda-t-elle, peinant à le suivre.

— Quelque part où je pourrai voir les étoiles, répondit-il.

22

Matthew quitta la ville et roula vers le nord-ouest. Il conduisait plus vite que de coutume, et en moins de quinze minutes, ils furent sur une route tranquille blottie dans l'ombre des pics connus dans la région comme le Géant Endormi. Matthew tourna dans une allée obscure et coupa le moteur. Une lumière s'alluma sur un porche et un vieil homme scruta la nuit.

— C'est vous, Mr Clairmont ?

La voix était faible et ténue, mais les yeux de l'homme pétillaient d'intelligence.

— C'est moi, Mr Phelps, dit Matthew en hochant la tête. (Il descendit de la voiture, fit le tour et aida Diana à descendre.) Ma femme et moi allons au cottage.

— Heureux de faire votre connaissance, madame, dit Mr Phelps en portant une main à son front. Mr Gallowglass a appelé pour me prévenir que vous passeriez peut-être jeter un coup d'œil. Il m'a dit de ne pas m'inquiéter si j'entendais quelqu'un.

— Je suis désolée que nous vous ayons réveillé, dit Diana.

— Je suis un vieil homme, Mrs Clairmont. Je ne dors pas beaucoup, à mon âge. J'aurai bien le temps quand je serai mort, dit-il avec un rire sifflant. Vous trouverez tout ce qu'il vous faut sur la montagne.

— Merci de surveiller la maison, dit Matthew.

— C'est une tradition familiale, répondit Mr Phelps. Vous trouverez la Ranger de Mr Whitmore près de la remise, si vous ne voulez pas prendre ma vieille Gator. Je ne pense pas que votre épouse ait envie de faire tout le chemin à pied. Les grilles du parc sont fermées, mais vous savez comment entrer. Passez une bonne soirée.

Mr Phelps rentra et la moustiquaire retomba en claquant sur le chambranle.

Matthew prit Diana par le bras et l'emmena vers un véhicule qui évoquait le croisement entre une voiturette de golf avec des pneus de tracteur et un dune buggy. Il ne la lâcha que le temps d'en faire le tour pour s'installer au volant.

Le portail du parc était tellement bien caché qu'il était absolument invisible, et la piste qui tenait lieu de route n'était ni éclairée ni balisée, mais Matthew n'eut aucun mal à les trouver. Il négocia quelques virages en épingle à cheveux et traversa les abords d'une dense forêt avant d'atteindre un espace dégagé où une petite cabane en bois était blottie sous des arbres. La lumière dorée qui brillait à l'intérieur la rendait aussi accueillante qu'une maisonnette de conte de fées.

Matthew arrêta la Ranger de Marcus et tira le frein à main. Il respira longuement les parfums nocturnes de sapin et d'herbe perlée de rosée. Au-dessous, la vallée avait un air morne. Il se demanda si c'était son humeur ou le clair de lune argenté qui la rendait aussi peu attirante.

— Le sol est inégal. Je ne tiens pas à ce que tu tombes, dit Matthew en tendant la main à Diana.

Après un regard inquiet, elle la prit. Matthew scruta l'horizon, incapable de s'empêcher de guetter de nouvelles menaces. Puis il leva la tête.

— La lune est brillante, ce soir, dit-il pensivement. Même ici, c'est difficile de voir les étoiles.

— C'est parce que c'est Mabon, dit tranquillement Diana.

— Mabon ? demanda-t-il, l'air surpris.

— Oui. Cela fait un an que tu es entré dans la Bibliothèque bodléienne et droit dans mon cœur. À peine m'as-tu souri de cette bouche coquine, à peine y a-t-il eu dans tes yeux cette étincelle quand tu m'as reconnue alors que tu ne m'avais jamais vue, que j'ai su que ma vie serait changée à jamais.

Les paroles de Diana atténuèrent momentanément l'agitation qu'avaient provoqué chez Matthew l'ordre de Baldwin et les nouvelles de Chris, et un bref instant, le monde resta en équilibre entre l'absence et le désir, entre le sang et la peur, la chaleur de l'été et les profondeurs glacées de l'hiver.

— Qu'y a-t-il ? demanda Diana en le dévisageant. C'est Jack ? La fureur sanguinaire ? Baldwin ?

— Oui. Non. Si on veut. (Matthew passa une main dans ses cheveux et évita son regard scrutateur.) Baldwin sait que c'est Jack qui a tué tous ces sang-chauds en Europe. Il sait que c'est lui le vampire tueur.

— Ce n'est sûrement pas la première fois que la soif de sang d'un vampire provoque des morts inattendues, dit Diana, essayant de l'apaiser.

— Cette fois, c'est différent. (Ce n'était pas facile à dire.) Baldwin m'a ordonné de tuer Jack.

— Non. Je l'interdis.

Les paroles de Diana résonnèrent et le vent se leva à l'est. Elle fit volte-face et Matthew la rattrapa. Elle se débattit et un tourbillon gris et brun souffla autour de ses pieds.

— Ne t'en va pas, dit-il, ne sachant s'il pourrait se maîtriser. Il faut que tu écoutes la voix de la raison.

— Non, dit-elle en l'évitant toujours. Tu ne peux pas baisser les bras. Jack n'aura pas toujours la fureur sanguinaire. Tu vas découvrir un remède.

— Il n'y a pas de remède à la fureur sanguinaire.

Matthew aurait donné sa vie pour en trouver un.

— Quoi ? demanda Diana, bouleversée.

— Nous avons analysé les derniers échantillons d'ADN. Pour la première fois, nous avons pu dresser un arbre généalogique sur plusieurs générations qui va au-delà de Marcus. Chris et Miriam ont retrouvé la trace du gène de la fureur sanguinaire depuis Ysabeau jusqu'à moi puis d'Andrew à Jack. (Diana écoutait attentivement Matthew, à présent.) La fureur sanguinaire est une anomalie du développement, continua-t-il. Il y a une composante génétique, mais le gène de la fureur sanguinaire paraît activé par quelque chose dans notre ADN non codant. Jack et moi possédons ce quelque chose. *Mère**, Marcus et Andrew ne l'ont pas.

— Je ne comprends pas, chuchota Diana.

— Durant ma renaissance, quelque chose qui était déjà présent dans mon ADN humain non codant a réagi à la nouvelle information génétique qui envahissait mon organisme, expliqua posément Matthew. Nous savons que les gènes vampires sont violents : ils écartent ce qui est humain afin de dominer les cellules nouvellement modifiées. Mais ils ne remplacent pas tout. Sinon, mon génome et celui d'Ysabeau seraient identiques. Au lieu de cela, je suis son enfant, un mélange des ingrédients génétiques que j'ai hérités de mes parents humains et de ce que j'ai hérité d'elle.

— Alors tu avais la fureur sanguinaire *avant* qu'Ysabeau fasse de toi un vampire ? demanda Diana, décontenancée.

— Non, mais je possédais les déclencheurs dont la fureur sanguinaire a besoin pour s'exprimer, dit-il. Marcus a identifié un ADN non codant spécifique qu'il estime jouer un rôle.

— Dans ce qu'il appelle l'ADN poubelle ? demanda Diana. (Matthew hocha la tête.) Alors un remède est toujours possible, insista-t-elle. Dans quelques années...

— Non, *mon cœur**. (Il ne pouvait la laisser nourrir de vains espoirs.) Plus nous en saurons sur le gène de la fureur sanguinaire et les gènes non codants, meilleur le traitement pourra devenir, mais ce n'est pas une maladie que nous pouvons guérir. Notre seul espoir est de la prévenir et, si Dieu le veut, d'en atténuer les symptômes.

— En attendant, tu peux apprendre à Jack à la maîtriser, s'entêta Diana. Ce n'est pas nécessaire de le tuer.

— Les symptômes de Jack sont bien pires que les miens. Les facteurs génétiques qui paraissent déclencher la maladie sont bien plus présents chez lui. (Matthew ravala les larmes de sang qu'il sentait monter.) Il ne souffrira pas, je te le promets.

— Mais toi, *si*. Selon toi, je paie un prix parce que je me mêle de questions de vie et de mort ? Toi aussi. Jack aura disparu, mais tu continueras de vivre en te détestant, dit Diana. Pense à ce que la mort de Philippe t'a coûté.

Matthew ne pensait qu'à cela. Il avait tué d'autres créatures depuis la mort de son père, mais seulement pour régler ses comptes. Jusqu'à ce soir, le dernier chef des Clermont qui lui avait ordonné de tuer avait été Philippe. Et la mort que Philippe avait ordonnée avait été la sienne.

— Jack souffre, Diana. Ce serait un moyen de mettre un terme à ses souffrances.

Matthew employait les mêmes termes que Philippe lorsqu'il avait dû convaincre son épouse d'admettre l'inévitable.

— Pour lui, peut-être. Pas pour nous. (Diana passa la main sur son ventre gonflé.) Les jumeaux pourraient avoir la fureur sanguinaire. Tu les tuerais aussi ?

Elle attendit qu'il nie, qu'il lui dise qu'elle était folle ne serait-ce que de penser une chose pareille. Mais il n'en fit rien.

— Quand la Congrégation découvrira ce qu'a fait Jack, et ce n'est qu'une question de temps, elle le tuera. Et elle se souciera bien peu de l'effrayer ou de le faire souffrir. Baldwin essaiera de tuer Jack avant que nous en arrivions là, afin d'éviter que la Congrégation mette le nez dans les affaires de la famille. S'il essaie de fuir, Jack pourrait tomber entre les mains de Benjamin. Et là, Benjamin se vengera atrocement de la trahison de Jack. La mort serait une bénédiction, en pareil cas.

Matthew gardait un visage impassible et un ton calme, mais la douleur qu'il lut dans le regard de Diana allait le hanter éternellement.

— Dans ce cas, Jack va disparaître. Il n'a qu'à partir très loin, là où personne ne peut le retrouver.

Matthew bouillonna d'impatience. Il avait su que Diana était entêtée dès qu'il avait fait sa connaissance. C'était entre autres pour cela qu'il l'aimait — même si parfois, cela le mettait hors de lui.

— Un vampire solitaire ne peut pas survivre. Comme les loups, nous devons faire partie d'une meute, sinon nous devenons fous. Pense à Benjamin, Diana, et à ce qu'il est devenu quand je l'ai abandonné.

— Nous partirons avec lui, dit-elle dans le futile espoir de sauver Jack.

— Ce n'en serait que plus facile pour Benjamin ou la Congrégation de le traquer.

— Alors nous devons fonder immédiatement un scion, comme l'a proposé Marcus, dit Diana. Jack aura tout une famille pour le protéger.

— Si je fais cela, je devrai reconnaître Benjamin. Cela mettrait au grand jour non seulement la fureur sanguinaire de Jack, mais aussi la mienne. Cela mettrait Ysabeau et Marcus dans un terrible danger, et les jumeaux aussi. Et ce n'est pas seulement eux qui souffriront si nous nous dressons contre la Congrégation sans le soutien de Baldwin. Si tu es à mes côtés, en tant que compagne, la Congrégation demandera ta soumission tout autant que la mienne.

— Ma soumission ? répéta faiblement Diana.

— C'est la guerre, Diana. C'est ce qui arrive aux femmes qui combattent. Tu as entendu l'histoire de ma mère. Penses-tu que ton destin serait différent entre les mains des vampires ? (Elle secoua la tête.) Tu dois me croire : nous sommes bien mieux en restant dans la famille de Baldwin qu'en partant de notre côté, insista-t-il.

— Tu te trompes. Les jumeaux et moi ne serons jamais totalement en sécurité sous la férule de Baldwin. Jack non plus. Tenir tête est la seule manière d'avancer. Toutes les autres routes nous ramènent simplement vers le passé, dit Diana. Et nous savons d'expérience que le passé n'est jamais rien de plus qu'un répit temporaire.

— Tu ne comprends pas les forces qui se ligueraient contre nous si nous faisions cela. Tout ce que mes enfants et petits-enfants ont fait ou feront m'est imputé selon la loi vampire. Les meurtres de vampires ? C'est moi qui les ai commis. Les méfaits de Benjamin ? J'en suis coupable.

Matthew était forcé de montrer à Diana ce que cette décision pourrait leur coûter.

— On ne peut pas te déclarer coupable de ce que Benjamin et Jack ont fait, protesta Diana.

— Mais si, dit-il en lui prenant les mains. J'ai créé Benjamin. Si je ne l'avais pas fait, aucun de ces crimes n'aurait eu lieu. C'était mon devoir, en tant que créateur de Benjamin et arrière-créateur de Jack, de les tuer si je ne parvenais pas à les maîtriser.

— C'est barbare, dit Diana en se tordant les mains.

Il sentit brûler l'énergie sous sa peau.

— Non, c'est l'honneur vampire. Les vampires peuvent survivre parmi les sang-chauds grâce à trois croyances : la loi, l'honneur et la justice. Tu as vu la justice vampire à l'œuvre ce soir, dit Matthew. Elle est rapide et brutale. Si je deviens le chef de mon propre scion, je devrai la rendre, moi aussi.

— Mieux vaut toi que Baldwin, rétorqua Diana. Si c'est lui le chef, je me demanderai chaque jour s'il en a assez de nous protéger, moi et les jumeaux, et s'il va ordonner notre exécution.

C'était un bon argument. Mais il mettait Matthew dans une situation impossible. Pour sauver Jack, il faudrait que Matthew désobéisse à Baldwin. Auquel cas, il n'aurait d'autre choix que de devenir le chef de son propre scion. Cela nécessiterait de convaincre une meute de vampires rebelles d'accepter son autorité et de risquer l'extermination en dévoilant la fureur sanguinaire qui les affectait. Ce serait un processus sanglant, violent et compliqué.

— S'il te plaît, Matthew, chuchota Diana. Je t'en supplie : ne suis pas les ordres de Baldwin.

Matthew scruta sa femme et vit le chagrin et le désespoir dans ses yeux. C'était impossible de refuser.

— Très bien, répondit-il à contrecœur. J'irai à La Nouvelle-Orléans. À une condition.

— Tout ce que tu voudras, dit Diana, manifestement soulagée.

— Que tu ne viennes pas avec moi, dit calmement Matthew, même si la simple perspective d'être séparé de sa compagne suffisait à faire monter en lui la fureur sanguinaire.

— Comment oses-tu m'ordonner de rester ici ! s'indigna Diana.

— Tu ne peux pas être à mes côtés quand je ferai cela. (Des siècles de pratique permettaient à Matthew de maîtriser ses émotions, malgré l'agitation de sa femme.) Je refuse d'aller où que ce soit sans toi. Mon Dieu, je supporte à peine de te quitter des yeux. Mais t'avoir avec moi à La Nouvelle-Orléans pendant que je combats mes propres petits-enfants te ferait courir un grave danger. Et ce ne serait pas Baldwin ou la Congrégation qui mettraient ta sécurité en jeu, ce serait moi.

— Jamais tu ne me ferais du mal.

Diana se cramponnait à cette idée depuis le début de leur relation. Le moment était venu de lui dire la vérité.

— C'est ce qu'a cru Eleanor, autrefois. Puis je l'ai tuée dans un moment de folie et de jalousie. Jack n'est pas le seul vampire de la famille dont la fureur sanguinaire est déclenchée par l'amour et la loyauté, dit Matthew en plongeant son regard dans les yeux de son épouse.

— Toi et Eleanor étiez seulement amants. Je suis ta compagne. (L'expression de Diana révélait qu'elle commençait à comprendre.) Dès le début, tu as dit que je devais te faire confiance. Tu as juré que tu me tuerais toi-même avant que quiconque me touche.

— Je t'ai dit la vérité.

Du bout des doigts, il caressa la joue de Diana, prêt à rattraper la larme qui menaçait de couler du coin de son œil.

— Mais pas toute la vérité. Pourquoi ne m'as-tu pas dit que le lien qui nous unissait allait aggraver ta fureur sanguinaire ? s'écria Diana.

— Je croyais que je pourrais trouver un remède. Jusque-là, je croyais que je pouvais maîtriser mes émotions, répondit Matthew. Mais tu es devenue aussi vitale pour moi que l'air et le sang. Mon cœur ne sait plus où je finis et où tu commences. J'ai su que tu étais une puissante sorcière dès l'instant où je t'ai vue, mais comment aurais-je pu imaginer que tu aurais autant de pouvoir sur moi ?

Diana lui répondit non pas avec des mots, mais avec un baiser intense. Matthew y répondit avec autant de passion. Quand ils se séparèrent, ils en frissonnaient encore. Diana toucha ses lèvres d'une main tremblante. Matthew posa sa tête sur la sienne, tandis que son cœur – leurs cœurs – étaient ébranlés par l'émotion.

— Fonder un nouveau scion exigera toute mon attention et une maîtrise totale, dit Matthew quand il fut enfin en mesure de parler. Si je réussis...

— Tu le dois, dit Diana. Tu réussiras.

— Très bien, *ma lionne**. *Quand* je réussirai, il y aura encore des moments où je devrai m'occuper de certaines questions seul, expliqua-t-il. Ce n'est pas que je ne te fasse pas confiance. C'est que je ne peux pas me fier à moi-même.

— Comme lorsque tu t'es occupé de Jack, dit-elle.

— Oui. Être séparé de toi sera un calvaire, mais être distrait par ta présence serait incommensurablement dangereux. Quant à ma maîtrise de moi-même… Eh bien, je crois que nous savons le peu que j'en ai quand tu es près de moi.

Il frôla ses lèvres d'un autre baiser, séducteur, cette fois. Les joues de Diana rougirent.

— Que vais-je faire pendant que tu seras à La Nouvelle-Orléans ? demanda Diana. Je dois bien pouvoir t'aider d'une façon ou d'une autre ?

— Trouve cette page manquante de l'Ashmole 782, répondit Matthew. Le Livre de la Vie nous servira de levier, quoi qu'il arrive entre moi et les enfants de Marcus. (Sans compter que ces recherches empêcheraient Diana de subir les conséquences directes d'un désastre si jamais ce projet insensé échouait.) Phoebe t'aidera à trouver la troisième enluminure. Va à Sept-Tours et attends-moi là-bas.

— Comment saurai-je que tout va bien de ton côté ? demanda Diana qui commençait à entrevoir la réalité de leur séparation.

— Je trouverai un moyen. Mais pas de coups de fil. Pas d'e-mails. Nous ne pouvons pas laisser de piste à la Congrégation si Baldwin ou quelqu'un de mon propre sang me dénonce, dit Matthew. Tu dois rester dans ses bonnes grâces, au moins jusqu'à ce que tu sois reconnue comme une Clermont.

— Mais c'est dans des mois ! répondit Diana, l'air désespéré. Et si les enfants naissent avant terme ?

— Marthe et Sarah te feront accoucher, dit-il gentiment. C'est impossible de prévoir le temps que cela prendra, Diana.

Cela pouvait durer des années, songea-t-il.

— Comment vais-je faire comprendre aux enfants pourquoi leur père n'est pas auprès d'eux ? demanda-t-elle, comme si elle avait lu dans ses pensées.

— Tu diras aux jumeaux que j'ai dû m'en aller parce que je les aime, eux et leur mère, de tout mon cœur.

La voix de Matthew se brisa. Il l'attira contre lui et l'étreignit comme si cela pouvait retarder son inévitable départ.

— Matthew ? demanda une voix familière dans l'obscurité.

— Marcus ?

Diana ne l'avait pas entendu arriver, mais Matthew avait perçu d'abord l'odeur puis le bruit étouffé des pas de son fils qui gravissait la montagne.

— Bonjour, Diana, dit Marcus en apparaissant dans le clair de lune.

— Quelque chose ne va pas à Sept-Tours ? demanda-t-elle.

— Tout va bien en France. J'ai pensé que Matthew avait besoin de moi ici.

— Et Phoebe ? demanda Diana.

— Elle est avec Alain et Marthe, dit Marcus d'un ton las. Je n'ai pu m'empêcher d'entendre vos projets. Il ne sera pas possible de revenir en arrière une fois que nous nous serons lancés. Es-tu sûr de vouloir fonder un scion, Matthew ?

— Non, dit Matthew, incapable de mentir. Mais Diana, si. Chris et Gallowglass t'attendent en bas du chemin, dit-il. Pars maintenant, *mon cœur**.

— Tout de suite ?

Un bref instant, Diana eut l'air effrayée de l'énormité de ce qu'ils s'apprêtaient à faire.

— Ce ne sera jamais plus facile. Tu vas devoir t'éloigner de moi. Ne regarde pas en arrière. Et pour l'amour de Dieu, marche calmement.

Matthew ne pourrait jamais se contrôler si elle se mettait à courir.

— Mais...

Diana n'acheva pas. Elle hocha la tête et essuya d'un revers de main les larmes qui ruisselaient soudain sur sa joue.

Matthew instilla plus de mille ans de désir dans un dernier baiser.

— Jamais je..., commença Diana.

— Chut, fit-il en posant ses lèvres sur les siennes. Pas de *jamais* entre nous, n'oublie pas.

Il recula. Ce n'étaient que quelques centimètres, mais cela aurait pu être mille lieues. Immédiatement, son sang se mit à la réclamer. Il la retourna pour qu'elle voie les deux faibles lueurs des torches de leurs amis.

— Ne rendez pas cela plus difficile pour lui, souffla Marcus. Partez, maintenant. Lentement.

Pendant quelques secondes, Matthew se demanda si elle en serait capable. Il voyait les filaments or et argent luire et scintiller au bout de ses doigts comme s'ils essayaient de refondre quelque chose qui avait été brusquement et horriblement brisé. Elle fit un pas hésitant. Puis un autre. Matthew la vit trembler à force d'essayer de ne pas perdre contenance. Puis elle se redressa et s'éloigna lentement.

— Je savais depuis le début que vous alliez lui briser le cœur, cria Chris à Matthew en prenant Diana dans ses bras quand elle l'eut rejoint.

Mais c'était le cœur de Matthew qui se brisait et le privait de sa lucidité et des dernières traces de son humanité.

Marcus le regarda sans broncher tandis que Gallowglass et Chris emmenaient Diana. Quand ils disparurent, Matthew s'élança d'un bond et Marcus le retint.

— Vas-tu t'en sortir sans elle ? demanda-t-il à son père.

Cela faisait moins de douze heures que lui-même était séparé de Phoebe et il se sentait déjà mal.

— Il le faut, répondit Matthew, même si, en cet instant, il ne voyait pas comment il y parviendrait.

— Diana sait ce que la séparation va te faire ? (Marcus avait encore des cauchemars sur Ysabeau et ce qu'elle avait souffert durant la capture et la mort de Philippe. Cela avait été comme voir quelqu'un en passer par les pires étapes de la désintoxication – tremblements, comportement irrationnel, souffrance physique. Et ses grands-parents étaient parmi les rares vampires qui avaient la chance de supporter d'être séparés pendant un certain temps. La fureur sanguinaire de Matthew rendait cela impossible. Même avant que Matthew et Diana aient été pleinement unis, Ysabeau avait prévenu Marcus qu'on ne pouvait pas faire confiance à son père si quelque chose arrivait à Diana.) Elle le sait ? répéta-t-il.

— Pas entièrement. Elle sait ce qui m'arrivera si je reste et que j'obéis à mon frère, en revanche, dit

Matthew en se dégageant. Tu n'es pas obligé de me suivre. Tu as encore le choix. Baldwin te prendra avec lui, du moment que tu le supplies de te pardonner.

— J'ai fait mon choix en 1781, n'oublie pas. (Les yeux de Marcus luisaient d'un éclat argenté sous la lune.) Ce soir, tu as prouvé que c'était le bon.

— Rien ne garantit que cela marchera, l'avertit Matthew. Baldwin peut refuser de reconnaître le scion. La Congrégation pourrait avoir vent de nos actes avant que nous l'ayons fait. Dieu sait que tes propres enfants ont des raisons de s'y opposer.

— Ils ne vont pas te faciliter la tâche, mais ils feront ce que je leur dirai. Tôt ou tard. En plus, tu es sous ma protection, à présent. (Matthew le regarda, surpris.) La sécurité de ta personne, de ta compagne et des jumeaux qu'elle porte est désormais la priorité des chevaliers de l'ordre de Saint-Lazare, expliqua Marcus. Baldwin peut nous menacer autant qu'il veut, mais j'ai plus de mille vampires, démons et, oui, sorcières sous mes ordres.

— Jamais ils ne t'obéiront, dit Matthew, quand ils découvriront pour quoi tu leur demandes de combattre.

— Comment crois-tu que je les ai recrutés ? Penses-tu vraiment que vous êtes les deux seules créatures sur cette planète qui ont des raisons de ne pas apprécier les restrictions qu'impose le pacte ? (Mais Matthew était trop distrait pour répondre. Il éprouvait déjà le besoin irrépressible de s'élancer sur les traces de Diana. Bientôt, il serait incapable de rester tranquille plus de quelques instants avant que son instinct exige qu'il la rejoigne. Et cela ne ferait qu'empirer.) Allez, dit Marcus en le prenant par l'épaule. Jack et Andrew nous attendent. J'imagine que ce fichu chien va devoir venir à La Nouvelle-Orléans aussi.

Matthew ne répondait toujours pas. Il tendait l'oreille pour entendre la voix de Diana, son pas reconnaissable, le rythme de son cœur.

Il n'y avait que le silence et des étoiles trop pâles pour lui indiquer le chemin à suivre.

Soleil en Balance

Quand le soleil passe par la Balance,
c'est moment propice aux voyages.
Garde-toi des ennemis, de la guerre et de l'opposition

Diaire anglais, anonyme, env. 1590
Gonçalves MS. 4890, f. 9ʳ.

23

— Laisse-moi entrer avant que je défonce cette maudite porte, Miriam.

Gallowglass n'était pas d'humeur à jouer. Miriam ouvrit d'un seul coup.

— Matthew est peut-être parti, mais n'essaie pas de faire le malin, je t'ai à l'œil.

Ce n'était pas une surprise pour Gallowglass. Jason lui avait dit un jour qu'apprendre à se conduire en vampire sous la férule de Miriam l'avait convaincu qu'existait vraiment une divinité omnisciente et vengeresse à qui rien n'échappait. En revanche, contrairement aux enseignements de la Bible, elle était de sexe féminin et portée sur le sarcasme.

— Matthew et les autres sont partis sans encombre ? demanda calmement Diana depuis le haut de l'escalier, pâle comme un linge, une petite valise à ses pieds.

Gallowglass jura et monta l'escalier quatre à quatre.

— Oui, dit-il en s'emparant de la valise avant qu'elle ait la sottise de vouloir la porter.

Il trouvait de plus en plus mystérieux chaque jour que Diana ne bascule pas tout simplement sous le poids des jumeaux.

— Pourquoi as-tu fait ta valise ? demanda Chris. Qu'est-ce qui se passe ?

— Ma tante part en voyage, dit Gallowglass.

Il estimait toujours que quitter New Haven était une mauvaise idée, mais Diana lui avait déclaré qu'elle partait – avec ou sans lui.

— Où ça ? demanda Chris.

Gallowglass haussa les épaules.

— Promets-moi que tu continueras à travailler sur les échantillons d'ADN provenant de l'Ashmole 782 et sur le problème de la fureur sanguinaire, Chris, dit Diana en descendant l'escalier.

— Tu sais bien que je ne laisse jamais tomber les recherches, dit Chris. Tu étais au courant que Diana s'en allait ? demanda-t-il à Miriam.

— Comment j'aurais pu l'ignorer ? Elle a fait assez de bruit en sortant sa valise du placard et en appelant le pilote. (Elle prit la tasse de café de Chris, en but une gorgée et grimaça.) Trop sucré.

— Prenez votre manteau, ma tante.

Gallowglass ne savait pas ce que Diana avait prévu – elle lui avait dit qu'elle lui en parlerait une fois en vol – mais il doutait qu'ils partaient pour une île des Antilles, ambiance palmiers et alizés.

Pour une fois, Diana ne protesta pas contre sa sollicitude.

— Verrouille la porte quand tu sors, Chris. Et vérifie que la cafetière est débranchée, dit-elle en se haussant sur la pointe des pieds pour l'embrasser. Prends soin de Miriam. Ne la laisse pas traverser New Haven Green toute seule la nuit, même si c'est une vampiresse.

— Tenez, dit Miriam en lui tendant une enveloppe en kraft. Comme demandé.

— Vous êtes sûre de ne pas en avoir besoin ? demanda Diana en jetant un coup d'œil à l'intérieur.

— Nous avons quantité d'échantillons, répondit-elle.

Chris regarda Diana droit dans les yeux.

— Appelle si tu as besoin de moi. Peu importe pourquoi, où et quand, je prendrai le premier avion.

— Merci, chuchota-t-elle. Tout ira bien. Gallowglass est avec moi.

À sa grande surprise, Gallowglass n'éprouva aucune joie à entendre ces paroles. Comment l'aurait-il pu, alors qu'elle avait dit cela d'un ton aussi résigné ?

Le jet des Clermont décolla de l'aéroport de New Haven. Gallowglass regardait par le hublot en tapotant nerveusement son téléphone sur sa cuisse. L'avion vira sur l'aile et le Celte flaira l'air. Nord, nord-est.

Diana était assise à côté de lui, les yeux clos et les lèvres blanches. Elle avait une main posée sur Abricot et Bonbon comme pour les réconforter. Ses joues étaient humides.

— Ne pleurez pas, je ne le supporte pas, dit Gallowglass d'un ton bourru.

— Je suis désolée. Apparemment, je n'y peux rien.

Diana se tourna sur son siège pour qu'il ne voie pas son visage. Ses épaules tremblèrent.

— Enfin, ma tante, regarder de l'autre côté ne changera rien.

Gallowglass défit sa ceinture, s'accroupit près de son fauteuil en cuir et lui tapota le genou. Elle lui saisit la main. L'énergie palpitait sous sa peau. Elle avait un peu diminué depuis le moment stupéfiant où elle avait emprisonné le chef de la famille Clermont dans un buisson de ronces, mais elle était encore bien visible. Gallowglass l'avait même aperçue à travers le sortilège de déguisement que portait Diana avant d'embarquer.

— Comment s'est comporté Marcus avec Jack ? demanda-t-elle sans ouvrir les yeux.

— Marcus l'a accueilli comme le fait un oncle et l'a distrait en lui parlant de ses enfants et de leurs sottises. Dieu sait que cette petite bande est divertissante, ajouta Gallowglass. (Mais ce n'était pas ce que Diana désirait savoir.) Matthew se portait aussi bien que possible, continua-t-il.

À un moment, Matthew avait eu l'air prêt à étrangler Hubbard, mais Gallowglass n'allait pas s'appesantir sur quelque chose qui était, tout compte fait, une agréable idée.

— Je suis heureuse que Chris et vous ayez appelé Marcus, chuchota Diana.

— C'est Miriam qui a eu l'idée, avoua Gallowglass. (Miriam protégeait Matthew depuis des siècles, tout comme il s'était occupé de Diana.) À peine a-t-elle vu les résultats d'analyse qu'elle a su que Matthew aurait besoin d'avoir son fils à ses côtés.

— Pauvre Phoebe, dit Diana avec un peu d'inquiétude. Marcus n'aura pas eu le temps de lui donner une explication.

— Ne vous faites pas de souci pour Phoebe, dit Gallowglass qui, en deux mois avec la jeune fille, avait eu le temps de la jauger. Elle est solide et elle a du courage, tout comme vous.

Il insista pour qu'elle dorme. La cabine était dotée de sièges qui pouvaient être transformés en lits. Il s'assura que Diana était endormie avant d'aller dans le cockpit se renseigner sur leur destination.

— L'Europe, dit le pilote.

— Comment ça, « l'Europe » ?

Cela pouvait être n'importe où entre Amsterdam, l'Auvergne et Oxford.

— Madame de Clermont n'a pas choisi sa destination finale. Elle m'a dit de mettre le cap sur l'Europe, donc je mets le cap sur l'Europe.

— Elle doit vouloir aller à Sept-Tours. Faites escale à Gander, dans ce cas, dit Gallowglass.

— C'était ce que je prévoyais, monsieur, ironisa le pilote. Vous voulez prendre les commandes ?

— Oui. Non. (Gallowglass avait surtout envie de taper sur n'importe quoi.) Bon Dieu, mon vieux, faites votre boulot et je vais faire le mien.

Parfois, Gallowglass aurait voulu de tout son cœur être tombé au combat devant quelqu'un d'autre que Hugh de Clermont.

Après un atterrissage sans encombre à Gander, Gallowglass aida Diana à descendre afin qu'elle puisse s'étirer les jambes comme l'avait prescrit le médecin.

— Vous n'êtes pas en tenue pour Terre-Neuve, observa-t-il en posant son blouson de cuir usé sur ses épaules. Le vent d'ici va déchirer en lambeaux ce qui vous tient lieu de manteau.

— Merci, Gallowglass, dit Diana en frissonnant.

— Quelle est votre destination finale, ma tante ? demanda-t-il après leur deuxième aller-retour sur la minuscule piste d'atterrissage.

— Qu'est-ce que cela peut faire ?

La voix de Diana était passée de résignée et lasse à quelque chose de pire.

Désespérée.

— Non, ma tante. C'est Nar-SAR-s'wauk – pas NOUR-sar-skak, expliqua Gallowglass en enveloppant les épaules de Diana d'une couette de duvet.

Il faisait encore plus froid à Narsarsuaq, à l'extrémité sud du Groenland, qu'à Gander. Diana avait tout de même tenu à se dégourdir les jambes.

— Comment le savez-vous ? ronchonna-t-elle, les lèvres encore un peu bleuies.

— Je le sais, c'est tout.

Gallowglass fit signe au steward, qui lui apporta un mug de thé brûlant dans lequel il versa une rasade de whiskey.

— Ni caféine ni alcool, dit Diana en écartant le thé.

— Ma propre mère a bu du whiskey chaque jour de sa grossesse, et voyez comme je suis devenu frais et gaillard, dit Gallowglass en lui tendant le mug. Allons, l'implora-t-il. Une toute petite gorgée ne vous fera pas de mal. D'ailleurs, ça ne peut pas être pire qu'une engelure pour Abricot et Bonbon.

— Ils vont très bien, répliqua sèchement Diana.
— Oh, mais je n'en doute pas. (Gallowglass continua de tendre la tasse en espérant que l'arôme du thé la ferait fléchir.) C'est du mélange petit déjeuner écossais. L'un de vos préférés.
— *Vade retro, Satanas*, grommela Diana en prenant le mug. Et votre mère ne pouvait pas boire de whiskey quand elle vous portait. Il n'y a aucun indice de distillation de whiskey en Écosse ou en Irlande avant le xve siècle. Vous êtes plus vieux que cela.

Gallowglass réprima un soupir devant ces pinaillages historiques. Diana sortit son téléphone.

— Qui appelez-vous, ma tante ? demanda Gallowglass avec inquiétude.
— Hamish.

Quand le meilleur ami de Matthew décrocha, ses premières paroles furent exactement celles à quoi s'attendait Gallowglass.

— Diana ? Quelque chose ne va pas ? Où êtes-vous ?
— Je ne me rappelle pas où est ma maison, dit-elle en guise d'explication.
— Votre maison ? fit Hamish, désarçonné.
— Ma maison, répéta patiemment Diana. Celle que Matthew m'a donnée à Londres. Vous m'avez fait signer des factures d'entretien quand nous étions à Sept-Tours.

Londres ? Être un vampire n'était absolument d'aucune utilité dans la situation présente, se rendit compte Gallowglass. Il aurait été bien mieux d'être né sorcier. Peut-être aurait-il alors pu deviner comment fonctionnait l'esprit de cette femme.

— Elle est à Mayfair, dans une petite rue près du Connaught. Pourquoi ?

— J'ai besoin de la clé. Et de l'adresse. (Diana marqua une courte pause le temps de réfléchir.) Et il me faudra aussi un chauffeur pour me déplacer en ville. Les démons aiment le métro et les vampires possèdent toutes les principales compagnies de taxis.

Évidemment qu'ils possédaient les compagnies de taxis. Qui d'autre avait le temps de mémoriser les trois cent vingt routes, vingt-cinq mille rues et vingt mille lieux d'intérêt dans un rayon de dix kilomètres autour de Charing Cross, que l'on vous demandait avant de vous accorder votre licence ?

— Un chauffeur ? bafouilla Hamish.

— Oui. Et le compte à la banque privée Coutts que je possède est-il doté d'une carte de paiement, une carte avec un plafond très élevé ?

Gallowglass lâcha un juron. Elle lui jeta un regard glacial.

— Oui, dit Hamish, de plus en plus inquiet.

— Très bien. J'ai besoin d'acheter quelques livres. Tout ce qu'Athanasius Kircher a jamais écrit. Premières et deuxièmes éditions. Pensez-vous pouvoir lancer des demandes de renseignements avant le week-end ? s'enquit Diana en évitant soigneusement de croiser le regard perçant de Gallowglass.

— Athanasius qui ? demanda Hamish.

Gallowglass entendit le grattement d'une plume sur du papier.

— Kircher. (Elle épela le nom.) Vous devrez aller voir les négociants de livres rares. Il doit y avoir des exemplaires qui traînent à Londres. Peu importe le prix.

— On croirait entendre mère-grand, murmura Gallowglass.

Rien que cela, c'était un motif d'inquiétude.

— Si vous ne pouvez pas me procurer des exemplaires avant la fin de la semaine prochaine, il faudra sans doute que j'aille à la British Library. Mais c'est la rentrée d'automne et la salle des livres rares sera remplie de sorciers. Je suis sûre qu'il vaudrait mieux que je reste chez moi.

— Pourrais-je parler à Matthew ? demanda Hamish, un rien haletant.

— Il n'est pas là.

— Vous êtes seule ?

Il paraissait choqué.

— Bien sûr que non. Gallowglass est avec moi, répondit Diana.

— Et Gallowglass est au courant de votre projet d'aller dans une salle de lecture publique de la British Library et de lire des livres de... comment s'appelle-t-il ? Athanasius Kircher ? Êtes-vous devenue complètement folle ? Toute la Congrégation est à votre recherche.

La voix de Hamish se faisait de plus en plus aiguë à chaque phrase.

— Je suis au courant des préoccupations de la Congrégation, Hamish. C'est pour cela que je vous ai demandé d'acheter les livres, dit suavement Diana.

— Où est Matthew ? demanda Hamish.

— Je n'en sais rien, mentit Diana en croisant les doigts.

Il y eut un long silence.

— Je vous retrouve à l'aéroport. Prévenez-moi quand vous serez à une heure de l'arrivée.

— Ce n'est pas nécessaire, dit-elle.

— Une heure avant d'atterrir, appelez-moi. (Hamish marqua une pause.) Une dernière chose, Diana. Je ne sais pas ce qui se passe, mais je suis sûr d'une chose : Matthew vous aime. Plus que sa propre vie.

— Je sais, murmura Diana avant de raccrocher.

Cette fois, elle était passée de désespérée à morte. L'avion mit cap au sud-est. Le vampire qui était aux commandes avait surpris la conversation et agissait en conséquence.

— Que fait cet imbécile ? grommela Gallowglass en se levant si brusquement qu'il bouscula le plateau et répandit des biscuits par terre. Vous ne pouvez pas vous rendre directement à Londres ! brailla-t-il dans le cockpit. C'est un trajet de quatre heures et elle ne doit pas rester en vol plus de trois.

— Je vais où, alors ? répondit le pilote en changeant de cap.

— Faites étape à Stornoay. C'est direct et à moins de trois heures. De là, ce sera un saut de puce jusqu'à Londres, répondit Gallowglass.

C'était réglé. Le voyage de Marcus avec Matthew, Jack, Hubbard et Lobero, si infernal fût-il, ne pouvait pas être pire que celui-ci.

— C'est magnifique, dit Diana en retenant les cheveux qui lui volaient en plein visage.

C'était l'aube, et le soleil se levait à peine sur le Minch. Gallowglass se remplit les poumons de l'air familier du pays natal et se mit en devoir de graver dans son esprit une scène dont il avait souvent rêvé : Diana Bishop à cet endroit même, sur la terre de ses ancêtres.

— Eh oui.

Il tourna les talons et se dirigea vers le jet qui attendait sur la piste, phares allumés, prêt à décoller.

— J'arrive dans une minute.

Diana scruta l'horizon. L'automne avait peint de traînées ocre et or la verdure des collines. Le vent faisait voleter les cheveux roux de la sorcière qui brillaient comme des braises.

Gallowglass se demanda ce qui avait capté son attention. Il n'y avait rien à voir à part un héron gris égaré dont les longues pattes grêles jaune vif peinaient à soutenir la carcasse.

— Venez, ma tante. Vous allez mourir de froid.

Depuis qu'il s'était séparé de son blouson en cuir, Gallowglass ne portait rien d'autre que son uniforme habituel, tee-shirt et jean déchiré. Il ne sentait plus le froid, mais il se rappelait combien l'air matinal dans cette région pouvait être mordant.

Le héron fixa un moment Diana. Il baissa la tête et la releva en déployant ses ailes et en poussant un cri, puis il prit son essor en direction de la mer.

— Diana ?

Elle tourna ses yeux bleus pailletés d'or dans sa direction. Il sentit les poils se hérisser sur sa nuque. Il y avait dans son regard quelque chose de surnaturel qui lui rappela son enfance et une pièce sombre dans laquelle son grand-père tirait les runes et formulait des prophéties.

Même une fois l'avion dans les airs, Diana resta fixée sur ce spectacle lointain et invisible. Gallowglass jeta un coup d'œil par le hublot et pria pour qu'ils aient un fort vent arrière.

— Allons-nous un jour cesser de fuir ?

Sa voix le fit sursauter. Il ne savait quoi lui répondre et ne supportait pas de lui mentir. Il resta coi.

Diana enfouit son visage dans ses mains.

— Allons, allons, dit-il en la berçant contre sa poitrine. Il ne faut pas penser au pire, ma tante. Cela ne vous ressemble pas.

— Je suis tellement fatiguée, Gallowglass.

— Cela se comprend. Entre le passé et le présent, vous avez eu une sacrée année.

Il cala sa tête sous son menton. Elle était peut-être la lionne de Matthew, mais même les lions doivent fermer les yeux et se reposer de temps en temps.

— C'est Corra ? demanda Diana en suivant du bout des doigts le contour de la vouivre sur son avant-bras. (Gallowglass frissonna.) Où va sa queue ?

Elle retroussa la manche avant qu'il ait pu l'empêcher. Elle ouvrit de grands yeux.

— Vous n'étiez pas censée voir cela, dit Gallowglass en la lâchant pour rabaisser la manche.

— Montrez-moi.

— Ma tante, je crois qu'il vaut mieux...

— Montrez-moi, répéta-t-elle. S'il vous plaît.

Il saisit le bas de son tee-shirt et le passa au-dessus de sa tête. Ses tatouages racontaient une histoire compliquée, mais seuls quelques chapitres pouvaient intéresser l'épouse de Matthew. Diana porta la main à sa bouche.

— Oh, Gallowglass.

Une sirène était assise sur un rocher au-dessus de son cœur, le bras tendu si bien que sa main atteignait son biceps gauche. Elle tenait une poignée de cordes qui serpentaient le long de son bras et s'enroulaient pour devenir la queue sinueuse de Corra, laquelle s'enroulait autour de son coude et arrivait au corps de la vouivre.

La sirène avait le visage de Diana.

— Vous êtes une femme difficile à trouver, mais vous êtes encore plus difficile à oublier, dit Gallowglass en renfilant son tee-shirt.

— Cela fait combien de temps ? demanda Diana avec un regard compatissant rempli de regret.

— Quatre mois.

Il ne lui précisa pas que c'était la dernière en date d'une série d'images similaires qui avaient été gravées au-dessus de son cœur.

— Ce n'est pas ce que je voulais dire, souffla Diana.

— Ah. (Gallowglass fixa la moquette entre ses genoux.) Quatre cents ans. Plus ou moins.

— Je suis tellement dé…

— Pas question que vous soyez désolée pour quelque chose que vous ne pouviez pas empêcher, dit Gallowglass en la faisant taire d'un geste impérieux. Je savais que vous ne pourriez jamais être mienne. Cela n'avait pas d'importance.

— Avant d'être à Matthew, j'étais à vous, dit simplement Diana.

— Seulement parce que je vous ai vue grandir et devenir l'épouse de Matthew, dit-il d'un ton bourru. Grand-père a toujours eu un fichu don pour nous confier des tâches que nous ne pouvions ni refuser ni exécuter sans y laisser un peu de notre âme. (Gallowglass prit une profonde inspiration.) Jusqu'à ce que je voie dans la presse l'article sur le livre du laboratoire de Lady Pembroke, continua-t-il, j'ai espéré que le destin me réserverait une autre surprise. Je me demandais si vous reviendriez différente, ou sans Matthew, ou en ne l'aimant pas autant qu'il vous aime. (Diana écouta sans mot dire.) Je suis donc allé à Sept-Tours vous attendre, comme je l'avais promis à grand-père. Emily et Sarah n'arrêtaient pas de parler des changements que le voyage dans le temps pouvait avoir provoqués. Les miniatures et les télescopes, c'est une chose. Mais il n'y a toujours eu qu'un seul homme pour vous, Diana. Et Dieu sait qu'il n'y a toujours eu qu'une seule femme pour Matthew.

— C'est étrange de vous entendre prononcer mon nom, dit Diana à mi-voix.

— Tant que je vous appelle ma tante, je n'oublie pas qui possède votre cœur, grommela Gallowglass.

— Philippe n'aurait pas dû vous demander de veiller sur moi. C'était cruel.

— Pas plus cruel que ce que Philippe attendait de vous, répondit-il. Et beaucoup moins que ce que grand-père exigeait de lui-même. (Voyant sa perplexité, il poursuivit:) Philippe a toujours fait passer ses besoins en dernier. Les vampires sont des créatures gouvernées par leurs désirs, avec un instinct de conservation beaucoup plus puissant que celui des sang-chauds. Mais Philippe n'a jamais été comme le reste d'entre nous. Cela lui brisait le cœur chaque fois que mère-grand était agitée et s'en allait. À l'époque, je ne comprenais pas pourquoi Ysabeau estimait nécessaire de s'en aller. Maintenant que je connais son histoire, je crois que l'amour de Philippe l'effrayait. Il était si profond et désintéressé que mère-grand ne pouvait tout simplement pas s'y fier, après ce que son créateur lui avait fait endurer. Une partie d'elle s'attendait à ce que Philippe s'en prenne à elle et exige d'elle quelque chose qu'elle ne pouvait lui donner.

Diana eut l'air pensive.

— Quand je vois Matthew avoir du mal à vous accorder la liberté dont vous avez besoin, à vous laisser faire quelque chose sans lui que vous jugez mineur mais qui est une souffrance et une angoisse pour lui, cela me rappelle Philippe, conclut Gallowglass.

— Qu'allez-vous faire, à présent ?

Elle ne voulait pas dire : « une fois que nous serons arrivés à Londres », mais il fit comme si.

— Pour le moment, nous attendons Matthew, dit-il. Vous vouliez qu'il fonde une famille. Il est parti s'en occuper.

Sous sa peau, la magie de Diana palpitait de nouveau d'une pulsation irisée. Cela rappela à Gallowglass les longues nuits passées à contempler les aurores boréales depuis la portion sablonneuse de la côte entre les falaises où avaient autrefois vécu son père et son grand-père.

— Ne vous inquiétez pas, Matthew ne pourra pas rester éloigné bien longtemps. C'est une chose d'errer dans les ténèbres parce qu'on ne connaît rien d'autre, mais c'en est tout à fait une autre de savourer la lumière jusqu'à ce qu'on vous en prive, dit Gallowglass.

— Vous semblez si sûr de vous, chuchota-t-elle.

— Je le suis. Les enfants de Marcus sont intenables, mais il les fera obéir. (Gallowglass baissa la voix.) Je suppose que vous avez choisi Londres pour une bonne raison ? (Elle cilla.) Je m'en doutais. Vous n'allez pas seulement là-bas pour chercher la dernière page manquante. Vous vous lancez sur la piste de l'Ashmole 782. Et je ne dis pas de sottises, ajouta-t-il en levant la main en la voyant prête à protester. Vous allez avoir besoin de gens autour de vous, dans ce cas. Des gens en qui vous pouvez avoir pleinement confiance, comme mère-grand, Sarah et Fernando.

Il sortit son téléphone.

— Sarah sait déjà que je suis en route pour l'Europe. Je lui ai dit que je la préviendrais une fois que je serais installée. (Diana se rembrunit en regardant le téléphone.) Et Ysabeau est toujours prisonnière de Gerbert. Elle n'a aucun contact avec le monde extérieur.

— Oh, mère-grand a ses petites astuces, dit sereinement Gallowglass en pianotant à toute vitesse. Je vais juste lui envoyer un message pour lui dire où nous allons. Ensuite, je préviendrai Fernando. Vous ne pouvez pas vous débrouiller toute seule, ma tante. Pas avec tout ce que vous projetez de faire.

— Vous prenez tout cela très bien, Gallowglass, dit Diana, reconnaissante. Matthew essaierait de me dissuader.

— C'est ce qui arrive quand on ne tombe pas amoureuse du bon, dit-il à mi-voix en glissant le téléphone dans sa poche.

Ysabeau de Clermont prit son mince téléphone rouge et regarda l'écran allumé. Elle nota l'heure : 7 h 37. Puis elle lut le message en attente, qui commençait par le même mot répété trois fois :
Mayday
Mayday
Mayday
Elle attendait que Gallowglass la contacte depuis que Phoebe l'avait prévenue que Marcus était parti en plein milieu de la nuit, aussi mystérieusement que soudainement, pour aller rejoindre Matthew.

Ysabeau et Gallowglass avaient décidé depuis longtemps qu'ils devaient avoir un moyen de s'avertir au cas où la situation « déraperait » comme disait son petit-fils. Leur système avait évolué avec les années, depuis les fanaux et les messages secrets écrits au jus d'oignon jusqu'aux codes et aux chiffres, puis aux objets envoyés par la poste sans explication. À présent, ils se servaient du téléphone.

Au début, Ysabeau avait été sceptique à l'idée de posséder l'un de ces appareils cellulaires, mais étant donné les derniers événements, elle était heureuse qu'on le lui eût rendu. Gerbert l'avait confisqué peu après son arrivée à Aurillac, dans le vain espoir qu'en être privée la rendrait plus malléable.

Il le lui avait rendu quelques semaines plus tôt. Elle avait été emmenée en otage pour satisfaire les sorciers et faire la preuve publique de la puissance et de l'influence de la Congrégation. Gerbert ne s'imaginait pas que sa prisonnière lui dévoilerait la moindre information qui lui permettrait de localiser Matthew. Cependant, il était reconnaissant qu'Ysabeau se soit pliée à cette comédie. Depuis son arrivée chez Gerbert, elle avait été une prisonnière modèle. Il prétendait qu'il lui avait rendu son téléphone en récompense de sa bonne conduite, mais elle savait que c'était surtout parce que Gerbert ne savait pas comment faire taire les nombreuses alertes qui résonnaient au cours de la journée.

Ysabeau aimait ces rappels d'événements qui avaient modifié son univers : avant midi, quand Philippe et ses hommes étaient entrés dans sa geôle et qu'elle avait entrevu les premières lueurs d'espoir ; deux heures avant l'aube, quand Philippe avait avoué pour la première fois qu'il l'aimait ; à 15 heures, lorsqu'elle avait découvert le corps brisé de Matthew dans l'église encore inachevée de Saint-Lucien ; à 13 h 23, quand Matthew avait bu les dernières gouttes de sang du corps ravagé par la souffrance de Philippe. D'autres alertes rappelaient l'heure de la mort de Hugh et de Godfrey, l'heure où Louisa avait manifesté les premiers signes de la fureur sanguinaire, l'heure où Marcus avait fait la preuve incontestable que la maladie l'avait épargné. Le reste des alertes de la journée était réservé à des événements historiques d'importance, comme les naissances de rois ou de reines qu'Ysabeau avait appelés des amis, de guerres qu'elle avait combattues et gagnées, et de batailles qu'elle avait perdues malgré les plans qu'elle avait soigneusement échafaudés.

Les alertes sonnaient jour et nuit, chacune selon une chanson différente et soigneusement choisie. Gerbert avait particulièrement déploré celle qui faisait beugler le *Chant de guerre pour l'Armée du Rhin* à 5 h 30 – moment précis où la meute des révolutionnaires avait pris d'assaut la Bastille en 1789. Mais ces airs servaient d'aide-mémoire et faisaient revivre des visages et des lieux qui sans quoi se seraient effacés avec le temps.

Ysabeau lut le reste du message de Gallowglass. Pour n'importe qui d'autre, il serait apparu comme un mélange incohérent de météo marine, de signaux de détresse aéronautique et d'horoscope, avec ses références aux ombres, à la lune, aux Gémeaux et à la Balance, et une série de coordonnées GPS. Ysabeau relut le message deux fois : une pour être sûre qu'elle l'avait correctement interprété et une autre pour mémoriser les instructions de Gallowglass. Puis elle rédigea sa réponse.

*J'arrive.**

— Je crains que le moment de partir soit arrivé pour moi, Gerbert, dit Ysabeau sans aucune trace de regret.

Elle contempla la pièce de style vaguement gothique où son geôlier était assis devant un ordinateur au bout d'une table aux sculptures surchargées.

De l'autre côté, une lourde bible reposait sur un lutrin flanqué de gros cierges blancs, comme si l'espace de travail de Gerbert était un autel. Ysabeau eut une moue méprisante devant ces prétentions assorties aux boiseries moulurées XIXe, aux prie-Dieu convertis en sièges et au papier peint en soie bleu et vert criard orné de blasons. Les seuls éléments authentiques de la pièce étaient l'énorme cheminée et l'échiquier monumental qui trônait devant.

Gerbert jeta un coup d'œil à son écran, frappa une touche du clavier et gémit.

— Jean-Luc va venir de Saint-Lucien vous aider si vous avez toujours autant de mal avec votre ordinateur, dit Ysabeau.

Gerbert avait engagé un gentil jeune homme pour qu'il installe un réseau informatique domestique après qu'Ysabeau lui eut fait part de deux faits qu'elle avait recueillis au cours de conversations au dîner à Sept-Tours : la conviction de Nathaniel Wilson que les guerres de l'avenir auraient lieu sur l'Internet et le projet de Marcus de gérer en ligne la majeure partie des opérations bancaires des chevaliers de l'ordre de Saint-Lazare. Baldwin et Hamish avaient repoussé l'extraordinaire idée de son petit-fils, mais Gerbert n'avait pas besoin de le savoir.

Tout en installant les composants du système informatique acheté à la hâte, Jean-Luc avait eu besoin d'appeler le bureau plusieurs fois pour demander conseil. Nathaniel, le grand ami de Marcus, avait lancé la petite entreprise à Saint-Lucien pour faire entrer les villageois dans la modernité, et même s'il était à présent en Australie, il était heureux d'aider son ancien employé chaque fois que son expérience était nécessaire. En cette occasion, Nathaniel avait aidé pas à pas Jean-Luc dans les différentes configurations de sécurité demandées par Gerbert.

Nathaniel y avait également apporté quelques modifications de son cru.

Du coup, Ysabeau et Nathaniel en savaient plus long sur Gerbert d'Aurillac qu'elle n'avait jamais espéré, ni même jamais désiré connaître. C'était étonnant comme le comportement d'achat en ligne d'un individu était révélateur de sa personnalité et de ses activités.

Ysabeau s'était assurée que Jean-Luc inscrive Gerbert à plusieurs réseaux sociaux afin qu'il reste occupé et ne soit pas dans ses jambes. Elle ne voyait absolument pas pourquoi toutes ces entreprises choisissaient le bleu pour leurs logos. Le bleu lui avait toujours paru une couleur si sereine et apaisante, et pourtant tout ce que ces médias sociaux vous proposaient, c'était une agitation sans fin et des faux-semblants. C'était pire que la cour à Versailles. D'ailleurs, maintenant qu'elle y pensait, se dit-elle, Louis Dieudonné aimait beaucoup le bleu aussi.

L'unique doléance de Gerbert sur sa nouvelle existence virtuelle était de n'avoir pas eu la possibilité de s'approprier le pseudonyme « Pontifex Maximus ». Ysabeau lui déclara que c'était probablement une bonne chose, étant donné que cela pouvait constituer une violation du pacte aux yeux de certaines créatures.

Malheureusement pour Gerbert – bien qu'heureusement pour Ysabeau –, devenir accro à l'Internet et bien comprendre comment l'utiliser ne vont pas toujours de pair. À cause des sites qu'il fréquentait, Gerbert était infesté de virus informatiques. Il avait également tendance à choisir des mots de passe exagérément complexes et à oublier les sites qu'il avait visités et comment il y était arrivé. Ce qui l'amenait à appeler fréquemment Jean-Luc, qui tirait infailliblement Gerbert de ses difficultés et restait à jour pour pouvoir accéder à toutes les informations en ligne de Gerbert.

Son geôlier étant ainsi occupé, Ysabeau avait tout loisir de se promener dans son château, fouiller dans ses affaires et copier l'étonnant contenu des nombreux carnets d'adresses du vampire.

La vie d'otage chez Gerbert avait été des plus édifiantes.

— Le moment est venu pour moi de partir, répéta Ysabeau quand Gerbert s'arracha enfin à l'écran. Il n'y a aucune raison de me garder ici davantage. La Congrégation a gagné. Je viens de recevoir des nouvelles de la famille : Matthew et Diana ne sont plus ensemble. J'imagine que la pression a dû être trop forte pour elle, la pauvre. Vous devez être tout à fait ravi.

— Je n'étais pas au courant. Et vous ? demanda Gerbert, soupçonneux. Vous l'êtes ?

— Bien sûr. J'ai toujours méprisé les sorcières.

Gerbert n'avait pas besoin de savoir à quel point les sentiments d'Ysabeau avaient changé.

— Mmm, fit-il, toujours circonspect. La sorcière de Matthew est-elle partie à Madison ? Diana

Bishop voudra sûrement être avec sa tante si elle a quitté votre fils.

— Je suis sûre qu'elle a envie de rentrer chez elle, dit Ysabeau sans trop s'engager. C'est classique, après une rupture, de rechercher ce qui vous est familier.

Ysabeau pensait que c'était donc un signe prometteur, en conséquence, que Diana ait choisi de retourner à l'endroit où Matthew et elle avaient vécu heureux ensemble. Quant aux peines de cœur, il y avait bien des manières de soulager le chagrin et la solitude qui allaient de pair avec la vie de compagne du chef d'un grand clan vampire – ce que Matthew allait bientôt devenir.

— Avez-vous besoin de faire autoriser mon départ par quelqu'un ? Domenico ? Satu, peut-être ? demanda Ysabeau avec sollicitude.

— Ils font ce que je leur dis, Ysabeau, répondit Gerbert, méprisant.

C'était d'une consternante facilité de manipuler Gerbert dès que son ego était en jeu. Ce qui ne manquait jamais. Ysabeau dissimula un sourire satisfait.

— Si je vous libère, vous retournerez à Sept-Tours et vous y resterez ? demanda Gerbert.

— Bien sûr, répondit-elle aussitôt.

— Ysabeau, gronda-t-il.

— Je n'ai pas quitté les terres des Clermont depuis la fin de la guerre, s'agaça-t-elle. Sauf si la Congrégation décide de me retenir à nouveau prisonnière, je resterai sur le territoire des Clermont. Seul Philippe lui-même pourrait me convaincre d'agir autrement.

— Par bonheur, nul ne peut nous donner des ordres depuis le tombeau, même Philippe de Clermont, répondit Gerbert. Même si je suis sûr qu'il adorerait cela.

Tu n'imagines même pas, pauvre crapaud, songea Ysabeau.

— Très bien, alors. Vous êtes libre de partir, soupira Gerbert. Mais essayez vraiment de vous rappeler que nous sommes en guerre, Ysabeau. Pour sauver les apparences.

— Oh, jamais je n'oublierais que nous sommes en guerre, Gerbert.

Incapable de garder plus longtemps son calme et craignant de trouver une utilisation créative au tisonnier qui était posé contre la cheminée, Ysabeau alla rejoindre Marthe.

Sa fidèle compagne était en bas dans l'impeccable cuisine, assise près de la cheminée avec un exemplaire usé de *La Taupe* et une tasse fumante de vin chaud épicé. Non loin de là, le boucher de Gerbert débitait un lapin sur le billot pour le petit déjeuner de son maître. Le carrelage de Delft des murs apportait une note étrangement enjouée.

— Nous rentrons, Marthe, dit Ysabeau.

— Enfin. (Marthe se leva en gémissant.) Je déteste Aurillac. L'air d'ici est mauvais. *Adieu-siatz*, Theo.

— *Adieu-siatz*, Marthe, grommela Theo en continuant de découper le malheureux lapin.

Gerbert les retrouva à la porte pour prendre congé. Il embrassa Ysabeau sur les deux joues, sous les auspices d'un sanglier que Philippe avait tué et dont la tête avait été empaillée et montée en trophée au-dessus de la cheminée.

— Voulez-vous qu'Enzo vous conduise ?

— Je crois que nous allons marcher.

Elles pourraient en profiter pour échafauder leurs plans. Après toutes ces semaines passées à faire de l'espionnage sous le toit de Gerbert, il allait être difficile de renoncer à ses précautions excessives.

— Il y a cent trente kilomètres, fit remarquer Gerbert.

— Nous nous arrêterons pour déjeuner à Allanche. Il y avait une grande harde de cerfs dans ces bois, naguère. (Elles n'iraient pas aussi loin, car Ysabeau avait déjà envoyé à Alain un message pour qu'il les retrouve à la sortie de Murat. De là, Alain les emmènerait à Clermont-Ferrand, où elles monteraient à bord de l'une des infernales machines volantes de Baldwin pour se rendre à Londres. Marthe abhorrait les trajets aériens, qu'elle trouvait contre nature, mais elles ne pouvaient pas laisser Diana arriver dans une maison glaciale. Ysabeau glissa la carte de Jean-Luc dans la main de Gerbert.) À une prochaine fois.

Bras dessus, bras dessous, Ysabeau et Marthe s'en allèrent dans l'air vif de l'aube. Les tours du Château des Anges-Déchus diminuèrent derrière elles puis finirent par disparaître.

— Il faut que je programme une nouvelle alerte, Marthe. À 7 h 37. Fais-m'y penser. *Vive Henri IV !* conviendrait le mieux, je crois, chuchota Ysabeau alors qu'elles marchaient d'un bon pas vers le nord, les sommets des anciens volcans endormis et leur avenir.

24

— Cela ne peut pas être ma maison, Leonard.

C'était inconcevable, devant la large façade à cinq fenêtres et les quatre étages de la demeure palatiale en briques située dans l'un des quartiers les plus élégants de Londres. Les hautes fenêtres étaient bordées de moulures blanches qui les faisaient ressortir sur la brique chaleureuse. J'imaginai que l'intérieur allait être inondé de lumière. Et qu'il y ferait chaud, aussi, car il n'y avait pas les deux cheminées habituelles, mais trois. Ce que j'allais appeler ma maison était un glorieux pan d'histoire.

— C'est là qu'on m'a dit d'aller, mistress... euh, Mrs... euh, Diana.

Leonard Shoreditch, ami de longue date de Jack et membre de la troupe de garçons perdus de Hubbard, m'avait attendue avec Hamish dans la zone des arrivées privées du London City Airport, dans les Docklands. Leonard gara la Mercedes et se retourna en attendant d'autres instructions.

— Je vous jure que c'est votre maison, ma tante. Si vous ne l'aimez pas, nous en changerons. Mais discutons des futures transactions immobilières à l'intérieur, je vous en prie, pas assis dans une voiture où n'importe quelle créature peut nous voir. Prends les bagages, mon gars.

Gallowglass descendit péniblement et claqua sa portière. Il était encore fâché de ne pas avoir été notre chauffeur jusqu'à Mayfair. Mais ayant déjà été conduite dans Londres par ses soins, j'avais préféré m'en remettre à Leonard.

Je jetai de nouveau un regard dubitatif à la maison.

— Ne vous inquiétez pas, Diana. Clairmont House est beaucoup moins grandiose à l'intérieur qu'à l'extérieur. Il y a un escalier, bien sûr. Et les moulures sont assez travaillées, dit Hamish en ouvrant la portière. Maintenant que j'y pense, toute la maison est plutôt grandiose, en fait.

Leonard sortit du coffre ma petite valise et la grande pancarte manuscrite qu'il avait brandie pour nous accueillir. Il avait voulu faire les choses comme il faut, disait-il, et elle portait le nom CLAIRMONT en grosses lettres. Quand Hamish lui avait dit que nous voulions rester discrets, Leonard avait barré le nom et écrit ROYDON au feutre en lettres encore plus grosses.

— Comment avez-vous su appeler Leonard ? demandai-je à Hamish en descendant de voiture.

La dernière fois que je l'avais vu en 1591, il était en compagnie d'un autre garçon affublé d'un nom qui lui allait étrangement bien : Amen Corner. D'après mon souvenir, Matthew leur avait lancé un poignard simplement pour avoir délivré un message du Père Hubbard. Je ne pensais pas que mon mari soit resté en contact avec l'un ou l'autre.

— Gallowglass m'a envoyé son numéro par SMS. Il m'a dit que nous devions gérer nos affaires le plus possible en famille. (Hamish posa un regard curieux sur moi.) Je ne savais pas que Matthew possédait une entreprise de location de voitures.

— Elle appartient au petit-fils de Matthew.

J'avais passé la plus grande partie du trajet depuis l'aéroport à regarder dans la pochette derrière le siège du conducteur les brochures publicitaires de Hubbard of Houndsditch, Ltd, « services de transports pour connaisseurs depuis 1917 ».

Avant que j'aie pu développer, une petite femme âgée aux hanches généreuses et à la familière mine renfrognée ouvrit la porte bleue. Je la dévisageai, sous le choc.

— Vous avez l'air gaillard, Marthe, dit Gallowglass en se penchant pour l'embrasser. (Il se retourna et regarda les quelques marches qui montaient du trottoir à l'entrée.) Qu'est-ce que vous attendez, ma tante ?

— Pourquoi Marthe est-elle là ? demandai-je d'une voix enrouée, tant j'avais la gorge encore desséchée.

— C'est Diana ? (La voix d'airain d'Ysabeau retentit par-dessus le murmure discret de la ville.) Marthe et moi sommes venues pour aider, voyons.

— Avoir été retenue en otage vous a fait du bien, mère-grand, siffla Gallowglass. Vous n'aviez pas eu l'air aussi resplendissant depuis le couronnement de Victoria.

— Flatteur, répondit Ysabeau en tapotant la joue de son petit-fils. (Elle me regarda et poussa un cri.)

Diana est blanche comme un linge, Marthe. Faites-la entrer immédiatement, Gallowglass.

— Vous l'avez entendue, ma tante, dit-il en me soulevant du sol pour me déposer sur la dernière marche.

Ysabeau et Marthe m'entraînèrent dans l'immense entrée dallée d'un damier de marbre luisant et un escalier en spirale si magnifique qu'il m'arracha un cri. Les quatre volées de marches étaient surmontées d'une verrière en coupole qui laissait pénétrer le soleil et soulignait les détails des moulures.

On me fit entrer dans un paisible salon de réception. De longues tentures grises en brocart de soie encadraient les fenêtres, contrastant avec les murs crème. Les meubles étaient tapissés d'un camaïeu de bleu, ocre, crème et noir qui soulignait le gris, et dégageaient une faible odeur de cannelle et de clou de girofle. Le goût de Matthew était visible partout : dans une petite sphère armillaire aux fils de bronze étincelants ; une porcelaine japonaise ; le tapis aux chaleureuses couleurs.

— Bonjour, Diana. Je me suis dit que vous voudriez du thé.

Phoebe Taylor entra, accompagnée d'une odeur de lilas et d'un léger cliquetis d'argenterie et de porcelaine.

— Pourquoi n'êtes-vous pas à Sept-Tours ? demandai-je, étonnée de la voir.

— Ysabeau m'a dit qu'on aurait besoin de moi ici. (Les impeccables talons noirs de Phoebe claquèrent sur le parquet. Elle jeta un regard à Leonard en posant le plateau du thé sur une gracieuse table si bien cirée qu'on se voyait dedans.) Pardonnez-moi, mais je ne crois pas vous connaître. Voudriez-vous du thé ?

— Leonard Shoreditch, ma... madame, à votre service, bégaya Leonard en s'inclinant avec raideur. Merci, oui. Je serai ravi d'en prendre. Avec du lait. Et quatre sucres.

Phoebe versa le liquide fumant dans une tasse et n'y ajouta que trois sucres avant de la tendre à Leonard.

Marthe ricana et s'assit sur une chaise à côté de la petite table, tenant manifestement à surveiller Phoebe – et Leonard – comme un faucon.

— Cela va te gâter les dents, Leonard, dis-je, incapable de réprimer mon côté maternel.

— Les vampires ne se soucient pas tellement des caries, mistress... euh, Diana.

La main de Leonard fut prise d'un tremblement inquiétant qui fit cliqueter la minuscule tasse rouge à décor de style japonais sur sa soucoupe. Phoebe blêmit.

— C'est de la porcelaine de Chelsea, et ancienne, qui plus est. Tout dans la maison devrait être dans des vitrines au Victoria & Albert Museum. (Elle me tendit une tasse identique avec une magnifique cuiller en argent en équilibre sur le bord de la soucoupe.) Si quoi que ce soit est cassé, je ne me pardonnerai jamais. Tout est irremplaçable.

Si Phoebe épousait Marcus comme elle le prévoyait, elle allait devoir s'habituer à être entourée d'objets dignes de musées.

Je bus une gorgée du thé au lait brûlant et sucré et soupirai de plaisir. Le silence retomba. Je bus une autre gorgée et jetai un regard circulaire dans la pièce.

Gallowglass, engoncé dans un siège d'angle époque Reine Anne, étalait ses jambes musculeuses devant lui. Ysabeau trônait sur le fauteuil le plus surchargé de la pièce : haut dossier, cadre à la feuille d'argent et tapisserie damassée. Hamish partageait une banquette avec Phoebe et Leonard était assis du bout des fesses sur l'une des petites chaises assorties à la table à thé.

Tous attendaient. Comme Matthew n'était pas là, nos amis et la famille étaient suspendus à moi. Le fardeau de cette responsabilité reposait sur mes épaules. C'était inconfortable, tout comme l'avait prédit Matthew.

— Quand la Congrégation vous a-t-elle libérée, Ysabeau ? demandai-je, la bouche toujours sèche malgré le thé.

— Gerbert et moi sommes parvenus à un accord peu après votre escale en Écosse, répondit-elle d'un ton léger, même si son sourire me laissait entendre que c'était un peu plus compliqué.

— Marcus sait que vous êtes là, Phoebe ? demandai-je, sentant qu'il l'ignorait totalement.

— Ma démission des bureaux de Sotheby's prend effet lundi. Il savait que je devais débarrasser mon bureau.

Phoebe avait choisi ses mots, mais la réponse indirecte à ma question était indubitablement non. Marcus s'imaginait toujours que sa fiancée séjournait dans un château fort en France et non dans une vaste demeure de maître au cœur de Londres.

— Démission ? m'étonnai-je.

— Si je veux retourner travailler chez Sotheby's, j'aurai des siècles pour le faire, même si dresser le catalogue des biens de la famille Clermont pourrait prendre plusieurs vies, dit-elle en regardant autour d'elle.

— Alors vous êtes toujours décidée à devenir une vampiresse ? demandai-je.

Phoebe acquiesça. Il fallait que je prenne le temps de discuter avec elle pour l'en dissuader. Matthew aurait son sang sur les mains si jamais quelque chose tournait mal. Et dans cette famille, il y avait toujours quelque chose qui tournait mal.

— Qui va en faire une vamp ? chuchota Leonard à Gallowglass. Le Père H. ?

— Je crois que le Père Hubbard a assez d'enfants. Pas toi, Leonard ? Et maintenant que j'y pense, il faudrait que je connaisse leur nombre dès que possible, et aussi combien sont sorciers et démons.

— Je suppose, oui, mistress... euh... Mrs... euh...

— La manière correcte de s'adresser à la compagne de messire Matthew est « madame ». Dorénavant, tu utiliseras ce titre quand tu parleras à Diana, dit sèchement Ysabeau. Cela simplifie la question.

Marthe et Gallowglass se tournèrent vers elle, l'air surpris.

— « Messire Matthew », répétai-je à mi-voix.

Jusqu'à présent, Matthew était appelé « *milord** » dans sa famille. Mais Philippe avait été appelé « messire » en 1590. *Tout le monde m'appelle « messire »* *ou « père »*, m'avait dit Philippe quand je lui avais demandé comment je devais m'adresser à lui. À l'époque, j'avais pensé que le titre n'était rien de plus qu'un terme honorifique français désuet. À présent, je savais ce qu'il en était. Appeler Matthew « messire » – le chef vampire – en faisait le chef d'un clan vampire.

Pour Ysabeau en tout cas, le nouveau scion de Matthew était un fait accompli.

— Madame quoi ? demanda Leonard, perplexe.

— Juste madame, répondit sereinement Ysabeau. Tu peux m'appeler madame Ysabeau. Quand Phoebe aura épousé *milord** Marcus, elle sera madame de Clermont. En attendant, tu peux l'appeler Mrs Phoebe.

— Oh.

L'expression très concentrée de Leonard indiqua qu'il digérait ces fragments de l'étiquette vampire. Le silence s'installa à nouveau. Ysabeau se leva.

— Marthe vous a installée dans la Chambre de la Forêt, Diana. Elle est voisine de celle de Matthew. Si vous avez terminé le thé, je vais vous y conduire. Vous devriez vous reposer quelques heures avant de nous dire ce dont vous avez besoin.

— Merci, Ysabeau.

Je posai la tasse et sa soucoupe sur la petite table ronde à côté de moi. Je ne l'avais pas terminée, mais la chaleur s'était rapidement dissipée à travers la mince porcelaine. Quant à ce dont j'avais besoin, par où allais-je commencer ?

Ysabeau et moi traversâmes l'entrée, gravîmes l'élégant escalier jusqu'au premier étage et continuâmes.

— Vous serez plus tranquille au deuxième, expliqua Ysabeau. Il n'y a que deux chambres à cet étage, outre le bureau de Matthew et un petit salon. À présent que la maison est à vous, vous pourrez arranger les lieux comme il vous plaira, bien entendu.

— Où dormez-vous, vous autres ? demandai-je alors que nous arrivions à l'étage.

— Phoebe et moi avons nos chambres à l'étage au-dessus du vôtre. Marthe préfère dormir au sous-sol, dans les appartements de la gouvernante. Si vous trouvez qu'il y a trop de monde, Phoebe et moi pouvons loger dans la maison de Marcus. Elle est à côté de St. Jame's Palace, elle appartenait à Matthew, autrefois.

— Je ne pense pas que ce sera nécessaire, dis-je en songeant à la taille de la maison.

— Nous verrons. Voici votre chambre, dit Ysabeau en poussant une large porte lambrissée à la poignée en laiton étincelante.

J'étouffai un cri.

Tout dans la pièce était dans des nuances de vert, d'argent, de gris pâle et de blanc. Les murs étaient tapissés d'un papier peint à la main d'un motif de branches et de feuilles sur fond gris pâle. Des touches argentées donnaient un effet de clair de lune, l'astre nocturne en miroir au centre des moulures en stuc du plafond apparaissant comme la source de la lumière. Un visage féminin fantomatique regardait depuis le miroir vers le bas avec un sourire serein. Quatre représentations de Nyx, la personnification de la nuit, occupaient chacune un coin du plafond, son voile bouillonnant d'un noir fuligineux peint avec tellement de réalisme qu'on aurait dit une vraie étoffe. Des étoiles en argent semaient le voile et captaient la lumière des fenêtres et du reflet du miroir.

— C'est extraordinaire, j'en conviens, dit Ysabeau, heureuse de ma réaction. Matthew voulait donner l'impression que l'on est dans une forêt sous le clair de lune. Une fois que cette chambre a été décorée, il l'a trouvée trop belle pour l'utiliser et a emménagé dans celle d'à côté.

Ysabeau alla aux fenêtres et tira les rideaux. La vive lumière révéla un antique lit à baldaquin logé dans une alcôve du mur, ce qui en diminuait légèrement la taille imposante. Les tentures du lit étaient en soie ornée du même motif que le papier peint. Un autre grand miroir surmontait la cheminée et reflétait les images des arbres de la tapisserie ainsi que les meubles : la petite coiffeuse entre les grandes fenêtres, la méridienne devant le feu, les fleurs et feuilles scintillantes incrustées dans la commode basse en noyer. La décoration et l'ameublement avaient dû coûter une fortune à Matthew.

Mon regard tomba sur une grande toile représentant une sorcière assise par terre en train de dessiner des symboles magiques. Elle était accrochée en face du lit entre les hautes fenêtres. Une femme voilée avait interrompu la sorcière, sa main tendue sous-entendait qu'elle demandait l'aide de la sorcière. C'était un étrange sujet pour la maison d'un vampire.

— C'était la chambre de qui, Ysabeau ?

— Je crois que Matthew l'a faite pour vous, sauf qu'il ne s'en est pas rendu compte sur le moment, répondit Ysabeau en écartant d'autres rideaux.

— Une autre femme a-t-elle dormi ici ?

Il n'était pas question que je me repose dans une pièce que Juliette Durand avait occupée autrefois.

— Matthew emmenait ses maîtresses ailleurs, répondit Ysabeau sans prendre de gants non plus. (Voyant mon expression, elle se radoucit.) Il possède de nombreuses maisons. La plupart ne représentent rien pour lui. Certaines, si. Celle-ci en fait partie. Il ne vous aurait pas offert quelque chose qui n'était pas précieux pour lui.

— Jamais je n'aurais cru qu'être séparée de lui serait si dur, dis-je d'une voix sourde.

— Être la compagne dans une famille de vampires n'est jamais facile, dit Ysabeau en souriant tristement. Et parfois, être séparés est la seule manière de rester ensemble. Matthew n'avait pas d'autre choix que de vous laisser, cette fois.

— Philippe vous a-t-il jamais bannie de sa présence ? demandai-je en dévisageant ma belle-mère sans dissimuler ma curiosité.

— Bien sûr. La plupart du temps, Philippe me demandait de partir quand ma présence était une distraction malvenue. D'autres fois pour que je ne sois pas impliquée si une catastrophe survenait, et c'était fréquent dans sa famille. (Elle sourit.) Mon mari m'ordonnait toujours de partir quand il savait que je ne pourrais résister à l'envie de m'en mêler et craignait pour ma sécurité.

— Alors c'est auprès de Philippe que Matthew a appris à se montrer exagérément protecteur ? demandai-je, songeant aux nombreuses fois où il s'était jeté au-devant de dangers pour m'en protéger.

— Matthew était passé maître dans l'art de s'inquiéter pour la femme qu'il aime bien avant de devenir un vampire, répondit Ysabeau. Vous le savez.

— Et avez-vous toujours obéi aux ordres de Philippe ?

— Pas plus que vous n'obéissez à Matthew. (Ysabeau prit un ton de conspiratrice.) Et vous découvrirez rapidement que vous n'êtes jamais aussi libre de décider par vous-même que lorsque Matthew joue les patriarches avec quelqu'un d'autre. Comme moi, vous finirez peut-être par attendre ces moments de séparation avec impatience.

— J'en doute. (Je pressai mon poing contre mes reins pour m'aider à réfléchir. C'était un geste que faisait souvent Matthew.) Je devrais vous dire ce qui s'est passé à New Haven.

— Vous ne devez jamais expliquer les actes de Matthew à personne, dit vivement Ysabeau. Si les vampires ne racontent rien, c'est pour une bonne raison. Le savoir, c'est le pouvoir, en ce monde.

— Vous êtes la mère de Matthew. Ne me dites pas que je suis censée avoir des secrets pour vous. (Je passai en revue les événements des derniers jours.) Matthew a découvert l'identité de l'un des enfants de Benjamin et fait la connaissance d'un petit-fils dont il ignorait l'existence. (De tous les étranges rebondissements que notre existence avait connus, retrouver Jack et son père avait été le plus important, pas seulement parce que nous étions maintenant dans la ville du Père Hubbard.) Il s'appelle Jack Blackfriars, et il vivait dans notre maison en 1591.

— Donc mon fils est enfin au courant pour Andrew Hubbard, dit Ysabeau sans manifester la moindre émotion.

— Vous *saviez* ? m'écriai-je.

Le sourire d'Ysabeau m'aurait terrifiée, naguère.

— Pensez-vous que je mérite encore votre totale sincérité, ma fille ?

Matthew m'avait prévenue : je n'étais pas équipée pour diriger une meute de vampires.

— Vous êtes la compagne d'un chef de clan, Diana. Vous devez apprendre à ne dire aux autres que ce qu'ils ont besoin de savoir et rien de plus, m'expliqua-t-elle.

C'était ma première leçon, mais il y en aurait bien d'autres, à n'en pas douter.

— M'enseignerez-vous ce que je dois savoir, Ysabeau ?

— Oui. (La réponse laconique était plus fiable qu'un long serment.) D'abord, vous devez faire attention, Diana. Même si vous êtes la compagne de Matthew, vous êtes une Clermont et devez le rester jusqu'à ce que cette question du scion soit réglée. Votre statut dans la famille de Philippe protégera Matthew.

— Matthew dit que la Congrégation essaiera de le tuer, ainsi que Jack, dès qu'elle découvrira la vérité sur Benjamin et la fureur sanguinaire, dis-je.

— Elle essaiera. Nous ne la laisserons pas faire. Mais pour l'instant, vous devez vous reposer, dit-elle en tirant le couvre-lit et en retapant les oreillers.

Je fis le tour de l'énorme lit et passai la main sur l'un des piliers du baldaquin. Les sculptures sous mes doigts me parurent familières. *J'ai déjà dormi dans ce lit*, me rendis-je compte. Ce n'était pas le lit d'une autre. C'était le mien. Il avait été dans notre maison de Blackfriars en 1590 et avait survécu Dieu sait comment durant toutes ces années pour aboutir dans une chambre que Matthew avait consacrée au clair de lune et aux enchantements.

Après avoir murmuré des mots de remerciements à Ysabeau, je posai ma tête sur l'oreiller et sombrai dans un sommeil agité.

Je dormis pendant près de vingt-quatre heures, et cela aurait pu encore durer si une alarme antivol ne m'avait tirée de mes rêves et plongée dans une obscurité verdâtre et étrangère. C'est seulement à ce moment que d'autres bruits pénétrèrent ma conscience : la rumeur de la circulation sous mes fenêtres, une porte qui se fermait quelque part dans la maison, une rapide conversation à mots couverts dans le couloir.

Espérant qu'un flot énergique d'eau bien chaude me détendrait et m'éclaircirait les esprits, j'explorai le dédale de petites pièces derrière une porte blanche. Je trouvai non seulement une douche mais aussi ma valise posée sur un pliant conçu pour des bagages de bien plus grande taille. J'en sortis les deux pages de l'Ashmole 782 et mon ordinateur portable. Le reste laissait beaucoup à désirer. En dehors de quelques sous-vêtements, débardeurs, collants de yoga qui ne m'allaient plus et d'une paire de chaussures dépareillées, il n'y avait rien d'autre dedans. Par bonheur, les placards de Matthew contenaient quantité de chemises repassées. J'en jetai une en popeline grise sur mes épaules et évitai la porte close qui menait certainement à sa chambre.

Je descendis pieds nus, mon ordinateur et la grosse enveloppe contenant les pages du Livre de la Vie sous le bras. Les grandioses pièces du premier étaient vides – une immense salle de bal avec assez de cristaux et de peinture dorée pour rénover Versailles, un salon de musique plus modeste avec un piano et divers autres instruments, un salon de réception qui paraissait avoir été décoré par Ysabeau, une salle à manger de réception avec une interminable table en acajou pouvant accueillir vingt-quatre convives, ainsi qu'une salle de jeux avec des tables à jouer à plateau de feutre vert qui avaient l'air tout droit sorties d'un roman de Jane Austen.

Désireuse de trouver une atmosphère plus chaleureuse, je descendis au rez-de-chaussée. Personne n'étant dans le salon, je jetai un coup d'œil dans les bureaux, salons et salles jusqu'à trouver une salle à manger plus intime que celle de l'étage. Elle était située à l'arrière de la maison, et son bow-window donnait sur un petit jardin. Les murs étaient peints en imitation brique, ce qui lui donnait une atmosphère intime et chaleureuse. Une autre table en acajou – ronde, celle-ci – ne comportait que huit chaises. Dessus était méticuleusement disposé un assortiment de livres anciens.

Phoebe entra et posa un plateau de thé et de toasts sur une petite desserte.

— Marthe m'a dit que vous seriez levée d'un instant à l'autre et que c'était ce que vous voudriez. Si vous avez encore faim ensuite, vous pouvez descendre à la cuisine prendre des œufs et des saucisses. Nous ne prenons pas nos repas ici, en règle générale. Le temps que les plats montent par l'escalier, ils sont glacés.

— Qu'est-ce que c'est que tout cela ? demandai-je en désignant la table.

— Les livres que vous avez commandés à Hamish, expliqua-t-elle en remettant droit un volume légèrement de travers. Nous en attendons encore quelques-uns. Comme vous êtes historienne, je les ai classés par ordre chronologique. J'espère avoir bien fait.

— Mais je ne les avais demandés que pour jeudi, dis-je, stupéfaite.

Nous étions dimanche matin. Comment avait-elle réussi un tel exploit ? L'une des feuilles portait un titre et une date – Arca Noë 1675 – d'une écriture féminine et soignée, avec le prix, le nom et l'adresse d'un libraire.

— Ysabeau connaît tous les négociants en livres de Londres, dit Phoebe avec un sourire espiègle qui la fit passer de séduisante à simplement belle.

Je m'emparai d'un autre volume – l'*Obeliscus Pamphilius* de Kircher – et l'ouvris. La signature de Matthew s'étalait sur la page de garde.

— J'ai dû d'abord fouiller dans les bibliothèques ici et à Pickering Place. Il ne me paraissait pas très malin d'acheter quelque chose que nous possédions déjà, expliqua Phoebe. Matthew a un très large éventail de goûts en matière de livres. Il y a une première édition du *Paradis Perdu* à Pickering Place et une de l'*Almanach du Pauvre Richard* autographié par Benjamin Franklin.

— Pickering Place ? demandai-je en ne pouvant m'empêcher de suivre du bout du doigt la signature de Matthew.

— La maison de Marcus près de St. Jame's Palace. C'était un cadeau de Matthew, d'après ce que je sais. Il y a vécu avant de construire Clairmont House, dit Phoebe. (Elle fit une moue.) Marcus est peut-être fasciné par la politique, mais je ne crois pas que ce soit convenable que la *Magna Carta* et l'un des originaux de la Déclaration d'Indépendance restent en possession d'une personne privée. Je ne doute pas que vous soyez d'accord.

Je soulevai le doigt de la page. L'image de Matthew plana un instant au-dessus de l'endroit maintenant vierge où se trouvait un instant plus tôt sa signature. Phoebe ouvrit de grands yeux.

— Pardonnez-moi, dis-je en laissant l'encre revenir sur le papier en tourbillonnant pour reformer la signature de mon époux. Je ne devrais pas pratiquer la magie devant des sang-chauds.

— Mais vous n'avez pas prononcé de paroles ni écrit de charme, s'étonna-t-elle.

— Certaines sorcières n'ont pas besoin de réciter un sortilège pour faire de la magie, expliquai-je le plus succinctement possible, me rappelant les paroles d'Ysabeau.

— Oh, fit-elle. J'ai encore beaucoup de choses à apprendre sur les créatures.

— Moi aussi, dis-je avec un sourire chaleureux qu'elle me rendit en hésitant.

— Je suppose que vous vous intéressez à l'imagerie de Kircher ? demanda-t-elle en ouvrant précautionneusement un autre gros volume.

C'était son ouvrage sur le magnétisme, *Magnes sive De Arte Magnetica*. La page de titre gravée montrait un grand arbre dont les larges branches portaient les fruits de la connaissance. Ils étaient reliés les uns aux autres afin d'exprimer ce qu'ils avaient en commun. Au centre, l'œil divin contemplait la scène depuis le monde éternel des archétypes et de la vérité. Un ruban serpentait entre les branches et les fruits et portait une devise en latin : *Omnia nodis arcanis connexa quiescunt*. Traduire les devises était une affaire compliquée, puisque leur sens était délibérément énigmatique, mais la plupart des érudits s'accordaient à dire qu'elle faisait allusion aux influences magnétiques cachées qui, selon Kircher, donnaient son unité au monde : *Toutes choses sont en repos, reliées par des nœuds secrets.*

— *Elles attendent toutes en silence, reliées par des nœuds secrets*, murmura Phoebe. Qui sont ces « elles » ? Et qu'attendent-elles ? (Faute d'une connaissance détaillée des idées de Kircher sur le magnétisme, Phoebe avait fait une tout autre interprétation de l'inscription.) Et pourquoi ces quatre disques sont-ils plus grands ? continua-t-elle en désignant le centre de la page.

Trois d'entre eux étaient disposés en triangle autour de celui qui contenait l'œil.

— Je ne sais pas très bien, avouai-je en lisant les descriptions en latin qui accompagnaient les images. L'œil représente le monde des archétypes.

— Oh. L'origine de toutes choses, dit-elle en examinant l'image de plus près.

— Que venez-vous de dire ?

Mon troisième œil s'ouvrit, brusquement intéressé par ce que Phoebe avait en tête.

— Les archétypes sont les schémas originaux. Voyez, ici se trouvent le monde terrestre, les cieux et l'homme, dit-elle en désignant successivement chacun des trois disques entourant l'œil archétypal. Ils sont tous liés au monde des archétypes, leur point d'origine, et les uns aux autres. Cependant, la devise suggère que nous devrions considérer les chaînes comme des nœuds. Je ne sais pas si c'est pertinent.

— Oh, je crois que si, dis-je à mi-voix, plus certaine que jamais qu'Athanasius Kircher et la vente de la Villa Mondragone étaient des maillons cruciaux dans une série d'événements qui menaient d'Edward Kelley à Prague jusqu'à la dernière page manquante. D'une manière ou d'une autre, le père Athanasius devait avoir appris l'existence du monde des créatures. Ou bien il en était lui-même une.

— L'Arbre de Vie est un puissant archétype en lui-même, évidemment, continua pensivement Phoebe. Il décrit également les relations entre les parties de la création. Ce n'est pas par hasard que les généalogistes utilisent les arbres généalogiques pour représenter les lignées. (Avoir une historienne de l'art dans la famille allait être un avantage inattendu – pour les conversations comme pour nos recherches.) Et vous savez déjà à quel point les arbres de connaissance sont importants dans l'imagerie scientifique. Tous ne sont pas représentés de manière aussi réaliste, cependant, regretta-t-elle. La plupart ne sont que des diagrammes, comme l'Arbre de Vie de Darwin, l'arbre phylogénétique dans *L'Origine des espèces*. C'était la seule image dans tout le livre. Dommage que Darwin n'ait pas pensé à engager un vrai peintre comme l'a fait Kircher, quelqu'un qui aurait été en mesure de produire quelque chose de véritablement splendide.

Les filaments noués qui attendaient silencieusement partout autour de moi commencèrent à tinter. Il y avait quelque chose qui m'échappait. Une relation puissante qui était presque à ma portée, si seulement...

— Où sont tous les autres ? demanda Hamish en passant la tête dans la pièce.

— Bonjour, Hamish, dit Phoebe avec un sourire chaleureux. Leonard est parti chercher Sarah et Fernando. Tous les autres sont quelque part dans la maison.

— Bonjour, Hamish, dit Gallowglass en lui faisant signe par la fenêtre du jardin. Vous vous sentez mieux après avoir dormi, ma tante ?

— Nettement, merci.

Mais mon attention était fixée sur Hamish.

— Il n'a pas appelé, dit-il gentiment en réponse à ma question muette.

Je ne fus pas surprise. Malgré tout, je fixai mes livres pour cacher ma déception.

— Bonjour, Diana. Bonjour, Hamish. (Ysabeau entra majestueusement dans la pièce et offrit sa joue au démon qu'il embrassa docilement.) Phoebe a trouvé les livres dont vous aviez besoin, Diana, ou faut-il qu'elle continue ?

— Phoebe a fait un travail stupéfiant, et rapide, en plus. Mais je vais encore avoir besoin d'aide.

— Eh bien, c'est pour cela que nous sommes ici.

Ysabeau fit signe à son petit-fils d'entrer et me regarda sévèrement.

— Votre thé a refroidi. Marthe va vous en rapporter et ensuite, vous allez nous dire ce qu'il faut faire.

Une fois que Marthe eut fait son apparition (cette fois avec quelque chose de mentholé et sans caféine plutôt que la boisson fortement infusée que Phoebe m'avait servie) et que Gallowglass nous eut rejoints, je sortis les deux pages de l'Ashmole 782. Hamish laissa échapper un sifflement.

— Voici deux enluminures qui ont été détachées du Livre de la Vie au XVIe siècle, le manuscrit connu aujourd'hui sous le nom d'Ashmole 782. Il en reste une à retrouver : l'image d'un arbre. Elle ressemble un peu à ceci. (Je montrai à tous le frontispice du livre de Kircher sur le magnétisme.) Nous devons la trouver avant quiconque – notamment Knox, Benjamin et la Congrégation.

— Pourquoi convoitent-ils tous tant le Livre de la Vie ?

Les intelligents yeux verts de Phoebe étaient pleins de naïveté. Je me demandai combien de temps ils le resteraient une fois qu'elle serait devenue une Clermont et une vampiresse.

— Aucun de nous ne le sait vraiment, avouai-je. Est-ce un grimoire ? Le récit de nos origines ? Une sorte d'archive ? Je l'ai eu entre les mains à deux reprises : une fois dans son état endommagé actuel à la Bodléienne d'Oxford, et une fois dans le cabinet de curiosités de l'empereur Rodolphe, alors qu'il était entier et intact. Je ne sais toujours pas pourquoi tant de créatures cherchent ce livre. Tout ce que je peux dire avec certitude, c'est que le Livre de la Vie est rempli d'énergie… d'énergie et de secrets.

— Pas étonnant que les sorciers et les vampires tiennent à ce point à le posséder, ironisa Hamish.

— Les démons tout autant, Hamish, dis-je. Demandez simplement à la mère de Nathaniel, Agatha Wilson. Elle aussi le convoite.

— Où avez-vous trouvé cette deuxième page ? demanda-t-il en touchant l'image des dragons.

— Quelqu'un l'a apporté à New Haven.

— Qui ?

— Andrew Hubbard. (Après les mises en garde d'Ysabeau, je ne savais plus trop jusqu'où devaient aller mes révélations. Mais Hamish était notre avocat. Je ne pouvais pas lui dissimuler de secrets.) C'est un vampire.

— Oh, je sais qui est Andrew Hubbard et ce qu'il est. Je suis un démon et je travaille à la City, après tout, dit Hamish en riant. Mais je suis surpris que Matthew l'ait laissé l'approcher. Il méprise cet homme.

J'aurais pu expliquer à quel point les choses avaient changé, et pourquoi, mais c'était à Matthew de raconter l'histoire de Jack Blackfriars.

— Qu'est-ce que l'image manquante a à voir avec Athanasius Kircher ? demanda Phoebe en ramenant la conversation sur ce qui nous occupait.

— Quand j'étais à New Haven, ma collègue Lucy Meriweather m'a aidée à remonter la piste du Livre de la Vie. L'un des mystérieux manuscrits de Rodolphe a abouti dans les mains de Kircher. Nous avons pensé que l'enluminure de l'arbre pouvait se trouver à l'intérieur. (Je désignai le frontispice de *Magnes sive De Arte Magnetica*.) Je suis plus certaine que jamais que Kircher avait au moins vu l'image, en me fondant simplement sur cette illustration.

— Ne pouvez-vous pas simplement passer au crible les livres et papiers de Kircher ? demanda Hamish.

— Je peux, répondis-je en souriant. À condition que les livres et papiers en question puissent être localisés. La collection personnelle de Kircher a été expédiée dans une ancienne résidence papale pour être mise à l'abri, la Villa Mondragone, en Italie. Au début du XXe siècle, les jésuites ont commencé à vendre discrètement certains des livres pour se financer. Lucy et moi pensons qu'ils ont vendu la page à cette époque.

— Dans ce cas, il devrait y avoir des traces de la vente, dit pensivement Phoebe. Avez-vous contacté les jésuites ?

— Oui, dis-je. Ils n'en ont aucune trace. Ou s'ils en ont, ils ne veulent pas nous en faire part. Lucy a écrit aux principales maisons de ventes aux enchères, aussi.

— Eh bien, elle n'a pas dû aller très loin, dit Phoebe. Les informations sur les ventes sont confidentielles.

— C'est ce qu'on nous a dit, confirmai-je.

J'hésitai juste assez longtemps pour que Phoebe propose ce que je redoutais de lui demander.

— J'enverrai un e-mail à Sylvia aujourd'hui pour lui dire que je ne pourrai pas débarrasser mon bureau comme prévu, dit-elle. Je ne peux pas laisser Sotheby's attendre indéfiniment, mais il y a d'autres ressources que je peux consulter et des gens qui pourraient parler s'ils sont contactés comme il faut.

Avant que j'aie pu répondre, on sonna. Après une brève pause, on sonna de nouveau. Puis encore une fois. À la quatrième, la sonnette résonna en continu comme si le visiteur avait coincé son doigt dans le bouton.

— Diana ! cria une voix familière tandis que la sonnette était remplacée par des coups sur la porte.

— Sarah ! m'écriai-je en me levant d'un bond.

Une fraîche brise d'octobre s'engouffra dans la maison en portant une odeur de soufre et de safran. Je me précipitai dans le hall. Sarah était là, le teint pâle et ses cheveux roux flamboyant sur ses épaules. Derrière elle, Fernando portait deux valises comme si elles étaient aussi légères qu'une enveloppe.

Les yeux rougis de Sarah plongèrent dans les miens et elle posa bruyamment le panier de Tabitha sur le sol de marbre. Je me jetai dans les bras qu'elle ouvrait tout grands. Em m'avait toujours offert du réconfort quand j'étais seule et effrayée dans mon enfance, mais pour l'heure, Sarah était exactement ce qu'il me fallait.

— Tout va bien se passer, ma chérie, chuchota-t-elle en me serrant contre elle.

— Je viens de parler au Père H. et il m'a dit de suivre vos instructions à la lettre, mistress... madame, dit Leonard Shoreditch avec entrain en entrant à son tour et en me saluant d'un air enjoué.

— Andrew a dit autre chose ? demandai-je en lâchant ma tante.

Peut-être que Hubbard avait donné des nouvelles de Jack – ou de Matthew.

— Voyons voir, fit Leonard en pinçant le bout de son long nez. Le Père H. a dit de veiller à bien savoir où commence et finit Londres, et qu'en cas de problème, il fallait aller tout droit à St. Paul's et que des secours arriveraient aussitôt.

Des claques dans le dos soulignèrent les retrouvailles de Fernando et Gallowglass.

— Pas de problèmes ? murmura celui-ci.

— Aucun, sauf qu'il a fallu que je convainque Sarah de ne pas mettre hors d'usage le détecteur de fumée des toilettes de la première classe pour pouvoir fumer en douce, dit Fernando. La prochaine fois qu'elle doit prendre un vol international, envoyez un avion Clermont. Nous attendrons.

— Merci de l'avoir amenée ici aussi rapidement, Fernando, dis-je avec un sourire reconnaissant. Vous devez regretter de nous avoir connues, Sarah et moi. Apparemment, les Bishop ne semblent rien faire d'autre que vous entraîner dans les affaires et les problèmes des Clermont.

— Au contraire, dit-il à mi-voix. Vous m'en libérez.

À mon grand étonnement, il lâcha les valises et s'agenouilla devant moi.

— Relevez-vous, je vous en prie, dis-je en essayant de le soulever.

— La dernière fois que je suis tombé à genoux devant une femme, j'avais perdu l'un des vaisseaux d'Isabelle de Castille. Deux de ses gardes m'y ont forcé en me menaçant de leurs épées et j'ai dû la supplier de m'accorder son pardon, dit Fernando avec un sourire sardonique. Comme je le fais volontairement cette fois-ci, je me relèverai quand j'aurai terminé.

Marthe apparut, décontenancée par le spectacle de Fernando dans une position aussi avilissante.

— Je suis sans amis ni parents. Mon créateur n'est plus. Mon compagnon n'est plus. Je n'ai pas d'enfants. (Fernando se mordit le poignet et serra le poing. Le sang coula de la blessure et ruissela sur son bras avant d'éclabousser les dalles noires et blanches.) Je consacre mon sang et mon corps au service et à l'honneur de votre famille.

— Sacré bonsoir, souffla Leonard. Ce n'est pas comme ça que fait le Père H.

J'avais vu Andrew Hubbard accueillir une créature dans son troupeau, et même si les deux cérémonies n'étaient pas identiques, elles se ressemblaient en teneur et en intention.

Une fois de plus, quelqu'un dans cette maison attendait ma réponse. Il y avait probablement des règles et des précédents à respecter, mais sur le moment, personne ne le savait ni ne s'en souciait. Je pris dans la mienne la main sanglante de Fernando.

— Merci de placer votre foi en Matthew, dis-je simplement.

— J'ai toujours eu confiance en lui, dit Fernando en levant vers moi un regard vif. À présent, le moment est venu pour Matthew d'avoir confiance en lui-même.

25

— Je l'ai trouvée.

Phoebe posa un e-mail imprimé devant moi sur le sous-main en cuir du secrétaire géorgien. Comme elle n'avait pas poliment frappé avant d'entrer dans le salon, je devinai que quelque chose d'excitant venait d'arriver.

— Déjà ? demandai-je, stupéfaite.

— J'ai dit à mon ancien chef que je cherchais un objet pour la famille Clermont, la représentation d'un arbre dessinée par Athanasius Kircher.

Phoebe jeta un regard circulaire dans la pièce, son œil de connaisseuse captivé par la commode chinoise en laque noire et or, les sculptures en forme de bambou d'un fauteuil, les coussins de soie multicolores étalés sur la méridienne près de la fenêtre. Elle contempla les murs en murmurant le nom de Jean Pillement et des mots comme « impossible », « hors de prix » et « musée ».

— Mais les illustrations du Livre de la Vie n'ont pas été dessinées par Kircher. (Je fronçai les sourcils et pris l'e-mail.) Et ce n'est pas une image. C'est une page déchirée d'un manuscrit.

— L'attribution et la provenance sont cruciales pour faire une bonne vente, expliqua Phoebe. La tentation de relier l'image à Kircher a dû être irrésistible. Et si les bords du parchemin étaient nettoyés et le texte invisible, cela justifiait un prix plus élevé en tant que dessin indépendant.

Je parcourus le message. Il commençait par une allusion acerbe à la démission de Phoebe et son futur statut conjugal. Mais ce furent les lignes suivantes qui retinrent mon attention :

J'ai trouvé trace de la vente et de l'acquisition d'une « allégorie de l'Arbre de la Vie qui aurait été exposée dans le musée d'Athanasius Kircher, SJ, à Rome ». Pourrait-il s'agir de l'image que recherchent les Clermont ?

— Qui l'a achetée ? chuchotai-je, osant à peine respirer.

— Sylvia n'a pas voulu me le dire, répondit Phoebe en désignant la fin de l'e-mail. La vente était récente et les détails sont confidentiels. Elle m'a révélé le prix : seize cent cinquante livres sterling.

— C'est tout ? m'exclamai-je.

La plupart des livres que Phoebe avait achetés pour moi coûtaient bien davantage.

— La provenance Kircher n'était pas assez certaine pour convaincre les acheteurs potentiels de dépenser plus, dit-elle.

— Il n'y a vraiment aucun moyen de découvrir l'identité de l'acquéreur ? demandai-je en commençant à imaginer comment je pourrais utiliser la magie pour en savoir plus.

— Sotheby's ne peut pas se permettre de divulguer les secrets de ses clients, dit Phoebe. Vous imaginez comment Ysabeau réagirait si sa vie privée était violée.

— Vous m'avez appelée, Phoebe ?

Ma belle-mère était sur le seuil avant même que mon plan ait pu commencer à germer.

— Phoebe a découvert dans le catalogue d'une vente récente chez Sotheby's une image qui ressemble beaucoup à celle que je cherche, expliquai-je à Ysabeau. Mais ils ne veulent pas nous dire qui l'a achetée.

— Je sais où sont rangées les archives des ventes, dit Phoebe. Quand j'irai rendre mes clés chez Sotheby's, je peux jeter un coup d'œil.

— Non, Phoebe. C'est trop risqué. Si vous pouvez me dire exactement où elles se trouvent, je pourrai trouver un moyen d'y accéder.

Nous pouvions peut-être y parvenir en alliant ma magie et la bande de voleurs et de garçons perdus de Hubbard. Mais ma belle-mère avait son idée bien à elle.

— Ysabeau de Clermont appelle Lord Sutton, dit-elle d'une voix claire qui résonna sous les hauts plafonds.

— Vous ne pouvez pas simplement appeler le directeur de Sotheby's en vous attendant à ce qu'il vous obéisse, dit Phoebe, ébahie.

Apparemment, Ysabeau le pouvait. Et le faisait.

— Charles. Cela fait si longtemps. Trop, dit-elle en se laissant glisser dans un fauteuil et en faisant ruisseler ses perles entre ses doigts. Vous étiez si occupé que j'ai dû compter sur Matthew pour avoir de vos nouvelles. Et êtes-vous parvenu à ce que vous vouliez avec le refinancement qu'il vous a aidé à mettre sur pied ? (Elle ponctua la réponse de petits murmures encourageants et appréciateurs. J'aurais pu dire qu'elle se montrait très chatte, pour autant qu'on puisse qualifier de telle une tigresse du Bengale.) Oh, j'en suis si heureuse, Charles. Matthew était certain que cela marcherait. (Elle passa un doigt délicat sur ses lèvres.) Je me demandais si vous pourriez résoudre un petit problème pour moi. Marcus se marie, voyez-vous, avec l'une de vos employées. Ils se sont connus quand il est venu chercher ces miniatures que vous avez été si aimable de me dénicher en janvier. (La teneur exacte de la réponse de Lord Sutton fut inaudible, mais le bourdonnement chaleureux de la voix était reconnaissable.) L'art de jouer les entremetteurs, dit Ysabeau avec un rire cristallin. Comme vous êtes spirituel, Charles. Marcus s'est mis en tête d'acheter un cadeau très particulier à Phoebe, quelque chose qu'il se rappelle avoir vu il y a longtemps, le dessin d'un arbre généalogique.

— Psst ! fis-je en ouvrant de grands yeux. Ce n'est pas un arbre généalogique.

Ysabeau fit un geste pour me faire taire alors que les murmures à l'autre bout du fil se faisaient encore plus empressés.

— Je crois que Sylvia a pu retrouver la trace de l'objet jusqu'à une vente récente. Mais bien sûr, elle est trop discrète pour me dire qui était l'acquéreur. (Ysabeau hocha la tête en écoutant les excuses. Puis la chatte fondit sur sa proie.) Veuillez contacter l'acheteur pour moi, Charles. Je ne peux supporter de voir mon petit-fils déçu en une occasion aussi heureuse. (Lord Sutton fut réduit au silence.) Les Clermont ont beaucoup de chance d'entretenir une relation aussi ancienne et fructueuse avec Sotheby's. La tour de Matthew se serait écroulée sous le poids des livres s'il n'avait pas fait la connaissance de Samuel Baker.

— Seigneur, fit Phoebe, ébahie.

— Et vous avez réussi à vider presque toute la maison de Matthew à Amsterdam. Je n'ai jamais aimé ce monsieur ni ses peintures. Vous voyez de qui je parle. Comment s'appelait-il ? Celui dont les peintures ont toutes l'air inachevé ?

— Frans Hals, chuchota Phoebe en ouvrant de grands yeux.

— Frans Hals, répéta Ysabeau avec un hochement approbateur à sa future bru. Vous et moi devons le convaincre de se séparer du portrait de ce sinistre bonhomme accroché au-dessus de la cheminée dans le salon à l'étage.

Phoebe poussa un cri. Je soupçonnai qu'un voyage à Amsterdam allait faire partie de ses prochaines activités de catalogage. Lord Sutton fit quelques promesses, mais Ysabeau ne se laissa pas faire.

— Je vous fais entièrement confiance, Charles, coupa-t-elle, même s'il était clair pour tout le monde, Lord Sutton y compris, que c'était tout le contraire. Nous pourrons en discuter en prenant le café demain. (Là, ce fut Lord Sutton qui poussa un cri. Quelques explications et justifications rapides suivirent.) Vous n'avez pas besoin de venir en France. Je suis à Londres. Pas loin du tout de vos bureaux de Bond Street, d'ailleurs. (Elle se tapota la joue de l'index.) À 11 heures ? Très bien. Saluez Henrietta pour moi. À demain. (Elle raccrocha.) Quoi ? demanda-t-elle en nous regardant tour à tour.

— Vous venez de forcer la main de Lord Sutton ! s'exclama Phoebe. Et moi qui croyais que la diplomatie était nécessaire.

— La diplomatie, oui. Les plans compliqués, non. Le plus simple vaut souvent le mieux, dit-elle avec son sourire de tigresse. Charles doit beaucoup à Matthew. Avec le temps, Phoebe, beaucoup de gens auront des dettes envers vous. Vous verrez alors combien il est facile d'obtenir ce que vous désirez. (Elle me jeta un regard aigu.) Vous êtes bien pâle, Diana. N'êtes-vous pas contente de bientôt avoir les trois pages manquantes du Livre de la Vie ?

— Si, dis-je.

— Alors quel est le problème ? demanda Ysabeau en haussant un sourcil.

Le problème ? Une fois que j'aurais les trois pages manquantes, plus rien ne retiendrait mon envie de dérober un manuscrit à la Bibliothèque bodléienne. J'allais devenir une voleuse de livres.

— Rien, dis-je faiblement.

De retour devant mon secrétaire dans le bien nommé Salon Chinois, je regardai de nouveau les gravures de Kircher, essayant de ne pas songer à ce qui pourrait arriver si Phoebe et Ysabeau trouvaient la dernière page manquante. Incapable de me concentrer sur mes efforts pour repérer toutes les représentations d'arbres dans la vaste œuvre de Kircher, je me levai et allai à la fenêtre. En bas, la rue était calme ; seul passait de temps en temps une mère avec son enfant ou un touriste armé d'un plan.

Matthew pouvait toujours me tirer de mes soucis avec un bout de chanson, une plaisanterie ou (encore mieux) un baiser. Ayant besoin de me sentir plus proche de lui, je descendis rôder dans le couloir désert du deuxième étage jusqu'à son bureau. Ma main resta suspendue au-dessus de la poignée. Après un moment d'indécision, je la tournai et entrai.

L'arôme de cannelle et de clou de girofle déferla sur moi. Matthew n'était pas venu ici depuis un an, mais son absence – et ma grossesse – m'avait rendue encore plus sensible à son odeur.

Le décorateur qui avait conçu l'opulente chambre et le salon où j'avais passé la matinée n'avait pas été autorisé ici. Cette pièce était masculine, sans afféteries, les murs couverts de rayonnages de livres entre les fenêtres. De splendides globes – l'un céleste, l'autre terrestre – trônaient sur des supports en bois, prêts à être consultés pour le cas où une question d'astronomie ou de géographie se présenterait. Des curiosités naturelles étaient disposées çà et là sur de petites tables. Je fis le tour de la pièce dans le sens des aiguilles d'une montre comme si je tissais un sortilège pour ramener Matthew, m'arrêtant de temps en temps pour examiner un livre ou faire tourner le globe céleste. Le siège le plus étrange que j'eus jamais vu nécessita un arrêt prolongé. Son haut dossier profondément incurvé avait un pupitre monté dessus et la forme du siège rappelait une selle. La seule manière de s'y installer était à califourchon, comme le faisait Gallowglass quand il retournait une chaise au dîner. En chevauchant le siège face au pupitre, on était à la hauteur idéale pour tenir un livre ou de quoi écrire. Je vérifiai ce qu'il en était en enjambant l'assise rembourrée. Elle était étonnamment confortable et j'imaginai Matthew assis ici pour lire durant des heures à la lumière que dispensaient amplement les grandes fenêtres.

Je quittai le siège et me tournai. Ce que je vis au-dessus de la cheminée m'arracha un cri : un double portrait grandeur nature de Philippe et Ysabeau.

Le père et la mère de Matthew portaient de splendides costumes du milieu du XVIIIe siècle, cette période heureuse de la mode où les robes ne ressemblaient pas encore à des cages à oiseaux et où les hommes avaient abandonné les longues boucles et les hauts talons du siècle précédent. Mes doigts me démangeaient de toucher la surface de la peinture, convaincue que j'y trouverais de la soie et des dentelles plutôt qu'une toile peinte.

Ce qui était le plus frappant dans ce portrait, ce n'était pas le réalisme de leurs traits (cela dit, il aurait été impossible de ne pas reconnaître Ysabeau) mais la manière dont le peintre avait immortalisé la relation entre Philippe et son épouse.

Philippe de Clermont était de face, vêtu d'un costume en soie crème et bleu, ses larges épaules perpendiculaires à la toile et sa main droite tendue vers Ysabeau comme s'il allait la présenter. Un sourire jouait sur ses lèvres, et sa douceur soulignait les lignes austères de son visage et la longue épée qui pendait à sa ceinture. Cependant, les yeux de Philippe ne croisaient pas ceux du spectateur comme sa position le laissait entendre. Ils regardaient obliquement Ysabeau. Rien, semblait-il, ne pouvait détourner son attention de la femme qu'il aimait. Ysabeau était peinte de trois quarts profil, une main reposant légèrement sur les doigts de son époux et l'autre relevant les plis de sa robe crème et or comme si elle faisait un pas pour se rapprocher de Philippe. Néanmoins, au lieu de lever les yeux vers lui, Ysabeau fixait hardiment le spectateur, les lèvres entrouvertes comme si elle était surprise dans un moment d'intimité.

J'entendis des pas derrière moi et je sentis le regard d'une sorcière me chatouiller.

— C'est le père de Matthew ? demanda Sarah en arrivant à ma hauteur et en levant les yeux vers l'immense toile.

— Oui. Il est d'une stupéfiante ressemblance, acquiesçai-je.

— Je me disais bien aussi, étant donné la perfection avec laquelle le peintre a saisi Ysabeau. (Sarah se tourna vers moi.) Tu n'as pas l'air dans ton assiette, Diana.

— Ce n'est pas étonnant, non ? Matthew est quelque part à essayer de bricoler une famille. Il peut y laisser la vie et c'est moi qui lui ai demandé de le faire.

— Même toi tu ne pourrais pas faire faire à Matthew quelque chose qu'il ne veut pas, dit Sarah.

— Tu ne sais pas ce qui s'est passé à New Haven, Sarah. Matthew a découvert qu'il avait un petit-fils dont il ignorait tout... un fils de Benjamin... ainsi qu'un arrière-petit-fils.

— Fernando m'a tout expliqué concernant Andrew Hubbard, Jack, et la fureur sanguinaire, répondit Sarah. Il m'a dit que Baldwin avait ordonné à Matthew de tuer le jeune homme aussi, mais que tu n'as pas voulu le laisser faire.

Je levai les yeux vers Philippe, regrettant de ne pas comprendre pourquoi il avait nommé Matthew le bourreau officiel de la famille Clermont.

— Jack était comme un enfant pour nous, Sarah. Et si Matthew le tuait, qu'est-ce qui l'aurait empêché de tuer les jumeaux aussi s'ils s'avéraient qu'ils étaient atteints de fureur sanguinaire ?

— Baldwin ne demanderait jamais à Matthew de tuer des êtres qui sont sa chair et son sang, dit Sarah.

— Si, dis-je tristement. Il le demanderait.

— Alors on dirait bien que Matthew fait ce qu'il doit faire, dit-elle d'un ton ferme. Et tu dois en faire autant.

— Mais je le fais, me défendis-je. Ma tâche consiste à trouver les pages manquantes du Livre de la Vie et à les réunir de façon à pouvoir les utiliser comme levier auprès de Baldwin, de Benjamin, de la Congrégation.

— Tu dois aussi veiller sur les jumeaux, fit remarquer Sarah. Ruminer ici toute seule ne te fera aucun bien, et à eux non plus.

— Ne joue pas la carte des bébés avec moi, dis-je, furieuse. Je m'efforce autant que je peux de ne pas haïr mes propres enfants, sans parler de Jack, en ce moment.

Ce n'était pas juste, ni même logique, mais je les tenais responsables de notre séparation, même si c'était moi qui avais insisté pour qu'elle ait lieu.

— Je t'ai détestée pendant un moment, dit calmement Sarah. Si tu n'avais pas été là, Rebecca serait encore en vie. Du moins, c'est ce que je me répétais. (Ses paroles ne furent pas une surprise pour moi. Les enfants savent toujours ce que pensent les adultes. Em ne m'avait jamais fait sentir que mes parents étaient morts par ma faute. Bien sûr, elle savait ce qu'ils avaient prévu et pourquoi. Mais Sarah, c'était une tout autre affaire.) Et puis je m'en suis remise, continua-t-elle. Tu t'en remettras aussi. Un jour, tu verras les jumeaux et tu te rendras compte que Matthew est là et te regarde dans les yeux d'un enfant de huit ans.

— Ma vie n'a aucun sens sans Matthew, dis-je.

— Il ne peut pas constituer tout ton univers, Diana.

— C'est déjà le cas, chuchotai-je. Et s'il réussit à se libérer des Clermont, il aura besoin que je sois à ses côtés comme Ysabeau l'était avec Philippe. Jamais je ne serai à la hauteur de ce qu'elle a fait.

— Foutaises, dit Sarah, les poings sur les hanches. Et si tu crois que Matthew veut que tu ressembles à sa mère, tu es folle.

— Tu as beaucoup à apprendre sur les vampires.

Je ne sais pas pourquoi, mais cette phrase était beaucoup moins convaincante dans la bouche d'une sorcière.

— Oh. Maintenant je vois le problème, dit Sarah en plissant les paupières. Em disait que tu nous reviendrais différente... entière. Mais tu essaies toujours d'être quelque chose que tu n'es pas. (Elle pointa un index accusateur vers moi.) Tu es devenue complètement vampire.

— Arrête, Sarah.

— Si Matthew avait voulu une vampiresse comme fiancée, il n'avait que l'embarras du choix. Bon sang, il aurait pu te transformer en vampiresse en octobre dernier à Madison. Tu lui avais donné presque tout ton sang de ton plein gré.

— Matthew ne voudrait pas me changer, dis-je.

— Je sais. Il me l'a promis le matin précédant votre départ. (Elle me jeta un regard assassin.) Cela lui est égal que tu sois une sorcière. Pourquoi cela te gêne, toi ?

Comme je ne répondais pas, elle m'empoigna la main.

— Où allons-nous ? demandai-je alors qu'elle m'entraînait dans l'escalier.

— On sort. (Sarah s'arrêta devant la troupe de vampires qui étaient dans l'entrée.) Diana a besoin de se rappeler qui elle est. Vous allez venir aussi, Gallowglass.

— D'aaa... cooord, répondit-il, un peu mal à l'aise. Nous allons loin ?

— Comment je le saurais ? rétorqua Sarah. C'est la première fois que je viens à Londres. Nous allons à l'ancienne maison de Diana, celle qu'elle a partagée avec Matthew pendant la période élisabéthaine.

— Ma maison a disparu, elle a été réduite en cendres dans le Grand Incendie, dis-je en essayant de lui échapper.

— Nous irons quand même.

— Oh, bon Dieu, dit Gallowglass en jetant un trousseau de clés à Leonard. Va chercher la voiture, Lenny. On part faire une promenade.

— D'accord, sourit Leonard.

— Pourquoi ce garçon rôde toujours dans le coin ? demanda Sarah en regardant le vampire dégingandé filer vers l'arrière de la maison.

— Il appartient à Andrew, expliquai-je.

— En d'autres termes, il t'appartient, dit-elle. (Je restai bouche bée.) Oh, mais oui. Je sais tout des vampires et de leurs usages de cinglés.

Apparemment, Fernando était moins réticent que Matthew et Ysabeau pour raconter les histoires des vampires.

Leonard s'arrêta devant la maison dans un crissement de pneus. Il sauta de la voiture et ouvrit la portière arrière en un clin d'œil.

— Où allons-nous, madame ?

J'ouvris des yeux ronds. C'était la première fois que Leonard ne bafouillait pas mon titre.

— À la maison de Diana, Lenny, répondit Sarah. La vraie, pas ce sanctuaire surchargé et poussiéreux.

— Je suis navré, mais elle n'existe plus, miss, dit Leonard, comme si le Grand Incendie de Londres avait été sa faute.

Et connaissant Leonard, c'était tout à fait possible.

— Les vampires n'ont-ils donc aucune imagination ? répliqua Sarah d'un ton acerbe. Emmenez-moi là où la maison *se trouvait*.

— Oh, fit Leonard en interrogeant Gallowglass du regard.

— Fais ce que la dame te dit, répondit celui-ci en haussant les épaules.

Nous traversâmes Londres en trombe en direction de l'est. Quand nous eûmes passé Temple Bar et pris Fleet Street, Leonard continua au sud vers la Tamise.

— Ce n'est pas le chemin, dis-je.

— Il y a des rues à sens unique, madame, dit-il. Les choses ont un peu changé depuis votre dernière visite.

Il prit à gauche devant la station de Blackfriars. Je posai la main sur la poignée pour descendre et j'entendis le déclic du verrouillage auto.

— Restez dans la voiture, ma tante, dit Gallowglass.

Leonard prit de nouveau brusquement à gauche et la voiture cahota sur des pavés inégaux.

— Blackfriars Lane, lus-je sur le panneau qui fila devant mes yeux. Laissez-moi descendre, dis-je en m'acharnant sur la clenche.

La voiture s'arrêta brusquement, bloquant l'entrée d'un quai de déchargement.

— Votre maison, madame, dit Leonard comme un guide touristique, en désignant le bâtiment de bureaux en briques rouges et crème qui se dressait devant nous et en déverrouillant les portières. Vous pouvez vous promener sans risques. Faites attention aux pavés inégaux. Je ne tiens pas à devoir expliquer au Père H. comment vous vous êtes cassé une jambe, n'est-ce pas ?

Je descendis sur le trottoir dallé. C'était un sol plus stable que la boue et les ordures de Water Lane, comme s'appelait la rue dans le passé. Machinalement, je pris la direction de la cathédrale St. Paul's et je sentis une main qui me prenait le bras et me retenait.

— Vous savez ce que mon oncle pense de vos promenades en ville sans être accompagnée. (Gallowglass s'inclina et l'espace d'un moment, je le vis en pourpoint et chausses.) À votre service, madame Roydon.

— Où sommes-nous exactement ? demanda Sarah en scrutant les ruelles avoisinantes. Ça n'a pas vraiment l'air d'un quartier résidentiel.

— Blackfriars. Autrefois, des centaines de gens vivaient là. (Il ne me fallut que quelques pas pour atteindre une étroite rue pavée qui menait à l'époque jusqu'à l'enceinte intérieure de l'ancien prieuré de Blackfriars. Je fronçai les sourcils et tendis le bras.) Le Galero se trouvait là, n'est-ce pas ?

C'était l'une des tavernes favorites de Kit Marlowe.

— Bonne mémoire, ma tante. Cela s'appelle Playhouse Yard, à présent.

Notre maison était adossée à cette partie de l'ancien monastère. Gallowglass et Sarah me suivirent dans l'impasse. Autrefois, elle était remplie à ras bord de marchands, d'artisans, de ménagères, d'apprentis et d'enfants – sans oublier chariots, chiens et poulets. Aujourd'hui, elle était déserte.

— Ralentis, ronchonna Sarah qui avait du mal à suivre.

Peu importait à quel point le quartier avait changé. Mon cœur m'avait soufflé le chemin et mes pieds suivaient, vifs et sûrs. En 1591, j'aurais été entourée par l'ensemble branlant de logements et de tavernes qui avait poussé à l'intérieur de l'ancien prieuré. Aujourd'hui, il y avait des immeubles de bureaux, une petite résidence pour cadres fortunés, encore des bureaux, et le siège de l'ordre des pharmaciens. Je traversai Playhouse Yard et me glissai entre deux bâtiments.

— Où va-t-elle, à présent, demanda à Gallowglass Sarah, de plus en plus agacée.

— Si je ne m'abuse, ma tante cherche à rejoindre Baynard's Castle par l'arrière.

À l'entrée de l'étroite ruelle appelée Church Entry, je m'arrêtai pour me repérer. Si seulement je parvenais à m'orienter, je pourrais trouver le chemin de la maison de Mary. Où se trouvait l'atelier de l'imprimerie Field ? Je fermai les yeux pour éviter d'être distraite par les constructions modernes incongrues.

— Là-bas, dis-je en tendant le bras. C'est là qu'était l'échoppe de Maître Field. L'apothicaire habitait à quelques maisons de là plus loin dans la ruelle. Ce chemin menait aux quais. (Je continuai de tourner, mes bras suivant les contours des bâtiments que je voyais mentalement.) La porte de l'atelier de M. Vallin était là. On pouvait voir notre jardin depuis cet endroit. Et là, il y avait le vieux portail par lequel je passais pour me rendre à Baynard's Castle.

Je restai là un moment, baignée par la sensation familière de mon ancienne maison, regrettant de ne pas pouvoir ouvrir les yeux et me retrouver dans le salon de la comtesse de Pembroke. Mary aurait parfaitement compris ma délicate situation et aurait généreusement partagé ses conseils en matières politique et dynastique.

— Nom de Dieu ! s'écria Sarah.

J'ouvris brusquement les yeux. Une porte en bois transparente se dressait à quelques mètres de là, ménagée dans un mur de pierre branlant tout aussi transparent. Fascinée, j'essayai d'avancer vers lui, mais j'en fus empêchée par les filaments bleus et ambre qui s'enroulaient étroitement autour de mes jambes.

— Ne bouge pas ! s'écria Sarah, paniquée.

— Pourquoi ?

Je la voyais à travers un voile de devantures de boutiques élisabéthaines.

— Tu as lancé une contrependule. Elle fait défiler des images du passé, comme un film, dit Sarah en me regardant à travers les vitres de la pâtisserie de Maître Prior.

— De la magie, gémit Gallowglass. Il ne manquait plus que cela.

Une vieille dame en cardigan bleu marine propret et robe bleu pâle tout à fait contemporaine sortit de l'immeuble voisin.

— Vous allez constater que cette partie de Londres est parfois un peu délicate, magiquement parlant, lança-t-elle de ce ton autoritaire et enjoué que seules possèdent les Anglaises d'un certain âge et d'un certain statut social. Mieux vaut que vous preniez certaines précautions si vous avez l'intention de lancer d'autres sortilèges.

Alors que la femme s'approchait, je fus frappée par une impression de déjà-vu. Elle me rappela l'une des sorcières que j'avais connues en 1591 – une sorcière de terre du nom de Marjorie Cooper, qui m'avait aidée à tisser mes premiers sortilèges.

— Je m'appelle Linda Crosby, dit-elle avec un sourire qui accentua la ressemblance avec Marjorie. Bienvenue chez vous, Diana Bishop. Nous vous attendions.

Je la fixai, médusée.

— Je suis la tante de Diana, dit Sarah, rompant le silence. Sarah Bishop.

— Très heureuse, dit chaleureusement Linda en lui serrant la main.

Les deux sorcières regardèrent mes pieds. Durant ces brèves présentations, les liens bleus et ambre du temps s'étaient un peu relâchés, pâlissant les uns après les autres à mesure qu'ils étaient absorbés dans la texture de Blackfriars. Cependant, la porte d'entrée de M. Vallin n'était encore que trop visible.

— J'attendrais encore quelques minutes. Vous êtes une voyageuse du temps, après tout, dit Linda en s'asseyant sur l'un des bancs incurvés qui entouraient une grande jardinière en briques occupant l'endroit où se trouvait autrefois le puits de la cour du Galero.

— Êtes-vous de la famille de Hubbard ? demanda Sarah en fouillant dans sa poche pour en sortir des cigarettes interdites qu'elle proposa à Linda.

— Je suis une sorcière, dit-elle en se servant. Et j'habite dans la City. Donc oui, je suis membre de la famille du Père Hubbard. Et j'en suis fière.

Gallowglass alluma la cigarette de la sorcière, puis la sienne. Tous les trois soufflèrent leur fumée comme des cheminées, en prenant bien garde qu'elle n'aille pas vers moi.

— Je n'ai pas encore fait la connaissance de Hubbard, avoua Sarah. La plupart des vampires que je connais n'ont pas une grande opinion de lui.

— Vraiment ? fit Linda avec curiosité. Comme c'est étrange. Le Père Hubbard est un personnage très aimé, ici. Il protège les intérêts de tous, qu'ils soient démons, vampires ou sorciers. Tant de créatures ont voulu s'installer sur son territoire que cela a provoqué une crise immobilière. Il ne peut pas acheter de biens fonciers assez vite pour répondre à la demande.

— C'est quand même un branleur, murmura Gallowglass.

— Quel langage ! s'indigna Linda.

— Combien de sorciers y a-t-il dans la City ? demanda Sarah.

— Trois douzaines, répondit Linda. Nous avons un quota, bien sûr, sinon ce serait la folie dans Square Mile.

— Le coven de Madison est de la même taille, approuva Sarah. Cela facilite la tenue des réunions, c'est sûr.

— Nous nous rassemblons une fois par mois dans la crypte du Père Hubbard. Il habite dans ce qui reste du prieuré de Greyfriars, juste là-bas, dit-elle en tendant sa cigarette vers le nord de Playhouse Yard. De nos jours, la plupart des créatures de la City proprement dite sont des vampires, financiers, gérants de fonds de pension, etc. Ils n'aiment pas louer leurs salles de réunion aux sorciers. Ne vous vexez pas, monsieur.

— Je ne me vexe pas, répondit aimablement Gallowglass.

— Greyfriars ? Lady Agnes est partie ? demandai-je, surprise.

Les petits numéros du fantôme étaient le grand sujet de conversation à l'époque où je vivais ici.

— Oh, non. Lady Agnes est toujours là. Avec l'aide du Père Hubbard, nous avons pu trouver un arrangement entre elle et la reine Isabella. Elles semblent être en bons termes, désormais, c'est plus que je ne pourrais en dire du fantôme d'Elizabeth Barton. Depuis que ce roman sur Cromwell est sorti, elle est impossible. (Linda fixa mon ventre pensivement.) Au thé de Mabon, cette année, Elizabeth Barton a dit que vous attendiez des jumeaux.

— C'est le cas.

Même les fantômes de Londres étaient au courant de mes affaires.

— C'est si difficile de déterminer laquelle des prophéties d'Elizabeth doit être prise au sérieux quand elles sont toutes accompagnées de piaillements. Tout cela est tellement... vulgaire.

Linda fit une moue réprobatrice et Sarah opina, compatissante.

— Hum, je suis désolée de vous interrompre, mais je crois que mon sortilège de contrependule a expiré.

Non seulement je pouvais voir ma cheville (à condition de lever la jambe, sinon mon ventre m'en empêchait) mais la porte de M. Vallin avait complètement disparu.

— Expiré ? dit Linda en riant. À vous entendre, votre magie a une date de péremption.

— Je ne lui ai pas dit de s'arrêter, en tout cas, grommelai-je.

En même temps, je ne lui avais jamais dit de commencer non plus.

— Elle s'est arrêtée parce que tu ne l'as pas assez remontée, dit Sarah. Si tu ne donnes pas un bon tour de clé à une contrependule, elle ne tient pas longtemps.

— Et nous recommandons que vous ne restiez pas sur la contrependule une fois que vous l'avez lancée, dit Linda d'un ton d'institutrice. Vous devez lancer le sortilège sans ciller, puis vous en extraire à la toute dernière minute.

— C'est ma faute, murmurai-je. Je peux bouger, à présent ?

Linda balaya du regard Playhouse Yard en fronçant les sourcils.

— Oui, je crois qu'il n'y a absolument aucun risque à présent, annonça-t-elle.

Je me massai le dos en gémissant. Rester debout immobile pendant si longtemps m'avait endolorie et j'avais l'impression que mes pieds allaient exploser. J'en posai un sur le banc où Sarah et Linda étaient assises et me penchai pour dénouer mes lacets.

— Qu'est-ce que c'est que ça ? demandai-je en apercevant quelque chose entre les planches du banc.

J'y glissai la main et en ressortis un papier enroulé noué d'un ruban rouge. Mes doigts me démangèrent quand je le touchai et un tourbillon de couleurs apparut sur le pentacle de mon poignet.

— C'est une tradition pour les gens de laisser des demandes de magie ici. Il y a toujours eu une concentration d'énergie à cet endroit. (La voix de Linda s'adoucit.) Une grande sorcière habitait ici autrefois, voyez-vous. La légende dit qu'elle reviendra un jour pour nous rappeler tout ce que nous avons été et pourrions être de nouveau. Nous ne l'avons pas oubliée et nous sommes certains qu'elle ne nous oubliera pas.

Blackfriars était hanté par mon moi passé. Une partie de moi était morte quand nous avions quitté Londres. C'était la partie qui avait été capable de jongler entre le rôle d'épouse de Matthew, de mère d'Annie et Jack, d'assistante alchimique de Mary Sidney et d'apprentie tisseuse. Une autre partie de moi l'avait rejointe dans la tombe quand j'avais quitté Matthew sur la montagne aux alentours de New Haven. J'enfouis ma tête dans mes mains.

— J'ai provoqué une belle pagaille, murmurai-je.

— Non, tu as plongé là où tu n'avais pas pied, répondit Sarah. C'est ce qu'Em et moi craignions quand Matthew et toi avez commencé à vous fréquenter. Vous êtes allés tellement vite et nous savions que ni l'un ni l'autre n'avaient réfléchi à ce que cette relation allait exiger.

— Nous savions que nous devrions affronter de nombreuses oppositions.

— Oh, vous aviez tout des amoureux maudits, et je comprends combien cela peut paraître romantique de se dire qu'on est deux contre le monde entier, gloussa Sarah. Em et moi étions dans le même cas, après tout. À la campagne, dans les années soixante-dix, il n'y avait pas plus maudit que deux femmes amoureuses. (Elle se fit plus grave.) Mais le soleil se lève toujours le lendemain. Les contes de fées ne donnent pas beaucoup d'explications sur ce qui arrive aux amoureux maudits en plein jour, mais il faut essayer de trouver le moyen d'être heureux.

— Nous étions heureux, ici, dis-je tranquillement. Pas vrai, Gallowglass ?

— Oui, ma tante, vous l'étiez, même quand Matthew avait la reine sur le dos et que tout le pays traquait les sorcières. (Il secoua la tête.) Comment vous avez réussi, je ne l'ai jamais compris.

— Vous avez réussi parce que ni l'un ni l'autre n'essayait d'être quelque chose qu'il n'était pas. Matthew n'essayait pas d'être civilisé et toi d'être humaine, dit Sarah. Tu n'essayais pas d'être la fille parfaite de Rebecca ou l'épouse parfaite de Matthew, ni professeur titularisée à Yale non plus. (Elle prit mes mains qui tenaient toujours le rouleau de papier et les retourna paumes en l'air. Mes cordelettes de tisseuse resplendissaient sur ma peau pâle.) Tu es une sorcière, Diana. Une tisseuse. Ne refuse pas ton pouvoir. Utilise-le. (Elle regarda ostensiblement ma main gauche.) Entièrement.

Mon téléphone sonna dans la poche de mon blouson. Je m'empressai de le sortir en espérant déraisonnablement que c'était une sorte de message de Matthew. Il avait promis de me tenir au courant de ses activités. Je lus sur l'écran que j'avais un message de lui en attente. Je m'empressai de l'ouvrir.

Le message ne contenait aucun mot que la Congrégation pouvait utiliser contre nous. Seulement une photo de Jack. Il était assis sur le perron d'une véranda, le visage fendu par un large sourire tout en écoutant quelqu'un – un homme dont je ne voyais rien d'autre que des cheveux noirs bouclant sur son col, car il avait le dos tourné – raconter une histoire comme seul le peut quelqu'un du sud. Marcus était derrière Jack, une main nonchalamment posée sur son épaule. Comme Jack, il souriait.

Ils avaient tous les deux l'air de deux jeunes hommes ordinaires qui s'amusent durant un week-end. Jack s'intégrait parfaitement dans la famille de Marcus, comme si là était sa place.

— Qui est-ce avec Marcus ? demanda Sarah en regardant par-dessus mon épaule.

— Jack, répondis-je en effleurant son visage. Je ne sais pas trop qui est l'autre homme.

— C'est Ransome, fit Gallowglass avec dédain. L'aîné de Marcus, et il ferait rougir le diable. Ce n'est pas le meilleur modèle qui soit pour le petit Jack, mais sans doute que Matthew a ses raisons.

— Regardez-moi ce garçon, dit affectueusement Linda en se levant pour pouvoir regarder à son tour. Je n'ai jamais vu Jack aussi heureux, sauf quand il parlait de Diana, bien sûr.

La cloche de St. Paul's sonna l'heure. J'éteignis l'écran de mon téléphone. Je regarderais de nouveau la photo plus tard, en privé.

— Tu vois, ma chérie. Matthew va très bien, m'apaisa Sarah.

Mais ne voyant ni ses yeux ni son attitude et n'entendant pas sa voix, je ne pouvais en être sûre.

— Matthew fait son travail, me rappelai-je en me levant. Il faut que je retourne au mien.

— Cela veut-il dire que tu vas faire le nécessaire pour que la famille reste unie comme tu l'as fait en 1591, même s'il faut recourir à la haute magie ? demanda Sarah.

— Oui, dis-je d'un ton plus convaincu que je ne l'étais.

— De la haute magie ? C'est délicieusement ténébreux, rayonna Linda. Je peux vous aider ?

— Non, me hâtai-je de répondre.

— Peut-être, dit Sarah en même temps.

— Eh bien, si vous avez besoin de nous, appelez-nous. Leonard sait où me joindre, dit Linda. Le coven de Londres est à votre disposition. Et si vous voulez venir à l'une de nos réunions, cela remonterait le moral de tout le monde.

— Nous verrons, dis-je d'un ton vague, ne voulant pas faire une promesse que je ne pourrais pas tenir. La situation est compliquée et je ne voudrais pas causer d'ennuis à quiconque.

— Les vampires causent toujours des ennuis, dit Linda avec un air pincé et réprobateur. Ils sont rancuniers et toujours prêts à se lancer sans préparation dans des vendettas. C'est vraiment très éprouvant. Cependant, nous formons tous une seule grande famille, comme nous le rappelle le Père Hubbard.

— Une seule grande famille. (Je considérai notre ancien quartier.) Peut-être que le Père Hubbard avait raison depuis le début.

— Eh bien, c'est ce que nous pensons. Songez sérieusement à venir à notre prochaine réunion. Doris fait un délicieux gâteau de Battenberg.

Sarah et Linda échangèrent leurs numéros, au cas où, et Gallowglass alla jusqu'au bâtiment de l'ordre des pharmaciens et poussa un sifflement assourdissant pour appeler Leonard afin qu'il fasse le tour avec la voiture. J'en profitai pour prendre une photo de Playhouse Yard et l'envoyer à Matthew sans commentaire ni légende.

La magie n'était rien de plus que le désir réalisé, après tout.

La brise d'octobre montant de la Tamise porta mes vœux dans le ciel, où ils tissèrent un sortilège pour me ramener Matthew sain et sauf.

26

Une tranche de gâteau de Battenberg avec son intérieur moelleux à damier jaune et rose et son glaçage canari trônait devant moi sur notre table discrète au Wolseley, accompagnée de ce thé noir qui m'était interdit. Je soulevai le couvercle de la théière et respirai son arôme malté en soupirant d'aise. Je me languissais de thé et de gâteau depuis notre rencontre inattendue avec Linda Crosby à Blackfriars.

Hamish, qui était un habitué du petit déjeuner ici, avait réservé pour toute la matinée une vaste table au restaurant animé de Piccadilly et entrepris de traiter les lieux – et le personnel – comme si c'était son bureau. Jusque-là, il avait répondu à une douzaine de coups de téléphone, pris plusieurs rendez-vous pour déjeuner (dont trois pour le même jour de la semaine suivante, remarquai-je avec inquiétude) et lu entièrement tous les quotidiens londoniens. Il avait également, qu'il en soit remercié, extorqué mon gâteau au chef des heures avant qu'on le serve normalement, invoquant mon état comme justification. La vitesse à laquelle la demande fut satisfaite indiquait soit à quel point Hamish était important, soit que le jeune homme qui maniait le rouleau à pâtisserie et le fouet comprenait la relation particulière qu'entretient une femme enceinte avec le sucre.

— Ça prend des heures, maugréa Sarah.

Elle avait englouti un œuf à la coque et des mouillettes grillées avec une lessiveuse de café noir, et depuis, elle divisait son attention entre sa montre et la porte.

— Quand il s'agit d'extorsion, mère-grand n'aime pas se précipiter, dit Gallowglass en souriant aimablement aux dames de la table voisine qui jetaient des regards admiratifs à ses bras musculeux couverts de tatouages.

— Si elles n'arrivent pas rapidement, je vais retourner à Westminster en trépignant tellement j'ai bu de café, dit Hamish en faisant signe au maître d'hôtel. Un autre cappuccino, Adam. Mieux vaudra un déca.

— Bien sûr, monsieur. Voulez-vous encore du pain grillé et de la confiture ?

— S'il vous plaît, dit Hamish en lui tendant le porte-toasts vide. À la fraise. Vous savez que je n'y résiste pas.

— Rappelez-moi pourquoi nous ne pouvions pas attendre mère-grand et Phoebe à la maison ? demanda Gallowglass en s'agitant nerveusement sur sa minuscule chaise, pas du tout conçue pour un homme de son gabarit, mais plutôt pour des hommes politiques, personnalités mondaines, présentateurs d'émissions matinales et autres individus sans substance.

— Les voisins de Diana sont riches et paranoïaques. Il n'y a pas eu beaucoup d'activité dans la maison depuis presque un an. Soudain, voilà qu'il y a du monde à toute heure et qu'Allens of Mayfair livre tous les jours, dit Hamish en faisant de la place sur la table pour son cappuccino. Nous ne tenons pas à ce qu'ils pensent que vous êtes un cartel de trafiquants internationaux et qu'ils appellent la police. Le commissariat de West End Central est rempli de sorciers, surtout la brigade criminelle. Et n'oubliez pas que vous n'êtes plus sous la protection de Hubbard en dehors des limites de la City.

— Hum. Ce ne sont pas les flics qui vous inquiètent. C'est vous qui ne vouliez pas en manquer une miette, dit Gallowglass en agitant l'index. Je vous ai à l'œil, Hamish.

— Voilà Fernando, annonça Sarah avec soulagement.

Fernando voulut tenir la porte pour Ysabeau, mais Adam le devança.

Ma belle-mère avait l'air d'une jeune star de cinéma et tous les hommes tournèrent la tête quand elle entra avec Phoebe dans son sillage. Fernando ferma la marche, son costume noir faisant un arrière-plan idéal pour l'ensemble blanc cassé et taupe d'Ysabeau.

— Pas étonnant qu'elle préfère rester à la maison, dis-je.

Elle était aussi repérable qu'un fanal par un jour brumeux.

— Philippe disait toujours que c'était plus facile de soutenir un siège que de traverser une pièce aux côtés d'Ysabeau. Il devait repousser ses admirateurs avec autre chose qu'un bâton, je peux vous l'assurer.

(Gallowglass se leva devant sa grand-mère.) Bonjour, mère-grand. Ont-ils cédé à vos exigences ?

— Bien sûr, dit-elle en tendant la joue.

— En partie, se hâta d'ajouter Phoebe.

— Il y a eu des difficultés ? demanda Gallowglass à Fernando.

— Rien qui mérite qu'on en parle, dit Fernando en tirant une chaise où Ysabeau se laissa glisser en croisant ses minces chevilles.

— Charles a été des plus accommodants quand on songe aux innombrables règles maison que je voulais qu'il enfreigne, dit-elle en refusant avec une petite moue dégoûtée la carte que lui proposait Adam. Du champagne, s'il vous plaît.

— La hideuse peinture dont vous l'avez débarrassé fera plus que compenser, dit Fernando en faisant asseoir Phoebe. Qu'est-ce qui vous l'a fait acheter, Ysabeau ?

— Elle n'est pas hideuse, bien que l'expressionnisme abstrait exige une certaine habitude, avoua-t-elle. La peinture est brute, mystérieuse... sensuelle. J'en ferai don au Louvre et je forcerai les Parisiens à s'ouvrir l'esprit. Notez bien ce que je dis : à cette même date l'an prochain, Clyfford Still sera convoité par tous les musées.

— Attendez-vous à un appel de Coutts, murmura Phoebe à Hamish. Elle a refusé de marchander.

— Il n'y a nul lieu de s'inquiéter. Sotheby's et Coutts savent que je suis douée pour cela. (Ysabeau sortit une petite feuille de papier de sa mince pochette en cuir et me la tendit.) *Voilà**.

— T.J. Weston, Esquire, lus-je. C'est la personne qui a acheté la page de l'Ashmole 782 ?

— Peut-être, répondit Phoebe. Le dossier ne contenait qu'un reçu (il a payé en liquide) et six courriers revenus à l'expéditeur. Aucune des adresses que nous avons pour Weston n'est valide.

— Ce ne devrait pas être bien difficile de le localiser. Combien de T.J. Weston peut-il y avoir ? demandai-je.

— Plus de trois cents, répondit Phoebe. J'ai vérifié dans l'annuaire national. Et ne soyez pas aussi certaine que T.J. Weston soit un homme. Nous ne connaissons ni le sexe ni la nationalité de l'acquéreur. L'une des adresses est au Danemark.

— Ne soyez pas aussi négative, Phoebe. Nous passerons quelques coups de fil. Utilisez le réseau de Hamish. Et Leonard est là. Il nous conduira où nous voudrons, répondit Ysabeau d'un air insouciant.

— Mon réseau ? fit Hamish en se prenant la tête dans les mains. Cela pourrait prendre des semaines, gémit-il. Je ferais aussi bien de m'installer au Wolseley, étant donné tous les cafés que je vais devoir prendre avec tout le monde.

— Cela ne durera pas des semaines et vous n'avez pas besoin de vous inquiéter de votre consommation de caféine.

Je glissai le papier dans ma poche, hissai ma besace sur mon épaule et me levai en bousculant la table.

— Dieu nous garde, ma tante. Vous grossissez d'heure en heure.

— Merci de l'avoir remarqué, Gallowglass.

J'avais réussi à me glisser entre un portemanteau, le mur et ma chaise. Il se leva d'un bond pour m'aider à m'en extraire.

— Comment peux-tu en être aussi sûre ? demanda Sarah, l'air aussi dubitatif que Phoebe.

Je levai les mains sans un mot. Elles scintillaient de couleurs.

— Ah. Ramenons Diana à la maison, dit Ysabeau. Je ne pense pas que le gérant apprécierait d'avoir un dragon dans son restaurant plus que moi de l'avoir chez moi.

— Mets tes mains dans tes poches, siffla Sarah.

Elles étaient en effet plutôt lumineuses.

Je n'en étais pas encore au stade de la grossesse où marcher devient difficile, mais ce fut tout de même une épreuve de circuler entre les tables rapprochées, surtout avec les jambes empêtrées dans un imperméable.

— Veuillez libérer le passage pour ma bru, réclama impérieusement Ysabeau en me prenant le bras et en m'entraînant.

Des hommes se levèrent, poussèrent leurs chaises et s'effacèrent devant elle.

— C'est la belle-mère de mon mari, chuchotai-je à une dame outragée qui se cramponnait à sa fourchette comme à une arme. (C'était compréhensible qu'elle fût troublée à l'idée que j'aie épousé un garçon de douze ans et qu'il m'ait mise enceinte, car Ysabeau était beaucoup trop jeune pour avoir des enfants plus âgés.) Remariage. Épouse plus jeune. Vous savez ce que c'est.

— Bravo pour la discrétion, murmura Hamish. Toutes les créatures du secteur vont savoir qu'Ysabeau est en ville, après cela. Vous ne pouvez pas la retenir, Gallowglass ?

— Retenir mère-grand ?

Gallowglass éclata d'un rire rugissant et lui tapa dans le dos.

— C'est un cauchemar, dit Hamish en voyant d'autres têtes se tourner. À demain, Adam, dit-il en arrivant à la porte.

— Votre table habituelle pour une personne, monsieur ? demanda Adam en proposant son parapluie.

— Oui. Dieu merci.

Hamish monta dans la voiture qui attendait et retourna à son bureau dans la City. Leonard m'installa à l'arrière de la Mercedes avec Phoebe pendant qu'Ysabeau et Fernando montaient devant. Gallowglass alluma une cigarette et suivit sur le trottoir en fumant comme un vapeur sur le Mississippi. Nous le perdîmes devant un pub où il nous indiqua avec force gestes qu'il entrait prendre un verre.

— Lâche, dit Fernando en secouant la tête.

— Et maintenant ? demanda Sarah une fois que nous fûmes de retour dans le petit salon douillet de Clairmont House.

Le grand salon était confortable et accueillant, mais celui-ci était ma pièce préférée. Son mobilier était hétéroclite, avec notamment un tabouret que j'étais certaine d'avoir eu dans notre maison de Blackfriars, et qui donnait l'impression que c'était un lieu où l'on vivait vraiment plutôt qu'une pièce décorée.

— Maintenant, nous allons retrouver T.J. Weston, Esquire, homme ou femme, dis-je en gémissant, les pieds posés sur le tabouret élisabéthain noirci par les ans, pour laisser la chaleur du feu crépitant pénétrer dans mes os endoloris.

— Autant chercher une aiguille dans une botte de foin, dit Phoebe en s'autorisant un petit soupir.

— Pas si Diana se sert de sa magie, dit Sarah, confiante.

— Sa magie ? demanda Ysabeau en se retournant brusquement, les yeux étincelants.

— Je croyais que vous n'appréciiez pas les sorcières ?

Ma belle-mère avait clairement exprimé ses sentiments sur le sujet dès le début de ma relation avec Matthew.

— Ysabeau n'aime peut-être pas les sorcières, dit Fernando, mais elle n'a qu'admiration pour la magie.

— Vous faites de ces distinctions, Ysabeau, fit Sarah en secouant la tête.

— Quel genre de magie ?

Gallowglass entra sans se faire remarquer, chassant la pluie de ses cheveux et de son blouson. On aurait dit Lobero après une longue course dans le Fossé aux Cerfs de l'empereur.

— Un sortilège de bougie peut fonctionner quand on cherche un objet perdu, dit pensivement Sarah.

Elle était une sorte d'experte en matière de sortilège de bougie, étant donné qu'Em était réputée

pour laisser traîner à peu près tout dans la maison
– et à Madison.

— Je me rappelle une sorcière qui utilisait de la terre et un morceau d'étoffe noué, dit Ysabeau. (Sarah et moi nous retournâmes vers elle, surprises. Elle se redressa et nous considéra avec hauteur.) N'ayez pas l'air aussi surpris. J'ai connu un grand nombre de sorciers au fil du temps.

Fernando ne prêta pas attention à Ysabeau et s'adressa à Phoebe.

— Vous avez dit que l'une des adresses de T.J. Weston était au Danemark. Et les autres ?

— Toutes en Grande-Bretagne : quatre en Angleterre et une en Irlande du Nord, répondit-elle. En Angleterre, les adresses sont toutes dans le sud : Devon, Cornouailles, Essex, Oxfordshire.

— Vous avez vraiment besoin de recourir à la magie, ma tante ? s'inquiéta Gallowglass. Il y a sûrement moyen pour Nathaniel de se servir de ses ordinateurs pour trouver cette personne. Vous avez noté les adresses, Phoebe ?

— Bien entendu. (Elle sortit un petit ticket de chez Boots couvert de gribouillis. Gallowglass le considéra d'un œil dubitatif.) Je ne pouvais tout de même pas sortir un carnet dans la salle des archives. Cela aurait éveillé des soupçons.

— Très astucieux, la rassura Ysabeau. J'enverrai les adresses à Nathaniel pour qu'il s'en occupe.

— Je persiste à penser que la magie irait plus vite à condition que je trouve quel sortilège utiliser, dis-je. Il me faut quelque chose de visuel. Je suis plus douée avec un visuel qu'avec des bougies.

— Une carte ? proposa Gallowglass. Matthew doit en avoir une ou deux dans la bibliothèque à l'étage. Sinon, je peux faire un saut chez Hatchards voir ce qu'ils ont.

Il venait de rentrer, mais il était évident qu'il avait envie de retourner sous l'averse glacée. Ce devait être ce qui se rapprochait le plus du climat au milieu de l'Atlantique.

— Une carte pourrait marcher, dis-je. Si elle est assez grande. Nous ne serons pas plus avancés si le sortilège permet seulement d'indiquer que T.J. Weston se trouve dans le Wiltshire.

Je me demandai s'il serait possible à Leonard de me promener dans le comté avec une boîte de bougies.

— Il y a une excellente boutique de cartes juste à côté de Shoreditch, dit fièrement Leonard, comme si c'était grâce à lui qu'elle s'y trouvait. Ils font de grandes cartes qui s'accrochent au mur. Je vais les appeler.

— Que te faudra-t-il à part la carte ? demanda Sarah. Une boussole ?

— C'est dommage que nous n'ayons pas l'instrument mathématique que m'avait offert l'empereur Rodolphe, dis-je. Il n'arrêtait pas de tourner comme une toupie comme s'il essayait de trouver quelque chose.

Au début, j'avais cru que ses mouvements indiquaient que quelqu'un nous cherchait, Matthew et moi. Avec le temps, je m'étais demandé si le compendium se mettait en branle chaque fois que quelqu'un cherchait le Livre de la Vie.

Phoebe et Ysabeau échangèrent un regard.

— Excusez-moi, dit Phoebe en s'éclipsant.

— Ce gadget en bronze qu'Annie et Jack appelaient une horloge de sorcière ? gloussa Gallowglass. Je doute qu'il nous aide beaucoup, ma tante. Il n'arrivait même pas à indiquer l'heure juste, et le tableau des latitudes de Maître Habermel était un peu... euh, fantaisiste.

Habermel avait été totalement pris au dépourvu quand je lui avais demandé d'ajouter un repère correspondant au Nouveau Monde et avait simplement choisi des coordonnées qui, pour autant que je sache, se situaient en Terre de Feu.

— La divination, c'est la bonne manière de s'y prendre, déclara Sarah. Nous mettrons des bougies aux quatre points cardinaux, puis nous t'assoirons au milieu avec un bol d'eau et nous verrons ce que cela donne.

— Si je dois faire de la divination par l'eau, il va me falloir plus d'espace.

Le petit salon se remplirait d'eau sorcière en un rien de temps.

— Nous pourrions utiliser le jardin, proposa Ysabeau. Ou la salle de bal en haut. Étant donné que je n'ai jamais trouvé que la guerre de Troie était un sujet convenable pour les fresques, ce ne serait pas une grosse perte si elles étaient abîmées.

— Il faudrait régler ton troisième œil avant de s'y mettre, aussi, dit Sarah en lorgnant d'un air critique mon troisième œil comme si c'était une radio.

Phoebe revint avec une petite boîte en carton qu'elle tendit à Ysabeau.

— Peut-être devrions-nous d'abord voir si cela peut nous aider, dit Ysabeau en sortant le compendium de Maître Habermel de sa boîte. Alain avait emballé quelques-unes de vos affaires à Sept-Tours en se disant qu'elles vous permettraient de mieux vous sentir chez vous ici.

Le compendium était un magnifique instrument fabriqué d'une main experte en bronze, doré et argenté, et pourvu de tout, depuis une fente pour ranger papier et crayon jusqu'à la boussole, un tableau des latitudes et une petite pendule. Pour le moment, l'appareil semblait déchaîné, car les cadrans situés sur le devant tourbillonnaient et nous pouvions entendre le ronronnement des rouages.

— Incontestablement enchanté, dit Sarah après y avoir jeté un coup d'œil.

— Il va s'épuiser, dit Gallowglass en tendant son gros doigt, prêt à ralentir les aiguilles sur le cadran.

— Pas touche ! dit vivement Sarah. On ne peut pas prévoir comment un objet enchanté réagira à un geste inattendu.

— L'avez-vous déjà posé près de l'image des noces chymiques, ma tante ? demanda Gallowglass. Si vous avez vu juste et que le jouet de Maître Habermel se déclenche quand quelqu'un cherche le Livre de la Vie, peut-être que voir la page va le calmer.

— Bonne idée. L'image des noces est dans le Salon Chinois avec celle des dragons, dis-je en me levant péniblement. Je les ai laissées sur la table à jouer.

Ysabeau était déjà partie que je ne m'étais pas encore redressée. Elle revint tout aussi vite en tenant les deux pages comme si elles étaient en verre et risquaient de se briser à tout instant. À peine les eus-je posées sur la table que l'aiguille du compendium commença à osciller de gauche à droite au lieu de tourner sur son axe. Quand je repris les pages, le compendium se remit à tourbillonner, bien que plus lentement.

— Je ne pense pas que le compendium indique quand quelqu'un cherche le Livre de la Vie, dit Fernando. L'instrument lui-même semble chercher le livre. Maintenant qu'il sent la présence de pages, il réduit son champ d'investigation.

— Comme c'est étrange.

Je reposai les pages sur la table et regardai, fascinée, l'aiguille ralentir et reprendre son mouvement pendulaire.

— Pouvez-vous l'utiliser pour trouver la dernière page manquante ? demanda Ysabeau en fixant l'instrument avec autant de fascination.

— Seulement si je l'emporte avec moi et que je parcours toute l'Angleterre, le pays de Galles et l'Écosse.

Je me demandai combien de temps il me faudrait pour endommager le délicat et précieux instrument en le tenant sur mes genoux pendant que Gallowglass ou Leonard fonceraient sur les autoroutes.

— Sinon, tu pourrais concevoir un sortilège de localisation. Avec une carte et cet engin, tu devrais pouvoir être en mesure de trianguler la position de la page manquante, dit pensivement Sarah en pianotant de l'index sur sa lèvre.

— Quel genre de sortilège de localisation as-tu en tête ?

Nous étions bien au-delà de la sorcellerie de base et il ne s'agissait plus de gribouiller un charme sur une gousse de lunaire.

— Il faut que nous en essayions plusieurs pour voir lequel est le meilleur, dit-elle pensivement. Ensuite, il faut que tu l'exécutes dans les bonnes conditions, avec beaucoup de soutien magique pour que le sortilège ne soit pas déformé.

— Où allez-vous trouver un soutien magique à Mayfair ? demanda Fernando.

— Linda Crosby, répondîmes-nous en chœur, ma tante et moi.

Sarah et moi passâmes plus d'une semaine à tester plusieurs fois les sortilèges dans le sous-sol de la maison de Mayfair ainsi que dans la minuscule cuisine de l'appartement de Linda à Blackfriars. Après avoir failli noyer Tabitha et eu droit à la visite des pompiers à deux reprises à Playhouse Yard, je parvins finalement à rassembler quelques nœuds et une poignée d'objets magiques pour bricoler un sortilège de localisation qui pourrait – avec beaucoup de peut-être – fonctionner.

Le coven de Londres se réunissait dans une portion de la crypte médiévale de Greyfriars qui avait survécu à une série de catastrophes au cours de sa longue histoire, depuis la dissolution des monastères jusqu'au Blitz. Au-dessus de la crypte se dressait la demeure d'Andrew Hubbard : l'ancien clocher de l'église. Elle faisait douze étages de haut, chacun ne comportant qu'une seule grande pièce. Devant, il avait planté un agréable jardin dans l'unique coin de l'ancien cimetière qui avait résisté aux rénovations urbaines.

— Quelle étrange maison, murmura Ysabeau.

— Andrew est un étrange vampire, répondis-je avec un frisson.

— Le Père H. aime les lieux élevés, c'est tout. Il dit qu'ainsi, il a l'impression d'être plus proche de Dieu, dit Leonard en frappant de nouveau.

— Je viens de sentir passer un spectre, dit Sarah en ramenant les pans de son manteau sur elle.

La sensation de froid était très reconnaissable.

— Je ne sens rien, dit Leonard avec l'indifférence cavalière typique des vampires pour tout ce qui était aussi physique que la chaleur. Allez, ma beauté ! s'agaça-t-il en tambourinant sur la porte.

— Patience, Leonard. Nous ne sommes pas tous des vampires de vingt ans ! dit Linda Crosby avec humeur une fois qu'elle eut ouvert la porte. Il y a un nombre prodigieux de marches à monter.

Heureusement, nous n'avions qu'un seul étage à descendre depuis l'entrée pour atteindre la salle que Hubbard avait mise à la disposition du coven officiel de la City de Londres.

— Bienvenue à notre réunion, dit Linda en nous entraînant dans l'escalier.

À mi-chemin, je m'arrêtai en poussant un cri.

— C'est… toi ? demanda Sarah en contemplant les murs, médusée.

Ils étaient couverts d'images de moi – en train de tisser mon premier sortilège, de faire apparaître un sorbier, de regarder Corra voler le long de la Tamise, en compagnie des sorcières qui m'avaient prise sous leur aile quand je commençais mon apprentissage de la magie. Il y avait Goody Alsop, l'aînée du coven, avec ses traits fins et ses épaules voûtées ; la sage-femme Susanna Norman ; et les trois dernières sorcières, Catherine Streeter, Elizabeth Jackson et Marjorie Cooper.

Quant à l'auteur, il n'était pas nécessaire de voir la signature. C'était Jack qui avait peint ces images en couvrant les murs d'un enduit de plâtre et en rajoutant lignes et couleurs pour qu'elles fassent partie intégrante du bâtiment. Malgré les traînées de suie, les taches d'humidité et les craquelures, elles avaient conservé leur beauté.

— Nous avons de la chance d'avoir une telle salle où travailler, dit Linda, rayonnante. Votre voyage est depuis longtemps une source d'inspiration pour les sorcières de Londres. Venez que je vous présente à vos sœurs.

Les trois sorcières qui attendaient en bas de l'escalier me dévisagèrent avec intérêt et je sentis leurs regards grésiller et crépiter sur ma peau. Elles n'avaient peut-être pas le pouvoir du groupe de Garlickhythe en 1591, mais ces sorcières n'étaient pas dénuées de talent.

— Voici notre Diana Bishop de retour parmi nous une fois de plus, dit Linda. Elle a amené sa tante, Sarah Bishop, et sa belle-mère qui, j'en suis sûre, n'a pas besoin qu'on la présente.

— Absolument, répondit la plus âgée des trois sorcières. Nous avons toutes été mises en garde contre Mélisande de Clermont.

Linda m'avait avertie que le coven n'était pas très sûr de la manière de procéder. Elle avait choisi les sorcières qui nous aideraient : la sorcière de feu Sybil Bonewits, la sorcière d'eau Tamsin Soothtell et la sorcière d'air Cassandra Kyteler. Les pouvoirs de Linda reposaient principalement sur l'élément terre, tout comme ceux de Sarah.

— Les temps changent, dit sèchement Ysabeau. Si vous désirez que je parte...

— Sottises, dit Linda avec un regard réprobateur à sa consœur. Diana vous a demandé d'être là quand elle lancerait son sortilège. Nous allons toutes nous débrouiller. N'est-ce pas, Cassandra ?

La sorcière âgée acquiesça brièvement.

— Laissez passer les cartes, s'il vous plaît, mesdames ! dit Leonard, les bras chargés de rouleaux. (Il les laissa tomber sur une table branlante incrustée de cire et remonta rapidement.) Appelez-moi si vous avez besoin de quoi que ce soit.

La porte de la crypte se referma bruyamment derrière lui.

Linda dirigea le positionnement des cartes, car après maints tâtonnements, nous avions découvert que les meilleurs résultats étaient obtenus en utilisant une immense carte des îles Britanniques entourée de cartes individuelles des comtés. Celle de la Grande-Bretagne occupait à elle seule une portion du sol d'environ deux mètres sur un mètre trente.

— On dirait des travaux pratiques de géographie mal partis en cours élémentaire, marmonna Sarah en redressant une carte du Dorset.

— Ce n'est peut-être pas très joli, mais ça marche, répondis-je en sortant de mon sac le compendium de Maître Habermel.

Fernando lui avait fabriqué un étui protecteur avec une des chaussettes de Gallowglass. Il était miraculeusement intact. Je sortis également mon téléphone et pris quelques photos des fresques. En les regardant, je me sentais plus proche de Jack – et de Matthew.

— Où dois-je déposer les pages du Livre de la Vie ? demanda Ysabeau à qui avaient été confiés les précieux morceaux de vélin.

— Donnez l'image des noces chymiques à Sarah. Vous garderez celle des deux dragons, dis-je.

— Moi ? s'étonna-t-elle.

La décision avait été controversée, mais j'avais tenu tête à Sarah et à Linda.

— J'espère que cela ne vous fait rien. L'image des noces m'est venue de mes parents. Les dragons appartenaient à Andrew Hubbard. J'ai pensé que nous pourrions équilibrer le sortilège en les gardant dans des mains vampires et sorcières.

Instinctivement, j'étais convaincue que c'était la bonne décision.

— Bien sûr, répondit-elle d'une voix hésitante.

— Tout se passera bien, je vous assure, dis-je en lui effleurant le bras. Sarah sera en face et Linda et Tamsin de part et d'autre.

— Tu devrais plutôt te préoccuper du sortilège. Ysabeau peut se défendre toute seule, dit Sarah en me tendant une bouteille d'encre rouge et une plume blanche striée de brun et de gris.

— C'est le moment, mesdames, dit Linda en frappant vivement dans ses mains.

Elle distribua des bougies brunes aux autres membres du coven de Londres. La couleur brune était propice pour retrouver des objets perdus. Elle avait l'avantage supplémentaire d'enraciner le sortilège – ce dont j'avais grand besoin, étant donné mon inexpérience. Chaque sorcière prit place à l'extérieur de l'anneau de cartes régionales et alluma sa bougie en chuchotant un sortilège. Les flammes qui jaillirent étaient d'une taille et d'un éclat surnaturels – comme il se doit pour des bougies de sorcières.

Linda accompagna Ysabeau à sa place juste au-dessous de la côte sud de l'Angleterre. Sarah se plaça en face d'elle comme prévu, au-dessus de la côte nord de l'Écosse. Linda fit trois fois le tour de cet arrangement de cartes, de sorcières et de vampiresse en jetant du sel pour former un cercle protecteur.

Une fois tout le monde à sa place, j'ôtai le bouchon du flacon d'encre rouge. L'odeur caractéristique de la résine sang de dragon emplit l'air. Il y avait dans l'encre d'autres ingrédients, notamment quelques gouttes de mon propre sang dont l'odeur de cuivre fit palpiter les narines d'Ysabeau. Je plongeai la plume dans l'encre et posai la pointe en argent ciselé sur un étroit morceau de parchemin. Il m'avait fallu deux jours pour trouver quelqu'un disposé à me fabriquer une plume avec une rémige prise sur une effraie des clochers – bien plus longtemps qu'il ne l'aurait fallu dans le Londres élisabéthain.

Une lettre après l'autre, en allant de la marge vers le centre du parchemin, j'inscrivis le nom de la personne que je cherchais.

T, N, J, O, W, T, E, S
T J WESTON

Je pliai soigneusement le parchemin pour dissimuler le nom. Ce fut alors à moi de sortir du cercle sacré pour façonner un nouveau lien. Après avoir glissé le compendium de Maître Habermel dans la poche de mon sweater avec le morceau de parchemin, je commençai à faire le tour en partant de l'endroit entre la sorcière de feu et la sorcière d'eau. Je passai près de Tamsin et d'Ysabeau, de Linda et de Cassandra et de Sarah et de Sybil.

Quand je revins à l'endroit d'où j'étais partie, une ligne brillait à l'extérieur du sel, illuminant les visages étonnés des sorcières. Je tournai ma paume gauche vers le haut. Pendant un moment, il y eut un scintillement coloré sur mon index, mais il disparut avant que j'aie pu déterminer de quoi il s'agissait. Même en l'absence de cette couleur, ma main luisait d'or, d'argent et de noir, et des lignes d'énergie blanches palpitaient sous ma peau. Les lignes se tordirent et s'entrelacèrent pour former le dixième nœud en forme d'ouroboros qui entourait les veines bleutées saillant sur mon poignet.

Je passai par une étroite ouverture du cercle étincelant et le refermai. L'énergie le parcourut en rugissant pour en être libérée. Corra aussi voulait sortir. Ne tenant pas en place, elle bougeait et s'étirait en moi.

— Patience, Corra, dis-je en enjambant précautionneusement le sel pour marcher sur la carte d'Angleterre. Chaque pas me rapprochait de l'emplacement représentant Londres. Finalement, mes pieds reposèrent sur la City. Avec un cri de dépit, Corra libéra ses ailes dans un claquement de peau et d'os.

— Vole, Corra ! ordonnai-je.

Enfin libérée, Corra s'élança autour de la salle, laissant échapper des étincelles de ses ailes et de longues flammes de sa gueule. Alors qu'elle gagnait de l'altitude et trouvait les courants aériens qui allaient la porter là où elle désirait aller, le battement de ses ailes ralentit. Elle aperçut son portrait et poussa un roucoulement approbateur tout en frôlant le mur de sa queue.

Je sortis le compendium de ma poche et le brandis dans ma main droite. Le morceau de parchemin plié alla dans la gauche. J'écartai tout grands les bras et attendis que les fils qui liaient le monde remplissant la crypte de Greyfriars s'enroulent et glissent sur moi en quête des cordelettes qui étaient logées dans mes mains. Quand elles se réunirent, les cordelettes s'allongèrent et enflèrent, remplissant mon corps d'énergie. Elles se nouèrent à mes articulations, tissèrent une toile protectrice autour de mon ventre et de mon cœur, tout en voyageant le long de mes veines, de mes nerfs et de mes tendons.

Je récitai mon sortilège :

Pages disparues

Pages retrouvées

Où est Weston

Sur cette terre ?

Puis je soufflai sur le morceau de parchemin et le nom de Weston s'embrasa. Je pris les mots flamboyants dans ma paume, où ils continuèrent à brûler. Là-haut, Corra décrivait des cercles au-dessus de la carte, l'œil aux aguets.

Les rouages du compendium bourdonnèrent et les aiguilles du cadran principal bougèrent. Un ronronnement remplit mes oreilles alors qu'un éclatant filament d'or jaillissait de l'instrument. Il tournoya jusqu'à atteindre les deux pages du Livre de la Vie. Un autre filament jaillit du cadran doré. Il serpenta jusqu'à une carte située aux pieds de Linda.

Corra descendit et fondit sur le point en poussant un cri de triomphe comme si elle avait repéré une proie innocente. Le nom d'une ville s'illumina et des flammes jaillirent des contours noircis des lettres.

Le sortilège achevé, le grondement diminua. L'énergie quitta mon corps, relâchant les cordelettes nouées. Mais celles-ci ne se replièrent pas dans mes mains. Elles restèrent là où elles étaient, continuant de me parcourir comme si elles avaient formé un nouveau réseau dans mon organisme.

Quand l'énergie se retira, je vacillai légèrement. Ysabeau fit mine de s'avancer.

— Non ! s'écria Sarah. Ne brisez pas le cercle, Ysabeau.

Ma belle-mère trouvait manifestement que tout cela était de la folie. En l'absence de Matthew, elle était prête à se montrer protectrice à sa place. Mais Sarah avait raison : personne ne pouvait briser le cercle à part moi. En traînant les pieds, je retournai à l'endroit où j'avais commencé à tisser mon sortilège. Sybil et Tamsin me firent des sourires d'encouragement tandis que les doigts de ma main gauche tressaillaient et se repliaient pour libérer l'emprise du cercle. Tout ce qu'il restait à faire désormais, c'était tourner autour du cercle dans le sens inverse des aiguilles d'une montre pour défaire la magie.

Linda fut beaucoup plus rapide et refit rapidement son chemin en sens inverse. Dès qu'elle eut terminé, Ysabeau et Sarah se précipitèrent sur moi et les sorcières de Londres coururent à la carte qui révélait l'endroit où se trouvait T.J. Weston.

— *Mon Dieu**, je n'ai pas vu une telle magie depuis des siècles. Matthew disait la vérité quand il m'a raconté que vous étiez une formidable sorcière, dit Ysabeau avec admiration.

— Très joli lancer de sortilège, ma chérie, me complimenta fièrement Sarah. Pas un seul instant d'hésitation ou de doute.

— Cela a marché ? (Je l'espérais vraiment. Un autre sortilège d'une telle ampleur exigerait d'abord des semaines de repos. Je rejoignis les sorcières près de la carte.) L'Oxfordshire ?

— Oui, dit Linda, dubitative. Mais je crains que nous n'ayons pas posé une question assez précise.

Là, sur la carte, se trouvait le contour noirci d'un village au nom très anglais : Chipping Weston.

— Les initiales étaient écrites sur le papier, mais j'ai oublié de les dire dans le sortilège, dis-je, accablée.

— Il est beaucoup trop tôt pour admettre la défaite, dit Ysabeau qui était déjà au téléphone.

Phoebe ? Un T.J. Weston habite-t-il à Chipping Weston ?

La possibilité que T.J. Weston puisse habiter dans une ville appelée Weston ne nous avait pas effleurées. Nous attendîmes la réponse de Phoebe.

Le visage d'Ysabeau se détendit, soulagé.

— Merci. Nous serons rentrées sous peu. Dites à Marthe que Diana va avoir besoin d'une compresse pour sa tête et de linges froids pour ses pieds.

Mes jambes étaient douloureuses et gonflaient de minute en minute. Je jetai un regard reconnaissant à Ysabeau.

— Oh, bravo. Bravo, Diana, me félicita Linda, rayonnante.

Les autres sorcières applaudirent, comme si j'avais exécuté un solo de piano particulièrement difficile sans une seule fausse note.

— Nous n'oublierons pas cette nuit de sitôt, dit Tamsin d'une voix bouleversée par l'émotion, car ce soir, une tisseuse est revenue à Londres, pour réunir le passé et l'avenir afin que les anciens mondes meurent et qu'un nouveau naisse.

— C'est la prophétie de la Mère Shipton, dis-je, reconnaissant les paroles.

— Ursula Shipton est née Ursula Soothtell. Sa tante, Alice Soothtell, était mon aïeule, dit Tamsin. C'était une tisseuse, tout comme vous.

— Vous êtes de la famille d'Ursula Shipton ! s'exclama Sarah.

— En effet, dit Tamsin. Les femmes de ma famille perpétuent le savoir des tisseuses, même si nous n'avons eu qu'une seule autre tisseuse dans la famille en plus de cinq siècles. Mais Ursula a prophétisé que le pouvoir n'était pas perdu pour toujours. Elle avait entrevu des années de ténèbres où les sorcières oublieraient les tisseurs et tout ce qu'ils représentent : espoir, renaissance, changement. Ursula avait vu cette nuit-là, aussi.

— Comment ?

Je songeai aux quelques vers de la prophétie de la Mère Shipton que je connaissais. Aucun ne semblait s'appliquer aux événements de cette soirée.

— *Et ceux qui vivent craindront à jamais / La queue du dragon pendant maintes années / Mais le temps efface les souvenirs / Cela paraît étrange, mais ainsi il sera*, récita Tamsin.

Elle hocha la tête et les autres sorcières se joignirent à elle pour réciter d'une seule voix :

> *Et quand la race renaîtra*
> *Un serpent d'argent apparaîtra*
> *Et vomira des hommes d'espèce inconnue*
> *Sur la surface de la terre nue*
> *Et privée de chaleur et ces hommes*
> *Éclaireront l'esprit du prochain homme.*

— Le dragon et le serpent ? frémis-je.

— Ils prédisent l'avènement d'un nouvel âge d'or pour les créatures, dit Linda. Il aura mis du temps à arriver, mais nous sommes toutes heureuses d'avoir assez vécu pour le voir.

C'était une trop grande responsabilité. D'abord les jumeaux, puis le scion de Matthew, et maintenant l'avenir de l'espèce ? Ma main couvrit le ventre où grandissaient nos enfants. Je me sentais tiraillée dans plusieurs directions, la sorcière qui était en moi luttant contre l'universitaire, l'épouse et désormais la mère.

Je regardai les murs. En 1591, toutes ces parties de moi étaient réunies. En 1591, j'avais été moi-même.

— Ne vous inquiétez pas, dit gentiment Sybil. Vous serez de nouveau entière. Votre vampire vous y aidera.

— Nous vous y aiderons toutes, ajouta Cassandra.

27

— Arrête-toi là, ordonna Gallowglass.

Leonard écrasa le frein de la Mercedes et nous nous arrêtâmes sans un bruit devant le corps de garde d'Old Lodge. Comme personne n'était disposé à attendre à Londres des nouvelles de la troisième page en dehors de Hamish qui était très occupé à sauver l'euro de l'effondrement, tout mon entourage m'avait accompagnée. Fernando suivait dans l'une des innombrables Range Rover de Matthew.

— Non, pas ici. Continue jusqu'à la maison, dis-je à Leonard.

Le corps de garde me rappellerait trop Matthew. Alors que nous descendions l'allée, la silhouette familière d'Old Lodge surgit du brouillard de l'Oxfordshire. C'était étrange de le revoir sans les champs alentour remplis de moutons et de meules de foin, et avec une seule cheminée laissant échapper un mince ruban de fumée dans le ciel. Je posai mon front contre la vitre froide et contemplai les colombages noirs et blancs et les fenêtres à panneaux losangés qui me rappelaient une époque plus heureuse.

Je me radossai à la profonde banquette et sortis mon téléphone. Il n'y avait pas de message de

Matthew. Je me consolai en regardant de nouveau les deux photos qu'il avait déjà envoyées : Jack avec Marcus, et Jack assis seul avec un cahier d'esquisses appuyé à son genou, totalement absorbé par sa tâche. Cette dernière photo était arrivée après que j'eus envoyé à Matthew mon cliché des fresques de Greyfriars. Grâce à la magie de la photographie, j'avais capté aussi le fantôme de la reine Isabella, qui arborait une expression hautaine et dédaigneuse.

Le regard de Sarah tomba sur moi. Gallowglass et elle avaient tenu à ce que nous nous reposions pendant quelques heures avant de nous rendre à Chipping Weston. J'avais protesté. Après avoir tissé des sortilèges, je me sentais toujours vide, et je leur avais assuré que ma pâleur et mon manque d'appétit étaient entièrement dus à la magie. Sarah et Gallowglass avaient fait la sourde oreille.

— Ici, madame ?

Leonard ralentit devant la haie d'ifs taillés qui séparait l'allée de graviers et le fossé. En 1590, nous serions tout simplement directement entrés à cheval dans la cour centrale de la maison, mais désormais, aucune automobile ne pouvait passer l'étroit pont de pierre.

Nous fîmes donc le tour pour gagner la petite cour à l'arrière de la maison qui était utilisée avant pour les livraisons et les visites des marchands. Une petite Fiat était garée là, avec un camion cabossé qui servait manifestement pour les travaux sur le domaine. Amira Chavan, l'amie et locataire de Matthew, nous attendait.

— Quel plaisir de vous revoir, Diana, dit Amira avec un regard qui me chatouilla. Où est Matthew ?

— En voyage d'affaires, dis-je en descendant de la voiture.

Amira étouffa un cri et se précipita.

— Vous êtes enceinte, dit-elle comme si elle annonçait que l'on avait découvert de la vie sur Mars.

— Depuis sept mois, dis-je en me redressant. Un de vos cours de yoga me ferait du bien.

Amira donnait ici même à Old Lodge des cours extraordinaires qui drainaient une clientèle de démons, de sorcières et de vampires.

— Pas question de vous nouer comme un bretzel, dit Gallowglass en me prenant gentiment le bras. Entrez, ma tante, et reposez-vous un peu. Vous pouvez poser les pieds sur la table pendant que Fernando nous prépare quelque chose à manger.

— Pas question que je touche une casserole avec Amira dans les parages, dit Fernando en embrassant la jeune femme sur la joue. Pas d'incident dont je devrais m'inquiéter, *shona* ?

— Je n'ai rien vu ni senti, répondit Amira avec un sourire affectueux. Cela fait trop longtemps que nous nous sommes vus.

— Prépare un peu d'*akuri* avec du pain grillé pour Diana et je te pardonnerai, répondit Fernando avec le même sourire. Son arôme seul suffira à me transporter au ciel.

Après les présentations, je me retrouvai dans la petite pièce où nous prenions nos repas en famille en 1590. Il n'y avait pas de carte au mur, mais le feu qui flambait dissipait un peu l'humidité.

Amira posa les assiettes d'œufs brouillés et de pain grillé devant nous avec des bols de riz et de lentilles. Tout était parfumé de piments, de graines de moutarde, de citron vert et de coriandre. Fernando se pencha au-dessus des plats pour respirer les vapeurs aromatiques.

— Ton *kanda poha* me rappelle ce petit étal où nous nous sommes arrêtés sur le chemin des grottes de Gharapuri, celle qui préparait le *chai* avec du lait de coco, dit-il en inspirant profondément.

— J'y comptais bien, dit Amira en plantant une cuiller dans les lentilles. Le cuisinier utilisait une recette de ma grand-mère. Et moi, je pile le riz à la manière traditionnelle, avec un mortier et un pilon en acier. Ainsi, ce sera bénéfique pour la grossesse de Diana.

Bien que j'aie soutenu que je n'avais pas faim, le cumin et le citron vert eurent un effet franchement alchimique sur mon appétit, et en un rien de temps, je me retrouvai devant une assiette vide.

— Voilà qui est mieux, dit Gallowglass avec satisfaction. À présent, allongez-vous donc sur le banc et fermez les yeux. Si vous n'êtes pas à votre aise, vous pouvez toujours vous reposer sur le lit dans l'ancien bureau de Pierre ou votre propre lit, d'ailleurs.

Le banc était en chêne, lourdement sculpté, et conçu pour vous dissuader de vous reposer. Lors de ma précédente existence dans la maison, il était dans le salon de réception, et il avait depuis été déplacé quelques pièces plus loin pour fournir un siège sous la fenêtre. Les journaux empilés à une extrémité laissaient entendre que c'était là qu'Amira s'asseyait le matin pour lire les nouvelles.

Je commençais à comprendre comment Matthew traitait ses maisons. Il vivait devant, les quittait, et revenait des dizaines ou des centaines d'années plus tard sans toucher le contenu à part pour changer légèrement la disposition du mobilier. En d'autres termes, il possédait une série de musées plutôt que des habitations proprement dites. Je songeai aux souvenirs qui m'attendaient dans le reste de la maison – la grande salle où j'avais fait la connaissance de George Chapman et de la veuve Beaton, le salon de réception où Walter Raleigh avait discuté de notre difficile situation sous les yeux attentifs de Henry VIII et d'Elizabeth Ire et la chambre par laquelle Matthew et moi avions atterri dans le XVIe siècle.

— Le banc ira très bien, m'empressai-je de répondre.

Si Gallowglass voulait bien se séparer de son blouson et Fernando de son long manteau en laine, les roses sculptées du dossier ne s'enfonceraient pas trop cruellement dans mes côtes. Pour exaucer mon désir, le tas de vêtements près de l'âtre s'arrangea en un matelas de fortune. Entourée des odeurs d'orange amère, d'embruns, de lilas, de tabac et de narcisse, je sentis mes paupières devenir lourdes et je sombrai dans le sommeil.

— Personne ne l'a ne serait-ce qu'aperçu, disait Amira.

Sa voix grave me tira de ma sieste.

— Malgré tout, tu ne devrais pas donner des cours tant que Benjamin met ta sécurité en danger, dit Fernando d'un ton ferme qui ne lui ressemblait pas. Et s'il entrait ici ?

— Benjamin se retrouverait face à une vingtaine de démons, de vampires et de sorciers en furie, voilà ce qui arriverait, répondit-elle. Matthew m'a dit d'arrêter, Fernando, mais le travail que je fais me paraît plus important que jamais.

— Il l'est.

Je me redressai en me frottant les yeux. Impossible d'estimer l'heure qu'il était aux changements de lumière, puisque nous étions toujours enveloppés de brouillard. D'après la pendule, quarante-cinq minutes avaient passé.

Sarah appela Marthe, qui apporta une infusion de menthe et de cynorrhodon, sans la moindre caféine qui aurait pu me réveiller, mais agréablement brûlante. J'avais oublié combien les demeures du XVIe siècle étaient froides.

Gallowglass m'arrangea une place tout près du feu. J'étais attristée d'être l'objet de toutes ses attentions. Il était tellement digne d'être aimé ; je ne voulais pas qu'il reste seul. Quelque chose dans mon expression dut révéler ce que je pensais.

— Pas de pitié, ma tante. Les vents ne soufflent pas toujours dans le sens que désire le navire, murmura-t-il en m'installant douillettement dans mon fauteuil.

— Les vents font ce que je leur dis.

— Et je tiens la barre de mon bateau. Si vous n'arrêtez pas, je le dirai à Matthew et vous aurez deux vampires en colère sur le dos au lieu d'un seul.

Il était prudent de changer de sujet.

— Matthew fonde sa propre famille, Amira, expliquai-je en me tournant vers mon hôte. Elle accueillera toutes sortes de créatures. Qui sait, nous pourrions bien y accepter même des êtres humains. Nous aurons besoin de yoga, s'il réussit.

Je m'interrompis alors que ma main droite commençait à me démanger et à palpiter de couleurs. Je la regardai un moment en silence, puis je pris une décision. Je regrettai que le porte-documents en cuir que Phoebe avait apporté pour protéger les pages du Livre de la Vie soit resté à l'autre bout de la pièce au lieu d'être près de moi. Malgré ma sieste, j'étais encore épuisée.

Le porte-documents apparut sur la table voisine.

— Abracadabra, murmura Fernando.

— Puisque vous habitez dans la maison de Matthew, c'est normal que nous vous expliquions pourquoi nous vous sommes tous tombés dessus, dis-je à Amira. Vous avez probablement entendu parler du « premier grimoire » des sorcières ? (Amira hocha la tête. Je lui tendis les deux pages que nous avions déjà retrouvées.) Ceci provient du livre en question, celui que les vampires appellent le Livre de la Vie. Nous pensons qu'une autre page est entre les mains d'une personne du nom de T.J. Weston, qui vit à Chipping Weston. Maintenant que nous nous sommes tous restaurés, Phoebe et moi allons voir si ce monsieur ou cette dame est disposé à le vendre.

Ysabeau et Phoebe apparurent au même instant. La jeune fille était blanche comme un linge. Ysabeau avait l'air vaguement blasé.

— Qu'est-ce qu'il y a, Phoebe ? demandai-je.

— Il y a un Holbein. Dans les toilettes, dit-elle en se prenant le visage entre les mains. Une petite huile de la fille de Thomas More, Margaret. Il ne devrait pas être accroché dans des toilettes !

Je commençais à comprendre pourquoi Matthew trouvait fatigantes mes objections à la manière dont sa famille traitait ses livres.

— Arrêtez de jouer les saintes-nitouches, dit Ysabeau, un peu agacée. Margaret n'était pas le genre de femme à s'offusquer devant un peu de chair nue.

— Vous croyez… C'est…, bafouilla Phoebe. Ce n'est pas l'inconvenance de la situation qui me gêne, mais le risque que Margaret More pique du nez dans la cuvette à tout instant !

— Je comprends, Phoebe, compatis-je. Cela vous consolerait-il de savoir qu'il y a d'autres œuvres de Holbein dans le salon, plus grandes et plus importantes ?

— Et en haut. Toute la sainte famille est dans l'un des greniers, dit Ysabeau, l'index levé. Thomas More était un jeune homme arrogant et il n'est pas devenu humble avec l'âge. Matthew ne s'en formalisait pas, apparemment, mais Thomas et Philippe ont failli en venir aux mains en plusieurs occasions. Si sa fille se noie dans les toilettes, cela lui fera les pieds.

Amira se mit à glousser. Après un regard choqué, Fernando se joignit à elle. Un instant plus tard, tout le monde riait, même Phoebe.

— Qu'est-ce que c'est que tout ce bruit ? Qu'est-ce qui se passe encore ? demanda Marthe depuis le seuil.

— Phoebe est en train de s'habituer à devenir une Clermont, dis-je en m'essuyant les yeux.

— *Bonne chance**, dit Marthe, ce qui nous fit rire de plus belle.

Cela nous rappelait fort heureusement que, si différents que nous fussions, nous étions une sorte de famille – pas plus étrange ou singulière que des milliers d'autres avant nous.

— Et ces pages que vous avez apportées, elles proviennent aussi des collections de Matthew ? demanda Amira, reprenant la conversation où nous l'avions laissée.

— Non. Une a été donnée à mes parents et l'autre était entre les mains du petit-fils de Matthew, Andrew Hubbard.

— Mmm... Tellement de peur.

Le regard d'Amira se fit vague. C'était une sorcière douée de clairvoyance et d'empathie.

— Amira ? demandai-je en la scrutant.

— Du sang et de la peur, dit-elle en frissonnant, comme si elle ne m'entendait pas. C'est dans le parchemin même, pas seulement dans le texte.

— Faut-il que je l'arrête ? demandai-je à Sarah.

La plupart du temps, mieux valait ne pas laisser le don de deuxième vue d'une sorcière prendre le dessus, mais Amira avait sombré très vite dans sa vision d'un autre lieu et d'une autre époque. Il pouvait arriver qu'une sorcière s'aventure si loin dans une forêt d'images et de sensations qu'elle ne pouvait plus en ressortir.

— Certainement pas, dit Sarah. Nous sommes deux pour pouvoir l'aider si elle se perd.

— Une jeune femme… une mère. Elle a été tuée devant ses enfants, murmura Amira. (Mon estomac se souleva.) Leur père était déjà mort. Quand les sorcières lui ont ramené le corps de son époux, elles l'ont laissé tomber à ses pieds et l'ont forcée à regarder ce qui lui avait été fait. C'est elle la première à avoir maudit le livre. Tant de savoir, perdu pour toujours. (Elle ferma les yeux. Quand elle les rouvrit, ils brillaient de larmes.) Ce parchemin a été fait de la peau qui couvrait ses côtes.

Je savais que le Livre de la Vie avait en lui des créatures mortes, mais jamais je n'aurais imaginé en savoir davantage sur elles que ce que leur ADN était en mesure de révéler. Je courus vers la porte, en proie à la nausée. Corra claqua des ailes en essayant de garder son équilibre, mais elle n'avait plus beaucoup de place à cause de la présence des jumeaux.

— Chut. Ce ne sera pas votre destin. Je vous le promets, dit Ysabeau en me rattrapant et en me prenant dans ses bras.

Elle était fraîche et solide et sa force était évidente malgré sa gracieuse silhouette.

— Est-ce bien de vouloir essayer de réparer ce livre ? demandai-je une fois que ma nausée eut disparu. Et en l'absence de Matthew ?

— Bien ou mal, il faut le faire, dit Ysabeau en me caressant les cheveux. Appelez-le, Diana. Il ne voudrait pas que vous souffriez ainsi.

— Non. Matthew a une tâche à accomplir. Et moi la mienne.

— Finissons-la, alors, dit Ysabeau.

Chipping Weston était le genre de village anglais pittoresque que les romanciers aiment choisir comme cadre pour leurs énigmes. On aurait dit une carte postale ou un décor de cinéma, mais plusieurs centaines de personnes y habitaient dans des maisons à toit de chaume bordant une poignée d'étroites rues. Il s'enorgueillissait de posséder encore sur son terrain communal un pilori pour les criminels et deux pubs, si bien que même une fois fâché avec la moitié de vos concitoyens, vous aviez toujours un endroit où aller prendre votre bière le soir.

Manor House ne fut pas difficile à trouver.

— Les grilles sont ouvertes, dit Gallowglass en faisant craquer ses phalanges.

— Quel est votre plan Gallowglass ? Courir à la porte et la défoncer à mains nues ? demandai-je en descendant de la voiture de Leonard. Venez, Phoebe. Allons sonner.

Suivies de Gallowglass, nous passâmes la grille et contournâmes la jardinière ronde qui devait être une ancienne fontaine. Au milieu se dressaient deux buis taillés en forme de teckels.

— Comme c'est extraordinaire, murmura Phoebe en regardant les deux topiaires.

La porte du manoir était flanquée de fenêtres basses. Il n'y avait pas de sonnette, mais un heurtoir en fer – également en forme de teckel – avait été monté à la va-vite sur l'épais panneau de bois. Avant que Phoebe ait le temps de me faire un sermon sur la conservation des demeures anciennes, je soulevai le chien et donnai un coup sec.

Silence.

Je recommençai, avec un peu plus d'insistance.

— Nous sommes parfaitement visibles depuis la route, fronda Gallowglass. Je n'ai jamais vu un mur aussi ridicule. Un enfant pourrait l'enjamber.

— Tout le monde ne peut pas avoir des douves, répondis-je. Je ne crois pas que Benjamin ait jamais entendu parler de Chipping Weston, et encore moins qu'il nous ait suivis ici.

J'allais frapper de nouveau quand la porte s'ouvrit d'un seul coup. Un homme chaussé de lunettes de protection et portant un parachute enroulé autour de ses épaules comme une cape apparut devant moi. Des chiens gambadaient autour de ses pieds en frétillant et en aboyant.

— De quand arrivez-vous ?

L'inconnu m'enveloppa dans son étreinte pendant que je tentais de comprendre le sens de son étrange question. Les chiens continuaient de sautiller et de s'agiter, tout excités de faire ma connaissance, maintenant que leur maître avait exprimé son approbation. Il me lâcha et souleva ses lunettes. Son regard me tapota gentiment comme pour un baiser de bienvenue.

— Vous êtes un démon, dis-je inutilement.

— Et vous une sorcière. (De ses yeux vairons vert et bleu, il considéra Gallowglass.) Et lui un vampire.

Pas le même que vous aviez la dernière fois, mais encore assez grand pour changer une ampoule.

— Je ne fais pas dans les ampoules, dit Gallowglass.

— Attendez. Je vous connais, dis-je en passant en revue des visages dans ma mémoire. (C'était l'un des démons que j'avais vus dans la Bodléienne l'an dernier la première fois que j'étais tombée sur l'Ashmole 782. Il aimait le *latte* et démonter les lecteurs de microfilms. Il portait toujours des écouteurs, même s'il ne les branchait pas.) Timothy ?

— Lui-même. (Il me regarda et des deux mains, il mima des revolvers. Je remarquai qu'il portait toujours des santiags dépareillées, mais cette fois, l'une était verte et l'autre bleue – sans doute pour être assorties à ses yeux. Il claqua de la langue.) Je vous l'avais dit, ma petite : c'est vous.

— Êtes-vous T.J. Weston ? demanda Phoebe en essayant de se faire entendre dans le vacarme de jappements.

Timothy se fourra les doigts dans les oreilles et articula muettement : « Je ne vous entends pas. »

— Hé ! brailla Gallowglass. Vos gueules, les bestioles !

Les aboiements cessèrent aussitôt. Les chiens s'assirent, gueule ouverte et langue pendante, en regardant Gallowglass avec adoration. Timothy enleva un doigt d'une oreille.

— Génial, dit-il.

Il laissa échapper un sifflement appréciateur. Immédiatement, les chiens reprirent leurs aboiements.

Gallowglass nous poussa à l'intérieur en maugréant que le vacarme avait dérangé Abricot et Bonbon. La paix revint une fois qu'il se fut allongé devant l'âtre et qu'il eut laissé les chiens lui grimper dessus et le lécher comme si leur mâle dominant était enfin revenu après une longue absence.

— Comment s'appellent-ils ? s'enquit Phoebe, essayant de compter le nombre de queues dans l'amas grouillant.

— Hansel et Gretel, évidemment, répondit Timothy en la regardant comme si elle était irrécupérable.

— Et les quatre autres ? demanda-t-elle.

— Oscar. Molly. Rusty. Et Flaque, dit Timothy en les désignant successivement.

— Il aime jouer dehors sous la pluie ?

— Non, elle aime en faire sur le parquet. Elle s'appelait Pénélope, mais maintenant, tous les gens du village l'appellent Flaque.

Une transition élégante entre ce sujet et le Livre de la Vie étant impossible, je me lançai directement.

— Avez-vous acheté une page de manuscrit portant une enluminure représentant un arbre ?

— Oui, dit-il en clignant des paupières.

— Seriez-vous disposé à me la vendre ?

Il était inutile de tourner autour du pot.

— Non.

— Nous sommes prêts à payer beaucoup.

Phoebe n'aimait peut-être pas l'indifférence nonchalante avec laquelle les Clermont accrochaient leurs tableaux, mais elle commençait à voir les avantages de leur pouvoir d'achat.

— Elle n'est pas à vendre.

Timothy ébouriffa les oreilles de l'un des chiens qui retourna auprès de Gallowglass et entreprit de ronger le bout de sa botte.

— Je peux la voir ? demandai-je, me disant qu'il accepterait peut-être de me la prêter.

— Bien sûr.

Timothy enleva son parachute et sortit à grands pas. Nous nous empressâmes de le suivre.

Il nous fit traverser une enfilade de pièces qui avaient été de toute évidence prévues pour des usages tout à fait différents de leur fonction présente. Une salle à manger abritait en son centre une batterie cabossée dont la grosse caisse portait le nom DEREK ET LES DÉRANGEURS, et une autre pièce avait l'air d'un cimetière pour appareils électroniques malgré ses sofas en chintz et son papier peint à motifs de rubans.

— Elle est par là. Quelque part, dit-il en désignant la pièce suivante.

— Sainte mère de Dieu, dit Gallowglass, stupéfait.

« Par là » était l'ancienne bibliothèque. « Quelque part » recouvrait une multitude de cachettes possibles, depuis des caisses et du courrier jamais ouvert, des cartons de partitions remontant aux années vingt et des piles et des piles de vieux journaux. Il y avait aussi une vaste collection de cadrans d'horloges, de montres et de pendules de toutes tailles, espèces et époques.

Et des manuscrits. Des milliers.

— Je crois qu'elle est dans une chemise bleue, dit Timothy en se grattant le menton.

Il avait manifestement commencé à se raser à un moment de la journée, mais il n'avait jamais terminé et il restait deux plaques de barbe.

— Depuis combien de temps achetez-vous des livres anciens ? demandai-je en ramassant le premier qui me tomba sous la main.

C'était un cahier de sciences du XVIIIe siècle, allemand, sans aucune valeur particulière sauf pour un spécialiste de l'éducation au siècle des Lumières.

— Depuis mes treize ans. C'est à cette époque que ma grand-mère est morte et m'a légué cette maison. Ma mère est partie quand j'avais cinq ans et comme mon père, Derek, est mort d'une overdose quand j'en ai eu neuf, il ne restait plus que ma grand-mère et moi. (Il jeta un regard affectueux autour de lui.) Je restaure la maison depuis cette époque. Vous voulez voir le nuancier que j'ai choisi pour la galerie du premier étage ?

— Tout à l'heure, peut-être, dis-je.

— OK, dit-il, déçu.

— Pourquoi vous intéressez-vous aux manuscrits ?

Quand on tentait d'obtenir des réponses de démons et d'étudiants de première année, il valait mieux être franc et direct.

— Ils sont comme la maison, ils me rappellent quelque chose que je ne dois pas oublier, dit Timothy, comme si cela expliquait tout.

— Avec un peu de chance, l'un d'eux lui rappellera où il a mis la page de votre livre, dit Gallowglass à mi-voix. Sinon, il va nous falloir des semaines pour trier tout ce fouillis.

Nous n'avions pas des semaines. Je voulais sortir l'Ashmole 782 de la Bodléienne et le compléter afin que Matthew puisse rentrer. Sans le Livre de la Vie, nous étions à la merci de la Congrégation, de Benjamin et de toutes les ambitions personnelles de Knox et de Gerbert. Une fois que le manuscrit serait à l'abri entre nos mains, tous seraient obligés de négocier selon nos termes – scion ou pas scion. Je me retroussai les manches.

— Cela ne vous ennuie pas, Timothy, si je me sers de magie dans votre bibliothèque ? me parut-il courtois de demander.

— Ce sera bruyant ? demanda-t-il. Les chiens n'aiment pas le bruit.

— Non, dis-je en réfléchissant aux possibilités. Je crois que ce sera totalement silencieux.

— Oh, eh bien, d'accord, alors, dit-il, soulagé, avant de remettre ses lunettes, au cas où.

— Encore de la magie, ma tante ? demanda Gallowglass. Vous y recourez beaucoup, ces derniers temps.

— Attendez demain, murmurai-je.

Si j'avais les trois pages manquantes, je comptais aller à la Bodléienne. Et là, on ne prendrait plus de gants.

Un tas de papiers s'agita sur le sol.

— Vous avez déjà commencé ? s'inquiéta Gallowglass.

— Non, dis-je.

— Alors qu'est-ce qui provoque ce chahut ? demanda-t-il en s'approchant des paperasses qui bougeaient toujours.

Une queue frétilla entre un porte-documents en cuir et une boîte de crayons.

— Flaque ! s'exclama Timothy.

La chienne sortit à reculons en traînant une chemise bleue.

— Gentille petite, roucoula Gallowglass en s'accroupissant et en tendant la main. Donne.

Flaque se dressait, la page manquante de l'Ashmole 782 dans la gueule, l'air très contente d'elle. En revanche, elle ne l'apporta pas à Gallowglass.

— Elle veut que vous lui couriez après, expliqua Timothy.

— Pas question que je coure après ce chien, grogna Gallowglass.

Finalement, nous nous y mîmes tous. Flaque était le teckel le plus rapide et le plus malin qui fût ; elle se glissait sous les meubles et feintait à gauche avant de tourner à droite. Gallowglass était rapide, mais pas de petite taille. Flaque ne cessait de lui filer entre les doigts, ravie de ses exploits.

Finalement, à bout de souffle, elle fut obligée de déposer la chemise un peu mouillée de bave par terre, et Gallowglass en profita pour se jeter dessus.

— Quelle petite championne ! dit Timothy en soulevant la chienne frétillante. Tu vas remporter les Jeux olympiques des teckels, cet été, ça ne fait aucun doute. (Un papier était coincé entre les griffes de Flaque.) Oh, voilà mes impôts locaux.

Gallowglass me tendit la chemise.

— Phoebe devrait avoir l'honneur de la voir la première, dis-je en la lui passant. Sans elle, nous ne serions pas là.

Phoebe l'entrouvrit. L'image qui se trouvait à l'intérieur était si resplendissante qu'elle aurait pu avoir été peinte la veille. Les couleurs vibrantes et les détails du tronc et des feuilles ne faisaient qu'accentuer l'éclat qui se dégageait de la page. Elle débordait d'énergie. C'était incontestable.

— Elle est magnifique, dit Phoebe en levant les yeux vers moi. C'est la page que vous cherchiez ?

— Oui, dit Gallowglass. C'est bien elle.

Phoebe déposa la page entre mes mains. À peine le parchemin les eut-il touchées qu'elles s'illuminèrent et projetèrent de petites étincelles de couleur dans la pièce. Des filaments d'énergie s'échappèrent du bout de mes doigts pour rejoindre le parchemin avec un grésillement électrique presque audible.

— Il y a beaucoup d'énergie dans cette page. Et pas entièrement positive, dit Timothy en reculant. Elle a besoin de retourner dans le livre que vous avez découvert à la Bodléienne.

— Je sais que vous ne voulez pas vendre cette page, dis-je, mais pourrais-je l'emprunter, juste pour une journée ?

Je pouvais aller directement à la Bodléienne, rappeler l'Ashmole 782 et lui rapporter la page le lendemain après-midi – à condition que le Livre de la Vie me laisse la reprendre une fois que je l'aurais remise dans la reliure.

— Non, répondit Timothy.

— Vous ne voulez pas que je l'achète. Vous ne voulez pas que je l'emprunte, dis-je, de plus en plus exaspérée. Vous y tenez pour des raisons sentimentales ?

— Évidemment que oui. Enfin, c'est mon ancêtre, non ?

Tous les yeux se tournèrent vers l'image que je tenais à la main. Même Flaque la regarda d'un air intéressé en flairant l'air de son long museau délicat.

— Comment le savez-vous ? chuchotai-je.

— Je vois des trucs, des micropuces, des grilles de mots croisés, vous, le type dont la peau a servi pour fabriquer le parchemin. Je savais qui vous étiez dès l'instant où vous êtes entrée dans la salle Duke Humfrey, dit tristement Timothy. Je vous l'ai dit. Mais vous ne m'avez pas écouté et vous êtes partie avec le grand vampire. C'est vous.

— Moi quoi ?

Ma gorge se serra. Les visions des démons étaient bizarres et irréelles, mais elles pouvaient être terriblement justes.

— C'est vous qui apprendrez comment tout a commencé, le sang, la mort, la peur. Et celle qui pourra y mettre fin, une bonne fois pour toutes. (Timothy soupira.) Vous ne pouvez pas acheter mon aïeul, et vous ne pouvez pas l'emprunter. Mais si je vous le confie, vous ferez en sorte que sa mort ait servi à quelque chose ?

— Je ne peux pas vous le jurer, Timothy. (Il m'était absolument impossible de promettre quelque chose d'aussi vaste et imprécis.) Nous ignorons ce que le livre va révéler. Et je ne peux sûrement pas garantir que quelque chose changera.

— Pouvez-vous faire en sorte que son nom ne soit pas oublié, une fois que vous l'aurez appris ? demanda-t-il. Les noms sont importants, vous savez.

Une sensation irréelle m'envahit. Ysabeau m'avait dit la même chose peu après notre rencontre. Je revis mentalement Edward Kelley. « *Vous allez y trouver votre nom aussi* », s'était-il écrié quand l'empereur Rodolphe l'avait forcé à lui céder le Livre de la Vie. Les poils se hérissèrent sur ma nuque.

— Je n'oublierai pas son nom, promis-je.

— Parfois, c'est suffisant, dit Timothy.

28

Minuit était passé depuis plusieurs heures et tout espoir que j'avais de dormir s'était envolé. Le brouillard s'était légèrement levé, et la clarté de la pleine lune perçait les lambeaux gris qui flottaient encore entre les arbres et dans les coins reculés de la forêt où sommeillaient les cerfs. Un ou deux membres de la harde étaient encore en train de brouter les derniers brins d'herbe verte. Une forte gelée arrivait ; je la sentais. J'étais en phase avec les rythmes de la terre et du ciel comme je ne l'avais encore jamais été avant de vivre à une époque où le jour s'organisait selon la hauteur du soleil et non le cadran d'une horloge, et où les saisons décidaient tout, de ce que vous mangiez aux remèdes que vous preniez.

J'étais de retour dans notre chambre, celle où Matthew et moi avions passé notre première nuit au XVIe siècle. Seuls quelques détails avaient changé : l'électricité qui alimentait les lampes, le cordon victorien près de la cheminée pour appeler les domestiques afin qu'ils s'occupent du feu ou apportent du thé (même si je n'avais pas la moindre idée de l'utilité que cela présentait dans la maison d'un vampire), le placard qui avait été ménagé dans une portion de la pièce voisine.

Une tension inattendue avait régné pendant notre retour à Old Lodge après notre entrevue avec Timothy Weston. Gallowglass avait rigoureusement refusé de m'emmener à Oxford maintenant que nous avions localisé la dernière page du Livre de la Vie, alors que ce n'était pas encore l'heure de dîner et que la salle Duke Humfrey était ouverte jusqu'à 19 heures durant la période des cours. Quand Leonard proposa de me conduire, Gallowglass menaça de le tuer avec un luxe de détails particulièrement dérangeant. Fernando et Gallowglass étaient partis à l'écart, prétendument pour discuter, et Gallowglass était revenu avec une lèvre fendue en train de cicatriser, un œil au beurre noir et avait marmonné des excuses à Leonard.

— Vous n'irez pas, dit Fernando alors que je sortais. Je vous emmènerai demain, mais pas ce soir. Gallowglass a raison : vous avez l'air d'une mourante.

— Arrêtez de me couver, grinçai-je, mes mains continuant de crachoter des étincelles.

— Je vous couverai jusqu'à ce que votre compagnon, et mon créateur, soit revenu, dit Fernando. La seule créature au monde qui pourrait m'obliger à vous emmener à Oxford est Matthew. Ne vous gênez pas pour l'appeler, dit-il en me tendant son téléphone.

Cela avait été la fin de la discussion. J'avais accepté les consignes de Fernando de mauvaise grâce, même si j'avais la migraine et fait plus de magie en une semaine que durant toute ma vie.

— Tant que vous avez ces trois pages, aucune autre créature ne peut entrer en possession du livre, me dit Amira.

Elle essayait de me réconforter, mais c'était une bien maigre consolation alors que le livre était si près.

Même le spectacle des trois pages alignées sur la longue table dans la grande salle ne m'avait pas mise de meilleure humeur. J'avais attendu et redouté ce moment depuis que nous avions quitté Madison, mais maintenant qu'il était arrivé, il me paraissait étrangement décevant.

Phoebe avait disposé soigneusement les images en veillant à ce qu'elles ne se touchent pas. Nous avions appris à nos dépens qu'elles avaient apparemment une affinité magnétique. Quand j'étais arrivée à la maison et que je les avais emballées ensemble en prévision de mon départ pour la Bodléienne, un bruit aigu s'était échappé des pages, suivi d'un murmure que tout le monde avait entendu – même Phoebe.

— Tu ne peux pas entrer dans la bibliothèque avec ces trois pages et les fourrer dans un livre enchanté, dit Sarah. C'est de la folie. Il va forcément y avoir des sorciers dans la salle. Ils vont accourir.

— Et qui sait comment le Livre de la Vie va réagir ? dit Ysabeau en touchant l'enluminure de l'arbre du bout du doigt. Et s'il pousse un cri perçant ? Des fantômes pourraient être libérés. Ou bien Diana pourrait déclencher une averse ou un incendie.

Après ce qu'elle avait vécu à Londres, Ysabeau s'était documentée. Elle était désormais en mesure de discuter d'un large éventail de sujets, notamment des apparitions spectrales et du nombre de phénomènes occultes qui avaient été observés dans les îles Britanniques au cours des deux dernières années.

— Tu vas devoir le voler, dit Sarah.

— Je suis titulaire d'une chaire à Yale, Sarah ! Je ne peux pas. Ma vie d'universitaire…

— … est probablement terminée, acheva-t-elle pour moi.

— Allons, Sarah, la gronda Fernando. C'est un peu excessif, même de votre part. Il y a sûrement un moyen pour Diana d'emprunter l'Ashmole 782 et le rendre plus tard.

J'essayai vainement d'expliquer que l'on n'empruntait pas de livres à la Bodléienne. Avec Ysabeau et Sarah responsables de la logistique et Fernando et Gallowglass de la sécurité, j'étais reléguée à un poste où je ne pouvais que conseiller, aviser et prévenir. Ils étaient encore plus tyranniques que Matthew.

Et c'est ainsi que je me retrouvai à 4 heures du matin à contempler le paysage par la fenêtre en attendant que le soleil se lève.

— Qu'est-ce qu'il faut que je fasse ? murmurai-je, le front appuyé sur la vitre glacée.

À peine eus-je posé la question qu'un frisson de conscience me parcourut la peau comme si j'avais mis le doigt dans une prise électrique. Une silhouette chatoyante vêtue de blanc surgit de la forêt, accompagnée d'un cerf blanc. L'animal surnaturel marchait lentement aux côtés de la femme, sans craindre la chasseresse qui tenait un arc et portait un carquois. *La déesse*.

Elle s'arrêta et leva les yeux vers ma fenêtre.

— Pourquoi tant de tristesse, ma fille ? chuchota-t-elle de sa voix argentine. As-tu perdu ce que tu désires le plus ? (J'avais appris à ne pas répondre à ses questions. Elle sourit de ma réticence.) Ose te joindre à moi sous cette pleine lune. Peut-être le retrouveras-tu.

La déesse posa la main sur les bois du cerf et attendit.

Je me faufilai discrètement dehors. Le gravier des allées du jardin en nœuds crissa sous mes pas et je laissai des empreintes sombres sur l'herbe poudrée de givre. Je me retrouvai rapidement devant la déesse.

— Pourquoi es-tu là ? demandai-je.

— Pour t'aider. (Ses yeux étaient argent et noir sous le clair de lune.) Tu vas devoir renoncer à quelque chose si tu désires posséder le Livre de la Vie, quelque chose qui t'est précieux.

— J'ai assez donné, dis-je d'une voix tremblante. Mes parents, puis mon premier enfant, et ensuite ma tante. Même ma vie n'est plus à moi. C'est à toi qu'elle appartient.

— Et je n'abandonne pas ceux qui me servent. (Elle tira une flèche de son carquois et me la tendit. Elle était longue et argentée avec un empennage en plumes de chouette.) Prends-la.

— Non, dis-je. Pas sans en connaître le prix.

— Personne ne se refuse à moi.

La déesse glissa la flèche sur son arc et visa. C'est alors que je remarquai que l'arme n'avait pas de pointe. Sa main partit en arrière, bandant la corde argentée.

Je n'eus pas le temps de réagir avant qu'elle la lâche. La flèche fila droit sur ma poitrine. Je sentis une douleur cuisante, la chaîne à mon cou qui se tendait, puis une chaude démangeaison entre mon omoplate gauche et ma colonne vertébrale. Les maillons d'or qui tenaient la pointe de flèche de Philippe glissèrent le long de mon corps et atterrirent à mes pieds. Je sentis l'étoffe couvrant ma poitrine s'imbiber de sang, mais il n'y avait rien hormis un minuscule trou pour indiquer où la flèche avait traversé.

— Tu ne peux devancer ma flèche. Aucune créature ne le peut. Elle fait partie de toi à présent, dit-elle. Même ceux qui sont nés forts doivent porter une arme.

Je scrutai le sol à mes pieds, cherchant le bijou de Philippe. Quand je me redressai, j'en sentis la pointe contre mes côtes. Je fixai la déesse, ébahie.

— Ma flèche ne manque jamais sa cible, dit-elle. Le jour où tu en as besoin, n'hésite pas. Et vise juste.

— Ils ont été déplacés *où* ?

Ce n'était pas possible. Alors que nous étions à deux doigts de trouver les réponses.

— La bibliothèque scientifique Radcliffe. (Sean était désolé, mais sa patience était à bout.) Ce n'est pas la fin du monde, Diana.

— Mais... c'est...

Je n'achevai pas et laissai pendre entre mes doigts le formulaire de demande de l'Ashmole 782 rempli.

— Tu ne lis pas tes e-mails ? Nous avons prévenu tout le monde du déménagement il y a des mois, dit Sean. Je veux bien prendre ta demande et la saisir, étant donné que tu étais partie et que tu n'avais pas de connexion Internet. Mais aucun des manuscrits Ashmole n'est ici et tu ne peux pas les faire venir dans cette salle de lecture sauf si tu peux affirmer de bonne foi qu'ils sont en rapport avec les manuscrits et les cartes qui sont encore ici.

Parmi toutes les contingences que nous avions envisagées pour ce matin – et elles étaient aussi nombreuses que variées – nous n'avions pas imaginé que la Bibliothèque bodléienne déciderait de déménager les livres et manuscrits de la salle Duke Humfrey à la bibliothèque scientifique Radcliffe. Nous avions laissé Sarah et Amira à la maison avec Leonard, au cas où nous aurions eu besoin de renforts magiques. Gallowglass et Fernando étaient tous les deux dehors en train de paresser à côté de la statue de William, le fils de Mary Herbert, et de se faire prendre en photo par les touristes de sexe féminin. Ysabeau avait obtenu d'entrer dans la bibliothèque après avoir appâté le directeur du développement avec un cadeau dont la valeur approchait le PIB annuel du Liechtenstein. Elle était désormais en train de bénéficier d'une visite privée des lieux. Phoebe, qui avait été élève de Christ Church et donc la seule de ma bande à posséder une carte de bibliothèque, m'avait accompagnée dans la salle Duke Humfrey et attendait patiemment sur un siège donnant sur les jardins de l'Exeter's College.

— Comme c'est horripilant.

Ils avaient beau avoir déménagé des quantités de livres et de manuscrits rares, j'étais absolument certaine que l'Ashmole 782 était encore ici. Après tout, mon père n'avait pas lié le Livre de la Vie à son numéro d'identification, mais à la bibliothèque. En 1850, la bibliothèque Radcliffe n'existait pas.

Je consultai ma montre. Il était seulement 10 heures et demie. Une horde d'enfants en voyage scolaire venait d'être lâchée dans la cour, et leurs voix haut perchées résonnaient sur les murs de pierre. Combien de temps allait-il me falloir pour concocter une excuse qui satisfasse Sean ? Phoebe et moi devions trouver un plan de secours. Je tentai de toucher l'endroit en bas de mon dos où était logée la pointe de la flèche de la déesse. Le fût me forçait à rester droite comme un *I* et si je m'affaissais ne fût-ce qu'un peu, j'étais avertie par un picotement.

— Et n'imagine pas que tu vas facilement trouver une bonne excuse pour consulter le manuscrit ici, me prévint Sean, lisant dans mes pensées. (Les humains ne manquaient jamais de mettre en branle leur sixième sens dormant dans les moments les plus inopportuns.) Ton ami ne cesse de déposer des demandes de toutes sortes depuis des semaines, et il a beau demander à voir les manuscrits ici, les demandes sont systématiquement redirigées sur Parks Road.

— Veste en tweed ? Pantalon en velours côtelé ?

Si Peter Knox était dans la salle Duke Humfrey, j'allais l'étrangler.

— Non, le type qui est assis près du catalogue, dit Sean en désignant du pouce Selden End.

Je sortis précautionneusement à reculons du bureau de Sean en face de l'ancien comptoir et sentis l'effet anesthésiant du regard d'un vampire. *Gerbert ?*

— Mistress Roydon.

Pas Gerbert.

Le bras de Benjamin était passé sur les épaules de Phoebe et de petites taches rouges maculaient le col de son chemisier blanc. Pour la première fois depuis que je la connaissais, Phoebe avait l'air terrifié.

— *Herr* Fuchs, dis-je d'une voix plus forte que d'habitude, espérant qu'Ysabeau ou Gallowglass entendraient son nom malgré le vacarme des enfants.

Je me forçai à marcher vers lui d'un pas mesuré.

— Quelle surprise de vous voir ici, et surtout aussi... féconde.

Le regard de Benjamin erra lentement sur mes seins puis l'endroit de mon ventre où les jumeaux étaient pelotonnés. L'un d'eux donnait des coups de pieds furieux comme s'il cherchait à se libérer. Corra aussi se tordait et grondait en moi.

Ni feu ni flamme. Le serment que j'avais prêté quand j'avais obtenu ma première carte de lecteur flotta dans mon esprit.

— Je m'attendais à voir Matthew. Au lieu de cela, j'ai sa compagne. Et celle de mon frère, aussi. (Le nez de Benjamin descendit sur l'artère de Phoebe sous son oreille. Ses dents frôlèrent sa chair. Elle se mordit la lèvre pour ne pas crier.) Quel gentil garçon, Marcus, à être toujours aux côtés de son père. Je me demande s'il sera à tes côtés, ma petite, une fois que je t'aurai faite mienne.

— Libérez-la, Benjamin.

À peine eus-je dit cela que je me rendis compte que c'était inutile. Il n'y avait aucune chance que Benjamin laisse Phoebe partir.

— Ne vous inquiétez pas. Vous ne serez pas oubliée, répondit-il en caressant du bout des doigts le pouls sur le cou de Phoebe. J'ai de grands projets pour vous aussi, mistress Roydon. Vous êtes une bonne pouliche. Je le vois.

Où est Ysabeau ?

La flèche brûlait contre ma colonne vertébrale, m'invitant à user de son pouvoir. Mais comment pouvais-je viser Benjamin sans prendre le risque de blesser Phoebe ? Il l'avait placée légèrement devant lui, comme un bouclier.

— Celle-ci rêve de devenir une vampiresse, reprit Benjamin en frôlant des lèvres le cou de Phoebe qui geignit. Je pourrais réaliser ce rêve. Avec un peu de chance, je pourrais te renvoyer à Marcus avec un sang si puissant que tu pourrais le mettre à genoux.

La voix de Philippe résonna dans ma tête : *Réfléchissez – et restez en vie*. C'était la tâche qu'il m'avait confiée. Mais mes pensées étaient incohérentes. Des bribes de sortilèges et de mises en garde de Goody Alsop se mélangeaient aux menaces de Benjamin. Il fallait que je me concentre.

Du regard, Phoebe me suppliait de faire *quelque chose*.

— Utilise ton pitoyable pouvoir, sorcière. Je ne sais peut-être pas ce qu'il y a dans le Livre de la Vie, pas encore, mais j'ai appris que les sorcières ne sont pas de taille face aux vampires.

J'hésitai. Benjamin sourit. J'étais au croisement entre la vie que j'avais toujours pensé désirer – intellectuelle, universitaire, libre des désordres et des complications de la magie – et la vie que j'avais désormais. Si je mettais en œuvre la magie ici, dans la Bibliothèque bodléienne, je ne pourrais pas revenir en arrière.

— Quelque chose ne va pas ? demanda-t-il nonchalamment.

Mon dos continuait de me brûler et la douleur gagnait mon épaule. Je levai les mains et les écartai comme si je tenais un arc, puis je pointai mon index gauche sur Benjamin afin de le viser.

Ma main n'était plus couleur chair. Un vif flamboiement violet se propageait jusque dans ma paume. Je gémis intérieurement. Bien sûr que ma magie allait décider de changer *maintenant*. *Réfléchis. Quelle est la signification magique du violet ?*

Je sentis le frôlement d'une corde rêche contre ma joue. Je tordis les lèvres et soufflai. *Pas de distraction. Réfléchis. Reste en vie.*

Quand je regardai de nouveau mes mains, elles tenaient un arc – un arc réel, tangible, en bois décoré d'or et d'argent. Je sentis le bois me chatouiller étrangement et je reconnus cette sensation. *Le sorbier*. Et j'avais une flèche entre les doigts, aussi : son fût était en argent et se terminait par la pointe de flèche en or de Philippe. Allait-elle trouver sa cible ainsi que l'avait promis la déesse ? Benjamin poussa Phoebe afin qu'elle soit directement devant moi.

— Vise bien, sorcière. Tu vas tuer la sang-chaud de Marcus, mais j'aurai quand même ce que je suis venu chercher.

L'image de la mort atroce de Juliette me revint. Je fermai les yeux.

J'hésitai, incapable de tirer. L'arc et la flèche disparurent entre mes doigts. Je venais de faire ce que la déesse m'avait ordonné de ne pas faire.

J'entendis les pages des livres ouverts sur les tables voisines bruire dans un brusque courant d'air. Les poils se hérissèrent sur ma nuque. *Un vent sorcier.*

Il devait y avoir une autre sorcière dans la bibliothèque. J'ouvris les yeux.

C'était une vampiresse.

Ysabeau se dressait devant Benjamin, une main le tenant à la gorge et l'autre poussant Phoebe vers moi.

— Ysabeau, dit Benjamin avec un regard aigre.

— Tu attendais quelqu'un d'autre ? Matthew, peut-être ? (Du sang s'échappait d'une petite blessure dans laquelle Ysabeau avait enfoncé le doigt. La pression suffisait à immobiliser Benjamin. Une nausée me submergea.) Il est occupé ailleurs. Phoebe, ma chère, emmenez Diana retrouver Gallowglass et Fernando. Tout de suite.

Sans quitter sa proie du regard, Ysabeau me désigna de sa main libre.

— Allons-y, murmura Phoebe en me prenant le bras.

Ysabeau ôta son doigt avec un bruit audible. Benjamin porta la main à sa blessure.

— Nous n'en avons pas terminé, Ysabeau. Dites à Matthew que je le contacterai. Bientôt.

— Oh, je n'y manquerai pas.

Elle recula de deux pas, prit mon autre bras et me retourna brutalement vers la sortie.

— Diana ? me héla Benjamin. (Je m'arrêtai sans me retourner.) J'espère que vos enfants seront tous les deux des filles.

— Pas un mot avant que nous soyons dans la voiture, dit Gallowglass. (Il siffla.) Sortilège de déguisement, ma tante.

Je sentais qu'il avait perdu sa forme, mais j'étais incapable de mobiliser assez d'énergie pour l'arranger. La nausée que j'avais éprouvée à l'étage empirait.

Leonard pila dans un crissement de pneus devant les grilles de Hertford College.

— J'ai hésité. Tout comme avec Juliette.

Cette première fois, cela avait presque coûté la vie à Matthew. Aujourd'hui, c'était Phoebe qui avait presque payé pour ma peur.

— Faites attention à votre tête, dit Gallowglass en me faisant glisser sur la banquette.

— Dieu merci, nous avons pris la super bagnole de Matthew, murmura Leonard à Fernando qui s'installait devant. On rentre ?

— Oui, dis-je.

— Non, dit Ysabeau au même instant en apparaissant de l'autre côté de la voiture. À l'aéroport. Nous allons à Sept-Tours. Appelez Baldwin, Gallowglass.

— Pas question que j'aille à Sept-Tours, dis-je. Vivre sous l'autorité de Baldwin ? Jamais.

— Et Sarah ? demanda Fernando.

— Dites à Amira de la conduire à Londres et de nous retrouver là-bas. (Ysabeau tapa sur l'épaule de Leonard.) Je veux vous voir immédiatement pied au plancher, sinon je ne réponds pas de mes actes.

— Tout le monde est monté. En route !

Gallowglass ferma la portière au moment où Leonard s'élançait en marche arrière, manquant de peu un distingué professeur à bicyclette.

— Nom de Dieu. Je n'ai pas le tempérament pour le crime, souffla Gallowglass. Montre-nous le livre, ma tante.

— Diana ne l'a pas.

En entendant Ysabeau, Fernando interrompit sa conversation et se retourna vers nous.

— Alors pourquoi on se presse ? demanda Gallowglass.

— Nous sommes tombées sur le fils de Matthew. (Phoebe s'avança pour hausser la voix et parler dans le téléphone de Fernando.) Benjamin sait que Diana est enceinte, Sarah. Vous n'êtes pas en sécurité, ni Amira. Fuyez. Immédiatement.

— Benjamin ? demanda Sarah, horrifiée.

Une grosse main fit rasseoir Phoebe et lui tourna la tête.

— Il vous a mordue. (Gallowglass blêmit. Il m'empoigna et m'inspecta méticuleusement le visage et le cou.) Mon Dieu. Pourquoi n'avez-vous pas appelé à l'aide ?

Grâce à l'absolu mépris de Leonard pour les limites de vitesse et les sens interdits, nous approchions du M40.

— Il avait Phoebe.

Je me ratatinai sur mon siège, essayant de stabiliser mon ventre secoué en posant les deux bras sur les jumeaux.

— Où était mère-grand ? demanda Gallowglass.

— Mère-grand écoutait une affreuse bonne femme en chemisier fuchsia lui parler des travaux dans la bibliothèque pendant que soixante enfants piaillaient dans la cour, répondit Ysabeau en le foudroyant du regard. Et où étiez-vous, *vous* ?

— Cessez, tous les deux. Nous étions tous exactement là où nous devions être. (Comme d'habitude, Phoebe était la seule à parler raisonnablement.) Et nous en sommes tous sortis vivants. Ne pinaillons pas sur les détails.

Leonard s'élança sur le M40 en direction de Heathrow.

Je portai une main glacée à mon front.

— Je suis désolée, Phoebe, dis-je. Je n'arrivais plus à réfléchir.

— C'est tout à fait compréhensible, dit-elle vivement. Puis-je parler à Miriam, je vous prie ?

— Miriam ? demanda Fernando.

— Oui. Je sais que je ne suis pas infectée par la fureur sanguinaire, puisque je n'ai pas absorbé du sang de Benjamin. Mais il m'a mordue et elle souhaite peut-être avoir un échantillon de mon sang pour voir si la salive m'a affectée.

Nous la fixâmes tous, bouche bée.

— Plus tard, dit sèchement Gallowglass. Nous nous occuperons de science et de ce satané manuscrit plus tard.

La campagne défilait, indistincte. Je posai mon front contre la vitre en regrettant de tout mon cœur que Matthew ne soit pas avec moi, que la journée ne se soit pas terminée différemment, que Benjamin n'ait pas appris que j'étais enceinte de jumeaux.

Alors que nous approchions de l'aéroport, ses derniers mots – et la perspective d'avenir qu'ils évoquaient – me hantaient comme une énigme.

J'espère que vos enfants seront tous les deux des filles.

— Diana ! (La voix d'Ysabeau interrompit mon sommeil agité.) Matthew ou Baldwin. Choisissez, dit-elle, impérieuse. Il faut prévenir l'un des deux.

— Pas Matthew. (Je frémis et me redressai. Cette maudite flèche continuait de s'enfoncer dans mon épaule.) Il se précipitera et il n'y a aucune raison. Phoebe a raison. Nous sommes tous encore en vie.

Ysabeau jura comme un charretier et sortit son portable rouge. Avant que quiconque ait pu l'arrêter, elle parlait à Baldwin à toute vitesse en français. Je ne saisis que la moitié, mais d'après son expression effarée, Phoebe en avait compris davantage.

— Oh, mon Dieu, dit Gallowglass en secouant sa tignasse.

— Baldwin souhaiterait vous parler, dit Ysabeau en me tendant son téléphone.

— Je viens d'apprendre que vous avez vu Benjamin, dit Baldwin d'un ton glacial, aussi calme que Phoebe.

— En effet.

— Il a menacé les jumeaux ?

— En effet.

— Je suis votre frère, Diana. Pas votre ennemi. Ysabeau a eu raison de m'appeler.

— Si vous le dites. *Messire*.

— Savez-vous où est Matthew ? demanda-t-il.

— Non. (Je ne le savais pas... précisément.) Et vous ?

— Je présume qu'il est quelque part en train d'enterrer Jack Blackfriars.

Le silence qui suivit les paroles de Baldwin fut interminable.

— Vous êtes une absolue ordure, Baldwin de Clermont, dis-je d'une voix tremblante.

— Jack a été une victime nécessaire d'une guerre dangereuse et mortelle, que vous avez déclarée, d'ailleurs, soupira-t-il. Rentrez, ma sœur. C'est un ordre. Léchez vos blessures et attendez-le. C'est ce que nous avons tous appris à faire quand Matthew s'en va apaiser sa conscience coupable.

Il raccrocha avant que j'aie pu réussir à répondre.

— Je. Le. Hais, crachai-je.

— Moi aussi, dit Ysabeau en reprenant son téléphone.

— Baldwin est jaloux de Matthew, c'est tout, dit Phoebe.

Cette fois, son ton raisonnable fut irritant et je sentis l'énergie se déchaîner en moi.

— Je ne me sens pas bien, dis-je avec angoisse. Quelque chose ne va pas. Est-ce qu'on nous suit ?

Gallowglass me força à tourner la tête.

— Vous avez l'air affolé. À quelle distance sommes-nous de Londres ?

— Londres ? s'exclama Leonard. Vous avez dit Heathrow.

Il braqua le volant pour prendre une autre direction à un rond-point.

Mon estomac ne voulut pas suivre le mouvement. Une nausée me saisit et je tentai vainement de me retenir de vomir.

— Diana ? demanda Ysabeau en m'essuyant les lèvres de son écharpe en soie. Que vous arrive-t-il ?

— J'ai dû manger quelque chose qui ne me réussit pas, dis-je en réprimant une autre nausée. Je me sens bizarre depuis quelques jours.

— Bizarre comment ? s'inquiéta Gallowglass. Avez-vous mal à la tête, Diana ? Du mal à respirer ? Avez-vous mal à l'épaule ?

Je hochai la tête en sentant monter la bile.

— Vous avez dit qu'elle était angoissée, Phoebe ?

— Bien sûr que Diana était angoissée, rétorqua Ysabeau. (Elle vida le contenu de son sac sur le siège et le cala sous mon menton. Jamais je n'aurais imaginé vomir dans un sac Chanel, mais à présent, tout était possible.) Elle s'apprêtait à se battre avec Benjamin !

— L'anxiété est un symptôme d'une affection que je n'arrive pas à prononcer. Diana avait des brochures là-dessus à New Haven. Tenez bon, ma tante ! s'affola Gallowglass.

Je me demandai vaguement pourquoi il était aussi inquiet avant de vomir de nouveau, en plein dans le sac à main d'Ysabeau.

— Hamish ? Nous avons besoin d'un médecin. Un médecin vampire. Quelque chose ne va pas chez Diana.

Soleil en Scorpion

Quand le soleil est en le signe du Scorpion,
attends mort, peur et poison.
Durant ce temps de péril, prends garde aux serpents
et à toutes créatures venimeuses.
Le Scorpion gouverne conception et naissance, et les enfants nés
sous ce signe sont dotés de bien des dons.

> Diaire anglais, anonyme, env. 1590
> Gonçalves MS. 4890, f. 9r.

29

— Où est Matthew ? Il devrait être là, murmura Fernando en se détournant du spectacle de Diana assise dans la petite pièce ensoleillée où elle passait la majeure partie de son temps depuis qu'il lui avait été prescrit de rester alitée.

Elle ruminait encore ce qui était arrivé à la Bodléienne. Elle ne s'était pas pardonnée d'avoir laissé Benjamin menacer Phoebe ou d'avoir laissé filer entre ses doigts l'occasion de tuer le fils de Matthew. Mais Fernando craignait que ce ne soit pas la dernière fois que ses nerfs la lâchent face à l'ennemi.

— Diana va bien, dit Gallowglass, les bras croisés, appuyé contre le mur du couloir face à la porte. Le médecin l'a dit ce matin. Et puis Matthew ne peut pas revenir tant que tout n'est pas réglé avec sa nouvelle famille.

Gallowglass était leur seul lien avec Matthew depuis des semaines. Fernando poussa un juron et fondit sur Gallowglass, les lèvres pressées contre son oreille et la main sur sa gorge.

— Tu n'as pas prévenu Matthew, dit-il en baissant la voix pour que personne n'entende dans la maison. Il a le droit de savoir ce qui s'est passé ici,

Gallowglass : la magie, la découverte de la troisième page, l'apparition de Benjamin, l'état de Diana, tout.

— Si Matthew voulait savoir ce qui arrive à son épouse, il serait là et pas en train de dresser une meute d'enfants récalcitrants, répondit Gallowglass, suffoquant sous le poignet de Fernando.

— Et tu crois cela parce que *toi* tu serais resté ? demanda Fernando en le libérant. Tu es encore plus perdu que la lune en hiver. Peu importe où est Matthew. Diana lui appartient. Elle ne sera jamais à toi.

— Je le sais, répondit Gallowglass sans ciller.

— Matthew pourrait te tuer pour cela, dit Fernando tout à fait sérieusement.

— Il y a pire qu'être tué, répondit Gallowglass sans s'émouvoir. Le médecin a exigé qu'elle n'ait aucun stress, sinon les bébés pourraient mourir. Et Diana aussi. Tant qu'il me restera un souffle de vie, Matthew lui-même ne pourrait pas leur faire de mal. C'est mon travail, et je le fais bien.

— La prochaine fois que je vois Philippe de Clermont, et il est sûrement en train de se faire rôtir les pieds devant le feu du diable, il en répondra devant moi de te l'avoir confié.

Fernando savait que Philippe aimait décider à la place des autres. Il aurait dû prendre une autre décision en l'occurrence.

— Je l'aurais fait quand même, dit Gallowglass en reculant. Je n'ai apparemment pas le choix.

— Tu as toujours le choix. Et tu mérites d'être heureux.

Il y avait forcément quelque part une femme pour Gallowglass, se dit Fernando. Une qui lui ferait oublier Diana Bishop.

— Ah bon ? demanda tristement Gallowglass.

— Oui. Et Diana a le droit d'être heureuse aussi, dit Fernando sans prendre de gants. Ils sont séparés depuis assez longtemps. Il est grand temps que Matthew rentre.

— Seulement s'il maîtrise sa fureur sanguinaire. Être resté aussi éloigné de Diana l'a rendu assez instable. Si Matthew découvre que la grossesse met la vie de sa femme en danger, Dieu seul sait ce qu'il fera, répondit Gallowglass tout aussi franchement. Baldwin a raison. Le plus grand danger que nous affrontons, ce n'est pas Benjamin, ni la Congrégation : c'est Matthew. Mieux vaut cinquante ennemis au-dehors qu'un seul à l'intérieur.

— Alors Matthew est ton ennemi, à présent ? chuchota Fernando. Et selon toi, c'est lui qui a perdu la raison ? (Gallowglass ne répondit pas.) Si tu sais ce qui vaut mieux pour toi, Gallowglass, tu quitteras cette maison dès l'instant où Matthew y sera revenu. Où que tu ailles, et l'autre bout de la terre pourrait ne pas être assez loin pour te protéger de son courroux, je te conseille de passer du temps à genoux pour supplier Dieu de t'accorder Sa protection.

Le Domino Club de Royal Street n'avait guère changé depuis la première fois que Matthew en avait franchi les portes presque deux siècles plus tôt. La façade de trois étages, les murs gris et les moulures peintes en noir et blanc étaient toujours les mêmes, tout comme les portes-fenêtres au niveau de la rue avec leurs lourds volets clos. Quand ils s'ouvraient à 17 heures, les clients étaient accueillis dans un magnifique bar en bois ciré et savouraient la musique jouée par divers artistes locaux.

Mais Matthew ne s'intéressait pas au spectacle de la soirée. Ses yeux étaient rivés sur la balustrade en fer décorée du balcon du deuxième étage qui offrait un abri aux piétons. Cet étage et celui qui le surplombait étaient réservés aux membres. Pour la plupart, ceux-ci s'étaient inscrits lorsqu'il avait été fondé en 1839 – deux ans avant que le Boston Club, officiellement le plus ancien club de gentlemen de La Nouvelle-Orléans, ouvre ses portes. Les autres avaient été méticuleusement choisis pour leur beauté, leur éducation et leur propension à dépenser de grosses sommes d'argent aux tables de jeu.

Ransome Fayrweather, le fils aîné de Marcus et propriétaire du club, devait être au deuxième étage dans son bureau dominant le coin de la rue. Matthew poussa la porte noire et entra dans le bar sombre et frais. L'endroit sentait le bourbon et les phéromones, le cocktail le plus répandu dans la ville. Les talons de ses chaussures résonnèrent discrètement sur le damier de dalles de marbre.

Il était 16 heures et seul Ransome et son personnel étaient là.

— Mr Clairmont ? demanda le vampire derrière le bar comme s'il venait de voir un fantôme.

Il fit un pas vers la caisse. Un regard de Matthew suffit à le figer sur place.

— Je suis venu voir Ransome, dit Matthew en continuant vers l'escalier.

Personne ne l'arrêta.

La porte du bureau était close, et Matthew la poussa sans frapper.

Un homme était assis dos à la porte, les pieds posés sur le rebord de la fenêtre. Il portait un costume noir et ses cheveux étaient du même brun profond que l'acajou de son fauteuil.

— Eh bien, eh bien, grand-père est rentré, dit Ransome avec un accent traînant du sud. (Il ne se tourna pas pour regarder son visiteur et continua de faire glisser entre ses doigts pâles un domino d'ivoire et d'ébène.) Qu'est-ce qui t'amène à Royal Street ?

— J'ai cru comprendre que tu désirais régler des comptes.

Matthew s'assit dans le fauteuil qui lui faisait face, laissant le lourd bureau entre lui et son petit-fils.

Ransome se retourna lentement. Ses yeux étaient deux éclats de cristal vert dans un visage détendu et séduisant. Il baissa ses lourdes paupières, ce qui donna à son visage un air de sensuelle somnolence qui n'était qu'apparente.

— Comme tu le sais, je suis là pour te faire obéir. Tes frères et ta sœur ont tous accepté de nous soutenir, moi et le nouveau scion, dit Matthew en se renversant dans le fauteuil. Tu es le dernier obstacle, Ransome.

Tous les autres enfants de Marcus s'étaient rapidement soumis. Quand Matthew leur avait appris qu'ils étaient porteurs de la fureur sanguinaire, ils avaient d'abord été surpris, puis fâchés. Après quoi était venue la peur. Ils connaissaient assez bien la loi vampire pour savoir que leur lignée les rendait vulnérables et qu'ils pouvaient subir une mort immédiate si un autre vampire découvrait leur état. Les enfants de Marcus avaient autant besoin de Matthew que lui d'eux. Sans lui, ils ne pouvaient pas survivre.

— J'ai meilleure mémoire qu'eux, dit Ransome en ouvrant un tiroir de son bureau pour en sortir un vieux registre.

Avec chaque jour qu'il passait loin de Diana, Matthew était de plus en plus coléreux et porté à la violence. Il était vital qu'il ait Ransome à ses côtés. Et pourtant, en cet instant, il avait envie d'étrangler son petit-fils. Toute cette histoire d'aveux et de pardon avait pris plus longtemps qu'il ne l'escomptait et cela le tenait éloigné de l'endroit où il aurait dû être.

— Je n'ai eu d'autre choix que de les tuer, Ransome, dit Matthew en gardant difficilement son calme. Même aujourd'hui, Baldwin préférerait que je tue Jack plutôt que de risquer qu'il expose notre secret. Mais Marcus m'a convaincu que j'avais d'autres options.

— Marcus te l'avait dit la dernière fois. Pourtant, tu nous as tout de même éliminés les uns après les autres. Qu'est-ce qui a changé ? demanda Ransome.

— C'est moi qui ai changé.

— N'essaie jamais d'escroquer un escroc, Matthew, dit Ransome du même ton paresseux. Tu as toujours dans le regard cette lueur qui avertit les créatures de ne pas te contrarier. Si tu ne l'avais plus, ton cadavre serait étalé au rez-de-chaussée. Le barman avait pour instruction de t'abattre à vue.

— Je lui reconnais le mérite d'avoir tenté de prendre le fusil près de la caisse, répondit Matthew sans quitter des yeux Ransome. Dis-lui de mettre un couteau dans sa ceinture la prochaine fois.

— Je ne manquerai pas de lui souffler le tuyau. (Le domino s'immobilisa un instant entre le majeur et l'annulaire.) Qu'est-ce qui est arrivé à Juliette Durand ?

La mâchoire de Matthew se crispa. La dernière fois qu'il était venu, Juliette Durand l'accompagnait. Quand ils avaient quitté La Nouvelle-Orléans, la tumultueuse famille de Marcus était nettement moins nombreuse. Juliette, créature de Gerbert, s'était empressée de démontrer son utilité à une époque où Matthew était las d'être celui qui réglait les problèmes de la famille Clermont. Elle avait liquidé plus de vampires de La Nouvelle-Orléans que lui.

— Mon épouse l'a tuée, répondit-il vaguement.

— On dirait que tu t'es trouvé l'épouse qu'il fallait, dit Ransome en ouvrant brusquement le registre. (Il ôta le capuchon d'un stylo qui avait l'air d'avoir été mâchonné par une bête sauvage.) Cela te plairait de jouer à un jeu de hasard avec moi, Matthew ?

Le regard froid de Matthew croisa les yeux verts brillants de Ransome. Les pupilles de Matthew se dilataient de seconde en seconde. La lèvre de Ransome se tordit dans un sourire méprisant.

— Tu as peur ? demanda-t-il. De moi ? Je suis flatté.

— Je décide de jouer en fonction de l'enjeu.

— Mon allégeance si tu gagnes, répondit Ransome avec un sourire rusé de renard.

— Et si je perds ?

— C'est là qu'intervient le hasard, dit Ransome en lançant le domino en l'air.

— Je suis la mise, dit Matthew en l'attrapant au vol.

— Tu ignores de quel jeu il s'agit, dit Ransome. (Matthew le regarda sans broncher. Ransome sourit.) Si tu n'étais pas un tel salaud, je pourrais finir par t'apprécier, observa-t-il.

— Pareil pour moi, répliqua Matthew. Le jeu ?

Ransome approcha le registre.

— Si tu es capable de donner le nom de chacun de mes frères, sœurs, neveux, nièces et enfants que tu as tués à La Nouvelle-Orléans il y a si longtemps, ainsi que celui de tous les vampires que tu as tués en route dans la ville, je te rejoindrai avec tous les autres. (Matthew dévisagea son petit-fils.) Tu regrettes de ne pas avoir demandé plus tôt quel était l'enjeu ? sourit Ransome.

— Malachi Smith. Crispin Jones. Suzette Boudrot. Claude Le Breton. (Matthew marqua une pause pendant que Ransome cherchait les noms dans le registre.) Tu aurais dû les classer par ordre chronologique plutôt qu'alphabétique. C'est comme cela que je me les rappelle.

Ransome leva les yeux, surpris. Matthew lui fit un petit sourire carnassier de loup. Le genre qui fait décamper le renard dans les collines.

Matthew continua de réciter les noms longtemps après l'ouverture du bar au public. Il termina juste à temps pour voir les premiers joueurs arriver à 21 heures. Ransome avait vidé son cinquième bourbon. Matthew en était toujours à son premier verre du château-lafite 1775 qu'il avait offert à Marcus en 1789 quand la Constitution avait été promulguée. Ransome la conservait pour son père depuis l'ouverture du Domino Club.

— Je crois que cela règle la question, Ransome, dit Matthew en se levant et en posant le domino sur le bureau.

— Comment as-tu pu te les rappeler tous ? demanda Ransome, ébahi.

— Comment aurais-je pu oublier ? répondit-il en vidant son verre. Tu as du potentiel, Ransome. J'ai hâte que nous travaillions ensemble. Merci pour le vin.

— Fils de pute, murmura Ransome alors que le chef de son clan s'en allait.

Matthew était épuisé et d'humeur massacrante quand il revint dans le Garden District. Il était revenu à pied du French Quarter dans l'espoir de brûler l'excès d'émotion. La liste interminable de noms avait réveillé trop de souvenirs dont aucun n'était agréable. La culpabilité avait suivi.

Il sortit son téléphone, espérant que Diana lui avait envoyé une photo. Il se cramponnait aux images qu'elle lui avait fait parvenir jusqu'ici. Même s'il avait été furieux de découvrir que sa femme était à Londres au lieu de Sept-Tours, il y avait eu des moments au cours des dernières semaines où ces aperçus de sa vie lui avaient permis de garder la raison.

— Bonsoir, Matthew.

À sa surprise, il trouva Fernando qui l'attendait assis sur le perron de la maison de Marcus, accompagné de Chris Roberts.

— Diana ?

Ce fut dit entre hurlement et accusation, et totalement terrifiant. Derrière Fernando, la porte s'ouvrit.

— Fernando ? Chris ? s'étonna Marcus. Qu'est-ce que vous faites ici ?

— Nous attendions Matthew, répondit Fernando.

— Entrez, dit Marcus en leur faisant signe. Miss Davenport regarde.

Ses voisins étaient vieux, désœuvrés et curieux.

Cependant, Matthew ne pouvait plus entendre raison. Il était venu ici plusieurs fois, mais tomber sur Fernando et Chris était la goutte d'eau. Maintenant que Marcus savait que son père avait la fureur sanguinaire, il comprenait pourquoi Matthew s'en allait – seul – à chaque fois qu'il voulait se remettre quand il était dans cet état.

— Qui est resté avec elle ?

La voix de Matthew claqua comme un coup de mousquet, sèche et rauque.

— Ysabeau, j'imagine, dit Marcus. Phoebe. Et Sarah. Et Gallowglass, évidemment.

— N'oublie pas Leonard, dit Jack en faisant son apparition derrière Marcus. C'est mon meilleur ami,

Matthew. Leonard ne laisserait jamais rien arriver à Diana.

— Tu vois, Matthew ? Diana va très bien.

Marcus avait déjà appris de Ransome que Matthew était venu à Royal Street et avait réussi à réunir toute la famille autour de lui. Marcus ne voyait absolument pas ce qui pouvait mettre Matthew de si mauvaise humeur, étant donné qu'il avait réussi son coup.

Matthew projeta son bras avec assez de vitesse et de force pour pulvériser des os. Mais au lieu de choisir une cible vivante, il assena un coup sur l'une des colonnes ioniques qui soutenaient la galerie supérieure de la maison. Jack le retint.

— Si cela continue, je vais devoir retourner au Marigny, dit Marcus en considérant le mur près de la porte enfoncé comme par un boulet de canon.

— Lâche-moi, dit Matthew.

Jack obéit et Matthew gravit d'un bond les quelques marches avant de s'engouffrer dans le long hall jusqu'au fond de la maison. Une porte claqua au loin.

— Eh bien, voilà qui s'est passé mieux que je ne prévoyais, dit Fernando en se levant.

— Son état empire depuis que ma mè…

Jack se mordit la lèvre et évita le regard de Marcus.

— Vous devez être Jack, dit Fernando. (Il s'inclina comme si Jack était un prince royal et non un orphelin sans le sou atteint d'une maladie mortelle.) C'est un honneur de faire votre connaissance. *Madame** votre mère parle souvent de vous, et avec une grande fierté.

— Ce n'est pas ma mère, se hâta de répliquer Jack. Je me suis trompé.

— Vous ne vous êtes pas trompé, dit Fernando. La voix du sang est peut-être la plus forte, mais je préfère toujours ce que murmure le cœur.

— Tu as dit « *madame** » ?

Marcus se sentit oppressé et sa voix lui parut étrange. Il n'avait jamais osé espérer que Fernando agisse d'une manière aussi désintéressée, et pourtant…

— Oui, *milord**, dit Fernando en s'inclinant de nouveau.

— Pourquoi s'incline-t-il devant toi ? chuchota Jack à Marcus. Et qui est « *milord** » ?

— Marcus est « *milord** » parce que c'est l'un des enfants de Matthew, expliqua Fernando. Et m'incline devant vous deux parce que c'est ainsi que les membres de la famille qui ne sont pas du sang traitent ceux qui en sont, avec respect et gratitude.

— Dieu merci. Vous nous avez rejoints, dit Marcus en laissant échapper un soupir de soulagement.

— J'espère qu'il y a assez de bourbon dans cette maison pour faire passer toutes ces foutaises, dit Chris. « *Milord** » mon cul. Et pas question que je m'incline devant quiconque.

— C'est dûment noté, dit Marcus. Qu'est-ce qui vous amène tous les deux à La Nouvelle-Orléans ?

— Miriam m'a envoyé, dit Chris. J'ai les résultats des analyses de Matthew, et elle ne voulait pas les transmettre par e-mail. En plus, Fernando n'aurait pas su comment trouver Matthew. Heureusement que Jack et moi étions restés en contact.

Il échangea un sourire avec le jeune homme.

— Quant à moi, je suis là pour sauver votre père de lui-même, dit Fernando en s'inclinant de nouveau, mais cette fois avec un rien de moquerie. Avec votre permission, *milord**.

— Ne te gêne pas pour moi, dit Marcus en rentrant. Mais si tu m'appelles « *milord** » ou que tu t'inclines une fois de plus, je te flanque dans le bayou. Et Chris m'aidera.

— Je vais vous montrer où est Matthew, dit Jack, déjà impatient de rejoindre son idole.

— Et moi ? On a plein de trucs à se raconter, dit Chris en lui prenant le bras. Tu as fait des dessins, Jack ?

— Mon carnet est en haut… (Jack jeta un regard inquiet vers le jardin derrière la maison.) Matthew ne se sent pas bien. Il ne me laisse jamais quand je suis comme cela. Je devrais…

Fernando posa la main sur les épaules tendues du jeune homme.

— Tu me rappelles Matthew quand il était un jeune vampire.

Cela faisait de la peine à Fernando de le reconnaître, mais c'était vrai.

— Ah bon ? s'étonna Jack.

— Certainement. La même compassion. Le même courage, aussi. (Fernando considéra Jack pensivement.) Et tu as en commun avec lui l'espoir qu'en prenant sur tes épaules les fardeaux des autres, ils t'aimeront malgré le mal qui court dans tes veines.

(Jack baissa la tête.) Matthew t'a-t-il dit que son frère Hugh était mon compagnon ? demanda-t-il.

— Non, murmura Jack.

— Il y a longtemps, Hugh a confié quelque chose de très important à Matthew. Je suis venu le lui rappeler. (Fernando attendit que Jack relève la tête et le regarde en face.) Si tu aimes réellement quelqu'un, tu chériras ce qu'il méprise le plus en lui-même. (Il baissa la voix.) La prochaine fois que Matthew l'oublie, rappelle-le-lui. Et si toi tu l'oublies, je te le rappellerai. Une fois. Après quoi, je dirai à Diana que tu te complais à te détester toi-même. Et ta mère ne pardonne pas aussi facilement que moi.

Fernando trouva Matthew dans l'étroit jardin derrière la maison, à l'abri sous le petit kiosque. La pluie qui menaçait depuis toute la soirée avait fini par tomber. Il était étrangement absorbé par son téléphone. Toutes les deux minutes, son pouce bougeait, il fixait l'écran, puis il bougeait de nouveau le pouce.

— Tu ne vaux pas mieux que Diana, les yeux constamment rivés sur son téléphone sans jamais envoyer de message. (Fernando se tut brusquement.) C'est toi. Tu es en contact avec elle depuis le début.

— Juste des photos. Pas de messages. Je me méfie des mots, et de la Congrégation, dit Matthew en bougeant le pouce.

Fernando avait entendu Diana dire à Sarah : « Pas un seul mot de Matthew. » La sorcière n'avait pas menti en disant cela, ce qui avait empêché la famille de connaître son secret. Et tant que Diana n'envoyait que des photos, Matthew ne pouvait guère savoir à quel point les choses avaient mal tourné à Oxford.

La respiration de Matthew était haletante. Il la calma avec effort. Son pouce bougea.

— Recommence et je le casse. Et ce n'est pas du téléphone que je parle.

Le son qui sortit de la bouche de Matthew fut plus un aboiement qu'un rire, comme si la partie humaine de sa personne avait renoncé à lutter et laissé le loup l'emporter.

— Qu'est-ce que tu crois que Hugh aurait fait avec un mobile ? demanda Matthew en serrant le sien à deux mains comme si c'était le dernier lien entre le monde extérieur et son esprit agité.

— Pas grand-chose. Hugh aurait oublié de le recharger, déjà. J'aimais ton frère de tout mon cœur, Matthew, mais il était incapable de rien faire au quotidien.

Cette fois, le gloussement de Matthew sonna moins comme le cri d'une bête sauvage.

— J'en déduis que jouer au patriarche a été plus difficile que tu n'imaginais.

Fernando n'enviait pas Matthew de devoir affirmer sa domination sur cette meute.

— Pas vraiment. Les enfants de Marcus me haïssent toujours, et avec raison. (Matthew referma les doigts sur le téléphone tout en continuant de regarder l'écran comme un drogué.) Je viens de voir le dernier. Ransome m'a fait réciter la liste de tous les vampires dont j'avais causé la mort à La Nouvelle-Orléans, même ceux qui n'avaient rien à voir avec la nécessité d'éradiquer la fureur sanguinaire.

— Cela a dû prendre du temps, murmura Fernando.

— Cinq heures. Ransome a été surpris que je me rappelle tous les noms, dit Matthew. (Fernando ne le fut pas.) À présent, tous les enfants de Marcus ont accepté de me soutenir et de faire partie du scion, mais je ne voudrais pas mettre leur dévouement à l'épreuve, continua Matthew. Ma famille est bâtie sur la crainte… la crainte de Benjamin, de la Congrégation, des autres vampires, et même de moi. Elle ne repose pas sur l'amour ou le respect.

— La peur prend facilement racine. L'amour et le respect demandent plus de temps, dit Fernando. (Le silence s'appesantit.) Tu ne veux pas me demander des nouvelles de ton épouse ?

— Non. (Matthew fixa une hache plantée dans une grosse souche entourée de bûches fendues. Il se leva et en ramassa une intacte.) Pas avant que je me sente assez bien pour aller la retrouver et me rendre compte par moi-même. Je ne pourrais pas le supporter, Fernando. Ne pas pouvoir la serrer dans mes bras, voir nos enfants grandir en elle, savoir qu'elle est en sécurité, cela a été…

Fernando attendit que la hache s'enfonce dans le bois avant de le pousser à continuer.

— Cela a été quoi, Mateus ?

Matthew libéra la hache et l'abattit de nouveau.

Si Fernando n'avait pas été un vampire, il n'aurait pas entendu la réponse.

— Comme avoir le cœur arraché, dit Matthew en fracassant bruyamment la bûche. Chaque minute de chaque jour.

Fernando donna quarante-huit heures à Matthew pour se remettre de son épreuve avec Ransome. Confesser des péchés passés n'était jamais facile et Matthew était particulièrement du genre à ruminer.

Fernando profita de ce délai pour se faire connaître aux enfants et aux petits-enfants de Marcus. Il vérifia qu'ils comprenaient les règles de la famille et savaient qui punirait ceux qui y désobéissaient, car Fernando avait endossé tout seul pour Matthew le rôle de gendarme – et de bourreau. La branche néo-orléanaise de la famille Bishop-Clairmont se montra dès lors plutôt soumise, et Fernando estima que Matthew pouvait rentrer chez lui. Il se faisait de plus en plus de souci pour Diana. Selon Ysabeau, son état médical n'avait pas évolué, mais Sarah était toujours inquiète. Quelque chose n'allait pas, dit-elle à Fernando, et elle soupçonnait que Matthew était le seul à pouvoir arranger les choses.

Fernando trouva Matthew dans le jardin, où il allait souvent, les yeux couleur d'encre et les poils hérissés. Il était encore en proie à la fureur sanguinaire. Malheureusement, il n'y avait plus de bois à fendre dans tout Orleans Parish.

— Voilà, dit-il en déposant un sac aux pieds de Matthew.

À l'intérieur, Matthew trouva sa hachette et son ciseau, des tarières de diverses tailles, une scie à cadre et deux de ses précieux rabots. Alain les avait soigneusement enveloppés dans de la toile cirée pour les protéger durant le transport. Matthew contempla ses outils usés par les ans, puis ses mains.

— Elles n'ont pas toujours exécuté des tâches sanglantes, lui rappela Fernando. Je me rappelle les avoir vues guérir, créer, jouer de la musique. (Matthew le regarda sans rien dire.) Les feras-tu avec les pieds droits ou avec une base incurvée pour qu'ils puissent basculer ? demanda Fernando d'un ton détaché.

— Faire quoi ? demanda Matthew.

— Les berceaux. Pour les jumeaux. (Fernando lui laissa le temps de digérer ses paroles.) Je crois que c'est le chêne le mieux... c'est robuste et massif... mais Marcus m'a dit que le cerisier était de tradition en Amérique. Peut-être que Diana préférera cela.

Matthew prit le ciseau à bois. La poignée usée lui remplit la paume.

— En sorbier. Je les ferai en sorbier pour qu'ils les protègent.

Fernando lui posa une main approbatrice sur l'épaule et s'en alla. Matthew laissa retomber le ciseau dans le sac. Il sortit son téléphone, hésita, puis prit une photo. Après quoi, il attendit.

La réponse de Diana fut rapide et le remplit de désir et d'impatience. Sa femme était dans son bain. Il reconnut les courbes de la baignoire en cuivre de la maison de Mayfair. Mais ce n'étaient pas ces courbes-là qui l'intéressaient.

Son épouse – son astucieuse et coquine épouse – avait posé le téléphone sous son cou et photographié son corps nu jusqu'à ses pieds. Tout ce qui était visible, c'était son ventre rebondi, dont la peau était incroyablement tendue, et le bout de ses orteils reposant sur le rebord incurvé de la baignoire.

S'il se concentrait, Matthew pouvait imaginer son odeur s'élever de l'eau chaude, sentir ses cheveux soyeux glisser entre ses doigts, suivre les longues lignes solides de sa cuisse et de son épaule. Seigneur, comme elle lui manquait.

— Fernando a dit que tu avais besoin de bois, dit Marcus en se plantant devant lui. (Matthew s'arracha à son téléphone. Ce dont il avait besoin, Diana était la seule à pouvoir le lui offrir.) Il a également dit que si quelqu'un le réveillait avant quarante-huit heures, il le paierait très cher, ajouta Marcus en contemplant les tas de bûches fendues et en songeant qu'ils ne manqueraient pas de bois cet hiver. Tu sais à quel point Ransome aime les défis, et plus encore tenter le diable, alors je te laisse imaginer comment il a réagi.

— Dis-moi, répondit Matthew en gloussant.

Cela faisait si longtemps qu'il n'avait pas ri que le son lui parut rouillé et âpre.

— Ransome a déjà appelé le Krewe of Muses. Je pense que la Fanfare du Neuvième District sera ici à l'heure du dîner. Vampire ou pas, elle va réveiller Fernando. (Marcus baissa les yeux sur le sac de cuir contenant les outils de son père.) Vas-tu enfin apprendre à Jack à sculpter ?

Le jeune homme suppliait Matthew depuis qu'il était arrivé. Matthew secoua la tête.

— Je me suis dit que cela lui plairait peut-être de m'aider à fabriquer des berceaux.

Matthew et Jack travaillèrent sur les berceaux pendant presque une semaine. Chaque entaille dans le bois, chaque queue-d'aronde minutieusement taillée pour joindre les pièces, chaque mouvement du rabot aidèrent Matthew à faire diminuer sa fureur sanguinaire. Travailler à un cadeau pour Diana lui permettait de se sentir à nouveau proche d'elle, et il commença à parler des enfants et de ses espoirs.

Jack était un bon apprenti et ses talents d'artiste se révélèrent utiles quand il fallut sculpter les motifs décoratifs des berceaux. Pendant qu'ils travaillaient, il interrogea Matthew sur son enfance et sa rencontre avec Diana à la Bodléienne. Personne d'autre n'aurait pu poser impunément des questions aussi directes et intimes, mais les règles étaient toujours légèrement différentes quand il s'agissait de Jack.

Quand ils en eurent terminé, les berceaux étaient des œuvres d'art. Matthew et Jack les enveloppèrent soigneusement dans des couvertures pour les protéger durant le trajet jusqu'à Londres.

C'est seulement une fois que les berceaux furent terminés et prêts à voyager que Fernando informa Matthew de l'état de santé de Diana. Il réagit exactement comme on pouvait s'y attendre. Il resta d'abord immobile et silencieux. Puis il se lança dans l'action.

— Appelez le pilote. Je n'attends pas demain. Je veux être à Londres avant le matin, débita-t-il. Marcus !

— Qu'y a-t-il ? demanda son fils.

— Diana ne va pas bien. (Matthew jeta un regard assassin à Fernando.) On aurait dû m'en parler.

— Je croyais que tu étais au courant.

Fernando n'eut pas besoin d'en dire plus. Matthew savait qui lui avait dissimulé tout cela. Fernando soupçonna que Matthew savait également pourquoi.

Le visage et le regard habituellement si expressifs de Matthew se figèrent.

— Qu'est-ce qui s'est passé ? questionna Marcus avant de demander à Jack d'aller lui chercher sa trousse médicale et d'appeler Ransome.

— Diana a trouvé la page manquante de l'Ashmole 782. (Fernando saisit Matthew aux épaules.) Et ce n'est pas tout. Elle a vu Benjamin à la Bibliothèque bodléienne. Il est au courant de sa grossesse. Il a agressé Phoebe.

— Phoebe ? répéta Marcus, désemparé. Elle n'a rien ?

— Benjamin ? répéta Jack avec inquiétude.

— Phoebe va bien. Et Benjamin reste introuvable, les rassura Fernando. Quant à Diana, Hamish a appelé Edward Garrett et Jane Sharp. Ils s'occupent d'elle.

— Ils sont parmi les meilleurs médecins de Londres, Matthew, dit Marcus. Diana ne pourrait pas être en de meilleures mains.

— Elle y sera, dit-il en prenant un berceau sous son bras et en s'apprêtant à sortir. Quand elle sera entre les miennes.

30

— Vous ne devriez avoir aucun problème avec pour l'instant, dis-je à la jeune sorcière assise devant moi.

Elle était venue à la suggestion de Linda Crosby pour voir si je pouvais comprendre pourquoi son sortilège de protection n'était plus efficace.

En travaillant à Clairmont House, j'étais devenue la spécialiste suprême du diagnostic magique, et j'écoutais les récits d'exorcismes manqués, de sortilèges ayant mal tourné et de magie élémentaire déchaînée, puis j'aidais les sorcières à trouver une solution. À peine Amanda jeta-t-elle son sort en ma présence que je perçus le problème : quand elle récitait les paroles, les filaments bleus et verts qui l'entouraient s'emmêlaient dans un unique fil rouge qui tirait sur les nœuds à six boucles au cœur du sortilège. La grammatique s'était emmêlée, les intentions du sortilège étaient troubles, et à présent, au lieu de protéger Amanda, c'était l'équivalent magique d'un chihuahua furibard qui gronde et cherche à mordre tout ce qui passe à sa portée.

— Bonjour, Amanda, dit Sarah en passant la tête par l'embrasure pour voir où nous en étions. Vous avez eu ce que vous cherchiez ?

— Diana a été extraordinaire, merci, dit-elle.
— Merveilleux. Je vais vous raccompagner, dit Sarah.

Je me radossai aux oreillers, triste de voir Amanda s'en aller. Depuis que les médecins de Harley Street m'avaient prescrit le repos alité, mes visiteurs étaient rares.

La bonne nouvelle était que je n'étais pas atteinte de toxémie gravidique – du moins pas telle qu'elle se développe chez les sang-chauds. Je n'avais pas de protéines dans l'urine et ma tension artérielle était même en dessous de la normale. Cependant, les gonflements, les nausées et la douleur à l'épaule n'étaient pas des symptômes que le jovial Dr Garrett ou sa consœur Sharp désiraient ignorer – surtout une fois qu'Ysabeau eut expliqué que j'étais la compagne de Matthew Clairmont.

La mauvaise nouvelle, c'était que j'étais tout de même obligée de rester alitée – et cela jusqu'à la naissance des jumeaux. Le Dr Sharp espérait que ce ne serait pas avant au moins quatre semaines, même si son air inquiet laissait entendre qu'elle considérait cela comme une projection optimiste. J'eus le droit de faire des étirements prudents sous la surveillance d'Amira et deux promenades de dix minutes chaque jour dans le jardin. Monter des escaliers, rester debout et soulever des charges était rigoureusement interdit.

Mon téléphone bourdonna sur la table voisine. Je m'en emparai en espérant recevoir un texto de Matthew.

Une photo de la porte d'entrée de Clairmont House m'attendait.

C'est alors que je me rendis compte du silence qui régnait, seulement troublé par le tic-tac des innombrables horloges de la maison.

Le grincement de la porte et le discret raclement de bois sur du marbre résonnèrent. Sans réfléchir, je me levai d'un bond, titubant sur des jambes affaiblies par des semaines d'inactivité forcée.

Et enfin Matthew apparut.

Tout ce que nous fûmes capables de faire pendant les premières longues minutes, ce fut de nous regarder. Matthew, les cheveux ébouriffés et légèrement ondulés à cause de l'air humide de Londres, portait un pull gris et un jean noir. Les fines rides qui marquaient ses yeux montraient combien il avait été stressé.

Il s'avança vers moi. J'eus envie de me précipiter dans ses bras, mais quelque chose dans son expression me cloua sur place.

Quand il arriva enfin à ma hauteur, il prit ma tête dans ses mains et plongea son regard dans le mien. Son pouce frôla mes lèvres, y faisant affluer le sang. Je constatai d'infimes changements en lui : la mâchoire serrée, la bouche pincée, le regard lourd.

J'entrouvris les lèvres alors que son pouce passait une fois de plus sur ma bouche.

— Tu m'as manqué, *mon cœur**, dit Matthew d'une voix rauque.

Il se pencha et m'embrassa.

Ma tête tourna. Il était *là*. Je m'agrippai à son pull comme si cela pouvait l'empêcher de disparaître. Un feulement au fond de sa gorge me fit taire tandis que je me redressais pour me serrer contre lui. Sa main libre erra sur mon dos, ma hanche, puis s'arrêta sur mon ventre. L'un des bébés donna un brusque coup de pied réprobateur. Matthew sourit tout en m'embrassant, le pouce qui caressait ma bouche étant maintenant sur mon pouls. C'est alors qu'il vit les livres, les fleurs et les fruits.

— Je vais tout à fait bien. J'avais de petites nausées et mal à l'épaule, c'est tout, m'empressai-je de dire. (Ses connaissances médicales avaient dû l'amener à faire toutes sortes de diagnostics épouvantables.) Ma tension artérielle est bonne et les bébés vont bien.

— Fernando me l'a dit. Je suis désolé de ne pas avoir été là, murmura-t-il en caressant ma nuque raide.

Pour la première fois depuis New Haven, je me détendis.

— Toi aussi, tu m'as manqué.

J'avais le cœur trop gros pour pouvoir en dire davantage.

Mais Matthew ne voulait plus rien entendre. J'eus à peine le temps de m'en rendre compte que je fus soulevée dans ses bras, les pieds pendant dans le vide.

Une fois à l'étage, Matthew me déposa dans le décor feuillu du lit où nous avions dormi tant de siècles auparavant à Blackfriars. Il me dévêtit, examinant chaque pouce de ma chair nue comme s'il lui était offert d'entrevoir quelque chose de rare et de précieux, sans un mot, laissant ses yeux et la délicatesse de ses doigts parler pour lui.

Au cours des heures qui suivirent, Matthew reprit possession de moi, effaçant du bout des doigts les traces de toutes les autres créatures avec qui j'avais été en contact depuis son départ. À un moment, il me laissa le déshabiller, son corps réagissant immédiatement au mien. Cependant, le Dr Sharp avait été absolument clair sur les risques présentés par les moindres contractions de mon utérus. Je ne pourrais pas assouvir mon désir, mais ce n'était pas pour autant que Matthew devait être privé de plaisir. Mais quand je voulus le toucher, il saisit ma main et m'embrassa longuement.

Ensemble, dit-il muettement. *Ensemble ou pas du tout.*

— Ne me dis pas que tu ne peux pas le trouver, Fernando, dit Matthew sans même essayer de se montrer raisonnable.

Il était dans la cuisine de Clairmont House en train de préparer des œufs brouillés et des toasts. Diana se reposait à l'étage, ignorant tout de la conférence qui avait lieu au sous-sol.

— Je crois que nous devrions demander à Jack, répondit Fernando. Il pourrait nous aider à réduire les possibilités, au moins.

— Non. Je ne veux pas le mêler à cela, dit Matthew. Marcus, Phoebe va bien ?

— Il s'en est fallu d'un cheveu, Matthew, dit Marcus d'un ton lugubre. Je sais que tu ne tiens pas à ce que Phoebe devienne une vampiresse, mais...

— Tu as ma bénédiction, coupa Matthew. Choisis simplement quelqu'un qui le fera convenablement.

— Merci, c'est déjà fait. (Marcus hésita.) Jack a demandé à voir Diana.

— Qu'il vienne ce soir, dit Matthew en versant les œufs dans une assiette. Dis-lui d'apporter les berceaux. Vers 19 heures. Nous l'attendrons.

— Je lui dirai. Autre chose ?

— Oui, dit Matthew. Quelqu'un doit renseigner Benjamin. Comme nous ne pouvons pas trouver Benjamin, trouvez son informateur – ou son informatrice.

— Et ensuite ?

— Je lui parlerai, répondit Matthew en quittant la pièce.

Nous restâmes enfermés seuls dans la maison pendant trois jours, nous enlaçant, parlant peu, jamais séparés plus de quelques instants quand Matthew descendait préparer quelque chose à manger ou récupérer des plats livrés par le personnel du Connaught. L'hôtel avait apparemment mis sur pied avec lui un système d'échange vins contre repas. Plusieurs caisses de château-latour 1961 quittèrent la maison en échange d'exquises délicatesses comme des œufs de caille durs dans un nid d'algues et de raviolis aux cèpes qui, assura le chef, étaient arrivés de France par avion le matin même.

Le deuxième jour, Matthew et moi discutâmes. Il m'apprit que Jack s'efforçait de tenir au milieu de la nombreuse famille de Marcus. Matthew parlait avec beaucoup d'admiration de l'habileté avec laquelle Marcus gérait ses enfants et petits-enfants, qui avaient tous des noms dignes de personnages des histoires d'horreur du XIXe siècle. Et, à contrecœur, Matthew me raconta avec quelle peine il avait dû lutter non seulement contre la fureur sanguinaire mais aussi son désir d'être à mes côtés.

— Je serais devenu fou sans les photos, m'avoua-t-il, collé contre mon dos, son nez glacé enfoui dans mon cou. Les images de l'endroit où nous avions vécu, les fleurs du jardin, tes orteils sur le rebord de la baignoire, tout cela m'a permis de ne pas perdre entièrement la raison.

Je lui fis part de ce que j'avais vécu avec une lenteur digne d'un vampire, épiant les réactions de Matthew afin de pouvoir faire une pause quand c'était nécessaire pour lui laisser digérer ce qui s'était passé à Londres et à à Oxford. Il y eut Timothy et la page manquante, puis Amira et le retour à Old Lodge. Je montrai à Matthew mon doigt violet et je lui appris que la déesse m'avait annoncé que pour posséder le Livre de la Vie, je devrais renoncer à quelque chose que je chérissais. Je ne lui épargnai aucun détail de ma rencontre avec Benjamin – ni mon échec, ni ce qu'il avait fait à Phoebe, ni même ma menaçante flèche du Parthe.

— Si je n'avais pas hésité, Benjamin serait mort. (J'avais ressassé cela des centaines de fois et je ne comprenais toujours pas pourquoi les nerfs m'avaient manqué.) D'abord Juliette et maintenant…

— Tu ne peux pas te reprocher d'avoir décidé de ne pas tuer quelqu'un, dit Matthew en posant un doigt sur mes lèvres. La mort est une affaire délicate.

— Penses-tu que Benjamin soit encore ici, en Angleterre ? demandai-je.

— Pas ici, m'assura-t-il en me retournant face à lui. Il ne sera plus jamais là où tu es.

Jamais, cela fait très longtemps. La phrase de Philippe me revint en mémoire.

Je balayai mes inquiétudes et attirai mon mari contre moi.

— Benjamin a totalement disparu, dit Andrew Hubbard à Matthew. C'est dans ses habitudes.

— Ce n'est pas totalement vrai. Addie prétend qu'elle l'a vu à Munich, dit Marcus. Elle a alerté ses compagnons chevaliers.

Pendant que Matthew était au XVIe siècle, Marcus avait admis des femmes dans la confrérie. Il avait commencé avec Miriam, qui l'avait aidé à nommer les suivantes. Matthew hésitait entre trouver cela dément ou génial, mais si cela l'aidait à localiser Benjamin, il était disposé à rester agnostique. Matthew tenait responsable des idées progressistes de Marcus son ancienne voisine Catherine Macaulay, qui avait tenu une place importante dans la vie de son fils peu après sa transformation en vampire, et qui lui avait farci le crâne de ses idées d'intellectuelle bas-bleu.

— Nous pourrions demander à Baldwin, dit Fernando. Il est à Berlin, après tout.

— Pas tout de suite, dit Matthew.

— Diana sait-elle que tu cherches Benjamin ? demanda Marcus.

— Non, répondit-il en remontant retrouver son épouse avec un plateau venu du Connaught.
— Pas tout de suite, murmura Andrew Hubbard.

Ce soir-là, il fut difficile de décider qui était le plus heureux de nos retrouvailles entre Jack et Lobero. Tous les deux finirent empêtrés dans les jambes et les pattes l'un de l'autre, mais Jack finit par réussir à se dégager de la bestiole, qui parvint tout de même la première à ma méridienne dans le Salon Chinois et bondit sur le coussin avec un aboiement de triomphe.

— Couché, Lobero. Tu vas tout faire s'écrouler. (Jack s'inclina et me baisa respectueusement la joue.) Grand-mère.

— Comment oses-tu ! l'avertis-je en lui prenant la main. Garde tes « grand-mère » pour Ysabeau.

— Je t'avais dit que cela lui plairait, sourit narquoisement Matthew.

Il claqua des doigts vers Lobero et désigna le sol. Le chien descendit aussitôt les pattes de devant de la méridienne, me laissant son derrière sous le nez. Il fallut un autre claquement de doigts pour qu'il saute entièrement.

— Mme Ysabeau dit qu'elle a un statut à entretenir, et je devrai faire deux choses extrêmement coquines avant qu'elle me permette de l'appeler grand-mère, dit Jack.

— Et malgré tout, tu persistes à l'appeler « Mme Ysabeau » ? demandai-je avec stupéfaction. Qu'est-ce qui te retient ? Tu es revenu à Londres depuis des jours.

Jack baissa la tête, grimaçant un sourire à la perspective d'accomplir un méfait encore plus délicieux.

— Eh bien, je me suis très bien conduit, *madame**.

— *Madame** ? gémis-je en lui jetant un coussin. C'est pire que de m'appeler « grand-mère ».

Jack laissa l'oreiller l'atteindre en pleine face.

— Fernando a raison, dit Matthew. Ton cœur sait comment tu dois appeler Diana, même si ton sens des convenances vampire te souffle autre chose. Maintenant, aide-moi à apporter le cadeau de ta mère.

Sous l'attentive surveillance de Lobero, Matthew et Jack apportèrent l'un après l'autre deux paquets enveloppés d'étoffe. Ils étaient hauts et apparemment rectangulaires, un peu comme de petites bibliothèques. Matthew m'avait envoyé la photo d'un tas de bois et d'outils. Tous les deux avaient dû les fabriquer ensemble. Je souris en imaginant brusquement une tête brune et une autre blonde penchées ensemble sur un projet commun.

Tandis que Matthew et Jack déballaient les deux paquets, il devint clair qu'il s'agissait non de bibliothèques, mais de berceaux : deux splendides berceaux en bois sculptés et peints de manière identique. Leurs bases incurvées reposaient sur de robustes supports posés sur des pieds. De cette manière, les berceaux pouvaient être balancés doucement en hauteur ou directement posés sur le sol et poussés du bout du pied. Mes yeux s'embuèrent.

— Nous les avons fabriqués en sorbier. Ransome se demandait comment nous allions trouver du bois écossais en Louisiane, mais manifestement, il ne connaît pas Matthew, dit Jack en caressant le bord du bout du doigt.

— Les berceaux sont en sorbier, mais le support est en chêne, en solide chêne blanc américain. Ils te plaisent ? demanda Matthew en me regardant avec inquiétude.

— Je les adore.

Je levai les yeux vers mon mari, espérant que mon expression lui dirait à quel point.

Je dus réussir, car il me prit tendrement le visage dans les mains avec un air plus heureux que jamais depuis que nous étions revenus dans le présent.

— Matthew les a conçus. Il m'a dit que c'était ainsi que les berceaux étaient faits autrefois, pour qu'on puisse les soulever du sol hors de portée des poules, expliqua Jack.

— Et les sculptures ?

Un arbre avait été ciselé dans le bois au pied de chaque berceau, avec les racines et les branches entrelacées. De la peinture argentée et dorée soulignait les feuilles et l'écorce.

— L'idée est de Jack, dit Matthew en posant la main sur l'épaule du jeune homme. Il s'est rappelé le motif sur ton coffret à sortilèges et a trouvé que le symbole était adapté pour le lit d'un bébé.

— Chaque partie du berceau a une signification, dit Jack. Le sorbier est un arbre magique, vous le savez, et le chêne blanc symbolise la force et l'immortalité. Les fleurons aux quatre coins sont en forme de glands pour porter bonheur, et les baies de sorbier sculptées sur les supports sont là pour les protéger. Corra figure sur les berceaux aussi. Des dragons gardent les sorbiers pour empêcher les êtres humains de manger leurs fruits.

Je regardai de plus près et vis que la queue incurvée d'une vouivre formait l'arc des pieds du berceau.

— Ce seront les bébés les mieux protégés du monde, alors, dis-je. Sans oublier les plus chanceux, pour dormir dans des lits aussi magnifiques.

Ses cadeaux ayant été offerts et reçus avec reconnaissance, Jack s'assit par terre avec Lobero et raconta avec animation sa vie à La Nouvelle-Orléans. Matthew se détendit dans une des chaises longues japonaises en regardant le temps qui passait sans que Jack présente de signes de fureur sanguinaire.

Les pendules sonnèrent 22 heures quand Jack partit pour Pickering Place, qu'il qualifia de surpeuplé, mais plein de bonne humeur.

— Gallowglass est là-bas ?

Je ne l'avais pas vu depuis le retour de Matthew.

— Il est parti juste après notre retour à Londres. Il a dit qu'il devait aller quelque part et qu'il reviendrait dès qu'il pourrait, dit Jack en haussant les épaules.

Quelque chose dut passer dans mes yeux, car Matthew fut aussitôt aux aguets. Cependant, il ne dit pas un mot avant d'avoir raccompagné Jack et Lobero jusqu'à la porte.

— Cela vaut probablement mieux, dit Matthew quand il revint.

Il s'installa sur la méridienne derrière moi pour que je puisse m'appuyer sur lui. Je m'installai avec un soupir d'aise tandis qu'il m'entourait de ses bras.

— Que toute notre famille et nos amis soient chez Marcus ? ricanai-je. Évidemment que tu trouves que c'est mieux.

— Non. Que Gallowglass ait décidé de s'absenter pendant un certain temps.

Matthew posa les lèvres dans mes cheveux. Je me raidis.

— Matthew...

Il fallait que je lui parle de Gallowglass.

— Je sais, *mon cœur**. Je le soupçonnais depuis un certain temps, mais quand je l'ai vu avec toi à New Haven, j'en ai eu la certitude, dit-il en poussant l'un des berceaux d'un petit coup de l'index.

— Depuis quand ? demandai-je.

— Peut-être depuis le début. Certainement depuis la nuit où Rodolphe t'a touchée à Prague, répondit-il. (L'empereur s'était affreusement mal conduit lors de la Nuit de Walpurgis, cette même nuit où j'avais vu le Livre de la Vie entier et intact pour la dernière fois.) Même à ce moment, cela n'a pas été une surprise, mais simplement la confirmation de quelque chose que je savais déjà, d'une certaine manière.

— Gallowglass n'a rien fait d'inconvenant, me hâtai-je de dire.

— Je sais. Gallowglass est le fils de Hugh et il est incapable de déshonneur, dit Matthew avec émotion. Peut-être qu'une fois les enfants nés, il sera en mesure de vivre sa vie. J'aimerais qu'il soit heureux.

— Moi aussi, chuchotai-je, me demandant combien de nœuds et de fils il faudrait pour aider Gallowglass à trouver sa compagne.

— Où est parti Gallowglass ? demanda Matthew avec humeur à Fernando, alors qu'ils savaient tous les deux que Fernando n'était aucunement responsable de la soudaine disparition de son neveu.

— Où qu'il soit, il y est mieux qu'à attendre ici que Diana et toi accueilliez vos enfants dans le monde, répondit Fernando.

— Diana n'est pas de cet avis. (Matthew consulta ses e-mails. Il avait pris l'habitude de le faire en bas, afin que Diana ne sache pas qu'il se renseignait sur Benjamin.) Elle le demande.

— Philippe a eu tort d'ordonner à Gallowglass de veiller sur elle, dit Fernando avant de vider un verre de vin.

— Tu crois ? C'est ce que j'aurais fait, dit Matthew.

— Réfléchissez, Matthew, s'impatienta le Dr Garrett. Vos enfants ont en eux du sang de vampire, même si Dieu et vous seul savez comme cela se peut. Cela veut dire qu'ils ont au moins une sorte d'immunité de vampire. Vous ne préféreriez pas que votre épouse accouche chez vous comme l'ont fait les femmes pendant des siècles ?

Maintenant que Matthew était revenu, il entendait donner son avis sur la manière dont les jumeaux devaient voir le jour. Pour lui, je devais accoucher à l'hôpital. Je préférais leur donner naissance à Clairmont House, sous la surveillance de Marcus.

— Marcus n'a pas pratiqué d'accouchement depuis des années, gronda Matthew.

— Bon sang, mon vieux, c'est vous qui lui avez enseigné l'anatomie. Et à moi aussi, maintenant que j'y pense ! s'exclama le Dr Garrett, à bout d'arguments. Vous croyez que les organes féminins ont brusquement décidé de changer de place ? Fais-lui entendre raison, Jane.

— Edward a raison, dit le Dr Sharp. À nous quatre, nous avons des dizaines de diplômes de médecine et plus de deux millénaires d'expérience. Marthe a très probablement accouché assez d'enfants pour peupler un village et la tante de Diana est une sage-femme diplômée. J'ai dans l'idée que nous nous débrouillerons.

Pour moi, elle avait raison. Matthew finit par se ranger à cet avis. Ayant été battu sur ce terrain, il s'empressa de quitter la pièce quand Fernando arriva et tous les deux descendirent. Ils s'enfermaient souvent ensemble pour discuter d'affaires de famille.

— Qu'a dit Matthew quand vous lui avez annoncé que vous aviez prêté allégeance à la famille Bishop-Clairmont ? demandai-je à Fernando lorsqu'il remonta plus tard me saluer.

— Que j'étais fou, répondit Fernando, l'œil pétillant. Je lui ai déclaré que je tenais à être fait parrain de votre aîné en échange.

— Je suis sûre que cela peut se faire, dis-je en commençant à m'inquiéter du nombre de parrains et de marraines que les enfants allaient avoir.

— J'espère que tu notes toutes les promesses que tu as faites, fis-je remarquer à Matthew plus tard dans l'après-midi.

— Je les note. Chris veut le plus intelligent et Fernando l'aîné. Hamish le plus joli. Marcus une fille. Jack un frère. Gallowglass a exprimé le désir d'être parrain de tout enfant blond né avant que nous quittions New Haven, énuméra Matthew.

— J'attends des jumeaux, pas une portée de chiots, dis-je, effarée par le nombre de candidats. Et puis nous ne sommes pas de la famille royale. Et je suis païenne ! Les jumeaux n'ont pas besoin d'autant de parrains !

— Tu veux que je choisisse les marraines aussi ?

— Miriam, me hâtai-je de répondre avant qu'il ait pu proposer aucune des terrifiantes femmes de sa famille. Phoebe, évidemment. Marthe, Sophie, Amira. J'aimerais aussi demander à Vivian Harrison.

— Tu vois. Une fois qu'on commence, on ne s'arrête pas, sourit-il.

Ce qui nous amenait à six parrains et marraines par enfant. Nous allions être noyés sous les timbales en argent et les ours en peluche, d'après les tas de minuscules vêtements, souliers et couvertures qu'Ysabeau et Sarah avaient déjà achetés.

Deux des potentiels parents spirituels se joignaient à nous à la plupart des dîners. Marcus et Phoebe étaient si visiblement amoureux qu'il était impossible de ne pas se sentir romantique en leur présence. L'air entre eux vibrait de tension. Phoebe, pour sa part, était plus imperturbable et réservée que jamais. Elle n'hésitait pas à sermonner Matthew sur l'état des fresques de la salle de bal et à lui dire qu'Angelica Kauffmann serait choquée de voir ses œuvres négligées à ce point. Elle n'avait pas davantage l'intention de laisser les trésors de la famille Clermont être soustraits indéfiniment aux yeux du public.

— Il y a des moyens de les présenter anonymement et pendant une période limitée, dit-elle à Matthew.

— Attends-toi à voir le portrait de Margaret More qui est dans les toilettes d'Old Lodge exposé très bientôt à la National Portrait Gallery, dis-je en posant une main encourageante sur celle de Matthew.

— Pourquoi personne ne m'a prévenu que ce serait à ce point pénible d'avoir des historiennes dans la famille ? demanda-t-il à Marcus, un peu effaré. Et comment avons-nous réussi à en dénicher deux ?

— Question de bon goût, dit Marcus en jetant un regard ardent à Phoebe.

— En effet, sourit Matthew.

Quand nous étions simplement tous les quatre, Matthew et Marcus parlaient pendant des heures du nouveau scion – même si Marcus préférait l'appeler « le clan de Matthew » pour des raisons qui devaient autant à son grand-père écossais qu'à son refus d'utiliser des termes botaniques et zoologiques pour parler des familles vampires.

— Les membres du scion (ou du clan, si tu insistes) Bishop-Clairmont devront être particulièrement prudents quand ils s'uniront ou se marieront, dit Matthew un soir durant le dîner. Tous les vampires auront les yeux sur nous.

— Bishop-Clairmont ? répéta Marcus.

— Bien sûr, répondit Matthew en plissant le front. Comment imaginais-tu que nous nous appellerions ? Diana n'utilise pas mon nom et nos enfants porteront les deux. Ce n'est que justice qu'une famille composée de sorcières et de vampires reflète cela.

Je fus touchée par cette attention. Matthew était parfois un être exagérément protecteur et patriarcal, mais il n'avait pas oublié les traditions de ma famille.

— Eh bien, Matthew de Clermont, dit Marcus en souriant narquoisement. C'est sacrément progressiste pour un vieux fossile comme toi.

— Hum, fit Matthew en buvant une gorgée de vin.

Le téléphone de Marcus bourdonna et il regarda l'écran.

— Hamish est là. Je descends lui ouvrir.

L'écho étouffé d'une conversation monta dans l'escalier. Matthew se leva.

— Restez avec Diana, Phoebe.

Phoebe et moi échangeâmes des regards inquiets.

— Ce sera tellement plus commode une fois que je serai une vampiresse aussi, dit-elle en essayant vainement d'entendre ce qui se disait en bas. Au moins, nous saurons ce qui se passe.

— Et eux, ils partiront tout simplement se promener, dis-je. Il faut que je concocte un sortilège qui amplifie les sons. Quelque chose qui utilise l'air et un peu l'eau, peut-être ?

— Chut, dit Phoebe en inclinant la tête. Oh, voilà qu'ils baissent la voix, s'agaça-t-elle. C'est à vous rendre folle.

Quand Matthew et Marcus réapparurent, suivis de Hamish, leurs visages nous annonçaient quelque chose de très grave.

— Nous avons reçu un autre message de Benjamin, dit Matthew en s'accroupissant devant ma chaise pour être à ma hauteur. Je ne veux pas te le cacher, Diana, mais tu dois garder ton calme.

— Dis-moi, c'est tout, répondis-je, la gorge serrée.

— La sorcière que Benjamin avait capturée est morte. Et son enfant avec elle.

Mes yeux se remplirent de larmes. Et pas seulement pour la jeune sorcière, mais parce que je n'avais pas été à la hauteur. *Si je n'avais pas hésité, la prisonnière de Benjamin serait peut-être encore en vie.*

— Pourquoi n'avons-nous pas le temps de régler l'immense chaos que nous avons apparemment déclenché ? Et pourquoi faut-il que les gens continuent de mourir pendant tout ce temps ? m'écriai-je.

— Il n'y avait aucun moyen d'empêcher cela, dit Matthew en me caressant le visage. Pas cette fois.

— Et la prochaine ? (Ils restèrent sans rien dire, le visage fermé.) Oh. Bien sûr. (Je respirai un bon coup et mes doigts me démangèrent. Corra jaillit de mes côtes avec un cri perçant et s'élança pour se percher sur le lustre.) Tu vas l'arrêter. Parce que la prochaine fois, c'est à moi qu'il s'en prendra.

Je sentis quelque chose qui cédait, puis un filet de liquide.

Matthew baissa les yeux vers mon ventre, sous le choc.

Les bébés étaient en route.

31

— Ne vous avisez pas de me dire de ne pas pousser.

J'étais écarlate et en sueur et tout ce que je voulais, c'était que ces bébés sortent aussi vite que possible.

— Ne. Poussez. Pas, répéta Marthe.

Sarah et elle me faisaient marcher autour de la pièce pour soulager les douleurs dans mon dos et mes jambes. Les contractions étaient encore séparées d'environ cinq minutes, mais la douleur était de plus en plus insoutenable et irradiait de ma colonne vertébrale jusque dans mon ventre.

— Je veux m'allonger.

Après des semaines à être restée alitée, à présent, je voulais seulement retourner dans le lit avec son alèze et ses draps stérilisés. L'ironie de la situation n'échappa ni à moi ni aux autres.

— Pas question que tu t'allonges, dit Sarah.

— Oh, mon Dieu. En voilà une autre. (Je m'immobilisai et m'agrippai à leurs mains. La contraction dura longtemps. Je me redressais à peine et reprenais mon souffle quand une autre survint.) Je veux Matthew !

— Je suis là, dit-il en prenant la place de Marthe. C'était rapide, dit-il à Sarah.

— D'après le manuel, les contractions sont censées se rapprocher progressivement, dis-je d'un ton d'institutrice revêche.

— Les bébés ne lisent pas, ma chérie, dit Sarah. Ils ont leur propre conception de la situation.

— Et quand ils se mettent en tête de naître, ils n'y vont pas par quatre chemins, dit le Dr Sharp en entrant avec un sourire. (Le Dr Garrett ayant été appelé ailleurs pour un accouchement à la dernière minute, ce fut le Dr Sharp qui prit la direction de l'équipe médicale. Elle posa son stéthoscope sur mon ventre, le déplaça, le reposa.) Vous vous en sortez parfaitement bien, Diana. Tout comme les jumeaux. Aucun signe de difficulté. Je recommande que nous tentions l'accouchement par les voies naturelles.

— Je veux m'allonger, dis-je en serrant les dents tandis qu'un autre soubresaut me saisissait et menaçait de me déchirer en deux. Où est Marcus ?

— De l'autre côté du couloir, répondit Matthew.

Je me rappelai vaguement avoir expulsé Marcus de la chambre quand les contractions s'étaient intensifiées.

— Si j'ai besoin d'une césarienne, il peut arriver à temps ? demandai-je.

— Vous m'avez appelé ? dit Marcus en entrant avec sa blouse.

Son sourire chaleureux et son air imperturbable me calmèrent aussitôt. Maintenant qu'il était revenu, je ne me rappelais plus pourquoi je l'avais chassé.

— Qui a déplacé ce fichu lit ? soufflai-je durant une autre contraction.

Le lit était apparemment au même endroit, mais ce devait être une illusion, car il me fallait une éternité pour y arriver.

— Matthew, répondit Sarah d'un ton désinvolte.

— Mais certainement pas ! protesta-t-il.

— Durant le travail, nous accusons le mari d'absolument tout. Cela empêche la mère d'avoir des envies de meurtre et cela rappelle aux hommes qu'ils ne sont pas le centre de l'attention, expliqua Sarah.

Je me mis à rire, oubliant du coup de me préparer pour la fulgurante douleur qui accompagnait la contraction suivante.

— Pu… Mer… Nom de…

Je serrai les lèvres.

— Vous n'arriverez pas au bout de la soirée sans pousser des jurons, Diana, dit Marcus.

— Je ne tiens pas à ce qu'une bordée de grossièretés soit la première chose que les enfants entendent.

À présent, je me rappelais pourquoi j'avais expulsé Marcus : il avait estimé que j'étais un peu trop guindée dans l'expression de mes souffrances.

— Matthew peut chanter. Et il a du coffre. Je suis sûr qu'il vous couvrirait.

— Dieu… Fichu… Ça fait mal, dis-je en me pliant en deux. Bougez ce foutu lit si vous voulez servir à quelque chose, mais arrêtez de discuter avec moi, salaud !

Ma réponse fut accueillie par un silence choqué.

— Bravo, applaudit Marcus. Je savais que vous en étiez capable. Voyons où nous en sommes.

Matthew m'aida à me coucher sur le lit, qui avait été débarrassé de sa courtepointe hors de prix et des tentures. Les deux berceaux attendaient les jumeaux devant le feu. Je gardai les yeux fixés dessus pendant que Marcus procédait à son examen.

Jusqu'ici, cela avait été les quatre heures les plus physiquement intrusives de toute ma vie. On avait introduit en moi et prélevé plus de choses que je n'aurais imaginé possible. C'était étrangement déshumanisant, étant donné que j'étais chargée de mettre au monde une nouvelle vie.

— Ce n'est pas encore pour tout de suite, dit Marcus, mais c'est en très bonne voie.

— C'est facile à dire pour vous.

Je l'aurais bien giflé, mais il était planté entre mes cuisses et les bébés étaient en route.

— C'est votre dernière chance pour la péridurale, dit-il. Si vous refusez et que nous devons faire une césarienne, nous devrons vous assommer complètement.

— Tu n'es pas obligée d'être héroïque, *ma lionne**, dit Matthew.

— Je ne suis pas héroïque, répétai-je pour la quatrième ou cinquième fois. Nous ne savons absolument pas quel effet une péridurale peut avoir sur les enfants.

Je m'interrompis et grimaçai de douleur.

— Il faut que tu continues à respirer, ma chérie, dit Sarah en arrivant à mon côté. Vous l'avez entendue, Matthew. Elle ne veut pas de péridurale et ce n'est pas la peine de discuter avec elle. Maintenant, la douleur. Rire soulage, Diana. Essaie de te concentrer sur autre chose.

— Le plaisir soulage aussi, dit Marthe en arrangeant mes pieds sur le matelas de manière à me détendre le dos.

— Le plaisir ? répétai-je, interloquée. (Marthe hocha la tête. Je la regardai avec horreur.) Vous ne voulez tout de même pas parler de ça.

— Si, dit Sarah. Ça peut changer beaucoup de choses.

— Non. Comment pouvez-vous ne serait-ce que suggérer une chose pareille ?

Je ne pouvais pas imaginer un moment moins chargé érotiquement. Marcher me semblait à présent une excellente idée, et je basculai les jambes sur le côté du lit. Je ne pus aller plus loin avant d'être saisie par une autre contraction. Quand elle fut terminée, Matthew et moi étions seuls.

— Il n'en est pas question, dis-je alors qu'il me prenait dans ses bras.

— Je comprends « non » dans vingt langues, répondit-il.

— Tu n'as pas envie de me hurler dessus ? demandai-je.

— Si, répondit-il après un moment de réflexion.

— Oh.

Moi qui m'attendais à ce qu'il me dise que les femmes enceintes sont sacrées et qu'il était prêt à tout supporter. Je gloussai.

— Allonge-toi sur le côté gauche, je vais te masser le dos, dit-il en m'attirant à côté de lui.

— Tu ne me toucheras pas ailleurs, l'avertis-je.

— J'ai bien compris, dit-il avec une maîtrise de soi extrêmement agaçante. Allonge-toi.

— Voilà qui te ressemble plus. Je commençais à me dire que c'était toi qu'on avait anesthésié par erreur.

Je me tournai et me calai contre lui.

— Sorcière, dit-il en me mordillant l'épaule.

C'était une bonne chose que je sois allongée quand survint la contraction suivante.

— Nous ne voulons pas que tu pousses, parce que nous ignorons totalement combien de temps cela va prendre et les bébés ne sont pas encore prêts à naître. Cela fait quatre heures et dix-huit minutes que les contractions ont commencé. Cela peut encore durer toute une journée. Il faut que tu te reposes. C'est notamment pour cela que je voulais que tu aies la péridurale, dit-il en me massant les reins avec les pouces.

— Cela fait seulement quatre heures et dix-huit minutes ? dis-je d'une voix faible.

— Dix-neuf, maintenant, mais oui, c'est ça.

Matthew m'étreignit pendant que j'étais secouée par une violente contraction. Quand j'eus repris mes esprits, je gémis et m'appuyai de nouveau contre lui.

— Ton pouce est absolument divin, dis-je avec un soupir de contentement.

— Et là ? demanda-t-il en glissant le pouce plus près de ma colonne vertébrale.

— Le paradis, dis-je, parvenant à supporter un peu mieux la contraction suivante.

— Ta tension artérielle est toujours normale et te masser le dos a l'air de te faire du bien. Procédons dans les règles.

Il appela Marcus pour qu'il apporte de sa bibliothèque l'étrange siège rembourré de cuir avec son pupitre et le fit installer près de la fenêtre, un oreiller posé sur le support destiné au livre. Puis il m'aida à l'enfourcher face à l'oreiller. Mon ventre gonflé toucha le dossier du siège.

— À quoi il sert vraiment, ce siège ?

— À regarder les combats de coqs et à jouer aux cartes toute la nuit, répondit Matthew. Ce sera bien plus confortable pour le bas de ton dos si tu te penches un peu en avant et que tu poses la tête sur l'oreiller.

C'était vrai. Matthew entreprit de me masser des hanches à la nuque jusqu'à ce que je sois détendue. J'eus trois contractions pendant ce temps, et, bien qu'elles fussent prolongées, ses mains fraîches et ses doigts énergiques semblèrent atténuer un peu la douleur.

— Combien de femmes enceintes as-tu soulagées comme cela ? demandai-je, un peu curieuse de savoir d'où il tenait ce talent.

Ses mains s'immobilisèrent.

— Uniquement toi.

Il reprit ses mouvements apaisants.

Je tournai la tête et le surpris en train de me regarder, même si ses mains continuaient leur manège.

— Ysabeau m'a dit que j'étais la seule à avoir dormi dans cette chambre.

— Aucune des femmes que j'ai connues ne m'en a semblé digne. Mais j'ai pu t'imaginer dans cette pièce, avec moi, évidemment, peu de temps après notre rencontre.

— Pourquoi m'aimes-tu autant, Matthew ?

Je ne voyais pas ce qu'il me trouvait, surtout en cet instant, alors que j'étais toute ronde, face contre terre et hoquetante de douleur.

— À toutes les questions que je me suis jamais posées, répondit-il sans hésiter un instant, ou que je me poserai jamais, tu es la réponse. (Il écarta les cheveux de ma nuque et m'embrassa derrière l'oreille.) Te sens-tu d'attaque pour te lever un peu ?

Une brusque et vive douleur qui me parcourut les membres m'empêcha de répondre autrement que par un cri.

— Cela me paraît indiquer une dilatation de dix centimètres, murmura-t-il. Marcus ?

— Bonne nouvelle, Diana, dit celui-ci d'un ton enjoué en entrant dans la chambre. Vous avez le droit de pousser, à présent !

Et pour pousser, je poussai. Pendant ce qui me parut des jours.

J'essayai d'abord la manière moderne : allongée, cramponnée à la main de Matthew qui me regardait, rempli d'adoration.

Cela ne donna rien de bon.

— Cela n'indique pas nécessairement un problème, nous informa le Dr Sharp en relevant la tête de son poste d'observation entre mes cuisses. Des jumeaux peuvent prendre plus de temps à bouger à ce stade du travail. Pas vrai, Marthe ?

— Il lui faut un tabouret, répondit-elle, l'air soucieux.

— J'ai apporté le mien, dit le Dr Sharp. Il est dans le couloir.

Et c'est ainsi que des bébés conçus au XVIe siècle choisirent d'esquiver les usages médicaux modernes pour naître à l'ancienne mode : sur un simple siège en bois à l'assise en forme de fer à cheval.

Au lieu d'avoir une demi-douzaine d'inconnus autour de moi, j'étais entourée de ceux que j'aimais : Matthew, derrière moi, me soutenait physiquement et émotionnellement ; Jane et Marthe, à mes pieds, me félicitaient d'avoir des bébés assez aimables pour se présenter la tête la première ; Marcus, qui offrait gentiment de temps en temps une suggestion ; Sarah, à côté de moi, me disait quand souffler et quand pousser ; Ysabeau, près de la porte, transmettait des messages à Phoebe, qui attendait dans le couloir et les relayait à Pickering Place, où Fernando, Jack et Andrew attendaient les nouvelles.

Ce fut épuisant.

Cela prit une éternité.

Quand, à 23 h 55, le premier cri indigné se fit enfin entendre, je me mis à pleurer et à rire. Un farouche instinct protecteur s'enracina en moi, là où était l'enfant un instant plus tôt, et me redonna courage.

— Qu'est-ce que cela donne ? demandai-je en baissant les yeux.

— Elle est parfaite, dit Marthe en souriant fièrement.

— Elle ? répéta Matthew, ébahi.

— C'est une fille. Phoebe, dites-leur que *madame** a donné naissance à une fille, dit Ysabeau, pleine d'enthousiasme.

Jane souleva la petite créature. Elle était bleue, toute chiffonnée, souillée de substances répugnantes dont j'avais lu la présence dans des livres, mais que je n'étais pas préparée à voir sur mon propre enfant. Elle avait des cheveux noirs de jais, et abondants.

— Pourquoi est-elle bleue ? Qu'est-ce qui ne va pas ? demandai-je, de plus en plus angoissée.

— Elle va devenir rouge comme une betterave en un rien de temps. Tout est absolument normal côté poumons, dit Marcus en regardant sa nouvelle sœur et en tendant une paire de ciseaux et une pince à Matthew. À toi l'honneur.

Matthew resta immobile.

— Si vous vous évanouissez, Matthew Clairmont, jamais je vous permettrai de l'oublier, dit Sarah avec irritation. Amenez vos fesses et coupez le cordon.

— Faites-le, Sarah.

Je sentis les mains de Matthew qui tremblaient sur mes épaules.

— Non, je veux que ce soit Matthew, dis-je.

S'il ne le faisait pas, il le regretterait plus tard.

Mes paroles le firent réagir et il se retrouva rapidement agenouillé à côté du Dr Sharp. En dépit de sa réticence initiale, une fois devant un bébé avec le matériel médical adapté, ses mouvements furent professionnels et assurés. Une fois le cordon pincé et coupé, le Dr Sharp enveloppa rapidement notre fille dans une couverture et la présenta à Matthew.

Il resta frappé de stupeur, la minuscule créature posée dans ses grandes mains. Il y avait quelque chose de miraculeux dans la juxtaposition de la puissance d'un père et de la vulnérabilité de sa fille. Elle cessa un moment de crier, bâilla, puis reprit ses hurlements pour protester de l'indignité de sa situation.

— Bonjour, petite inconnue, chuchota Matthew. (Il leva vers moi un regard admiratif.) Elle est magnifique.

— Seigneur, mais écoutez-la donc, dit Marcus. Un bon huit au score d'Apgar, tu ne crois pas, Jane ?

— Je suis d'accord. Mesurons-la et pesons-la pendant que nous la nettoyons un peu en attendant le suivant.

Brusquement conscient que ma tâche n'était qu'à moitié accomplie, Matthew confia le bébé à Marcus. Puis il me regarda longuement et m'embrassa.

— Prête, *ma lionne** ?

— Plus que jamais, répondis-je, saisie par une nouvelle douleur fulgurante.

Vingt minutes plus tard, à minuit quinze, notre fils était né. Il était plus costaud que sa sœur, en taille comme en poids, mais doté d'une capacité pulmonaire tout aussi robuste. C'était, me dit-on, une excellente chose, mais je ne fus pas sûre que nous serions de cet avis dans douze heures. Contrairement à sa sœur, notre fils avait des cheveux d'un blond roux.

Matthew demanda à Sarah de couper le cordon, puisqu'il était déjà entièrement occupé à murmurer un flot de sottises sans queue ni tête à mon oreille, me disant combien j'avais été belle et forte, et le tout en me maintenant bien droite.

C'est après le deuxième que je commençai à trembler de la tête aux pieds.

— Qu'est-ce qu'il y a ? demandai-je en claquant des dents.

Matthew me souleva de la chaise d'accouchement et me mit au lit en un clin d'œil.

— Apportez les enfants ici, ordonna-t-il.

Marthe déposa un bébé sur moi et Sarah l'autre. Tous les deux étaient crispés et cramoisis de fureur. À peine sentis-je le poids de mon fils et de ma fille sur ma poitrine que les tremblements cessèrent.

— C'est l'unique inconvénient de la chaise d'accouchement quand il y a des jumeaux, rayonna le Dr Sharp. Les mamans peuvent vaciller un peu en se sentant brusquement vide et vous n'avez pas la possibilité de nouer des liens avec le premier enfant que le deuxième réclame déjà votre attention.

Marthe écarta Matthew et enveloppa les deux bébés dans des couvertures sans modifier un instant leur position, une sorte de tour de prestidigitation de vampire qui, je n'en doutai pas, dépassait les capacités de la plupart des sages-femmes, même les plus expérimentées. Pendant ce temps, Sarah me massa délicatement le ventre jusqu'à ce que le placenta soit expulsé dans une dernière contraction.

Matthew prit les bébés le temps que Sarah me nettoie précautionneusement. La douche, déclara-t-elle, pouvait attendre que je sois en état de me lever, c'est-à-dire selon moi à peu près jamais.

Marthe et elle changèrent les draps, tout cela sans que j'aie besoin de bouger. En un rien de temps, je fus adossée aux moelleux oreillers dans des draps tout frais. Matthew me rendit les bébés. La chambre était vide.

— Je ne sais pas comment vous survivez à cela, dit-il en me baisant le front.

— À l'épreuve d'être retournée comme un gant ? (Je regardai les minuscules visages.) Je ne sais pas non plus. Dommage que mes parents et Philippe ne soient pas là, ajoutai-je en baissant la voix.

— S'il avait été là, Philippe serait en train de hurler dans la rue et de réveiller les voisins.

— Je veux l'appeler Philip, comme ton père, dis-je doucement. (À ces mots, notre fils entrouvrit un œil.) Tu veux bien ?

— Seulement si nous appelons notre fille Rebecca, dit Matthew en posant la main sur la petite tête noire qui grimaça de plus belle.

— Je n'ai pas l'impression qu'elle soit d'accord, dis-je, émerveillée qu'une si petite créature soit déjà si décidée.

— Rebecca aura quantité d'autres prénoms parmi lesquels choisir, si celui-ci ne lui convient toujours pas, dit Matthew. Presque autant que de parrains et de marraines, maintenant que j'y pense.

— Nous allons avoir besoin d'un tableur pour nous y retrouver, dis-je en remontant Philip dans mes bras. Il est vraiment plus lourd.

— Ils sont tous les deux de bonne taille. Et Philip mesure quarante-cinq centimètres, dit-il en regardant son fils avec fierté.

— Il sera grand, comme son père, dis-je en m'enfonçant dans les oreillers.

— Et roux comme sa mère et sa grand-mère, dit-il.

Il fit le tour du lit, tisonna un peu le feu, puis vint s'allonger auprès de moi en se soulevant sur un coude.

— Nous avons passé tout ce temps à rechercher des secrets anciens et des livres de magie perdus, mais c'est eux le véritable mariage alchimique, dis-je.

Je regardai Matthew glisser un doigt dans la main minuscule de Philip, qui l'empoigna avec une force étonnante.

— Tu as raison, dit-il en tournant la main d'un côté et de l'autre. Un petit peu de toi, un petit peu de moi. Moitié vampire, moitié sorcier.

— Et entièrement nôtres, dis-je avant de lui donner un baiser.

— J'ai une fille et un fils, dit Matthew à Baldwin. Rebecca et Philip. Les deux sont en excellente santé.

— Et leur mère ? interrogea Baldwin.

— Diana s'en est magnifiquement sortie.

Les mains de Matthew tremblaient chaque fois qu'il pensait à ce qu'elle avait traversé.

— Félicitations, Matthew, dit Baldwin qui n'avait pas l'air ravi.

— Qu'y a-t-il ? se rembrunit Matthew.

— La Congrégation est déjà au courant de la naissance.

— Comment ? demanda Matthew.

Quelqu'un devait surveiller la maison. Soit un vampire avec une vue très aiguisée, soit une sorcière douée d'une excellente clairvoyance.

— Comment savoir ? répondit Baldwin d'un ton las. Ils sont disposés à surseoir aux accusations qui pèsent sur Diana et toi à condition de pouvoir examiner les enfants.

— Jamais ! s'emporta Matthew.

— La Congrégation veut seulement savoir ce que sont les jumeaux.

— Mes enfants. Philip et Rebecca sont mes enfants, répondit Matthew.

— Personne ne semble le contester, si impossible que cela soit.

— Ce sont les manigances de Gerbert.

Son instinct lui soufflait que le vampire était un lien capital entre Benjamin et la quête du Livre de la Vie. Il manipulait la politique de la Congrégation depuis des années et il était fort probable qu'il avait entraîné Knox, Satu et Domenico dans ses intrigues.

— Peut-être. Les vampires de Londres ne sont pas tous des créatures de Hubbard, dit Baldwin. Verin a toujours l'intention d'aller à la Congrégation le 6 décembre.

— La naissance des enfants ne change rien, dit Matthew, conscient du contraire.

— Prends soin de ta sœur, Matthew, dit calmement Baldwin.

Matthew crut déceler une note de sincère inquiétude dans la voix de son frère.

— Comme toujours, répondit-il.

Les grands-mères furent les premières à venir voir les bébés. Sarah souriait jusqu'aux oreilles, et Ysabeau rayonnait de bonheur. Quand nous leur fîmes part des prénoms, elles furent toutes les deux touchées à la pensée que l'héritage de leurs grands-parents disparus soit ainsi perpétué.

— C'est bien de toi d'avoir des jumeaux qui ne sont même pas nés le même jour, dit Sarah en échangeant Rebecca pour Philip, qui regardait sa grand-mère d'un air fasciné. Essayez de lui faire ouvrir les yeux, Ysabeau.

Celle-ci souffla délicatement sur le visage de Rebecca. Elle ouvrit brusquement les yeux et se mit à hurler en agitant ses petites mains emmitouflées de moufles vers sa grand-mère.

— Voilà. Maintenant nous pouvons te voir comme il convient, ma beauté.

— Ils sont de signes différents aussi, dit Sarah en berçant doucement Philip dans ses bras.

Contrairement à sa sœur, Philip se contentait de rester calme et d'observer les alentours en ouvrant de grands yeux.

— De qui parles-tu ? demandai-je.

J'avais sommeil et les babillages de Sarah étaient trop compliqués à suivre.

— Des bébés. Rebecca est Scorpion, et Philip est Sagittaire. Le serpent et l'archer, répondit-elle.

Les Clermont et les Bishop. Le dixième nœud et la déesse. L'empennage en plumes de chouette de la flèche me chatouilla l'épaule et la queue de la vouivre se resserra autour de mes hanches endolories. Un doigt prémonitoire remonta le long de ma colonne vertébrale, me faisant frissonner.

— Quelque chose ne va pas, *mon cœur** ? s'inquiéta Matthew.

— Non, juste une drôle de sensation.

Le besoin de protéger qui s'était ancré en moi après la naissance des enfants s'accrut. Je ne voulais pas que Rebecca et Philip soient prisonniers d'un écheveau plus vaste, dont le dessin ne pourrait jamais être compris par quelqu'un d'aussi petit et insignifiant que leur mère. C'étaient mes enfants – nos enfants – et j'allais veiller à ce qu'ils aient le droit de suivre leur propre chemin et non celui que la destinée leur réservait.

— Bonjour, père. Vous êtes en train de regarder ? (Matthew fixa l'écran de son ordinateur, son téléphone calé entre son épaule et son oreille. Cette fois, Benjamin avait appelé pour délivrer son message. Il voulait entendre les réactions de Matthew devant ce qu'il voyait à l'écran.) Si je comprends bien, des félicitations sont de rigueur, dit Benjamin d'un ton las. (Derrière lui, le cadavre de la sorcière morte gisait sur une table d'opération, ouvert dans le vain espoir de sauver l'enfant qu'elle portait.) Une fille. Et un garçon, aussi.

— Qu'est-ce que tu veux ?

Matthew avait parlé calmement, mais intérieurement, il fulminait. Pourquoi personne n'arrivait à localiser son satané fils ?

— Ton épouse et ta fille, évidemment. (Le regard de Benjamin se durcit.) Ta sorcière est féconde. Comment se fait-il, Matthew ? (Matthew ne répondit pas.) Je découvrirai ce qui rend ta femme si spéciale, dit Benjamin en s'avançant avec un sourire. Tu sais que je le ferai. Si tu me dis maintenant ce que je veux savoir, je n'aurai pas à le lui extorquer plus tard.

— Jamais tu ne la toucheras, dit Matthew, perdant son sang-froid.

— Oh, mais si, promit Benjamin à mi-voix. Et je n'arrêterai que lorsque Diana Bishop m'aura donné ce que je veux.

Je ne devais pas avoir dormi plus de trente ou quarante minutes que les pleurs de Rebecca me réveillèrent. Quand je parvins à ouvrir les yeux, je vis que Matthew la berçait en faisant les cent pas devant la cheminée et en murmurant doucement.

— Je sais. Le monde est parfois cruel, ma petite. Ce sera plus facile à supporter plus tard. Tu entends comme les bûches crépitent ? Tu vois la lumière danser sur les murs ? C'est le feu, Rebecca. Peut-être que tu l'as dans tes veines, comme ta mère. Chut. C'est juste une ombre. Rien de plus.

Il la serra contre lui et chantonna une berceuse française.

> *Chut ! Plus de bruit,*
> *C'est la ronde de nuit,*
> *En diligence, faisons silence.*
> *Marchons sans bruit,*
> *C'est la ronde de nuit.**

Matthew de Clermont était amoureux. Je souris en voyant son expression adoratrice.

— Le Dr Sharp a dit qu'ils auraient faim, lançai-je depuis le lit en me frottant les yeux.

Elle avait aussi expliqué que les prématurés pouvaient être difficiles à alimenter parce que les muscles dont ils avaient besoin pour téter n'étaient pas encore suffisamment développés.

— Veux-tu que j'appelle Marthe ? demanda Matthew par-dessus les cris insistants de Rebecca.

Il savait que je ne savais pas trop comment m'y prendre pour donner le sein.

— Essayons tout seuls.

Matthew posa un oreiller sur mes genoux et me confia Rebecca. Puis il réveilla Philip, qui dormait profondément. Sarah et Marthe m'avaient répété combien il était important d'allaiter les deux enfants en même temps, sinon, j'aurais à peine fini avec l'un que l'autre aurait faim.

— Philip va être un petit chenapan, dit Matthew en le soulevant de son berceau.

Philip plissa le front en ouvrant de grands yeux.

— Comment tu le sais ? demandai-je en déplaçant légèrement Rebecca pour faire de la place à son frère.

— Il est trop calme, sourit Matthew.

Il fallut quelques essais avant que Philip s'accroche au sein. En revanche, ce fut impossible avec Rebecca.

— Elle ne s'arrête pas assez longtemps de pleurer pour pouvoir téter, dis-je, dépitée.

Matthew lui glissa le petit doigt dans la bouche, et elle referma docilement les lèvres.

— Change-les de place. Peut-être que l'odeur du colostrum et de son frère la convaincra d'essayer.

Nous modifiâmes l'arrangement. Philip cria comme un beau diable quand Matthew le déplaça, puis il eut le hoquet et dédaigna l'autre sein juste assez longtemps pour être sûr que nous comprenions qu'il n'était pas question de l'interrompre à l'avenir. Il y eut un moment d'hésitation pendant que Rebecca se tortillait pour voir ce que c'était que toute cette agitation, puis elle prit prudemment mon sein. Après la première goulée, elle ouvrit de grands yeux.

— Ah. Voilà qu'elle comprend. Je ne te l'avais pas dit, ma petite ? murmura Matthew. *Maman** est la réponse à tout.

Soleil en Sagittaire

Le Sagittaire gouverne foi, religion, écrits,
livres et interprétation des songes.
Iceux nés sous le signe de l'archer feront grandes merveilles et
recevront maint honneur et joye. Quand le Sagittaire domine
le ciel, consulte les hommes de loi à propos de tes affaires.
C'est bonne saison pour faire serments et contracts.

Diaire anglais, anonyme, env. 1590
Gonçalves MS. 4890, f. 9ᵛ.

32

— Les jumeaux ont dix jours. Tu ne crois pas qu'ils sont un peu jeunes pour être faits membres d'un ordre de chevalerie ?

Je bâillai en arpentant le couloir du deuxième avec Rebecca, qui n'appréciait pas d'avoir été tirée de son berceau auprès du feu.

— Tous les nouveaux membres de la famille Clermont deviennent chevaliers aussi tôt que possible, répondit Matthew en me croisant avec Philip dans les bras. C'est la tradition.

— Oui, mais la plupart des nouveaux Clermont sont des hommes et des femmes adultes ! Et nous devons faire cela à Sept-Tours ?

Mes facultés mentales étaient considérablement ralenties. Comme promis, Matthew s'occupait des enfants la nuit, mais tant que j'allaitais, j'étais tout de même réveillée plusieurs fois.

— Ou à Jérusalem, dit-il.

— Pas Jérusalem. En décembre ? Mais tu es fou ! (Ysabeau venait d'apparaître sur le palier sans un bruit.) Les pèlerins arrivent en masse. Par ailleurs, les enfants doivent être baptisés chez eux, dans l'église que leur père a bâtie, pas à Londres.

Les deux cérémonies peuvent avoir lieu le même jour.

— Clairmont House est notre maison pour le moment, *mère**, se rembrunit Matthew, fatigué des grands-mères qui se mêlaient constamment de tout. Et Andrew a proposé de les baptiser ici, si besoin est.

Philip, qui avait déjà démontré qu'il était étonnamment sensible aux sautes d'humeur de Matthew, fit une parfaite imitation de l'expression renfrognée de son père et leva un bras comme s'il réclamait une épée afin de l'aider à abattre leurs ennemis.

— Eh bien, Sept-Tours, dis-je.

Si Andrew Hubbard n'était plus pour moi une épine dans le pied, je n'étais pas très enthousiaste à l'idée qu'il endosse le rôle de conseiller spirituel des enfants.

— Si tu es sûre, dit Matthew.

— Baldwin sera-t-il invité ?

Je savais que Matthew lui avait parlé des jumeaux. Baldwin m'avait envoyé un luxueux bouquet et deux hochets en argent et corne pour Rebecca et Philip. C'était un cadeau courant pour des nouveau-nés, bien sûr, mais en l'occurrence, j'étais convaincue que c'était une manière pas très subtile de rappeler qu'ils avaient du sang vampire dans les veines.

— Probablement. Mais ne nous inquiétons pas de cela pour le moment. Va donc te promener avec Ysabeau et Sarah, sors un peu de la maison proposa Matthew. Il y a tout ce qu'il faut comme lait si les bébés ont faim.

Je fis comme il suggérait, même si j'avais la déplaisante sensation que les bébés et moi étions des pions sur le vaste échiquier des Clermont manipulés par des créatures qui jouaient à ce jeu depuis des siècles.

Cette sensation augmenta chaque jour alors que nous nous préparions à retourner en France. Il y avait trop de messes basses à mon goût. Mais j'étais monopolisée par les jumeaux et je n'avais pas le temps de m'occuper de politique familiale pour le moment.

— Évidemment que nous avons invité Baldwin, dit Marcus. Il faut qu'il soit là.

— Et Gallowglass ? demanda Matthew.

Il avait envoyé à son neveu une photo des enfants, accompagnée de leur identité complète et plutôt imposante. Matthew avait espéré que Gallowglass réagirait en voyant qu'il était le parrain de Philip et que le bébé portait l'un de ses prénoms, en vain.

— Donne-lui le temps, dit Marcus.

Mais le temps n'était pas le meilleur allié de Matthew, qui n'imaginait pas qu'il se montrerait bientôt plus coopératif.

— Pas de nouvelles de Benjamin, annonça Fernando. Il se tait. Une fois de plus.

— Où peut-il donc être ? dit Matthew en se passant la main dans les cheveux.

— Nous faisons de notre mieux, Matthew. Même quand il était sang-chaud, Benjamin était retors comme jamais.

— Très bien. Si nous ne pouvons pas localiser Benjamin, occupons-nous de Knox, dit Matthew. Il sera plus facile à enfumer que Gerbert et tous les deux fournissent des informations à Benjamin. J'en suis sûr. Je veux des preuves.

Il n'aurait de cesse que chaque créature qui représentait un danger pour Diana ou les jumeaux soit repérée et anéantie.

— Prête à partir ?

Marcus chatouilla Rebecca sous le menton et elle ouvrit tout grand la bouche, ravie. Elle adorait son frère aîné.

— Où est Jack ? demandai-je, épuisée.

À peine je récupérais un enfant qu'un autre disparaissait. Le moindre déplacement était devenu un cauchemar logistique plus ou moins équivalent au départ d'une armée pour la bataille.

— Parti promener le fauve. Et puisque nous en parlons, où est Corra ? demanda Fernando.

— Blottie à l'abri.

En réalité, Corra et moi avions des problèmes. Ne tenant pas en place et d'humeur changeante depuis la naissance des jumeaux, elle n'appréciait pas de se retrouver coincée en moi durant le voyage vers la France. Je n'en étais pas plus satisfaite. Être de nouveau l'unique occupante de mon corps était infiniment préférable.

Une série d'aboiements assourdissants et l'apparition de la plus grande serpillière du monde annoncèrent le retour de Jack.

— Allez, Jack. Ne nous fais pas attendre ! appela Marcus. (Jack vint le rejoindre et Marcus lui tendit un trousseau de clés.) Tu penses pouvoir t'occuper de Sarah, de Marthe et de ta grand-mère jusqu'en France ?

— Évidemment que oui, dit Jack en les prenant.

Il appuya sur le bouton du porte-clés, déverrouillant un nouveau véhicule de grande taille, muni d'une litière pour chien plutôt que de sièges pour bébés.

— Comme c'est enthousiasmant de repartir chez soi, dit Ysabeau en glissant son bras sous celui de Jack. Cela me rappelle l'époque où Philippe m'a demandé d'emmener seize chariots de Constantinople à Antioche. Les routes étaient épouvantables et il y avait des bandits tout le long. Le voyage a été terrible, rempli de dangers et de menaces mortelles. J'ai passé un merveilleux moment.

— Si je me souviens bien, vous avez perdu la plupart des chariots, dit Matthew avec un regard noir. Et les chevaux, aussi.

— Sans oublier une bonne quantité de l'argent d'autrui, rappela Fernando.

— Seuls dix chariots ont été perdus. Les six autres sont arrivés en parfait état. Quant à l'argent, il a été réinvesti, tout au plus, dit Ysabeau avec hauteur. Ne fais pas attention, Jack. Je te raconterai mes aventures en chemin. Cela te fera oublier les embouteillages.

Phoebe et Marcus partirent dans l'une de ses habituelles voitures de sport bleues – celle-ci anglaise et comme faite pour James Bond. Je commençais à apprécier l'intérêt des voitures à deux places et rêvai à l'idée de passer les neuf prochaines heures avec Matthew pour toute compagnie.

Étant donné la vitesse à laquelle roulaient Marcus et Phoebe et le fait qu'ils ne seraient pas obligés de faire des pauses pour changer les couches, allaiter, aller aux toilettes, ce ne fut guère surprenant que le couple nous attende quand nous arrivâmes à Sept-Tours, en haut des escaliers, à la lueur de torches, en compagnie d'Alain et de Victoire.

— *Milord** Marcus m'a dit que nous aurions beaucoup de monde à la maison pour les cérémonies, madame Ysabeau, dit Alain en accueillant sa maîtresse.

Son épouse, Victoire, trépigna d'excitation quand elle vit les porte-bébés et se précipita pour prêter main-forte.

— Ce sera comme dans le bon vieux temps, Alain. Nous installerons des lits de camp dans la grange pour les hommes. Ceux qui sont vampires ne craindront pas le froid, et les autres s'y habitueront, répondit Ysabeau avec désinvolture en confiant ses gants à Marthe et en se tournant pour aider à transporter les enfants emmitouflés contre le froid. *Milord** Philip et milady Rebecca ne sont-ils pas les plus ravissants bébés que vous ayez jamais vus, Victoire ?

Victoire se répandit en exclamations extasiées qui parurent contenter Ysabeau.

— Dois-je aider pour les bagages des enfants ? demanda Alain en examinant le contenu du coffre.

— Ce serait merveilleux, Alain.

Matthew lui indiqua les sacs, couffins et paquets de couches. Il prit un porte-bébé dans chaque main et, dans un concert de mises en garde de Marthe, de Sarah, d'Ysabeau et de Victoire sur les marches rendues glissantes par la glace, il monta. Quand il fut à l'intérieur, la grandeur de l'endroit et la raison de sa présence le frappèrent. Matthew amenait les derniers d'une longue lignée de Clermont dans leur demeure ancestrale. Peu importait si notre famille n'était qu'un scion inférieur d'une lignée distinguée. C'était – et ce serait toujours – un endroit imprégné de tradition pour nos enfants.

— Bienvenue chez toi, dis-je en l'embrassant.

Il me rendit mon baiser, puis il me fit l'un de ses éblouissants sourires.

— Merci, *mon cœur**.

Revenir à Sept-Tours avait été la bonne décision. Il n'y avait plus qu'à espérer qu'aucun incident ne viendrait ternir ce retour si agréable.

Durant les jours précédant le baptême, ce fut à croire que mon vœu avait été exaucé. Sept-Tours était si fébrile pour la préparation de la cérémonie que je m'attendais constamment à voir Philippe surgir dans la pièce en chantant et en plaisantant. Mais c'était Marcus qui animait les lieux, à présent, en rôdant dans tous les coins comme s'il était chez lui – ce qui était somme toute le cas – et en mettant tout le monde de bonne humeur. C'est là que je vis pourquoi Marcus rappelait tant le père de Matthew à Fernando.

Quand il ordonna que tous les meubles de la grande salle soient remplacés par de longues tables et des bancs en mesure d'accueillir les multitudes attendues, avec une étourdissante sensation de déjà-vu, j'eus l'impression que Sept-Tours retrouvait sa personnalité médiévale. Seul l'appartement de Matthew resta inchangé. Marcus l'avait épargné, étant donné que les invités d'honneur y séjournaient. Je me réfugiais dans la tour de Matthew à intervalles réguliers pour allaiter, baigner et changer les bébés – et me reposer de la cohue incessante des gens venus nettoyer, trier et déplacer les meubles.

— Merci, Marthe, dis-je en rentrant d'une promenade vivifiante dans le jardin.

Elle avait abandonné avec plaisir la cuisine encombrée pour jouer les nourrices tout en lisant l'un de ses chers romans policiers.

Je donnai une petite tape sur le dos de mon fils endormi et sortis Rebecca de son berceau. Je pinçai les lèvres en constatant combien elle était légère par rapport à son frère.

— Elle a faim, dit Marthe en me regardant droit dans les yeux.

— Je sais. (Rebecca avait toujours faim et n'était jamais repue. Je préférai ne pas penser à ce que cela impliquait.) Selon Matthew, il est trop tôt pour s'inquiéter, dis-je en enfouissant mon nez dans le cou de l'enfant pour respirer son suave parfum de bébé.

— Qu'est-ce que Matthew en sait ? ricana Marthe. C'est vous, la mère.

— Il n'aimerait pas cela, l'avertis-je.

— Matthew aimerait encore moins qu'elle meure, répondit Marthe sans détour.

J'hésitai tout de même. Si je suivais les lourds sous-entendus de Marthe sans le consulter, Matthew serait furieux. Mais si je demandais son avis à mon mari, il me dirait que Rebecca n'était pas en danger. C'était peut-être vrai, mais elle ne débordait sûrement pas de santé. Ses pleurs dépités me brisaient le cœur.

— Matthew est toujours à la chasse ?

S'il fallait que je fasse cela, je ne tenais pas à ce qu'il soit dans les parages et s'inquiète.

— Pour autant que je sache.

— Chut, tout va bien. Maman va arranger tout cela, murmurai-je en m'asseyant auprès du feu et en dégrafant mon chemisier d'une main.

Je posai Rebecca contre mon sein droit et elle s'y accrocha immédiatement en tétant de toutes ses forces. Du lait coula de sa bouche et ses geignements laissèrent la place à des cris. Elle avait été plus facile à allaiter avant que j'aie du lait, comme si son organisme avait mieux toléré le colostrum. C'est là que j'avais commencé à m'inquiéter.

— Tenez, dit Marthe en me tendant un petit couteau bien aiguisé.

— Je n'en ai pas besoin.

Je posai Rebecca sur mon épaule et lui tapotai le dos. Elle laissa échapper un rot suivi d'un filet de liquide blanc.

— Elle n'arrive pas à digérer convenablement le lait, dit Marthe.

— Voyons comme elle supporte ceci, alors.

Je posai la tête de Rebecca sur mon avant-bras, agitai le bout de mes doigts vers la peau tendre et balafrée au creux de mon coude où j'avais offert mon sang à son père, et j'attendis que le liquide rouge et porteur de vie s'accumule.

Rebecca fut aussitôt aux aguets.

— C'est ce que tu veux ?

Je pliai le bras en appuyant ses lèvres sur ma peau. J'eus la même sensation de succion que lorsqu'elle tétait mon sein, sauf qu'à présent, elle ne faisait pas la difficile. Elle était vorace.

Du sang veineux coulant librement ne pouvait manquer d'être remarqué dans une maison remplie de vampires. Ysabeau fut là quelques instants plus tard, Fernando la suivant de près. Puis Matthew apparut comme une tornade, échevelé.

— Tout le monde. Dehors. (Il désigna l'escalier, puis, sans attendre de voir si on lui obéissait, il s'agenouilla devant moi.) Qu'est-ce que tu fais ?

— Je nourris ta fille.

Des larmes me brûlèrent les yeux. Les murmures de contentement de Rebecca résonnèrent dans la chambre silencieuse.

— Tout le monde se demandait depuis des mois ce que les enfants seraient. Eh bien, voici l'un des mystères résolus : Rebecca a besoin de sang pour vivre.

Je glissai mon petit doigt entre ses lèvres et ma peau pour interrompre la tétée et ralentir l'écoulement du sang.

— Et Philip ? demanda Matthew, le visage figé.

— Il a l'air de se satisfaire de mon lait, dis-je. Peut-être que Rebecca acceptera plus tard un régime plus varié. Mais pour le moment, elle a besoin de sang, et elle en aura.

— C'est pour de bonnes raisons que nous ne changeons pas les enfants en vampires, dit Matthew.

— Nous n'avons *changé* Rebecca en rien du tout. Elle est arrivée ainsi. Et ce n'est pas une vampiresse. C'est une vampicière. Ou une sorciresse.

Je n'essayais pas d'être ridicule, même si les noms invitaient à rire.

— Les autres vont vouloir savoir à quel genre de créature ils ont affaire, dit Matthew.

— Eh bien, il faudra qu'ils attendent, rétorquai-je. Il est trop tôt pour le dire et il n'est pas question que les gens la mettent de force dans une case sous prétexte que cela leur facilite la vie.

— Et quand elle fera ses dents ? demanda Matthew en haussant la voix. Tu as oublié Jack ?

Ah. Donc c'était la fureur sanguinaire qui inquiétait Matthew, plutôt que savoir si Rebecca était une sorcière ou une vampiresse. Je lui passai l'enfant profondément endormie et reboutonnai mon chemisier. Quand j'eus terminé, je vis qu'il la serrait sur son cœur, sa tête blottie entre son menton et son épaule, les yeux clos, comme pour effacer ce qu'il avait vu.

— Si Rebecca ou Philip ont la fureur sanguinaire, nous nous en occuperons, ensemble, comme une famille, dis-je en repoussant une mèche tombée sur son front. Essaie de ne pas trop t'inquiéter.

— Nous nous en occuperons ? Comment ? Tu ne raisonnes pas avec un gosse de deux ans atteint de folie meurtrière, dit Matthew.

— Alors je l'envoûterai. (Nous n'en avions pas parlé, mais j'étais prête à le faire sans hésitation.) Tout comme j'envoûterais Jack si c'était la seule manière de le protéger.

— Tu ne feras pas à nos enfants ce que t'ont fait tes parents, Diana. Jamais tu ne te le pardonnerais.

La flèche reposant contre ma colonne vertébrale me piqua l'épaule et le dixième nœud frémit sur mon poignet alors qu'en moi, les cordelettes se raidissaient. Cette fois, je n'eus aucune hésitation.

— Pour sauver la famille, je ferai le nécessaire.

— C'est fait, dit Matthew en reposant son téléphone.

C'était le 6 décembre, un an et un jour depuis que Philippe avait marqué Diana de son serment de sang. Sur l'Isola della Stella, une petite île de la lagune vénitienne, une déclaration sous serment de son statut de Clermont était posée sur le bureau d'un fonctionnaire de la Congrégation, attendant d'être versée à l'arbre généalogique de la famille.

— Alors tante Verin a finalement fait son devoir, dit Marcus.

— Peut-être a-t-elle été en contact avec Gallowglass, dit Fernando, qui n'avait pas perdu l'espoir que le fils de Hugh revienne à temps pour le baptême.

— C'est Baldwin qui l'a fait, dit Matthew en se radossant et en se massant le visage.

Alain apparut en s'excusant de les interrompre pour apporter une pile de courrier et un verre de vin. Il jeta un regard inquiet aux trois vampires blottis devant le feu et repartit sans un mot.

Fernando et Marcus échangèrent un regard consterné.

— Baldwin ? Mais si c'est lui qui l'a fait…
Marcus n'acheva pas.

— Il se soucie plus de la sécurité de Diana que de la réputation des Clermont, termina Matthew pour lui. Le tout est de déterminer ce qu'il sait et que nous ignorons.

Le 7 décembre était notre anniversaire de mariage et Sarah et Ysabeau s'occupèrent des enfants pour que Matthew et moi ayons quelques heures d'intimité. Je préparai des biberons de lait pour Philip, mélangeai du sang et un peu de lait pour Rebecca et descendis les jumeaux dans la bibliothèque familiale. Ysabeau et Sarah y avaient aménagé un pays de Cocagne de couvertures, de jouets et de mobiles pour les distraire et avaient hâte de passer la soirée avec leurs petits-enfants.

Quand je proposai de simplement dîner tranquillement dans la tour afin de rester à portée de voix s'il y avait un problème, Ysabeau me tendit un trousseau de clés.

— Le dîner vous attend aux Revenants, dit-elle.
— Aux Revenants ?
Je n'avais jamais entendu parler de cet endroit.

— Philippe a bâti le château pour accueillir les croisés qui rentraient de Terre sainte, expliqua Matthew. Il appartient à *mère**.

— C'est votre maison, à présent. Je vous l'offre, dit Ysabeau. Joyeux anniversaire.

— Vous ne pouvez pas nous donner une maison. C'est trop, Ysabeau, protestai-je.

— Les Revenants est beaucoup mieux adapté pour une famille que cet endroit. C'est un endroit vraiment tout à fait douillet, dit Ysabeau avec un rien de nostalgie. Et Philippe et moi y étions heureux.

— Vous êtes sûre ? demanda Matthew à sa mère.

— Oui. Et cela vous plaira, Diana, dit Ysabeau en haussant les sourcils. Toutes les pièces ont des portes.

— Comment peut-on qualifier cela de douillet ? demandai-je quand nous arrivâmes à la demeure en bordure du Limousin.

Les Revenants était plus petit que Sept-Tours, mais à peine. Il n'y avait que quatre tours, fit remarquer Matthew, une à chaque angle de la forteresse carrée. Mais avec le fossé qui l'entourait, assez vaste pour mériter le nom de lac, les splendides écuries et la magnifique cour intérieure, l'endroit ne pouvait guère prétendre être plus modeste que la résidence officielle des Clermont. À l'intérieur, cependant, régnait une atmosphère intime, malgré les vastes pièces de réception du rez-de-chaussée. Bien que le château eût été construit au XIIe siècle, il avait été entièrement rénové et désormais doté de tous les équipements modernes, salles de bains, électricité et même le chauffage dans certaines pièces. Malgré tout cela, j'étais prête à refuser le cadeau et toute suggestion d'habiter ici quand mon astucieux mari me montra la bibliothèque.

La pièce de style gothique avec son plafond à solives, ses moulures, sa vaste cheminée et ses écus armoriés était blottie dans le coin sud-ouest du bâtiment principal. Une longue série de fenêtres donnait sur la cour intérieure tandis qu'une autre fenêtre plus petite offrait une vue de la campagne limousine. Des rayonnages recouvraient les deux seuls murs droits jusqu'au plafond. Un escalier en colimaçon en noyer montait jusqu'à une galerie pour accéder aux étagères supérieures. Cela me rappela un peu la salle de lecture Duke Humfrey, avec ses boiseries sombres et son éclairage tamisé.

— Qu'est-ce que c'est que tout cela ? demandai-je devant les rayonnages en noyer remplis de boîtes et de livres rangés n'importe comment.

— Les papiers personnels de Philippe, répondit Matthew. *Mère** les a déménagés ici après la guerre. Tout ce qui a un rapport avec les affaires familiales officielles des Clermont ou les chevaliers de l'ordre de Saint-Lazare est resté à Sept-Tours, évidemment.

Ce devait être l'archive personnelle la plus importante au monde. Je m'assis lourdement, comprenant soudain ce que devait éprouver Phoebe devant les trésors artistiques de la famille, et je portai la main à ma bouche.

— J'imagine que vous voudrez les trier, docteur Bishop, dit Matthew en déposant un baiser sur le sommet de ma tête.

— Évidemment que oui ! Nous pourrions y apprendre des choses sur le Livre de la Vie et les débuts de la Congrégation. Il y a peut-être des lettres qui traitent de Benjamin et de l'enfant de la sorcière de Jérusalem, dis-je, étourdie par toutes ces possibilités.

Matthew prit un air dubitatif.

— Je pense que tu risques plutôt de trouver ses plans d'engins de siège et ses instructions sur l'élevage et l'alimentation des chevaux plutôt que quoi que ce soit sur Benjamin.

Mon instinct d'historienne me soufflait que Matthew sous-estimait grossièrement l'importance de ce qui se trouvait ici. Deux heures après qu'il m'eut présenté la pièce, j'y étais encore à fouiner parmi les boîtes pendant que Matthew buvait du vin et me faisait l'obligeance de traduire les textes qui étaient chiffrés ou dans des langues que je ne connaissais pas. Les pauvres Alain et Victoire finirent par servir le dîner romantique qu'ils nous avaient préparé sur la table de la bibliothèque plutôt que dans la salle à manger.

Nous emménageâmes aux Revenants le lendemain matin avec les enfants et je ne me plaignis plus de la taille, des notes de chauffage et du nombre de marches qu'il faudrait monter pour aller prendre un bain. Cette dernière question était d'ailleurs sujet à débat, puisque Philippe avait installé un ascenseur à vis sans fin après une visite en Russie en 1811.

Par bonheur, l'ascenseur avait été remplacé par un modèle électrique en 1896 et ne nécessitait plus la force d'un vampire pour faire tourner la vis.

Marthe fut la seule à nous accompagner aux Revenants, même si Alain et Victoire auraient préféré nous suivre dans le Limousin et laisser la maison de Marcus à des mains plus jeunes. Marthe cuisinait et nous aidait à nous habituer aux exigences logistiques de l'éducation des enfants. Une fois que Sept-Tours se serait rempli de chevaliers, Fernando et Sarah nous retrouveraient ici, avec Jack, s'il supportait mal cette foule d'inconnus, mais pour le moment, nous étions seuls.

Bien que beaucoup trop grand pour nous, les Revenants nous permettait d'être enfin une famille. Rebecca prenait du poids maintenant que nous savions comme l'alimenter convenablement. Et Philip accueillait chaque changement avec son habituelle expression pensive, contemplant la lumière qui glissait sur les murs ou m'écoutant avec satisfaction feuilleter des papiers dans la bibliothèque.

Marthe surveillait les enfants chaque fois que nous le lui demandions, ce qui nous permit de renouer, Matthew et moi, après nos semaines de séparation et les émotions de l'accouchement. Durant ces précieux moments d'intimité, nous nous promenions main dans la main le long du fossé et discutions de nos projets pour la maison, notamment l'emplacement du jardin de sorcière pour profiter au mieux du soleil et l'endroit où Matthew construirait une cabane dans un arbre pour les jumeaux.

Cependant, si merveilleux que ce fût d'être seuls, nous passions chaque instant que nous le pouvions avec les petits êtres auxquels nous avions donné la vie. Assis devant le feu dans notre chambre, nous regardions Rebecca et Philip se tortiller et se rapprocher, puis se regarder, fascinés, quand leurs mains se rejoignaient. C'est toujours lorsqu'ils se touchaient qu'ils étaient le plus heureux, comme si les mois qu'ils avaient passés ensemble dans mon ventre les avaient habitués à un contact constant. Bientôt, ils seraient trop grands pour continuer, mais pour l'instant, nous les faisions dormir dans le même berceau. Et quelle que fût la manière dont nous les couchions, ils finissaient toujours étroitement enlacés et les visages l'un contre l'autre.

Chaque jour, nous travaillions dans la bibliothèque, où nous cherchions des indices sur Benjamin, la mystérieuse sorcière de Jérusalem et son tout aussi mystérieux enfant et le Livre de la Vie. Philip et Rebecca furent bientôt habitués à l'odeur du papier et du parchemin. Leurs têtes se tournaient pour suivre le son de la voix de Matthew lisant à voix haute des documents rédigés en grec, latin, occitan, ancien français et anciens dialectes germaniques, vieil anglais et ce patois qui était propre à Philippe.

Les habitudes linguistiques très personnelles de Philippe se retrouvaient dans son système de rangement de ses livres et dossiers personnels. Ainsi, des efforts concertés pour trouver des documents ayant trait aux croisades nous permirent de sortir une remarquable lettre de l'évêque Adhémar justifiant les motifs spirituels de la première croisade, bizarrement accompagnée d'une liste de courses de 1930 énumérant les articles que Philippe voulait qu'Alain lui envoie de Paris : des souliers de chez Berluti, un exemplaire de *La Cuisine en dix minutes* et le troisième volume de *La Science de la vie*, de H.G. Wells, Julian Huxley et G.P. Wells.

Ce temps que nous passions ensemble en famille nous paraissait miraculeux. Nous avions tout le loisir de rire et de chanter, de nous émerveiller de la perfection de nos enfants, de nous avouer nos angoisses durant la grossesse et ses possibles implications.

Bien que nos sentiments mutuels n'eussent jamais faibli, nous les réaffirmâmes durant ces calmes et parfaites journées aux Revenants alors même que nous nous préparions pour les défis qu'allaient nous apporter les semaines à venir.

— Voici les chevaliers qui ont accepté d'assister à la cérémonie, dit Marcus en tendant la liste à son père qui la parcourut rapidement.

— Giles. Russell. Excellent. (Matthew retourna la page.) Addie. Verin. Miriam. (Il releva la tête.) Quand as-tu fait Chris chevalier ?

— Pendant que nous étions à La Nouvelle-Orléans. Cela m'a paru juste, dit Marcus, un rien penaud.

— C'est très bien, Marcus. Étant donné ceux qui seront présents au baptême des enfants, je ne vois vraiment pas qui à la Congrégation oserait nous causer des ennuis, dit Fernando en souriant. Je crois que tu peux te détendre, Matthew. Diana devrait pouvoir savourer cette journée comme tu l'espérais.

Cependant, Matthew ne se détendait pas.

— Si seulement nous pouvions trouver Knox.

Matthew contemplait la neige par la fenêtre de la cuisine. Comme Benjamin, Knox avait disparu sans laisser de trace. Ce que cela sous-entendait était trop terrifiant à formuler.

— Dois-je interroger Gerbert ? demanda Fernando.

Ils avaient discuté des possibles répercussions si leurs actes laissaient entendre que Gerbert était un traître. Cela pouvait déclencher un conflit ouvert chez les vampires du sud de la France pour la première fois depuis plus d'un millénaire.

— Pas encore, dit Matthew qui répugnait à compliquer la situation. Je vais continuer de fouiller dans les affaires de Philippe. Il doit bien y avoir quelque chose qui nous indiquera où se terre Benjamin.

— Jésus, Marie, Joseph. Ce n'est pas possible qu'il faille emporter quelque chose d'autre alors que nous allons chez ma mère à trente minutes d'ici.

Cela faisait une semaine que Matthew faisait des allusions sacrilèges à la sainte Famille et à ses voyages en décembre, mais c'était particulièrement frappant aujourd'hui que les jumeaux devaient être baptisés. Quelque chose le tracassait, mais il refusait de me dire quoi.

— Je veux être sûr que Philip et Rebecca sont parfaitement à l'aise, étant donné le nombre d'inconnus qu'ils vont voir, dis-je en essayant de faire roter Philip maintenant plutôt qu'en route.

— Peut-être que le berceau pourrait rester ? demanda Matthew, plein d'espoir.

— Nous avons toute la place qu'il faut pour l'emporter et ils vont avoir besoin de faire au moins une sieste. Par ailleurs, je tiens de source sûre que c'est le véhicule à moteur le plus gros du Limousin derrière le camion à foin de Claude Raynard.

La population locale avait affublé Matthew du surnom de Gaston Lagaffe, l'adorable distrait héros d'une bande dessinée, et on le taquinait sur sa *grande guimbarde** depuis qu'en faisant des courses, il avait coincé sa Range Rover entre une petite Citroën et une Renault encore plus minuscule.

Matthew claqua le hayon sans un mot.

— Arrêtez de fulminer, Matthew, dit Sarah en nous rejoignant devant la maison. Vos enfants vont grandir en pensant que vous êtes un ours.

— Comme tu es belle, la complimentai-je.

Sarah était sur son trente et un avec un tailleur vert foncé et un splendide chemisier en soie crème qui faisaient ressortir ses cheveux roux. Elle avait l'air à la fois glamour et d'humeur festive.

— C'est Agatha qui me l'a fait. Elle connaît son boulot, dit Sarah en pirouettant pour que je puisse encore mieux l'admirer. Oh, avant que j'oublie : Ysabeau a appelé. Matthew doit monter jusqu'à la porte sans se préoccuper de toutes les voitures garées le long de l'allée. On vous a réservé une place dans la cour.

— Des voitures ? Le long de l'allée ? répétai-je en regardant Matthew, effarée.

— Marcus a estimé que ce serait une bonne idée que quelques chevaliers soient présents, dit-il calmement.

— Pourquoi ?

Mon ventre se noua alors que mon instinct me soufflait qu'il y avait anguille sous roche.

— Au cas où la Congrégation prendrait ombrage de la cérémonie, dit-il en plongeant son regard dans le mien, aussi frais et tranquille que la mer en été.

Malgré l'avertissement d'Ysabeau, rien ne pouvait me préparer à l'accueil enthousiaste qui nous fut réservé. Marcus avait transformé Sept-Tours en château de Camelot, avec pavillons et bannières claquant dans l'âpre bise de décembre, leurs couleurs éclatantes se détachant sur la neige et le basalte noir. Au sommet du donjon, l'étendard noir et argent de la famille Clermont avec l'ouroboros était surmonté d'un drapeau carré portant le grand sceau des chevaliers de l'ordre de Saint-Lazare. Les deux morceaux d'étoffe claquaient en haut d'un même mât qui augmentait la hauteur de la déjà imposante tour de presque dix mètres.

— Eh bien, si la Congrégation ne savait pas encore que quelque chose se préparait, maintenant c'est fait, dis-je en contemplant le spectacle.

— Cela n'avait guère de sens de le cacher, dit Matthew. Autant nous lancer dès maintenant et ne pas dissimuler les enfants.

J'acquiesçai en prenant sa main.

Matthew entra dans la cour remplie d'invités et zigzagua prudemment dans la foule en s'arrêtant de temps en temps pour un vieil ami qui voulait lui serrer la main ou le féliciter. Cependant, il pila quand il vit Chris Roberts avec un grand sourire goguenard et un hanap en argent à la main.

— Hé ! fit celui-ci en cognant la vitre avec sa coupe. Je veux voir ma filleule. Et plus vite que ça.

— Bonjour, Chris ! Je ne savais pas que tu venais, dit Sarah en baissant sa vitre et en l'embrassant.

— Je suis un chevalier. Je dois être là, sourit Chris de plus belle.

— C'est ce qu'on m'a dit, en effet.

Il y avait eu d'autres membres sang-chauds avant Chris – Walter Raleigh et Henry Percy pour ne citer qu'eux –, mais je n'avais jamais pensé compter mon meilleur ami parmi eux.

— Oui. Je vais exiger que mes étudiants me donnent du *Sir* Christopher dès la rentrée, dit Chris.

— Mieux vaut cela que *saint* Christopher, dit une voix perçante.

Miriam souriait, les mains sur les hanches, dans une pose qui dévoilait le tee-shirt qu'elle portait sous un modeste blazer marine. Il était de la même couleur et portait le slogan LA SCIENCE A TOUT GÂCHÉ DEPUIS 1543, accompagné d'une licorne, d'une représentation aristotélicienne du ciel et les silhouettes de Dieu et d'Adam de la fresque de Michel-Ange à la chapelle Sixtine. Un sinistre trait rouge barrait chaque image.

— Bonjour, Miriam !

— Gare la voiture pour qu'on voie les rejetons, exigea-t-elle.

Matthew obtempéra, mais quand un attroupement commença à se former, il annonça que les bébés ne devaient pas rester dans le froid et battit précipitamment en retraite dans la cuisine, armé d'un paquet de couches et utilisant Philip comme bouclier.

— Combien de personnes sont là ? demandai-je à Fernando.

Nous étions passés devant des dizaines de voitures garées dans l'allée.

— Au moins une centaine, répondit-il. Nous avons arrêté de compter.

D'après les préparatifs fébriles dans la cuisine, il y avait plus d'une poignée de sang-chauds présents. Je vis une oie farcie entrer dans un four et un cochon en sortir, prêt à être baigné dans une sauce au vin et aux herbes. Les parfums me firent monter l'eau à la bouche.

Peu après 11 heures, les cloches de Saint-Lucien sonnèrent. Entre-temps, Sarah et moi avions revêtu les jumeaux de robes assorties en soie et dentelle et de petits bonnets confectionnés par Marthe et Victoire. On aurait dit des nourrissons du XVIe siècle. Nous les enveloppâmes dans des couvertures et descendîmes.

C'est à ce moment-là que la cérémonie prit un tour inattendu. Sarah monta avec Ysabeau dans l'un des tout-terrain de la famille pendant que Marcus nous dirigeait vers la Range Rover. Une fois les ceintures bouclées, il nous conduisit non pas à l'église, mais au temple de la déesse sur la montagne.

Mes yeux s'embuèrent en voyant les invités rassemblés sous le chêne et le cyprès. Seuls quelques visages m'étaient familiers, mais Matthew en reconnut bien plus. Je repérai Sophie et Margaret avec Nathaniel. Agatha Wilson me regarda comme si elle me reconnaissait vaguement sans pouvoir me remettre. Amira et Hamish étaient ensemble, l'air un peu dépassés par la cérémonie. Mais ce furent les dizaines de vampires inconnus qui me surprirent le plus. Leurs regards étaient froids et curieux, mais pas malveillants.

— Pourquoi tout cela ? demandai-je quand Matthew m'ouvrit la portière.

— J'ai pensé qu'il fallait diviser la cérémonie en deux, une partie païenne ici et un baptême chrétien dans l'église, expliqua-t-il. De cette manière, Emily pouvait participer à cette journée avec les bébés.

L'attention de Matthew – et son effort pour honorer la mémoire d'Em – me laissa momentanément muette. Je savais qu'il passait son temps à échafauder des plans et à gérer ses affaires pendant que je dormais. Je n'avais pas imaginé qu'il s'était également occupé d'organiser le baptême.

— Cela te convient, *mon cœur** ? demanda-t-il, inquiet de mon silence. Je voulais que ce soit une surprise.

— C'est parfait, dis-je quand j'eus recouvré mes esprits. Et cela représentera tellement de choses pour Sarah.

Les invités formèrent un cercle autour de l'antique autel consacré à la déesse. Sarah, Matthew et moi nous plaçâmes au centre. Ma tante avait prévu que je ne me rappellerais pas un seul mot du rituel et elle était prête à officier. La cérémonie était un moment simple mais important dans la vie des sorciers, puisque c'était ainsi qu'ils étaient accueillis dans la communauté. Mais cela ne s'arrêtait pas là, comme le savait Sarah.

— Bienvenue à la famille et aux amis de Diana et Matthew, commença-t-elle, les joues rosies par le froid et l'enthousiasme. Nous sommes rassemblés ici aujourd'hui pour donner à leurs enfants les noms avec lesquels ils entreront dans le monde. Pour les sorciers, nommer quelque chose revient à en reconnaître le pouvoir. En nommant ces enfants, nous honorons la déesse qui nous les a confiés et nous exprimons notre gratitude pour les dons qu'elle leur a accordés.

Matthew et moi avions utilisé une formule pour trouver les noms des enfants – et j'avais refusé la tradition vampire des cinq prénoms, préférant me limiter à quatre, symbole des éléments. Avec un nom de famille double, cela faisait déjà beaucoup. Chacun des prénoms des enfants était celui d'un grand-parent. Le deuxième honorait une tradition Clermont de donner des noms d'archanges. Le troisième était inspiré par un autre grand-parent. Et le quatrième par quelqu'un qui avait joué un rôle dans leur conception ou leur naissance.

Personne ne connaissait encore tous les prénoms des enfants à part Matthew, Sarah et moi.

Sarah enjoignit Matthew à lever Rebecca en l'air afin que son visage soit tourné vers le ciel.

— Rebecca Arielle Emily Marthe, dit-elle d'une voix qui résonna dans la clairière. Nous t'accueillons dans le monde et dans nos cœurs. Va en sachant que tu seras reconnue de tous par ce nom honorable et ta vie tenue pour sacrée.

Rebecca Arielle Emily Marthe, chuchotèrent les arbres et le vent. Je ne fus pas la seule à les entendre. Amira écarquilla les yeux et Margaret Wilson poussa un petit cri joyeux et agita les bras.

Matthew baissa Rebecca et regarda avec amour cette fille qui lui ressemblait tant. Rebecca tendit les bras et lui toucha le nez de son petit doigt délicat dans un geste qui remplit mon cœur de joie.

Quand ce fut mon tour, je levai Philip vers le ciel pour l'offrir à la déesse et aux éléments feu, air, terre et eau.

— Philip Michael Addison Sorley, dit Sarah, nous t'accueillons toi aussi dans le monde et dans nos cœurs. Va en sachant que tu seras reconnu de tous par ce nom honorable et ta vie tenue pour sacrée.

Les vampires échangèrent des regards quand ils entendirent le dernier prénom de Philip et cherchèrent Gallowglass dans la foule. Nous avions choisi Addison parce que c'était le deuxième prénom de mon père, mais Sorley appartenait au Celte absent. J'aurais aimé qu'il puisse l'entendre résonner parmi les arbres.

— Puissent Rebecca et Philip porter leurs noms fièrement, qu'ils se réalisent avec le temps et qu'ils sachent qu'ils seront chéris et protégés par tous ceux qui ont été témoins de l'amour que leurs parents leur portent. Bénis soient-ils, acheva Sarah, les yeux brillants de larmes retenues.

Ce fut impossible de savoir qui fut le plus ému par la cérémonie. Même ma fille habituellement expressive, impressionnée, se suçotait pensivement la lèvre.

Nous quittâmes la clairière pour l'église. Les vampires s'y rendirent à pied et arrivèrent en bas de la colline avant tout le monde. Les autres prirent tout-terrain et 4×4, ce qui permit à Matthew de se féliciter de ses goûts en matière de voitures.

À l'église, des villageois se joignirent à l'assistance et, comme au jour de notre mariage, le prêtre nous attendait à la porte avec les parrains et marraines.

— Est-ce que toutes les cérémonies religieuses catholiques ont lieu en plein air ? demandai-je en ramenant la couverture sur Philip.

— Quelques-unes, répondit Fernando. Je n'ai jamais compris pourquoi, mais après tout, je suis un infidèle.

— Chut, avertit Marcus en jetant un coup d'œil inquiet vers le prêtre. Le Père Antoine est admirablement œcuménique et il a accepté de passer sur les exorcismes habituels, mais ne tirons pas sur la corde. À présent, quelqu'un connaît-il les paroles de la cérémonie ?

— Moi, oui, dit Jack.

— Moi aussi, dit Miriam.

— Bien. Jack portera Philip et Miriam prendra Rebecca. Vous parlerez. Nous, nous prendrons un air attentif et nous hocherons la tête quand il faudra, dit Marcus sans se départir de sa bonne humeur. *Nous sommes prêts, Père Antoine !** annonça-t-il en lui faisant signe.

Matthew me prit le bras et m'entraîna à l'intérieur.

— Tout ira bien ? chuchotai-je.

Parmi les parrains et marraines, il n'y avait qu'un catholique isolé entre un *converso*, un baptiste, deux presbytériens, un anglican, trois sorciers, un démon et trois vampires aux convictions religieuses non précisées.

— C'est une maison de prière, et j'ai supplié Dieu de veiller sur eux, murmura Matthew alors que nous prenions place près de l'autel. Espérons qu'Il écoute.

Mais ni nous ni Dieu n'avions besoin de nous inquiéter. Jack et Miriam répondirent dans un latin parfait à toutes les questions du prêtre sur leur foi et l'état de leurs âmes. Philip gloussa quand le prêtre souffla sur son visage pour chasser les esprits malveillants et protesta énergiquement quand on lui mit du sel sur les lèvres. Rebecca sembla s'intéresser davantage aux longues boucles de Miriam et en tenait fermement une dans sa petite main.

Le reste des parents spirituels formaient un groupe formidable. Fernando, Marcus, Chris, Marthe et Sarah (en remplacement de Vivian Harrison, qui n'avait pas pu venir) étaient avec Miriam ceux de Rebecca. Jack, avec Hamish, Phoebe, Sophie, Amira et Ysabeau (qui représentait son petit-fils absent Gallowglass) promettaient de guider Philip et de veiller sur lui. Même à une non-croyante comme moi-même, les antiques paroles prononcées par le prêtre me donnèrent l'impression que l'on veillerait sur ces enfants quoi qu'il arrive.

La cérémonie touchait à sa fin et Matthew se détendit visiblement. Le Père Antoine nous demanda, à Matthew et moi, de venir reprendre Rebecca et Philip à leurs parrains et marraines. Quand nous nous retournâmes, l'assemblée nous acclama spontanément.

— Et voilà la fin du pacte, s'exclama un vampire que je ne connaissais pas. Et il était temps.

— C'est bien vrai, Russell, approuvèrent plusieurs autres.

Les cloches carillonnèrent et je me mis à rire, emportée par l'allégresse du moment.

Comme d'habitude, c'est là que tout commença à dérailler.

La porte sud s'ouvrit, laissant s'engouffrer une rafale de vent glacial. Un homme se dressait dans la lumière. Je plissai les paupières, tentant de distinguer ses traits. Partout dans l'église, des vampires semblèrent se volatiliser pour réapparaître dans la nef et empêcher le nouvel arrivant de faire un pas de plus.

Je me rapprochai de Matthew en serrant Rebecca contre moi. Les cloches se turent et seuls leurs derniers échos vibrèrent encore dans l'air.

— Félicitations, ma chère sœur, résonna la voix grave de Baldwin. Je suis venu accueillir vos enfants dans la famille Clermont.

Matthew se redressa de toute sa hauteur. Sans regarder en arrière, il confia Philip à Jack et alla rejoindre son frère dans la travée.

— Nos enfants ne sont pas des Clermont, dit-il d'un ton glacial en sortant un document de sa poche et en le tendant à Baldwin. Ils m'appartiennent.

33

Les créatures rassemblées pour le baptême poussèrent un cri en chœur. Ysabeau fit signe au Père Antoine, qui entraîna les villageois hors de l'église. Puis Fernando et elle vinrent stratégiquement nous encadrer, Jack et moi.

— Tu n'espères pas sérieusement que je vais reconnaître une branche corrompue et malade de cette famille et lui accorder ma bénédiction et mon respect ? dit Baldwin en froissant le document.

Les yeux de Jack virèrent au noir d'encre devant l'insulte.

— Matthew t'a confié Philip. Tu es responsable de ton filleul, lui rappela Ysabeau. Ne laisse pas les paroles de Baldwin te faire oublier les désirs de ton chef de clan.

Jack respira un bon coup et hocha la tête en tremblant. Philip roucoula pour attirer son attention, et, voyant le regard de son parrain, plissa le front avec inquiétude. Quand Jack releva la tête, ses yeux avaient repris leur couleur verte et brune.

— Voilà qui ne me paraît guère amical, oncle Baldwin, dit calmement Marcus. Attendons après le banquet pour discuter des affaires de famille.

— Non, Marcus. Nous allons en discuter maintenant et ce sera réglé, dit Matthew.

À une autre époque et dans un autre lieu, les courtisans de Henry VIII avaient informé le roi de l'infidélité de sa cinquième épouse dans une église afin qu'il ne se laisse pas emporter à exécuter le messager. Apparemment, Matthew pensait lui aussi que cela empêcherait Baldwin de le tuer.

Quand Matthew apparut soudain derrière son frère, alors qu'il était devant lui une fraction de seconde plus tôt, je me rendis compte que sa décision de rester ici visait en fait à protéger Baldwin. Matthew, comme Henry, ne voulait pas répandre le sang sur un sol sacré.

Cela ne voulait cependant pas dire que Matthew accorderait sa merci. Il étranglait son frère en passant un bras autour de son cou, l'autre main enfoncée dans son omoplate avec assez de force pour la briser en deux, sans la moindre expression, les yeux entre gris et noir.

— Et voilà pourquoi on ne laisse jamais Matthew Clairmont surgir derrière soi, murmura un vampire à un autre.

— Et cela va faire très mal, répondit celui-ci. Sauf si Baldwin s'évanouit avant.

Je confiai sans un mot Rebecca à Miriam. Mes mains fourmillaient d'énergie et je les cachai dans les poches de mon manteau. Le fût d'argent de la flèche pesait contre ma colonne vertébrale et Corra était aux aguets, prête à déployer ses ailes. Depuis New Haven, mon familier ne faisait pas plus confiance que moi à Baldwin.

Celui-ci faillit parvenir à vaincre Matthew – ou du moins le crus-je. Mais j'allais pousser un cri quand je compris que l'apparent avantage de Baldwin n'était qu'une habile feinte de Matthew pour l'amener à changer de position. Et lorsqu'il le fit, Matthew utilisa le poids de Baldwin et d'un violent coup de pied, le força à tomber à genoux. Baldwin laissa échapper un grognement étranglé.

Ce qui rappela clairement que Baldwin avait beau être le plus grand et le plus robuste, c'était Matthew le tueur.

— À présent, *messire**, dit Matthew en déplaçant légèrement son bras pour appuyer de plus belle sur la gorge, je serais heureux que vous vouliez bien reconsidérer ma respectueuse demande de fonder un scion Clermont.

— Jamais, gargouilla Baldwin, les lèvres bleuies, au bord de l'asphyxie.

— D'après ma femme, le mot « jamais » ne doit jamais être utilisé chez les Bishop-Clairmont. (Matthew serra encore et les yeux de Baldwin commencèrent à sortir de leurs orbites.) Je ne te laisserai pas t'évanouir, au fait, et je ne te tuerai pas non plus. Mort ou inconscient, tu ne peux pas accéder à ma requête. Donc, si tu t'entêtes à refuser, apprête-toi à subir cela pendant des heures.

— Libère. Moi, articula péniblement Baldwin.

Matthew prit soin de le laisser prendre une brève goulée d'air. Elle suffit à lui permettre de tenir, mais pas à se remettre.

— C'est *moi* que tu dois libérer, Baldwin. Après toutes ces années, je veux être autre chose que le mouton noir de la famille Clermont, murmura Matthew.

— Non, grogna Baldwin.

Matthew déplaça son bras afin que son frère puisse prononcer plus d'un mot ou deux à la fois, mais ses lèvres restèrent tout aussi bleuâtres. Il prit la sage précaution de poser le talon sur la cheville de son frère au cas où Baldwin tenterait de profiter de cet air providentiel pour riposter. Baldwin poussa un hurlement.

— Emmenez Rebecca et Philip à Sept-Tours, dis-je à Miriam en retroussant mes manches.

Je ne voulais pas qu'ils voient leur père ainsi. Pas plus que je ne voulais qu'ils voient leur mère user de magie contre un membre de la famille. Le vent se leva autour de mes pieds en soulevant un petit tourbillon de poussière dans l'église. Les flammes du lustre dansèrent, prêtes à m'obéir, et l'eau des fonts baptismaux se mit à bouillonner.

— Libère-nous, moi et les miens, Baldwin. Tu ne veux pas de nous, de toute façon.

— Je... pourrais... Tu... es... mon... tueur... après... tout, répondit Baldwin.

Des murmures et exclamations ébahies jaillirent dans l'église quand ce secret des Clermont fut ouvertement mentionné, même si j'étais certaine que quelques-unes des personnes présentes connaissaient le rôle qu'avait joué Matthew dans la famille.

— Fais toi-même tes basses besognes, pour changer, répondit Matthew. Dieu sait que tu es aussi capable de meurtre que moi.

— Tu es. Différent. Les jumeaux. Ils ont. La fureur sanguinaire. Aussi ? dit Baldwin.

Le silence tomba sur l'assemblée.

— La fureur sanguinaire ? demanda un vampire à l'accent irlandais bien reconnaissable. De quoi parle-t-il, Matthew ?

Les vampires présents échangèrent des regards inquiets alors que les murmures de conversations reprenaient. Ils ne s'attendaient pas à ce qu'il soit question de fureur sanguinaire quand ils avaient accepté l'invitation de Matthew. Combattre la Congrégation et protéger des enfants vampires-sorciers, c'était une chose. Une maladie qui pouvait vous transformer en monstre assoiffé de sang, c'en était une autre.

— Baldwin a dit la vérité, Giles. Mon sang est souillé, dit Matthew.

Il plongea son regard dans le mien, les pupilles légèrement dilatées. *Pars pendant que tu le peux*, disait-il muettement.

Mais cette fois, Matthew n'allait pas être seul. Je passai entre Ysabeau et Fernando et rejoignis mon époux.

— Ce qui veut dire que Marcus... (Giles n'acheva pas. Il plissa les paupières.) Nous ne pouvons pas permettre que les chevaliers de l'ordre de Saint-Lazare soient dirigés par quelqu'un qui souffre de fureur sanguinaire. C'est impossible.

— Ne sois pas crétin, dit le vampire à côté de Giles avec un très distingué accent britannique. Matthew a déjà été Grand Maître et nous ne nous doutions de rien. D'ailleurs, si j'ai bonne mémoire,

Matthew a fait preuve à la confrérie d'une habileté peu courante dans bien des situations difficiles. Je crois que Marcus, bien qu'étant un traître et un rebelle, est tout aussi prometteur, sourit le vampire avec un hochement de tête respectueux vers Marcus.

— Merci, Russell, dit celui-ci. Venant de toi, c'est un compliment.

— Je suis vraiment navré de ces écarts de la confrérie, Miriam, dit Russell avec un clin d'œil. Et je ne suis pas médecin, mais je crois vraiment que Baldwin est sur le point de s'évanouir.

Matthew déplaça légèrement son bras et les yeux de Baldwin reprirent leur position normale.

— La fureur sanguinaire de mon père est sous contrôle. Il n'y a aucune raison pour nous de nous laisser dominer par la peur ou la superstition, dit Marcus à toute l'assistance. Les chevaliers de l'ordre de Saint-Lazare ont été fondés pour protéger les faibles. Chaque membre de l'ordre a prêté serment de défendre ses compagnons chevaliers jusqu'à la mort. Je n'ai pas besoin de rappeler à quiconque ici que Matthew est un chevalier. Tout comme le sont, à partir de maintenant, ses enfants. (La nécessité de l'investiture de Rebecca et de Philip enfants m'apparaissait logique, désormais.) Alors, qu'en dites-vous, mon oncle ? demanda Marcus en allant se planter devant Matthew et Baldwin. Êtes-vous encore un chevalier ou bien êtes-vous devenu un lâche en vieillissant ?

Baldwin était violacé – et pas parce qu'il manquait d'air.

— Prends garde, Marcus, dit Matthew. Il va falloir que je le libère tôt ou tard.

— Chevalier, dit Baldwin avec un regard haineux.

— Alors commence par te comporter comme tel et traiter mon père avec le respect qu'il mérite. (Marcus jeta un regard circulaire dans l'église.) Matthew et Diana veulent fonder un scion et les chevaliers de l'ordre de Saint-Lazare les soutiendront dans cette entreprise. Quiconque n'est pas d'accord est libre de remettre officiellement en question mon rôle de chef. Sinon, il n'y a rien à discuter.

L'église resta absolument silencieuse.

— Merci, dit Matthew avec un sourire.

— Ne me remercie pas encore, dit Marcus. Nous devons encore affronter la Congrégation.

— Une tâche désagréable, à n'en pas douter, mais pas irréalisable, ironisa Russell. Libère Baldwin, Matthew. Ton frère n'a jamais été très rapide et tu as Oliver sur ta gauche. Il meurt d'envie de donner une leçon à Baldwin depuis que ton frère a brisé le cœur de sa fille.

Plusieurs invités gloussèrent et l'opinion commença à être en notre faveur. Lentement, Matthew suivit la suggestion de Russell. Il ne tenta pas de s'éloigner de son frère ou de me protéger. Baldwin resta un moment à genoux, puis il se releva. À peine fut-il debout que Matthew s'agenouilla devant lui.

— Je place ma confiance en vous, *messire**, dit-il en inclinant la tête. Je vous demande la vôtre en retour. Ni moi ni les miens ne déshonorerons la famille Clermont.

— Tu sais que je ne peux pas, Matthew, dit Baldwin. Un vampire qui a la fureur sanguinaire ne se maîtrise jamais totalement.

Il jeta un bref regard à Jack, mais c'était à Benjamin qu'il pensait – et à Matthew.

— Et si un vampire y parvenait ? demandai-je.

— Diana, l'heure n'est pas aux vœux pieux. Je sais que Matthew et vous espérez trouver un remède, mais...

— Si je vous donne ma parole, en tant que fille de Philippe par le serment de sang, que tous les enfants de Matthew affligés de fureur sanguinaire peuvent être maîtrisés, le reconnaîtrez-vous comme chef de cette famille ?

J'étais à quelques centimètres de Baldwin et mon pouvoir bourdonnait. La sensation que mon sortilège de déguisement s'était dissipé était confirmée par les regards curieux dont j'étais l'objet.

— Vous ne pouvez pas promettre cela, dit Baldwin.

— Diana, ne...

Je fis taire Matthew d'un regard.

— Je le peux et je le fais. Nous ne sommes pas obligés d'attendre que la science trouve une solution alors qu'il en existe une magique. Si un membre de la famille de Matthew agit sous l'empire de la fureur sanguinaire, je l'envoûterai, dis-je. C'est d'accord ?

Matthew me regarda, ébahi. Et avec raison. À la même époque l'année précédente, je m'accrochais toujours à la conviction que la science était supérieure à la magie.

— Non, dit Baldwin. Votre parole ne suffit pas. Vous devriez le prouver. Ensuite, nous devrions attendre de voir si votre magie est aussi efficace que vous le croyez, sorcière.

— Très bien, répondis-je aussitôt. Notre mise à l'épreuve commence dès à présent.

Baldwin me regarda avec incrédulité. Matthew leva les yeux vers son frère.

— Échec au roi par la reine, dit-il à mi-voix.

— Ne va pas trop vite, mon frère, dit Baldwin en relevant Matthew. La partie est loin d'être terminée.

— Il était dans le bureau du Père Antoine, dit Fernando, des heures après que les derniers invités étaient allés se coucher. Personne n'a vu qui l'a apporté.

Matthew baissa les yeux vers le fœtus mort-né momifié. Une fille.

— Il est encore plus dément que je le croyais.

Baldwin était blême, et pas seulement à cause de ce qui s'était passé dans l'église.

Matthew relut le mot.

Félicitations pour la naissance de tes enfants, disait-il. *Je voulais te donner ma fille*, puisque je vais bientôt posséder la tienne. Le billet était simplement signé : *Ton fils*.

— Quelqu'un informe Benjamin de chacun de tes faits et gestes, dit Baldwin.

— Le tout est de savoir qui, dit Fernando en posant la main sur le bras de Matthew. Nous ne le laisserons pas s'emparer de Rebecca, ni de Diana.

La perspective était si glaçante que Matthew ne put que hocher la tête.

Malgré les assurances de Fernando, il ne pourrait connaître le repos qu'une fois que Benjamin serait mort.

Après la scène dramatique lors du baptême, le reste de l'hiver se déroula calmement en famille. Nos invités s'en allèrent, sauf les Wilson, qui restèrent à Sept-Tours pour savourer ce qu'Agatha Wilson qualifia de « très joyeuse pagaille ». Chris et Miriam retournèrent à Yale, toujours bien décidés à comprendre la fureur sanguinaire et à trouver un traitement. Baldwin partit pour Venise à la première occasion pour essayer de gérer la réaction de la Congrégation si elle avait vent de ce qui se tramait en France.

Matthew se plongea dans les préparatifs de Noël, déterminé à dissiper toutes les aigreurs qui pouvaient subsister après le baptême. Il se rendit dans les bois de l'autre côté des douves et revint avec un énorme sapin qui fut dressé dans la grande salle et décoré de minuscules ampoules qui brillaient comme des lucioles.

En souvenir de Philippe et de ses décorations pour Yule, nous découpâmes des croissants de lune et des étoiles dans du papier d'or et d'argent. En utilisant un charme d'attachement et un sortilège de vol, je les fis tourbillonner dans les airs et les laissai se poser sur les branches, où elles scintillèrent dans la lueur des flammes.

Matthew alla à Saint-Lucien pour la messe de minuit. Jack et lui étaient les seuls vampires présents, ce qu'apprécia le Père Antoine. Après le baptême, il était compréhensible qu'il n'ait pas envie d'avoir trop de créatures dans son église.

Les enfants avaient mangé et dormaient profondément quand Matthew revint et tapa des pieds pour débarrasser ses chaussures de la neige. J'étais assise près du feu dans la grande salle avec une bouteille de son vin préféré et deux verres. Marcus m'avait assuré qu'un seul verre de temps en temps n'affecterait pas les enfants, à condition que j'attende une ou deux heures avant de leur donner le sein.

— Quelle paix parfaite, dit-il en tendant l'oreille pour guetter les éventuels mouvements des jumeaux.

— Douce nuit, sainte nuit, souris-je en éteignant l'écoute-bébé.

Tout comme un tensiomètre et l'outillage électrique, ce genre d'équipement était inutile dans une maison de vampire. Matthew m'enlaça alors que je tripotais les boutons. Après ces semaines de séparation et l'incident avec Baldwin, il était d'humeur joueuse.

— Tu as le nez gelé, gloussai-je tandis qu'il le posait sur ma nuque. Et les mains aussi.

— Pourquoi ai-je pris pour épouse une sang-chaud, à ton avis ? dit-il alors que ses doigts glacés s'insinuaient sous mon pull.

— Une bouillotte n'aurait pas été plus commode ? le taquinai-je.

Ses doigts touchèrent ce qu'il cherchait et je me cambrai.

— Peut-être, dit-il en m'embrassant. Mais loin d'être aussi agréable.

Le vin oublié, nous égrenâmes les heures jusqu'à minuit en battements de cœur plutôt qu'en minutes. Quand les cloches des églises voisines de Dournazac et Châlus carillonnèrent solennellement pour fêter la naissance d'un enfant dans la lointaine et antique Bethléem, Matthew s'interrompit pour les écouter.

— À quoi penses-tu ? demandai-je alors que le bruit des cloches diminuait.

— Je me rappelais comment le village fêtait les Saturnales quand j'étais enfant. Il n'y avait pas beaucoup de chrétiens en dehors de mes parents et de quelques familles. Le dernier jour des fêtes – le 23 décembre – Philippe allait dans chaque maison, païenne comme chrétienne, et demandait aux enfants ce qu'ils voulaient pour le Nouvel An, raconta-t-il avec un sourire nostalgique. Quand nous nous réveillions le lendemain matin, nous découvrions que nos souhaits avaient été exaucés.

— Cela ressemble bien à ton père, observai-je. Qu'est-ce que tu demandais ?

— Encore plus à manger, généralement, répondit-il en riant. Ma mère disait que la seule explication pour que je dévore autant, c'était que j'avais les jambes creuses. Une fois, j'ai demandé une épée. Tous les enfants du village idolâtraient Philippe et Baldwin. Nous voulions tous leur ressembler. Si je me souviens bien, l'épée que j'ai reçue était en bois et s'est cassée dès le premier coup que j'ai porté avec.

— Et maintenant ? murmurai-je en déposant des baisers sur ses yeux, ses joues et ses lèvres.

— Maintenant, je ne demande rien de plus que de vieillir avec toi, répondit Matthew.

La famille vint nous voir le jour de Noël, ce qui nous évita de devoir emmitoufler à nouveau Rebecca et Philip. Les jumeaux sentirent aux changements dans leur quotidien que ce n'était pas une journée ordinaire. Ils exigèrent à grands cris de participer et je finis par les descendre dans la cuisine pour avoir la paix. Je leur confectionnai un mobile magique en faisant voler des fruits pour les occuper pendant que j'aidais Marthe à mettre la dernière touche à un repas qui contenterait autant les vampires que les sang-chauds.

Matthew vint m'agacer en picorant dans le plat de noix que j'avais concocté selon une recette d'Em. S'il en restait quand arriverait le dîner, ce serait un miracle de Noël.

— Encore une, me cajola-t-il en me prenant par la taille.

— Tu en as déjà mangé une demi-livre. Laisses-en pour Marcus et Jack. (Je ne savais pas trop si les vampires pouvaient s'enivrer avec des sucreries, mais je ne tenais pas à le savoir.) Tu es toujours aussi content de ton cadeau de Noël ?

J'avais essayé de trouver quoi offrir à un homme qui avait tout depuis que les enfants étaient nés, mais quand Matthew m'avait dit que son seul souhait était de vieillir avec moi, j'avais su exactement quoi faire pour le contenter.

— Je l'adore, dit-il en portant la main à ses tempes, où apparaissaient quelques cheveux argentés.

— Tu as toujours dit que je te donnerais des cheveux blancs, souris-je.

— Et je croyais que c'était impossible. Avant d'apprendre qu'*impossible n'est pas Diana**, dit-il, paraphrasant Ysabeau. (Il prit une poignée de noix et alla auprès des bébés avant que j'aie pu réagir.) Bonjour, ma beauté.

Rebecca roucoula en réponse. Philip et elle avaient un vocabulaire complexe de roucoulements, de grognements et autres petits cris que Matthew et moi tentions de maîtriser.

— C'est incontestablement l'un de ses cris de joie, dis-je en enfournant des gâteaux.

Rebecca adorait son père, surtout quand il chantait. Philip appréciait beaucoup moins la chanson.

— Et toi, tu es joyeux aussi, petit homme ? demanda Matthew en soulevant Philip de sa chaise, manquant de peu la banane volante que je venais de rajouter dans le mobile comme une comète jaune traversant l'orbite des autres fruits. Quelle chance tu as d'avoir une mère qui fait de la magie pour toi.

Philip, comme n'importe quel autre bébé, contemplait avec fascination l'orange et le citron vert qui tournaient autour du pamplemousse suspendu dans les airs.

— Il ne trouvera pas toujours si merveilleux d'avoir une mère sorcière, dis-je.

Je sortis du réfrigérateur les légumes dont j'avais besoin pour mon gratin. Quand je refermai la porte, je sursautai en découvrant Matthew qui m'attendait derrière.

— Il faut que tu prennes l'habitude de faire du bruit ou de me prévenir comme tu voudras quand tu te déplaces, me plaignis-je, une main sur le cœur.

Matthew fit une moue agacée.

— Tu vois cette dame, Philip ? dit-il en tendant le bras pour lui faire tourner la tête. C'est une grande historienne et une puissante sorcière, même si elle refuse de l'admettre. Et tu as l'immense chance de pouvoir l'appeler *maman**. Ce qui veut dire que tu es l'une des rares créatures qui connaîtra le secret le plus précieux de cette famille.

Il l'attira contre lui et lui murmura quelque chose à l'oreille. Quand il eut terminé et qu'il s'écarta, Philip leva les yeux vers son père et sourit. C'était la première fois que l'un des bébés faisait cela, mais je connaissais cette expression qui illumina lentement son visage de l'intérieur.

Philip avait peut-être mes cheveux, mais il avait le sourire de Matthew.

— Exactement, approuva Matthew avant de le reposer dans sa chaise.

Rebecca regarda Matthew en plissant le front, un peu irritée d'avoir été laissée en plan. Matthew vint obligeamment lui chuchoter quelque chose à l'oreille, puis il posa une framboise sur son ventre. Rebecca ouvrit de grands yeux, comme si elle était impressionnée par les paroles de son père – mais je soupçonnai que la framboise y était aussi pour quelque chose.

— Quelles absurdités leur as-tu dites ? demandai-je en épluchant une pomme de terre avec un économe.

— Ce n'étaient pas des absurdités, dit Matthew en me les prenant des mains.

Trois secondes plus tard, elle était épluchée. Il en prit une autre.

— Dis-moi.

— Approche-toi, dit-il en me faisant signe. (Je fis quelques pas.) Encore.

Une fois que je me retrouvai juste à côté de lui, il se pencha.

— Le secret, c'est que je suis peut-être à la tête de la famille Bishop-Clairmont, mais que toi tu es au cœur, chuchota-t-il. Et nous sommes tous les trois parfaitement d'accord : c'est le cœur qui compte le plus.

Matthew était déjà passé plusieurs fois sur la boîte qui contenait les lettres entre Philippe et Godfrey. C'est seulement par désespoir qu'il les feuilleta de nouveau.

Très vénéré seigneur et père, commençait la lettre de Godfrey. *Les plus dangereux parmi les Seize furent exécutés à Paris ainsi que vous le mandâtes. Comme Matthew n'était pas disponible pour ce faire, Mayenne fut heureux de s'en charger et vous remercie de votre assistance concernant la famille Gonzaga. Maintenant qu'il se sent en sécurité, le duc a décidé de jouer sur les deux tableaux, en négociant en même temps avec Henri de Navarre et Philippe d'Espagne. Mais habileté n'est point sagesse, comme vous ne manquez jamais de le dire.*

Pour l'instant, la lettre ne contenait rien de plus que des références aux machinations politiques de Philippe.

Quant à l'autre affaire, continuait Godfrey, *j'ai retrouvé Benjamin Ben-Gabriel ainsi que les Juifs l'appellent, ou Benjamin Fuchs ainsi que le connaît l'empereur, ou Benjamin le Bienheureux ainsi qu'il se préfère. Il est dans l'est comme vous le redoutiez, se partageant entre la cour de l'empereur, les Báthory, les Drăculești et Sa Majesté impériale à Constantinople. D'inquiétants bruits courent sur les relations de Benjamin avec la comtesse Erzsébet qui, s'ils se répandent plus encore, susciteront une enquête de la Congrégation pouvant nuire à la famille et à ceux qui nous sont chers.*

La mandature de Matthew à la Congrégation touche à son terme, puisqu'il aura servi son demi-siècle. Si vous ne souhaitez pas l'engager dans une affaire qui les concerne si directement, lui et sa lignée, je vous prie d'y veiller vous-même ou de dépêcher au plus vite en Hongrie quelque personne de confiance.

Outre les rumeurs d'excès et de meurtres avec la comtesse Erzsébet, les Juifs de Prague parlent en mêmes termes de la terreur que Benjamin causa dans leur quartier, quand il menaça leur bien-aimé rabbin et une sorcière de Chełm. À présent, court l'impossible bruit d'une créature enchantée faite d'argile qui rôde dans les rues et protège les Juifs de ceux qui voudraient se repaître de leur sang. Les Juifs disent que Benjamin cherche aussi une autre sorcière, une Anglaise qui, prétendent-ils, fut vue pour la dernière fois avec le fils d'Ysabeau. Mais cela ne se peut, puisque Matthew est en Angleterre et ne s'abaisserait jamais à s'associer avec une sorcière.

Matthew laissa échapper un sifflement.

Peut-être confondent-ils la sorcière anglaise avec le démon anglais Edward Kelley, que Benjamin visita au palais de l'empereur en mai. Selon votre ami Joris Hoefnagel, Kelley fut placé sous la garde de Benjamin quelques semaines après avoir été accusé du meurtre de l'un des serviteurs de l'empereur. Benjamin l'emmena dans un château de Křivoklát, où Kelley manqua mourir en tentant de s'en évader.

Il reste un fait dont je me dois de vous faire part, père, bien que j'hésite, car il peut ne s'agir que d'une fantaisie née de la crainte. Selon mes informateurs, Gerbert était en Hongrie avec la comtesse et Benjamin. Les sorcières de Pozsony se sont officiellement plaintes à la Congrégation que des femmes ont été capturées et torturées par ces trois infâmes créatures. Une sorcière s'échappa et avant de mourir put seulement prononcer ces paroles : « Ils cherchent en nous le Livre de la Vie. »

Matthew se rappela l'horrible image des parents de Diana, fendus en deux de la gorge à l'entrejambe.

Ces sombres affaires mettent la famille en trop grand péril. Nous ne pouvons laisser Gerbert fasciner Benjamin avec le pouvoir que possèdent les sorcières, ainsi qu'il le fut lui-même. Le fils de Matthew doit être éloigné d'Erzsébet Báthory, de crainte que le secret de votre compagne soit découvert. Et nous ne devons pas laisser les sorcières chercher plus longtemps le Livre de la Vie. Vous saurez comment parvenir au mieux à cela, que ce soit en vous en occupant vous-même ou en convoquant la confrérie.

Je demeure votre humble serviteur et remets votre âme à Dieu dans l'espoir qu'Il nous réunisse afin que nous puissions débattre de ces questions plus que les circonstances présentes ne le permettent.

> *Votre fils aimant, Godfrey*
> *Depuis la confrérie, Paris,*
> *au vingtième jour de décembre 1591.*

Matthew replia soigneusement la lettre.

Enfin, il avait une idée de l'endroit où chercher. Il allait se rendre en Europe centrale et chercher lui-même Benjamin.

Mais auparavant, il devait dire à Diana ce qu'il avait appris. Il lui avait dissimulé ce qu'il savait de Benjamin aussi longtemps qu'il avait pu.

Le premier Noël des enfants fut aussi joyeux et affectueux que l'on pouvait le souhaiter. Avec huit vampires, deux sorcières, une humaine en passe de devenir vampiresse et trois chiens, ce fut également animé.

Matthew montra à tout le monde la demi-douzaine de cheveux argentés produits par mon sortilège de Noël et expliqua avec entrain que je lui en offrirais d'autres chaque année. J'avais demandé un grille-pain à six fentes, que je reçus, avec un magnifique stylo incrusté d'argent et de nacre. Ysabeau jugea ces cadeaux insuffisamment romantiques pour un couple marié depuis si peu de temps, mais je n'avais pas besoin de bijoux, voyager ne m'attirait pas et les vêtements ne m'intéressaient pas. Un grille-pain me convenait parfaitement.

Phoebe avait encouragé toute la famille à fabriquer soi-même ses cadeaux ou à offrir des objets de seconde main, ce que nous trouvâmes tous pratique et plein de sens. Jack arbora le pull que Marthe lui avait tricoté et les boutons de manchette offerts par sa grand-mère qui avaient appartenu à Philippe. Phoebe portait aux oreilles une paire d'émeraudes scintillantes que je crus avoir été offertes par Marcus, mais elle expliqua que Marcus lui avait offert un cadeau qu'il avait fait lui-même, mais qu'elle l'avait laissé à Sept-Tours par sécurité. La voyant rouge comme une pivoine, je préférai ne pas poser d'autre question. Sarah et Ysabeau furent ravies des albums photo racontant le premier mois d'existence des jumeaux que nous leur offrîmes.

C'est alors que les poneys arrivèrent.

— Philip et Rebecca doivent monter, évidemment, dit Ysabeau comme si c'était une évidence. (Elle surveilla l'écuyer, Georges, qui faisait descendre les deux petits animaux de la remorque.) Ainsi, ils seront habitués aux chevaux avant que vous les mettiez en selle. (Je soupçonnai qu'elle et moi avions chacune une idée très différente de l'heureux moment où cela arriverait.) Ce sont des Paso Finos, continua-t-elle. J'ai pensé qu'un Andalou comme le vôtre serait un peu trop pour des débutants. Phoebe m'a dit que nous étions censés offrir des cadeaux de seconde main, mais je n'ai jamais été esclave des principes.

Georges fit descendre un troisième animal de la remorque : Rakasa.

— Diana a réclamé un poney depuis le jour où elle a su parler, dit Sarah. (Quand Rakasa décida de fouiller ses poches au cas où elle aurait des choses intéressantes telles que des pommes ou des bonbons à la menthe, Sarah fit un bond en arrière.) Les chevaux ont de grandes dents, non ?

— Peut-être que Diana aura plus de chance que moi pour lui apprendre les bonnes manières, dit Ysabeau.

— Allez, donnez-la-moi, dit Jack en prenant la longe de la jument.

Rakasa le suivit, docile comme un agneau.

— Je croyais que tu étais un gosse des villes, lui lança Sarah.

— Mon premier travail, enfin, mon premier travail honnête, a été de m'occuper des montures des gentilshommes au Galero, dit Jack. Vous oubliez, grand-mère Sarah, que les villes étaient remplies de chevaux. Et de cochons, aussi. Leurs mer...

— Oui, il y en a partout où il y a du bétail, coupa Marcus. (Le jeune Paso Fino qu'il tenait l'avait déjà prouvé.) Tu as l'autre, ma chérie ?

Phoebe hocha la tête, tout à fait à l'aise avec l'animal. Marcus et elle suivirent Jack à l'écurie.

— La petite jument, Rosita, s'est déjà déclarée comme chef de la harde, dit Ysabeau. J'aurais bien amené Balthasar aussi, mais comme Rosita a le don de l'émoustiller, je l'ai laissé à Sept-Tours… pour l'instant.

L'idée que l'énorme étalon de Matthew veuille mettre ses intentions en pratique sur un cheval aussi petit que Rosita était inconcevable.

Nous étions installés dans la bibliothèque après le dîner, entourés des vestiges de la longue existence de Philippe de Clermont, un feu crépitant dans la cheminée de pierre, quand Jack se leva et alla trouver Matthew.

— C'est pour vous. Enfin, pour nous tous, en fait. *Grand-mère** dit que toutes les familles dignes de ce nom en ont. (Il tendit à Matthew un morceau de papier.) Si vous l'aimez, Fernando et moi en ferons fabriquer un étendard pour la tour des Revenants. (Matthew regarda le papier.) Si vous ne l'aimez pas…, commença Jack en s'apprêtant à reprendre son cadeau.

Matthew arrêta vivement son geste.

— Je le trouve parfait. (Il leva les yeux vers le jeune homme qui serait toujours comme notre fils aîné, même si je n'avais rien à voir avec sa naissance biologique et Matthew avec sa renaissance de vampire.) Montre-le à ta mère. Vois ce qu'elle en pense.

M'attendant à un monogramme ou un blason, je fus stupéfaite de voir l'image que Jack avait conçue pour symboliser notre famille. C'était un ouroboros totalement nouveau, fait non pas d'un unique serpent se mordant la queue, mais de deux créatures enlacées dans un cercle qui n'avait ni commencement ni fin. L'un était le serpent des Clermont. L'autre était une vouivre dont les deux pattes étaient repliées sous son corps et les ailes déployées. Elle était coiffée d'une couronne.

— *Grand-mère** a dit que la vouivre devait porter une couronne parce que vous êtes une vraie Clermont et que vous avez le pas sur nous, expliqua Jack. (Il tripota nerveusement la poche de son jean.) Je peux enlever la couronne. Et rapetisser les ailes.

— Matthew a raison. Elle est parfaite telle qu'elle est. (Je pris sa main et l'attirai à moi pour l'embrasser.) Merci, Jack.

Tout le monde admira l'emblème officiel de la famille Bishop-Clairmont et Ysabeau expliqua qu'il allait falloir commander de l'argenterie et de la vaisselle neuves ainsi qu'un nouveau drapeau.

— Quelle délicieuse journée, dis-je, une main prenant Matthew par la taille et l'autre saluant la famille qui s'en allait, tandis qu'un brusque fourmillement dans mon pouce gauche me mit en garde.

— Peu m'importe que ton plan soit raisonnable. Diana ne te laissera pas aller en Hongrie et en Pologne sans elle, dit Fernando. As-tu oublié ce qui t'est arrivé quand tu l'as laissée pour partir à La Nouvelle-Orléans ?

Fernando, Marcus et Matthew avaient passé presque toute la soirée entre minuit et l'aube à discuter de ce qu'il fallait faire de la lettre de Godfrey.

— Diana doit aller à Oxford. Elle est la seule à pouvoir trouver le Livre de la Vie, dit Matthew. Si quelque chose tourne mal et que je ne trouve pas Benjamin, j'aurai besoin du manuscrit pour l'attirer à découvert.

— Et quand tu l'auras ? demanda vivement Marcus.

— Ta tâche sera de veiller sur Diana et mes enfants, répliqua Matthew sur le même ton. Laisse-moi Benjamin.

Je scrutai le ciel à la recherche d'augures et tirai sur le moindre fil qui ne semblait pas à sa place afin d'essayer de prévoir et de rectifier tout péril dont mon pouce semblait m'avertir.

Mais les problèmes n'apparurent pas au galop en haut d'une colline comme quelque cavalier de l'apocalypse, pas plus qu'ils n'apparurent en voiture sur l'allée ou même ne téléphonèrent.

Le problème était déjà dans la maison – et cela ne datait pas d'hier.

Je trouvai Matthew dans la bibliothèque en fin d'après-midi quelques jours après Noël, plusieurs feuillets étalés devant lui. Mes mains prirent toutes les couleurs de l'arc-en-ciel et j'eus un pincement de cœur.

— Qu'est-ce que c'est ? demandai-je.

— Une lettre de Godfrey.

Il la fit glisser dans ma direction. J'y jetai un coup d'œil, mais elle était écrite en ancien français.

— Lis-la-moi, dis-je en m'asseyant à côté de lui.

La vérité était bien pire que ce que je m'étais permis d'imaginer. D'après la lettre, le déchaînement meurtrier de Benjamin durait depuis des siècles. Il s'en était pris aux sorcières, et très probablement aux tisseuses en particulier. Il était presque certain que Gerbert était impliqué. Et cette phrase – « Ils cherchent en nous le Livre de la Vie » – me remplit le sang de feu et de glace.

— Nous devons l'arrêter, Matthew. S'il découvre que nous avons une fille…

Je n'achevai pas. Les dernières paroles de Benjamin dans la Bodléienne me hantaient. Quand je songeais à ce qu'il pourrait essayer de faire à Rebecca, l'énergie claquait dans mes veines comme un fouet.

— Il le sait déjà.

Matthew plongea son regard dans le mien et je retins un cri en voyant la fureur qui montait dans ses yeux.

— Depuis quand ?

— Peu avant le baptême. Je vais partir à sa recherche, Diana.

— Comment comptes-tu le trouver ?

— Pas en me servant d'ordinateurs ou en tentant de connaître son adresse IP. Il est trop malin pour cela. Je le trouverai comme je sais le faire le mieux : en remontant sa piste et en l'acculant. Une fois que ce sera fait, je le démembrerai. Si j'échoue…

— Tu ne peux pas, dis-je.

— Cela se pourrait.

Il me regarda fixement. Il avait besoin que je l'écoute, pas que je le rassure.

— Très bien, dis-je avec un calme que je n'éprouvais pas. Qu'arrivera-t-il si tu échoues ?

— Tu auras besoin du Livre de la Vie. C'est la seule chose qui puisse le faire sortir de sa cachette afin qu'on puisse l'anéantir une bonne fois pour toutes.

— La seule chose en dehors de moi.

Les yeux de plus en plus noirs de Matthew me firent comprendre qu'il était inenvisageable de m'utiliser comme appât.

— Je partirai pour Oxford demain. La bibliothèque est fermée pendant les vacances de Noël. Il n'y aura aucun personnel en dehors de la sécurité, dis-je.

À ma surprise, Matthew acquiesça. Il acceptait que je l'aide.

— Tout ira bien si tu es seul ?

Je ne voulais pas en faire trop, mais il fallait que je sois sûre. Matthew avait déjà souffert lors d'une séparation. Il hocha la tête.

— Qu'allons-nous faire des enfants ? demanda-t-il.

— Il faut qu'ils restent ici avec Sarah et Ysabeau et assez de mon lait et de mon sang pour tenir jusqu'à mon retour. Si quelqu'un nous surveille et communique avec Benjamin, nous devons donner le change afin qu'il croie que nous sommes toujours là et que tout est normal.

— Quelqu'un nous espionne. Cela ne fait aucun doute, dit Matthew. Le tout est de savoir si cette personne appartient à Benjamin ou à Gerbert. Dans cette affaire, ce monstre sournois joue peut-être un rôle plus important que nous ne le pensions.

— Si ton fils et lui sont de mèche depuis tout ce temps, il n'y a aucun moyen d'estimer ce qu'ils savent.

— Alors notre seul espoir est de détenir des informations qu'ils n'ont pas encore. Récupère le livre. Rapporte-le ici et vois si tu peux le restaurer en y remettant les pages que Kelley a enlevées, dit Matthew. Pendant ce temps, je trouverai Benjamin et je ferai ce que j'aurais dû faire depuis longtemps.

— Quand pars-tu ?

— Demain. Une fois que tu seras partie, afin de m'assurer que tu n'es pas suivie, dit-il en se levant.

Je regardai en silence les facettes de Matthew que je connaissais et aimais – le poète et le scientifique, le guerrier et l'espion, le prince de la Renaissance et le père – s'évanouir jusqu'à ce qu'il ne reste plus que la plus sombre et la plus dangereuse de toutes. Il n'était plus désormais que l'assassin.

Mais il était encore l'homme que j'aimais.

Il me prit par les épaules et attendit que je le regarde droit dans les yeux.

— Ne prends pas de risques. (Il insistait et je sentis la force de ses paroles. Il prit mon visage entre ses mains et me scruta comme s'il cherchait à en mémoriser le moindre détail.) Je pensais sincèrement ce que j'ai dit le jour de Noël. La famille survivra si je ne reviens pas. D'autres pourront en prendre la tête. Mais tu resteras son cœur. (Je voulus protester, mais il posa les doigts sur mes lèvres.) Cela ne sert à rien de discuter avec moi. Je le sais d'expérience. Avant toi, je n'étais rien de plus que poussière et ombre. Tu m'as ramené à la vie. Et je ne peux pas survivre sans toi.

Soleil en Capricorne

La dixième maison du zodiaque est le Capricorne.

Elle signifie mères, grands-mères et ancêtres de sexe femelle.

Il est signe de résurrection et de renaissance.

En ce mois, plante graines pour l'avenir.

Diaire anglais, anonyme, env. 1590
Gonçalves MS. 4890, f. 9^v.

34

Andrew Hubbard et Linda Crosby nous attendaient à Old Lodge. Malgré mes efforts pour convaincre ma tante de rester aux Revenants, elle avait insisté pour venir avec Fernando et moi.

— Pas question que tu fasses ça toute seule, Diana, avait-elle dit d'un ton sans réplique. Je me fiche que tu sois une tisseuse ou que tu bénéficies de l'aide de Corra. À cette échelle, la magie nécessite trois sorcières. Et pas de simples sorcières. Il te faut des jeteuses de sorts.

Linda Crosby était venue avec le grimoire officiel de Londres – un antique ouvrage au sombre parfum de belladone et d'aconit. Nous nous saluâmes pendant que Fernando donnait à Andrew des nouvelles de Jack et de Lobero.

— Vous êtes sûre que vous voulez vous embarquer là-dedans ? demandai-je à Linda.

— Certainement. Le coven de Londres n'a rien connu d'aussi excitant depuis que nous avons été appelés en 1971 pour aider à déjouer la tentative de vol des bijoux de la couronne, répondit-elle en se frottant les mains.

Grâce à ses contacts dans le monde souterrain des fossoyeurs, ingénieurs et ouvriers en canalisations,

Andrew avait obtenu des plans détaillés du dédale de galeries et des rayonnages des zones de stockage de la Bibliothèque bodléienne. Il les déroula sur la longue table de réfectoire de la grande salle.

— Il n'y a pas d'étudiants ou de personnel sur les lieux en ce moment à cause des vacances de Noël. Mais il y a des ouvriers partout, dit-il. Ils transforment les salles de stockage souterraines en espaces pour les lecteurs.

— Ils ont d'abord déménagé les livres rares à la bibliothèque scientifique Radcliffe, et voilà qu'ils se lancent là-dedans, dis-je en étudiant les plans. À quelle heure les équipes finissent-elles ?

— Jamais, répondit Andrew. Ils travaillent vingt-quatre heures sur vingt-quatre pour éviter les dérangements durant la période des cours.

— Pourquoi ne pas aller à la salle de lecture et faire une demande de livre comme si c'était une journée ordinaire ? proposa Linda. Vous voyez, vous remplissez le formulaire, vous le glissez dans le tube pneumatique et vous croisez les doigts. Nous pourrions attendre près du monte-charge et le guetter. Peut-être que la bibliothèque sait comment répondre à une demande, même sans personnel. (Elle se redressa en voyant que j'étais surprise qu'elle connaisse les procédures de la Bodléienne.) Je suis allée à St. Hilda's, ma petite.

— Le système de tubes pneumatiques a été coupé en juillet dernier. Le monte-charge a été démonté en août. (Andrew leva les mains.) Ne vous en prenez pas à moi, mesdames, je ne suis pas le bibliothécaire de Bodley.

— Si le sortilège de Stephen est assez bon, peu importent les équipements : il suffit que Diana demande quelque chose dont elle a vraiment besoin, dit Sarah.

— La seule manière d'en avoir la certitude est d'aller à la Bodléienne, éviter les ouvriers et trouver le moyen d'entrer dans la bibliothèque ancienne.

— Mon Stan fait partie de l'équipe d'excavation, opina Andrew. Il creuse depuis toute sa vie. Si vous pouvez attendre la tombée de la nuit, il vous fera entrer. Il aura des ennuis, évidemment, mais ce ne sera pas la première fois et aucune prison au monde ne peut le retenir.

— Un bon garçon, Stanley Cripplegate, acquiesça Linda. Toujours prêt à vous donner un coup de main précieux en automne quand il faut planter les bulbes de narcisses.

Stanley Cripplegate était un minuscule bonhomme avec le menton en galoche et la silhouette maigrichonne de celui qui est mal nourri depuis sa naissance. Le sang de vampire lui avait accordé longévité et force, mais il ne faisait pas grandir. Il nous distribua à chacun des casques de sécurité jaune vif.

— On ne va pas être, euh... voyants, avec cet attirail ? demanda Sarah.

— Étant donné que vous êtes des femmes, vous êtes déjà voyantes, répondit sombrement Stan. (Il siffla.) Hé ! Dickie !

— Chut ! sifflai-je.

C'était en train de devenir le vol de livre le plus voyant de toute l'histoire.

— C'est bon. Dickie et moi, on se connaît depuis belle lurette, dit Stan en se tournant vers son collègue. Emmène ces dames et ces messieurs au premier, Dickie.

Dickie nous déposa, casques y compris, dans la partie Arts End de la salle Duke Humfrey, entre le buste de Charles Ier et celui de Sir Thomas Bodley.

— C'est moi qui me fais des idées, ou ils nous regardent ? demanda Linda, les mains sur les hanches, en levant le nez vers le malheureux monarque.

Le roi Charles cligna des paupières.

— Il y a des sorciers dans le personnel de sécurité depuis le milieu du XIXe siècle. Stan nous a prévenus de n'avoir aucune activité suspecte devant les tableaux, statues et gargouilles. (Dickie frémit.) La plupart, je m'en fiche. Ils font de la compagnie la nuit, mais celui-là, c'est un drôle de bonhomme qui fiche les jetons.

— Vous auriez dû voir le père, dit Fernando avant d'ôter son casque et de faire une révérence devant le monarque. Votre Majesté.

C'était le cauchemar de toute personne fréquentant une bibliothèque d'être secrètement observée quand elle sortait un bonbon pour la toux de sa poche, puisque c'était interdit. Dans le cas de la Bodléienne, il se trouvait que les lecteurs avaient de bonnes raisons de s'inquiéter. Le centre névralgique du système de sécurité magique était dissimulé dans les yeux de Thomas Bodley et du roi Charles.

— Désolée, Charlie. (Je lançai en l'air mon casque, qui alla atterrir sur la tête du roi. Je claquai des doigts et il s'inclina en avant, la visière lui tombant sur les yeux.) Pas de témoins pour ce soir.

— Prenez le mien pour le fondateur, dit Fernando en me tendant son casque. Je vous en prie.

Une fois Sir Thomas aveuglé, j'entrepris de choisir et modifier les filaments qui reliaient les statues au reste de la bibliothèque. Les nœuds des sortilèges n'étaient pas compliqués – juste trois ou quatre boucles –, ils étaient très nombreux, et empilés les uns sur les autres comme un tableau électrique sérieusement surchargé. Je découvris enfin le nœud principal par lequel transitaient tous les autres et le défis précautionneusement. L'étrange sensation d'être observés disparut.

— C'est mieux, murmura Linda. Et maintenant ?

— J'ai promis à Matthew de l'appeler une fois que nous serions à l'intérieur, dis-je en sortant mon téléphone. Donnez-moi une minute.

Je passai le dernier paravent et descendis l'allée centrale déserte et remplie d'échos de la salle Duke Humfrey. Matthew décrocha à la première sonnerie.

— Tout va bien, *mon cœur** ? demanda-t-il d'une voix tendue.

Je lui résumai la situation, puis :

— Comment étaient les enfants après mon départ ?

— Nerveux.

— Et toi ?

— Encore plus.

— Où es-tu ?

Matthew avait attendu que je quitte l'Angleterre pour remonter vers le nord-est en direction de l'Europe centrale.

— Je viens de quitter l'Allemagne, dit-il, restant vague à dessein pour le cas où je tomberais sur une sorcière trop curieuse.

— Fais attention. N'oublie pas les paroles de la déesse.

Elle m'avait avertie que je devrais renoncer à quelque chose si je voulais m'emparer de l'Ashmole 782 et ses paroles me hantaient encore.

— Ne t'inquiète pas. (Il marqua une pause.) Je voudrais que tu te rappelles quelque chose aussi.

— Quoi donc ?

— Un cœur ne peut être brisé, Diana. Et seul l'amour nous rend vraiment immortels. N'oublie pas cela, *ma lionne**. Quoi qu'il arrive.

Et il coupa.

Un frisson me parcourut l'échine et agita la flèche d'argent de la déesse. Je répétai les paroles du charme que j'avais tissé pour le protéger et je sentis le tiraillement familier de la chaîne qui nous reliait.

— Tout va bien ? demanda Fernando à mi-voix.

— Comme prévu, dis-je en glissant le téléphone dans ma poche. Commençons.

Nous étions convenus d'essayer tout d'abord de reproduire les étapes par lesquelles l'Ashmole 782 était arrivé entre mes mains la première fois. Sous les yeux de mes trois complices, je remplis le formulaire de demande, puis je le signai, y inscrivis le numéro de ma carte de lecteur et l'apportai à l'endroit d'Arts End où se trouvait le tube pneumatique.

— La capsule est là, dis-je en la prenant. Peut-être qu'Andrew s'est trompé et que le système fonctionne encore.

Un nuage de poussière s'échappa de la capsule quand je l'ouvris. Je toussai.

— Et peut-être que ça n'a aucune importance dans un sens comme dans l'autre, s'impatienta Sarah. Charge-la et envoie.

Je glissai le formulaire dans la capsule, la refermai et la replaçai dans son tube.

— Et ensuite ? demanda Sarah quelques minutes plus tard.

La capsule n'avait pas bougé d'un millimètre.

— Donnons-lui un petit coup de pouce.

Linda flanqua une bonne claque au tube, faisant trembler le support en bois qui soutenait également la galerie. Avec un sifflement, la capsule disparut.

— Joli travail, Linda, complimenta Sarah.

— C'est une astuce de sorcière ? demanda Fernando.

— Non, mais ça améliore toujours la réception de ma radio, répondit Linda avec entrain.

Deux heures plus tard, nous attendions toujours près du monte-charge un manuscrit qui n'avait manifestement aucune intention d'arriver.

— Plan B, soupira Sarah.

Sans un mot, Fernando déboutonna son manteau et l'enleva. Une taie d'oreiller était cousue au dos de la doublure. À l'intérieur, entre deux morceaux de carton, se trouvaient les trois pages qu'Edward Kelley avait enlevées du Livre de la Vie.

— Les voici, dit-il en me tendant le précieux paquet.

— Où veux-tu le faire ? demanda Sarah.

— Le seul endroit assez vaste se trouve là-bas, dis-je en désignant l'emplacement entre le magnifique vitrail et le bureau du garde. Non, ne touchez pas à ça ! m'exclamai-je dans un chuchotement.

— Pourquoi ? demanda Fernando, les mains posées sur les montants d'un escabeau roulant qui nous barrait le passage.

— C'est l'escabeau le plus ancien du monde. Presque aussi vieux que la bibliothèque. (Je serrai les pages du manuscrit sur mon cœur.) Personne n'y touche. Jamais.

— Déplacez ce fichu escabeau, Fernando, dit Sarah. Je suis sûre qu'Ysabeau en a un de rechange si celui-ci est abîmé. Et poussez aussi cette chaise, pendant que vous y êtes.

Quelques angoissantes minutes plus tard, je déchirais le dessus d'une boîte de sel que Linda avait apportée dans un sac de chez Marks & Spencer. Je chuchotai une prière à la déesse, lui demandant son aide pour retrouver l'objet perdu, tout en dessinant un triangle avec les cristaux blancs. Cela fait, je distribuai les pages du Livre de la Vie et Sarah, Linda et moi nous plaçâmes chacune à une pointe du triangle. Nous brandîmes les enluminures vers le centre et je répétai le sortilège que j'avais conçu.

ô
Pages
Manquantes
Puis retrouvées
Montrez-moi en quel
Lieu le livre est retenu.

— Je persiste à penser qu'on a besoin d'un miroir, chuchota Sarah au bout d'une heure d'attente silencieuse. Comment la bibliothèque peut-elle nous montrer quelque chose si nous ne lui donnons pas un endroit où projeter une apparition ?

— Diana n'aurait-elle pas dû dire « Montrez-*nous* en quel lieu le livre est retenu » et non pas « montrez-*moi* » ? demanda Linda à Sarah. Nous sommes trois.

Je sortis du triangle et posai l'image des noces chymiques sur le bureau du garde.

— Cela ne marche pas. Je ne sens *rien*. Ni le livre ni l'énergie ni la magie. C'est comme si toute la bibliothèque était morte.

— Eh bien, ce n'est pas étonnant qu'elle ne se sente pas dans son assiette, la pauvre, dit Linda, compatissante. Tous ces gens qui lui farfouillent les entrailles tous les jours.

— Pas la peine de s'acharner, ma chérie, dit Sarah. Plan C.

— Peut-être que je devrais d'abord essayer de revoir le sortilège.

Tout plutôt que le plan C. Il violait les derniers lambeaux du serment de lectrice que j'avais prêté étant étudiante et il présentait un véritable danger pour le bâtiment, les livres et les collèges voisins.

Mais ce n'était pas que cela. À présent, j'hésitais pour la même raison que lors de ma rencontre avec Benjamin au même endroit. Si j'utilisais tous mes pouvoirs ici, dans la Bodléienne, les derniers liens avec ma vie d'universitaire se dissoudraient.

— Il n'y a aucune raison d'avoir peur, dit Sarah. Corra s'en sortira très bien.

— C'est une vouivre, Sarah, répondis-je. Elle ne peut pas voler sans projeter des étincelles. Regarde où nous sommes.

— Un vrai baril de poudre, opina Linda. Cependant, je ne vois pas d'autre moyen.

— Il y en a forcément un, dis-je en tapotant de l'index mon troisième œil dans l'espoir de l'ouvrir.

— Allez, Diana. Arrête de penser à ta précieuse carte de bibliothèque. Le moment est venu de botter des derrières magiques.

— J'ai besoin d'un peu d'air, avant.

Je tournai les talons et me dirigeai vers les escaliers, Fernando sur les talons. De l'air frais me calmerait et m'aiderait à réfléchir. Je descendis lourdement les marches de bois recouvrant la pierre et franchis les portes vitrées donnant sur la cour d'Old School, pour prendre de grandes goulées de l'air froid et pur de décembre.

— Bonjour, ma tante. (Gallowglass surgit de l'ombre. Sa simple présence me souffla que quelque chose de terrible venait d'arriver. Les paroles qu'il prononça ensuite me le confirmèrent.) Benjamin tient Matthew.

— C'est impossible. Je viens de lui parler.

La chaîne argentine vibra en moi.

— C'était il y a cinq heures, dit Fernando en consultant sa montre. Quand vous lui avez parlé, Matthew vous a dit où il était ?

— Juste qu'il quittait l'Allemagne, chuchotai-je, abasourdie.

Stan et Dickie arrivèrent, l'air soucieux.

— Gallowglass, dit Stan avec un signe de tête.

— Stan, répondit Gallowglass.

— Un problème ? demanda Stan.

— Matthew a disparu, expliqua Gallowglass. Benjamin l'a capturé.

— Ah, fit Stan, inquiet. Benjamin a toujours été une ordure. Je ne vois pas comment il se serait bonifié avec les années.

Je pensai à mon Matthew entre les mains de ce monstre.

Je me rappelai que Benjamin avait dit qu'il espérait que je mettrais au monde une fille.

Je revis le minuscule doigt de ma fille toucher le bout du nez de Matthew.

— Il n'y a aucun chemin dans l'avenir où il ne soit pas, dis-je.

La colère embrasa mes veines, suivie d'une vague d'énergie – feu, air, terre et eau – qui déferla en balayant tout sur son passage. Je sentis en moi une étrange absence, un vide qui me souffla que j'avais perdu quelque chose d'essentiel à mon être.

Pendant un moment, je me demandai si c'était Matthew. Mais je sentais encore la chaîne qui nous reliait. L'essentiel était encore là.

C'est alors que je me rendis compte que ce n'était pas quelque chose d'essentiel que j'avais perdu, mais quelque chose d'*habituel*, un fardeau que je portais depuis si longtemps que je m'étais habituée à son poids.

À présent, cette chose chérie depuis longtemps avait disparu, exactement comme l'avait prédit la déesse.

Je fis volte-face en cherchant dans l'obscurité l'entrée de la bibliothèque.

— Où allez-vous, ma tante ? demanda Gallowglass en retenant la porte vitrée. Vous ne m'avez pas entendu ? Nous devons aller au secours de Matthew. Il n'y a pas un instant à perdre.

Les épaisses vitres furent pulvérisées et les charnières et poignées en laiton tombèrent bruyamment sur le sol. J'enjambai les débris et remontai les escaliers quatre à quatre vers la salle Duke Humfrey.

— Ma tante ! cria Gallowglass. Avez-vous perdu l'esprit ?

— Non ! criai-je. Et si j'utilise ma magie, je ne perdrai pas Matthew non plus.

— Perdre Matthew ? dit Sarah alors que je pénétrai à nouveau dans la salle Duke Humfrey, suivie de Fernando et de Gallowglass.

— La déesse. Elle m'a dit que je devrais renoncer à quelque chose si je voulais l'Ashmole 782, expliquai-je. Mais ce n'était pas Matthew.

Le sentiment d'absence avait été remplacé par une sensation naissante de puissance qui balayait mes dernières inquiétudes.

— Corra, vole !

J'étendis les bras et ma vouivre s'élança avec un cri strident dans la salle, filant entre les galeries et le long de la travée qui reliait Arts End et Selden End.

— Qu'est-ce que c'était, alors ? demanda Linda, fixant la queue de Corra qui heurtait le casque de Thomas Bodley.

— La peur.

Ma mère m'avait prévenue de sa puissance, mais comme bien des enfants, je l'avais mal comprise. J'avais cru que c'était la peur des autres dont je devais me garder, alors que c'était ma propre terreur. À cause de cette méprise, j'avais laissé la peur s'enraciner en moi jusqu'à obscurcir mes pensées et modifier ma vision du monde.

La peur avait aussi étouffé tout désir d'opérer la magie. Elle avait été ma béquille et ma cape, elle m'avait empêchée d'exercer mon pouvoir. La peur m'avait protégée de la curiosité des autres et m'avait fourni une cachette où je pouvais oublier qui j'étais vraiment : une sorcière. J'avais cru me défaire de la peur des mois plus tôt quand j'avais appris que j'étais une tisseuse, mais je m'étais accrochée à ses derniers vestiges sans m'en rendre compte.

C'était terminé.

Corra descendit sur un courant d'air, serres en avant, battant des ailes pour ralentir. Je ramassai les pages du Livre de la Vie et les tendis vers son mufle. Elle les flaira.

Le grondement de fureur de la vouivre remplit la salle et ébranla les vitraux. Bien que m'ayant rarement parlé depuis sa première apparition dans la maison de Goody Alsop, préférant les cris et les mimiques, Corra décida de s'exprimer.

— La mort pèse sur ces pages. Le tissage et l'art du sang aussi.

Elle secoua la tête comme pour débarrasser ses naseaux de l'odeur.

— Elle a dit « art du sang » ? demanda Sarah, manifestement curieuse.

— Nous poserons des questions à la bestiole plus tard, dit Gallowglass d'un ton lugubre.

— Ces pages proviennent d'un livre. Il se trouve quelque part dans la bibliothèque. Je dois le trouver. (Je me concentrai sur Corra pour ne pas prêter attention aux bavardages derrière moi.) C'est à l'intérieur que repose peut-être mon seul espoir de récupérer Matthew.

— Et si je t'apporte ce terrible livre, que feras-tu alors ? demanda Corra.

Elle cligna des yeux, ses pupilles tantôt noires, tantôt argentées. Cela me rappela la déesse et le regard rempli de fureur sanguinaire de Jack.

— Tu veux me quitter, dis-je, comprenant brusquement.

Corra était une prisonnière tout comme je l'avais moi-même été, envoûtée sans moyen de m'évader.

— Comme ta peur, je ne peux m'en aller que si tu me libères, dit Corra. Je suis ton familier. Avec mon aide, tu as appris à filer ce qui était, tisser ce qui est et nouer ce qui sera. Tu n'as plus besoin de moi.

Mais Corra était avec moi depuis des mois et, comme avec ma peur, je m'étais habituée à compter sur elle.

— Et si je ne peux pas retrouver Matthew sans ton aide ?

— Mon pouvoir ne te quittera jamais.

Les écailles de Corra brillaient d'un éclat irisé dans l'obscurité de la bibliothèque. Je songeai à l'ombre de la vouivre sur mes reins et hochai la tête. Comme la flèche de la déesse et mes cordelettes de tisseuse, l'affinité de Corra pour le feu et l'eau serait toujours en moi.

— Où vas-tu aller ? demandai-je.

— En des lieux antiques et oubliés. J'y attendrai ceux qui viendront quand les tisseuses les libéreront. Tu as fait revivre la magie ainsi qu'il était prédit. Désormais, je ne serai plus la dernière de mon espèce, mais la première.

Le souffle de Corra fuma dans l'air entre nous.

— Rapporte-moi le livre et pars ensuite avec ma bénédiction. (Je la regardai dans les yeux et vis combien elle brûlait d'être libre.) Merci, Corra. J'ai peut-être fait revivre la magie, mais tu lui as donné des ailes.

— Et l'heure est venue pour toi de les utiliser, dit Corra.

Et en trois battements de ses ailes de chauve-souris, elle monta jusqu'aux solives.

— Pourquoi Corra s'envole là-haut ? souffla Sarah. Envoie-la dans le puits du monte-charge pour qu'elle descende dans les salles de stockage souterraines. C'est là que se trouve le livre.

— Cesse d'essayer de donner une forme à la magie, Sarah. (Goody Alsop m'avait enseigné combien il était dangereux de s'imaginer plus astucieux que son propre pouvoir.) Corra sait ce qu'elle fait.

— J'espère bien, dit Gallowglass. Pour le bien de Matthew.

Corra chanta les notes du feu et de l'eau, et un murmure remplit l'air.

— Le Livre de la Vie. Vous entendez ? dis-je en me tournant pour chercher d'où provenait ce chuchotement.

Ma tante secoua la tête.

Corra voleta dans la partie la plus ancienne de la salle Duke Humfrey. Les murmures enflaient à chacun de ses battements d'ailes.

Fernando sauta par-dessus le paravent dans l'allée centrale de la salle. Je le suivis.

— Le Livre de la Vie ne peut pas être là-haut, protesta Sarah. Quelqu'un l'aurait remarqué.

— Sauf s'il est en évidence, dis-je en sortant un par un les précieux livres de l'étagère voisine et en les ouvrant pour en examiner le contenu.

Les voix continuaient de m'appeler et de me supplier de les trouver.

— Ma tante ? Je crois que Corra a trouvé votre livre, dit Gallowglass en tendant le bras.

Corra était perchée sur la cage de la réserve où étaient enfermés les manuscrits préparés pour les lecteurs qui les consulteraient le lendemain. Elle inclinait la tête, comme pour écouter les voix qui continuaient à babiller. Elle roucoula et piailla en réponse en hochant la tête.

Fernando avait suivi le bruit jusqu'au même endroit et se trouvait derrière le comptoir où Sean passait ses journées. Il examinait l'une des étagères. Là, à côté d'un annuaire de l'Université d'Oxford, trônait un carton gris d'allure si ordinaire qu'il faisait tout pour passer inaperçu – même s'il était particulièrement visible en cet instant, avec les rayons de lumière qui s'échappaient des coins. Quelqu'un y avait accroché un mot : Emballé. *À rapporter aux réserves après inspection.*

— Ça ne se peut pas.

Mais tous mes instincts me soufflaient le contraire.

Je levai la main et le carton piqua du nez pour tomber dedans. Je le déposai délicatement sur le bureau. Quand j'ôtai mes mains, le couvercle jaillit brusquement et s'envola à quelques pas. À l'intérieur, les ferrures avaient du mal à maintenir le livre fermé.

Doucement, consciente des innombrables créatures qui étaient à l'intérieur, je tirai l'Ashmole 782 de son carton de protection et le déposai sur le dessus du bureau. Je posai la main à plat sur la couverture. Les babillages cessèrent.

Choisis, dirent les voix.

— Je te choisis, chuchotai-je au livre en dégrafant les fermoirs de l'Ashmole 782.

Le métal était tiède et d'un contact réconfortant. *Mon père*, songeai-je.

Linda me tendit les pages manquantes du Livre de la Vie. Lentement, précautionneusement, j'ouvris le livre. Je tournai la feuille de papier grossier qui avait été glissée dans la reliure pour protéger le contenu et la page de parchemin qui portait le titre manuscrit d'Elias Ashmole ainsi que le rajout au crayon de la main de mon père. La première des images alchimiques de l'Ashmole 782 – un nourrisson, une fillette aux cheveux noirs – me fixa sur la page suivante.

La première fois que j'avais vu cette image de l'enfant philosophique, j'avais été frappée qu'elle dévie à ce point de l'imagerie alchimique habituelle. Là, je ne pus m'empêcher de remarquer combien le bébé ressemblait à ma propre fille, ses mains minuscules tenant d'un côté une rose d'argent et de l'autre une rose d'or, comme si elle proclamait au monde qu'elle était l'enfant d'une sorcière et d'un vampire.

Mais au départ, l'enfant alchimique ne devait pas être la première enluminure du Livre de la Vie. Il était censé venir après les noces chymiques. Après des siècles de séparation, le moment était venu de remettre en place les trois pages qu'Edward Kelley avait enlevées de ce précieux livre.

Les vestiges de vélin arraché étaient tout juste visibles entre les pages. Je glissai l'image des noces chymiques dans l'interstice en face de son morceau manquant et appuyai. Ils se réunirent sous mes yeux, filament par filament.

Des lignes de texte coururent sur la page.

Je pris l'image de l'ouroboros et de la vouivre répandant leur sang pour créer une nouvelle vie et la mis à sa place. Un étrange gémissement suraigu s'échappa du livre. Corra caqueta un avertissement.

Sans hésitation ni crainte, je glissai la dernière page dans l'Ashmole 782. Le Livre de la Vie était désormais de nouveau entier et complet. Un hurlement à glacer le sang déchira ce qui restait de la nuit. Un vent s'éleva à mes pieds, remontant le long de mon corps et soulevant mes cheveux comme autant de flammes.

La force de la bourrasque fit tourner les pages du livre, de plus en plus vite. Je tentai de les ralentir en posant les doigts sur le vélin afin de pouvoir lire les mots qui surgissaient du cœur du palimpseste alors que les images alchimiques s'évaporaient. Mais ils était trop nombreux pour que j'aie le temps de comprendre. L'étudiante de Chris avait vu juste. Le Livre de la Vie n'était pas qu'un simple texte.

C'était un réservoir de savoir : les noms de créatures, leur histoire, leur naissance et leur mort, des sortilèges et des charmes, des miracles opérés grâce à la magie et au sang. C'était l'histoire de nous tous – des tisseuses et des vampires qui portaient la fureur sanguinaire dans leurs veines et des extraordinaires enfants qui étaient nés de leur union.

Il ne me racontait pas seulement l'histoire de ceux qui m'avaient précédée sur d'innombrables générations. Il me disait comment une création aussi miraculeuse était possible.

Je m'efforçai d'absorber l'histoire que racontait le Livre de la Vie à mesure que tournaient les pages.

Ici commence la lignée de l'ancienne tribu connue sous le nom des Nés-Lumière. Leur père était Éternité et leur mère Changement et l'Esprit les nourrit en son sein…

À toute vitesse, je tentai d'identifier le texte alchimique qui y ressemblait tant.

… car lorsque les trois s'unirent, leur puissance fut aussi illimitée que la nuit…

Et il se trouva que l'absence d'enfants fut fardeau pour les Athanatoi. Ils cherchèrent les filles...

Les filles de qui ? Je tentai d'arrêter les pages, mais c'était impossible.

... découvrirent que le mystère de l'art du sang était connu des Sages.

Qu'est-ce que c'était que l'art du sang ?
Les mots continuaient de défiler à toute vitesse en s'entrelaçant et en se tordant. Ils se divisaient en deux, en formaient d'autres, se métamorphosaient et se reproduisaient à une allure vertigineuse.
Il y avait des noms, des visages, des lieux arrachés à des cauchemars et tissés pour former les plus suaves des rêves.

Au commencement de leur amour étaient l'absence et le désir, deux cœurs ne faisant qu'un...

J'entendis un chuchotement et un cri de plaisir alors que les pages continuaient de tourner.

... quand la peur les vainquit, la cité fut baignée dans le sang des Nés-Lumière.

Un hurlement de terreur s'éleva de la page, suivi du geignement effrayé d'un enfant.

... les sorcières découvrirent qui parmi elles s'était allongée avec les Athanatoi...

Je me couvris les oreilles pour essayer de ne plus entendre le martèlement de l'interminable litanie de noms.

Perdu…
    Oublié…
        Craint…
          Banni…
            Interdit…

À mesure que les pages défilaient devant mes yeux, je distinguais le tissage compliqué qui composait le livre, les liens unissant chaque page à des lignées dont les racines s'enfonçaient dans le lointain passé.

Quand la dernière page fut tournée, elle était vierge.

C'est alors que de nouveaux mots commencèrent à apparaître comme si une main invisible était encore en train d'écrire et que sa tâche n'était pas achevée.

Et c'est ainsi que les Nés-Lumière devinrent les Enfants de la Nuit.
Qui mettra fin à leur errance ?
Qui portera le sang du lion et du loup ?
Cherche qui porte le dixième nœud, car le dernier sera de nouveau le premier.

J'étais tout étourdie en me rappelant à moitié les paroles prononcées par Louisa de Clermont et Bridget Bishop, les lambeaux de poésie alchimique de l'*Aurora Consurgens* et le flot ininterrompu d'informations qui déferlait du Livre de la Vie.

Une nouvelle page poussa depuis le cœur de la reliure du livre, se déploya comme l'aile de Corra ou une feuille sur un rameau. Sarah poussa un cri.

Une enluminure, resplendissante d'or, d'argent et de gemmes précieuses broyées en pigments s'épanouit sur la page.

— L'emblème de Jack ! s'écria Sarah.

C'était le dixième nœud, façonné avec une vouivre et un ouroboros enlacés pour l'éternité. Le paysage qui les entourait débordait de fleurs et de verdure si resplendissantes qu'on aurait dit le paradis.

La page tourna et d'autres mots jaillirent de leur source invisible.

Ici se poursuit la lignée des plus anciens Nés-Lumière.

La main invisible s'arrêta, comme si elle plongeait sa plume dans un encrier.

Rebecca Arielle Emily Marthe Bishop-Clairmont, fille de Diana Bishop, dernière de sa lignée, et de Matthew Gabriel Philippe Bertrand Sébastien de Clermont, premier de sa lignée. Née sous le règne du serpent.

Philip Michael Addison Sorley Bishop-Clairmont, fils des mêmes Diana et Matthew. Né sous la protection de l'archer.

Avant que l'encre puisse être sèche, les pages saisies de folie se retournèrent jusqu'au début.

Sous nos yeux, une nouvelle branche poussa sur le tronc de l'arbre au centre de la première image. Feuilles, fleurs et fruits jaillirent tout du long.

Le Livre de la Vie se referma dans un claquement et les ferrures se rabattirent. Les murmures se turent et le silence retomba dans la bibliothèque. Je sentis l'énergie monter en moi et atteindre un niveau encore inégalé.

— Attends, dis-je en tentant de rouvrir le livre pour examiner l'image de plus près.

Le Livre de la Vie résista tout d'abord, puis il céda sous mes efforts.

Il était vide. Vierge. La panique s'empara de moi.

— Où est-ce que tout est parti ? demandai-je en tournant les pages. J'ai besoin du livre pour récupérer Matthew ! (Je levai les yeux vers Sarah.) Qu'est-ce que j'ai fait de mal ?

Sarah déglutit péniblement.

— Il est en toi.

J'étais le Livre de la Vie.

35

— Tu es pathétique tellement tu es prévisible. (La voix de Benjamin pénétra la brume qui enveloppait le cerveau de Matthew.) Je ne peux qu'espérer que ton épouse soit tout aussi facile à manipuler.

Une douleur fulgurante parcourut le bras de Matthew, qui ne put s'empêcher de pousser un cri.

La réaction ne fit qu'encourager Benjamin. Matthew serra les lèvres, déterminé à ne pas donner davantage de satisfaction à son fils.

Un marteau s'abattit sur du fer avec un bruit familier et domestique qui lui rappela son enfance. Matthew sentit résonner le métal dans une vibration qui s'insinua jusque dans la moelle de ses os.

— Voilà qui devrait te tenir en place. (Des doigts glacés lui empoignèrent le menton.) Ouvre les yeux, père. Si je dois les ouvrir pour toi, je ne crois pas que cela te plaira.

Matthew se força à soulever les paupières. Le visage de Benjamin était à quelques centimètres du sien. Son fils poussa un soupir de regret.

— Dommage. J'espérais que tu me résisterais. Mais cela dit, ce n'est que le premier acte.

Benjamin le força à baisser la tête.

Un long fer rougi au feu transperçait l'avant-bras droit de Matthew et s'enfonçait dans le siège en bois. À mesure qu'il refroidissait, la puanteur de chair et d'os brûlés diminua un peu. Il n'eut pas besoin de regarder l'autre bras pour savoir qu'il avait subi le même traitement.

— Souris. Il ne faudrait surtout pas que la famille manque une minute de nos retrouvailles, reprit Benjamin en l'empoignant par les cheveux pour lui relever la tête. Matthew entendit le bourdonnement d'une caméra.

— Quelques mises en garde : tout d'abord, cette tige est positionnée précisément entre le radius et le cubitus. Le métal brûlant aura fusionné avec les os juste assez pour qu'ils se fendent si tu te débats. J'ai tendance à penser que c'est tout à fait douloureux. (Benjamin donna un coup de pied dans la chaise et Matthew serra les mâchoires alors qu'une affreuse douleur lui brûlait la main.) Tu vois ? Ensuite, je n'ai aucun intérêt à te tuer. Il n'y a rien que tu puisses faire, dire ou menacer qui me forcera à te livrer aux mains plus clémentes de la mort. Je veux me repaître de ton agonie et la savourer.

Matthew savait que Benjamin attendait qu'il lui pose une question particulière, mais sa langue engourdie refusait d'obéir aux ordres de son cerveau. Il persista malgré tout. Beaucoup de choses en dépendaient.

— Où… est… Diana ?

— D'après Peter, elle est à Oxford. Knox n'est peut-être pas le sorcier le plus puissant qui ait jamais vécu, mais il a le moyen de la repérer. Je te laisserais bien lui parler directement, mais cela gâcherait le drame qui va suivre pour nos téléspectateurs. Au fait, ils ne peuvent pas t'entendre. Pas encore. Je réserve cela pour le moment où tu céderas et où tu me supplieras.

Benjamin s'était soigneusement placé dos à la caméra afin qu'on ne puisse pas lire sur ses lèvres. Mais le visage de Matthew était bien visible.

— Diana... pas... ici ? articula-t-il distinctement.

S'il y avait des spectateurs, il fallait qu'ils sachent que sa femme était encore libre.

— La Diana que tu as vue était un mirage, Matthew, gloussa Benjamin. Knox a jeté un sortilège pour faire apparaître son image dans la pièce vide à l'étage. Si tu avais regardé un peu plus longtemps, tu aurais remarqué qu'elle tournait en boucle, comme un film.

Matthew avait su que c'était une illusion. La Diana de l'image était blonde, car Knox n'avait pas vu sa femme depuis leur retour du passé. Mais même si la couleur des cheveux avait été correcte, Matthew aurait su que ce n'était pas vraiment Diana, car aucune étincelle de vie ou de chaleur ne l'avait attirée vers lui. Matthew était entré dans la propriété de Benjamin en sachant qu'il serait capturé. C'était la seule manière de forcer Benjamin à franchir l'étape suivante et à mettre fin à son jeu pervers.

— Si seulement tu avais été insensible à l'amour, tu aurais été un grand homme. Mais non, tu es gouverné par cette émotion inutile. (Benjamin se pencha encore et Matthew sentit l'odeur du sang sur ses lèvres.) C'est ta plus grande faiblesse, père.

La main de Matthew se crispa instinctivement sous l'insulte et son avant-bras en paya le prix quand le cubitus se fendilla comme l'argile desséchée sous un soleil de plomb.

— Quelle sottise, n'est-ce pas ? Tu n'as rien accompli. Ton corps souffre déjà d'un énorme stress, ton esprit est rempli d'angoisse pour ta femme et tes enfants. Il te faudra deux fois plus longtemps pour guérir dans de telles conditions. (Benjamin le força à ouvrir la bouche et examina sa langue et ses gencives.) Tu as soif. Et faim, aussi. J'ai une enfant en bas, une fillette de quatre ou cinq ans. Quand tu seras disposé à te nourrir d'elle, fais-le-moi savoir. J'essaie de déterminer si le sang des vierges est plus roboratif que celui des putains. Pour le moment, les données ne sont pas concluantes, dit Benjamin en griffonnant sur un bloc-notes.

— Jamais.

— Jamais, cela fait très longtemps. C'est Philippe qui me l'a appris, dit Benjamin. Nous verrons comment tu te sens plus tard. Quoi que tu décides, tes réactions m'aideront à répondre à une autre question scientifique : combien de temps faut-il pour affamer un vampire au point qu'il oublie toute piété et cesse de croire que Dieu va le sauver ?

Très longtemps, songea Matthew.

— Tes signes vitaux sont étonnamment élevés, si l'on considère la quantité de drogues que je t'ai administrées. J'aime la sensation de désorientation et d'engourdissement qu'elles provoquent. La plupart des proies éprouvent une angoisse aiguë quand leurs réactions et leurs instincts sont émoussés. J'en vois une manifestation ici, mais pas suffisante pour mon objectif. Je vais devoir augmenter la dose.

Benjamin jeta le bloc sur un petit classeur métallique sur roulettes qui avait l'air de dater de la Seconde Guerre mondiale. Matthew remarqua la chaise en métal à côté. La veste posée dessus lui parut familière.

Ses narines se dilatèrent.

Peter Knox. Il n'était pas dans la pièce en cet instant, mais il n'était pas loin. Benjamin n'avait pas menti là-dessus.

— J'aimerais mieux te connaître, père. L'observation peut seulement m'aider à découvrir des vérités superficielles. Même les vampires ordinaires gardent tellement de secrets. Et toi, mon créateur, tu es tout sauf ordinaire. (Benjamin s'avança vers lui. Il déchira la chemise de Matthew, exposant son cou et ses épaules.) Avec les années, j'ai appris comment tirer le meilleur parti de l'information que je recueille dans le sang d'une créature. Tout est question de tempo, vois-tu. Il ne faut pas se précipiter. Ni être trop avide.

— Non.

Matthew s'attendait à ce que Benjamin viole son esprit, mais c'était impossible de ne pas réagir instinctivement contre cette intrusion. Il se tortilla sur la chaise. L'un des avant-bras céda. Puis l'autre.

— Si tu brises les mêmes os constamment, jamais ils ne guérissent. Réfléchis à cela, Matthew, avant d'essayer de m'échapper encore. C'est inutile. Et je peux t'enfoncer des tiges entre le tibia et le péroné pour te le prouver.

L'ongle acéré de Benjamin griffa la peau de Matthew. Le sang glacé afflua à la surface.

— Avant que nous en ayons terminé, Matthew, je saurai tout de toi et de ta sorcière. Avec assez de temps, et les vampires en ont à profusion, je pourrai voir chaque fois que tu l'as touchée. Je saurai ce qui lui donne du plaisir ou de la souffrance. Je saurai quel pouvoir elle possède et les secrets de son corps. Ses faiblesses seront aussi visibles pour moi que si son âme était un livre ouvert. (Il continua de frotter la peau de Matthew pour renforcer la circulation jusqu'à son cou.) J'ai senti sa peur dans la Bodléienne, bien sûr, mais à présent, je veux la comprendre. Elle était si effrayée et pourtant si remarquablement courageuse. Ce sera passionnant de la briser.

Les cœurs ne peuvent pas être brisés, se répéta Matthew.

Il parvint à articuler un seul mot dans un râle :

— Pourquoi ?

— Pourquoi ? répéta Benjamin d'une voix éraillée par la fureur. Parce que tu n'as pas eu le courage de me tuer d'un seul coup. Au lieu de cela, tu m'as anéanti jour après jour, goutte de sang après goutte de sang. Plutôt qu'avouer à Philippe que tu n'avais pas été à la hauteur de ses attentes et que tu avais révélé les projets secrets des Clermont pour l'outre-mer, tu as fait de moi un vampire et tu m'as jeté dans les rues d'une ville débordante de sang-chauds. Te rappelles-tu ce que c'est d'éprouver une telle soif et un tel désir de sang que tu en es déchiré en deux ? Te rappelles-tu la violence de la fureur sanguinaire lorsque tu as été changé en vampire ?

Matthew s'en souvenait. Et il avait espéré – non : Dieu lui en était témoin, Matthew avait *prié* le ciel que Benjamin connaisse lui aussi la malédiction de la fureur sanguinaire.

— Tu tenais bien plus aux bonnes grâces de Philippe qu'à ton propre enfant, continua Benjamin d'une voix tremblante de fureur, les yeux devenus d'un noir d'encre. Dès l'instant où j'ai été fait vampire, je n'ai vécu que pour vous anéantir, toi, Philippe et tous les Clermont. Ma soif de vengeance m'a donné une raison de vivre et le temps a été mon allié. J'ai attendu. Échafaudé mes plans. J'ai créé à mon tour des enfants et je leur ai enseigné à survivre comme je l'avais moi-même appris : en violant et en tuant. C'était la seule voie que tu m'avais laissé la possibilité d'emprunter.

Matthew ferma les yeux pour tenter de ne plus voir non seulement le visage de Benjamin, mais aussi l'évidence de son échec en tant que fils comme en tant que père. Mais Benjamin ne l'entendait pas de cette oreille.

— Ouvre les yeux, gronda-t-il. Bientôt, tu n'auras plus de secrets pour moi. (Matthew obéit, alarmé.) À mesure que j'apprendrai des choses sur ta compagne, j'en découvrirai tellement d'autres sur toi, continua Benjamin. Il n'y a pas meilleure manière de connaître un homme que de comprendre sa femme. C'est aussi de Philippe que je l'ai appris.

Les rouages du cerveau de Matthew se mirent en branle. Une horrible vérité s'efforçait de se faire jour.

— Philippe a-t-il pu te parler de la période que nous avons passée ensemble durant la guerre ? Cela ne s'est pas passé comme je l'escomptais. Philippe a gâché tellement de mes projets quand il est allé rendre visite à la sorcière dans le camp, une vieille gitane, expliqua Benjamin. Quelqu'un l'a informé de ma présence, et comme d'habitude, Philippe a voulu prendre l'affaire en mains. La sorcière lui a volé la majeure partie de ses pensées, a brouillé ce qui en restait, puis elle s'est pendue. Cela a été un handicap, c'est certain. Lui qui avait toujours eu un esprit si ordonné. J'avais hâte de l'explorer, dans toute sa complexe beauté.

Le rugissement de protestation de Matthew sortit comme un râle, mais le cri résonna interminablement dans sa tête. Il ne s'attendait pas à cela.

C'était donc Benjamin, son fils, qui avait torturé Philippe durant la guerre et non pas quelque fonctionnaire nazi.

Benjamin gifla Matthew, lui brisant une pommette.

— Silence. Je vais te raconter une belle histoire pour t'endormir. (Les doigts de Benjamin s'enfoncèrent dans les os du visage de Matthew, jouant avec comme d'un instrument dont la seule musique était la douleur.) Quand le commandant d'Auschwitz m'a livré Philippe, il était trop tard. Après la sorcière, il ne restait qu'une seule chose cohérente dans cet esprit autrefois brillant : Ysabeau. Elle peut être étonnamment sensuelle, ai-je découvert, pour quelqu'un d'aussi glacial.

Matthew aurait voulu fermer ses oreilles pour ne plus l'entendre, mais il n'en avait aucun moyen.

— Philippe détestait sa propre faiblesse, mais il ne pouvait pas l'abandonner, continua Benjamin.

Même au cœur de sa folie, alors qu'il pleurnichait comme un enfant, il pensait à Ysabeau, tout en sachant que je partageais pendant tout ce temps son plaisir. (Benjamin sourit en découvrant des dents acérées.) Mais assez parlé de la famille. Prépare-toi, Matthew. Cela va faire mal.

36

Dans l'avion qui les ramenait chez eux, Gallowglass avait averti Marcus que quelque chose d'inattendu m'était arrivé à la Bodléienne.

— Tu trouveras Diana... changée, avait-il prudemment dit au téléphone.

Changée. C'était une description bienvenue pour une créature désormais composée de nœuds, de chaînes, d'ailes, de sceaux, d'armes et désormais de mots et d'un arbre. Je ne savais pas ce que cela faisait de moi, mais c'était fort éloigné de ce que j'avais été jusque-là.

Même s'il avait été averti du changement, Marcus fut visiblement sous le choc quand je descendis de la voiture à Sept-Tours. Phoebe accepta ma métamorphose sans s'émouvoir, comme la plupart du temps.

— Pas de questions, Marcus, dit Hamish en me prenant par le bras.

Il avait vu dans l'avion l'effet qu'avaient les questions sur moi. Aucun sortilège de déguisement ne parvenait à dissimuler mes yeux qui devenaient d'un blanc laiteux et où apparaissaient des lettres et des symboles au moindre début d'interrogation, tandis que d'autres lettres apparaissaient sur mes avant-bras et le dos de mes mains.

Je remerciai silencieusement le ciel que mes enfants ne me voient jamais différemment et trouvent en conséquence normal d'avoir un palimpseste en guise de mère.

— Pas de questions, s'empressa d'acquiescer Marcus.

— Les enfants sont dans le bureau de Matthew avec Marthe. Ils ne tiennent pas en place depuis une heure, comme s'ils savaient que vous arriviez, dit Phoebe en me suivant dans la maison.

— Je vais voir Becca et Philip d'abord.

Dans mon empressement, je volai dans l'escalier plus que je ne le montai. Cela ne semblait pas servir à grand-chose de faire autrement.

Le temps que je passai avec les enfants m'ébranla. D'un côté, ils me rapprochaient de Matthew. Mais avec mon mari en danger, je ne pus m'empêcher de remarquer que les yeux bleus de Philip avaient la même forme que ceux de son père. Il y avait le même entêtement dans son menton aussi, bien qu'il fût jeune et encore immature. Et les cheveux noir corbeau de Becca, ses yeux non pas de l'habituel bleu des bébés, mais déjà d'un gris-vert éclatant, et sa peau laiteuse évoquaient Matthew d'une manière saisissante. Je les serrai contre moi en leur promettant à l'oreille qu'ils retrouveraient leur père dès son retour.

Quand j'eus passé avec eux autant de temps que j'osai, je redescendis, lentement et en marchant, cette fois, et demandai à voir la vidéo transmise par Benjamin.

— Ysabeau est dans la bibliothèque familiale en train de la regarder.

L'inquiétude tangible de Miriam me glaça le sang plus que tout depuis que Gallowglass avait fait son apparition dans la Bodléienne.

Je me préparai au pire, mais Ysabeau rabattit brusquement le capot du portable à peine fus-je entrée dans la pièce.

— Je vous avais dit de ne pas l'amener ici, Miriam.

— Diana a le droit de savoir, répondit celle-ci.

— Miriam a raison, mère-grand, dit Gallowglass en embrassant sa grand-mère. En plus, ma tante n'obéira pas davantage à vos ordres que vous-même à ceux de Baldwin quand il essayait de vous empêcher de voir Philippe avant que ses blessures soient guéries.

Il prit le portable des mains d'Ysabeau et le rouvrit.

Ce que je vis me fit pousser un cri étranglé d'horreur. S'il n'y avait eu ses yeux gris-vert et ses cheveux noirs si caractéristiques, je n'aurais peut-être pas reconnu Matthew.

— Diana. (Baldwin entra à grands pas dans la pièce, en prenant bien garde de ne montrer aucune réaction à mon apparence. Mais étant un soldat, il savait que l'on ne pouvait pas faire disparaître quelque chose en faisant comme si ce n'était pas arrivé. Il tendit la main avec une surprenante délicatesse et toucha la naissance de mes cheveux.) C'est douloureux ?

— Non.

Quand mon corps avait absorbé le Livre de la Vie, un arbre était apparu dessus également. Son tronc couvrait ma nuque, parfaitement aligné avec ma colonne vertébrale. Ses racines s'étendaient sur mes épaules et les branches s'étalaient sous mes cheveux, recouvrant mon crâne. Leurs extrémités perçaient ma chevelure, pour poindre derrière mes oreilles et autour de mon visage. Comme l'arbre sur mon coffret à sortilèges, racines et branches étaient étrangement entremêlées le long de mon cou dans un motif qui rappelait les nœuds celtiques.

— Pourquoi êtes-vous là ? demandai-je.

Nous n'avions plus eu de nouvelles de Baldwin depuis le baptême.

— Baldwin a été le premier à voir le message de Benjamin, expliqua Gallowglass. Il m'a contacté immédiatement, puis il a informé Marcus.

— Nathaniel m'avait devancé. Il a localisé la dernière communication du mobile de Matthew (quand il vous a appelée) quelque part en Pologne, dit Baldwin.

— Addie a vu Matthew à Dresde, alors qu'il partait pour Berlin, raconta Miriam. Il lui a demandé des renseignements sur Benjamin. Pendant qu'il était avec elle, il a reçu un texto et il est reparti sur-le-champ.

— Verin a rejoint Addie là-bas. Elles ont retrouvé la trace de Matthew. L'un des chevaliers de Marcus l'a repéré quittant la ville que nous appelions autrefois Breslau. (Baldwin jeta un coup d'œil à Ysabeau.) Il partait vers le sud-est. Matthew a dû tomber dans un piège.

— Il se dirigeait vers le nord jusque-là. Pourquoi a-t-il changé de direction ? se rembrunit Marcus.

— Matthew est peut-être allé en Hongrie, dis-je en essayant de me représenter tout ce trajet sur une carte. Nous avons trouvé une lettre de Godfrey où il était question des liens que Benjamin avait là-bas.

Le téléphone de Marcus sonna.

— Quoi de neuf ?

Il écouta un moment, puis il gagna l'un des ordinateurs portables posés sur la table de la bibliothèque. Une fois l'écran rallumé, il tapa l'adresse d'un site Web. Des gros plans de la transmission vidéo apparurent, avec luminosité et netteté renforcées. L'un montrait un bloc-notes. L'autre, un morceau d'étoffe sur une chaise. Le troisième, une fenêtre. Marcus posa son mobile et le mit sur haut-parleur.

— Explique, Nathaniel, ordonna-t-il plus sur le ton d'un officier que d'un ami.

— La pièce est relativement nue, il n'y a pas grand-chose en fait d'indices pour nous permettre de mieux localiser Matthew. Ce sont ces éléments qui semblent avoir le plus de potentiel.

— Peux-tu zoomer sur le bloc ?

À l'autre bout du monde, Nathaniel manipula l'image.

— C'est le genre qu'on utilise pour les tableaux de suivi médical. Il y en a dans tous les hôpitaux, accrochés aux pieds des lits, dit Marcus en inclinant la tête. C'est un formulaire d'hospitalisation. Benjamin a fait comme n'importe quel médecin, il a noté la taille de Matthew, son poids, sa tension, son pouls. (Il fit une pause.) Et il a indiqué le traitement sous lequel était Matthew.

— Il ne prend aucun médicament, dis-je.

— Maintenant si, répliqua Marcus.

— Mais les vampires ne peuvent éprouver les effets d'une drogue que si…

Je n'achevai pas.

— S'ils les absorbent par le biais d'un sang-chaud. Benjamin lui a fait boire, de gré ou de force, du sang altéré. (Marcus poussa un juron.) Et les substances en question ne sont pas vraiment des palliatifs pour un vampire.

— Qu'est-ce qu'il lui a administré ?

Je me sentais tout engourdie, comme si les seules parties de moi encore vivantes étaient les cordelettes qui couraient dans mon corps comme des racines et des branches.

— Un cocktail de kétamine, opiacés, cocaïne et psilocybine.

Le ton de Marcus était calme, mais sa paupière tressaillit.

— La psilocybine ? demandai-je.

J'étais plus ou moins familière des autres substances.

— Un hallucinogène tiré de champignons.

— Ce mélange va rendre Matthew fou, dit Hamish.

— Tuer Matthew serait trop rapide pour servir l'objectif de Benjamin, dit Ysabeau. Et cette étoffe ? demanda-t-elle en désignant l'écran.

— Je crois que c'est une couverture. Elle est presque entièrement en dehors de l'image, mais je l'ai conservée tout de même, dit Nathaniel.

— Il n'y a aucun repère dehors, observa Baldwin. Tout ce que l'on voit, ce sont des arbres et de la neige. Il y a des milliers d'endroits qui ressemblent à cela en Europe centrale à cette époque de l'année.

Sur l'image centrale, la tête de Matthew se tourna légèrement.

— Il se passe quelque chose, dis-je en approchant l'ordinateur de moi.

Benjamin fit entrer dans la pièce une fillette qui ne devait pas avoir plus de quatre ans, vêtue d'une chemise de nuit au col et aux poignets ornés de dentelle. L'étoffe était tachée de sang. Elle suçait son pouce avec un air hébété.

— Phoebe, emmenez Diana à côté, ordonna immédiatement Baldwin.

— Non. Je reste. Matthew ne va pas boire son sang, il ne le fera pas.

— Il a perdu la tête à force de souffrir, de perdre son sang et d'absorber des drogues, dit doucement Marcus. Matthew n'est pas responsable de ses actes.

— Mon époux ne boira pas le sang d'une enfant, dis-je avec une conviction inébranlable.

Benjamin déposa la fillette sur le genou de Matthew et lui caressa le cou. La peau de l'enfant était déchirée et du sang avait coagulé sur la blessure.

Les narines de Matthew se dilatèrent instinctivement en reconnaissant aussitôt la présence de nourriture. Il détourna exprès la tête de la fillette.

Baldwin avait les yeux rivés à l'écran. Il regarda d'abord son frère avec inquiétude, puis avec stupéfaction. À mesure que les secondes passaient, elle laissa la place au respect.

— Regardez-moi cette maîtrise, murmura Hamish. Son instinct doit lui hurler qu'il doit boire du sang pour survivre.

— Vous pensez toujours que Matthew n'a pas ce qu'il faut pour diriger sa propre famille ? demandai-je à Baldwin.

Comme Benjamin nous tournait le dos, nous ne pouvions pas voir sa réaction, mais sa frustration fut évidente dans la gifle brutale qu'il assena à Matthew. Pas étonnant que mon mari fût méconnaissable. Après quoi, Benjamin s'empara de la gamine et fourra son cou juste sous le nez de Matthew. Il n'y avait pas de son, mais le visage de l'enfant se tordit dans un hurlement de terreur.

Les lèvres de Matthew bougèrent, et l'enfant tourna la tête. Ses sanglots diminuèrent légèrement. À côté de moi, Ysabeau se mit à chanter.

— *Der Mond ist aufgegangen, / Die goldnen Sternlein prangen / Am Himmel hell und klar*, chanta-t-elle en même temps que les lèvres de Matthew.

— Non, Ysabeau, dit Baldwin.

— Quelle est cette chanson ? demandai-je en tendant la main pour toucher le visage de mon mari.

Même dans sa souffrance, il manifestait une étonnante absence d'expression.

— Un hymne allemand. Une partie des paroles est devenue une berceuse populaire. Philippe la chantait une fois qu'il... qu'il est rentré, dit Baldwin, le visage un moment déformé par le chagrin et la culpabilité.

— C'est un chant sur le Jugement dernier de Dieu, dit Ysabeau.

Benjamin fit un geste. Quand ses mains s'immobilisèrent à nouveau, le corps de l'enfant était inerte, la tête penchée selon un angle impossible. Bien qu'il n'eût pas tué l'enfant, Matthew n'avait pas pu la sauver non plus. Sa mort était une de plus à porter éternellement en lui. La fureur brûla dans mes veines, éclatante.

— Assez. C'est terminé. Ce soir. (Je m'emparai du trousseau de clés que quelqu'un avait jeté sur la table. Peu importait de quelle voiture il s'agissait, même si j'espérais qu'elle était à Marcus et donc rapide.) Dites à Verin que je suis en route.

— Non ! (Le cri angoissé d'Ysabeau m'arrêta tout net.) La fenêtre. Pouvez-vous agrandir cette portion de l'image, Nathaniel ?

— Il n'y a rien d'autre dehors à part de la neige et des arbres, dit Hamish.

— Le mur près de la fenêtre. Zoomez là-dessus, dit Ysabeau en désignant le mur sale à l'écran comme si Nathaniel pouvait voir son geste.

Même s'il ne pouvait la voir, Nathaniel obéit. Alors qu'une image plus nette apparaissait, je me demandai ce qu'Ysabeau avait cru voir. Le mur était taché d'humidité et n'avait pas été repeint depuis longtemps. Peut-être avait-il été blanc autrefois, comme le carrelage, mais il était grisâtre, à présent. La définition de l'image à l'écran continua de s'améliorer à mesure que Nathaniel la travaillait.

Certaines des taches noirâtres se révélèrent être une série de chiffres qui se succédaient sur la paroi.

— Mon habile enfant, dit Ysabeau, les yeux rougis par les larmes de sang du chagrin. (Elle se leva en tremblant.) Ce monstre. Je le réduirai en pièces.

— Qu'est-ce qu'il y a, Ysabeau ? demandai-je.

— L'indice était dans la chanson. Matthew sait que nous le regardons, dit-elle.

— De quoi s'agit-il, *grand-mère** ? répéta Marcus en scrutant l'image. Ce sont des chiffres ?

— Un numéro. Celui de Philippe, dit Ysabeau en désignant le dernier de la série.

— Son numéro ? répéta Sarah.

— Il lui a été donné à Auschwitz-Birkenau. Une fois que les nazis ont capturé Philippe quand il essayait de libérer Ravensbrück, ils l'ont envoyé ici, dit Ysabeau.

C'étaient des noms de cauchemar, des lieux qui seraient éternellement synonymes de la sauvagerie de l'humanité.

— Les nazis l'ont tatoué sur Philippe, ils devaient recommencer sans cesse. (La rage monta dans la voix d'Ysabeau, qui sonnait comme un glas.) C'est comme cela qu'ils ont découvert que Philippe était différent.

— Qu'êtes-vous en train de nous dire ?

Je n'en revenais pas, et pourtant…

— C'est Benjamin qui a torturé Philippe, dit Ysabeau.

L'image de Philippe m'apparut – l'orbite vide que Benjamin avait énucléée, les horribles balafres sur le visage. Je me rappelai l'écriture tremblante de la lettre qu'il avait laissée pour moi, devenu trop faible pour tenir fermement un stylo.

Et la créature qui avait fait subir cela à Philippe détenait désormais mon époux.

— Écartez-vous de mon chemin.

Je voulus dépasser Baldwin pour me précipiter vers la porte, mais il me retint fermement.

— Vous n'allez pas vous aventurer dans le même piège que lui, Diana, dit-il. C'est exactement ce que Benjamin cherche.

— Je vais à Auschwitz. Il est hors de question que Matthew meure là-bas, là où tant d'autres sont morts avant lui, dis-je en me dégageant.

— Matthew n'est pas à Auschwitz. Philippe a été transféré de là-bas à Majdanek, dans les environs de Lublin, peu après sa capture. C'est là que nous l'avons trouvé. J'ai passé le camp au peigne fin pour rechercher d'autres survivants. Je n'y ai vu aucune pièce comme celle-ci.

— Dans ce cas, Philippe a été emmené ailleurs avant d'être envoyé à Majdanek, dans un autre camp de travail. Un camp dirigé par Benjamin. C'est lui qui a torturé Philippe. J'en suis certaine, affirma Ysabeau.

— Comment Benjamin pouvait-il diriger un camp ?

Jamais je n'avais rien entendu de tel. Les camps de concentration nazis étaient dirigés par les SS.

— Il y en avait des dizaines de milliers dans toute l'Allemagne et la Pologne : des camps de travail, des bordels, des laboratoires, des fermes, expliqua

Baldwin. Si Ysabeau a raison, Matthew pourrait être n'importe où.

Ysabeau s'en prit à Baldwin.

— Tu es tout à fait libre de rester ici en te demandant où est ton frère, mais moi, je pars en Pologne avec Diana. Nous trouverons Matthew nous-mêmes.

— Personne n'ira nulle part, dit Marcus en frappant la table. Pas sans prévoir un plan. Où se trouve précisément Majdanek ?

— Je vais sortir une carte, dit Phoebe en se mettant à l'ordinateur.

Je la retins. Il y avait quelque chose de familier et de troublant dans cette couverture... Elle était en tweed, d'un brun couleur bruyère, avec un motif très caractéristique.

— C'est un bouton ? demandai-je en me penchant. Ce n'est pas une couverture. C'est une veste. (Je l'observai de plus près.) Peter Knox en portait une de ce genre. Je me rappelle avoir vu le tissu à Oxford.

— Des vampires ne pourront pas libérer Matthew si Benjamin a avec lui des sorciers comme Knox ! s'exclama Sarah.

— C'est 1944 qui se répète, dit Ysabeau à voix basse. Benjamin joue avec Matthew... et avec nous tous.

— Dans ce cas, la capture de Matthew n'était pas son objectif. (Baldwin croisa les bras et considéra pensivement l'écran.) Le piège qu'a tendu Benjamin est prévu pour capturer quelqu'un d'autre.

— Il veut ma tante, dit Gallowglass. Benjamin veut savoir pourquoi elle a pu porter l'enfant d'un vampire.

Benjamin veut que je porte son enfant, songeai-je.

— Eh bien, il n'est pas question qu'il fasse des expériences sur Diana pour le découvrir, s'exclama Marcus. Matthew préférerait mourir plutôt que de laisser cela arriver.

— Il n'y a pas besoin d'expériences. Je sais déjà pourquoi les tisseuses peuvent avoir des enfants avec des vampires atteints de fureur sanguinaire.

La réponse apparaissait sur mes bras en lettres et en symboles de langues mortes depuis longtemps ou jamais parlées, sauf par des sorcières lançant des sortilèges. Dans mon corps, les cordelettes se tordaient et se transformaient en hélices jaunes et blanches, rouges et noires, vertes et argent.

— Alors la réponse était dans le Livre de la Vie, dit Sarah, exactement comme le pensaient les vampires.

— Et tout a commencé par une découverte de sorcières. (Je me retins d'en révéler davantage.) Marcus a raison. Si nous nous lançons sur les traces de Benjamin sans avoir de plan et le soutien d'autres créatures, il nous vaincra. Et Matthew mourra.

— Je vous envoie une carte routière du sud-est de la Pologne, dit Nathaniel sur le haut-parleur. (Une autre fenêtre apparut sur l'écran.) Auschwitz est là. (Un drapeau violet apparut.) Et Majdanek est ici.

Un drapeau rouge marqua un lieu aux abords d'une ville si loin à l'est qu'elle était pratiquement en Ukraine. Il y avait des kilomètres et des kilomètres de campagne entre les deux.

— Par où commençons-nous ? demandai-je. À Auschwitz et nous poussons vers l'est ?

— Non. Benjamin ne sera pas loin de Lublin, insista Ysabeau. Les sorcières que nous avons interrogées quand Philippe a été retrouvé ont dit que la créature qui l'avait torturé avait des liens de longue date avec cette région. Nous avons pensé qu'elles parlaient d'une recrue nazie dans la population locale.

— Qu'ont-elles dit d'autre ? demandai-je.

— Seulement que le geôlier de Philippe avait torturé les sorcières de Chełm avant de s'intéresser à mon mari, dit Ysabeau. Elles l'appelaient « le Diable ».

Chełm. En quelques secondes, je repérai la ville. Chełm était juste à l'est de Lublin. Mon sixième sens de sorcière me souffla que Benjamin serait là – ou tout près.

— C'est là que nous devons commencer à chercher, dis-je en touchant la ville sur la carte comme si Matthew pouvait sentir mes doigts. Sur la transmission vidéo, je vis qu'il avait été laissé seul avec l'enfant morte. Ses lèvres bougeaient encore. Il continuait de chanter... pour une fillette qui ne l'entendrait plus jamais.

— Pourquoi en êtes-vous si sûre ? demanda Hamish.

— Parce qu'un sorcier que j'ai rencontré à Prague au XVIe siècle était de là-bas. C'était un tisseur, comme moi.

À mesure que je parlais, des noms et des lignées familiales apparurent sur mes mains et mes bras, aussi noirs qu'un tatouage. Elles restèrent seulement un moment, puis elles disparurent, mais je savais ce qu'elles signalaient: Abraham ben Elijah n'était probablement pas le premier – ni le dernier – tisseur de la ville. C'était à Chełm que Benjamin avait réalisé ses folles tentatives de faire un enfant.

À l'écran, Matthew baissa les yeux vers sa main droite. Elle était agitée de spasmes et son index frappait irrégulièrement l'accoudoir.

— On dirait que les nerfs de sa main ont été endommagés, dit Marcus en regardant les doigts tressaillir.

— Ce ne sont pas des mouvements réflexes, dit Gallowglass en se penchant au point d'avoir le menton sur le clavier. C'est du morse.

— Qu'est-ce qu'il dit ? demandai-je, affolée à l'idée que nous ayons déjà manqué une partie du message.

— D. Quatre. D. Cinq. C. Quatre, épela Gallowglass. Seigneur. Matthew déraille complètement. DX…

— C4, acheva Hamish en haussant la voix. DXC4. (Il poussa presque un cri de joie.) Matthew n'est pas tombé dans un piège. Il s'y est jeté volontairement.

— Je ne comprends pas, dis-je.

— D4 et D5 sont les deux premiers déplacements du gambit de la reine… c'est l'une des ouvertures classiques aux échecs. (Hamish alla à la cheminée où un lourd échiquier trônait sur une table. Il déplaça deux pions, un blanc et l'autre noir.) Le déplacement suivant des blancs force les noirs soit à mettre en danger leurs pièces clés et gagner une plus grande liberté ou la jouer prudemment en limitant sa manœuvrabilité, expliqua-t-il en déplaçant un autre pion blanc à côté du premier.

— Mais quand Matthew joue les blancs, il n'ouvre jamais avec le gambit de la reine, et quand il joue les noirs, il le décline. Matthew joue toujours la sécurité et protège sa reine, dit Baldwin en croisant les bras. Il la défend à tout prix.

— Je sais. C'est pour cela qu'il perd. Mais pas cette fois. (Hamish saisit le pion noir et fit tomber le pion blanc en diagonale au centre de l'échiquier.) DXC4. Gambit de la reine accepté.

— Je croyais que Diana était la reine blanche, dit Sarah en contemplant l'échiquier. Mais à vous entendre, Matthew joue les noirs.

— C'est le cas, dit Hamish. Je crois qu'il est en train de nous dire que l'enfant était le pion blanc de Benjamin, le joueur qu'il a sacrifié en croyant que cela lui donnerait un avantage sur Matthew. Sur nous.

— Et c'est le cas ? demandai-je.

— Cela dépend de ce qu'il va faire ensuite, répondit Hamish. Aux échecs, soit les noirs continueraient à attaquer les pions pour obtenir un avantage en fin de jeu, soit ils seraient plus agressifs et feraient intervenir les cavaliers.

— Que ferait Matthew ? demanda Marcus.

— Je n'en sais rien, dit Hamish. Comme a dit Baldwin, Matthew n'accepte jamais le gambit de la reine.

— Peu importe. Il n'essayait pas de dicter notre prochaine étape. Il nous disait de ne pas protéger sa reine. (Baldwin se tourna vers moi.) Vous êtes prête pour ce qui va suivre ?

— Oui.

— Vous avez hésité la dernière fois, dit-il. Marcus m'a dit ce qui s'était passé lorsque vous vous êtes retrouvée face à Benjamin dans la bibliothèque. Cette fois, la vie de Matthew dépend de vous.

— Cela ne se reproduira pas, dis-je en regardant droit dans les yeux Baldwin, qui hocha la tête.

— Vous serez en mesure de retrouver Matthew, Ysabeau ? demanda-t-il.

— Mieux que Verin, répondit-elle.

— Alors nous allons partir immédiatement. Appelle aux armes tes chevaliers, Marcus. Dis-leur de me retrouver à Varsovie.

— Kuźma est là-bas, dit Marcus. Il prendra le commandement des chevaliers jusqu'à ce que j'arrive.

— Tu ne peux pas y aller, Marcus, dit Gallowglass. Tu dois rester ici avec les enfants.

— Non ! C'est mon père. Je suis capable de sentir sa trace aussi facilement qu'Ysabeau. Nous aurons besoin de tous les avantages.

— Tu n'iras pas, Marcus. Diana non plus. (Baldwin s'appuya sur la table et nous fixa, Marcus et moi.) Jusqu'ici, cela n'a été qu'une chamaillerie, un préambule à ce moment. Benjamin a eu presque mille ans pour planifier sa vengeance. Nous avons quelques heures. Nous devons tous être là où nous sommes le plus utile, pas là où notre cœur nous dicte d'aller.

— Mon *mari* a besoin de moi, m'irritai-je.

— Votre mari a besoin qu'on le retrouve. D'autres peuvent faire cela, tout comme d'autres peuvent se battre, répondit Baldwin. Marcus doit rester ici, parce que Sept-Tours n'a le statut légal de refuge que si le grand maître est entre ses murs.

— Et nous avons vu à quel point ça a été utile contre Gerbert et Knox, dit aigrement Sarah.

— Une personne est morte, répondit Baldwin d'un ton glacial. C'était regrettable et tragique, mais si Marcus n'avait pas été présent, Gerbert et Domenico auraient envahi les lieux avec leurs enfants et vous seriez tous morts.

— Tu n'en sais rien, dit Marcus.

— Justement si. Domenico s'est vanté de leurs projets. Tu resteras ici, Marcus, et tu protégeras Sarah et les enfants afin que Diana puisse faire son travail.

— Mon travail ? répétai-je en haussant les sourcils.

— Vous, ma sœur, vous allez à Venise.

Une lourde clé de fer traversa les airs. Je levai la main et elle atterrit dans ma paume. Elle avait un exquis anneau décoré de la forme de l'ouroboros des Clermont, une longue tige et un panneton compliqué aux dents en forme d'étoile. Je me rappelais vaguement que je possédais une maison à Venise. Peut-être en était-ce la clé ?

Tous les vampires présents fixaient ma main, sous le choc. Je la retournai d'un côté et de l'autre, mais je ne lui trouvai rien d'étrange en dehors des habituelles couleurs de l'arc-en-ciel, de la marque sur le poignet et des lettres qui apparaissaient et disparaissaient çà et là. C'est Gallowglass qui retrouva sa voix le premier.

— Vous ne pouvez pas envoyer ma tante là-bas, dit-il en poussant agressivement Baldwin. Qu'est-ce que vous vous imaginez ?

— Que c'est une Clermont, et que je suis plus utile à pister Matthew avec Ysabeau et Verin qu'à siéger dans la chambre d'un conseil à débattre des termes d'un pacte. (Il posa sur moi son regard étincelant et haussa les épaules.) Peut-être que Diana pourra les faire changer d'avis.

— Attendez, dis-je, stupéfaite. Vous ne pouvez pas...

— Vouloir que vous occupiez le siège des Clermont à la table de la Congrégation ? acheva Baldwin. Oh, mais si, ma sœur.

— Je ne suis pas une vampiresse !

— Rien ne dit que vous devez en être une. Père a accepté le pacte à l'unique condition qu'il y ait toujours un Clermont parmi ses membres. Le conseil ne peut pas se réunir sans que l'un de nous soit présent. Mais j'ai épluché le traité original. Il ne stipule pas que le représentant de la famille doive être un vampire. (Il secoua la tête.) Si je ne savais pas ce qu'il en est, je jurerais que Philippe avait tout arrangé d'avance en prévision de ce jour.

— Que voulez-vous que ma tante fasse ? demanda Gallowglass. C'est peut-être une tisseuse, mais pas une faiseuse de miracles.

— Diana doit rappeler à la Congrégation que ce n'est pas la première fois qu'il y a des plaintes concernant un vampire à Chełm, répondit Baldwin.

— La Congrégation était au courant pour Benjamin et elle n'a *rien* fait ?

Je n'en revenais pas.

— Elle ignorait que c'était Benjamin, mais elle savait qu'il se passait quelque chose de louche là-bas, répondit Baldwin. Même les sorciers n'ont pas jugé utile d'enquêter. Knox n'est peut-être pas le seul à collaborer avec Benjamin.

— Dans ce cas, nous ne devrions pas aller bien loin à Chełm sans le soutien de la Congrégation, dit Hamish.

— Et si les sorcières de là-bas ont été des victimes de Benjamin, pour réussir, un groupe de vampires aura besoin de la bénédiction du coven de Chełm autant que du soutien de la Congrégation, ajouta Baldwin.

— Ce qui implique de convaincre Satu Järvinen de se ranger à nos côtés, fit remarquer Sarah. Sans parler de Gerbert et de Domenico.

— C'est impossible, Baldwin. Il y a trop de dissensions entre les Clermont et les sorciers, renchérit Ysabeau. Ils ne nous aideront jamais à sauver Matthew.

— *Impossible n'est pas français**, lui rappelai-je. Je m'occuperai de Satu. Le temps que je vous rejoigne, Baldwin, vous aurez le soutien des sorciers de la Congrégation. Et aussi des démons. Je ne promets rien pour Gerbert et Domenico.

— C'est un plan très ambitieux, m'avertit Gallowglass.

— Je veux retrouver mon mari. Et maintenant ? demandai-je à Baldwin.

— Nous allons nous rendre directement à la maison de Matthew à Venise. La Congrégation a exigé que Matthew et vous comparaissiez devant elle. S'ils nous voient arriver tous les deux, ils estimeront que j'ai obéi, dit Baldwin.

— Sera-t-elle en danger là-bas ? demanda Marcus.

— La Congrégation veut une procédure formelle. Nous serons surveillés (étroitement) mais personne ne veut déclencher de conflit. Pas avant la fin de la réunion, en tout cas. J'irai avec Diana jusqu'à l'Isola della Stella, où se trouve Celestina, le siège de la Congrégation. Après cela, elle pourra se faire accompagner de deux suivants dans le cloître. Gallowglass ? Fernando ? demanda-t-il à son neveu et au compagnon de son frère.

— Avec plaisir, répondit ce dernier. Je ne suis pas allé à une réunion de la Congrégation depuis le décès de Hugh.

— Évidemment que je vais aller à Venise, grommela Gallowglass. Si vous imaginez que ma tante ira sans moi, vous vous fourrez le doigt dans l'œil.

— C'est bien ce qu'il me semblait. N'oubliez pas : ils ne peuvent pas commencer la réunion sans vous, Diana. La porte de la salle du conseil ne s'ouvrira pas sans la clé des Clermont, expliqua-t-il.

— Oh. Alors c'est pour cela qu'elle est enchantée, dis-je.

— Enchantée ? répéta Baldwin.

— Oui. Un sortilège de protection y a été introduit quand elle a été forgée.

Les sorciers qui en étaient les auteurs étaient très habiles : la grammatique s'était à peine affaiblie.

— La Congrégation s'est installée à l'Isola della Stella en 1454 ? Les clés ont été fabriquées à l'époque et transmises depuis, dit Baldwin.

— Ah. Ceci explique cela. Le sortilège a été lancé afin que la clé ne puisse pas être copiée. En cas de tentative, elle se serait détruite. Habile, dis-je en la retournant dans ma main.

— Vous êtes sûre de ce que vous faites, Diana ? demanda Baldwin en me scrutant. Il n'y a aucune honte à avouer que vous n'êtes pas prête à affronter de nouveau Satu et Gerbert. Nous pouvons envisager un autre plan.

— J'en suis certaine, dis-je en soutenant son regard sans ciller.

— Très bien. (Il prit une feuille de papier qui attendait sur la table. L'ouroboros des Clermont était imprimé dans un disque de cire noire en bas du document, à côté de la signature impérieuse de Baldwin. Il me la tendit.) Vous pourrez présenter ceci au bibliothécaire en arrivant.

C'était sa reconnaissance officielle du scion Bishop-Clairmont.

— Je n'avais pas besoin de voir Matthew avec cette fille pour savoir qu'il était prêt à diriger sa propre famille, dit Baldwin en réponse à mon expression stupéfaite.

— Quand ? demandai-je, incapable d'en dire davantage.

— Dès l'instant où il vous a laissée intervenir entre nous dans l'église et n'a pas succombé à sa fureur sanguinaire, répondit Baldwin. Je le retrouverai, Diana. Et je le ramènerai.

— Merci. (J'hésitai, puis je prononçai le mot que je n'avais pas seulement sur la langue, mais dans le cœur:) Mon frère.

37

C'est sur fond de mer et de ciel plombés et avec un vent déchaîné que l'avion des Clermont atterrit à l'aéroport de Venise.

— Joli temps vénitien, à ce que je vois, dit Gallowglass en me protégeant des bourrasques alors que nous descendions derrière Baldwin et Fernando.

— Au moins, il ne pleut pas, dit Baldwin en balayant le tarmac du regard.

De tout ce dont on m'avait avertie, le fait que le rez-de-chaussée de la maison pouvait être inondé sur trois ou quatre centimètres était le cadet de mes soucis. Le sens des véritables priorités des vampires avait parfois le don de me rendre folle.

— Pouvons-nous nous mettre en route ? demandai-je en marchant vers la voiture.

— Cela ne fera pas arriver plus vite 17 heures, observa Baldwin en m'emboîtant le pas. Ils refusent de changer l'heure de la réunion. C'est la tr…

— Tradition. Je sais, dis-je en montant dans la voiture.

Elle ne nous amena pas plus loin que le quai de l'aéroport, où Gallowglass m'aida à embarquer dans une petite vedette qui portait le blason des Clermont sur son capot luisant et dont les vitres de la cabine étaient fumées. Nous arrivâmes rapidement à un autre quai, celui-ci flottant devant un palazzo du XVe siècle sur une courbe du Grand Canal.

Ca' Chiaromonte était une demeure idéale pour quelqu'un comme Matthew, qui jouait un rôle capital dans les affaires et la vie politique vénitiennes depuis des siècles. Ses trois étages, sa façade gothique et ses fenêtres éclatantes respiraient la richesse et le statut social. Si j'étais venue là pour une autre raison que sauver Matthew, je me serais enthousiasmée pour sa beauté, mais en ce jour, l'endroit me paraissait aussi sinistre que le temps. Un homme trapu aux cheveux noirs et au nez proéminent chaussé de grosses lunettes nous accueillit avec une expression douloureuse.

— *Benvegnùa*, madame, dit-il en s'inclinant. C'est un honneur de vous accueillir dans votre demeure. Et c'est toujours un plaisir de vous revoir, *Ser* Baldovino.

— Tu es un épouvantable menteur, Santoro. Il nous faudra du café. Et quelque chose de plus fort pour Gallowglass.

Baldwin confia à l'homme son manteau et ses gants et me guida vers la porte ouverte du palazzo. Elle était nichée sous un petit portique qui était comme prévu à quelques centimètres sous l'eau malgré les sacs de sable disposés devant. À l'intérieur, le sol de tomettes et de dalles blanches s'étendait jusqu'à une autre porte tout au bout. Les lambris de bois sombre étaient éclairés par des bougies fichées dans des appliques à miroir. J'enlevai la capuche de mon lourd manteau, défis mon foulard et jetai un regard circulaire.

— *D'accordo*, *Ser* Baldovino, dit Santoro d'un air à peu près aussi sincère qu'Ysabeau. Et pour vous, madame Chiaromonte ? *Milord** Matteo a bon goût en matière de vins. Un verre de Barolo, peut-être ?

Je secouai la tête.

— Le titre est *Ser* Matteo, désormais, dit Baldwin de l'autre bout du couloir. (Santoro resta bouche bée.) Ne me dis pas que tu es surpris, vieille bique. Cela fait des siècles que tu encourages Matthew à se rebeller, ajouta-t-il avant de monter lourdement les escaliers.

Je me débattis avec les boutons de mon manteau trempé. Il ne pleuvait pas pour le moment, mais l'air était alourdi par l'humidité. Venise, avais-je découvert, était surtout de l'eau, vaillamment – bien que vainement – retenue par des briques et du mortier. Ce faisant, je jetai un coup d'œil discret au riche mobilier du hall. Fernando me surprit.

— Les Vénitiens comprennent deux langages, Diana : la richesse et le pouvoir. Les Clermont parlent les deux, et couramment, dit-il. Par ailleurs, la ville aurait sombré dans la mer depuis longtemps s'il n'y avait pas eu Matthew et Baldwin, et les Vénitiens le savent. Ni l'un ni l'autre n'a de raison de se cacher, ici. (Il prit mon manteau et le donna à Santoro.) Venez, Diana. Je vais vous montrer le reste.

La chambre qui m'avait été préparée était décorée dans les rouges et les ors, et le feu était allumé dans la cheminée carrelée, mais les flammes et les couleurs vives ne parvinrent pas à me réchauffer. Cinq minutes après que la porte se fut refermée derrière Fernando, je redescendis.

Je me laissai tomber sur une banquette rembourrée dans l'une des fenêtres en alcôve en saillie au-dessus du Grand Canal. Un feu crépitait dans l'une des vastes cheminées. Une devise familière – CE QUI ME NOURRIT ME DÉTRUIT – était ciselée sur le manteau en bois. Elle me rappela Matthew, notre séjour londonien et les menaces qui pesaient sur notre famille.

— Je vous en prie, ma tante. Vous devez vous reposer, murmura Gallowglass avec inquiétude en me découvrant là. Il reste encore des heures avant que la Congrégation vous écoute.

Mais je refusai de bouger. Je restai assise devant les vitraux, chaque facette emprisonnant un fragment de la ville, tout en écoutant les cloches qui égrenaient les heures.

— C'est l'heure, dit Baldwin en posant la main sur mon épaule. (Je me levai et me retournai vers lui. Je portais la veste élisabéthaine chamarrée de broderies que j'avais rapportée et que je mettais chez moi, avec un gros pull à col roulé et un pantalon en laine. Je m'étais habillée pour partir pour Chełm dès que nous en aurions terminé.) Vous avez la clé ? demanda-t-il. (Je la sortis de ma poche. Heureusement, le manteau était conçu pour accueillir les nombreuses couches de vêtements d'une maîtresse de maison de la Renaissance. Malgré tout, la clé de la salle du conseil de la Congrégation était tellement grosse qu'elle y entrait difficilement.) Allons-y, alors.

Nous retrouvâmes Gallowglass en bas avec Fernando. Tous deux étaient enveloppés dans des capes noires et Gallowglass m'en drapa une identique sur les épaules. Elle était ancienne et lourde. J'effleurai du bout des doigts l'insigne de Matthew sur les plis de l'étoffe qui couvrait mon bras droit.

Le vent ne s'était pas calmé et je dus tenir ma capuche pour qu'elle ne s'envole pas. Fernando et Gallowglass se glissèrent dans la vedette qui oscillait sur les vagues.

Soutenue par Baldwin, je sautai dans l'embarcation que maintenait Gallowglass du bout de sa botte. Je me réfugiai dans la cabine.

Nous passâmes l'embouchure du Grand Canal et filâmes sur la vaste lagune devant la place Saint-Marc pour nous engouffrer dans un plus petit canal qui traversait le sestière du Castello et nous ramena dans la lagune au nord de la ville. Nous passâmes devant San Michele, avec ses hauts murs et ses cyprès dissimulant les tombes. Mes doigts s'agitèrent pour tresser les cordelettes noires et bleues qui étaient en moi tandis que je murmurais quelques mots en mémoire des morts.

Nous traversâmes la lagune en passant devant quelques îles habitées comme Murano et Burano, et d'autres où subsistaient seulement quelques ruines et des arbres fruitiers en sommeil jusqu'au printemps. Quand les austères murailles protégeant l'Isola della Stella apparurent, je me sentis parcourue de fourmillements. Baldwin m'expliqua que les Vénitiens croyaient l'endroit maudit. Je ne fus pas étonnée. Il y avait là de l'énergie, à la fois de la magie élémentaire et le résidu laissé par des siècles de sortilèges destinés à protéger l'endroit et en détourner les regards curieux des humains.

— L'île va sentir que je ne devrais pas entrer par une porte de vampires, dis-je à Baldwin.

J'entendais les esprits que les sorciers avaient liés au site et qui y faisaient la ronde. Celui qui avait protégé l'Isola della Stella et Celestina était bien plus sophistiqué que celui qui avait installé le système de surveillance magique que j'avais démantelé à la Bodléienne.

— Faites vite, alors. Les règles de la Congrégation interdisent que soit expulsé quiconque atteint le cloître au centre de Celestina. Si vous avez la clé, vous avez le droit d'entrer avec deux accompagnants. Il en a toujours été ainsi, dit calmement Baldwin.

Santoro coupa les moteurs et le bateau avança souplement jusqu'à l'abordage protégé. Alors que nous passions sous la voûte, je distinguai le dessin de l'ouroboros des Clermont dans la pierre. Le temps et l'air marin en avaient adouci les contours, et pour un œil non averti, ce n'était tout au plus qu'une ombre.

À l'intérieur, les marches menant au quai en marbre étaient couvertes d'algues. Un vampire aurait pu tenter de les gravir, mais pas une sorcière. Avant que j'aie pu trouver une solution, Gallowglass avait bondi de la vedette et était déjà sur le quai. Santoro lui lança une corde et il attacha en un tournemain le bateau à une bitte d'amarrage. Baldwin se tourna pour donner ses dernières consignes.

— Une fois que vous serez dans la salle du conseil, prenez place sans engager la conversation. C'est devenu courant pour les membres de bavarder sans fin avant les débats, mais la réunion d'aujourd'hui n'est pas ordinaire. Rappelez tout le monde à l'ordre dès que vous pouvez.

— Très bien. (C'était la partie de la journée qui me plaisait le moins.) La place où je m'assois est-elle importante ?

— Votre place est en face de la porte, entre Gerbert et Domenico. (Sur ce, Baldwin m'embrassa sur la joue.) *Buona fortuna*, Diana.

— Ramenez-le-moi.

Je le retins brièvement par la manche. Ce fut le dernier signe de faiblesse que je pus me permettre.

— Je le ferai. Benjamin s'attendait à ce que son père se lance à sa poursuite et il croit que c'est vous qui allez accourir, dit Baldwin. Il ne s'attendra pas à me voir.

Des cloches sonnèrent au-dessus de nous.

— Nous devons y aller, dit Fernando.

— Veillez sur ma sœur, lui enjoignit Baldwin.

— Je veille sur la compagne de mon chef de clan, répondit Fernando. Vous n'avez nul lieu de vous inquiéter. Je réponds d'elle sur ma vie.

Il me saisit par la taille et me souleva pendant que Gallowglass se baissait pour m'attraper par le bras. En deux secondes, je fus hissée sur le quai, Fernando à côté de moi. Baldwin sauta de la vedette dans un canot plus petit. Avec un salut, il manœuvra sa nouvelle embarcation jusqu'à la sortie de la voûte, où il allait attendre que les cloches sonnent 17 heures et signalent le début de la réunion.

La lourde porte qui se dressait devant moi était noircie par le temps et l'humidité. En comparaison, la serrure était étrangement brillante, comme si on l'avait récemment astiquée. Je soupçonnai que c'était la magie qui la maintenait ainsi et j'en eus la confirmation en l'effleurant. Mais ce n'était qu'un sortilège de protection bénin pour empêcher les éléments d'abîmer le métal. D'après ce que j'avais vu des fenêtres de Ca' Chiaromonte, un sorcier vénitien qui avait l'esprit d'entreprise aurait pu gagner des fortunes en enchantant les murs de la ville pour les empêcher de s'effriter.

La clé me parut chaude quand je refermai les doigts sur elle. Je la sortis de ma poche, la glissai dans la serrure et la tournai. Le mécanisme céda rapidement et sans effort.

Je saisis la lourde poignée et ouvris la porte. Derrière s'étendait un sombre couloir au sol dallé de marbre. Je n'y voyais pas à plus d'un mètre.

— Laissez-moi vous montrer le chemin, dit Fernando en me prenant le bras.

Après l'obscurité du couloir, je fus momentanément aveuglée quand nous arrivâmes dans la faible clarté du cloître. Une fois que mes yeux s'y furent accoutumés, je vis des arches soutenues par de gracieuses doubles colonnes. Au centre se trouvait un puits en marbre, rappelant que le cloître avait été bâti longtemps avant l'apparition du confort moderne de l'eau courante et de l'électricité. À l'époque où voyager était difficile et dangereux, la Congrégation se réunissait ici pendant des mois d'affilée et vivait sur l'île jusqu'à ce que les affaires fussent réglées.

Le discret murmure des conversations se tut. Je ramenai ma cape autour de moi, espérant dissimuler les éventuelles traces de mon pouvoir sur ma personne. Les plis de l'épaisse étoffe cachaient également le fourre-tout en toile que je portais en bandoulière. Je balayai rapidement l'assistance du regard. Satu était seule. Elle évita mon regard, mais je sentis qu'elle était mal à l'aise de me revoir. En plus, la sorcière dégageait une impression de... fausseté, en quelque sorte, et j'eus le ventre noué par le même genre de répugnance que j'éprouvais lorsqu'une autre sorcière me mentait. Satu portait un sortilège de déguisement, mais il ne servait à rien. Je savais ce qu'elle dissimulait.

Les autres créatures présentes étaient rassemblées en groupes selon leur espèce. Agatha Wilson était avec ses deux collègues démons. Domenico et Gerbert échangeaient des regards surpris. Les deux autres membres de la Congrégation étaient deux sorcières. L'une avait un air sévère, avec ses cheveux bruns grisonnants ramenés en un chignon tressé serré. Elle portait la robe la plus laide que j'eusse jamais vue, soulignée par un tour de cou en or et en émaux, orné en son centre d'un petit camée représentant sans aucun doute un ancêtre. L'autre avait un agréable visage rond, avec des joues roses et des cheveux blancs. Sa peau était si remarquablement lisse que cela empêchait de lui donner un âge. Quelque chose chez elle me titilla aussi, mais je ne sus pas quoi. Je sentis les poils se hérisser sur mes bras, m'avertissant que le Livre de la Vie contenait la réponse à mes questions, mais je ne pouvais prendre le temps de le déchiffrer en cet instant.

— Je suis heureux de voir que les Clermont se sont inclinés devant la demande de la Congrégation et ont présenté cette sorcière. (Gerbert apparut devant moi. Je ne l'avais pas revu depuis La Pierre.) Nous nous retrouvons, Diana Bishop.

— Gerbert.

Je soutins son regard sans ciller, même s'il me donnait la chair de poule.

— Je vois que vous êtes toujours aussi fière, grimaça-t-il avant de se tourner vers Gallowglass. Voir une lignée aussi noble que les Clermont connaître le chaos et la ruine à cause d'une fille !

— On disait un peu la même chose à propos de mère-grand, répliqua Gallowglass. Si nous avons pu survivre à Ysabeau, nous pourrons survivre à cette « fille », comme vous dites.

— Vous changerez peut-être d'avis une fois que vous aurez appris l'étendue des crimes de la sorcière, répondit Gerbert.

— Où est Baldwin ? demanda Domenico en s'approchant, l'air renfrogné.

Des rouages bourdonnèrent au-dessus de nous.

— Sauvés par la cloche, dit Gallowglass. Écartez-vous, Domenico.

— Un changement de représentant des Clermont à la toute dernière minute et sans prévenir, c'est tout à fait irrégulier, Gallowglass, dit Gerbert.

— Qu'est-ce que vous attendez, Gallowglass ? Déverrouillez la porte, ordonna Domenico.

— Ce n'est pas moi qui ai la clé, répondit Gallowglass. Venez, ma tante. Vous avez une réunion à laquelle assister.

— Comment cela, vous n'avez pas la clé ? demanda Gerbert si vivement que sa voix couvrit le carillon enchanté qui sonnait au-dessus de nous. Vous êtes le seul Clermont présent.

— Pas du tout. Baldwin a reconnu il y a des semaines Diana Bishop comme fille par le serment de sang de Philippe de Clermont, répondit Gallowglass avec un sourire moqueur.

De l'autre côté du cloître, une des sorcières étouffa un cri et chuchota à l'oreille de sa voisine.

— C'est impossible, dit Domenico. Philippe de Clermont est mort depuis plus d'un demi-siècle. Comment…

— Diana Bishop est une voyageuse du temps. (Gerbert me jeta un regard haineux. De l'autre côté de la cour, la sorcière aux cheveux blancs resta stupéfaite.) J'aurais dû le deviner. Tout cela fait partie de quelque vaste enchantement qu'elle a ourdi. Je vous avais prévenus qu'il fallait arrêter cette sorcière. À présent, nous allons payer le prix de ne pas avoir agi comme il convenait, dit-il en tendant un doigt accusateur vers Satu.

Le carillon se tut.

— C'est l'heure de commencer, dis-je vivement. Nous n'allons pas nous mettre en retard et déranger les traditions de la Congrégation.

J'étais encore agacée qu'ils aient refusé d'avancer l'heure de la réunion.

Alors que j'approchais de la porte, le poids de la clé me remplit la paume. Il y avait neuf serrures, et chacune portait déjà une clé, sauf une. Je glissai la mienne dans la dernière serrure et la tournai. Il y eut un cliquetis, puis la porte s'ouvrit.

— Après vous, dis-je en m'effaçant pour les laisser entrer.

Ma première réunion à la Congrégation était sur le point de commencer.

La salle du conseil était magnifique, décorée de resplendissantes fresques et de mosaïques éclairées par des torches et des centaines de bougies. Le plafond voûté semblait à des kilomètres au-dessus de nous et une galerie faisait le tour de la pièce à trois ou quatre étages de hauteur. C'est dans ce lieu majestueux qu'étaient conservées les archives de la Congrégation. Des milliers d'années d'archives, d'après le rapide coup d'œil que je pus jeter sur les rayonnages. Outre les livres et manuscrits, il y avait des systèmes d'écriture antiques, comme des rouleaux et des cadres de verre qui renfermaient des fragments de papyrus. Des rangées de tiroirs plats laissaient entendre qu'il y avait peut-être même des tablettes d'argile.

Je baissai les yeux vers le reste de la salle, principalement occupée par une vaste table ovale entourée de chaises à hauts dossiers. Comme les serrures et les clés qui les ouvraient, chaque chaise était gravée d'un symbole. La mienne était exactement là où

Baldwin me l'avait dit : de l'autre côté de la salle, en face de la porte.

À l'entrée, une jeune humaine donnait à chaque membre une chemise en cuir. Je crus tout d'abord qu'elle contenait l'ordre du jour, puis je remarquai qu'elles étaient toutes d'une épaisseur différente, comme si elles avaient été remplies de documents spécifiques provenant des rayonnages selon les instructions de chaque membre.

Je fus la dernière à entrer dans la pièce et la porte claqua derrière moi.

— Madame de Clermont, dit la jeune femme, dont les yeux bruns pétillaient d'intelligence. Je suis Rima Jaén, la bibliothécaire de la Congrégation. Voici les documents que messire Baldwin a demandés pour la réunion. Si vous en désirez d'autres, vous n'avez qu'à me le faire savoir.

— Je vous remercie, dis-je en prenant la chemise.

Elle hésita.

— Pardonnez ma présomption, madame, mais nous connaissons-nous ? Vous me semblez si familière. Je sais que vous êtes une universitaire. Auriez-vous déjà visité l'archive Gonçalves de Séville ?

— Non, je n'y ai jamais travaillé, dis-je. Mais je crois en connaître le propriétaire.

— Le Señor Gonçalves m'a nommée à ce poste une fois que j'ai été licenciée, dit Rima. L'ancien bibliothécaire de la Congrégation a pris une retraite anticipée en juillet après avoir subi une crise cardiaque. Les bibliothécaires sont par tradition des humains. Messire Baldwin a décidé de le remplacer.

La crise cardiaque du bibliothécaire – et la nomination de Rima – était survenue quelques semaines après que Baldwin eut appris l'existence du serment de sang. Je soupçonnai fortement que mon nouveau frère avait manigancé toute cette affaire. Le roi des Clermont devenait de plus en plus intéressant.

— Vous nous faites attendre, professeur Bishop, dit Gerbert avec agacement, même si, d'après le murmure des bavardages entre les délégués, c'était le seul à en être gêné.

— Permettez au professeur Bishop de se familiariser avec les lieux. C'est sa première réunion, dit la sorcière aux cheveux blancs qui avait un fort accent écossais. Êtes-vous en mesure de vous rappeler la vôtre, Gerbert, ou bien cet heureux jour est-il enfoui dans les brumes du temps ?

— À la moindre occasion, cette sorcière nous envoûterait, dit Gerbert. Ne la sous-estimez pas, Janet. L'évaluation que Knox avait faite de son pouvoir et de son potentiel dans son enfance était grossièrement erronée, malheureusement.

— Je vous remercie beaucoup, mais je ne crois pas que ce soit moi qui ai besoin d'être mise en garde, dit Janet avec une étincelle pétillante dans ses yeux gris.

En échange de la chemise en cuir, je remis à Rima le document plié qui établissait officiellement la famille Bishop-Clairmont dans le monde vampire.

— Pouvez-vous archiver cela, je vous prie ? demandai-je.

— Avec grand plaisir, madame de Clermont, dit-elle. La bibliothécaire de la Congrégation en est également la secrétaire. Je ferai le nécessaire pour ce document pendant la réunion.

Ayant remis les papiers qui établissaient officiellement le scion Bishop-Clairmont, je fis le tour de la table, les pans de ma cape tourbillonnant autour de mes chevilles.

— Jolis tatouages, chuchota Agatha en désignant ses cheveux quand je passai auprès d'elle. Et la cape est super aussi.

Je me contentai de sourire et continuai. Une fois arrivée à ma place, je me débattis avec la cape trempée, ne voulant pas lâcher mon fourre-tout en route. Je finis par réussir à l'enlever et à la poser sur le dossier.

— Il y a des patères près de l'entrée, dit Gerbert.

Je me tournai vers lui. Il ouvrit de grands yeux. Ma veste était à longues manches pour cacher le texte du Livre de la Vie, mais mes yeux étaient parfaitement visibles. Et j'avais fait exprès de ramener mes cheveux en arrière en une longue tresse rouge révélant la pointe des branches qui me couvraient le crâne.

— Mon pouvoir est déséquilibré en ce moment et mon apparence met certaines personnes mal à l'aise, dis-je. Je préfère garder ma cape à portée de main. Sinon, je peux utiliser un sortilège de déguisement comme Satu. Mais se cacher de manière aussi évidente est autant un mensonge que toute autre forme de tromperie.

Je regardai chaque membre de la Congrégation tour à tour, les défiant de réagir devant les lettres et symboles qui, je le savais, défilaient dans mes yeux.

Satu se détourna, mais pas assez rapidement pour cacher son regard effrayé. Le brusque mouvement tendit son lamentable sortilège de déguisement. Je cherchai la signature du sort, mais il n'y en avait aucune. Il n'avait pas été jeté. C'était Satu elle-même qui l'avait tissé – et sans grande habileté.

Je connais ton secret, ma sœur, dis-je muettement.

Et cela fait longtemps que je soupçonne le tien, répondit Satu d'un ton amer comme l'armoise.

Oh, j'en ai amassé d'autres depuis, dis-je.

Après mon long tour de table, Agatha fut la seule à oser une question.

— Que vous est-il arrivé ? demanda-t-elle.

— J'ai choisi ma voie.

Je déposai le fourre-tout sur la table et m'assis. Le sac était si étroitement lié à moi que même à cette courte distance, je le sentais.

— Qu'est-ce que c'est ? demanda Domenico, soupçonneux.

— Un fourre-tout de la Bodléienne.

Je l'avais pris dans la boutique de la bibliothèque quand nous avions récupéré le Livre de la Vie, en n'oubliant pas de laisser un billet de vingt livres sous le pot de crayons près de la caisse. Par une heureuse coïncidence, le serment de la bibliothèque s'y étalait en lettres rouges et noires.

Domenico allait poser une autre question, mais je le fis taire d'un regard. J'avais attendu assez longtemps que commence cette réunion. Domenico pourrait m'interroger une fois que Matthew aurait été libéré.

— Je déclare la séance ouverte. Je suis Diana Bishop, fille par le serment de sang de Philippe de Clermont, et je représente la famille de Clermont. (Je me tournai vers Domenico. Il croisa les bras sans un mot. Je continuai.) Voici Domenico Michele, et Gerbert d'Aurillac se trouve à ma gauche. Je connais Agatha Wilson d'Oxford et Satu Järvinen et moi avons passé un peu de temps ensemble en France. (Mon dos me cuisait encore du souvenir de son feu.) Les autres personnes présentes devront se présenter.

— Je suis Osamu Watanabe, dit le jeune démon assis à côté d'Agatha. Vous ressemblez à un personnage de manga. Je pourrai vous dessiner, après ?

— Certainement, dis-je en espérant que le personnage en question n'était pas du côté des méchants.

— Tatiana Alkaev, dit une démone blond platine aux yeux bleus rêveurs. (Il ne lui manquait plus qu'un traîneau tiré par des chevaux blancs et elle aurait fait l'héroïne parfaite d'un conte de fées russe.) Vous débordez de réponses, mais je n'ai pas de questions pour l'instant.

— Très amusant. (Je me tournai vers la sorcière à l'air austère et au goût exécrable en matière d'habillement.) Et vous ?

— Je suis Sidonie von Borcke, dit-elle en chaussant des lunettes de lecture et en ouvrant sèchement son dossier. Et je n'ai aucune connaissance de ce prétendu serment de sang.

— C'est dans le rapport de la bibliothécaire. Deuxième page, en bas, dans l'addendum, troisième ligne, lui souffla Osamu. (Sidonie le foudroya du regard.) Je crois me souvenir qu'il commence par :

« Ajouts aux arbres généalogiques des vampires (ordre alphabétique) : Almasi, Bettingcourt, Clermont, Díaz... »

— Oui, j'ai vu, Mr Watanabe, coupa Sidonie.

— Je crois que c'est à moi de me présenter, ma chère Sidonie, dit la sorcière à cheveux blancs avec un sourire bienveillant. Je suis Janet Gowdie et faire votre connaissance est un plaisir que j'attendais depuis longtemps. J'ai connu vos parents. Ils ont été très importants pour nous et j'ai encore de la peine pour leur tragique disparition.

— Merci, répondis-je, émue par la simplicité de l'hommage.

— Il nous a été dit que les Clermont souhaitaient que nous débattions d'une motion ? demanda Janet, ramenant délicatement la réunion à son ordre du jour.

Je lui jetai un regard reconnaissant.

— Les Clermont demandent officiellement l'aide de la Congrégation pour retrouver un membre du scion Bishop-Clairmont, Benjamin Fox ou Fuchs. Mr Fox a hérité de la fureur sanguinaire de son père, mon époux Matthew Clairmont, et a kidnappé et violé des sorcières pendant des siècles pour tenter de les féconder, principalement dans la région des environs de la ville polonaise de Chełm. Certains d'entre vous se rappelleront les plaintes déposées par le coven de Chełm, que la Congrégation a ignorées. À ce jour, Benjamin n'a pas réussi comme il le cherchait à mettre au monde un enfant vampire-sorcier, en grande partie parce qu'il ne sait pas ce que les sorcières ont découvert il y a longtemps :

nommément, que les vampires souffrant de fureur sanguinaire peuvent se reproduire biologiquement, mais uniquement avec une espèce particulière de sorcières, appelées tisseuses. (La salle était plongée dans un silence absolu. Je pris une profonde inspiration et poursuivis.) Mon époux, en tentant d'attirer Benjamin à découvert, s'est rendu en Pologne, où il a disparu. Nous pensons que Benjamin l'a capturé et le détient dans un bâtiment qui servait de camp de travail nazi ou de laboratoire de recherches durant la Seconde Guerre mondiale. Les chevaliers de l'ordre de Saint-Lazare ont fait le serment de le ramener, mais les Clermont ont besoin que sorciers et démons viennent également à leur aide. Benjamin doit être arrêté.

Je balayai de nouveau la salle du regard. Tout le monde, sauf Janet Gowdie, était bouche bée de stupéfaction.

— Devons-nous en discuter ou pouvons-nous passer directement au vote ? demandai-je, impatiente d'éviter un long débat.

Après un long silence, la salle de la Congrégation fut remplie d'une clameur indignée, chaque membre me hurlant des questions et s'accusant les uns les autres.

— Débattons, alors, dis-je.

38

— Vous devez manger quelque chose, insista Gallowglass en me fourrant un sandwich dans la main.

— Il faut que j'y retourne. Le deuxième tour va avoir lieu bientôt.

Je repoussai le sandwich. Parmi ses nombreuses instructions, Baldwin m'avait rappelé les complexes procédures de vote de la Congrégation : scrutin en trois tours sur toute motion, avec débat entre chaque. Il était normal que les voix passent d'un bord à l'autre à mesure que les membres prenaient en compte les opinions contradictoires – ou faisaient semblant.

Je perdis le premier tour par huit voix contre et une seule – la mienne – pour. Certains votèrent contre moi pour des raisons de procédure, puisque Matthew et moi avions violé le pacte et que la Congrégation avait déjà voté pour maintenir cet antique pacte. Pour d'autres, ce fut parce que le fléau de la fureur sanguinaire menaçait la santé et la sécurité de tous les sang-chauds – démons, humains et sorciers. Des articles de presse relatant les meurtres de vampire furent présentés et lus à haute voix. Tatiana refusait de sauver les sorcières de Chełm qui, prétendit-elle en larmoyant, avaient jeté à sa grand-mère durant ses vacances un sort qui l'avait couverte de furoncles. Aucune explication ne put la convaincre qu'elle confondait en fait avec Cheboksary, même si Rima présenta des photos aériennes montrant que Chełm n'était pas une station balnéaire des bords de la Volga.

— Avons-nous des nouvelles de Baldwin ou de Verin ? demandai-je.

Les mobiles captaient mal sur l'Isola della Stella et dans les murs de Celestina, la seule manière d'avoir un signal était de rester debout au milieu du cloître en pleine averse.

— Aucune. (Gallowglass me fourra un mug de thé dans la main et me referma les doigts dessus.) Buvez.

Mon inquiétude pour Matthew et mon impatience vis-à-vis des règles byzantines de la Congrégation m'avaient retourné l'estomac. Je rendis le mug à Gallowglass sans boire.

— Ne prenez pas la décision de la Congrégation trop à cœur, ma tante. Mon père disait toujours que le premier tour était une posture et que le plus souvent, le deuxième était tout le contraire.

Je repris mon fourre-tout et rentrai dans la salle du conseil. En voyant à peine entrée les regards hostiles que me jetèrent Gerbert et Domenico, je me demandai si Hugh n'avait pas eu une vision optimiste de la politique de la Congrégation.

— La fureur sanguinaire ! siffla Gerbert en m'empoignant par le bras. Comment les Clermont ont-ils pu nous cacher cela ?

— Je n'en sais rien, Gerbert, dis-je en me dégageant. Ysabeau a bien vécu sous votre toit pendant des semaines et vous n'avez jamais rien découvert.

— Il est 22 h 10, annonça Sidonie en entrant à grands pas. Nous ajournons à minuit. Concluons cette affaire sordide et passons à des affaires plus importantes comme notre enquête sur les violations du pacte commises par la famille Bishop.

Il n'y avait pas plus urgent que débarrasser le monde de Benjamin, mais je me mordis la langue et repris ma place en posant mon sac devant moi sur la table. Domenico tendit la main, curieux d'en connaître le contenu.

— Non.

Je lui jetai un regard apparemment assez éloquent, car il retira prestement sa main.

— Alors, Sidonie. Dois-je comprendre que vous voulez clore le débat ? demandai-je brusquement.

Alors qu'elle prétendait qu'il fallait régler rapidement l'affaire, elle se révélait être un énorme handicap durant les délibérations et faisait tout traîner avec des détails sans aucun rapport qui me donnaient envie de la gifler.

— Pas du tout, s'offusqua-t-elle. Je désire simplement que nous considérions la question avec l'efficacité qui convient.

— Je reste opposé à une intervention dans ce qui est d'évidence un problème de famille, dit Gerbert. La proposition de Mme de Clermont vise à porter cette malheureuse affaire sous les yeux du plus grand nombre. Les chevaliers de l'ordre de Saint-Lazare sont déjà sur place pour rechercher son mari. Il vaut mieux laisser les choses suivre leur cours.

— Et la fureur sanguinaire ?

C'était la première fois que Satu disait autre chose que son « Non » lors du premier tour.

— La fureur sanguinaire est un problème qui doit être réglé par les vampires. Nous sévirons contre la famille Clermont pour sa grave erreur de jugement et nous prendrons les mesures qui s'imposent pour repérer et exterminer tous ceux qui pourraient être contaminés. (Gerbert joignit ses mains sous son menton et considéra l'assistance.) Vous pouvez tous y compter.

— Je suis d'accord avec Gerbert. En outre, aucun scion ne peut être fondé sous la tutelle d'un chef malade, dit Domenico. C'est impensable. Matthew Clairmont doit être mis à mort et tous ses enfants avec lui.

Une lueur passa dans le regard du vampire.

Osamu leva la main et attendit.

— Oui, Mr Watanabe ? demandai-je en me tournant vers lui.

— Qu'est-ce que c'est qu'une tisseuse ? demanda-t-il. Et qu'ont-elles en commun avec les vampires atteints de fureur sanguinaire ?

— Qu'est-ce qui vous fait croire qu'ils ont quoi que ce soit en commun ? demanda sèchement Sidonie.

— Il n'est que logique que les vampires atteints de fureur sanguinaire et les sorcières tisseuses aient quelque chose en commun. Sans quoi, comment Diana et Matthew auraient-ils pu avoir des enfants ?

Agatha me jeta un regard interrogateur. Avant que j'aie pu répondre, Gerbert se dressa de toute sa hauteur.

— Est-ce ce que Matthew a découvert dans le Livre de la Vie ? demanda-t-il. Avez-vous déniché un sortilège qui unit les deux espèces ?

— Asseyez-vous, Gerbert.

Janet tricotait sans relâche depuis des heures, levant le nez de temps en temps pour faire une judicieuse remarque ou sourire aimablement.

— La sorcière doit répondre ! s'exclama Gerbert. Quel sortilège est à l'œuvre, ici, et comment l'avez-vous exécuté ?

— La réponse est dans le Livre de la Vie.

Je tirai vers moi le fourre-tout et en sortis le livre qui était resté caché si longtemps dans la Bibliothèque bodléienne.

Des cris médusés jaillirent autour de la table.

— C'est une tricherie, affirma Sidonie en se levant et en contournant la table. S'il s'agit du livre des sortilèges des sorciers, j'exige de l'examiner.

— C'est l'histoire perdue des vampires, gronda Domenico alors qu'elle passait derrière lui.

— Tenez, dis-je en le lui tendant.

La sorcière essaya de faire céder les fermoirs en tirant et en poussant dessus, mais le livre refusa de se laisser faire. Je tendis les mains et le manuscrit vola vers moi, pressé de retrouver sa place. Sidonie et Gerbert échangèrent un long regard.

— Ouvrez-le, Diana, dit Agatha, les yeux ronds.

Je repensai à ce qu'elle m'avait dit à Oxford tous ces mois auparavant – que l'Ashmole 782 appartenait aux démons tout autant qu'aux sorcières et aux vampires. D'une certaine manière, elle en pressentait déjà à l'époque le contenu.

Je posai le livre sur la table tandis que la Congrégation se rassemblait autour de moi. Les fermoirs sautèrent immédiatement dès que je les touchai. Des soupirs et des chuchotements remplirent l'air, suivis des traces surnaturelles laissées par les esprits des créatures qui étaient liées à ces pages.

— La magie n'est pas autorisée sur l'Isola della Stella, protesta Domenico, un rien paniqué. Dites-lui, Gerbert !

— Si j'étais en train de faire de la magie, Domenico, vous le sauriez, rétorquai-je.

Domenico blêmit alors que les spectres prenaient la consistance d'une forme humaine allongée avec des yeux noirs et vides.

J'ouvris le livre. Tout le monde se pencha pour y regarder de plus près.

— Il n'y a rien là-dedans, dit Gerbert, grimaçant de fureur. Le livre est vide. Qu'avez-vous fait de notre livre des origines ?

— Ce livre a une odeur… étrange, dit Domenico en flairant l'air d'un air soupçonneux. Comme celle d'animaux morts.

— Non, c'est celle de créatures mortes. (Je feuilletai rapidement les pages pour que l'odeur s'élève dans l'air.) Démons. Vampires. Sorciers. Ils sont tous dedans.

— Vous voulez dire…, demanda Tatiana, horrifiée.

— En effet, opinai-je. Ce parchemin est fait de peau de créatures. Les feuilles sont cousues ensemble avec des cheveux de créatures, aussi.

— Mais où est le texte ? demanda Gerbert en haussant le ton. Le Livre de la Vie est censé détenir la clé de nombreux mystères. C'est notre texte sacré, l'histoire des vampires.

— Le voici, votre texte sacré, dis-je en relevant mes manches.

Des lettres et des symboles défilèrent en tournoyant sous ma peau, montant à la surface comme des bulles dans une mare avant de s'y dissoudre. Je n'avais aucune idée de ce qui se passait dans mes yeux, mais je soupçonnais qu'ils étaient eux aussi remplis de caractères. Satu recula.

— Vous l'avez ensorcelé, gronda Gerbert.

— Le Livre de la Vie a été ensorcelé il y a très longtemps, répondis-je. Je n'ai fait que l'ouvrir.

— Et il vous a choisie.

Osamu toucha du bout du doigt les lettres sur mon bras. Quelques-unes se rassemblèrent à l'endroit où nous avions été en contact, puis elles se dispersèrent à nouveau.

— Pourquoi le livre a-t-il choisi Diana Bishop ? demanda Domenico.

— Parce que je suis une tisseuse, une faiseuse de sortilèges, et que nous ne sommes plus qu'un très petit nombre. (Je scrutai de nouveau Satu. Les lèvres serrées, elle me suppliait du regard de me taire.) Nous avions trop d'énergie créatrice et nos congénères sorcières nous ont tuées.

— Le pouvoir qui vous permet de créer de nouveaux sortilèges est celui qui vous donne la capacité de créer une nouvelle vie, s'enthousiasma Agatha.

— C'est un don spécial que la déesse accorde aux tisseuses. Il n'y a pas que des femmes qui possèdent ce don. Mon père était un tisseur lui aussi.

— C'est impossible, gronda Domenico. C'est encore une tricherie de la sorcière. Je n'ai jamais entendu parler de tisseuses et l'antique fléau de la fureur sanguinaire a pris une forme encore plus dangereuse. Quant aux enfants nés de l'union de sorcières et de vampires, nous ne pouvons permettre qu'un tel mal se répande. Ce seraient des monstres sans raison ni maîtrise.

— Je dois vous contredire sur ce point, Domenico, dit Janet.

— En vous fondant sur quoi ? s'impatienta-t-il.

— Sur le fait que je suis une de ces créatures et que je ne suis ni maléfique ni monstrueuse.

Pour la première fois depuis mon arrivée, l'attention de la salle se tourna ailleurs que sur moi.

— Ma grand-mère était l'enfant d'une tisseuse et d'un vampire. (Les yeux gris de Janet se fixèrent sur les miens.) Tout le monde dans les Highlands l'appelait Nickie-Ben.

— Benjamin, soufflai-je.

— Oui, confirma-t-elle. On disait aux jeunes sorcières de prendre garde la nuit que Nickie-Ben ne les attrape pas. Mon arrière-grand-mère, Isobel Gowdie, n'avait pas écouté. Ils ont entretenu une liaison. Les légendes disent qu'il l'a mordue à l'épaule. Et quand il est parti, il a laissé sans le savoir quelque chose derrière lui : une fille. Je porte son prénom.

Je baissai les yeux vers mes bras. Dans une sorte de Scrabble magique, des lettres surgirent et formèrent une phrase : JANET GOWDIE, FILLE D'ISOBEL GOWDIE ET DE BENJAMIN FOX. La grand-mère de Janet faisait partie des Nés-Lumière.

— Quand votre grand-mère a-t-elle été conçue ?

Le récit de la vie d'une Née-Lumière m'apprendrait peut-être quelque chose sur l'avenir de mes propres enfants.

— En 1662, répondit Janet. Grand-mère Janet est morte en 1912, bénie soit-elle, à l'âge de deux cent cinquante ans. Elle a gardé toute sa beauté jusqu'à la fin, mais il faut dire que contrairement à moi, elle était plus vampire que sorcière. Elle était fière d'avoir inspiré les légendes de la *baobhan sith*, ayant attiré dans son lit bien des hommes dont elle a causé la mort et la ruine. Et c'était effrayant de la voir se mettre en colère.

— Mais cela veut dire que vous..., dis-je, médusée.

— Je vais avoir cent soixante-dix ans l'an prochain, dit-elle.

Elle murmura quelques mots et ses cheveux blancs redevinrent d'un noir profond. Un autre sortilège révéla une peau d'un blanc de perle lumineux.

Janet Gowdie ne paraissait pas plus de trente ans. La vie future de mes enfants commença à prendre forme dans mon imagination.

— Et votre mère ? demandai-je.

— Ma mère a vécu deux pleins siècles. À chaque génération, notre vie est plus courte.

— Comment avez-vous dissimulé ce que vous êtes aux humains ? demanda Osamu.

— Comme le font les vampires, je suppose. Un peu de chance. Un peu d'aide de mes congénères sorcières. Un peu de bonne volonté de la part des humains qui se détournent de la vérité, répondit-elle.

— C'est de la dernière absurdité, s'enflamma Sidonie. Vous êtes une sorcière célèbre, Janet. Votre don pour jeter des sorts est renommé. Et vous venez d'une lignée distinguée de sorcières. Cela me dépasse que vous vouliez souiller la réputation de votre famille avec une histoire pareille.

— Et nous y voilà, dis-je doucement.

— Nous voilà où ?

— Au dégoût. À la peur. À la haine de quiconque ne se conforme pas à votre conception étroite du monde et de son fonctionnement.

— Écoute-moi, Diana Bishop…

Mais j'en avais assez d'écouter Sidonie ou quiconque se servait du pacte comme d'un bouclier derrière lequel dissimuler sa propre part de ténèbres.

— Non, vous, vous m'écoutez, dis-je. Mes parents étaient des sorciers. Je suis la fille d'un vampire par le serment de sang. Mon mari, qui est le père de mes enfants, est un vampire. Janet aussi, qui descend d'une sorcière et d'un vampire. Quand allez-vous cesser de prétendre qu'il existe un idéal de sang pur sorcier en ce monde ?

Sidonie se raidit.

— Cet idéal *existe*. C'est ainsi que notre pouvoir s'est maintenu.

— Non. C'est comme cela que notre pouvoir est *mort*, rétorquai-je. Si nous continuons de respecter le pacte, dans quelques générations, il ne nous en restera plus aucun. Le but de cet accord était d'empêcher les espèces de se mélanger et de se reproduire.

— Encore des absurdités ! s'exclama-t-elle. Le but du pacte est avant tout de nous protéger.

— Faux. Le pacte a été conçu pour empêcher la naissance d'enfants comme Janet : dotés de pouvoir, de longévité, ni sorciers ni vampires ni démons, mais quelque chose d'intermédiaire, dis-je. C'est ce que toutes les créatures craignaient. C'est ce que Benjamin veut contrôler. Nous ne pouvons pas le laisser faire.

— Intermédiaire ? (Janet haussa les sourcils. Maintenant que je la voyais distinctement, ils étaient d'un noir de nuit.) C'est cela, la réponse, alors ?

— La réponse à quoi ? demanda Domenico.

Mais je n'étais pas disposée à partager ce secret du Livre de la Vie. Pas avant que Miriam et Chris aient trouvé la preuve scientifique qui étayait ce que le manuscrit m'avait révélé. Une fois de plus, je fus sauvée par le carillon de Celestina.

— Il est presque minuit. Nous devons ajourner pour cette fois, dit Agatha Wilson, les yeux brillants. Je demande que l'on vote. La Congrégation soutient-elle les efforts des Clermont pour débarrasser le monde de Benjamin Fox ?

Tout le monde retourna à sa place et nous votâmes l'un après l'autre.

Cette fois, ce fut plus encourageant : quatre pour et cinq contre. J'avais progressé au deuxième tour en remportant le soutien d'Agatha, d'Osamu et de Janet, mais pas suffisamment pour garantir l'issue du troisième et dernier tour qui devait avoir lieu le lendemain. Surtout si mes vieux ennemis Gerbert, Domenico et Satu étaient parmi mes adversaires.

— La réunion reprendra demain après-midi à 17 heures.

Consciente de chaque minute que Matthew passait entre les mains de Benjamin, j'avais de nouveau demandé que l'on avance l'horaire de la réunion. Et une fois de plus, cela m'avait été refusé.

Avec lassitude, je pris ma chemise en cuir – que je n'avais jamais ouverte – et le Livre de la Vie. Les sept heures que je venais de passer avaient été éprouvantes. Je ne pouvais cesser de penser à Matthew et à ce qu'il subissait pendant que la Congrégation lambinait et pinaillait. Et je m'inquiétais pour les enfants aussi, qui étaient privés de leurs deux parents. J'attendis que la salle se vide. Janet Gowdie et Gerbert furent les derniers à partir.

— Gerbert ? appelai-je. (Il s'arrêta sur le seuil sans se retourner.) Je n'ai pas oublié ce qui s'est passé en mai, dis-je en sentant l'énergie brûler dans mes mains. Un jour vous répondrez devant moi de la mort d'Emily Mather.

Gerbert tourna la tête.

— Peter disait que Matthew et vous cachiez quelque chose. J'aurais dû l'écouter.

— Benjamin ne vous avait-il pas déjà confié ce que les sorcières avaient découvert ? demandai-je.

Mais Gerbert n'avait pas vécu aussi longtemps pour qu'il soit aussi facile de le surprendre.

— À demain, dit-il en s'inclinant devant Janet et moi.

— Nous devrions le surnommer Nickie-Bertie, dit-elle. Lui et Benjamin feraient une belle paire de diables.

— En effet, répondis-je, mal à l'aise.

— Êtes-vous libre pour déjeuner demain ? demanda-t-elle alors que nous quittions la salle pour gagner le cloître.

Son accent écossais chantant me faisait penser à Gallowglass.

— Moi ?

Après tout ce qui s'était passé aujourd'hui, j'étais surprise qu'elle puisse vouloir être vue avec une Clermont.

— Ni vous ni moi n'entrons dans les petites cases de la Congrégation, Diana, dit-elle avec une moue amusée.

Gallowglass et Fernando m'attendaient sous l'arcade du cloître. Gallowglass fronça les sourcils en me voyant avec une sorcière.

— Tout va bien, ma tante ? demanda-t-il, inquiet. Il faut que nous partions. Il se fait tard.

— Je veux juste dire quelques mots à Janet avant de partir. (Je scrutai le visage de Janet, cherchant à voir si elle tentait de gagner mon amitié dans quelque dessein malveillant, mais je ne vis que de la sollicitude.) Pourquoi m'aidez-vous ? demandai-je sans détour.

— J'ai promis à Philippe que je le ferais. (Elle laissa tomber le sac qui contenait son ouvrage et releva la manche de son chemisier.) Vous n'êtes pas la seule dont la peau raconte une histoire, Diana Bishop.

Je vis un numéro tatoué sur son avant-bras. Gallowglass jura. J'étouffai un cri.

— Vous étiez à Auschwitz avec Philippe ? demandai-je, le ventre noué.

— Non. J'étais à Ravensbrück. Je travaillais en France pour le SOE, le *Special Operations Executive*, la Direction des affaires spéciales, quand j'ai été capturée. Philippe essayait de libérer le camp. Il a réussi à faire évader certains d'entre nous avant que les nazis s'emparent de lui.

— Savez-vous où il a été détenu après Auschwitz ? demandai-je, pressante.

— Non, mais nous l'avons cherché. C'était Nickie-Ben qui le détenait ? demanda-t-elle avec un regard compatissant.

— Oui, répondis-je. Nous pensons qu'il était quelque part vers Chełm.

— Benjamin avait des sorciers qui travaillaient pour lui à l'époque, aussi. Je me rappelle m'être demandé pourquoi tout était noyé dans un épais brouillard à cent kilomètres à la ronde autour de Chełm. Malgré tous les efforts, c'était impossible de retrouver notre chemin. (Ses yeux s'embuèrent.) Je suis désolée que nous n'ayons pas pu aider Philippe. Nous serons à la hauteur, cette fois. C'est l'honneur de la famille Bishop-Clairmont qui est en jeu. Et je suis de la famille de Matthew de Clermont, après tout.

— Tatiana sera la plus facile à faire basculer, dis-je.

— Pas Tatiana. Elle est folle amoureuse de Domenico. Son pull ne fait pas que mouler sa silhouette. Il sert aussi à dissimuler les morsures de Domenico. C'est Satu que nous devons convaincre, plutôt.

— Satu Järvinen ne m'aidera jamais, dis-je en repensant à l'épisode de La Pierre.

— Oh, je crois que si, dit Janet. Une fois que nous lui aurons expliqué que nous la livrerons à Benjamin en échange de Matthew si elle ne nous aide pas. Satu est une tisseuse comme vous, après tout. Les tisseuses finnoises sont plus fécondes que celles de Chełm.

Satu était descendue dans un petit établissement donnant sur un *campo* tranquille en face de Ca' Chiaromonte, de l'autre côté du Grand Canal. Il avait l'air tout à fait normal, avec ses jardinières de couleur vive et ses autocollants aux fenêtres indiquant son rang parmi les autres établissements des environs (quatre étoiles) et les cartes de crédit qu'il acceptait (toutes).

Une fois à l'intérieur, en revanche, on constatait que ce vernis de normalité était bien mince.

La propriétaire, Laura Malipiero, assise à un bureau dans le hall d'entrée, drapée de velours violet et noir, battait les cartes d'un jeu de tarots. Elle avait une chevelure noire semée de blanc, bouclée et rebelle. Une guirlande de chauves-souris en papier noir décorait les casiers à courrier et une odeur de sauge et d'encens de sang de dragon flottait dans l'air.

— Nous sommes complets, dit-elle sans lever le nez.

Une cigarette était fichée au coin de ses lèvres, noire et violette tout comme sa tenue. Au premier abord, je crus qu'elle n'était pas allumée : après tout, la Signorina Malipiero était assise sous une pancarte disant : VIETATO FUMARE. C'est alors que la sorcière en tira une bouffée. Il n'y eut effectivement pas de fumée, mais l'extrémité rougeoya.

— On dit que c'est la sorcière la plus riche de Venise. Elle a gagné une fortune en vendant des cigarettes enchantées, me souffla Janet en lui jetant un regard réprobateur.

Elle avait remis son sortilège de déguisement et pour un œil non averti, elle avait de nouveau l'air d'une frêle nonagénaire et non plus d'une svelte femme de trente ans et quelques.

— Je suis désolée, mes sœurs, mais c'est la semaine de la Regata della Befane et il ne reste pas une chambre libre dans cette partie de Venise, ajouta la Signorina Malipiero sans quitter ses cartes des yeux.

J'avais vu un peu partout en ville des affiches annonçant la course annuelle de gondoles de l'Épiphanie entre San Tomà et le Rialto. Il y en avait évidemment deux : la course officielle du matin et celle, nettement plus dangereuse et passionnante, qui avait lieu à minuit et qui mobilisait non seulement la force brute, mais la magie.

— Ce n'est pas une chambre qui nous intéresse, signorina Malipiero. Nous sommes Janet Gowdie et Diana Bishop. Nous sommes venues voir Satu Järvinen pour une affaire qui concerne la

Congrégation, sauf si elle est partie s'entraîner pour la course de gondoles, bien sûr, dit Janet. (Surprise, la Vénitienne leva la tête et ouvrit de grands yeux, sa cigarette pendant au coin de ses lèvres.) Chambre 17, c'est bien cela ? Pas besoin de vous donner de la peine. Nous trouverons le chemin.

Janet fit un grand sourire à la sorcière médusée et m'entraîna vers les escaliers.

— Vous êtes un vrai bulldozer, vous, dis-je, hors d'haleine, en la suivant dans le couloir. Et qui lit dans les pensées, en plus.

C'était un talent magique tellement utile.

— Comme c'est gentil à vous de me dire cela, Diana ! (Elle frappa à la porte.) *Cameriera !*

Il n'y eut pas de réponse. Après le marathon de la veille à la Congrégation, j'en avais assez d'attendre. Je posai la main sur la poignée et murmurai un sortilège d'ouverture. La porte obéit d'un coup. Satu Järvinen nous attendait à l'intérieur, les mains levées, prêtes à opérer sa magie.

Je saisis les fils qui l'entouraient et tirai dessus, la ligotant bras au corps. Elle poussa un cri.

— Que savez-vous des tisseuses ? demandai-je.

— Pas autant que vous, répondit Satu.

— C'est pour cela que vous m'avez traitée avec autant de cruauté à La Pierre ?

Satu ne se laissa pas ébranler. Elle avait agi pour se protéger à l'époque et n'éprouvait aucun remords.

— Je ne vous laisserai pas me dénoncer. Ils nous tueront toutes s'ils découvrent ce dont les tisseuses sont capables, dit-elle.

— Ils me tueront de toute façon pour avoir aimé Matthew. Qu'est-ce que j'ai à perdre ?

— Vos enfants, cracha-t-elle.

Là, elle dépassait les bornes.

— Vous ne méritez pas de posséder le don des sorcières. Soyez retenue prisonnière, Satu Järvinen, et livrée aux mains de la déesse sans pouvoir ni talent.

De l'index gauche, je tirai encore sur les fils et les nouai serrés. Mon doigt luisait de la couleur pourpre, celle, je l'avais découvert, de la justice.

Le pouvoir de Satu la quitta dans un brusque souffle qui fit vibrer tout l'air de la pièce.

— Vous ne pouvez pas m'envoûter ! s'écria-t-elle. C'est interdit !

— Dénoncez-moi à la Congrégation, répondis-je. Mais avant, sachez ceci : personne ne sera en mesure de briser le nœud qui vous retient, à part moi. Et de quelle utilité serez-vous pour la Congrégation, dans cet état ? Si vous voulez garder votre siège, vous devrez garder le silence, et espérer que Sidonie von Borcke ne remarquera rien.

— Vous paierez pour cela, Diana Bishop ! jura Satu.

— C'est déjà fait, dis-je. Ou bien avez-vous oublié ce que vous m'avez fait au nom de la solidarité entre sœurs ? (Je m'avançai lentement vers elle.) Être envoûtée n'est rien en comparaison de ce que Benjamin vous fera subir s'il découvre que vous êtes une tisseuse. Vous n'aurez aucun moyen de vous défendre et vous serez entièrement à sa merci. J'ai vu ce qu'il fait aux sorcières qu'il tente de féconder. Même vous, vous ne le méritez pas. (Satu tressaillit de terreur.) Votez pour la motion Clermont cet après-midi, dis-je en libérant ses bras, mais sans lever le sort qui diminuait son pouvoir. Au moins pour votre bien, si ce n'est pour celui de Matthew. (Elle tenta vainement d'utiliser sa magie contre moi.) Votre pouvoir n'est plus. Je ne mentais pas. Ma sœur. (Je tournai les talons et m'en allai, puis je me retournai avant de franchir le seuil.) Et ne menacez plus jamais mes enfants. Si vous essayez, vous me supplierez de vous jeter dans un trou et de vous oublier.

Gerbert tenta de retarder le dernier tour pour des motifs procéduraux, arguant que la constitution présente du conseil de gouvernance ne répondait pas aux critères stipulés dans ses documents fondateurs remontant à la période des croisades, lesquels précisaient la nécessité de la présence de trois vampires, trois sorcières et trois démons.

Janet me retint d'étrangler cet imbécile en expliquant rapidement que, étant l'une comme l'autre mi-vampires et mi-sorcières, l'équilibre de la Congrégation était respecté. Pendant qu'elle discutait pourcentages, j'étudiai les documents prétendument fondateurs de Gerbert et découvris que des termes comme « inaliénable » étaient décidément trop XVIIIe siècle. Devant la liste d'anachronismes linguistiques de ce prétendu document médiéval, Gerbert affirma en fusillant Domenico du regard qu'il s'agissait manifestement de transcriptions postérieures d'originaux perdus.

Personne ne le crut.

Janet et moi remportâmes le scrutin par six voix contre trois. Satu vota comme nous lui avions ordonné, soumise et abattue. Même Tatiana se joignit à nos rangs, grâce à Osamu, qui avait passé la matinée à définir sur une carte l'emplacement non seulement de Chełm, mais aussi de toutes les villes russes dont le nom commençait par *Ch*, uniquement pour prouver que les sorcières de la ville de Pologne n'avaient rien à faire avec les problèmes dermatologiques de sa grand-mère. Quand ils entrèrent tous les deux main dans la main dans la salle du conseil, je compris qu'elle n'avait pas seulement changé de bord, mais aussi d'amant.

Une fois le scrutin enregistré, nous ne nous attardâmes pas pour fêter l'occasion. Gallowglass, Janet, Fernando et moi partîmes dans la vedette des Clermont et traversâmes la lagune pour l'aéroport.

Comme prévu, j'envoyai un texto de trois lettres donnant les résultats du scrutin : GRA. « Gambit de la reine accepté », code indiquant que la Congrégation avait été persuadée de soutenir la mission de sauvetage de Matthew. Nous ignorions si nos communications étaient surveillées, mais nous avions décidé de prendre des précautions.

Baldwin répondit aussitôt :
Bravo. Attendons votre arrivée.

J'appelai Marcus, qui m'informa que les jumeaux étaient constamment affamés et monopolisaient l'attention de Phoebe. Quant à Jack, il allait très bien.

Après mon échange avec Marcus, j'envoyai un texto à Ysabeau :
Les deux fous m'inquiètent.

C'était une autre allusion aux échecs. Nous avions surnommé Gerbert et Domenico les deux fous parce qu'ils avaient toujours l'air de travailler ensemble. Après leur dernière défaite, ils allaient forcément riposter. Gerbert avait peut-être déjà averti Knox que j'avais remporté le scrutin et que nous étions en route.

Il fallut plus de temps à Ysabeau pour répondre.

Les deux fous ne peuvent pas mettre le roi échec et mat sauf si la reine et sa tour les laissent faire.

Il y eut une longue pause, suivie d'un autre message :

Et je mourrai avant.

39

L'air glacé traversait mon épaisse cape et l'âpre bourrasque de vent menaçait de me déchirer en deux. Jamais je n'avais connu un tel froid et je me demandai si quiconque pouvait survivre à l'hiver à Chełm.

— Là-bas, dit Baldwin en désignant un ensemble de bâtiments bas dans la vallée au-dessous de nous.

— Benjamin a au moins une douzaine de ses enfants avec lui.

Verin me proposa sa paire de jumelles, au cas où mes yeux de sang-chaud ne seraient pas assez perçants pour voir où mon mari était détenu, mais je les refusai.

Je savais précisément où il se trouvait. Plus j'approchai de lui, plus mon pouvoir bouillonnait et remontait à la surface de ma peau pour tenter de s'échapper. Sans compter mon troisième œil sorcier, qui compensait largement mes handicaps de sang-chaud.

— Nous attendrons la tombée de la nuit pour frapper. C'est à ce moment-là qu'un groupe de ses enfants sort chasser, dit Baldwin d'un ton lugubre. Ils s'en prennent à Chełm et à Lublin, d'où ils ramènent des sans-abri pour que leur père s'en repaisse.

— Attendre ? Je ne fais que cela depuis trois jours. Pas question d'attendre une minute de plus !

— Il est toujours en vie, Diana.

La réponse d'Ysabeau aurait dû me réconforter, mais elle ne fit que me glacer plus encore le cœur à la pensée que Matthew allait continuer à souffrir pendant les six heures qui nous séparaient du crépuscule.

— Nous ne pouvons pas attaquer les lieux tant qu'il y a toutes les forces à l'intérieur, dit Baldwin. Il faut faire preuve de stratégie, Diana, pas céder aux émotions.

Réfléchissez et restez en vie. À contrecœur, je renonçai à rêver d'une prompte libération de Matthew pour me concentrer sur les défis qui nous attendaient.

— Selon Janet, Benjamin a fait disposer des protections tout autour du bâtiment principal.

— Oui, confirma Baldwin. Nous vous attendions pour les désarmer.

— Comment les chevaliers vont-ils prendre position sans que Benjamin le sache ? demandai-je.

— Cette nuit, les chevaliers de l'ordre de Saint-Lazare passeront par des tunnels pour pénétrer à son insu dans le repaire de Benjamin, dit Fernando. Entre vingt et trente, cela suffira.

— Chełm est construite sur du calcaire, voyez-vous, et tout son sous-sol est criblé de tunnels, expliqua Hamish en déroulant une petite carte grossièrement tracée à la main. Les nazis en ont détruit certains, mais Benjamin a conservé ceux-ci. Ils relient la ville et son repaire et leur permettent, à lui et ses enfants, de gagner la ville sans jamais apparaître en surface.

— Pas étonnant que Benjamin ait été aussi difficile à retrouver, murmura Gallowglass en considérant le dédale souterrain.

— Où sont les chevaliers, pour l'instant ?

Je n'avais pas encore vu les troupes dont on m'avait parlé.

— Ils attendent, dit Hamish.

— Fernando décidera du moment où les envoyer dans les tunnels. Étant le second de Marcus, c'est à lui d'en décider, dit Baldwin.

— En fait, c'est à moi, dit Marcus en faisant brusquement son apparition dans la neige.

— Marcus ! m'exclamai-je en enlevant ma capuche, terrorisée. Qu'est-ce qui est arrivé à Rebecca et à Philip ? Où sont-ils ?

— Il n'est rien arrivé. Les jumeaux sont à Sept-Tours avec Sarah, Phoebe et trente chevaliers, tous choisis pour leur loyauté envers les Clermont et leur haine de Gerbert et de la Congrégation. Miriam et Chris y sont aussi, ajouta-t-il en me prenant les mains. Je ne pouvais pas rester sans rien faire en France en attendant des nouvelles, alors que je pouvais aider à sauver mon père. Et Matthew aura besoin de moi une fois libéré, aussi.

C'était vrai : Matthew allait avoir besoin d'un médecin – un médecin qui connaissait les vampires et savait comment les soigner.

— Et Jack ?

C'est tout ce que je parvins à articuler, même si les paroles de Marcus m'avaient aidée à recouvrer presque tout mon calme.

— Il va bien aussi, répondit-il sans hésiter. Il a eu une petite crise hier soir quand je lui ai dit qu'il ne pouvait pas m'accompagner, mais Marthe est une vraie harpie quand on la provoque. Elle l'a menacé de l'empêcher de voir Philip et cela l'a calmé aussitôt. Jack dit que sa mission est de protéger son filleul quoi qu'il arrive. Expose-moi ton plan, Fernando.

Fernando lui donna tous les détails : la position des chevaliers, le moment de l'attaque sur le repaire, les rôles qui revenaient à Gallowglass, à Baldwin, à Hamish et désormais à Marcus.

Même si tout paraissait sans faille, j'étais encore inquiète.

— Qu'y a-t-il, Diana ? demanda Marcus, percevant mon trouble.

— Notre stratégie repose tellement sur la surprise, dis-je. Et si Gerbert a déjà prévenu Knox et Benjamin ? Ou Domenico ? Même Satu peut avoir décidé qu'elle est plus en sécurité avec Benjamin si elle parvient à gagner la confiance de Knox.

— Ne vous inquiétez pas, ma tante, affirma Gallowglass, le regard sombre. Gerbert, Domenico et Satu sont tous restés à l'Isola della Stella. Ils sont cernés par les chevaliers de l'ordre de Saint-Lazare. Ils n'ont aucun moyen de quitter l'île.

Ses paroles n'atténuèrent guère mes angoisses. La seule chose qui y parviendrait serait de libérer Matthew et de mettre un terme aux machinations de Benjamin – une bonne fois pour toutes.

— Prête à vous occuper des systèmes de protection ? demanda Baldwin.

Il savait que m'occuper allait soulager mes inquiétudes.

Après avoir abandonné ma cape noire trop visible pour une parka gris pâle qui se confondait avec le paysage neigeux, je m'approchai avec Baldwin et Gallowglass de l'ensemble de bâtiments. Sans bruit, j'évaluai les protections dont ils étaient dotés. Il y avait quelques sortilèges d'alerte, un sortilège déclencheur qui devait libérer une explosion élémentaire ou une tempête, ainsi qu'une poignée de diversion qui n'avaient d'autre fonction que de retarder l'attaquant le temps qu'une riposte convenable soit organisée. Knox avait utilisé des sortilèges compliqués, mais ils étaient anciens et usés. Il ne faudrait pas grand-chose pour défaire les nœuds et laisser l'endroit sans défense.

— Il va me falloir deux heures et Janet, chuchotai-je à Baldwin alors que nous repartions.

Janet et moi libérâmes le complexe de bâtiments de son enceinte de barbelés invisibles. Il y avait une alarme que nous dûmes cependant laisser en place, car elle était directement reliée à Knox et je craignis que manipuler les nœuds l'alerte de notre présence.

— C'est un fichu malin, dit Janet en passant une main lasse sur ses yeux.

— Trop malin pour son bien. Ses sortilèges étaient bâclés, dis-je. Trop de boucles, pas assez de fils.

— Quand tout cela sera terminé, nous passerons quelques soirées au coin du feu pour que vous m'expliquiez ce que vous venez de me dire, prévint Janet.

— Quand ce sera terminé et que Matthew sera rentré, je serai heureuse de rester au coin du feu jusqu'à la fin de mes jours, répondis-je.

Gallowglass, qui rôdait silencieusement autour de nous, me rappela que le temps passait.

— Allons-y, dis-je.

Gallowglass insista pour que nous mangions quelque chose et nous emmena dans un café à Chełm. Je parvins à avaler un peu de thé et deux bouchées de génoise tout en me dégelant les extrémités auprès d'un radiateur brinquebalant.

À mesure que s'égrenaient les minutes, les bruits métalliques du chauffage commencèrent à sonner comme un glas. Finalement, Gallowglass annonça que l'heure était venue de retrouver l'armée de Marcus.

Il nous emmena dans une maison datant d'avant-guerre qui se dressait aux abords de la ville. Le propriétaire s'était empressé d'en donner les clés et de partir sous des cieux plus cléments en échange d'une somme rondelette et de la promesse de trouver à son retour les fuites réparées.

Les chevaliers vampires qui étaient réunis dans la cave m'étaient pour la plupart inconnus, même si je reconnus quelques visages aperçus lors du baptême des jumeaux. En les voyant attendre ainsi sans émotion, je me souvins que ces soldats avaient combattu dans les guerres et révolutions modernes tout comme durant les croisades médiévales. Ils étaient parmi les meilleurs et comme tout soldat, prêts à se sacrifier pour quelque chose qui les dépassait.

Fernando donna ses dernières consignes pendant que Gallowglass ouvrait une porte donnant sur une petite saillie et une échelle plongeant dans l'obscurité.

— Bonne chance, murmura Gallowglass alors que le premier vampire disparaissait pour atterrir au fond du puits.

Nous attendîmes que les chevaliers choisis pour anéantir la patrouille de chasseurs de Benjamin aient terminé leur tâche. Craignant toujours que quelqu'un l'alerte de notre présence et qu'il riposte en supprimant Matthew, je gardais les yeux fixés sur le sol entre mes pieds.

C'était éprouvant. Il n'y avait aucun moyen de savoir où ils en étaient. Les chevaliers de Marcus pouvaient très bien avoir rencontré une résistance inattendue. Benjamin en avait peut-être envoyé plus que prévu chasser. Voire aucun.

— C'est une sacrée guerre, dit Gallowglass. Ce n'est pas le combat ou la mort qui vous anéantit, c'est de se poser des questions.

Pas plus d'une heure plus tard – même si cela parut une éternité –, Giles poussa la porte. Sa chemise était trempée de sang. Rien ne permettait de déterminer ce qui était le sien et ce qui restait des enfants désormais morts de Benjamin. Il nous fit signe de le suivre.

— La voie est libre, dit Gallowglass. Mais prenez garde : il y a de l'écho dans les tunnels, regardez où vous mettez les pieds.

Il nous descendit à bout de bras, Janet et moi, afin que nous n'utilisions pas l'échelle métallique dont le bruit aurait pu nous trahir. Il faisait si sombre dans le tunnel que je ne pus voir les visages des vampires qui nous reçurent, mais je sentis sur eux l'odeur de la bataille.

Nous poursuivîmes notre chemin dans le tunnel aussi rapidement et silencieusement que possible. Étant donné l'obscurité, j'étais heureuse d'avoir un vampire à chaque bras pour me guider et je serais tombée plusieurs fois n'eussent été leurs yeux perçants et leurs prompts réflexes.

Baldwin et Fernando nous attendaient à un carrefour de trois tunnels. Deux tas sanglants recouverts de bâches et d'une substance blanche poudreuse indiquaient l'endroit où avaient péri les enfants de Benjamin.

— Nous avons couvert les têtes et les corps de chaux vive afin de masquer l'odeur, dit Fernando. Cela ne va pas l'éliminer totalement, mais cela nous fera gagner un peu de temps.

— Combien ? demanda Gallowglass.

— Neuf, répondit Baldwin.

L'une de ses mains était parfaitement nette et tenait une épée, tandis que l'autre était engluée de substances que je préférai ne pas identifier et dont la vue me souleva le cœur.

— Combien en reste-t-il encore à l'intérieur ? demanda Janet à voix basse.

— Au moins neuf autres, probablement plus, répondit Baldwin, apparemment pas inquiet à cette perspective. S'ils sont du même genre que ceux-ci, ils seront probablement aussi arrogants que malins.

— Et ils ne se battent pas à la loyale non plus, dit Fernando.

— C'était prévu, commenta calmement Gallowglass. Nous attendrons votre signal pour entrer à notre tour. Bonne chance, ma tante.

Baldwin m'entraîna avant que j'aie eu le temps de dire un mot d'adieu à Fernando et à Gallowglass. Peut-être cela valait-il mieux, car en jetant un dernier regard par-dessus mon épaule, je vis des visages épuisés.

Le tunnel où nous emmenait Baldwin aboutissait au portail du complexe de bâtiments de Benjamin auprès duquel nous attendaient Hamish et Ysabeau. Avec toutes les alarmes désamorcées sauf celle de la grille qui était directement reliée à Knox, notre unique risque était de nous faire repérer par la vue perçante d'un vampire.

Janet le réduisit avec un sortilège de déguisement qui m'englobait ainsi que toute personne dans un rayon de six mètres.

— Où est Marcus ? demandai-je, m'attendant à le trouver ici.

Hamish tendit le bras. Marcus était déjà dans l'enceinte, perché à la fourche d'un arbre, un fusil braqué sur une fenêtre. Il avait dû franchir les murailles en sautant de branche en branche. N'ayant pas à se préoccuper des alarmes à condition de ne pas passer par le portail, Marcus avait profité d'un répit dans l'action et allait désormais nous couvrir pendant que nous passions la grille et la porte.

— Fine gâchette, commenta Baldwin.

— Marcus a appris à tirer quand il était encore sang-chaud. Il chassait les écureuils quand il était enfant, ajouta Ysabeau. Plus petits et plus rapides que les vampires, à ce qu'il paraît.

Marcus ne montra pas qu'il nous avait vus, mais il savait que nous étions là. Janet et moi nous attaquâmes aux derniers nœuds qui rattachaient le sortilège d'alarme à Knox. Elle jeta un sortilège d'ancrage, du type que les sorcières utilisent pour stabiliser les fondations de leurs maisons ou empêcher leurs enfants de s'éloigner, et tout en dénouant l'alarme, j'en redirigeai l'énergie vers elle. Nous espérions que le sortilège ne remarquerait pas que ce qu'il gardait désormais était un gros rocher et non plus une énorme grille de fer.

Cela marcha.

Nous serions entrés dans la maison en quelques instants s'il n'y avait eu la désagréable interruption de l'un des fils de Benjamin, sorti fumer une cigarette, qui découvrit la grille ouverte. Il ouvrit de grands yeux.

Un petit trou apparut sur son front.

Un œil disparut, puis l'autre.

Le fils de Benjamin porta la main à sa gorge. Du sang ruissela entre ses doigts et il laissa échapper un étrange sifflement.

— Bonjour, *salaud**. Je suis ta grand-mère, dit Ysabeau en lui enfonçant un poignard en plein cœur.

Baldwin empoigna la tête de l'homme affaibli par la perte de sang de tant de blessures et lui brisa la nuque, le tuant sur le coup. D'un coup sec, il lui arracha la tête.

Il avait fallu environ quarante-cinq secondes entre le moment où Marcus avait tiré et celui où Baldwin posa la tête face dans la neige.

C'est alors que les chiens se mirent à aboyer.

— *Flûte**, souffla Ysabeau.

— Allons-y.

Baldwin me prit le bras et Ysabeau celui de Janet. Marcus jeta son fusil à Hamish qui le saisit au vol et poussa un sifflement strident.

— Tirez sur tout ce qui franchit cette porte, ordonna Marcus. Je m'occupe des chiens.

Ne sachant si ce sifflement était censé appeler les chiens ou les chevaliers de l'ordre de Saint-Lazare qui attendaient, je me hâtai de suivre Baldwin dans le bâtiment principal. Il ne faisait pas plus chaud à l'intérieur qu'au-dehors. Un rat maigrichon détala dans le couloir bordé de portes identiques.

— Knox sait que nous sommes là, dis-je. Nous n'avons plus besoin d'être silencieux ou d'utiliser un sortilège de déguisement.

— Benjamin aussi, dit Ysabeau, lugubre.

Comme prévu, nous nous séparâmes. Ysabeau partit à la recherche de Matthew. Baldwin, Janet et moi, en quête de Benjamin et de Knox. Avec un peu de chance, nous les trouverions tous au même endroit et convergerions sur eux, soutenus par les chevaliers de l'ordre de Saint-Lazare une fois qu'ils seraient entrés dans les souterrains du bâtiment et en seraient remontés.

Un cri étouffé nous attira vers l'une des portes closes. Baldwin l'ouvrit d'un seul coup.

C'était la pièce que nous avions vue dans la vidéo : le carrelage sale, la bonde d'évacuation sur le sol, les fenêtres donnant sur la neige, les chiffres écrits au crayon gras sur les parois, jusqu'à la veste en tweed posée sur le dossier d'une chaise.

Matthew était assis sur une autre chaise, les yeux noirs et la bouche ouverte dans un hurlement muet.

Ses côtes avaient été ouvertes et écartées avec un appareil métallique, exposant son cœur dont les lents battements réguliers m'avaient toujours réconfortée quand il me serrait contre lui.

Baldwin se précipita vers lui en maudissant Benjamin.

— Ce n'est pas Matthew, dis-je.

Le cri qu'Ysabeau poussa un peu plus loin me souffla qu'elle était tombée sur une scène similaire.

— Ce n'est pas Matthew, répétai-je, plus fort.

J'allai ouvrir la porte suivante. Je trouvai Matthew assis sur la même chaise. Ses mains – ses belles et puissantes mains qui me touchaient avec tant d'amour et de tendresse – avaient été coupées aux poignets et posées dans un plat chirurgical sur ses genoux.

Quelle que fût la porte que nous ouvrions, nous trouvions Matthew dans un horrible tableau de souffrance et de tourment. Et chacune de ces illusions avait été mise en scène tout spécialement pour moi.

Après avoir espéré et déchanté une douzaine de fois, je fis sauter de leurs charnières toutes les portes du bâtiment. Je ne pris pas la peine de regarder à l'intérieur des pièces que je venais d'ouvrir. Les apparitions pouvaient être très convaincantes, et celles de Knox étaient excellentes. Mais elles n'étaient pas la réalité. Elles n'étaient pas mon Matthew et je ne me laissai pas abuser même si ce que j'avais vu resterait gravé en moi pour toujours.

— Matthew va être avec Benjamin. Trouvons-le. (Je me mis en route sans attendre l'avis de Baldwin et de Janet.) Où êtes-vous, Mr Knox ?

— Docteur Bishop. (Knox m'attendait au détour du couloir.) Venez. Prenons un verre ensemble. Vous ne repartirez pas d'ici et c'est peut-être votre dernière chance de profiter du confort d'une pièce chauffée... jusqu'à ce que vous conceviez l'enfant de Benjamin, bien sûr.

Je dressai derrière moi un impénétrable mur d'eau et de feu afin que personne ne nous suive. Puis j'en dressai un autre derrière Knox, nous enfermant dans une petite portion de couloir.

— Bravo. Vos talents de jeteuse de sorts sont apparus, à ce que je vois, dit Knox.

— Vous allez me trouver... changée, dis-je, répétant l'expression qu'avait eue Gallowglass.

La magie attendait en moi et me suppliait de la laisser prendre son essor. Mais je la maîtrisai et elle m'obéit. Je la sentais, immobile et attentive.

— Où étiez-vous ? demanda Knox.

— Un peu partout. Londres. Prague. En France. (Je sentis le frémissement de la magie au bout de mes doigts.) Vous êtes allé en France, vous aussi.

— Je suis allé à la recherche de votre mari et de son fils. J'ai trouvé une lettre, voyez-vous. À Prague. (Ses yeux étincelèrent.) Imaginez ma surprise quand je suis tombé sur Emily Mather – qui n'avait jamais été une sorcière bien impressionnante – en train d'invoquer l'esprit de votre mère dans un cercle de pierre. (Knox essayait de me distraire.) Il m'a rappelé le cercle de pierre que j'ai tracé au Nigeria pour emprisonner vos parents. Peut-être que c'était l'intention d'Emily. (Des mots grouillèrent sous ma peau, répondant aux questions muettes que ses paroles faisaient naître.) Je n'aurais jamais dû laisser à Satu l'honneur d'agir contre vous, ma chère. J'ai toujours soupçonné que vous étiez différente. Si je vous avais éventrée en octobre dernier comme je l'ai fait avec vos parents il y a si longtemps, bien des peines vous auraient été épargnées. (Au cours de ces quatorze derniers mois, j'avais connu bien plus que des peines. J'avais eu une joie inattendue, aussi. C'était à cela que je me raccrochais à présent, je m'y amarrais aussi solidement que si Janet m'avait jeté un sortilège d'ancrage.) Vous êtes bien silencieuse, docteur Bishop. N'avez-vous donc rien à dire ?

— Pas vraiment. Je préfère l'action aux paroles, depuis récemment. Cela fait gagner du temps.

Je libérai enfin la magie qui était accumulée en moi. Le filet que j'avais conçu pour capturer Knox était noir et violet, entremêlé de fils blancs, argent et or. Il se déploya comme des ailes sur mes omoplates, me rappelant l'absente Corra dont le pouvoir, m'avait-elle assuré, demeurait en moi.

— Par le nœud premier, le sort est commencé.

Mes ailes en filet se déployèrent plus encore.

— Très impressionnant petit numéro d'illusion, docteur Bishop, dit Knox avec condescendance. Un simple sortilège de bannissement suffira à…

— Par le nœud de deux, il entre en jeu.

Les fils argent et or du filet se mirent à briller, équilibrant les énergies sombres et claires qui marquaient les frontières de la haute magie.

— C'est dommage qu'Emily n'ait pas eu vos talents, dit Knox. Elle aurait extrait un peu plus de choses de l'esprit de votre mère que le galimatias que j'ai découvert quand je lui ai volé ses pensées à Sept-Tours.

— Par le nœud de trois, il se déploie.

Les ailes géantes battirent une fois, faisant palpiter l'air dans la boîte magique que j'avais bâtie. Elles se séparèrent doucement de mon corps et s'élevèrent pour planer au-dessus de Knox. Il jeta un coup d'œil en l'air et reprit :

— Votre mère a babillé à Emily des histoires de chaos et de créativité et répété les paroles de la prophétie de cette charlatane d'Ursula Shipton : *Que les anciens mondes meurent et qu'un nouveau naisse*. C'est tout ce que j'avais tiré de Rebecca au Nigeria, moi aussi. Vivre avec votre père avait affaibli ses facultés. Il lui aurait fallu un mari qui la pousse à relever des défis.

— Par le nœud de quatre, nul ne peut l'abattre.

Une puissante et sombre spirale commença à tourner à l'endroit où les deux ailes se touchaient.

— Va-t-il falloir vous ouvrir en deux pour voir si vous ressemblez davantage à votre père ou à votre mère ?

Knox fit un geste négligent de la main et je sentis sa magie tracer une ligne brûlante sur ma poitrine.

— Par le nœud de cinq, sa force croît et vainc.

Les fils violets du filet s'enroulèrent autour de la spirale.

— Par le nœud de six, ce sort je fixe.

Les fils or se mirent à briller. D'une main désinvolte, je cicatrisai la blessure sur ma poitrine.

— Benjamin a été très intéressé par ce que je lui ai dit de vos parents. Il a des projets pour vous,

Diana. Vous porterez les enfants de Benjamin, et ils deviendront comme les sorciers d'antan : puissants, sages, presque immortels. Nous n'aurons plus dès lors à nous cacher. Nous régnerons sur les autres sang-chauds, comme nous l'aurions toujours dû.

— Par le nœud de sept, je le jette.

Un gémissement sourd remplit l'air, rappelant le bruit qu'avait fait le Livre de la Vie dans la Bodléienne. Cette première fois, cela avait été un cri de terreur et de douleur. À présent, cela ressemblait à un appel à la vengeance.

Knox parut soudain inquiet.

— Vous ne pourrez pas échapper à Benjamin, pas plus qu'Emily n'a pu m'échapper à Sept-Tours. Bien sûr, elle a essayé, mais je l'ai vaincue. Tout ce que je voulais, c'était le livre de sorts de la sorcière. Benjamin m'avait dit que Matthew l'avait autrefois. Quand je l'aurai, ajouta-t-il avec une lueur fiévreuse dans le regard, j'aurai le dessus sur les vampires aussi. Même Gerbert devra s'incliner.

— Par le nœud de huit, la magie agit.

Je tordis le filet pour lui donner la forme du symbole de l'infini. Alors que je manipulais les fils, la silhouette de mon père apparut.

— Stephen, dit Knox avec inquiétude. C'est encore une illusion.

Mon père ne lui prêta pas attention. Il croisa les doigts et me regarda droit dans les yeux.

— Tu es prête à terminer, ma puce ?

— Oui, papa.

— Vous n'avez pas le pouvoir de me terrasser, gronda Knox. Emily s'en est aperçue quand elle a essayé de m'empêcher de prendre connaissance du livre perdu des sortilèges. Je lui ai pris ses pensées et j'ai arrêté son cœur. Si seulement elle avait coopéré…

— Par le nœud de neuf, le sort est mien et neuf.

Le gémissement se mua en un hurlement strident alors que tout le chaos que contenait le Livre de la Vie et toute l'énergie créatrice qui maintenait les créatures ensemble au même endroit jaillirent du filet que j'avais tissé et engloutirent Peter Knox. Les mains de mon père furent parmi celles qui surgirent du vide des ténèbres pour s'emparer du sorcier qui se débattait vainement, et l'entraîner dans le tourbillon vertigineux qui allait le dévorer vivant.

Knox poussa un cri de terreur alors que le sortilège aspirait sa vie. Il se défit sous mes yeux alors que les esprits de tous les tisseurs et tisseuses qui m'avaient précédée, y compris mon père, tiraient sur les fils qui composaient la créature perverse qu'était Knox et la réduisaient à l'état de coquille vide.

Un jour, je paierais pour ce que je venais de faire subir à un congénère sorcier. Mais j'avais vengé Emily, dont la vie avait été supprimée sans autre raison que la soif de pouvoir.

J'avais vengé mon père et ma mère, qui aimaient assez leur fille pour mourir pour elle.

Je tirai la flèche de la déesse de mon dos. Un arc taillé dans le bois de sorbier et orné d'argent et d'or apparut dans ma main gauche.

La vengeance avait été mienne. À présent était venue l'heure de la justice de la déesse.

Je tournai vers mon père un regard interrogateur.

— Il est au-dessus. Troisième étage. Sixième porte à gauche, sourit mon père. Quel que soit le prix que la déesse t'a demandé de payer, Matthew le vaut. Tout comme tu le valais.

— Il vaut tout, dis-je en abaissant les murailles magiques que j'avais élevées et en abandonnant le mort pour aller retrouver le vivant.

La magie, comme toute ressource, n'est pas infinie. Le sortilège que j'avais utilisé pour éliminer Knox m'avait vidée d'une importante partie de mon pouvoir. Mais j'avais pris le risque en sachant que sans Knox, Benjamin n'avait que la force physique et la cruauté dans son arsenal.

Moi, j'avais l'amour et rien de plus à perdre.

Même sans l'arc de la déesse, nous étions à égalité.

La maison contenait nettement moins de pièces maintenant que les illusions de Knox avaient disparu. Au lieu d'une enfilade interminable de portes identiques, elle se montrait à présent sous son véritable jour : un lieu d'horreur, crasseux, rempli de l'odeur pestilentielle de la mort et de la peur.

Je montai les escaliers quatre à quatre. Je ne pouvais pas gaspiller une seule pincée de magie, à présent. Je n'avais pas la moindre idée de l'endroit où se trouvaient les autres. Mais je savais où trouver Matthew. Je poussai la porte.

— Te voilà. Nous t'attendions, dit Benjamin debout derrière une chaise.

Cette fois, le prisonnier était indéniablement l'homme que j'aimais. Ses yeux d'un noir d'encre étaient remplis de fureur sanguinaire et de douleur, mais ils tressaillirent en me reconnaissant.

— Le gambit de la reine est joué, lui dis-je.

Soulagé, Matthew ferma les yeux.

— J'espère que tu as mieux qu'une flèche à tirer, Diana. Au cas où tu ne serais pas aussi bien versée en anatomie qu'en chimie, j'ai veillé à ce que Matthew meure immédiatement si ma main n'est pas là pour tenir ceci.

Ceci, c'était une grosse tige d'acier que Benjamin avait enfoncée dans le cou de Matthew.

— Tu te souviens quand Ysabeau a enfoncé son index en moi à la Bodléienne ? Cela a obstrué une blessure. J'ai fait la même chose ici. (Benjamin bougea à peine la tige et Matthew poussa un hurlement. Quelques gouttes de sang apparurent.) Mon père n'a plus beaucoup de sang en lui. Je ne lui ai rien donné à manger d'autre que des éclats de verre depuis deux jours et il est en train de mourir lentement d'une hémorragie interne. (Je remarquai à ce moment un amas de cadavres d'enfants dans un coin.) Les repas du début, dit Benjamin en réponse. Cela a été un défi que de trouver des manières de tourmenter Matthew, étant donné que je voulais qu'il ait encore des yeux pour me voir te prendre et des oreilles pour entendre tes cris. Mais j'ai trouvé.

— Vous êtes un monstre, Benjamin.

— C'est Matthew qui m'a fait ainsi. Maintenant, ne gâchons plus votre énergie. Ysabeau et Baldwin vont être là d'un instant à l'autre. Nous sommes dans la pièce même où j'ai gardé prisonnier Philippe et j'ai laissé une piste de petits cailloux pour que ma grand-mère la trouve à coup sûr. Baldwin sera si surpris d'apprendre qui a tué son père, tu ne crois pas ?

J'ai tout lu dans les pensées de Matthew. Quant à toi... eh bien, tu ne saurais imaginer les choses que Matthew aimerait te faire dans l'intimité de son lit. Certaines m'ont fait rougir et je suis loin d'être prude.

Je sentis la présence d'Ysabeau derrière moi. Une pluie de photos tomba sur le sol. Des clichés de Philippe, pris ici, lors de son agonie. Je foudroyai Benjamin du regard.

— Je n'aimerais rien tant que te déchiqueter en lambeaux à mains nues, mais je ne veux pas priver la fille de Philippe de ce plaisir.

La voix d'Ysabeau était glaciale et tranchante. Elle m'écorcha presque les oreilles.

— Oh, elle aura du plaisir avec moi, Ysabeau. Je vous assure. (Il chuchota quelque chose à l'oreille de Matthew, dont je vis la main tressaillir comme s'il voulait frapper son fils, mais ses os brisés et ses muscles déchirés l'en empêchaient.) Voici Baldwin. Cela faisait longtemps, mon oncle. J'ai quelque chose à vous dire. Un secret que Matthew gardait pour lui. Il en a beaucoup, je sais, mais celui-ci est juteux, je vous le promets. (Il marqua une pause théâtrale.) Philippe n'est pas mort à cause de moi. C'est Matthew qui l'a tué. (Baldwin le regarda, impassible.) Vous voulez passer vos nerfs sur lui avant que mes enfants vous envoient en enfer retrouver votre père ?

— Tes enfants ne vont m'envoyer nulle part. Et si tu crois que je suis surpris par ce prétendu secret, tu te fais encore plus d'illusions que je ne craignais, dit Baldwin. Je sais reconnaître la main de Matthew. Il est presque trop bon quand il fait quelque chose.

— Lâche ça.

La voix de Benjamin claqua comme un fouet alors qu'il posait ses yeux glacés et insondables sur ma main gauche. Pendant qu'ils discutaient tous les deux, j'en avais profité pour lever mon arc.

— Lâche ça immédiatement, sinon il meurt, dit Benjamin en retirant légèrement la tige, faisant gicler le sang.

Je lâchai l'arc qui tomba bruyamment sur le sol.

— Que voilà une fille intelligente, dit-il en renfonçant la tige. (Matthew gémit.) Je t'aimais déjà avant même de savoir que tu étais une tisseuse. Alors, qu'est-ce qui fait de toi un être si spécial ? Matthew a honteusement refusé de me confier les limites de ton pouvoir, mais n'aie crainte. Je veillerai à savoir précisément jusqu'où vont tes facultés.

Oui, j'étais une fille intelligente. Plus que ne l'imaginait Benjamin. Et je connaissais les limites de mon pouvoir mieux que quiconque. Quant à l'arc de la déesse, je n'en avais pas besoin. Ce qu'il me fallait pour détruire Benjamin était encore dans mon autre main.

Je levai légèrement mon petit doigt pour frôler la cuisse d'Ysabeau et l'avertir.

— Par le nœud dixième, recommence le même.

Mes paroles ne furent qu'un souffle sans consistance et facile à ne pas remarquer, tout comme le dixième nœud ne paraissait être qu'une simple boucle. Alors qu'elles traversaient la pièce, mon sortilège prit le poids et la force d'une créature vivante. Je tendis mon bras gauche comme s'il tenait encore l'arc de la déesse. Mon index gauche brûlait d'un éclat violet.

Ma main droite recula dans un geste vif comme l'éclair, les doigts nonchalamment enroulés autour de l'empennage blanc de la flèche d'or. J'étais campée au carrefour de la vie et de la mort.

Je n'hésitai pas.

— Justice, dis-je en ouvrant les doigts.

Benjamin écarquilla les yeux.

La flèche jaillit de ma main et traversa le centre du sortilège, prenant de la vitesse. Elle frappa Benjamin en pleine poitrine avec un bruit sourd et l'ouvrit en deux, faisant exploser son cœur. Une vague aveuglante d'énergie envahit la pièce. Des fils or et argent jaillirent de partout, accompagnés de filaments violets et verts. *Le soleil roi. La lune reine. La justice. La déesse.*

Avec un cri d'horreur et de dépit, Benjamin desserra les doigts et la tige couverte de sang commença à glisser.

À toute vitesse, je tordis les fils qui entouraient Matthew pour former une corde unique qui retint l'extrémité de la tige. Je la serrai solidement pour la maintenir en place pendant que Benjamin s'écroulait lourdement dans une mare de sang.

Les quelques ampoules nues de la pièce clignotèrent et s'éteignirent. J'avais aspiré jusqu'au dernier soupçon d'énergie de l'endroit pour tuer Knox, puis Benjamin. Tout ce qui restait maintenant était l'énergie de la déesse : la corde scintillante qui pendait au milieu de la pièce, les mots qui bougeaient sous ma peau, l'énergie qui crépitait au bout de mes doigts.

C'était terminé.

Benjamin était mort et ne pouvait plus faire souffrir personne.

Et Matthew, bien que brisé, était vivant.

Une fois Benjamin à terre, tout sembla arriver simultanément. Ysabeau tira le cadavre du vampire à l'écart. Baldwin se précipita aux côtés de Matthew, tout en appelant Marcus et en examinant ses blessures. Verin, Gallowglass et Hamish firent irruption dans la pièce, rapidement suivis de Fernando.

Je serrai la tête de Matthew contre mon cœur pour le protéger de tout autre péril. D'une main, je tenais la tige de fer qui le maintenait en vie.

Matthew laissa échapper un soupir exténué et je le sentis bouger contre ma poitrine.

— Tout va bien, maintenant. Je suis là. Tu es sauvé, murmurai-je en essayant de lui apporter ce que je pouvais comme réconfort. Tu es en vie.

— Pouvais pas mourir, répondit Matthew d'une voix si faible qu'on ne pouvait même pas la qualifier de chuchotement. Sans dire adieu.

À Madison, j'avais fait promettre à Matthew de ne pas me quitter sans me dire adieu comme il convient. Mes yeux s'embuèrent à la pensée de tout ce qu'il avait enduré pour honorer sa parole.

— Tu as tenu ta promesse, dis-je. Repose-toi, à présent.

— Nous devons le transporter, Diana.

La voix calme de Marcus ne pouvait dissimuler l'urgence. Il saisit la tige, prêt à prendre ma place.

— Ne la laissez pas regarder. (La voix de Matthew était rauque. Sa main décharnée tressaillit sur l'accoudoir pour protester, mais il ne put faire davantage.) Je vous en supplie.

Il restait si peu d'endroits intacts sur sa personne que je ne pouvais guère le toucher sans le faire souffrir encore plus. Dans la lueur projetée par le Livre de la Vie, je distinguai une portion de chair indemne et je déposai un baiser aussi léger qu'une plume sur le bout de son nez.

Ne sachant s'il pouvait m'entendre, et certaine qu'il avait les yeux clos, je le baignai de mon souffle et de mon odeur. Les narines de Matthew palpitèrent imperceptiblement, indiquant qu'il avait conscience de ma présence. Cet infime mouvement le fit grimacer de douleur et je dus me retenir de pleurer devant les horreurs que lui avait infligées Benjamin.

— Tu ne peux pas te cacher de moi, mon amour, dis-je. Je te vois, Matthew. Et tu seras toujours parfait à mes yeux.

Il respira en haletant, ses poumons ne pouvant se gonfler entièrement à cause de ses côtes brisées. Avec un effort herculéen, il parvint à entrouvrir une paupière. Son œil était ruisselant de sang, la pupille dilatée par la fureur sanguinaire et le traumatisme.

— Il fait sombre, dit-il d'une voix brusquement affolée, comme s'il craignait que l'obscurité soit le prélude de la mort. Pourquoi fait-il si sombre ?

— Tout va bien. Regarde. (Je soufflai sur le bout de mon doigt et une étoile bleu doré apparut.) Tu vois, elle va éclairer notre chemin.

C'était un risque et je le savais. Il se pouvait qu'il ne puisse voir la petite boule de feu et que sa panique ne fasse qu'empirer. Matthew regarda mon doigt et tressaillit légèrement en apercevant la lumière. Sa pupille se rétrécit imperceptiblement, ce que je pris pour un bon signe.

Sa respiration se fit moins haletante alors que son angoisse diminuait.

— Il a besoin de sang, dit Baldwin à voix basse.

Je tentai de relever ma manche sans baisser mon index lumineux que Matthew regardait fixement.

— Pas le vôtre, dit Ysabeau en me retenant. Le mien.

Matthew s'agita de nouveau. C'était comme voir Jack tenter de refréner ses émotions.

— Pas ici, dit-il. Pas sous les yeux de Diana.

— Pas ici, renchérit Gallowglass, redonnant à mon mari un peu de son autorité.

— Laissez ses frères et son fils s'occuper de lui, Diana, dit Baldwin en écartant ma main.

Et c'est ainsi que je laissai Gallowglass, Fernando, Baldwin et Hamish former un hamac de leurs bras pour soulever Matthew pendant que Marcus maintenait la tige en place.

— Mon sang est fort, Diana, promit Ysabeau en serrant ma main dans la sienne. Il va le guérir.

J'acquiesçai. Mais ce que j'avais dit à Matthew quelques instants plus tôt était la vérité : à mes yeux, il serait toujours parfait. Ses blessures extérieures n'avaient aucune importance pour moi. C'étaient celles de son cœur, de son esprit et de son âme qui m'inquiétaient, car aucun sang de vampire ne pouvait les guérir.

— De l'amour et du temps, murmurai-je en essayant de déterminer les composants d'un sortilège tout en suivant du regard les cinq hommes qui déposaient Matthew inconscient à l'arrière de l'une des voitures qui nous attendaient. C'est de cela qu'il a besoin.

Janet arriva et posa une main réconfortante sur mon épaule.

— Matthew Clairmont est un vampire ancien, dit-elle. Et il vous a. Je pense que l'amour et le temps feront l'affaire.

Soleil en Verseau

Quand le Soleil transite par le porteur d'eau, il porte grande fortune, fidèles amis et soutien de princes. Dès lors, ne crains pas le changement qui survient quand le Verseau règne sur la terre.

Diaire anglais, anonyme, env. 1590
Gonçalves MS. 4890, f. 10^r.

40

Matthew ne prononça que deux mots durant le vol : « Chez nous. »

Nous arrivâmes en France six jours après les événements de Chełm. Matthew ne pouvait toujours pas marcher. Il n'était pas en état de se servir de ses mains. Comme promis, le sang d'Ysabeau réparait lentement les os broyés, les tissus abîmés et les blessures aux organes internes. Après être d'abord resté inconscient en raison du mélange de médicaments, de la douleur et de l'épuisement, il refusait à présent de fermer l'œil pour se reposer.

Et il parlait à peine. Quand il ouvrait la bouche, c'était généralement pour refuser quelque chose.

— Non, dit-il quand nous prîmes la direction de Sept-Tours. Chez nous.

Devant les différentes possibilités, je demandai à Marcus de nous emmener aux Revenants. C'était un nom qui tombait étrangement bien étant donné son actuel propriétaire, puisque Matthew rentrait chez lui plus comme un fantôme que comme un homme après ce que Benjamin lui avait fait endurer.

Personne n'avait imaginé que Matthew préférerait les Revenants à Sept-Tours, et la maison était froide et sans vie quand nous arrivâmes. Il s'assit dans l'entrée avec Marcus pendant que son frère et moi courions en tous sens pour allumer les feux et lui préparer un lit. Baldwin et moi discutions de la chambre qui serait la mieux adaptée pour Matthew étant donné ses limites physiques quand le convoi de voitures venant de Sept-Tours s'engouffra dans la cour. Même les vampires ne parvinrent pas à devancer Sarah qui se précipita tant elle était impatiente de nous voir. Elle s'agenouilla devant Matthew avec une expression soucieuse et compatissante.

— Vous avez l'air dans un de ces états, dit-elle.

— Si vous saviez, répondit Matthew.

Sa voix naguère si belle était rocailleuse, mais j'en savourais chaque mot.

— Quand Marcus l'estimera possible, je voudrais vous passer un baume qui aidera votre peau à se remettre, dit Sarah en touchant la chair à vif de son avant-bras.

Le cri d'un bébé affamé et furibard s'éleva.

— Becca.

Mon cœur fit un bond dans ma poitrine à la pensée de revoir les jumeaux. Mais Matthew ne semblait pas partager mon bonheur.

— Non, dit-il avec un regard affolé, tremblant de tous ses membres. Pas tout de suite. Pas dans cet état.

Depuis que Benjamin avait pris le contrôle de l'esprit et du corps de Matthew, je tenais à ce que Matthew, maintenant qu'il était libre, ait le droit de déterminer lui-même les conditions de son quotidien et même son traitement médical. Mais cela, je ne pouvais pas le permettre. Je pris Rebecca des bras d'Ysabeau, embrassai sa joue lisse et la déposai dans le creux du bras de Matthew.

Dès que l'enfant vit le visage de son père, elle cessa de pleurer.

À peine Matthew eut-il sa fille dans les bras qu'il cessa de trembler, tout comme j'avais arrêté moi aussi la nuit où elle était née. Mes yeux s'embuèrent en voyant son expression terrifiée et effarée.

— Bien vu, murmura Sarah en me regardant de la tête aux pieds. Tu as une sale mine aussi.

— Mère, dit Jack en m'embrassant sur la joue.

Il essaya de me confier Philip, mais l'enfant se débattit en grimaçant et en tournant la tête.

— Qu'est-ce qu'il y a, petit bonhomme ? (Je touchai du bout du doigt le visage de Philip. Ma main s'illumina d'énergie et les lettres qui attendaient sous ma peau surgirent et s'arrangèrent pour former des histoires qui restaient encore à être racontées. Je hochai la tête et lui donnai un baiser sur le front, et je sentis sur mes lèvres le fourmillement qui confirma ce que le Livre de la Vie m'avait déjà révélé. Mon fils avait du pouvoir, énormément de pouvoir.) Porte-le à Matthew, Jack.

Jack savait fort bien de quelles horreurs Benjamin était capable. Il se prépara à en avoir de nouveau la preuve avant de se retourner. Je vis Matthew par les yeux de Jack : son héros, rentré de la bataille, décharné et blessé. Jack se racla la gorge et le grondement que j'entendis m'inquiéta.

— Ne laisse pas Philip en dehors des retrouvailles, père, dit Jack en le plaçant précautionneusement au creux de l'autre bras de Matthew.

Les paupières de Matthew tressaillirent de surprise devant cet accueil. « Père », c'était un mot si minuscule, mais Jack n'avait jamais appelé Matthew autrement que master Roydon ou Matthew. Même si Andrew Hubbard avait souligné que Matthew était le véritable père de Jack, et même si Jack avait rapidement pris l'habitude de m'appeler « mère », il avait montré une étrange réticence à accorder un tel honneur à l'homme qu'il idolâtrait.

— Philip se fâche quand Becca monopolise l'attention. (La voix de Jack était rauque d'une fureur réprimée et il fit exprès de poursuivre d'un ton léger.) Grand-mère Sarah a toute sorte de conseils sur la manière de traiter les petits frères et sœurs. Il est surtout question de glaces et de promenades au zoo.

Les plaisanteries de Jack ne trompèrent pas Matthew.

— Regarde-moi, dit-il. (La voix était sifflante, mais c'était incontestablement un ordre. Jack leva les yeux vers lui.) Benjamin est mort.

— Je sais, dit Jack en se détournant et en se dandinant, mal à l'aise.

— Benjamin ne peut plus te faire de mal. C'est fini.

— Il t'a fait du mal. Et il en aurait fait à ma mère, dit Jack, les yeux remplis de ténèbres.

Craignant qu'il succombe à la fureur sanguinaire, je fis un pas vers lui. Je m'arrêtai et me forçai à laisser Matthew gérer la situation.

— Regarde-moi, Jack.

Matthew était blême d'avoir dû faire un tel effort. Il avait plus parlé depuis l'arrivée de Jack qu'en toute une semaine et cela lui prenait toutes ses forces. Jack se tourna de nouveau vers le chef de son clan.

— Prends Rebecca, donne-la à Diana. Et reviens.

Jack obéit, pendant que nous les observions avec circonspection, au cas où l'un des deux perdrait la maîtrise de lui-même.

Je pris Becca dans mes bras, l'embrassai et lui chuchotai qu'elle avait été une gentille fille d'avoir laissé son père sans faire d'histoires. Elle fronça les sourcils, indiquant par là qu'elle n'avait agi que contrainte et forcée.

Revenu auprès de Matthew, Jack s'apprêta à prendre Philip.

— Non, je vais le garder, dit Matthew, dont les yeux s'assombrissaient eux aussi dangereusement. Emmène Ysabeau à la maison, Jack. Partez aussi, tous les autres.

— Mais, *Matthieu**..., protesta Ysabeau. (Fernando lui chuchota quelque chose à l'oreille. Elle hocha la tête à contrecœur.) Viens, Jack. Sur le chemin de Sept-Tours, je te raconterai comment Baldwin a essayé de me bannir de Jérusalem. Beaucoup d'hommes ont péri.

Après avoir proféré cet avertissement à peine voilé, Ysabeau emmena Jack.

— Merci, *mère**, murmura Matthew.

Il portait toujours Philip et son bras trembla sous son poids.

— Appelle si tu as besoin de moi, chuchota Marcus en sortant.

À peine ne resta-t-il plus que nous quatre dans la maison, que je repris Philip et couchai les deux bébés dans le berceau près de la cheminée.

— Trop lourd, dit Matthew d'un ton las alors que j'essayais de le lever de son siège. Je reste ici.

— Il n'en est pas question. (Je réfléchis à la situation et optai pour une solution. Je mobilisai l'air pour soutenir un sortilège de lévitation tissé à la va-vite.) Attends, je vais tenter la magie.

Matthew laissa échapper un bruit qui évoquait un rire.

— Non. Par terre, ça ira, dit-il d'une voix rendue pâteuse par l'épuisement.

— Le lit sera mieux, répondis-je fermement alors que nous glissions au-dessus du sol vers l'ascenseur.

Durant notre première semaine aux Revenants, Matthew permit à Ysabeau de venir lui donner à manger. Il retrouva un peu de ses forces et de sa mobilité. Il ne pouvait toujours pas marcher, mais il pouvait se mettre debout avec de l'aide, les bras ballants.

— Tu fais des progrès tellement rapides, dis-je avec entrain, comme si tout était rose.

En réalité, tout était très noir dans ma tête. Et je hurlais de colère, de peur et de frustration alors que l'homme que j'aimais peinait à trouver son chemin au travers des ombres du passé qui l'avaient englouti à Chełm.

Soleil en Poissons

Quand le soleil est en Poissons, attends lassitude et tristesse. Ceux qui peuvent bannir la peur connoîtront pardon et compréhension.

Tu seras appelé pour travailler en des lieux lointains.

> Diaire anglais, anonyme, env. 1590
> Gonçalves MS. 4890, f. 10r.

— Je voudrais d'autres de mes livres, dit Matthew avec une nonchalance trompeuse avant d'énumérer une liste de titres. Hamish saura où ils sont.

Son ami était retourné brièvement à Londres, puis rentré en France. Hamish était depuis réfugié dans les appartements de Matthew à Sept-Tours. Il passait ses journées à essayer d'empêcher des bureaucrates imbéciles de ruiner l'économie mondiale et ses nuits à vider la cave à vin de Baldwin.

Hamish arriva aux Revenants avec les livres et Matthew lui demanda de rester pour prendre un verre de champagne. Hamish sembla comprendre que cette tentative de normalité était un moment pivot dans la convalescence de Matthew.

— Pourquoi pas ? On ne peut pas vivre uniquement de bordeaux.

D'un coup d'œil discret, Hamish me fit comprendre qu'il allait s'occuper de Matthew.

Hamish était toujours là trois heures plus tard – et les deux hommes jouaient aux échecs. Je me sentis toute flageolante devant le spectacle inattendu de

Matthew en train de jouer les blancs et de réfléchir à son prochain coup. Comme ses mains étaient encore inutiles – il se trouve que la main est un élément complexe de la mécanique anatomique –, Hamish déplaçait les pièces selon ses instructions.

— E4, dit Matthew.

— La variation centrale ? Quelle témérité de ta part, dit Hamish en déplaçant l'un des pions blancs.

— Tu as accepté le gambit de la reine, dit suavement Matthew. À quoi tu t'attendais ?

— À ce que tu mélanges. Autrefois, tu refusais de risquer ta reine. Maintenant, tu le fais à chaque partie. (Hamish fronça les sourcils.) Ce n'est pas terrible, comme stratégie.

— La reine s'en est très bien sortie la dernière fois, chuchotai-je à l'oreille de Matthew, le faisant sourire.

Quand Hamish s'en alla, Matthew me demanda de lui faire la lecture. C'était désormais pour moi un rituel de m'asseoir avec lui devant le feu, alors que la neige tombait, un des bien-aimés livres de Matthew dans les mains. Abélard, Marlowe, Darwin, Thoreau, Shelley, Rilke. Souvent, les lèvres de Matthew bougeaient en même temps que les mots que je prononçais, ce qui prouvait – à moi, mais surtout à lui – que son esprit était plus vif que jamais.

— *Je suis la fille de la Terre et de l'Eau / Et le nourrisson du ciel*, lus-je dans son exemplaire corné de *Prométhée déchaîné*.

— *Je passe dans les pores des océans et des rivages*, chuchota Matthew. *Je change, mais ne puis mourir.*

Après la visite de Hamish, notre société aux Revenants s'agrandit progressivement. Jack fut invité à se joindre à Matthew et à apporter son violoncelle. Il jouait Beethoven pendant des heures d'affilée, et la musique avait non seulement des effets bénéfiques sur mon mari, mais ne manquait jamais de faire dormir ma fille.

L'état de Matthew s'améliorait, mais il avait encore beaucoup de chemin à faire. Quand il se reposait d'un sommeil agité, je sommeillais à son côté en espérant que les bébés ne bougent pas. Il me laissa l'aider à se laver et à s'habiller, même si cela le rendait furieux. Quand je pensais que je serais incapable de le voir peiner une fois de plus, je me concentrais sur une portion de peau qui s'était réparée. Comme les ombres de Chełm, les cicatrices ne disparaîtraient jamais complètement.

L'inquiétude de Sarah était visible quand elle vint le voir, mais Matthew n'en était pas la cause.

— Combien de magie tu utilises pour rester debout ?

Accoutumée à vivre avec des vampires à l'oreille aiguisée, elle avait attendu que je la raccompagne à la voiture pour poser sa question.

— Je vais bien, dis-je en lui ouvrant sa portière.

— Ce n'est pas ce que je te demande. Je le vois, que tu vas bien. C'est ce qui m'inquiète. Pourquoi tu n'as pas un pied dans la tombe ?

— Ce n'est pas important, éludai-je.

— Ça le sera quand tu t'effondreras, rétorqua-t-elle. Tu ne peux pas continuer comme ça.

— Tu oublies, Sarah, que la famille Bishop-Clairmont est spécialisée dans l'impossible.

Je refermai la portière pour étouffer ses protestations.

J'aurais dû me douter qu'il ne serait pas aussi facile de réduire ma tante au silence. Baldwin se présenta vingt-quatre heures après – sans y être invité ni se faire annoncer.

— C'est une mauvaise habitude que vous avez, dis-je en repensant au jour où il était revenu à Sept-Tours et avait arraché les draps de notre lit. Surprenez-nous une fois encore et je trufferai cette maison de sortilèges d'alarme suffisants pour repousser les Quatre Cavaliers de l'Apocalypse.

— On ne les a pas revus en Limousin depuis que Hugh est mort, répondit Baldwin en m'embrassant sur les joues – en prenant le temps de jauger posément mon odeur.

— Matthew ne reçoit pas de visites aujourd'hui, dis-je en me dégageant. Il a eu une nuit difficile.

— Je ne suis pas venu voir Matthew, dit-il en posant sur moi son regard d'aigle. Je suis là pour vous prévenir que si vous ne commencez pas à vous occuper de vous, je vais venir tout régenter ici.

— Vous n'avez aucune...

— Oh, mais que si. Vous êtes ma sœur. Votre époux n'est pas en mesure de veiller sur vous en ce moment. Occupez-vous de vous ou acceptez les conséquences, dit Baldwin, implacable. (Nous nous regardâmes en chiens de faïence pendant un moment. Il soupira en voyant que je ne baissais pas les yeux.) C'est on ne peut plus simple, Diana. Si vous vous effondrez – et d'après votre odeur, je dirais que vous en avez encore pour une semaine tout au plus –, l'instinct de Matthew lui demandera d'essayer de protéger sa compagne. Cela le détournera de sa tâche principale, qui est de guérir. (Il n'avait pas tort.) La meilleure manière de gérer un compagnon vampire – surtout un qui souffre de fureur sanguinaire, comme Matthew – est de ne lui donner aucune raison de penser que l'on a besoin de protection. Occupez-vous de vous, avant tout et toujours. Vous voir en bonne santé et heureuse fera infiniment plus de bien à Matthew, mentalement et physiquement, que le sang de sa créatrice ou la musique de Jack. Nous nous comprenons ?

— Oui.

— J'en suis ravi, répondit-il avec un petit sourire. Répondez à vos e-mails, tant que vous y êtes. Je vous envoie des messages. Vous ne répondez pas. C'est irritant.

J'acquiesçai, craignant, si j'ouvrais la bouche, de lui dire très précisément ce que je lui suggérais de faire avec les e-mails en question.

Baldwin passa la tête dans la grande salle pour voir où en était Matthew. Il l'estima totalement inutile puisqu'on ne pouvait le provoquer au combat, à la lutte ou à d'autres activités fraternelles. Puis, par bonheur, il partit.

Docilement, j'ouvris mon portable.

Des centaines de messages attendaient, pour la plupart de la Congrégation exigeant des explications, et de Baldwin me donnant des ordres.

Je refermai le portable et retournai auprès de Matthew et de mes enfants.

Quelques nuits après la visite de Baldwin, je me réveillai en sentant un doigt glacé qui suivait sur mon échine le dessin de l'arbre le long de ma nuque.

Le doigt bougea d'une manière saccadée et à peine maîtrisée jusqu'à mes épaules, où il trouva la silhouette de l'arc de la déesse et l'étoile laissée par Satu Järvinen.

Lentement, il descendit sur le dragon qui encerclait mes hanches.

Les mains de Matthew fonctionnaient de nouveau.

— Il fallait que ce soit toi la première chose que je toucherais, dit-il en se rendant compte qu'il m'avait réveillée.

J'étais à peine capable de respirer et la moindre réponse de ma part était hors de question. Mais les mots que j'avais en moi demandaient tout de même à être libérés. La magie monta en moi, et des lettres se formèrent sous ma peau.

— Le prix du pouvoir. (La main de Matthew entoura mon avant-bras, caressant du pouce les mots à mesure qu'ils apparaissaient. Le mouvement commença brusque et irrégulier, mais il prit de l'assurance et de la douceur à chaque passage. Il avait observé les changements en moi depuis que j'étais devenue le Livre de la Vie, mais il n'en avait jamais parlé jusqu'ici.) Tant de choses à dire, murmura-t-il en frôlant ma nuque des lèvres. (Ses doigts plongèrent, écartèrent ma chair et s'enfoncèrent en moi. Je poussai un cri. Cela faisait si longtemps, mais ce contact était encore familier. Les doigts de Matthew se dirigèrent sans hésiter aux endroits qui me donnaient le plus de plaisir.) Mais tu n'as pas besoin de mots pour me dire ce que tu éprouves, continua Matthew. Je te vois, même quand tu te caches du reste du monde. Je t'entends, même quand tu te tais.

C'était la définition même de l'amour. Comme par magie, les lettres accumulées sur mes avant-bras disparurent alors que Matthew mettait mon âme à nu et guidait mon corps jusqu'à un lieu où les mots n'étaient plus nécessaires. Je tremblai de plaisir et bien que les doigts de Matthew fussent aussi légers qu'une plume, ils étaient infatigables.

— Encore, dit-il quand mon pouls accéléra de nouveau.

— Ce n'est pas possible, répondis-je.

C'est alors qu'il fit quelque chose qui m'arracha un cri.

— *Impossible n'est pas français**, répondit-il en me mordillant l'oreille. Et la prochaine fois que ton frère vient en visite, dis-lui de ne pas s'inquiéter. Je suis parfaitement en mesure de m'occuper de mon épouse.

Soleil en Bélier

Le signe du Bélier signifie maîtrise et sagesse.

Quand le soleil réside en Bélier, tu verras croître

toutes tes œuvres. C'est le temps des nouveaux commencements.

Diaire anglais, anonyme, env. 1590
Gonçalves MS. 4890, f. 7ᵛ.

— Répondez à vos fichus e-mails ! (Apparemment, Baldwin n'était pas dans un bon jour. Comme Matthew, je commençais à apprécier la manière dont la technologie moderne nous permettait de garder les vampires de la famille à bonne distance.) Je les ai retenus aussi longtemps que j'ai pu, gronda Baldwin sur l'écran de l'ordinateur, la ville de Berlin bien visible par la vaste baie vitrée derrière lui. Il va falloir que vous alliez à Venise, Diana.

— Pas question.

Cela faisait des semaines que nous avions cette conversation, avec quelques variantes.

— Certainement que si. (Matthew se pencha par-dessus mon épaule. Il marchait, à présent, lentement, mais plus silencieusement que jamais.) Diana ira voir la Congrégation, Baldwin. Mais reparle-lui sur ce ton et je t'arrache la langue.

— Deux semaines, répondit Baldwin, pas du tout impressionné par les menaces de son frère. Ils ont accepté de lui laisser deux semaines de plus.

— C'est trop tôt, dis-je.

Les séquelles des sévices infligés par Benjamin s'atténuaient, mais Matthew ne pouvait plus aussi bien contrôler sa fureur sanguinaire et ses sautes d'humeur étaient fulgurantes.

— Elle y sera.

Il baissa le capot du portable, coupant efficacement court aux exigences de son frère.

— C'est trop tôt, répétai-je.

— Oui, bien sûr, beaucoup trop tôt pour que je voyage jusqu'à Venise et que j'affronte Gerbert et Satu, dit-il en appuyant les mains sur mes épaules. Si nous voulons que le pacte soit officiellement abandonné, et c'est notre vœu, l'un de nous doit plaider devant la Congrégation.

— Et les enfants ? tentai-je en dernier recours.

— Tu nous manqueras à tous les trois, mais nous nous débrouillerons. Si j'arrive à avoir l'air assez incapable devant Ysabeau et Sarah, je n'aurai pas à changer une seule couche pendant ton absence. (Il appuya de plus belle et je me sentis ployer sous le poids des responsabilités.) Tu dois le faire. Pour moi, pour nous, pour tous les membres de notre famille qui ont souffert à cause du pacte : Emily, Rebecca, Stephen, et même Philippe. Et pour nos enfants, afin qu'ils grandissent dans l'amour et non dans la peur.

Après cette plaidoirie, je ne pouvais plus refuser d'aller à Venise.

La famille Bishop-Clairmont se lança dans l'action pour préparer notre dossier devant la Congrégation. Cet effort collaboratif entre espèces commença par réduire notre argumentaire à l'essentiel. Certes, c'était pénible d'abandonner les insultes et souffrances de toutes sortes que nous avions subies, mais pour remporter le succès, nous ne devions pas donner l'impression de poursuivre une vendetta personnelle.

Au final, ce fut étonnament simple – en tout cas une fois que Hamish s'en fût chargé. Tout ce qu'il fallait faire, déclara-t-il, c'était prouver sans le moindre doute que les raisons de l'existence du pacte étaient la crainte des croisements entre espèces et le désir de maintenir des lignées artificiellement pures afin de préserver l'équilibre des pouvoirs entre les créatures.

Comme pour la plupart des dossiers simples, nous terminâmes le nôtre après des heures de travail épuisant. Tous les talents furent mis à contribution. Phoebe, qui était une analyste douée, chercha dans les archives de Sept-Tours des documents concernant la mise en œuvre du pacte et les premiers débats et réunions de la Congrégation. Elle appela Rima, qui fut enthousiaste qu'on lui demande autre chose que de classer de la paperasse, et lui fit chercher des documents soutenant la thèse dans la bibliothèque de la Congrégation à l'Isola della Stella.

Ces documents nous permirent de dresser un tableau cohérent de ce que les fondateurs de la Congrégation redoutaient vraiment : que des relations entre les créatures résultent des enfants ni démons ni vampires ni sorciers mais une terrifiante combinaison des trois, souillant les lignées anciennes et tenues pour pures des êtres surnaturels. Ce genre d'inquiétude était compréhensible au XIIe siècle en raison des notions de biologie de l'époque et de la valeur accordée à la transmission du patrimoine et à la lignée. Philippe de Clermont avait eu la finesse politique de soupçonner que les enfants de telles unions seraient assez puissants pour gouverner le monde s'ils le désiraient.

Ce qui était plus difficile, pour ne pas dire plus dangereux, était de démontrer que cette peur avait en fait contribué au déclin des créatures surnaturelles : des siècles de consanguinité faisaient que les vampires avaient de plus en plus de mal à créer de nouveaux vampires, les sorciers étaient moins puissants et les démons de plus en plus sujets à la démence. Pour étayer cette partie de leur thèse, les Bishop-Clairmont devaient dévoiler au grand jour les cas de fureur sanguinaire et les tisseurs présents dans notre famille.

Je rédigeai un historique des tisseurs en utilisant les informations du Livre de la Vie. J'expliquai que leur pouvoir créatif était difficile à contrôler et les exposait à l'animosité de leurs congénères sorciers. Avec le temps, les sorciers s'étaient reposés sur leurs lauriers et avaient eu moins besoin de nouveaux sortilèges et charmes. Les anciens fonctionnaient bien, et les tisseurs, de membres précieux pour leur communauté, étaient devenus des marginaux traqués. Sarah et moi rédigeâmes ensemble le récit de la vie de mes parents dans tous ses douloureux détails afin de soutenir cette thèse : les tentatives désespérées de mon père pour dissimuler ses dons, les efforts de Knox pour les découvrir et leurs morts tragiques.

Matthew et Ysabeau rédigèrent un récit du même genre, celui de la folie et de la force destructrice de la colère. Fernando et Gallowglass cherchèrent dans les papiers personnels de Philippe la preuve qu'il avait protégé sa compagne de l'extermination et qu'ils avaient décidé ensemble de protéger Matthew malgré les signes de la maladie qu'il présentait. Philippe et Ysabeau estimaient tous les deux qu'une éducation attentive et une discipline de fer pouvaient contrebalancer la maladie qu'il avait dans le sang – exemple classique de la culture qui tente de dominer la nature. Et Matthew avoua que son échec avec Benjamin démontrait combien la fureur sanguinaire pouvait être dangereuse si on la laissait se développer.

Janet arriva aux Revenants avec le grimoire Gowdie et un exemplaire des minutes du procès de son arrière-grand-mère Isobel. Les minutes relataient avec un luxe de détails sa relation amoureuse avec le démon connu sous le nom de Nickie-Ben, y compris sa morsure fatale. Le grimoire prouvait qu'Isobel était une tisseuse de sortilèges, car elle signait fièrement ses créations magiques uniques en leur genre et exigeait un prix élevé pour les partager avec ses consœurs des Highlands. Isobel donnait également le nom de son amant : Benjamin Fox, le fils de Matthew. Benjamin avait d'ailleurs signé de son nom l'archive familiale figurant au début de l'ouvrage.

— Cela ne suffit toujours pas, s'inquiéta Matthew en examinant les documents. Nous ne sommes toujours pas en mesure d'expliquer *pourquoi* les tisseuses et les vampires atteints de fureur sanguinaire comme toi et moi peuvent concevoir des enfants.

Je pouvais l'expliquer. Le Livre de la Vie m'avait fait part de ce secret. Mais je ne voulais rien dire tant que Miriam et Chris n'avaient pas apporté la preuve scientifique.

Je commençais à me dire que j'allais devoir plaider notre cause devant la Congrégation sans leur aide quand une voiture entra dans la cour.

— Qui cela peut-il être ? demanda Matthew en posant son stylo et en allant à la fenêtre. Miriam et Chris sont là. Il doit y avoir des problèmes au laboratoire à Yale.

Une fois le couple entré et Matthew rassuré que tout allait bien dans l'équipe de chercheurs qu'il avait quittée à New Haven, Chris me tendit une enveloppe.

— Tu avais raison, dit-il. Beau travail, professeur Bishop.

Je serrai l'enveloppe contre mon cœur, soulagée comme jamais. Puis je la tendis à Matthew.

Il la décacheta et lut rapidement le texte et les idéogrammes noirs et blancs qui l'accompagnaient. Puis il releva la tête, bouche bée.

— Moi aussi, cela m'a surprise, avoua Miriam. Tant que nous abordions les démons, vampires et sorciers comme des espèces séparées reliées aux êtres humains mais distinctes les unes des autres, la vérité ne pouvait que nous échapper.

— C'est alors que Diana nous a dit que le Livre de la Vie parlait de ce qui nous réunissait et non de ce qui nous séparait, continua Chris. Elle nous a demandé de comparer son génome à ceux des démons et d'autres sorcières.

— Tout était là, dans le chromosome de la créature, dit Miriam. Caché en évidence.

— Je ne comprends pas, dit Sarah, perplexe.

— Diana a pu concevoir l'enfant de Matthew parce qu'ils ont tous les deux du sang de démon en eux, expliqua Chris. Il est trop tôt pour en être certain, mais notre hypothèse est que les tisseurs descendent d'anciennes unions entre démons et sorcières. Les vampires atteints de fureur sanguinaire comme Matthew apparaissent quand un vampire possédant le gène de la fureur sanguinaire crée un autre vampire à partir d'un être humain possédant un peu d'ADN de démon.

— Nous n'avons pas trouvé beaucoup de traces démoniaques dans l'échantillon génétique d'Ysabeau, ni dans celui de Marcus, ajouta Miriam. Cela explique qu'ils n'aient jamais manifesté la maladie comme Matthew ou Benjamin.

— Mais la mère de Stephen Proctor était humaine, dit Sarah. C'était une chieuse complète, désolée, Diana, mais elle n'avait rien de démoniaque.

— Ce n'est pas nécessairement une relation immédiate, dit Miriam. Il suffit qu'il y ait assez d'ADN de démon dans le mélange pour déclencher les gènes tisseur et fureur sanguinaire. Il se peut que cela ait été dans le génome d'un ancêtre lointain de Stephen. Comme l'a dit Chris, nous en sommes encore au stade préliminaire. Il va nous falloir des dizaines d'années pour comprendre entièrement cela.

— Une dernière chose: la petite Margaret est aussi une tisseuse, dit Chris en désignant le document que tenait Matthew. Page 30. C'est indubitable.

— Je me demande si c'est pour cela qu'Em tenait absolument à ce que Margaret ne tombe jamais entre les mains de Knox, dit pensivement Sarah. Peut-être qu'elle avait découvert la vérité d'une manière ou d'une autre.

— Voilà qui va ébranler la Congrégation jusque dans ses fondations, dis-je.

— Cela va faire même plus, dit Matthew. La science rend le pacte totalement caduc. Nous ne sommes pas des espèces séparées.

— Alors, nous sommes juste des races différentes ? demandai-je. Cela renforce encore notre argument sur le métissage.

— Il faut que tu te renseignes, professeur Bishop, sourit Chris. L'identité raciale ne repose sur aucune base biologique, du moins aucune qui soit acceptée par la plupart des scientifiques.

Matthew m'avait dit quelque chose comme ça à Oxford longtemps auparavant.

— Mais cela veut dire…

Je n'achevai pas.

— Que vous n'êtes finalement pas des monstres. Qu'il n'y a pas de démons, de vampires ou de sorciers. Biologiquement parlant. Vous êtes juste des êtres humains qui ont une différence, sourit Chris. Dis à la Congrégation où elle peut se fourrer ses thèses.

Je n'utilisai pas exactement ces termes dans le texte d'introduction de l'énorme dossier que nous envoyâmes à Venise en préalable à l'audience de la

Congrégation, mais ce que je disais revenait à peu près au même.

Les jours du pacte étaient comptés.

Et si la Congrégation voulait continuer à fonctionner, elle allait devoir trouver mieux à faire pour passer le temps que contrôler les frontières entre démons, vampires, sorciers et êtres humains.

Cependant, quand j'entrai dans la bibliothèque le matin de mon départ pour Venise, je découvris que nous avions oublié quelque chose dans le dossier. Pendant que nous faisions nos recherches, il avait été impossible de ne pas prêter attention aux traces gluantes des doigts de Gerbert. Il semblait tapi dans les marges de tous les documents et éléments de preuves. C'était difficile de l'accuser directement, mais tout tendait à prouver que Gerbert d'Aurillac connaissait depuis un certain temps les facultés particulières des tisseurs. Il en avait même détenu une : la sorcière Meridiana, qui l'avait maudit avant de mourir. Et il avait transmis à Benjamin Fuchs des renseignements sur la famille Clermont pendant des siècles. Philippe l'avait découvert et mis au pied du mur juste avant de partir pour sa dernière mission en Allemagne nazie.

— Pourquoi l'information sur Gerbert n'a-t-elle pas été envoyée à Venise ? demandai-je à Matthew quand je le trouvai enfin à la cuisine en train de préparer du thé, pendant qu'Ysabeau jouait avec Philip et Becca.

— Parce qu'il vaut mieux que le reste de la Congrégation ne soit pas au courant de l'implication de Gerbert, répondit-il.

— Mieux pour qui ? demandai-je sèchement. Je veux que cet individu soit dénoncé et puni.

— Mais les châtiments de la Congrégation sont tellement insatisfaisants, dit Ysabeau, l'œil pétillant. Trop de bavardages. Pas assez de souffrance. Si c'est une punition que vous réclamez, laissez-moi faire.

Elle racla des ongles sur le comptoir et je frissonnai.

— Vous en avez assez fait, *mère**, dit Matthew en lui jetant un regard impérieux.

— Oh, cela, fit-elle avec un geste désinvolte. Gerbert a été un très vilain garçon. Mais c'est à cause de cela qu'il coopérera avec Diana demain. Vous allez trouver un Gerbert très empressé, ma fille.

Je m'assis lourdement sur un tabouret.

— Pendant qu'Ysabeau était détenue chez Gerbert, Nathaniel et elle ont fait un peu d'espionnage, expliqua Matthew. Depuis, ils surveillent ses e-mails et ses visites sur le Web.

— Vous saviez que rien de ce que vous voyez sur l'Internet ne meurt jamais, Diana ? Cela perdure éternellement, tout comme un vampire, dit Ysabeau, l'air totalement fasciné par cette comparaison.

— Et ?

Je me demandais où ils voulaient en venir.

— Gerbert ne s'intéresse pas qu'aux sorcières, dit Ysabeau. Il a eu une ribambelle de maîtresses démones, aussi. L'une d'elles habite toujours sur la via della Scala, à Rome, dans un appartement somptueux et rempli de courants d'air qu'il lui a acheté au XVIIe siècle.

— Attendez. Au XVIIe ?

Je tentai de réfléchir, mais c'était difficile avec Ysabeau et ses airs de Tabitha qui aurait tout juste englouti une souris.

— Non seulement Gerbert « fréquentait » des démones, mais il en a changé une en vampire. Une telle chose est strictement interdite – pas par le pacte, mais par la loi vampire. Pour de bonnes raisons, puisqu'il se trouve que nous savons aujourd'hui ce qui déclenche la fureur sanguinaire, dit Matthew. Même Philippe n'était pas au courant de son existence, bien qu'il ait été au courant pour certaines des autres maîtresses démones de Gerbert.

— Et nous le faisons chanter avec cela ? demandai-je.

— « Chantage », quel mot hideux, dit Ysabeau. Je préfère penser que Gallowglass a été extrêmement persuasif quand il est passé hier soir aux Anges-Déchus souhaiter un bon voyage à Gerbert.

— Je ne veux pas d'une opération clandestine des Clermont contre Gerbert. Je veux que le monde sache quelle vipère il est, dis-je. Je veux qu'il soit battu à la régulière.

— Ne t'inquiète pas. Le monde entier saura. Un jour. Une guerre à la fois, *ma lionne**, dit Matthew en atténuant le ton autoritaire de sa réponse avec un baiser et une tasse de thé.

— Philippe préférait la chasse à la guerre, dit Ysabeau en baissant la voix, comme si elle ne voulait pas que Philip et Becca entendent la suite. Voyez-vous, quand vous chassez, vous pouvez jouer avec votre proie avant de la tuer. C'est ce que nous faisons avec Gerbert.

— Oh.

Il fallait avouer qu'il y avait quelque chose de séduisant dans cette perspective.

— J'étais sûre que vous comprendriez. Vous portez le nom de la déesse de la chasse, après tout. Bonne chasse à Venise, ma chère, me dit Ysabeau en me tapotant la main.

Soleil en Taureau

Le Taureau gouverne argent, crédit, dettes et présents.

Quand le soleil est en Taureau, règle les comptes en suspens.

Règle tes affaires afin qu'elles ne te troublent plus tard.

Si tu reçois récompense inattendue, investis-la pour l'avenir.

Diaire anglais, anonyme, env. 1590
Gonçalves MS. 4890, f. 7^v.

Venise m'apparut très différente en mai d'en janvier, et pas seulement parce que le ciel était bleu et la lagune paisible.

À l'époque où Matthew était dans les griffes de Benjamin, la ville m'avait paru froide et peu accueillante. C'était un endroit que j'avais eu envie de quitter au plus vite. Et sur le moment, je n'avais jamais imaginé y revenir.

Mais la justice de la déesse ne serait pas entière tant que le pacte ne serait pas abandonné.

Je me retrouvai donc de nouveau à Ca' Chiaromonte, assise sur le banc dans le jardin plutôt que sur la banquette dominant le Grand Canal, à attendre une fois de plus la réunion du conseil.

Cette fois, Janet Gowdie attendait avec moi. Nous avions passé en revue notre dossier une dernière fois en imaginant les arguments qui nous seraient opposés, pendant que les précieuses tortues de Matthew parcouraient les allées de gravier à la recherche de nourriture.

— C'est l'heure de partir, annonça Marcus juste avant que les cloches sonnent 16 heures.

Fernando et lui allaient nous accompagner à l'Isola della Stella. Janet et moi avions tenté de convaincre la famille que nous ne risquerions rien toutes seules, mais Matthew n'avait rien voulu entendre.

Les membres de la Congrégation étaient les mêmes que lors de la réunion de janvier. Agatha, Tatiana et Osamu me firent des sourires encourageants, mais l'accueil que me réservèrent Sidonie von Borcke et les vampires fut décidément glacial. Satu se glissa dans le cloître au dernier moment comme si elle espérait ne pas se faire remarquer. C'en était fini de la sorcière si sûre d'elle qui m'avait kidnappée dans le jardin de Sept-Tours. Le regard appuyé que lui jeta Sidonie indiquait que la transformation de Satu n'était pas passée inaperçue et je soupçonnai qu'un changement dans les représentants des sorciers allait bientôt survenir.

Je traversai le cloître pour rejoindre les deux vampires.

— Domenico, Gerbert, dis-je avec un signe de tête pour chacun.

— Sorcière, répondit Gerbert avec mépris.

— Et Clermont, qui plus est. (Je me penchai pour approcher les lèvres de ses oreilles.) Ne soyez pas aussi content de vous, Gerbert. Il se peut que la déesse vous ait gardé pour la fin, mais ne vous y trompez pas : le jour du jugement approche.

Je fus ravie de voir en reculant une lueur effrayée dans son regard.

Quand je glissai la clé des Clermont dans la serrure de la salle du conseil, je fus submergée par une impression de déjà-vu. Les portes s'ouvrirent et l'étrange sensation augmenta. Je fixai l'ouroboros – le dixième nœud – sculpté sur le dossier du siège des Clermont et les fils argent et or de la pièce crépitèrent d'énergie.

Toutes les sorcières apprennent à croire aux signes. Heureusement, le sens de celui-ci était clair sans qu'il ait besoin d'une interprétation compliquée ou de magie : *Ceci est ton siège. Ici est ta place.*

— Je déclare la séance ouverte, dis-je en frappant la table une fois assise à ma place.

Mon doigt gauche était marqué d'un épais ruban de couleur violette. La flèche de la déesse avait disparu après que je l'eus utilisée pour tuer Benjamin, mais le violet – la couleur de la justice – était demeuré.

Je balayai la salle du regard – la vaste table, les archives de mon peuple et des ancêtres de mes enfants, les neuf créatures réunies pour prendre une décision qui changerait la vie de milliers d'entre elles dans le monde entier. Loin au-dessus de nos têtes, je perçus les esprits de ceux qui nous avaient précédés, leurs regards qui me glaçaient, me tapotaient et me chatouillaient.

Donnez-nous la justice, dirent-ils d'une seule voix, *et souvenez-vous de nos noms.*

— Nous avons gagné, racontai-je aux membres des familles Clermont et Bishop-Clairmont qui s'étaient réunis dans le salon pour nous accueillir à notre retour de Venise. Le pacte est abrogé.

Des vivats et des félicitations fusèrent, suivis d'embrassades. Baldwin leva son verre de vin à mon intention, pour démontrer son approbation avec moins d'effusion.

Je cherchai Matthew du regard.

— Sans surprise, dit-il. (Le silence qui suivit fut lourd de paroles que j'entendis, même si elles n'étaient pas prononcées. Il se baissa pour prendre sa fille.) Tu vois, Rebecca ? Ta maman a tout arrangé une fois de plus. (Becca avait découvert le grand plaisir consistant à se mâchouiller les doigts. J'étais heureuse qu'elle n'ait pas encore l'équivalent des dents de lait chez les vampires. Matthew retira sa main et l'agita dans ma direction, détournant sa fille de la crise qu'elle s'apprêtait à piquer.) *Bonjour, maman !**

Jack faisait sauter Philip sur ses genoux. L'enfant avait l'air à la fois intrigué et soucieux.

— Joli travail, mère.

— J'ai été très aidée.

La gorge serrée, je regardai non seulement Jack et Philip, mais Sarah et Agatha qui parlaient de la réunion de la Congrégation, Fernando qui amusait Sophie et Nathaniel en leur parlant de la fureur de Domenico et de la raideur de Gerbert, et enfin Phoebe et Marcus, qui scellaient leurs retrouvailles d'un baiser. J'allai retrouver Baldwin qui était avec Matthew et Becca.

— Ceci vous appartient, mon frère, dis-je en lui tendant la lourde clé de la Congrégation posée au creux de ma paume.

— Gardez-la, dit-il en repliant mes doigts dessus.

La conversation se tut dans le salon.

— Qu'est-ce que vous avez dit ? chuchotai-je.

— De la garder, répéta Baldwin.

— Vous n'êtes pas sérieux…

— Mais si. Tout le monde a un travail dans la famille Clermont. Vous le savez, dit-il avec une lueur dans ses yeux brun doré. À partir d'aujourd'hui, la présidence de la Congrégation est le vôtre.

— Je ne peux pas ! Je suis professeur ! protestai-je.

— Fixez les réunions de la Congrégation selon vos horaires de cours. Du moment que vous répondez à vos e-mails, dit-il en faisant mine de me gronder, vous ne devriez pas avoir de difficultés à jongler entre toutes vos responsabilités. J'ai négligé les affaires familiales assez longtemps comme cela. Et puis je suis un soldat, pas un politicien.

Je suppliai Matthew du regard, mais il n'avait aucune intention de me sauver de cette position délicate. Il était fier de moi.

— Et vos sœurs ? demandai-je. Verin ne sera sûrement pas d'accord.

— C'est elle qui l'a suggéré, dit Baldwin. Et après tout, vous êtes ma sœur aussi.

— C'est donc réglé. Diana siégera à la Congrégation jusqu'à ce qu'elle s'en lasse. (Ysabeau m'embrassa sur les deux joues.) Imaginez combien cela va irriter Gerbert quand il découvrira ce que vient de faire Baldwin. (Toujours étourdie, je glissai la clé dans ma poche.) La journée aura été splendide, continua-t-elle en regardant la lumière printanière dehors. Allons faire une promenade dans le jardin avant le dîner. Alain et Marthe ont préparé un festin... sans l'aide de Fernando. Du coup, Marthe est d'extrêmement bonne humeur.

La famille sortit dans un sillage de rires et de bavardages. Matthew confia Becca à Sarah.

— Ne nous faites pas attendre, tous les deux, dit-elle.

Une fois que nous fûmes seuls, Matthew m'embrassa avec une avidité qui se fit progressivement plus passionnée et moins désespérée. Cela nous rappela que sa fureur sanguinaire n'était pas encore totalement maîtrisée et que mon absence l'avait éprouvé.

— Tout s'est bien passé à Venise, *mon cœur** ? demanda-t-il quand il se fut repris.

— Je te raconterai tout plus tard, dis-je. Mais je dois te prévenir : Gerbert mijote quelque chose. Il a constamment essayé de me contrer.

— Qu'est-ce que tu imaginais ? dit-il en s'éloignant pour rejoindre le reste de la famille. Ne te fais pas de souci pour Gerbert. Nous percerons son petit jeu à jour, pas d'inquiétude. (Quelque chose d'inattendu attira mon attention. Je m'immobilisai.) Diana ? demanda-t-il en se retournant. Tu viens ?

— Dans une minute, promis-je.

Il me dévisagea curieusement, mais s'en alla.

Je savais que vous seriez la première à me voir. La voix de Philippe était un chuchotis, et je voyais toujours l'horrible mobilier d'Ysabeau à travers lui. Mais cela n'avait aucune importance. Il était parfait – entier, souriant, les yeux pétillants d'amusement et d'affection.

— Pourquoi moi ? demandai-je.

Vous avez le Livre de la Vie, désormais. Vous n'avez plus besoin de mon aide.

Philippe plongea son regard dans le mien.

— Le pacte…, commençai-je.

J'ai entendu. J'entends presque tout. Son sourire s'agrandit. *Je suis fier que ce soit l'un de mes enfants qui l'ait anéanti. Vous avez bien œuvré.*

— C'est vous voir, ma récompense ? demandai-je en ravalant mes larmes.

L'une d'elles. Le moment venu, vous en recevrez d'autres.

— Emily. (À peine eus-je prononcé son prénom que la silhouette de Philippe commença à disparaître.) Non ! Ne partez pas ! Je ne poserai pas de questions. Dites-lui simplement que je l'aime.

Elle le sait. Votre mère aussi. Il me fit un clin d'œil. *Je suis totalement cerné par les sorcières. Ne le dites pas à Ysabeau. Cela lui déplairait.*

J'éclatai de rire.

Et c'est donc comme cela que je suis récompensé, moi, de mes années de bonne conduite. À présent, je ne veux plus aucune larme, c'est compris ? Il leva l'index. *J'en ai vraiment assez.*

— Que voulez-vous à la place ? demandai-je en m'essuyant les yeux.

Davantage de rires. De danses. Son expression était malicieuse. *Et encore plus de petits-enfants.*

— Il a fallu que je demande, dis-je en riant.

Mais l'avenir ne sera pas que rires, je le crains. Il redevint grave. *Votre œuvre n'est pas achevée, ma fille. La déesse m'a demandé de vous rendre ceci.* Il me tendit la flèche d'or et d'argent avec lequel j'avais transpercé le cœur de Benjamin.

— Je n'en veux pas, dis-je en reculant et en levant la main pour repousser ce cadeau importun.

Je n'en voulais pas non plus, et pourtant quelqu'un doit veiller à ce que justice soit faite. Il tendit le bras.

— Diana ? appela Matthew de l'extérieur.

Je n'aurais plus jamais entendu la voix de mon mari s'il n'y avait eu la flèche de la déesse.

— J'arrive ! répondis-je.

Les yeux de Philippe se remplirent de compassion. Je touchai la pointe d'or d'un doigt hésitant. À peine fus-je entrée en contact avec elle qu'elle disparut et que je la sentis à nouveau peser dans mon dos.

Dès l'instant que je vous ai vue, j'ai su que c'était vous, dit Philippe.

Ses paroles étaient un étrange écho de ce que m'avait dit Timothy Weston l'année précédente à la Bodléienne et une nouvelle fois chez lui.

Avec un dernier sourire, son fantôme acheva de disparaître.

— Attendez ! m'écriai-je. « Vous » quoi ?

Vous, celle qui pourrait se charger de mes fardeaux sans se briser, me chuchota à l'oreille la voix de Philippe. Je sentis le frôlement de lèvres sur ma joue. *Vous ne les porterez pas seule. Ne l'oubliez pas, ma fille.*

Je ravalai un sanglot quand il disparut.

— Diana ? appela de nouveau Matthew depuis l'entrée, cette fois. Qu'est-ce qui t'est arrivé ? On dirait que tu as vu un fantôme.

C'était le cas, mais ce n'était pas le moment de le raconter à Matthew. J'avais envie de pleurer, mais Philippe voulait de la joie, pas du chagrin.

— Danse avec moi, dis-je avant qu'une seule larme ait le temps de couler.

Matthew me prit dans ses bras. Ses pieds glissèrent sur le sol, nous emportant du salon dans le grand hall. Il ne posa aucune question, même si toutes les réponses étaient dans mes yeux.

Je lui marchai sur le pied.

— Pardon.

— Tu essaies de conduire, encore une fois, murmura-t-il. (Il déposa un baiser sur mes lèvres, puis il me fit virevolter.) Pour le moment, tu es censée suivre.

— J'avais oublié, dis-je en riant.

— Il va falloir que je te le rappelle plus souvent, dans ce cas.

Il me serra contre lui. Son baiser fut assez brutal pour être un avertissement et délicat pour être une promesse.

Philippe avait raison, me dis-je alors que nous sortions dans le jardin.

Que je conduise ou que je suive, je ne serais jamais seule dans un monde où il y avait Matthew.

Soleil en Gémeaux

Le signe des Gémeaux concerne l'association entre l'époux
et l'épouse et toutes affaires qui reposent sur la fidélité. Un homme
né sous ce signe possède un bon et honnête cœur
et un bel esprit qui le porte à apprendre maintes choses.
Il sera prompt à la colère, mais autant à se réconcilier.
Il a la parole hardie même devant le prince. Il est grand
dissimulateur, et sait répandre habiles fantaisies et mensonges.
Il sera fort mêlé à des troubles en raison de son épouse,
mais il saura vaincre leurs ennemis.

Diaire anglais, anonyme, env. 1590
Gonçalves MS. 4890, f. 8[r].

41

— Pardonnez-moi de vous déranger, professeur Bishop. (Je levai les yeux de mon manuscrit. La salle de lecture de la Royal Society était inondée d'un soleil estival qui filtrait par les fenêtres à petits carreaux et se répandait sur les vastes tables.) L'un des sociétaires m'a demandé de vous donner ceci.

Le bibliothécaire me tendit une enveloppe portant mon nom dans une écriture sombre et caractéristique. Je le remerciai d'un signe de tête.

L'antique pièce d'argent de Philippe — celle qu'il envoyait pour s'assurer que l'on revînt au bercail ou que l'on obéît à ses ordres — se trouvait à l'intérieur. Je lui avais trouvé une nouvelle utilisation, qui aidait Matthew à contrôler sa fureur sanguinaire pendant que je retrouvais une vie plus active. La santé de mon mari s'améliorait petit à petit après sa confrontation avec Benjamin, mais son humeur était toujours instable et sa colère rapide à se déclencher. Une guérison complète prendrait du temps. Si Matthew sentait que le besoin de ma présence atteignait un niveau dangereux, il lui suffisait de m'envoyer la pièce et je courais le retrouver.

Je rendis les manuscrits reliés que je consultais à l'employé du comptoir et le remerciai de son aide.

C'était la fin de ma première morne semaine de retour dans les archives – un galop d'essai pour voir comment ma magie réagissait au contact répété de tant de textes anciens et esprits brillants, quoique morts. Matthew n'était pas le seul à avoir du mal à se maîtriser, et j'avais eu quelques moments difficiles où j'avais cru qu'il me serait impossible de retrouver le travail que j'aimais, mais chaque jour rendait cet objectif plus envisageable.

Depuis ma confrontation avec la Congrégation en mai, j'avais fini par me considérer comme un tissage complexe et non plus simplement comme un palimpseste ambulant. Mon corps était une tapisserie de sorcière, démon et vampire. Certains des fils qui me composaient étaient pure énergie, ainsi que le symbolisait la silhouette ombrée de Corra. Certains étaient tirés des dons que mes cordelettes de tisseuse représentaient. Le reste était filé à partir des connaissances contenues dans le Livre de la Vie. Chaque fil noué me donnait la force d'utiliser la flèche de la déesse pour la justice plutôt que pour assouvir une vengeance ou obtenir le pouvoir.

Je descendis le grand escalier et vis Matthew qui m'attendait dans le hall. Son regard me rafraîchit la peau et m'échauffa le sang, comme toujours. Je déposai la pièce dans sa paume tendue.

— Tout va bien, *mon cœur** ? demanda-t-il après un baiser.

— Tout va très bien. (Je tripotai le revers de sa veste noire dans un petit geste possessif. Aujourd'hui, Matthew avait endossé le costume du distingué professeur, avec un pantalon gris acier, une chemise blanche impeccable et une belle veste en lainage. J'avais choisi sa cravate. Hamish la lui avait offerte au Noël précédent, et l'imprimé Liberty vert et gris rappelait la couleur changeante de ses yeux.) Comment cela s'est-il passé ?

— Discussion intéressante. Chris a été brillant, évidemment, dit Matthew, laissant par modestie tout le mérite à mon meilleur ami.

Chris, Matthew, Miriam et Marcus avaient présenté leurs découvertes qui étendaient les limites de ce qui était considéré comme « humain ». Ils avaient démontré comment l'évolution de l'*homo sapiens* avait inclus l'ADN d'autres êtres, comme les hommes de Neandertal, que l'on pensait jusque-là avoir été une espèce distincte. Matthew avait la plupart des preuves depuis des années. Chris avait déclaré qu'il était aussi mauvais qu'Isaac Newton quand il fallait partager ses découvertes avec les autres.

— Marcus et Miriam ont joué leur habituel petit numéro du charmeur et de la mégère, dit Matthew en me lâchant enfin.

— Et comment les sociétaires ont-ils réagi à ces informations ?

J'enlevai le badge de Matthew et le glissai dans sa poche. Il indiquait PROFESSEUR MATTHEW CLAIRMONT, MEMBRE DE LA ROYAL SOCIETY, ALL SOULS (OXON), UNIVERSITÉ DE YALE (USA). Matthew avait accepté un poste en résidence comme chercheur dans le laboratoire de Chris. Ils avaient reçu une énorme bourse pour étudier l'ADN non codant. Cela allait poser les bases de révélations qu'ils comptaient faire un jour sur les autres hominidés qui n'étaient pas éteints comme les Neandertal, mais cachés en évidence parmi les humains. À l'automne, nous repartirions à New Haven.

— Ils ont été surpris, dit-il. Une fois qu'ils ont entendu la déclaration de Chris, leur surprise a laissé la place à l'envie. Il est vraiment impressionnant.

— Où est-il, en ce moment ? demandai-je en regardant par-dessus mon épaule pendant que Matthew me conduisait vers la sortie.

— Miriam et lui sont partis à Pickering Place, dit-il. Marcus voulait passer prendre Phoebe avant pour qu'ils aillent tous ensemble dans un bar à huîtres du côté de Trafalgar Square.

— Tu veux aller les retrouver ? demandai-je.

— Non, dit-il en posant la main sur ma taille. Je t'emmène dîner, tu as déjà oublié ?

Leonard nous attendait devant le bâtiment.

— Bonsoir, *messire**. Madame.

— « Professeur Clairmont » suffira, Leonard, dit aimablement Matthew en me faisant monter à l'arrière de la voiture.

— Ça marche, sourit Leonard. À Clairmont House ?

— S'il vous plaît, dit Matthew en montant à son tour.

C'était une belle journée de juin, et il nous aurait probablement fallu moins de temps pour aller à pied du Mall à Mayfair qu'en voiture, mais Matthew exigeait que nous la prenions pour des raisons de sécurité. Nous n'avions aucune preuve que des enfants de Benjamin aient pu survivre à la bataille de Chełm, et

Gerbert et Domenico ne nous avaient pas davantage donné de raisons de nous inquiéter depuis leur cuisante défaite à Venise, mais Matthew ne voulait pas prendre de risques.

— Bonjour, Marthe ! m'écriai-je en entrant dans la maison. Comment cela se passe-t-il ?

— *Bien**, dit-elle. *Milord** Philip et milady Rebecca viennent de se réveiller de leur sieste.

— J'ai demandé à Linda Crosby de passer tout à l'heure nous donner un coup de main, dit Matthew.

— Je suis déjà là ! (Linda entra à son tour avec non pas un, mais deux sacs Marks & Spencer. Elle en tendit un à Marthe.) J'ai apporté le tome suivant de la série sur la charmante policière et son petit ami – Gemma et Duncan. Et voici le patron de tricot dont je vous avais parlé.

Linda et Marthe étaient devenues de vraies amies, en grande partie parce qu'elles avaient en commun une passion pour les romans policiers, les travaux d'aiguille, la cuisine, le jardinage et les potins. Toutes les deux avaient prêché de manière très convaincante pour leur clocher en disant que les enfants devaient toujours être entre les mains de membres de la famille ou, à défaut, d'une vampiresse et d'une sorcière jouant les baby-sitters. Linda estimait que c'était une sage précaution parce que nous ne connaissions pas encore l'étendue des dons des enfants ni leurs tendances – même si la préférence de Rebecca pour le sang et son incapacité à dormir suggérait qu'elle était plus vampiresse que sorcière, tout comme Philip semblait plus sorcier que vampire étant donné que je voyais souvent planer au-dessus de son berceau l'éléphant en peluche qui lui avait été offert.

— Il est encore possible de rester à la maison ce soir, proposai-je.

Les projets de Matthew exigeaient une robe de soirée, un smoking, et la déesse seule savait quoi d'autre.

— Non. (Matthew avait toujours une affection exagérée pour ce mot.) J'emmène mon épouse dîner, dit-il d'un ton qui ne souffrait pas la discussion.

Jack dévala l'escalier.

— Bonsoir, mère ! J'ai déposé votre courrier en haut. Et celui de père aussi. Il faut que je file. Je dîne avec le Père H., ce soir.

— Sois de retour pour le petit déjeuner, s'il te plaît, dit Matthew alors qu'il sautait dehors.

— Pas d'inquiétude, père. Après le dîner, je sors avec Ransome, répondit Jack en claquant la porte.

La branche néo-orléanaise du clan Bishop-Clairmont était arrivée à Londres deux jours plus tôt pour rendre visite à Marcus.

— Savoir qu'il sort avec Ransome ne soulage pas mes inquiétudes, soupira Matthew. Je monte voir les enfants et m'habiller. Tu viens ?

— Je te suis. Je veux juste passer dans la salle de bal voir où en sont les préparatifs de ta fête d'anniversaire. (Matthew gémit.) Arrête de faire le ronchon.

Nous montâmes ensemble. Le deuxième étage, d'habitude froid et silencieux, bourdonnait d'activité. Matthew me suivit par les hautes et larges portes. Le traiteur avait dressé des tables tout autour de la salle, laissant un vaste espace pour danser. Dans le coin, des musiciens répétaient en prévision du lendemain soir.

— Je suis né en novembre, pas en juin, murmura Matthew. Le jour d'All Souls Day, le lendemain de la Toussaint. Et pourquoi a-t-il fallu inviter autant de gens ?

— Tu peux grommeler et râler autant que tu voudras. Cela ne changera rien au fait que demain est l'anniversaire du jour de ta renaissance en tant que vampire et que ta famille veut le fêter avec toi. (J'examinai l'un des arrangements floraux. Matthew avait choisi un bizarre assortiment de plantes, dont des branches de saule et de chèvrefeuille, ainsi qu'une large sélection musicale de diverses époques que l'orchestre était censé jouer.) Si tu ne voulais pas autant d'invités, il fallait réfléchir avant de créer autant d'enfants.

— Mais j'aime en faire avec toi, dit-il en me prenant par la taille et en posant la main sur mon ventre.

— Alors tu peux t'attendre à ce que l'événement se répète chaque année, dis-je en lui donnant un baiser. Et à ce qu'il y ait plus de tables à chaque fois.

— Puisque nous parlons enfants, dit Matthew en tendant l'oreille vers des bruits inaudibles pour une sang-chaud, ta fille a faim.

— *Ta* fille a *toujours* faim, dis-je en lui donnant une petite tape.

L'ancienne chambre de Matthew avait été transformée en nursery et était désormais le royaume exclusif des enfants – avec un zoo de peluches, assez de matériel pour équiper une armée de bébés et deux tyrans pour régner dessus.

Philip tourna la tête vers la porte quand nous entrâmes. Debout dans son berceau, cramponné au rebord avec un air triomphant, il était en train de regarder dans le lit de sa sœur. Rebecca s'était redressée et le fixait avec un certain intérêt, comme si elle essayait de comprendre comment il avait réussi à grandir aussi rapidement.

— Grands dieux, il est debout, dit Matthew, abasourdi. Mais il n'a même pas sept mois.

Je jetai un coup d'œil aux bras et aux jambes robustes du bébé et me demandai pourquoi son père était aussi étonné.

— Qu'est-ce que tu complotais encore ? demandai-je en sortant Philip de son berceau et en le serrant contre moi. (Un chapelet de bruits inintelligibles sortit de sa bouche et les lettres sous ma peau firent surface pour aider Philip à répondre à ma question.) C'est vrai ? Tu as eu une journée bien occupée, alors, dis-je en le confiant à Matthew.

— Je crois que tu vas être aussi pénible que celui dont tu as le prénom, dit affectueusement Matthew, l'index prisonnier de la poigne de fer de son fils.

Nous changeâmes les enfants et leur donnâmes à manger tout en discutant encore de ce que j'avais découvert ce jour-là dans les papiers de Robert Doyle et quelles nouvelles perspectives la présentation devant la Royal Society avait offertes à Matthew pour la compréhension des génomes des créatures.

— Donne-moi une minute, il faut que je relève mes e-mails.

J'en recevais plus que jamais maintenant que Baldwin m'avait nommée représentante officielle des Clermont afin qu'il puisse consacrer plus de temps à gagner de l'argent et à tyranniser sa famille.

— La Congrégation ne t'a pas suffisamment dérangée cette semaine ? ronchonna Matthew.

J'avais passé trop de soirées à travailler sur des déclarations pour une politique de parité et d'ouverture et à essayer de déchiffrer la logique confuse des démons.

— Cela n'aura pas de fin de sitôt, malheureusement, dis-je en emportant Philip dans le Salon Chinois, qui était devenu mon bureau.

J'allumai mon ordinateur et le posai sur mes genoux tout en faisant défiler mes messages.

— J'ai une photo de Sarah et Agatha, criai-je. (Les deux femmes étaient sur une plage quelque part en Australie.) Viens voir.

— Elles ont l'air heureuses, dit Matthew en regardant par-dessus mon épaule, Rebecca dans les bras.

La petite poussa des cris ravis en voyant sa grand-mère.

— J'ai du mal à croire que cela fait plus d'un an qu'Em est morte, dis-je. C'est agréable de voir Sarah sourire de nouveau.

— Des nouvelles de Gallowglass ? demanda Matthew.

Gallowglass était parti pour une destination inconnue et n'avait pas répondu à notre invitation à la fête de Matthew.

— Pas pour l'instant, dis-je. Peut-être que Fernando sait où il est.

Je lui demanderais le lendemain.

— Et que se permet Baldwin ? demanda Matthew en voyant le nom de son frère dans la liste des expéditeurs.

— Il arrive demain. (J'étais contente que Baldwin soit là pour fêter l'anniversaire de Matthew. Cela accordait un poids supplémentaire à l'événement et allait mettre un terme à toutes les fausses rumeurs selon lesquelles Baldwin ne soutenait pas totalement le scion Bishop-Clairmont.) Verin et Ernst viennent avec lui. Et je dois te prévenir : Freyja vient aussi.

Je n'avais pas encore fait la connaissance de la petite sœur de Matthew. Cependant, j'avais hâte, maintenant que Janet Gowdie m'avait raconté ses exploits passés.

— Seigneur, pas Freyja aussi, gémit Matthew. J'ai besoin de boire quelque chose. Tu veux un verre ?

— Je vais prendre du vin, dis-je distraitement en continuant de parcourir la liste des messages de Baldwin, Rima Jaén à Venise, d'autres membres de la Congrégation, et de mon chef de département à Yale. Jamais je n'avais été aussi occupée. Ni heureuse.

Quand je retrouvai Matthew dans son bureau, il n'était pas en train de nous préparer nos verres. Debout devant la cheminée, Rebecca en équilibre sur sa hanche, il fixait le mur au-dessus du manteau avec une expression curieuse. Je compris pourquoi en suivant son regard.

Le portrait d'Ysabeau et Philippe qui y était habituellement accroché avait disparu. À la place, un petit cartel était punaisé au mur : PORTRAIT D'UN

COUPLE INCONNU PAR SIR JOSHUA REYNOLDS TEM-
PORAIREMENT PRÊTÉ POUR L'EXPOSITION SIR JOSHUA
REYNOLDS ET SON UNIVERS À LA ROYAL GREENWICH
PICTURE GALLERY.

— Phoebe Taylor a encore frappé, murmurai-je.

Ce n'était pas encore une vampiresse, mais elle était déjà très connue dans les milieux vampires pour sa capacité à repérer dans leurs biens des objets d'art leur permettant des déductions d'impôts s'ils étaient disposés à en faire don au pays. Baldwin l'adorait.

Mais ce n'était pas la brusque disparition de ses parents qui avait hypnotisé Matthew.

À la place du Reynolds se trouvait un autre portrait qui nous représentait, Matthew et moi. C'était de toute évidence l'œuvre de Jack, avec son mélange caractéristique d'attention au détail typique du XVIIe siècle et une sensibilité toute moderne à la couleur et à la ligne. C'était confirmé par cette carte posée sur le manteau de la cheminée où était griffonné : *Joyeux anniversaire, père.*

— Je croyais qu'il peignait ton portrait. C'était censé être une surprise, dis-je en songeant aux occasions où notre fils m'avait chuchoté d'occuper Matthew pendant qu'il faisait ses esquisses.

— Et à moi, il avait dit qu'il peignait *ton* portrait, dit Matthew.

En fin de compte, Jack nous avait peints ensemble, dans le salon de réception devant l'une des fenêtres. J'étais assise sur une chaise élisabéthaine, relique de notre maison de Blackfriars. Matthew, debout derrière moi, regardait le spectateur de ses yeux vifs et clairs. J'en faisais autant, mais mon regard avait un petit côté surnaturel qui laissait entendre que je n'étais pas un être humain ordinaire.

Matthew passait la main par-dessus mon épaule pour saisir ma main gauche levée et nos doigts étaient enlacés. Ma tête était légèrement inclinée vers lui, comme si nous avions été interrompus au milieu d'une conversation.

La pose dévoilait mon poignet et l'ouroboros qui en entourait mon pouls. Ce symbole des Bishop-Clairmont exprimait force et solidarité. Notre famille avait commencé avec l'amour étonnant qui s'était développé entre Matthew et moi. Elle avait grandi parce que notre lien était suffisamment fort pour résister à la haine et à la peur des autres. Et elle durerait parce que nous avions découvert, comme les sorciers d'autrefois, que la volonté de changer était le secret de la survie.

Plus que cela, l'ouroboros symbolisait notre union. Matthew et moi étions le mariage alchimique d'un vampire et d'une sorcière, de la mort et de la vie, du soleil et de la lune. La combinaison des opposés créait quelque chose de plus beau et de plus précieux que ce que nous aurions jamais pu être séparément.

Nous étions le dixième nœud.

Impossible à briser.

Sans commencement ni fin.

REMERCIEMENTS

Je remercie de tout mon cœur…

Mes aimables lectrices, Fran, Jill, Karen, Lisa et Olive.

Wolf Gruner, Steve Kay, Jake Soll et Susanna Wang, qui ont tous été généreux en partageant leur savoir et magnanimes dans leurs critiques.

Lucy Marks, pour avoir rassemblé des avis d'experts sur la question du poids d'une feuille de vélin.

Hedgebrook, pour son hospitalité radicale (et très nécessaire) lorsque j'en ai eu le plus besoin.

Sam Stoloff et Rich Green, pour avoir soutenu la trilogie All Souls du début jusqu'à la fin.

Carole DeSanti et le reste de l'équipe All Souls chez Viking et Penguin pour avoir soutenu ce livre et les deux précédents, durant chaque étape de sa publication.

Les éditeurs étrangers qui ont offert l'histoire de Diana et Matthew aux lecteurs du monde entier.

Lisa Halttunen pour avoir relu et préparé le manuscrit pour l'éditeur.

Mes assistantes, Jill Hough et Emma Divine, pour m'avoir facilité la vie.

Mes amis pour leur constance.

Ma famille pour avoir donné un sens à la vie : mes parents, Olive et Jack, Karen, John, Lexie, Jake, Lisa, Stacey, Josh et Gabe.

Mes lecteurs pour avoir laissé les Bishop et les Clermont entrer dans leur cœur et leur vie.

De la même autrice :

Le Livre perdu des sortilèges
Orbit/Calmann-Lévy, 2011

L'École de la nuit
Orbit/Calmann-Lévy, 2012

La Force du temps
Calmann-Lévy, 2019

L'Oracle de l'oiseau noir
Charleston, 2024

Le Livre de Poche s'engage pour
l'environnement en réduisant
l'empreinte carbone de ses livres.
Celle de cet exemplaire est de :
600 g éq. CO$_2$
Rendez-vous sur
www.livredepoche-durable.fr

Composition réalisée par PCA

Achevé d'imprimer en juillet 2025 en Espagne par
CPI Black print Iberica SL – 08740 Sant Andreu de la Barca
Dépôt légal 1re publication : octobre 2015
Édition 13 – juillet 2025
LIBRAIRIE GÉNÉRALE FRANÇAISE
21, rue du Montparnasse – 75298 Paris Cedex 06
marketing@livredepoche.com

83/8914/3